KB045315

리틀
라이프 1

한야 야나기하라 장편소설 | 권진아 옮김

리틀 라이프 1

A LITTLE LIFE

SIGONGSA

—

제리드 홀트에게
우정과 사랑을 담아

—

일러두기

1. 도서명과 잡지, 신문 등은 《 》로, 미술작품과 영화, 노래 제목 등은 〈 〉로 표시했습니다.
2. 본문의 주는 모두 옮긴이의 주입니다.

A LITTLE LIFE
차례

1부

리스페너드 스트리트

1

열한 번째로 본 아파트는 벽장은 하나뿐이었지만 유리 미닫이문을 열고 조그만 발코니로 나갈 수 있었다. 발코니에 나가니 10월인데도 티셔츠와 반바지만 입고 바깥에 앉아 담배를 피우고 있는 남자가 길 건너편에 보였다. 윌럼이 손을 들어 인사했지만, 남자는 인사하지 않았다.

주드는 침실에서 벽장의 아코디언도어를 열었다 닫았다 하고 있다가, 윌럼이 들어오자 말했다. "여긴 벽장이 하나밖에 없어."

"괜찮아." 윌럼은 말했다. "난 어차피 넣을 것도 없어."

"나도 마찬가지야." 그들은 마주 보고 미소 지었다. 건물 대리인이 어슬렁어슬렁 뒤따라 들어왔다. "이 집으로 할게요." 주드가 말했다.

하지만 사무실에 갔더니, 그 아파트 임대는 결국 불가능하다고 했다. "왜요?" 주드가 물었다.

"수입이 6개월 치 월세를 낼 정도가 안 되시네요. 게다가 저금도 없고." 대리인은 갑자기 쌀쌀맞게 말했다. 그녀는 그들의 신용과 은행 잔고를 확인했고, 이 재미없는 (그래도 비싼) 25번 스트리트 구석에 애인 사이도 아니면서 침실 한 개짜리 아파트를 빌리려는 이 두 20대 남자에게 뭔가 문제가 있다는 걸 드디어 깨달았던 것이다. "보증 서줄 사람이 있나요? 상사라거나 부모님이라거나?"

"우리 부모님은 다 돌아가셨어요." 윌럼이 상냥하게 말했다.

대리인은 한숨을 내쉬었다. "그렇다면 기대치를 낮추셔야겠네요. 제대로 된 건물 관리인 중 재정 상태가 이런 후보자들에게 집을 내어줄 사람은 아무도 없을 테니까요." 대리인은 단호하게 자리에서 일어나더니 문 쪽으로 시선을 돌렸다.

하지만 이 이야기를 제이비와 맬컴에게 해주자 상황은 코미디로 바뀌었다. 그 아파트 바닥 문양은 쥐똥 때문이고, 길 건너편 남자는 거의 노출증에다, 그 대리인이 화난 이유는 윌럼에게 추파를 던졌지만 그가 응답해주지 않았기 때문이라는 것이다.

"어쨌거나 어떤 인간이 2번가와 25번 스트리트 같은 데서 살고 싶겠어?" 제이비가 물었다. 그들이 있는 곳은 차이나타운의 '포비엣후옹', 한 달에 두 번 만나서 저녁을 먹는 곳이다. 포비엣후옹은 썩 좋은 곳은 아니었다. 쌀국수는 이상하게 들척지근했고, 라임주스는 비누처럼 미끄덩했으며, 매번 적어도 한 명은 식중독에 걸렸다. 그래도 그들은 습관적으로, 그리고 필요에 의해서 계속 이곳에 왔다. 포비엣후옹에서는 5달러로 수프나 샌드위치를 먹을 수 있었고, 아니면 8달러나 10달러로 양이 훨씬 많은 메인요리를 시킨 다음 반을 남겨 다음 날이나 그날 밤 야식으로 먹을 수 있었다. 메인요리를 시켜놓고 다 먹지도, 나머지 반을 챙기지도 않는 사람은 맬컴뿐이었다. 식사를 끝내고 나면 그는 늘 허기진 윌럼과 제이비가 먹을 수 있도록 접시를 테이블 가운데로 밀어놓았다.

"물론 우리도 2번가와 25번 스트리트에서 살고 싶지 않지, 제이비." 윌럼이 참을성 있게 말했다. "하지만 우린 정말로 선택권이 없어. 돈이 없으니까, 알잖아?"

"난 너희가 왜 그냥 지금 살던 데서 계속 안 사는 건지 이해가 안 돼." 맬컴이 버섯과 두부—그는 늘 똑같은 메뉴, 갈색 당밀 소스에 끓인 느타리버섯과 튀긴 두부를 시켰다—를 접시 가장자리로 밀어놓으면서 말했다. 윌럼과 제이비는 접시를 물끄러미 바라보고 있었다.

"난 안 돼." 윌럼이 말했다. "기억하지?" 지난 3개월 동안 그는 맬컴에게 열두 번도 더 설명해야 했다. "메릿의 남자친구가 들어오잖아. 난 나갈 수밖에 없어."

"하지만 왜 네가 나가야 하냐고?"

"계약자가 메릿이니까, 맬컴!" 제이비가 말했다.

"아." 맬컴은 조용해졌다. 그는 자기가 보기에 대수롭지 않은 사항들을 종종 잊어버렸고, 또한 그것 때문에 사람들이 화를 내도 전혀 개의치 않아 보였다. "그랬지." 그는 버섯 접시를 테이블 가운데로 밀었다. "하지만 주드 너는—"

"너희 집에 평생 살 수는 없잖아, 맬컴. 언젠가는 네 부모님이 날 죽이려 드실걸."

"우리 부모님은 널 사랑하거든."

"말은 고맙지만, 내가 안 나가면 안 그러실 거야. 그것도 조만간."

넷 중 집에서 사는 사람은 맬컴뿐이었다. 제이비는 맬컴 같은 집만 있다면야 자기도 집에서 살 거라고 줄곧 말했지만, 맬컴의 집이 뭐 특별히 대단하다거나 한 건 아니었다. 사실 삐걱대기도 하고 관리도 제대로 안 되는 집이었다. 한번은 윌럼이 별생각 없이 계단 난간을 손으로 쓸었다가 손에 가시가 박힌 적도 있었다. 그래도 그 집은 컸다. 진짜 어퍼이스트사이드* 타운하우스였다. 맬컴보다 세 살 위인 누나 플로라가 최근 지하층에서 나간 덕분에 주드가 단기 해결책으로 그 자리를 차지했지만, 언젠가는 맬컴의 부모님이 그 공간을 어머니의 출판 에이전시 사무실로 개조할 테고, 그러면 (지하층으로 내려가는 계단을 어차피 힘들어하던) 주드는 자기 아파트를 찾을 수밖에 없다.

윌럼과 같이 사는 건 자연스러운 선택이었다. 그들은 대학 시절 내내 룸메이트였다. 네 사람은 신입생 시절 콘크리트 벽돌로 마감한 공동 공간 하나와 훨씬 더 작은 방 하나가 있는 공간을 함께 썼다. 공동 공간에는 책상과 의자들, 제이비의 이모들이 화물트럭으로 싣고 온 소파가 하나 있었고, 작은 방에는 이층침대 두 개가 놓여 있었다. 그 방은 어찌나 좁았던지, 아래쪽에 누운 맬컴과 주드가 팔을 뻗으면 서로 손을 잡을 수도 있을 정도였다. 맬컴과 제이비가 한쪽 침대를, 주드와 윌럼이 반대쪽 침대를 같이 썼다.

"흑인 대 백인이지." 제이비는 말하곤 했다.

"주드는 백인이 아니야." 그러면 윌럼이 대꾸했다.

"그리고 난 흑인이 아니고." 맬컴이 덧붙였다. 그렇게 믿어서라기보다 제이비를 약 올리기 위해서였다.

"뭐," 지금 제이비는 포크 끝으로 버섯 접시를 자기 앞으로 당기며 말했다. "나야 너희 둘 다 우리 집에서 같이 살아도 상관없지만, 너흰 아마 완전 싫겠지." 제이비는 리틀이태리**에 위

*뉴욕 맨해튼의 가장 부유한 지역. 맨해튼은 크게 업타운(어퍼맨해튼), 미드타운(미드타운맨해튼), 다운타운(로어맨해튼)으로 나뉘며, 어퍼이스트사이드는 업타운 센트럴파크 동쪽 지역을 말한다.

**이탈리아계 주민들이 모여 사는 로어맨해튼의 한 구역.

치한 넓고 지저분한 로프트에서 살고 있었는데, 수도 없이 즐비한 이상한 복도들을 따라가다보면 쓰지도 않는 괴상한 모양새의 막다른 구석과 마감 안 된 어정쩡한 공간들, 공사 도중 버려진 석고판들을 맞닥뜨리게 되는 그런 곳이었다. 그 로프트는 그들이 대학 때 알던 사람 소유였다. 에즈라는 예술가였고, 그리 뛰어나진 않았지만, 뛰어날 필요도 없었다. 제이비가 자주 상기시켜주듯이, 그는 평생 일을 하지 않아도 되는 사람이었다. 에즈라뿐만이 아니라, 에즈라의 자식들의 자식들의 자식들까지도 일할 필요가 없었다. 팔리지도 않고 일고의 가치도 없는 형편없는 예술품을 대대손손 만들고도, 마음 내키는 대로 최고급 기름을 넣고 맨해튼 도심에 위치한 비실용적으로 넓은 로프트들을 사서 형편없는 미감으로 엉망진창 꼬락서니를 만들어놓을 수 있었다. 그리고 예술가 생활에 진력이 나는 날이 오면—제이비는 에즈라가 언젠가 그럴 거라 확신하고 있었다—그냥 신탁 관리인에게 전화 한 통만 하면 네 사람(음, 어쩌면 맬컴은 빼고)은 평생 꿈도 꾸지 못할 어마어마한 현금 더미를 받게 될 것이다. 하지만 그때까지는 에즈라는 알아두면 쓸모 있는 사람이었다. 제이비와 몇몇 학창 시절 친구들을 자기 아파트들에서 살게 해줘서만이 아니라—로프트의 이곳저곳에는 언제나 네다섯 명 정도가 기어 들어와 살고 있었다—착하고 기본적으로 관대한 사람인 데다가 음식과 마약과 술을 마음껏 공짜로 먹을 수 있는 사치스러운 파티를 여는 걸 좋아했기 때문이다.

"잠깐만." 제이비가 젓가락을 놓으며 말했다. "방금 생각났는데, 잡지사에 자기 숙모네 집을 세놓으려는 여자가 있어. 그러니까, 차이나타운 바로 근처야."

"얼만데?" 윌럼이 물었다.

"거의 공짜나 다름없을걸. 아마 얼마 받아야 하는지도 모를 거야. 자기가 아는 사람이 들어왔으면 하더라고."

"말 좀 잘해줄 수 있어?"

"그보다 더한 걸 해주지. 직접 소개해줄게. 내일 사무실에 올 수 있어?"

주드가 한숨을 내쉬었다. "난 못 나가." 그는 윌럼을 쳐다봤다.

"걱정 마, 난 가능해. 언제 갈까?"

"점심시간. 1시 어때?"

"그때 갈게."

윌럼은 아직도 배가 차지 않았지만, 제이비가 나머지 버섯을 다 먹도록 내버려뒀다. 그리고 모두들 잠시 기다렸다. 때로 맬컴은 그 집에서 유일하게 한결같이 맛있는 메뉴인 잭푸르트 아이스크림을 시켜서 두 입만 먹은 다음 더 이상 손을 대지 않았고, 그러면 그와 제이비가 나머지를 해치웠기 때문이다. 하지만 맬컴은 이번에는 아이스크림을 시키지 않았고, 그들은 계산서를 달라고 한 후 가격을 보고 돈을 나눴다.

—

다음 날 윌럼은 제이비의 사무실에 가서 그를 만났다. 제이비는 다운타운 미술계를 다루는, 규모는 작지만 영향력 있는 소호의 잡지사에서 접수담당자로 일하고 있었다. 이건 그가 전략적으로 선택한 직업이었다. 어느 날 밤 그가 윌럼에게 설명해준 바에 의하면, 거기 편집자 하나를 사귀어서 자기를 특집기사로 다루도록 설득할 계획이었다. 그는 이 일에 6개월 정도가 소요될 거라고 계산하고 있었다. 그러니까, 이제 3개월이 남았다.

근무 중 제이비는 자기가 일을 해야 한다는 사실과 이제까지 누구도 자신의 특별한 재능을 알아봐줄 생각을 하지 않았다는 것을 당최 납득할 수 없다는 표정을 계속 짓고 있었다. 그는 유능한 직원이 아니었다. 전화벨이 계속 울려대도 거의 전화를 받는 법이 없었다. (휴대전화 신호감도가 좋지 않은 건물이라) 친구들 중 누가 그와 통화를 하고 싶으면, 전화벨을 두 번 울리고 끊었다가 다시 울리는 특별한 암호를 따라야 했다. 그리고 그때마저 그는 가끔 전화를 안 받았는데, 그의 손은 발치의 검정 비닐 쓰레기봉지에 담긴 머리카락 뭉치를 묶고 땋느라 책상 밑에서 분주했기 때문이다.

제이비는, 그의 표현에 의하면, 털 단계를 거치는 중이었다. 최근 그는 회화에서 잠시 손을 떼고 검정 머리카락으로 조각작품을 만들기로 결심했다. 친구들은 한 사람씩 제이비와 함께 퀸스와 브루클린, 브롱크스, 맨해튼의 이발관과 미용실을 돌며 피곤한 주말을 보냈다. 제이비가 안으로 들어가 쓸어놓은 머리카락이나 잘라낸 머리카락이 있으면 좀 달라고 주인에게 부탁하는 동안 밖에서 기다렸다가, 점점 더 성가시게 무거워지는 머리카락 봉지를 질질 끌고 뒤를 따라다니는 것이다. 제이비의 초기 작들로는 테니스공의 솜털을 다 제거하고 반으로 잘라 모래를 채운 다음 접착제를 바르고 털 양탄자 위에서 굴리고 또 굴려서 털들이 물속 해초처럼 흐느적대도록 만든 〈철퇴〉와, 갖가지 일상용품들—스테이플러, 주걱, 찻잔—을 털가죽으로 뒤덮은 "쿼티디언Kwotidien"*이 있었다. 현재는 대규모 프로젝트를 작업 중인데, 단편적인 것 이외에는 작품에 대해 어떤 이야기도 들려

*낯설게 만든 일상용품들에 부합하게, 일상을 의미하는 단어 'quotidian'의 철자를 제이비가 의도적으로 변형시켜 붙인 제목이다.

주지 않았지만 여하튼 머리카락 다발들을 빗고 땋아 끝없이 긴 검은 곱슬머리 밧줄을 만드는 작업이었다. 지난 금요일 그는 머리카락 땋는 걸 도와주면 피자와 맥주를 사주겠다며 친구들을 꾀어 불러들였는데, 지루한 작업을 몇 시간이나 했는데도 맥주와 피자는 올 기미조차 없었다. 결국 모두들 약간 화가 나서 돌아가기는 했지만 새삼 놀라운 일도 아니었다.

다들 머리카락 프로젝트에 진력이 났지만, (친구들 중 유일하게) 주드는 그 작품들이 멋지고 언젠가는 제대로 인정받을 거라고 생각했다. 제이비는 감사의 뜻으로 주드에게 털로 뒤덮인 솔빗을 줬지만 에즈라 아버지의 친구분이 그걸 사려는 듯한 기색을 보이자 다시 가져갔다(결국 빗을 사지는 않았지만, 제이비는 주드에게 다시 돌려주지 않았다). 머리카락 프로젝트는 다른 측면에서도 힘든 작업이었다. 어느 날 밤 세 친구가 또 한 번 꼬임에 넘어가 리틀이태리에서 머리카락을 빗질하고 있을 때, 맬컴이 머리카락에서 냄새가 난다고 했다. 사실이 그랬다. 딱히 불쾌한 냄새가 아니라 그저 안 씻은 정수리에서 나는 싸한 쇳내 같은 냄새였다. 하지만 제이비는 쌓여가고 있던 화를 맬컴에게 울컥 터뜨리며 자기혐오에 빠진 검둥이니 톰 아저씨니 종족의 배신자니 고함을 질러댔고, 좀처럼 화를 내는 법이 없지만 이런 비난에는 분노하는 맬컴은 마시던 와인을 바로 옆에 있던 머리카락 봉지에 부어버리고 자리를 박차고 일어나 쿵쿵거리며 나갔다. 주드는 최대한 급히 맬컴을 쫓아갔고, 윌럼은 남아서 제이비를 진정시켰다. 두 사람은 다음 날 화해했지만, 결국 윌럼과 주드는 (자기들도 부당하다고 생각하면서도) 맬컴에게 약간 더 화가 났다. 맬컴이 망쳐버린 머리카락들을 다시 구하느라 다음 주 주말 퀸스에 가서 이발관들을 전전해야만 했기 때문이다.

"검은 행성 생활은 어때?" 윌럼이 제이비에게 물었다.

"암담해." 제이비는 엉킨 머리카락들을 풀어 봉지에 다시 쑤셔 넣으며 대답했다. "가자. 아니카한테 1시 반까지 간다고 했어." 책상 위 전화가 울리기 시작했다.

"전화 안 받을 거야?"

"다시 걸겠지."

다운타운으로 걸어가면서 제이비는 불평을 해댔다. 지금까지 그는 자신의 유혹 에너지 대부분을 딘이라는—친구들 사이에서는 디앤이라 불렸다—수석 편집자에게 쏟아붓고 있었다. 언젠가 맬컴과 윌럼이 제이비의 동료가 여는 파티에 갔을 때의 일이었다. 제이비가 부엌에서 동료들과 이야기하는 동안, 맬컴과 윌럼은 함께 집 안을 돌아다니며 손님용 침실에 걸린 에드워드 버틴스키*의 연작, 사실私室 책상 위에 다섯 점씩 네 줄로 걸려 있는 베허 부부**의 급수탑 사진 모음, 나지막한 서재 책장들 위로 떠 있는 구르스키***의 거대한 사진, 마지막으로 부부 침실의 벽 하나를 온통 다 차지하고 있는 다이앤 아버스****의 작품들을 구경했다. 사진들은 어찌나 촘촘하게 걸려 있는지 빈 벽이라고는 위아래 몇 센티미터 정도밖에 보이지 않았다. 그들이 지나치게 딱 붙는 수영복과 어린애 같은 옷을 입고 카메라 앞에서 상냥한 표정으로 포즈를 취하고 있는 두 다운증후군 소녀 사진을 보고 있을 때, 딘이 다가왔다. 그는 키는 컸지만, 마맛자국이 남아 있는 땅다람쥐 같은 조그만 얼굴을 하고 있어서 야생동물 같

*캐나다 출신의 현대 사진작가.
**산업화 시대 건축물을 주로 담은 독일 사진작가 베른트 베허와 힐라 베허 부부.
***베허학파 제1세대 사진작가인 안드레아스 구르스키.
****정상에서 벗어났거나 소외된 사람들을 주로 사진의 소재로 삼은 미국의 현대 사진작가.

은 분위기를 풍겼고 믿을 수 없는 사람처럼 보였다.

그들은 자기소개를 하고는 제이비의 친구들이어서 온 거라고 설명했다. 딘은 자기는 잡지사의 수석 편집자 중 하나로 미술 기사를 총괄하고 있다고 말했다.

"아." 윌럼이 맬컴을 쳐다보지 않으려고 조심하며 말했다. 맬컴은 반응을 감추지 못할 게 분명했다. 제이비는 미술 편집자를 잠재적 목표로 찍었다고 말했었다. 이 사람이 분명했다.

"이런 거 보신 적 있어요?" 딘이 아버스의 사진들을 가리키며 물었다.

"한 번도요." 윌럼이 말했다. "다이앤 아버스, 좋네요."

딘이 움찔하더니, 조그만 이목구비가 그 조그만 얼굴 한가운데로 매듭이라도 짓듯이 모여들었다. "디앤이에요."

"네?"

"디앤. 저분 이름은 '디앤'이라고 발음한다고요."

두 사람은 간신히 웃음을 터뜨리지 않고 방에서 나올 수 있었다. "디앤이라고!" 나중에 그 이야기를 들은 제이비는 말했다. "맙소사! 이런 허세 쩌는 새끼 같으니."

"하지만 '너의' 허세 쩌는 새끼기도 하지." 주드가 말했다. 그 이후로 딘은 내내 "디앤"으로 불렸다.

하지만 지치지도 않고 디앤에게 작업을 거는데도, 제이비가 잡지에 실릴 가능성은 불행하게도 3개월 전보다 전혀 높아지는 것 같지 않았다. 심지어 헬스클럽 사우나에서 디앤에게 오럴을 허락해줬는데도 아무 일도 일어나지 않았다. 날마다 제이비는 별별 이유를 찾아내 편집실에 슬쩍 들어가 향후 석 달간 실을 기사 아이디어들이 적힌 게시판을 살폈고, 날마다 유망주 코너에서 자기 이름을 찾아봤지만, 날마다 실망했다. 게시판에는 재능 없고 선전만 떠들썩한 온갖 이름들, 잡지사에 도움을 준 사람들, 혹은 그런 사람들과 아는 사람들의 이름들만 수두룩했다.

"여기에 에즈라 이름이 올라오는 날이면 난 죽어버릴 거야." 제이비는 늘 이렇게 말했고, 그러면 다른 친구들은 그런 일 없을 거야, 제이비, 걱정 마, 제이비, 언젠가는 네 이름이 거기 올라갈 거야, 그게 왜 필요해, 제이비, 넌 다른 곳을 찾게 될 거야, 하고 말했고, 그에 대해 제이비는 이렇게 답했다. "확신해?" "난 절대 아닐 것 같은데." "난 완전 시간을 투자했다고, 내 빌어먹을 인생의 3개월을 몽땅 다. 내 이름이 저기 있어야 해, 아니면 이게 그냥 다 빌어먹을 낭비가 되어버리잖아. 다른 모든 것들처럼." 다른 모든 것들이란 그날 제이비의 기분이 얼마나 염세적인지에 따라 대학원, 뉴욕으로의 귀환, 털 연작, 혹은 인생 전반 등 다양했다.

리스페너드 스트리트에 도착했을 때도 그는 여전히 꿍얼대고 있었다. 윌럼은 아직 이 도시를 잘 알지 못해서—그가 여기서 산 지는 이제 1년밖에 되지 않았다—이 거리 이름을 들어본 적이 없었다. 커넬 스트리트에서 남쪽으로 한 블록 떨어진 곳에 위치한 그 거리는 사실 두 블록 정도 길이밖에 되지 않아 거의 뒷골목에 지나지 않았다. 하지만 브루클린 출신의 제이비도 그 이름을 들어본 적 없기는 마찬가지였다.

그들은 건물을 찾아 5C라고 적힌 벨을 눌렀다. 인터폰으로 걸걸하고 기운 없어 보이는 여자 목소리가 대답하더니 벨을 눌러 문을 열어줬다. 안에 들어와서 보니, 로비는 좁고 천장이 높은 데다 멍울지고 번쩍이는 똥색으로 칠해져 있어서 마치 우물 바닥에 서 있는 것 같았다.

여자는 아파트 문 앞에서 기다리고 있었다. "안녕, 제이비."

그녀는 인사를 한 후, 윌럼을 보고는 얼굴을 붉혔다.
"아니카, 이쪽은 내 친구 윌럼이야." 제이비가 말했다. "윌럼, 아니카는 미술부에 있어. 멋진 사람이지."
아니카는 고개를 숙이면서 동시에 손을 불쑥 내밀었다. "만나서 반가워요." 그녀는 바닥에 대고 말했다. 제이비는 윌럼의 발을 툭 차며 싱긋 미소 지었다. 윌럼은 무시했다.
"저도 만나서 반갑습니다." 그가 말했다.
"어, 여기가 그 아파트고요, 우리 숙모님 아파트예요, 숙모는 여기서 50년 동안 사셨는데 얼마 전 요양원으로 옮기셨거든요." 아니카는 속사포처럼 떠들어대고 있었다. 윌럼을 투명인간 취급하면서 아예 쳐다보지도 않는 게 최선이라고 결심한 게 분명했다. 아니카는 말이 점점 더 빨라졌다. 숙모 이야기, 동네가 변했다는 말을 숙모가 늘 달고 살았다는 이야기, 아니카 자신도 다운타운으로 이사 오기 전까지는 리스페너드 스트리트라는 곳은 들어본 적도 없다는 소리, 아직 페인트칠을 안 해서 미안하지만 숙모가 얼마 전에, 정말로 얼마 전에야 이사를 나가서 지난주에 겨우 청소할 정도의 여유밖에 없었다는 소리들을 떠들어댔다. 그녀는 윌럼만 제외하고는 사방—(문양을 새긴 주석) 천장과 (여기저기 금이 갔지만 쪽마루로 시공한) 바닥, (오랫동안 걸려 있던 액자 자국이 희미하게 남아 있는) 벽들—을 다 쳐다봤다. 결국 윌럼은 부드럽게 말을 끊고 나머지는 그냥 자기가 봐도 되겠느냐고 물어봤다.
"아, 물론이에요." 아니카가 말했다. "그럼 둘러보세요." 하지만 그러고도 그녀는 그들 뒤를 따라오며 제이비에게 재스퍼라는 사람에 대해, 그 사람이 오만 데다 아처 폰트를 계속 사용하고 있는데 그게 본문용으로는 너무 둥글고 이상해 보이지 않느냐는 둥 지껄여댔다. 윌럼이 등을 돌리자 이제 그녀는 대놓고 그를 쳐다봤고, 두서없는 이야기는 갈수록 더 공허해졌다.

제이비는 윌럼을 쳐다보는 아니카를 쳐다봤다. 아니카가 이렇게 흥분해서 소녀처럼 구는 모습은 처음이었다(보통 그녀는 무뚝뚝하고 말이 없는 데다, 자기 책상 위 벽에 사무용 칼날로 정교한 심장 조각품을 만들어놓아 사무실에서는 사실 약간 두려움의 대상이었다). 하지만 윌럼 주위에서 이런 식으로 행동하는 여자들은 수도 없이 봐왔다. 모두들 봤다. 친구 라이어넬은 윌럼은 가만히 있어도 여자들이 줄줄 따르니 전생에 낚시꾼이었던 게 분명하다고 말하곤 했다. 하지만 (항상은 아니더라도) 대부분의 경우 윌럼은 그런 관심을 깨닫지도 못하는 것 같았다. 한번은 제이비가 맬컴에게 그 이유가 무엇이겠느냐고 물은 적이 있는데, 맬컴은 윌럼이 눈치를 못 채기 때문 아니겠냐고 대답했다. 이에 제이비는 그냥 툴툴댔지만, 그의 생각은 이랬다. 맬컴이야말로 자기가 아는 사람들 중 제일 둔해빠진 인간인데, 그런 맬컴마저 윌럼 주위의 여자들이 어떻게 반응하는지 알아차렸다면 윌럼 본인이 모르기란 불가능했다. 하지만 나중에 주드는 다른 해석을 내놓았다. 윌럼은 주위 남자들이 자기 때문에 위협을 느끼지 않도록 하기 위해서 일부러 여자들에게 반응을 보이지 않는다는 것이었다. 이 가설이 더 말이 됐다. 윌럼은 모두의 사랑을 받았고 사람들을 일부러 불편하게 만드는 걸 원치 않았기 때문에, 적어도 무의식적으로는 일종의 무지를 가장했을 가능성이 있었다. 하지만 그럼에도 그런 구경은 여전히 흥미로웠고, 구경도, 그 일로 나중에 윌럼을 놀리는 것도 세 친구에게는 절대 질리지 않는 일이었다. 그래봤자 보통 윌럼은 그저 미소만 지을 뿐 아무 말도 하지 않지만.

"여기 엘리베이터는 작동 잘돼요?" 윌럼이 돌아서며 갑자기 물었다.

"네?" 아니카가 소스라치며 대답했다. "네, 믿을 만해요." 그녀는 파리한 입술을 잡아당겨 옹졸한 미소를 지었고, 그게 나름 유혹의 미소라는 걸 깨달은 제이비는 자기가 괜히 당황해서 속이 울렁대는 것 같았다. 아이고, 아니카, 그는 생각했다. "우리 숙모 아파트에 정확히 뭘 들이시려고요?"

"우리 친구." 제이비가 윌럼보다 먼저 대답했다. "그 친구가 계단을 오르는 데 문제가 좀 있어서 엘리베이터가 제대로 작동해야 하거든."

"아." 그녀는 다시 얼굴을 붉히며 대답하고는, 다시 바닥을 쳐다봤다. "미안해요. 네, 작동 잘돼요."

아파트는 대단할 것 없었다. 현관 매트보다 클까 말까 한 조그만 로비가 있었고, 거기서 오른쪽으로는 (후덥지근하고 기름때가 잔뜩 낀 조그만 입방체) 부엌이, 왼쪽으로는 카드테이블 하나 정도나 들어갈까 싶은 식당이 자리하고 있었다. 나지막한 벽이 이 공간과 창이 넷 나 있는 거실을 나누고 있었는데, 창살이 쳐진 남향 창들은 모두 쓰레기투성이 거리를 바라보고 있었다. 짧은 복도를 따라 오른쪽에는 낡은 에나멜 욕조와 불투명 유리등이 달린 화장실이, 그 맞은편에는 창문이 하나 있는 길고 좁은 침실이 있었고, 방 안에는 목재 침대틀이 양쪽 벽에 딱 붙어 나란히 놓여 있었다. 한쪽 틀 위에는 죽은 말만큼이나 무거워 보이는 큼직하고 못생긴 요가 놓여 있었다.

"저 요는 새거예요." 아니카가 말했다. 그녀는 자기가 이사 오려고 미리 요까지 사뒀는데 친구 클레멘트와 같이 살게 되는 바람에 쓰지도 못했다고, 그런데 클레멘트는 남자친구가 아니라 그냥 친구라고, 세상에, 바보같이 무슨 이런 이야기를 하고 있는지 모르겠다고 주절주절 떠들어댔다. 하여간 그녀는 윌럼이 이 집에 들어오겠다면 요는 그냥 주겠다고 했다.

윌럼은 고맙다고 했다. "네 생각은 어때, 제이비?" 그가 물었다.

어떠냐고? 딱 거지소굴 같은 집이었다. 물론 제이비 자신도 거지소굴에서 살고 있지만, 그 거지소굴은 자기 선택이었다. 그 집은 공짜였기 때문에, 월세로 들어갈 돈을 물감과 재료, 마약, 그리고 가끔 가다 택시비로 쓸 수 있었다. 하지만 혹시라도 에즈라가 월세를 받겠다고 작정한다면, 절대 거기 있을 생각이 없었다. 제이비의 집은 에즈라나 맬컴 정도로 부자는 아니지만, 어떤 상황에서라도 그의 가족들은 그가 거지소굴에다 돈을 내버리게 하지는 않을 것이다. 가족들은 더 나은 곳을 찾아주거나 매달 조금씩 돈을 줘서 도와줄 것이다. 하지만 윌럼과 주드에게는 그런 선택권이 없었다. 자력구제를 해야 하고 돈도 없으니, 거지소굴에서 살 수밖에 없는 팔자였다. 상황이 그렇다면 아마도 이 집이 제격일 것이다. 싸고 다운타운에 있는 데다, 장래 집주인이 벌써 그중 50퍼센트에 홀딱 반해 있지 않은가.

그래서 그는 윌럼에게 "완벽해" 하고 말했고, 그도 동의했다. 아니카는 꺅 하고 소리를 질렀다. 급한 대화가 오간 후 모든 게 끝났다. 아니카에게는 임차인이, 윌럼과 주드에게는 살 곳이 생겼다. 제이비가 윌럼에게 사무실에 돌아가기 전에 점심으로 국수라도 한 그릇 사라고 말도 꺼내기 전에 벌어진 일이었다.

—

제이비는 자기성찰 같은 걸 하는 사람은 아니었지만, 그 주

일요일 어머니 집으로 가는 열차 안에서 자신의 인생과 가족에 대해 감사 비슷한 게 뒤섞인 희미한 자축의 마음을 떨쳐버릴 수가 없었다.

아이티에서 뉴욕으로 이주해 온 제이비의 아버지는 그가 세 살 때 돌아가셨다. 제이비는 늘, 가느다란 콧수염과 미소 지으면 동그랗게 오동통해지는 뺨을 가진 자상하고 점잖은 아버지의 얼굴을 기억하고 있다고 생각하고 싶어 했지만, 어머니의 침대 협탁 위에 놓인 아버지 사진을 보면서 자랐기 때문에 기억한다고 생각하는 것인지 실제로 기억하는 것인지 결코 알 수가 없었다. 그래도 어린 시절 슬픈 일은 그것뿐이었고, 그조차도 의무적인 슬픔에 더 가까웠다. 그에겐 아버지가 없었고, 아버지가 없는 아이들은 살면서 아버지의 부재를 애도한다는 걸 알고 있었다. 하지만 그는 그런 마음을 한 번도 경험해본 적이 없었다. 아버지가 돌아가신 후, 아이티계 미국인 2세대인 어머니는 제이비에게는 수준 이하라고 생각한 집 근처 공립학교에서 아이들을 가르쳐가며 박사학위를 땄다. 그가 브루클린 집에서 거의 한 시간을 통학해야 하는 비싼 사립고등학교를 장학금으로 다닐 무렵, 어머니는 다른 학교, 맨해튼의 한 마그넷 스쿨*의 교장이자 브루클린 칼리지의 객원교수로 재직했다. 어머니는 혁신적인 수업 방식으로《뉴욕타임스》기사에 실렸고, 친구들에게는 아닌 척했지만 그는 어머니가 자랑스러웠다.

어린 시절 어머니는 늘 바빴지만, 그는 어머니가 자기에게 소홀하다거나 자기보다 학생들을 더 사랑한다는 느낌을 받은 적이 한 번도 없었다. 집에는 그가 원하는 음식은 뭐든 만들어주

*일종의 특성화 학교로, 공교육 시스템의 일부이긴 하지만 특정 분야에 특화된 커리큘럼을 통해 재능 있는 학생들을 육성한다.

고, 프랑스어로 노래를 불러주고, 그야말로 하루도 빼놓지 않고 그가 얼마나 대단한 보물이고 천재이며 당신 인생 최고의 사람인지 말해주는 할머니가 있었다. 그리고 이모들, 맨해튼에서 형사로 일하는 이모와 (아이티가 아니라 푸에르토리코 출신이긴 하지만) 2세대 미국인이자 약사인 이모 여자친구도 있었는데, 둘 사이에는 자식이 없어서 그를 자기 자식처럼 여겼다. 이모는 운동을 좋아해서 그에게 캐치볼을 가르쳐줬고(그때도 그는 운동에는 거의 관심이 없었지만, 그 기술은 훗날 사교 생활을 하는 데는 유용했다), 이모 여자친구는 예술에 관심이 있었다. 아주 어린 시절 기억나는 일들 중 하나는 이 이모와 뉴욕현대미술관에 갔던 일로, 〈넘버 31, 1950〉을 보고 감탄해서 멍하니 바라봤던 기억이 생생하게 남아 있다. 폴록이 그 그림을 어떻게 그렸는지 설명하는 이모 말은 거의 귀에 들어오지도 않았다.

자신을 튀어 보이게 하고, 특히 부유한 백인 친구들을 불편하게 만들기 위해 약간의 수정주의가 필요했던 고등학교 시절, 그는 자기 가정환경의 진실을 슬쩍 얼버무렸다. 아버지 없는 흑인 소년인 건 마찬가지였지만, 어머니는 그가 태어난 후에야 학교를 마쳤고(어머니가 마친 학교가 대학원이라는 말은 하지 않았기 때문에, 사람들은 당연히 고등학교를 말하는 거라고 생각했다), 이모는 거리의 여자였다(마찬가지로 여기서도 사람들은 그가 형사가 아니라 매춘부 이야기를 하는 거라고 생각했다). 그가 가장 좋아하는 가족사진은 고등학교 때 친한 친구였던 대니얼이라는 아이가 찍어준 것인데, 사진을 찍으러 집에 들어가기 직전에야 그는 친구에게 진실을 밝혔다. 대니얼은 소위 "위기를 극복한" 가족 연작을 찍고 있었기 때문에, 친구를 집에 들이기 전 제이비는 자기 이모는 매춘부나 다름없고 어머니는 간신히 문맹을 벗어났다는 세간의 인식을 허둥지둥 바로잡아야 했다. 대니얼이 입을 딱 벌린 채 아무 소리도 못 내고 있던 순간, 제이비의 어머니가 문간에 나와 추운데 둘 다 어서 들어오라고 했고, 대니얼은 그 말에 따를 수밖에 없었다.

대니얼은 여전히 어안이 벙벙한 채 거실에 가족들의 자리를 배치했다. 제이비의 할머니 이베트가 자신이 가장 좋아하는 등받이 높은 의자에 앉았고, 그 주위로 이모 크리스틴과 이모 친구 실비아가 한쪽에, 제이비와 어머니가 반대쪽에 섰다. 하지만 대니얼이 막 사진을 찍으려는 순간, 이베트는 제이비에게 자기 자리에 와 앉으라고 했다. "얘가 우리 집 왕이야." 할머니가 대니얼에게 말했고, 딸들의 반대에도 아랑곳하지 않았다. "장-밥티스트! 앉아라!" 그는 앉았다. 사진 속의 그는 통통한(그때도 통통했다) 손으로 양쪽 팔걸이를 꼭 잡고 있고, 그 양옆에서는 여자들이 환한 미소를 띤 채 그를 내려다보고 있었다. 그 자신은 할머니가 앉았어야 할 의자에 앉은 채 함박미소를 지으며 카메라를 똑바로 바라보고 있었다.

그와 그가 결국 거둘 성공에 대한 가족들의 믿음은 절대 흔들리지 않았다. 거의 당황스러울 정도로 흔들림이 없었다. 심지어 스스로의 확신마저 너무나 여러 번 시험에 드는 바람에 마음속에서 자신감을 끌어내기 힘들어질 때조차, 가족들은 확신했다. 언젠가 그는 중요한 예술가가 될 거라고, 그의 작품이 주요 미술관에 걸릴 거라고, 이제껏 그에게 기회를 주지 않았던 사람들은 그의 재능을 제대로 판단하지 못한 거라고. 때로 그는 가족들을 믿고 가족들의 확신에 힘입어 기운을 냈다. 어떨 때는 의심이 들었다. 가족들의 의견이 세상 다른 사람들과 너무나 정반대인 상황이니, 가족들이 그를 오냐오냐 봐주고 있는 건지 아니면 그냥 제정신이 아닌 건지 알 수가 없었다. 아니면 가족들의 취향이 촌스러운 걸 수도 있다. 어째서 네 여인네의 판단이 다른 모든 사람들과 그다지도 다를 수 있단 말인가? 분명 그들의 의견이 옳을 가능성은 높지 않았다.

그럼에도 매주 일요일 비밀리에 집에 돌아갈 때마다 그는 안도감이 들었다. 그곳에는 음식이 그득했고 공짜였으며, 할머니는 그의 옷을 빨아줬고, 그가 하는 말 한 마디, 보여주는 스케치 하나하나가 음미와 호평의 대상이었다. 어머니 집은 익숙한 땅, 그가 늘 존경받을 수 있는 곳, 모든 관습과 전통이 그와 그의 요구에 딱 맞춰진 곳이었다. 저녁식사를 마치고 디저트를 먹기 전, 모두들 거실에서 텔레비전을 보면서 휴식을 취하고 그의 무릎에는 어머니의 고양이가 따뜻하게 누워 있는 저녁 시간, 이 여인들을 바라보고 있으면 그는 가슴이 뿌듯하게 벅차올랐다. 그리고 맬컴과 그의 가차 없이 지적인 아버지와 다정하지만 정신이 딴 데 팔린 어머니를, 다음으로는 윌럼과 돌아가신 그의 부모님을(윌럼의 부모님은 신입생 퇴거주간 때 딱 한 번 본 적 있는데, 어찌나 말이 없고 딱딱하고 '윌럼 같지 않은지' 깜짝 놀랐다), 그리고 마지막으로 주드와 전혀 존재하지 않는 그의 부모님을 생각하면(그 부분은 미스터리였다—주드를 안 지 거의 10년이 됐지만 언제 부모님이 계셨는지 아니면 애당초 부모님이 계시기는 했는지조차 확실치 않았고, 아는 것이라곤 그저 상황이 비참했고 이야깃거리가 아니라는 것뿐이다), 가슴속에 따스한 행복감과 감사의 마음이 밀물처럼 밀려들곤 했다. 난 운이 좋아, 그는 생각했다. 경쟁심 많고 삶의 모든 측면에서 동료들과 자기의 위치를 비교하는 사람인 그는 다음 순간 곧바로 내가 친구들 중에서 제일 운이 좋아, 하고 생각했다. 하지만 자신에게는 그럴 자격이 없다거나 감사하는 마음으로 더 열심히 해야겠다는 생각은 전혀 들지 않았다. 가족들은 그가 행복하면 행복해했고, 그러니 가족들에 대한 그의 의무는 행복한 것, 자기가 바라는 방식대로, 정확히 자기가 원하는 삶을 사는 것뿐이었다.

"우린 훌륭한 가족을 가질 자격이 있는데 말이야." 한번은 다들 정신없이 약에 취해 있을 때 윌럼이 이렇게 말했다. 물론 그는 주드 이야기를 하고 있었다.

"동의해." 제이비가 대답했다. 정말로 그는 동의했다. 그들 중 누구도—윌럼도, 주드도, 심지어 맬컴도—자기에게 마땅한 가족을 가지고 있지 않았다. 하지만 그는 몰래 자신은 예외로 쳤다. 그는 자기에게 마땅한 가족을 가지고 있었다. 그의 식구들은 훌륭했다. 진실로 훌륭했고, 그는 이를 잘 알고 있었다. 게다가, 그는 정말로 그 가족을 가질 자격이 있었다.

"우리 똑똑한 손자 오네." 그가 집에 들어설 때마다 이베트는 외치곤 했다. 그 말이 완전히 틀릴 수 있다는 생각은 한 번도 한 적 없었다.

—

이사 당일 엘리베이터가 고장 났다.

"젠장." 윌럼이 말했다. "내가 아니카한테 물어봤었잖아. 제이비, 그 여자 전화번호 알아?"

하지만 제이비에게는 전화번호가 없었다. "아 이런." 윌럼이 말했다. 아니카에게 문자를 해봤자 무슨 소용이 있나? "미안, 친구들." 그는 모두에게 말했다. "계단으로 갈 수밖에 없겠어."

다들 개의치 않는 것 같았다. 날은 적당히 쌀쌀하고 건조하고 바람이 몰아치는 아름다운 늦가을이었고, 사람은 여덟이었고, 그다지 많지 않은 상자들과 가구 몇 가지만 옮기면 됐다. 윌럼과 제이비, 주드, 맬컴, 그리고 제이비의 친구 리처드와 윌럼의 친구 캐롤라이나, 여기에 네 사람 공통의 친구 둘이 더 있었는데, 두 사람 다 이름이 헨리 영이어서 구분을 위해 다들 아시안 헨리 영과 블랙 헨리 영이라고 불렀다.

아무도 예상치 못한 순간에 유능한 매니저 역할을 하곤 하는 맬컴이 작업 배당을 했다. 주드는 아파트에 올라가서 상자들이 놓일 방향을 지시한다. 방향을 지시하는 사이사이에는 큰 물건부터 꺼내기 시작하고 상자들을 해체한다. 힘세고 키가 작은 캐롤라이나와 블랙 헨리 영은 책 상자들을 나른다. 윌럼과 제이비, 리처드는 가구를 옮긴다. 그리고 그와 아시안 헨리 영은 그 외의 것들을 담당한다. 모두들 아래층으로 내려올 때마다 주드가 납작하게 펴서 정리한 상자들을 들고 내려와 휴지통 근처 연석 위에 쌓아둔다.

"도와줄까?" 모두가 맡은 일을 하러 흩어지기 시작하자, 윌럼이 주드에게 조용히 물었다.

"아니." 주드는 짤막하게 대답했고, 윌럼은 그가 굉장히 가파르고 높은 계단을 간간이 멈춰가며 느린 걸음으로 올라가기 시작해 시야에서 사라질 때까지 지켜봤다.

활기차고 야단스럽지 않은 수월한 이사였다. 친구들은 모두 책을 꺼내고 피자를 먹으며 잠시 머물다가 파티로, 바bar로 떠났고, 마침내 새 아파트에는 윌럼과 주드만 남았다. 집은 엉망진창이었지만, 물건들을 제자리에 넣는다는 생각만 해도 피곤이 몰려왔다. 그래서 그들은 오후 햇살이 순식간에 사라지는 걸 보며 놀라고, 맨해튼 어딘가에 자기들 벌이로 감당할 수 있는 거처를 가지게 되었다는 데 놀라면서 그냥 미적거렸다. 아파트를 처음 본 친구들의 얼굴에 떠오른 예의 바른 무심한 표정을 둘 다 눈치챘지만(가장 많은 논평을 받은 건 좁은 트윈 침대였다. "빅토리아 시대 정신병원에서 가져온 물건 같아." 윌럼은 주드에게 침대를 이렇게 묘사했었다), 두 사람은 개의치 않았다. 이건 그들의 집이었고, 2년 계약을 했고, 아무도 그들에게서 빼앗을 수 없었다. 여기선 심지어 돈도 약간 모을 수 있을 것이다. 더 넓은 공간이 필요할 이유가 뭐가 있나? 물론 두 사람 다 아름다움에 대한 갈망이 있었지만, 그건 좀 기다려야 할 것이다. 아니, 그들이 기다려야 할 것이다.

두 사람은 이야기를 하고 있었지만, 주드는 눈을 감고 있었다. 윌럼은, 주드의 벌새처럼 끊임없이 파닥대는 눈꺼풀과 손등의 초록색 혈관이 팔딱대는 게 보일 정도로 꽉 움켜쥔 주먹으로 그가 아프다는 걸 알고 있었다. 책 상자 위에 올려놓은 주드의 다리가 얼마나 뻣뻣한지 봤기 때문에 고통이 극심하다는 걸, 자기가 해줄 수 있는 일은 아무것도 없다는 걸 알고 있었다. 만약 그가 "주드, 아스피린 갖다줄게" 하고 말한다면, 주드는 "난 괜찮아, 윌럼, 아무것도 필요 없어" 하고 말할 것이다. 만약 그가 "주드, 좀 눕는 게 어때" 하고 말하면, 주드는 "윌럼, 난 괜찮아, 걱정하지 마" 하고 대답할 것이다. 그래서 결국 그는 주드의 다리가 아플 때면 지난 몇 년 동안 그들 모두가 알게 된 대로 했다. 무슨 핑계를 대고 일어나 방에서 나가는 것이다. 주드가 그냥 피곤할 뿐이라거나 쥐가 났다거나 아무거나 머리에 떠오르는 별 설득력 없는 설명을 대며 괜찮은 척하느라 기운을 쓰거나 대화를 할 필요 없이, 꼼짝 않고 누워서 고통이 지나가기를 기다릴 수 있도록 말이다.

침실로 간 윌럼은 시트를 넣은 쓰레기봉지를 찾아내, 먼저 자기 요에, 그리고 다음으로 (조만간 캐롤라이나의 전 여자친구가 될 친구에게서 지난주에 헐값으로 산) 주드의 요에 시트를 씌웠다. 그러고는 자기 옷을 셔츠와 바지, 속옷, 양말로 분류해서 따로따로 (방금 책을 비운) 마분지 상자에 넣고 침대 밑에 밀어 넣었다. 주드의 옷은 그대로 뒀지만, 다음에는 화장실로 들어가 청소와 살균을 한 다음 칫솔과 비누, 면도기, 샴푸를 정리했다. 하던 일을 멈추고 한두 번 거실로 살금살금 나와봤으나, 주드는 여전히 똑같은 자세 그대로 눈을 꼭 감고 주먹을 움켜쥔 채 고개를 돌리고 있어서 윌럼에게는 그의 표정이 보이지 않았다.

주드에 대한 윌럼의 감정은 복잡했다. 그는 주드를 사랑했고—그 부분은 간단했다—걱정했고, 때로는 친구라기보다 형이나 보호자 같은 기분이 들었다. 자기 없이도 주드는 괜찮을 테고, 예전에도 괜찮았다는 건 알지만, 때로 주드에게는 그를 불안하게 만드는 무엇인가가, 주드를 도와줄 수 없다는 무력감과, 역설적으로 그를 돕겠다는 의지를 더 다지게 만드는 무엇인가가 보였다(물론 주드가 어떤 식이든 도움을 요청한 적은 거의 없었다). 모두가 주드를 사랑하고 대단하게 생각했지만, 그는 종종 주드가 다른 사람들보다 자기에게 조금 더—아주 조금 더—자신을 보여준다고 느꼈고, 그렇게 알게 된 것들로 자기가 무엇을 해야 하는지 알 수가 없었다.

예를 들자면, 주드 다리의 통증 문제. 주드와 친구가 된 후로 그들은 주드의 다리에 문제가 있다는 것을 알고 있었다. 물론 모를 수가 없었다. 그는 대학 시절 내내 지팡이를 사용했다. 더 어렸을 때—처음 만났을 때 세 사람보다 두 살이 적었던 주드는 너무 어려서 아직도 성장 중이었다—는 정형외과 목발을 짚어야만 걸을 수 있었고, 다리에 붕대로 칭칭 감은 부목 같은 보조기를 하고 있었는데, 뼈에 박아 넣은 외고정 때문에 무릎을 구부릴 수도 없었다. 하지만 그는 절대, 단 한 번도 불평하지 않았고, 다른 사람의 불평에 대해 투덜대지도 않았다. 2학년 때 제이비가 얼음판에서 미끄러져 손목이 부러진 적 있는데, 어찌나 야단법석을 떨었는지 당시 기억은 모두의 뇌리에 선명히 남아 있다. 제이비는 연극조 한탄과 신세타령을 늘어놓으며 깁스를 한 일주일 내내 학교 병동을 떠나지 않았고, 문안객들이 어찌나 많이 찾아왔던지 학보에 그의 이야기가 실릴 정도였다. 같은 기숙사에 있던 축구 선수 하나는 반월판 연골을 다치고 나서 제이비는 고통이 뭔지 알지도 못한다며 떠들고 다녔다. 하지만 주드는 윌럼과 맬컴과 마찬가지로 매일 제이비를 찾아갔고, 그가 바라는 온갖 위로를 다 해줬다.

제이비가 황송하게도 퇴원을 수락하여 기숙사에 돌아와 또 한바탕 대대적인 주목을 받은 직후의 어느 날 밤, 윌럼이 잠에서 깨보니 방이 텅 비어 있었다. 사실 뭐 특별한 일은 아니었다. 제이비는 남자친구 집에 갔고, 그 학기 하버드에서 천문학 수업을 수강하던 맬컴은 매주 화요일과 목요일 밤이면 실험실에서 잤다. 윌럼도 종종 외박을 했다. 주로 여자친구 방이었지만, 그날은 여자친구가 감기에 걸려서 집에 있었다. 하지만 주드는 늘 거기 있었다. 여자친구나 남자친구가 있었던 적이 한 번도 없었고, 항상 그 방에서 잤다. 윌럼의 침대 아래 주드의 존재는 바다처럼 익숙하고 항구적이었다.

뭐 때문에 침대에서 내려와 고요한 방 한가운데 멍하게 서서 마치 주드가 거미처럼 천장에 매달려 있기라도 한 듯 사방을 둘러봤는지 알 수가 없었다. 하지만 그때 목발이 사라진 게 눈에 들어왔고, 그는 주드를 찾기 시작했다. 공동 공간에서 나지막이 이름을 불러봐도 대답이 없자, 그는 방에서 나가 공동화장실 쪽으로 걸어갔다. 캄캄한 방에 있다 들어선 화장실은 현기증이 날 정도로 밝았고, 형광등에서는 계속해서 희미하게 지잉 소리가 났다. 너무 정신이 없어서 화장실 마지막 칸 문 아래로 주드의 발과 목발 끝부분이 불쑥 나와 있는 걸 봤을 때 제대로 놀라지도 못했다.

"주드?" 그는 문을 두드리며 속삭였지만, 아무 대답도 나오지 않았다. "나 들어갈게." 문을 열었더니 주드는 한쪽 다리를 가슴 쪽으로 당긴 채 바닥에 쓰러져 있었다. 구토를 해서 토사물 일부가 앞의 바닥에 쏟아져 있었고, 일부는 살굿빛 얼룩 점묘처럼 입술과 뺨에 말라붙어 있었다. 그는 온통 땀에 젖은 채 눈을 감고 있었고, 한 손으로는 목발의 둥근 손잡이를 꽉 움켜잡고 있었다. 나중에야 알게 된 사실이지만, 그건 오로지 극도로 불편할 때만 보이는 증상이었다.

하지만 그때 윌럼은 그저 무섭고 혼란스러워서 연달아 질문만 퍼부어댔고, 주드는 어떤 질문에도 대답할 상태가 아니었다. 부축해 일으켜 세우려고 했을 때에야 주드는 비명을 질렀고, 그제야 윌럼은 그의 고통이 얼마나 심한지 알 수 있었다.

여하튼 그는 반쯤은 질질 끌고 반쯤은 업다시피 하며 간신히 주드를 방까지 데려와 침대에 구부려 넣고는 서투른 동작으로 닦아줬다. 최악의 고통은 지나간 것처럼 보였을 때 윌럼이 의사를 부를까 하고 묻자, 주드는 고개를 저었다.

"하지만 주드." 그는 조용히 말했다. "아프잖아. 도움을 요청해야 해."

"아무것도 소용없어." 그는 대답하더니 잠시 말이 없었다. "그냥 기다리는 수밖에 없어." 속삭이는 것 같은 약하고 낯선 목소리였다.

"내가 해줄 것 없어?" 윌럼이 물었다.

"없어." 주드가 말했다. 둘 다 말이 없었다. "하지만 윌럼, 잠깐 같이 있어줄래?"

"물론이지." 그는 말했다. 주드가 오한이라도 든 것처럼 몸을 덜덜 떨어서, 윌럼은 자기 침대에서 이불을 가져와 꼭꼭 여며 덮어줬다. 그러다가 그는 담요 아래로 손을 집어넣어 주드의 손을 찾아 꽉 쥔 주먹을 편 다음 축축하고 못 박인 손바닥을 마주 잡았다. 다른 남자의 손을 잡아본 건 정말 오랜만이라—여러 해 전 형이 수술했을 때 이후로는 한 번도 없었다—그는 주드의 군센 아귀힘과 근육질 손가락에 깜짝 놀랐다. 주드는 몇 시간이나 벌벌 떨며 이를 딱딱 부딪쳤고, 결국 윌럼은 옆에 누운 채로 잠이 들었다.

다음 날 아침 그는 주드의 침대에서 잠이 깼다. 손이 욱신거려 손등을 살펴보니, 주드가 손가락으로 꽉 잡은 자리에 희미한 멍 자국이 나 있었다. 그는 약간 비틀거리며 일어나 공동 공간으로 갔다. 주드는 자기 책상에서 책을 읽고 있었다. 늦은 아침 눈부신 햇살을 받아 그의 모습이 희미하게 보였다.

윌럼이 들어와서 서자 그는 고개를 들었고, 잠시 동안 두 사람은 말없이 그냥 서로를 쳐다봤다.

"윌럼, 정말 미안해." 주드가 마침내 말했다.

"주드." 그가 말했다. "미안할 거 하나도 없어." 진심이었다. 정말로 미안할 건 없었다.

하지만 주드는 계속했다. "미안해, 윌럼, 정말 미안해." 윌럼이 수도 없이 괜찮다고 말했는데도 주드에게는 위로가 되지 않았다.

"맬컴과 제이비에게는 말하지 말아줘, 알았지?" 그는 부탁했다.

"그럴게." 그는 약속했다. 그는 절대 말하지 않았지만, 결국 달라질 건 없었다. 결국에는 맬컴과 제이비도 몇 번에 불과하긴 했지만 윌럼이 그날 밤 본 것 같은 삽화*들을 겪으며 주드가 아파하는 모습을 보게 되었으니까.

주드와는 그 일에 대해 절대 말하지 않았지만, 그 이후로 그는 주드가 크고 작은 온갖 종류의 고통에 시달리는 모습을, 조그만 상처에 움찔하는 모습을, 때로 너무 막대한 고통이 덮치면 구토를 하거나 바닥에 고꾸라지거나 그냥 의식을 잃고 기절해버리는 모습들을 봐왔다. 지금 거실에 있는 주드의 모습처럼. 그는 약속을 지키는 사람이었지만, 마음 한구석에는 늘 왜 주드와 이 문제에 대해 이야기해보지 않았는지, 왜 주드에게 그럴 때 어떤 기분인지 말해보라고 하지 않았는지, 왜 본능이 시키는 대로 감히 행동하지 못했는지 의문을 가지고 있었다. 그러니까, 왜 그냥 옆에 앉아 다리를 문질러주고, 멋대로 어긋나는 신경말단을 주물러 가라앉히려 해보지 않았을까. 대신 그는 여기 욕실에 숨어 바쁜 체하고 있다. 가장 소중한 친구 하나가 바로 저기 지저분한 소파에 철저히 홀로 앉아 산 자들의 땅으로 돌아오기 위한, 의식을 되찾기 위한 느리고 슬프고 고독한 여행을 하고 있는데 말이다.

"넌 겁쟁이야." 그는 욕실 거울에 비친 자신을 향해 말했다. 혐오에 지친 얼굴이 그를 마주 바라보았다. 거실에서는 여전히

---

*장기적으로 지속되는 병을 앓는 중, 병의 증상이 위급하게 나타나 일정 시간 지속되는 한 차례의 사건을 의미하는 의학용어.

침묵만 감돌았지만, 윌럼은 거실 입구로 가 보이지 않는 곳에 서서 주드가 자기에게 돌아오기를 기다렸다.

—

"거긴 거지소굴이야." 제이비가 맬컴에게 말했다. 그 말이 틀린 건 아니었지만—현관에 들어서기만 해도 맬컴은 피부가 따끔거렸다—그럼에도 맬컴은 계속 부모님 집에서 사는 게 자기만의 거지소굴에서 사는 것보다 정말로 나은 것인지 다시 한 번 생각하며 울적한 기분으로 집에 돌아갔다.

논리적으로 보자면, 그는 물론 명백히 지금 집에서 계속 살아야 한다. 그는 돈도 거의 못 벌고, 오랜 시간 일하는 데다, 부모님 집은 충분히 커서, 이론적으로는 작정만 하면 부모님과 전혀 마주치지 않고도 살 수 있었다. 그는 4층 전체(솔직히 말하면, 그 층은 너무 지저분해서 거지소굴보다 나을 것도 없었는데, 자기 주택 모형을 망가뜨려놨다고 가정부 이네즈에게 고함을 지른 후로 어머니가 가정부를 올려 보내지 않았기 때문이다)를 차지하고 있을 뿐 아니라 부엌과 세탁기를 사용하고 부모님이 구독하는 온갖 신문과 잡지들도 볼 수 있었고, 세탁물은 어머니가 출근길에 세탁소에 맡기면 이네즈가 다음 날 찾아오는 세탁물 가방에 일주일에 한 번 넣어두면 됐다. 물론 이런 식의 생활도, 나이가 스물일곱이나 됐는데도 어머니가 일주일 치 식료품을 주문할 때면 사무실로 전화를 걸어 딸기를 사면 먹을 건지, 그날 저녁 메뉴로 메기나 도미 중 뭘 원하는지 묻는 것도 자랑스럽지는 않았다.

하지만 부모님이 맬컴의 시간과 공간 구분을 실제로 존중해준다면, 지내기가 더 수월할 것이다. 부모님은 맬컴이 아침식사와 일요일 브런치를 같이하기를 바랄 뿐 아니라 4층에도 자주 들렀고, 그 사교 방문은 노크와 동시에 문손잡이가 돌아가면서 진행됐다. 그러면 노크하는 의미가 없다고 맬컴이 몇 번이나 말했지만 소용없었다. 끔찍하게 철딱서니 없고 배은망덕한 생각이라는 건 알지만, 10대처럼 위층으로 올라가도 좋다는 허락을 받기 전까지 어쩔 수 없이 견뎌야만 하는 대화를 생각하면 때로는 집에 가기조차 두려웠다. 특히 주드가 없는 그 집에서 사는 게 두려웠다. 지하층은 맬컴이 있는 4층보다 더 분리된 공간이었지만 부모님은 주드가 방에 있을 때면 거기에도 즐겁게 들렀고, 그래서 맬컴이 주드를 보러 내려가보면 가끔 아버지가 벌써 지하에 자리를 잡고 앉아 주드에게 지루한 설교를 늘어놓고 있었다. 아버지는 특히 주드를 좋아했다. 아버지는 근본적으로 경박한 녀석들에 불과한 맬컴의 다른 친구들과는 달리 주드는 진짜 묵직하고 심오한 지성을 지녔다고 말하곤 했다. 이제 주드가 없어지고 나면, 시장과 변화하는 세계 재정 현실, 맬컴이 별로 좋아하지도 않는 갖가지 주제에 대한 복잡한 이야기들을 융숭하게 대접받을 사람은 바로 맬컴이 될 것이다. 사실 때로는 주드가 아들이었다면 아버지가 더 좋아했을 거라는 의심이 들기도 했다. 아버지와 주드는 로스쿨 동문이었고, 주드가 재판연구원을 하며 모셨던 판사는 아버지가 처음 들어갔던 로펌에서의 사수였다. 그리고 주드는 미연방 지방검찰청 검사보인데, 그곳은 바로 아버지가 젊은 시절 일하던 곳이기도 했다.

"두고 봐라. 저 애는 성공할 테니까." "출발선상에서부터 진짜 자수성가로 성공할 사람을 만나기란 흔치 않아." 주드와 이야기하고 나서 아버지는 종종 주드의 비범함이 마치 자기 덕인

양 뿌듯한 표정으로 맬컴과 어머니에게 선언했고, 그럴 때면 맬컴은 어머니가 짓고 있을 게 뻔한 위로의 표정을 보지 않기 위해 어머니 얼굴을 외면해야만 했다.

플로라가 여전히 여기 있다면, 그 또한 살기 더 편했을 것이다. 누나가 집에서 나갈 준비를 하고 있었을 때, 맬컴은 새로 얻은 베튠 스트리트의 침실 두 개짜리 아파트 룸메이트가 자기여야 한다는 암시를 주려고 무진장 노력했다. 하지만 플로라는 그의 수많은 암시들을 전혀 이해하지 못했거나 그냥 이해하지 않기로 작정했다. 플로라는 부모님이 자식들에게 바라는 그 엄청난 시간에 괘념치 않는 것 같았고, 덕분에 그는 아래층 사실에서 아버지가 틀어주는 끝없이 지루한 오즈 야스지로 영화들을 안절부절못하며 보는 대신 자기 방에서 더 오래 주택 모형을 만들 수 있었다. 더 어렸을 때 그는 부모님 친구들조차 이러니저러니 할 정도로 눈에 띄게 플로라를 편애하는 아버지 때문에 상처 받고 분개했다. 아버지는 누나를 "멋쟁이 플로라"(사춘기 때는 때에 따라 "싸움꾼 플로라"니 "독종 플로라"니 "맹수 플로라"니 하고 불렀지만, 그 애칭들에는 늘 지지가 듬뿍 담겨 있었다)라고 불렀고, 심지어 플로라가 서른이 다 된 지금도 여전히 누나를 특별히 예뻐했다. "멋쟁이가 오늘 재치 넘치는 말을 했어." 아버지는 저녁식사 자리에서 마치 맬컴이나 어머니는 플로라와 자주 이야기도 안 한다는 듯이 말했고, 플로라의 아파트 근처 다운타운에서 브런치를 먹은 다음이면 "멋쟁이는 왜 이렇게 멀리 이사 온 거야?" 하고 투덜대곤 했다. 차로 15분 거리인데도. (맬컴은 그게 특히 짜증 났다. 아버지는 늘 어린 시절 그레나딘 제도에서 퀸스로 이주했던 경험과 그로 인해 평생 두 나라 사이에 갇힌 기분으로 산다는 작위적인 이야기들을 들려주며, 그런 경험을 통해 인간으로서 자양분을 얻고 꼭 필요한 시각도 가질 수 있다고 운운하며 언젠가는 맬컴도 꼭 어딘가에 가서 국외자가 되어봐야 한다고 했기 때문이다.) 하지만 혹여 플로라가 다른 나라는 고사하고 섬* 바깥으로 이사 가기라도 한다면, 장담컨대 아버지는 무너지고 말 것이다.

맬컴에게는 어떤 애칭도 없었다. 때때로 아버지는 그를 다른 유명한 맬컴들의 성—"엑스"라거나 "맥래런", "맥도널드", "머거리지"—으로 불렀지만, 그건 늘 애정 담긴 행동이라기보다는 맬컴이 되어야 했지만 절대 되지 못한 것을 상기시키는 비난처럼 느껴졌다.

아버지가 자기를 그다지 좋아하지 않는 것 같다는 사실을 놓고 울적해하는 건 차치하고 아직도 걱정하고 있다는 게 때로는—자주—한심하게 느껴졌다. 어머니마저 그랬다. "아빠가 별생각 없이 한 말인 거 알잖아." 플로라가 모든 면에서 더 뛰어나다는 식의 흔한 일장연설이 끝나고 나면 어머니는 말했고, 그러면 어머니가 여전히 "아빠"라는 호칭을 쓴다는 걸 알아채고 짜증이 나면서도 그 말을 믿고 싶었던 맬컴은 그러거나 말거나 상관없다는 걸 보여주기 위해 괜히 툴툴대거나 중얼거리곤 했다. 때로—점점 더 자주—그는 부모님 생각에 시간을 너무 많이 쓴다는 게 짜증이 났다. 이게 정상인가? 뭔가 좀 애잔하지 않나? 결국 그는 스물일곱 살이 아닌가! 집에서 살면 이렇게 되나? 아니면 자기만 그런 건가? 분명 집에서 나갈 이유로는 더할 나위가 없었다. 그러면 어쨌거나 그는 더 이상 그런 아이는 아니게 될 테니까. 아래층에서 부모님이 하루 일과를 마치는 소

*맨해튼을 지칭한다.

리, 세수할 때 울리는 오래된 파이프 소리, 거실 라디에이터를 끄면 갑자기 탁 하고 찾아드는 적막이 어떤 시계보다도 정확하게 11시, 11시 반, 12시를 알려주는 밤이면, 그는 다음 해에, 빨리, 해결해야 할 일들의 목록을 적었다. (정체 상태의) 일, (존재하지 않는) 연애 생활, (정해지지 않은) 성 정체성, (불확실한) 미래. 이 네 가지는 비록 우선순위가 가끔 바뀌기는 했지만 늘 똑같았다. 그 상태를 정확하게 진단하는 그의 능력과 해결책을 제시하지 못하는 무능력 또한 한결같았다.

다음 날 아침이면 그는 굳게 결심한 채 자리에서 일어났다. 오늘은 집에서 나갈 테고, 부모님에게 자기를 내버려두라고 말할 것이다. 하지만 아래층에 내려가면 (아버지는 벌써 출근했고) 어머니가 아침을 차리면서 묻는다. 가족 연례 여행지인 생바르텔레미행 티켓을 오늘 사려 하는데 그는 며칠이나 있을 건지 미리 알려달라고. (그의 휴가 비용은 여전히 부모님이 지불하고 있었고, 그는 친구들에게 그런 말을 하지 않을 정도의 분별력은 있었다.)

"네, 엄마." 그는 말한다. 그러고는 아침을 먹고 집에서 나와 아무도 그를 모르는, 그가 무엇이든 될 수 있는 세상 속으로 발을 내디딘다.

2

매주 평일 저녁 5시와 주말 아침 11시면 제이비는 지하철을 타고 롱아일랜드시티에 있는 스튜디오로 향했다. 평일에 갈 때가 제일 좋았다. 그는 커넬 역에서 지하철을 타서 정류장에 설 때마다 기차 안이 온갖 국적과 인종의 사람들로 끝없이 변화무쌍하게 채워지고 비어가는 모습을 지켜봤다. 열 블록 정도마다 지하철의 인구는 폴란드와 중국, 한국, 세네갈 사람들에서 세네갈, 도미니카, 인도, 파키스탄 사람들, 또 파키스탄, 아일랜드, 살바도르, 멕시코 사람들, 그러고는 멕시코와 스리랑카, 나이지리아, 티베트 사람들이 뒤섞인 정신없고 놀라운 조합으로 재구성되었다. 이들의 공통점이라고는 미국에 새로 왔다는 것과 이민자들의 얼굴에서만 볼 수 있는 결의와 체념이 혼재된 지친 표정들뿐이었다.

이런 순간이면 자신의 행운에 감사하는 마음과 자신이 사는 이 도시에 대한 감상적 기분이 동시에 들었다. 둘 다 자주 느끼는 감정은 아니었다. 그는 자기 고향을 화려한 모자이크라고 찬양하는 사람이 아니었고, 그러는 사람들을 놀려댔다. 하지만 이 지하철 공간을 공유하는 동료들이 분명 그날 해냈을 노동, '진짜' 노동의 총량은 대단하게 생각했다. 어떻게 그러지 않을 수가 있겠나? 하지만 자신의 상대적 나태함을 부끄러워하는 대신, 그는 안도했다.

에둘러서이긴 했지만 이런 느낌을 함께 토로해본 유일한 사람은 아시안 헨리 영이었다. 함께—사실 스튜디오에 자리를 마련해준 사람이 헨리였다—롱아일랜드시티로 가던 어느 날, 홀쭉한 체구에 힘줄이 불거진 중국인 하나가 제대로 짐을 들 힘도 의지도 전혀 없다는 듯이 오른쪽 집게손가락 마지막 마디에 주황색 비닐봉지를 축 늘어뜨린 채 지하철에 올라타 그들 맞은편 의자에 털썩 앉더니, 다리를 꼬고 팔짱을 낀 다음 즉시 곯아떨어졌다. 고등학교 때부터 친구였고, 제이비와 마찬가지로 장학금으로 학교를 다녔으며, 차이나타운에서 재봉사로 일하는 엄마를 둔 헨리는 제이비를 쳐다보더니 소리 없이 입만 움직여 말했다. "하느님, 감사합니다." 제이비는 죄의식과 기쁨이 뒤섞여 있는 친구의 심정을 정확하게 이해했다.

이런 평일 저녁의 지하철 여행에서 그가 또 좋아하는 것은 빛이었다. 지하철이 덜커덩거리며 다리를 건너가고 있으면, 빛이 마치 살아 있는 생물처럼 차량을 가득 채우고는 사람들의 얼굴에서 피로를 씻어내고 그들이 처음 이 나라에 왔을 때의 얼굴, 미국을 정복할 수 있을 것만 같았던 젊은 시절의 얼굴을 드러냈다. 그는 그런 빛이 시럽처럼 차량 안으로 퍼져나가면서 깊게 팬 이마의 주름을 지우고, 희끗희끗한 머리를 황금빛으로 물들이고, 번쩍거리는 싸구려 옷감의 광택을 매끄럽고 은은하게 어루만지는 광경을 지켜보곤 했다. 그러다 해가 서서히 넘어가고 열차가 무심하게 덜커덩거리며 멀어져가면, 세상은 다시 평소의 슬픈 모양과 색깔로, 사람들은 평소의 슬픈 얼굴로 돌아왔다. 마치 마법사가 지팡이로 건드리기라도 한 것처럼 잔인하고 갑작스러운 변화였다.

그는 자기도 그런 사람인 척하기를 즐겼지만, 그게 아니라는 걸 알고 있었다. 때로 열차에 아이티 사람들이 탈 때면 그는 자기도 모르게—그의 귀는 갑자기 늑대처럼 주위를 둘러싼 소음들 사이에서 노랫가락 같고 걸쭉한 크레올 발음을 잡아냈다—그쪽을, 아버지처럼 둥그스름한 얼굴을 한 남자 둘이나 어머니 같은 들창코를 가진 여자 둘을 바라보았다. 그 사람들에게 말을 걸어볼 수 있는 완벽히 자연스러운 이유들이—만약 그들이 길을 찾고 있는 거라면 그가 슥 끼어들어 대답을 해줄 수도 있을 것이다—주어지길 늘 바랐지만, 그런 일은 절대 일어나지 않았다. 때로 그 사람들이 이야기를 나누는 와중에 의자를 한번 훑어보기라도 하면 미소 지을 만반의 준비를 한 채 긴장했지만, 그 사람들은 절대 그를 자기들 동족으로 알아보지 못하는 것 같았다.

물론 그는 아니었다. 그 자신조차도 자기는 그 사람들보다는 아시안 헨리 영이나 맬컴, 윌럼, 심지어 주드와 더 공통점이 많다는 걸 알고 있었다. 그를 보라. 그는 코트스퀘어에서 내려 예전에는 병 공장이었지만 지금은 다른 세 사람과 함께 스튜디오 공간으로 쓰고 있는 건물을 향해 세 블록을 걸어간다. '진짜' 아이티 사람이 스튜디오를 가지고 있나? '진짜' 아이티 사람이라면 집세도 안 내는 커다란 아파트 한구석에서 그냥 그림 그리고 빈둥대면 될 걸, 지하철로 30분 거리에 있는 햇빛 잘 드는 지저분한 공간으로 간다는 걸 생각이나 할까? 아니, 절대 그럴 리 없다. 그런 사치를 이해하려면 미국식 사고방식이 있어야 한다.

디딜 때마다 종소리 같은 게 울리는 철제 계단을 올라가면 3층에 자리하고 있는 로프트는 벽도 바닥도 다 하얬지만, 바닥은 온통 부서지고 쪼개져서 여기저기 털깔개라도 깔아놓은 것처럼 보였다. 사면에는 높다란 구식 여닫이창이 있었는데, 네 사람은 각자 벽 하나씩을 책임지고 적어도 이 창문만은 깨끗이 닦았다. 먼지 때문에 제대로 활용 못 하기에는 빛이 너무 좋았고, 사실 그 빛이야말로 이 로프트의 핵심이었기 때문이다. 로프트에는 (이루 말할 수 없는 꼴의) 화장실과 (그보다는 조금 덜 끔찍한) 부엌이 하나 있었고, 정중앙에는 톱질모탕 세 개 위에 싸구려 대리석판을 올려 만든 커다란 테이블이 하나 놓여 있었다. 여기는 공용 공간이어서, 공간이 좀 더 필요한 프로젝트를 하는 사람은 누구나 쓸 수 있었다. 몇 달이 지나는 사이, 대리석판 위에는 연보라색과 연주황색 줄이 죽죽 그이고, 비싼 카드뮴 레드 물감이 방울방울 떨어졌다. 오늘 이 테이블은 다채로운 색으로 손염색한 기다란 오간자 천 조각들로 덮여 있었고, 그 양쪽 끝은 책들로 눌려 있었다. 책장 귀퉁이들이 천장 선풍기 바람에 팔락거렸고, 테이블 가운데에는 삼각형으로 접은 마분지 공지판이 서 있었다. "건조 중. 옮기지 말 것. 내일 오자마자 치우겠음. 양해 감사. H.Y."

공간을 분할하는 벽은 없었지만, 그들은 절연테이프를 이용해 스튜디오를 일인당 1.5평 넓이의 네 구역으로 나누고, 바닥뿐만 아니라 벽과 각자의 공간 위 천장까지 테이프로 표시했다. 모두들 극도로 조심하며 타인의 영역을 존중했다. 누가 전화로 여자친구와 싸우고 있어도, 남의 공간에서 벌어지는 일은 못 듣는 척했다. 당연히 한 마디도 안 빼놓고 다 들을 수 있지만 말이다. 남의 공간에 들어가고 싶을 때는, 한창 작업 중이 아니라는 걸 확인한 후에야 테이프 경계선에 서서 조그맣게 이름을 부른 다음 넘어가도 되느냐고 허락을 구했다.

빛은 5시 반에 완벽했다. 버터처럼 부드럽고 진한 빛이 열차에서 그랬듯이 방을 두둥실 부풀려 뭔가 광대하고 희망찬 공간으로 변화시켰다. 스튜디오에는 제이비뿐이었다. 바로 옆자리를 쓰는 리처드는 밤에 바에서 일하기 때문에 아침에 스튜디오에서 작업했고, 마주 보는 자리의 알리도 마찬가지였다. 나머지 한 사람, 대각선으로 마주 보는 자리의 헨리는 낮에 일하는 갤러리에서 퇴근하고 나서 보통 7시에 왔다. 그는 재킷을 벗어 구석에 던진 다음 캔버스를 걷고 한숨을 쉬며 그 앞 스툴에 앉았다.

스튜디오에 온 지 다섯 달째였다. 그는 이곳을 사랑했다, 예상했던 것보다 더. 스튜디오 동료들이 모두 진지한 진짜 예술가들이라는 게 좋았다. 에즈라 집에서는 절대 작업을 할 수 없었을 것이다. 가장 좋아했던 교수님이 예전에 해줬던 말—섹스하는 곳에서는 절대 그림을 그려서는 안 돼—을 믿어서만이 아니라, 에즈라 집에서 일하면 끊임없이 아마추어 호사가들에게 둘러싸여 방해를 받기 때문이다. 그곳에서 예술이란 그저 생활 속의 장식품 같은 것이었다. 거기선 그림을 그리고 조각하고 시시한 설치작품을 만드는 이유가 옷장 가득한 부드러운 워싱티셔츠와 더티진, 얄궂게 싼 미국 맥주와 얄궂게 비싼 수제 미국 담배 소비를 정당화시켜주기 때문이다. 하지만 여기서는 예술을 하는 게 그게 유일하게 잘하는 일, 보통 사람들이 생각하는 것들—섹스와 음식, 잠, 친구, 돈, 명성—을 가끔 잠깐씩 떠올리는 사이사이에 정말이지 머릿속에 온통 그 생각밖에 없기 때문이다. 바에서 누구랑 애무를 하고 있건 친구들과 저녁을 먹고 있건, 마음속 어딘가는 늘 캔버스가, 그 형상들과 가능성이 눈동자 뒤에서 태아처럼 떠다닌다. 모든 그림과 프로젝트에는 그 그림의 생명이 자기 일상보다 더 진짜가 되는 시기가 있어서—아니면 적어도 그런 시기가 있기를 바란다—어디에 있든 스튜디오에 돌아갈 생각만 하게 되고, 자기도 모르게 식탁 위에 소금을 잔뜩 뿌려 쌓아놓고는 부드러운 모래 같은 그 하얀 알갱이들을 손가락 끝으로 헤집으며 자신의 구상과 패턴과 계획들을 짜고 있게 되는 것이다.

또 예상치 않았던 그곳 특유의 편안한 관계도 마음에 들었다. 주말이면 모두 거기 같이 있을 때가 있는데, 그림에 푹 빠져 있다가 간혹 정신을 차려보면 모두들 작업에 힘껏 몰두해서 리듬에 맞춰 호흡, 아니 거의 헐떡거리고 있었다. 그럴 때면 함께 내뿜고 있는 집단 에너지가 가연성의 달콤한 기체처럼 공기 속에 충만했고, 그걸 병에 담아두고 싶은 마음이 간절했다. 어떤 영감도 떠오르지 않아 무력할 때, 오래 노려보고 있으면 캔버스가 환하게 충전된 뭔가로 돌변하기라도 할 것처럼 그 앞에 몇 시간이고 꼼짝 않고 앉아 있는 날들이 이어질 때 그 병에서 기운을 얻을 수 있도록 말이다. 그는 테이프 경계선에 서서 기다리다 헛기침을 하고는 리처드 쪽으로 넘어가 작품을 구경하는 의식을 좋아했다. 작품 앞에 함께 조용히 서 있으면, 몇 마디 안 나눠도 상대방의 의도가 정확하게 이해됐다. 자기를, 자기 작품을—그게 무슨 의미인지, 목적이 무엇이었는지, 왜 그런 목적을 가진 건지, 왜 그런 색조와 소재, 재료, 적용법, 기술을 선택했는지를 사람들에게 수없이 '설명'하다보니, 아무것도 설명하지 않아도 되는 사람과 그냥 있는 게 너무나 편안했다. 그냥 계속 보기만 해도 되고, 질문이 있다 해도 보통 직설적이고 기술적이고 사실적인 질문들이었다. 엔진이나 배관 이야기를 하는 거나 같았다. 기계적이고도 간단해서 대답이 한두 개밖에 있을 수 없는 그런 문제 말이다.

다들 작업 매체가 달랐기 때문에, 서로 경쟁하지도 않았고, 비디오 아티스트가 스튜디오 동료들보다 먼저 대리인이 생길까봐 두려워할 필요도 없고, 큐레이터가 작품을 보러 왔다가 옆 사람 작품에 반해버릴까 걱정할 일도 덜했다. 하지만—이게 중요한 부분인데—그는 다른 사람들의 작업도 존경했다. 헨리는 해체된 조각이라는 걸 만들었다. 여러 가지 실크로 만든 꽃과 가지들로 일본식 꽃꽂이를 한 이상하고 정교한 작품이다. 하지만 그는 하나를 다 만들고 나면 철사버팀대를 빼버렸고, 그러면 조각은 바닥으로 떨어지며 납작해져 색채들이 뒤범벅된 추상작품처럼 보였다. 삼차원 형상일 때 어떤 모습이었는지 아는 사람은 헨리뿐이었다.

알리는 사진작가로, '미국 내 아시아인들의 역사'라는 연작, 1890년 이후 10년 단위로 미국의 아시아인들을 대표하는 사진들을 찍고 있었다. 사진 한 장을 찍을 때마다 그는 사방 30센티미터 정도의 상자 안에 미니어처로 아시아인들에게 일어난 획기적 사건을 재연하는 디오라마를 만들었고, 그런 다음 그 디오라마들을 사진으로 찍어 C-프린트를 만들었다. 유일하게 대리인이 있는 알리는 7개월 후 전시회가 잡혀 있었는데, 그 이야기를 꺼내면 어찌나 불안해하며 우는소리를 하는지 나머지 세 사람은 절대로 물어보지 않았다. 그는 연대기 순으로 작업하지 않았다. (커플들로 가득한 로어브로드웨이의 한 장면으로, 모든 커플들이 백인 남자와 몇 걸음 뒤에서 걷고 있는 아시아 여자들로 구성된) 2000년대와 (바닥에 주차장 방수 타맥 포장과 비슷하도록 니스칠을 한 상자 안에서 조그만 중국 남자가 조그만 두 백인 깡패들에게 렌치로 두들겨 맞고 있는 장면으로 구성된) 1980년대를 끝냈고, 지금은 1940년대를 작업 중이었다. 이를 위해 현재 그는 툴레이크 수용소*의 죄수들이 될 남자와 여자, 아이들 모형 50개를 만들어 색칠하고 있다. 알리의 작업은 그들의 작업 중 가장 품이 많이 드는 일이라, 그들은 자기 할 일을 농땡이치고 있을 때면 알리 쪽으로 넘어와 그 옆에 앉곤 했고, 그러면 8센티미터 피규어의 헤링본 스커트와 새들 슈즈를 칠하느라 확대경을 들여다보고 있던 알리는 고개도 들지 않은 채 조각조각 잘라 회전초를 만들 쇠수세미 덩어리나 철조망처럼 보이도록 중간중간 매듭을 묶어야 할 극세 철사를 건네곤 했다.

하지만 그중 제이비가 가장 높이 사는 건 리처드의 작품이었다. 리처드도 조각가였지만, 그는 덧없이 사라지는 재료로만 작업했다. 그는 제도용지에다 희한한 형상들을 그리고 얼음과 버터, 초콜릿, 돼지기름으로 모양을 제작한 다음, 그게 사라져가는 과정을 영상으로 찍었다. 리처드는 자기 작품의 붕괴를 지켜보며 기뻐했지만, 제이비는 바로 지난달 리처드가 만든 2미터 높이의 대작—엉긴 피 같은 얼린 포도주스로 만든, 돛처럼 날개를 펼치고 급강하하는 박쥐 날개—이 뚝뚝 물을 흘리며 녹다가 무너져 소멸되는 걸 바라보다 자기도 모르게 울컥했다. 너무나 아름다운 것이 파괴되어서인지 그 소멸 속에 담긴 일상적 심원함 때문인지 알 수가 없었다. 지금 리처드는 녹아버리는 재료보다 학살자를 유인하는 재료에 더 관심이 있었다. 그가 특별히 관심을 가지고 있는 대상은 꿀을 좋아하는 나방이었다. 표면이 온통 꿈틀대는 나방으로 뒤덮여 있어서 그 나방들이 뭘 먹어치우고 있는 것인지 모양조차 볼 수 없는 그런 조각을 꿈꾸고 있다고, 그는 제이비에게 말했다. 리처드 쪽 창문의 창틀에는 꿀

*진주만 공격 이후 일본인들이 강제 수용된 캘리포니아 북부의 수용소.

단지들이 주르르 놓여 있었고, 그 안에는 구멍이 숭숭 난 벌집들이 포름알데히드 병 속의 태아처럼 둥둥 떠 있었다.

이 중 제이비는 고독한 고전주의자였다. 그는 그림을 그렸다. 설상가상으로, 조형화가였다. 대학원 시절, 조형에 관심 있는 사람은 아무도 없었다. 비디오아트, 행위예술, 사진, 어떤 것도 회화보다는 흥미진진했고, 정말이지 그 어떤 것도 조형작품보다는 나았다. "1950년대 이후로는 계속 그랬어." 제이비가 불평을 늘어놓자 한 교수는 한숨을 내쉬었다. "해군 슬로건 알지? '용감한 소수'였나……? 그게 우리야, 고독한 패자."

지난 몇 년 동안 다른 시도를 안 해본 것은 아니었다. (그 바보 같은 모방작 '머렛 오펜하임 털 프로젝트'! 좀 더 싼 걸 했어야 했는데! 맬컴이 그 시리즈를 "모조 로나 심슨"*이라고 부르는 바람에 그와 맬컴은 역대 최고로 심한 싸움을 했다. 물론 최악은 맬컴의 말이 전적으로 옳았다는 거지만.) 다른 사람들에게는 절대 인정하지 않았겠지만, 속으로 그는 조형화가라는 데는 뭔가 나약한, 거의 계집애 같은 데가 있다고 생각했다. 어쨌거나 갱스터는 아니잖은가. 하지만 최근 그는 이게 자신임을 인정하지 않을 수 없었다. 그는 그림 그리는 걸 사랑했고, 초상화를 사랑했다. 이게 자신이 할 일이었다.

그렇다면, 이제 무엇을 해야 하나? 자기보다 기술적으로 훨씬 뛰어난 예술가들은 예전에도 봤고, 지금도 많이 알고 있다. 데생도 더 잘했고, 구성과 색채 감각도 더 뛰어났고, 훈련도 더 잘된 사람들이었다. 하지만 그들에게는 아이디어가 없었다. 작가나 작곡가와 마찬가지로 예술가에게는 주제가 필요하다, 아

*로나 심슨은 미국 흑인 여성 예술가이자 사진작가로, 다양한 인종의 머리카락을 소재로 한 〈가발〉이라는 작품이 있다.

이디어가 필요하다. 그런데 그는 오랫동안 아이디어를 가지지 못했다. 그저 흑인들을 그리려고 했지만, 흑인을 그리는 건 이미 수많은 사람들이 해왔고, 그가 새로 보탤 건 아무것도 없었다. 한동안은 노름꾼들을 그렸지만 그것도 지겨워졌다. 여자 친척들을 그렸더니, 다시 흑인 문제로 돌아와버렸다. 만화책 《땡땡의 모험》의 캐릭터들을 진짜 사람으로, 사실주의적으로 그리는 연작을 시작했지만, 곧 너무 아이러니하고 공허하게 느껴져 그만뒀다. 그래서 그는 길거리의 사람들, 지하철 승객들, 에즈라의 수많은 파티에 온 손님들을 빈둥빈둥 이 화폭 저 화폭에 담았다(이게 가장 실패작이었다. 그런 모임에 온 사람들은 하나같이 누군가 자기들을 끊임없이 지켜보고 있기라도 하는 듯이 차려입고 행동했고, 결국 그에게는 자신의 시선을 교묘하게 피하면서 포즈를 취하고 있는 여자들과 매무새를 가다듬고 있는 남자들을 그린 스케치만 수두룩하게 남았다). 그러던 어느 날 밤, 그는 주드와 윌럼의 울적한 아파트의 울적한 소파에 앉아 두 사람이 손바닥만 한 부엌 안에서 부산스러운 레즈비언 커플처럼 서로 안 부딪히게 움직여가며 저녁을 차리고 있는 모습을 쳐다보고 있었다. 그날은 그가 어머니 집에 가지 않은 드문 일요일이었다. 어머니와 할머니, 이모들 모두가 그가 거부한 싸구려 지중해 크루즈 여행에 가고 없었기 때문이다. 하지만 일요일이면 늘 사람들을 만나고 남이 차려주는 저녁—진짜 저녁—을 먹는 데 익숙해 있던 그는 자기 마음대로 주드와 윌럼의 집을 방문했다. 둘 다 밖에 나갈 돈이 없으니 집에 있을 게 뻔하다는 걸 알고 있었다.

늘 그렇듯이 그는 스케치북을 가지고 있었고, 주드가 카드테이블에 앉아 양파를 썰자(부엌에는 조리대가 없었기 때문에 모든 준비 작업은 테이블에서 하는 수밖에 없었다), 거의 아무 생각 없이 스케치를 하기 시작했다. 부엌에서 쾅 하고 커다란 소리가 들리고 올리브오일 타는 냄새가 나서 들어가보니, 기이하게 평화로운 표정의 윌럼이 구운 통닭을 볼기짝이라도 치는 듯이 높이 쳐들고 오믈렛 팬으로 갈기고 있었다. 그 장면도 스케치했다.

그때까지만 해도 그에겐 진짜로 뭔가를 향해 나아가고 있다는 확신이 없었지만, 다음 주말 다 함께 포비엣후옹에 갈 때 그는 알리의 낡은 카메라를 가지고 와서 식사하는, 그러고는 눈 내리는 거리를 걸어가는 세 친구의 모습을 찍었다. 보도가 미끄러웠기 때문에 다들 주드를 생각해서 유독 천천히 걷고 있었다. 그는 카메라의 뷰파인더를 통해 맬컴, 주드, 윌럼 순으로 나란히 늘어선 친구들의 모습을 봤다. 맬컴과 윌럼은 주드의 양쪽에서 주드가 미끄러지면 잡을 수 있을 정도로는 가까이, 하지만 주드가 넘어질까봐 대비하고 있다는 의심은 주지 않을 정도로는 떨어져서 걷고 있었다(제이비 자신도 그렇게 해봤기 때문에 잘 알고 있었다). 돌이켜 생각해보니 이렇게 하자고 서로 이야기한 적은 한 번도 없었다. 다들 그냥 그렇게 하기 시작했다.

그는 사진을 찍었다. "제이비, 뭘 하는 거야?" 주드가 물었고, 동시에 맬컴이 불평을 했다. "집어치워, 제이비."

그날 밤 파티는 센터 스트리트에 있는 미라솔이라는 여자의 로프트에서 열렸는데, 그들과 대학 때 알고 지내던 페드라의 쌍둥이 자매였다. 일단 로프트에 들어서자 모두들 다른 무리들로 흩어졌다. 제이비는 테이블에 미라솔이 준비해놓은 음식이 가득한 걸 보고는 여기서 공짜로 먹을 수 있었는데 포비엣후옹에서 14달러를 허비했다는 생각에 짜증을 내며 방 건너편에 있는 리처드에게 손을 흔들어 인사한 후 주드 쪽으로 슬슬 걸어갔다. 주드는 페드라와 페드라의 남자친구일지 모를 어떤 뚱뚱한 녀석, 주드의 직장 동료인 수염 기른 말라깽이랑 이야기하고 있었는데, 소파 등에 걸터앉은 주드와 그 옆의 페드라가 뚱보와 말라깽이를 올려다보고 있었고, 무슨 일인지 모두 함께 웃고 있었다. 그는 사진을 찍었다.

평소 파티에서 그는 사람들을 붙들거나 사람들에게 붙들렸고, 삼삼오오 모인 온갖 무리의 중심을 차지하고는 이곳저곳을 넘나들며 한담을 모으고 무해한 소문을 뿌리고 비밀을 나누는 척했고, 자기가 미워하는 사람들 이야기를 먼저 털어놓아 사람들이 미워하는 사람들에 대해 터놓고 이야기하게 만들었다. 하지만 이날 밤 그는 대체로 맨 정신으로 기민하고 의미심장하게 방 안을 돌아다니며, 늘 하던 대로 움직이는 세 친구들의 사진을 찍었다. 자기가 친구들 뒤를 따라다니고 있다는 것조차 의식하지 못했다. 몇 시간이 지난 뒤 어느 순간, 문득 보니 세 사람만 창가에 모여 있었다. 주드가 뭐라고 말하자 나머지 둘이 그 말을 들으려고 몸을 가까이 기울이더니, 다음 순간 셋 다 몸을 뒤로 젖히며 웃음을 터뜨렸다. 그는 순간적으로 동경심과 희미한 질투심을 느꼈지만, 한편으로는 벅찬 승리감을 경험했다. 두 장면을 다 찍었기 때문이다. 오늘 밤 난 카메라야, 그는 혼자 말했다, 그리고 내일은 다시 제이비가 되는 거야.

어떤 면에서 그날 파티는 이제껏 그 어떤 파티보다 즐거웠고, 리처드를 제외한 누구도 그의 의도적 배회를 눈치채지 못한 것 같았다. 한 시간 뒤 업타운 쪽으로 가려고 네 사람이 집에서 나서자(맬컴의 부모님은 교외에 가셨고, 맬컴은 어머니가 마리화나 숨겨두는 곳을 알고 있다고 했다), 리처드가 느닷없이 다정하게 어른처럼 어깨를 툭툭 치며 "뭐 작업 중인가봐?" 하고 말했다.

"그런 것 같아."

"잘됐네."

다음 날 그는 컴퓨터 앞에 앉아 지난밤에 찍은 사진들을 모니터로 살펴봤다. 그 카메라는 좋은 게 아니어서, 모든 사진들에는 노르스름한 안개가 감싼 듯 아련한 분위기가 흘렀다. 거기에 그의 서툰 초점 기술까지 합쳐지니, 다들 위스키가 가득 담긴 컵을 통해 찍기라도 한 것처럼 따뜻하고 풍부하고 부드럽게 보였다. 그는 (여자인 게 분명한) 카메라 밖의 누군가에게 미소 짓는 윌럼의 얼굴을 클로즈업한 사진과, 소파에 앉아 있는 주드와 페드라의 사진에서 화면을 멈췄다. 주드는 주드와 윌럼 둘 다 하도 많이 입고 다녀서 둘 중 누구 옷인지 알 수 없는 밝은 남색 스웨터를 입고 있었고, 포트와인 색 울 드레스를 입은 페드라는 주드 쪽으로 고개를 기울이고 있었다. 페드라의 검은 머리 때문에 주드는 더 하얘 보였고, 아래의 울퉁불퉁한 청록색 소파와 대조되어 두 사람은 보석처럼 환하게 빛났다. 안색이 방금 핥은 것처럼 영롱했고, 피부는 감미로워 보였다. 누구라도 그리고 싶어 할 색들이었다. 그래서 그는 그렸다. 우선 연필로 스케치북에 장면 스케치를 한 다음, 더 빳빳한 마분지에 수채물감으로 그렸고, 마지막으로는 아크릴 물감으로 캔버스에 그렸다.

그게 4개월 전의 일이었고, 지금은—그로서는 놀라운 생산량인—거의 열한 점의 그림이 완성되었다. 모두 친구들의 일상 속 장면들이다. 끈적한 빨간 벽에 한쪽 발로 기댄 채 마지막으로 대본을 들여다보며 오디션 차례를 기다리는 윌럼, 얼굴의 반쯤은 어둠 속에 묻힌 채 연극을 보던 주드가 한순간 지은 미소(이 사진을 찍고 제이비는 거의 극장 밖으로 뛰쳐나갈 뻔했다). 아버지에게서 몇 미터 떨어진 소파에 등을 곧게 편 채 뻣뻣한 자세로 앉아 무릎을 손으로 꼭 움켜쥐고 있는 맬컴—두 사람은 사진 프레임 밖에 있는 텔레비전으로 루이스 브뉘엘 감독의 영화를 보는 중이다. 몇 번의 실험 끝에 제이비는 세로 50센티미터, 가로 60센티미터의 C-프린트 표준사이즈 캔버스에 정착했다. 그는 언젠가 이 그림들이 한 줄로 기다랗게 전시될 거라고, 영사 슬라이드의 개별 필름들처럼 한 이미지가 다음 이미지로 부드럽게 이어지면서 갤러리 벽을 온통 둘러싸고 전시될 거라고 상상했다. 그 그림들은 사실주의적이었지만, 포토리얼리즘* 이었다. 그는 알리의 카메라를 더 나은 것으로 바꾸지 않았다. 그 카메라에 듬뿍 담긴 보들보들한 느낌, 마치 겹겹이 쌓아 올린 선명도의 최상층을 걷어내고 눈에 보이는 것보다 더 부드러운 뭔가만 남은 것 같은 느낌을 각각의 그림들에 포착하려고 애썼다.

자신감이 떨어지는 순간이면, 때로 그 프로젝트가 너무 이상하지 않은지, 너무 내적이지 않은지 걱정이 됐다. 대리인이 있으면 정말 좋을 때가 바로 이럴 때다. 그저 누군가가 네 작품을 좋아한다고, 중요하게, 혹은 적어도 아름답게 여긴다고 말해주기만 해도 힘이 된다. 하지만 그는 이 작업이 주는 기쁨을, 이 작품의 작가가 자신이라는 느낌과 만족감을 부정할 수 없었다. 때로는 자신도 그림의 일부가 되고 싶었다. 여기 친구들의 인생 이야기가 다 있는데, 자기가 없다는 건 엄청난 구멍 같았다. 하

*사실주의의 한 유파. 사물을 사진처럼 정확하고 상세하게 묘사하는 기법을 쓴다.

지만 한편으로 그는 자기가 맡은 신 역할을 즐겼다. 그는 친구들을 다르게 보게 됐다. 그저 자기 인생의 부속물로서가 아니라 각자의 이야기들을 살아가는 별개의 인물로 보게 됐다. 이렇게 오랫동안 알고 지냈는데도 가끔은 친구들을 생전 처음 보는 것 같은 느낌도 들었다.

프로젝트를 시작한 지 한 달쯤 지나고 이게 앞으로 집중할 일이라는 걸 알게 되었을 때, 그는 친구들에게 그동안 왜 카메라를 들고 쫓아다니면서 그들의 소소한 순간들을 찍었는지, 앞으로도 그렇게 하는 걸 허락해주고 가능한 한 최대한의 접근권을 주는 게 왜 중요한지 물론 설명해야만 했다. 그들은 포비엣후옹의 뒤를 이어 단골가게가 되길 내심 바라고 있던, 오차드 스트리트의 베트남 국수가게에서 저녁을 먹고 있었다. 제이비가 그답지 않게 긴장해서 말을 마치고 나자, 친구들은 모두 주드를 쳐다봤다. 주드가 문제일 거라는 건 진작 알고 있었다. 나머지 둘은 그러라고 할 테지만, 그건 도움이 안 된다. 다 함께 동의하지 않으면 안 되는데, 주드는 친구들 중 단연코 가장 자의식이 강한 사람이었다. 대학 시절 그는 누가 사진을 찍으려고만 하면 고개를 돌리거나 얼굴을 가렸고, 미소 짓거나 웃을 때면 늘 반사적으로 손으로 입을 가렸다. 친구들은 그 습관이 마음 쓰였고, 몇 년 전에야 주드는 그런 행동을 겨우 멈췄다.

제이비가 걱정한 대로 주드는 미심쩍어했다. "여기 어떤 게 포함되는 거야?" 그는 계속 물었고, 제이비는 인내심을 있는 대로 끌어모아 물론 그의 목표는 그를 욕보이려거나 착취하려는 게 아니라 그저 친구들의 삶 전반의 순간순간들을 그림으로 기록하려는 것뿐이라고 수없이 장담하고 또 장담해야만 했다. 다른 사람들은 아무 말 없이 제이비의 작업을 허락해줬고, 주드도

썩 마음이 내켜 보이지는 않았지만 결국엔 동의했다.

"이 프로젝트 얼마 동안 계속되는 건데?" 주드가 물었다.

"영원히. 그랬으면 좋겠어." 그리고 그는 그렇게 했다. 후회라면 좀 더 일찍, 다들 젊었을 때부터 시작하지 않았다는 것뿐이었다.

식당을 나서면서 그는 주드와 같이 걸었다. "주드." 그는 다른 사람들이 듣지 않도록 소리 낮춰 말했다. "네가 들어간 거라면 뭐든, 미리 보게 해줄게. 네가 거부하면 절대 내보이지 않을 거야."

주드가 그를 바라봤다. "약속해?"

"신에게 맹세해."

그 제안을 꺼낸 그 순간부터 그는 후회했다. 사실 주드는 세 사람 중 그가 가장 그리기 좋아하는 대상이었다. 주드는 가장 흥미로운 얼굴과 독특한 색깔을 가진, 셋 중 가장 아름다운 사람이었다. 또한 수줍음이 제일 많아서 주드의 그림들은 늘 다른 사람들 것보다 더 소중하게 느껴졌다.

다음 일요일 어머니 집에 갔을 때, 그는 자기가 가지고 있던 사진 한 장을 찾으려고 옛날 침실에 보관해뒀던 대학 시절 상자들을 뒤졌다. 마침내 그는 그 사진을 찾아냈다. 1학년 때 누군가 찍고 인화한 주드의 사진인데, 어쩌다보니 그가 가지고 있게 된 것이었다. 사진 속 주드는 기숙사 방 공동 공간에서 카메라를 약간 등지고 서 있다. 왼쪽 팔은 가슴에 올리고 있어서 손등에 있는 반지르르한 별모양 흉터가 보이고, 오른손으로는 불도 안 붙인 담배를 열의 없이 들고 있다. 그리고 너무 커서 자기 옷일 리가 없는(하지만 어쩌면 진짜로 주드 옷일지도 몰랐다. 그 시절 주드가 입고 다니는 옷들은 다 컸는데, 나중에 알게 된 바에 의하면 주드는 계속 자라는 중이라 몇 년 동안 입을 수 있도록 일부러 큰 옷을 샀다고 했다) 파란 줄무늬의 흰 긴팔 티를 입고는, 머리카락 뒤에 숨을 수 있도록 늘 긴 머리를 고수하던 당시 스타일대로 턱 선까지 오는 긴 머리를 하고 있었다. 하지만 이 사진에서 가장 기억에 남는 건 주드의 표정, 그 시절 주드의 얼굴에서 늘 떠나지 않던 경계심 가득한 표정이었다. 몇 년 동안 이 사진을 본 적 없었지만, 사진을 보니 마음속이 텅 빈 기분이 들었다. 왜 그런지는 자기도 뭐라고 분명히 설명할 수 없었다.

지금 그는 이 사진을 작업하는 중이고, 이 그림을 그리려고 기존 형식을 버리고 1미터 크기의 정사각형 캔버스로 바꿨다. 주드의 홍채에 어울리는 오묘한 녹색을 정확하게 표현하기 위해 며칠 동안이나 실험을 했고, 머리카락 색들도 마음에 들 때까지 다시, 또다시 칠했다. 그건 대단한 그림이었고, 그는 그걸 알았다. 이따금 찾아오는 절대적 확신이었다. 그는 그림이 어딘가의 갤러리 벽에 걸릴 때까지는, 그래서 주드가 그 그림에 어떤 조치도 취할 수 없는 상황이 되기 전까지는 절대 보여줄 생각이 없었다. 그림 속 자신이 너무 연약하고, 너무 여성적이고, 너무 취약해 보이고, 너무 '어려' 보인다고 주드가 싫어할 거라는 걸, 또한 그림 속에서 그 외 수많은 가상의 것들, 주드 같은 자기혐오 종자가 아닌 제이비로서는 생각조차 할 수 없는 온갖 것들을 발견하고 싫어하리라는 걸 알고 있었다. 하지만 제이비에게 있어 이 그림은 이 연작에서 자신이 바라는 모든 것을 담고 있었다. 그건 연서였다, 문헌이었다, 대하소설이었다. 그리고 그건 '그의 것'이었다. 그림을 그리고 있을 때면, 때로 하늘을 날고 있는 기분이 들었다. 갤러리들과 파티들과 다른 예술가들과 야심의 세상이 저 아래 까마득한 한 점으로 작아진 나머지, 그냥 축구공처럼 뻥 차서 자기와 아무 상관 없는 멀고 먼 어느 궤도로 휘휘 날려버릴 수 있을 것만 같았다.

6시가 거의 다 됐다. 곧 빛이 바뀔 것이다. 비록 저 멀리서 철로 위를 덜컹덜컹 달리는 열차 소리가 들려오긴 했지만, 지금 그를 둘러싸고 있는 그 공간은 여전히 고요했다. 그의 앞에는 캔버스가 기다리고 있었다. 그래서 그는 붓을 들고 시작했다.

—

지하철에는 시들이 있었다. 움푹 파인 플라스틱 좌석들과, 우편으로 대학 학위를 딸 수 있다고 약속하는 회사들과 피부과 광고들 사이의 빈 전시 공간을 시가 인쇄된 기다란 코팅 종이들이 채우고 있었다. 이류 스티븐스와 삼류 로스케와 사류 로웰들, 누구의 마음도 흔들어놓지 못하는 운문, 공허한 경구로 전락한 분노와 아름다움이 있었다.

그렇게 제이비는 늘 말했다. 그는 그 시들에 반대했다. 그것들은 제이비가 중학교 때 처음 나타났고, 지난 15년 동안 그는 계속 거기 반대하고 있는 중이었다. "진짜 예술이랑 진짜 예술가들한테 투자하는 대신, 노처녀 사서들이랑 카디건 걸친 게이들한테 이런 쓰레기들을 고르라고 돈을 주고 있잖아." F 열차가 끼이익 하며 브레이크를 밟는 소리 위로 제이비가 윌럼에게 소리 질렀다. "그리고 이건 다 에드나 세인트 빈센트 밀레이* 유형의 쓰레기들이라고. 아니면 사실은 좋은 사람들인데 그 사람들

*시 분야에서 퓰리처상을 받은 미국의 여성 시인이자 극작가.

이 거세시켰든지. 게다가 이 사람들은 다 백인이야, 그거 눈치 챘어? 거기에 새로울 게 젠장 뭐가 있냐고?"

다음 주 월럼은 랭스턴 휴스 포스터가 걸린 걸 보고 제이비에게 전화를 걸어 말했다. "랭스턴 휴스?!" 제이비는 신음했다. "내가 맞혀볼게—〈유예된 꿈〉, 맞지? 그럴 줄 알았어! 그 쓰레기는 치면 안 되지. 어쨌거나 뭔가가 '정말로' 폭발하는 일이 생기면, 그 쓰레기는 딱 2초 만에 거기서 내려질걸."*

그날 오후 월럼의 맞은편에는 톰 건의 시가 걸려 있었다. "그들의 관계가 존재한다면 / 그건 토론 속에 존재했다." 그 아래 누군가가 검정색 마커로 이렇게 써놓았다. "걱정 마쇼 친구 나도 계집은 못 얻는 처지니." 그는 눈을 감았다.

이렇게 피곤한데 아직 4시밖에 안 됐고 근무는 시작조차 안 했다니, 조짐이 좋지 않았다. 전날 밤 제이비랑 브루클린에 가지 말았어야 했는데. 하지만 자기 외에는 같이 가줄 사람이 없었고, 제이비는 바로 지난달 월럼 친구가 하는 끔찍한 일인극에 같이 가줬지 않았느냐며 은혜를 갚으라고 우겼다.

그래서 물론 월럼은 갔다. "이거 누구 밴드야?" 그는 정거장에서 열차를 기다리며 물었다. 코트가 너무 얇고 장갑도 한 짝 잃어버린 처지라, 추운 데서 가만히 서 있어야 할 때마다 팔짱을 꼭 끼고 손을 겨드랑이에 집어넣은 채 발을 동동 구르는 열보존 자세를 취하기 시작했다.

"조지프 거야." 제이비가 말했다.

---

*랭스턴 휴스는 미국의 주요 흑인 시인이자 소설가이며, 인용된 〈유예된 꿈〉의 마지막 행은 "[흑인들의 유예된 꿈이 결국은] 폭발해버릴까"로 끝난다. 제이비는 휴스의 시가 주류 감성에 맞으며 사회에 진정한 위협을 가하지 않기 때문에 구색맞추기용이라고 비판하고 있다.

"아." 그는 말했다. 조지프가 누구인지는 전혀 몰랐다. 그는 넓은 인간관계를 고양이처럼 지배하고 있는 제이비에게 감탄했다. 제이비의 세계 속에서 모든 사람은 알록달록한 옷을 입은 엑스트라이고, 윌럼과 맬컴, 주드는 제이비의 비전에 꼭 필요하지만 여전히 비천한 보조—중요한 무대장치 조수나 미술 조감독—로, 이 모든 노력이 굴러가게 만드는 데 암묵적 책임을 지고 있는 사람들이었다.

"하드코어야." 제이비는 마치 그렇게 말하면 윌럼이 조지프가 누구인지 알 수 있기라도 한 것처럼 경쾌하게 말했다.

"밴드 이름이 뭔데?"

"좋아, 내 말해주지." 제이비가 싱긋 웃으며 말했다. "스메그마 케이크 2."

"뭐?" 그는 웃으며 물었다. "스메그마 케이크 2? 왜? 스메그마 케이크 1은 어떻게 됐길래?"

"포도상구균에 감염됐거든." 덜컹대며 역으로 진입하는 열차 소리에 맞서 제이비가 고함을 질렀다. 가까이 서 있던 아주머니 하나가 그들에게 인상을 썼다.

놀랄 일도 아니지만, 스메크마 케이크 2는 별로 들을 만하지 않았다. 심지어는 정말 하드코어도 아니고, 스카 비슷한 활기차고 두서없는 음악이었다("사운드에 무슨 문제가 생겼어!" 긴 곡들 중 하나인 〈팬텀 스내치 3000〉이 연주되고 있을 때 제이비가 귀에 대고 소리 질렀다. "맞아." 그도 고함으로 답했다. "완전 구려!"). 콘서트 중반쯤(곡 하나하나가 20분은 되는 것 같았다) 어이없는 밴드와 사람들로 꽉 들어찬 공간 때문에 머리가 빙빙 돈 윌럼은 제이비와 함께 되는대로 막춤을 추기 시작했다. 두 사람이 펄쩍펄쩍 뛰며 주위 사람들과 구경꾼들을 밀어

내는 바람에 마침내는 모두가 술 취한 걸음마쟁이처럼 신나게 부딪쳐댔다. 제이비는 윌럼의 어깨를 붙잡고 있었고, 두 사람은 서로 마주 보며 웃었다. 이럴 때 그는 제이비를 완벽하게 사랑했다. 한없이 어리석고 경박한 짓을 할 수 있는, 또 기꺼이 하는 제이비를. 이런 건 맬컴이나 주드와는 절대 나눌 수 없었다. 맬컴은 아무리 말로는 아니라고 해도 예법을 지키고 싶어 했고, 주드는 진지한 사람이었기 때문이다.

물론 이날 아침 그는 대가를 치렀다. 그는 에즈라의 로프트 안 제이비의 방, 제이비의 어수선한 매트리스 위에서 잠이 깼다(제이비는 침대 옆 바닥 위에서 토란 냄새 풍기는 빨래 더미에 고개를 박고 기운차게 코를 골고 있었다). 도대체 정확히 어떻게 다리를 건너 돌아왔는지 기억도 없었다. 평소 윌럼은 술꾼도, 약쟁이도 아니었지만, 제이비와 어울릴 때면 때로 엉뚱한 짓을 하곤 했다. 리스페너드 스트리트로, 그 고요함과 깨끗함 속으로 돌아오니 안심이 됐다. 오전 11시부터 오후 1시까지 자기 쪽 침실을 따뜻하고 포근하게 데워주는 햇살이 이미 비스듬하게 창문을 통해 들어오고 있었고, 주드는 출근한 지 오래였다. 그는 알람을 맞추고 즉시 곯아떨어졌다가 간당간당한 시간에 일어나 허둥지둥 샤워만 하고 아스피린을 삼킨 후 지하철로 달려갔다.

그가 일하는 레스토랑은, 도전적이지는 않지만 복잡한 음식과 견실하고 친절한 직원으로 명성을 쌓았다. '오톨란'에서 그들은 상냥하되 친밀해서는 안 되며, 대하기 편하되 스스럼없어서는 안 된다는 가르침을 받았다. "여긴 '프렌들리스'*가 아니

*미국 동부 지역의 레스토랑 체인.

다." 레스토랑 총지배인인 그의 상사 핀들레이는 걸핏하면 말했다. "고객들에게 미소는 짓되 이름은 알려주지 마." 오톨란에는 이런 규칙들이 많았다. 여자 직원들은 결혼반지는 괜찮지만 다른 보석류는 착용할 수 없다. 남자들은 귓불 아래보다 머리가 길어서는 안 된다. 매니큐어는 금지. 수염은 이틀 이상 기를 수 없다. 콧수염은 경우에 따라 용인될 수 있으며, 문신도 마찬가지였다.

윌럼은 오톨란에서 거의 2년 동안 웨이터로 일했다. 오톨란에 오기 전에는 '디지츠'라는 첼시의 시끄러운 인기 레스토랑에서 주말 브런치와 주중 런치타임에 일했는데, (거의 언제나 남자, 거의 언제나 적어도 마흔은 된 나이 많은) 손님들이 자네도 메뉴에 있느냐고 물어보고는 마치 자기들이 그런 질문을 처음 한 사람인 양 흡족해하며 음탕하게 웃곤 했다. 사실 그 타임만 해도 벌써 열한 번째 열두 번째인데. 그래도 그는 늘 미소 지으며 대답했다. "에피타이저로만요." 그러면 그들은 "난 앙트레로 원하는데"라며 응수했고, 그러면 그는 또 미소 지었고 그들은 결국 두둑한 팁을 주었다.

그를 핀들레이에게 추천한 사람은 연속극에 고정 배역을 따면서 레스토랑을 그만두게 된 대학원 시절 친구이자 배우인 로먼이었다. (그는 그 일을 맡는 문제로 갈등했다고 윌럼에게 말했다. 하지만 어쩌겠나? 거절하기엔 너무 큰돈인걸.) 윌럼은 소개를 받고 기뻤다. 음식과 서비스 외에도 오톨란은—훨씬 인원이 적었는데도—근무시간이 유연하기로도 소문났기 때문이었다, 특히 핀들레이의 마음에 든다면. 핀들레이는 작고 가슴이 납작한 흑갈색 머리의 백인 여성과 키 크고 마르기만 하다면—그리고 소문에 의하면, 동양인만 아니라면—온갖 종류의 남자들을 다 좋아했다. 때로 윌럼은 부엌 입구에 서서 검은 머리의 조그만 웨이트리스들과 키 큰 말라깽이 남자들로 구성된 어울리지 않는 짝들이 일련의 기묘한 미뉴에트 같은 동작으로 서로를 미끄러지듯 지나치며 레스토랑 안을 돌아다니는 광경을 지켜보곤 했다.

오톨란의 웨이터들이 다 배우인 건 아니다. 더 정확히 말하자면 오톨란에 있는 사람들이 다 '여전히' 배우인 건 아니다. 뉴욕에는 테이블에서 서빙을 하던 배우가 어쩌다보면 한때 배우였던 웨이터가 되는 그런 레스토랑들이 있다. 그 레스토랑이 충분히 훌륭하고 평판만 좋다면, 그건 기꺼이 용인될 만한 직업 전환일 뿐 아니라 오히려 더 나은 선택이다. 근사한 레스토랑의 웨이터라면 친구들에게 모두가 선망하는 예약을 해주고, 키친 담당을 꼬드겨서 그 친구들에게 공짜 음식을 내주게 할 수도 있다(윌럼이 깨달은 바에 의하면, 키친 담당을 넘어오게 하기란 생각보다 쉽지 않았다). 하지만 서빙을 하는 배우는 친구들에게 뭘 해줄 수 있을까? 좀비가 될지 안 될지 모르는 증권중개인 역할을 맡았지만 의상비가 책정되어 있지 않아서 양복을 스스로 조달해야 하는 오프오프브로드웨이 공연 티켓? (작년에 그가 딱 그런 상황에 놓였는데, 양복이 한 벌도 없어서 주드의 양복을 빌려야만 했다. 주드의 다리는 그보다 2센티미터 정도 더 길었고, 그래서 그는 공연 기간 내내 바짓단을 접어서 보호테이프로 고정시켜야 했다.)

오톨란의 직원 중 한때는 배우였지만 지금은 직업 웨이터인 사람들을 알아보기란 쉽다. 우선 직업 웨이터들은 나이가 많고 핀들레이의 규칙을 엄수하며 이 문제에 대해 까다롭게 군다. 회식 자리에서는 소믈리에 보조가 시음용으로 먼저 따라주는 와인을 여봐란 듯이 흔들며 이렇게 말한다. "이건 자네가 지난주에 서빙한 그 '린 칼로도 프티 시라'랑 약간 비슷한걸, 안 그래, 호세?" "약간 광물 맛이 나지 않나? 이거 뉴질랜드산인가?" 그 사람들에게는 자기 공연에 오라고 청하지 않는 게 관례이고(공연 초청은 배우이자 웨이터인 동료들에게만 하며, 본인이 그런 초청을 받는 경우에는 적어도 가려고 노력하는 게 예의 바른 행동이었다), 오디션이나 에이전트, 하여간 그런 등속에 대해서는 절대 이야기를 나누지 않는다. 연기자 생활이란 전쟁이나 다름없고, 그 사람들은 퇴역군인들이었다. 그들은 전쟁을 떠올리기 싫어하고, 참전한 것에 여전히 흥분해서 열렬하게 참호로 돌진하는 애송이들과는 당연히 전쟁 이야기를 나누고 싶어 하지 않는다.

핀들레이 자신도 전직 배우였지만, 다른 전직 배우들과는 달리 그는 과거, 아니면 적어도 과거의 특정한 한때에 대해 이야기하기를 좋아했다(어쩌면 '좋아했다'는 어울리는 단어가 아닌지도 모른다, 정확하게는 그냥 '이야기했다'일 수도). 핀들레이의 말에 의하면, 한때 그는 퍼블릭시어터에서 공연된 〈낮이라는 환한 방〉*의 조연 자리를 거의, 거의 맡을 뻔했다(나중에 한 웨이트리스에게 들은 바에 의하면, 그 극의 모든 주요 배역은 여자들이었다). 그는 (어느 작품인지는 절대 명시하지 않았지만) 브로드웨이에서 어느 배역의 임시 대역배우도 했다. 핀들레이는 걸어 다니는 커리어 메멘토모리**이자 회색 울 양복 차림을 한 교훈성 이야기였다. 여전히 배우인 사람들은 마치 그의 저주

*미국의 퓰리처상 수상작가인 토니 커시너의 희곡.
**'죽음을 기억하라'는 의미의 라틴어 경구로, 배우로서의 경력이 곧 종지부를 맞게 된다는 것을 끊임없이 상기시킨다는 의미이다.

가 전염되기라도 하는 듯이 그를 피하거나, 아니면 그의 옆에 있으면 예방접종이라도 되는 것처럼 그를 면밀히 관찰했다.

그런데 핀들레이는 어느 시점에 연기를 포기하기로 결심한 걸까? 무슨 일이 있었던 걸까? 그냥 나이 때문이었을까? 어쨌거나 늙기는 했다. 마흔다섯, 쉰, 그 언저리다. 지금이 포기할 때라는 걸 어떻게 알 수 있을까? (조엘이 그랬을 거라고 사람들이 추측하듯이) 나이 서른여덟에 아직 에이전트도 없을 때? (다들 알다시피 케빈의 경우처럼) 나이 마흔에 여전히 룸메이트와 같이 살고 있고, 풀타임 배우가 되겠다고 결심한 해에 배우로 번 돈보다 파트타임 웨이터로 번 돈이 더 많을 때? 살이 찌고 머리가 벗어졌을 때, 아니면 조악한 성형수술로 살과 대머리를 감출 수 없게 되었을 때? 야망을 따른다는 게 어느 선부터 용감한 게 아니라 무모한 게 되는 걸까? 언제 멈추어야 하는지 어떻게 알 수 있을까? 더 완고하고 덜 고무적이었던 (그래서 궁극적으로는 더 희망적이었던) 옛 시절에는 모든 게 훨씬 더 분명했을 것이다. 마흔이 됐을 때, 혹은 결혼했을 때, 혹은 애들이 생겼을 때, 혹은 5년, 10년, 15년 동안 노력해보고 나면 그만두겠지. 그러고 나면 진짜 일자리를 구할 테고, 그러면 연기와 그에 대한 꿈은 저녁노을 속으로 희미하게, 따뜻한 욕조 안으로 미끄러져 들어가는 얼음 조각처럼 역사 속으로 고요히 녹아 사라질 것이다.

하지만 지금은 자기실현의 시대다. 인생에서 가장 하고 싶은 것이 아닌 일에 눌러앉는다는 것은 의지박약에, 고결하지 않은 선택이다. 언제부터인가 운명 같은 것에 굴복한다는 것이 고상한 게 아니라 비겁함의 징표가 됐다. 행복이란 게 모두가 달성해야만 하고 달성할 수 있는 것이고, 그걸 추구하는 과정에서 이루어지는 타협은 무엇이든 본인의 잘못인 것만 같은 지금, 행복을 쟁취해야 한다는 압력에 가끔 거의 숨이 턱턱 막히는 것 같다. 한 해, 또 한 해가 가도 윌럼은 오톨란에서 일하고 있을까? 똑같은 열차를 타고 오디션장에 가고, 대본을 읽고 읽고 또 읽으면서? 조금씩 꿈틀꿈틀 앞으로 나아가는 해도 있겠지만 어찌나 보잘것없는지 차마 전진이라고 칠 수도 없는 그런 전진을 해가면서? 언젠가는 포기할 용기를 내게 될까, 그리고 그 순간을 알아차릴 수 있을까? 아니면 어느 날 아침에 일어나 거울을 보면 이미 늙어버린 자신을 보게 되는 걸까, 배우가 못 될지도 모른다는 걸, 절대 될 수 없을지도 모른다는 걸 인정하기가 두려워 여전히 배우를 자칭하면서?

제이비의 의견에 따르면, 윌럼이 아직 성공하지 못한 건 다 윌럼 본인 탓이었다. 제이비가 윌럼에게 즐겨 하는 설교는 "내가 그런 외모를 가졌으면 말이야, 윌럼"으로 시작해서 "넌 모든 게 너무 쉽게 손에 들어와서 열라 버릇이 잘못 든 거야. 그래서 네가 바라는 일들이 다 그냥 '일어날' 거라 생각하는 거지. 근데 이거 알아, 윌럼? 네가 잘생긴 건 맞지만, 여기서는 '다들' 잘생겼다고. 그러니까 넌 더 열심히 노력해야만 해"로 끝났다.

제이비 입에서 이런 말(버릇이 잘못 들었다고? 제이비의 가족을 봐라. 다들 떼 지어 제이비 뒤를 쫓아다니면서 제일 좋아하는 음식과 방금 다린 셔츠를 들이밀고 칭찬과 애정을 아낌없이 퍼붓지 않나. 한번은 제이비가 어머니에게 전화해서 속옷이 더 필요하다면서 일요일에 저녁 먹으러 갈 때 가져가겠다고, 그런데 저녁 메뉴로는 갈비가 먹고 싶다고 말하는 걸 들은 적도 있다)이 나온다는 게 좀 아이러니라고는 생각했지만, 그래도 윌럼은 무슨 뜻으로 한 말인지 이해했다. 자기가 게으른 게 아니라는 건 알지만, 사실 그에게는 제이비와 주드가 가진 그런 식의 야망, 그런 묵묵하고 모진 결의는 없었다. 그들은 그 결의로 다른 누구보다 더 오래 스튜디오에, 사무실에 남아 일했고 어딘가 꿈꾸는 듯한 눈빛을 하고 있어서, 그들의 일부는 이미 오직 자기들에게는 명료하게 보이는 상상 속 미래에서 살고 있는 것처럼 보였다. 제이비의 야망에 불을 지피는 것은 그 미래에 신속하게 도달하고픈 욕망이었다. 하지만 윌럼이 보기에, 주드의 야망을 자극하는 것은 공포, 앞으로 나아가지 않으면 순식간에 과거로, 절대 아무에게도 털어놓지 않는 이전 생활로 다시 돌아가버릴 것 같은 두려움이었다. 이런 특성은 주드와 제이비만 가진 게 아니었다. 뉴욕은 야심가들이 사는 곳이었다. 종종 그건 이곳의 모든 사람들이 가진 유일한 공통점이었다.

야망과 무신론. "야망이 내 유일한 종교야." 맥주에 얼큰하게 취해 있던 어느 늦은 밤 제이비가 윌럼에게 말했다. 그 말에선 언젠가 어딘가의 인터뷰에서 진짜로 말할 때를 대비해 무심히 던지는 말투를 연마하려고 리허설이라도 한 것처럼 약간 연습한 티가 났다. 하지만 윌럼은 그게 진심이라는 것도 알았다. 오로지 이곳에서만은 자신의 일을 위해서라면 광기를 제외한 무엇이든 정당화된다고 생각할 수 있다. 오로지 이곳에서만은 자기 자신이 아닌 다른 무엇에 대한 믿음은 변명의 대상일 수밖에 없다.

이 도시에 있으면 종종 자기가 뭔가 근본적인 것을 놓치고 있다는 기분이, 그 무지로 인해 영원히 오톨란에서 벗어나지 못할 거라는 기분이 든다. (이런 기분은 대학 때에도 느꼈다. 기묘한 시골 빈곤층 백인으로 일종의 비공식적인 소수집단우대 전형으로 들어온 자신이 동기들 중 가장 멍청하다는 걸 그는 알고 있었다.) 다른 사람들도 이걸 감지하고 있는 것 같았다. 그 문제를 진짜 마음에 걸려하는 사람은 제이비가 유일한 것 같았지만.

"어떨 땐 난 널 모르겠어, 윌럼." 언젠가 제이비는 자기가 윌럼에 대해 모르고 있는 게 무슨 좋지 않은 일이라도 되는 듯한 어조로 말했다. 작년 말, 윌럼의 전 룸메이트 메릿이 오프브로드웨이의 〈트루 웨스트〉 재공연작에서 주역 둘 중 하나를 맡은 직후의 일이었다. 나머지 주역은 최근 호평받은 독립영화에 출연했던 배우가 맡아 다운타운의 신뢰도와 주류에서의 성공에 대한 약속을 모두 누리는 짧은 순간을 만끽하고 있었다. (윌럼이 같이 일하고 싶어 했던) 감독은 조역으로 무명 배우를 캐스팅할 거라고 약속했다. 그리고 실제로 그렇게 했다. 다만 그 무명 배우가 윌럼이 아니라 메릿이었을 뿐이다. 두 사람이 그 역의 최종후보였다.

친구들은 그의 편을 들며 불같이 화를 냈다. "하지만 메릿은 연기를 할 줄도 몰라!" 제이비는 투덜댔다. "그 녀석은 그냥 무대에 서서 반짝거리고 있으면 충분하다고 생각한다고!" 세 친구는 마지막으로 본 메릿의 공연—1980년대 파이어아일랜드를 배경으로 남자들만 등장하는 오프오프브로드웨이의 〈라트라비아타〉(메릿이 맡은 비올레타 역은 이름이 빅터로 바뀌었고, 결핵이 아니라 에이즈로 죽었다)—에 대해 떠들기 시작했고, 다들 한마음으로 그건 거의 눈뜨고 봐줄 수 없는 연기였다고 동의했다.

"뭐, 사실 진짜 잘생기긴 했잖아." 그는 그 자리에 없는 전 룸메이트를 미약하게 옹호하며 말했다.

"그렇게 잘생기지도 않았어." 맬컴이 모두 깜짝 놀랄 정도로 격하게 말했다.

"윌럼, 좋은 날이 올 거야." 저녁식사 후 집으로 돌아오는 길에 주드가 그를 위로했다. "세상에 정의가 있다면, 좋은 날이 올 거야. 그 감독은 바보천치야." 하지만 주드는 절대 윌럼의 단점을 비난하지 않았다. 제이비는 항상 비난했다. 그는 어느 쪽이 더 악영향을 미치는지는 알 수 없었다.

친구들의 분노는 당연히 고마웠지만, 사실 그는 친구들 말만큼 메릿이 엉망진창이라고 생각하지 않았다. 분명 메릿은 윌럼만큼은 한다. 사실 어쩌면 더 나을지도 모른다. 나중에 제이비에게 이렇게 말했더니, 제이비는 강력한 반대 의사를 뿜는 긴 침묵으로 답한 후, 마침내 설교를 늘어놓기 시작했다. "어떨 땐 난 널 모르겠어, 윌럼." 그가 입을 열었다. "어떨 땐 심지어 네가 정말로 배우가 되고 싶기나 한 건가 싶어."

"그렇지 않아." 그는 항의했다. "그냥 난 퇴짜 당하는 게 다 무의미하다고는 생각지 않아. 나 말고 배역을 맡는 사람들이 순전히 운 때문이라고 생각하지도 않고."

또 침묵이 흘렀다. "넌 너무 착해, 윌럼." 제이비가 음침하게 말했다. "이래서야 아무것도 못 이룰 거야."

"고마워, 제이비." 그가 말했다. 그가 제이비의 의견—때로는 옳은 말을 했다—에 화내는 일은 거의 없었지만, 그 순간만큼은 자신의 단점에 대한 지적이나 성격을 완전히 개조하지 않으면 미래가 암담할 거라는 예언을 듣고 싶지 않았다. 그는 전화를 끊고 암담하고 비참한 기분으로 침대에 누웠다.

어쨌거나 성격을 개조한다는 건 근본적으로 불가능해 보였다. 너무 늦지 않았나? 결국 윌럼은 착한 어른이 되기 전에는 착한 아이였다. 모두들 알았다. 선생님들, 학교 친구들, 친구들의 부모님들까지. "윌럼은 정말 정이 많은 아이입니다." 선생님들은 생활기록부에 이렇게 썼고, 윌럼의 어머니나 아버지는 그 기록부를 그저 말없이 잠깐 보고는 재활용센터에 가져갈 신문과 빈 봉투 더미에 올려놨다. 커가면서 그는 사람들이 부모님을 보면 놀라거나, 심지어 당황한다는 걸 깨닫기 시작했다. 고등학교 때 선생님은 윌럼의 성격을 봐서 부모님이 다를 거라 생각했다고 실토하기도 했다.

"어떻게 다른 거요?" 그는 물었다.

"더 살가우실 거라 생각했지." 선생님은 말했다.

그는 자기가 남달리 아량이 넓다거나 특별히 성격이 좋다고 생각하지 않았다. 대부분의 일들이 그에게는 쉽게 이루어졌다. 운동, 학교, 친구들, 여자아이들. 그는 반드시 '상냥'하지는 않았다. 모두의 친구가 되려고 애쓰지도 않았다. 천박하거나 쩨쩨하거나 비열한 건 참지 못했다. 스스로 알고 있다시피, 그는 똑똑하다기보다는 겸손하고 성실하고 부지런했다. "분수를 알아야 해." 아버지는 종종 말했다.

아버지는 분수를 알았다. 한번은 늦봄 한파로 새로 태어난 새끼 양들이 많이 죽었을 때, 지역 농장에 미친 한파의 여파에 대한 기사를 쓰고 있던 한 신문기자가 아버지를 인터뷰한 적이 있었다.

"목장주로서." 기자가 말을 꺼내자 윌럼의 아버지는 그 말을 잘랐다.

"목장주 아니고." 아버지는 평소와 마찬가지로 실제보다 더 퉁명스럽게 들리는 어조로 말했다. "목장 일꾼." 물론 아버지 말이 정확했다. 목장주는 특정한 무엇, 지주地主를 의미했고, 그 정의에 따르면 아버지는 목장주가 아니었다. 하지만 동네에는 아버지와 마찬가지로 목장주를 자칭할 자격이 없으면서도 그러고 다니는 사람들이 수두룩했다. 아버지는 그 사람들이 그래선 안 된다고 한 번도 말한 적 없지만(아버지는 다른 사람이 무엇을 하건 하지 않건 상관하지 않았다), 그런 식의 과장은 자신이나 아내, 즉 윌럼의 어머니에게는 있을 수 없는 일이었다.

어쩌면 이런 것 때문에 그는 늘 자기가 누구이며 무엇인지 알고 있었던 것 같고, 그 때문에 농장과 어린 시절에서 점점 더 멀어져가도 자신을 바꾸거나 재창조하려는 압박을 거의 받지 않았다. 그는 대학의 객이었고, 대학원의 객이었으며, 이제 뉴욕의 객, 아름답고 돈 많은 사람들의 삶 속에 들어온 객이었다. 그런 것들이 타고난 자기 몫인 척하려고 애쓰는 일은 절대 없을 것이다. 자기는 그런 사람이 아니라는 걸 그는 너무 잘 알고 있었다. 그는 와이오밍 서부의 목장 일꾼 아들이고, 그곳을 떠났다고 해서 한때 그를 이루고 있던 모든 것들이 시간과 경험, 돈과의 근접성에 의해 지워지거나 새로 쓰이는 건 아니었다.

그는 부모님의 넷째 아들이자, 아직까지 살아 있는 유일한 자식이었다. 첫째는 딸 브릿이었는데, 윌럼이 태어나기 훨씬 전인 두 살 때 백혈병으로 죽었다. 스웨덴에 있을 때의 일이었다. 아이슬란드인인 아버지는 그때 어장에서 일하고 있었고, 거기서 덴마크인인 어머니를 만났다. 그리고 그들은 미국으로 이주했고, 아들 헤밍이 뇌성마비를 가진 채 태어났다. 3년 후 또 다른 아들 악셀이 태어났지만, 아기 때 뚜렷한 이유도 없이 자다가 사망했다.

윌럼은 헤밍이 여덟 살 때 태어났다. 헤밍은 걷지도 못했고 말도 못 했지만, 윌럼은 그를 좋아했고, 늘 형으로 생각했다. 그래도 헤밍은 미소 지을 줄 알았고, 그럴 때면 손가락을 오리발 모양으로 만들어 얼굴을 가리고는 입을 활짝 벌려 선홍빛 잇몸을 드러냈다. 윌럼은 기기 시작했고, 걷고 달렸고—헤밍은 해가 가고 또 가도 의자에 그대로 앉아 있었다—좀 더 크고 힘이 생기자 뚱뚱하고 빳빳한 타이어가 달린 헤밍의 무거운 의자(이 의자는 풀밭이나 흙길 위를 밀고 다니는 의자가 아니라 그냥 좌식용이었다)를 밀고 부모님과 함께 살던 조그만 오두막집이 있는 목장 주변을 돌아다녔다. 오두막집에서 언덕을 올라가면 사면에 넓은 베란다가 있는 주인집이 있었고, 언덕을 내려가면 부모님이 일하는 축사가 있었다. 그는 헤밍의 주 돌보미이자 친구였고, 고등학교 시절 내내 아침마다 제일 먼저 일어나 부모님의 커피를 끓이고 헤밍의 오트밀을 만들었으며, 저녁이면 낮 동안 한 시간 거리에 있는 요양시설에 있다 돌아오는 형이 탄 밴을 길가에 서서 기다렸다. 윌럼은 늘 자기들이 형제처럼 닮았다고 생각했지만(둘 다 부모님의 연하고 밝은 머리카락과 아버지의 회색 눈을 가졌고, 둘 다 왼쪽 입가에 기다란 괄호 같은 주름이 있어서 금세 재미있어하고 미소를 잘 짓는 사람처럼 보였다), 다른 사람들은 아무도 이를 알아보는 것 같지 않았다. 사람들은 그저 헤밍이 휠체어를 타고 있다는 것, 축축한 붉은 일식 같은 입을 늘 벌리고 있다는 것, 자기 눈에만 보이는 구름을 뚫어져라 응시하며 하늘을 바라보는 일이 잦다는 것만 봤다.

"뭘 보는 거야, 형?" 바깥에서 밤 산책을 하고 있을 때면 윌럼이 가끔 물었지만, 물론 헤밍이 대답하는 일은 결코 없었다.

부모님은 헤밍을 효율적으로 유능하게 다루었지만, 윌럼이 보기에 거기에 특별한 애정이 깃들어 있지는 않았다. 윌럼이 축구경기나 육상경기 때문에 학교에서 늦게 올 때나, 아니면 식품점에서 추가근무를 하게 됐을 때는 어머니가 길가에서 헤밍을 기다리고, 안아 올려 욕조에 넣었다가 꺼내고, 닭고기쌀죽을 먹이고, 기저귀를 갈고 침대에 눕혔다. 하지만 어머니는 윌럼처럼 책을 읽어주거나 이야기를 하거나 산책을 하지는 않았다. 부모님이 헤밍을 돌보는 모습을 보고 있으면 윌럼은 마음이 불편했다. 그 행동에 딱히 불쾌한 점은 없었지만, 부모님이 헤밍을 책임져야 할 대상 이상으로 여기지 않는다는 걸 알 수 있었다. 나중에 그는 합리적으로 부모님에게 그 이상 뭘 바랄 수 있겠느냐고 자신을 설득했다. 그 이상은 행운일 뿐이다. 하지만 그래도. 그는 부모님이 헤밍을 좀 더 사랑해주길 바랐다, 그저 아주 조금만 더.

(그래도 어쩌면 부모님께 사랑을 요구하는 건 지나친 바람이었을지도 모른다. 부모님은 아이들을 너무 많이 잃어서, 그냥 지금 있는 아이들에게 전적으로 마음을 주지 않으려 했을지도, 혹은 줄 수 없었을지도 모른다. 결국엔 윌럼과 헤밍 역시 선택에 의해서든 아니든 부모님을 떠날 테고, 그때 그들의 상실은 완전해질 것이다. 하지만 그가 이런 식으로 부모님을 바라볼 수 있기까지는 아직 수십 년이 지나야 한다.)

윌럼이 대학 2학년 때, 헤밍이 응급 맹장수술을 받게 됐다. "늦지 않게 발견했다더라." 어머니가 전화로 말했다. 그 목소리는 담담하고 매우 사무적이었다. 안도도, 괴로움도 없었지만, 거기에는—하고 싶지도 않았고 그러기조차 무서웠지만, 그는 이 생각을 하지 않을 수 없었다—실망의 기색도 없었다. 헤밍을 돌봐주던 분(이제 윌럼이 떠나고 없으니 돈을 받고 밤 동안 헤밍을 봐주던 동네 여자분)이 헤밍이 배를 움켜잡고 끙끙대는 걸 알아챘고, 배 아래 딱딱한 덩어리의 정체가 뭔지 진단할 수 있었다. 수술 도중 의사들은 대장에서 몇 센티미터 길이의 종양을 발견하고 조직 검사를 했다. 엑스레이 검사 결과 종양들이 더 발견됐고, 그것들도 절제할 예정이라고 했다.

"집에 갈게요." 그가 말했다.

"아니." 어머니는 말했다. "여긴 네가 할 수 있는 일이 없어. 심각한 일이 있으면 이야기하마." 그가 대학에 합격했을 때 어머니와 아버지는 어리둥절해했지만(두 분 다 그가 지원한 사실을 전혀 몰랐다), 일단 대학에 가고 나자 부모님은 그는 대학을 졸업해야 하고 목장은 최대한 빨리 잊어버려야 한다는 입장을 단호히 했다.

하지만 밤이면 그는 병원 침대에 홀로 누워 두려움에 울며 그의 목소리를 찾아 귀를 기울일 헤밍을 생각했다. 헤밍은 스물한 살 때 탈장제거 수술을 했는데, 윌럼이 손을 잡아줄 때까지 울었다. 윌럼은 돌아가야 한다고 결심했다.

비행기표는 그의 예상보다 훨씬 더 비쌌다. 버스 편을 찾아봤지만, 고향까지 사흘, 돌아오는 데 사흘이 걸렸고, 그에겐 중간고사와 해야 할 일들이 있었다. 장학금을 유지하자면 성적도 잘 받아야 했다. 결국 그 주 금요일 그는 술에 취해서 맬컴에게 상황을 털어놓았고, 그는 수표책을 꺼내 수표를 써주었다.

"그럴 순 없어." 그는 즉시 말했다.

"왜 안 돼?" 맬컴이 물었다. 그들은 옥신각신했고, 결국 윌럼은 수표를 받았다.

"꼭 갚을게, 알았지?"

맬컴은 어깨를 으쓱했다. "이런 말 하면 정말 재수 없게 들릴 거라는 거 알지만, 그거 안 받아도 난 정말 상관 없어, 윌럼."

맬컴이 자기 돈을 안 받으리라는 걸 알지만, 그래도 어떻게든 맬컴에게 돈을 갚는다는 게 그에게는 중요했다. 주드가 맬컴 지갑에다 직접 돈을 넣어두라는 아이디어를 냈고, 그래서 그는 주말에 아르바이트를 하는 레스토랑에서 수표를 받아 현금으로 바꾸고 나면 2주에 한 번씩 맬컴이 잠든 사이 지갑에 20달러나 30달러를 넣었다. 맬컴이 그걸 눈치챘는지는 알 수 없었지만—그는 돈을 너무 빨리 썼고, 종종 나머지 셋에게 썼다—윌럼은 그렇게 한다는 데서 약간의 만족감과 자부심을 느꼈다.

그러는 사이 그는 헤밍을 만나고 왔다. 그는 집에 가서 기뻤고(어머니는 그가 간다고 하자 그저 한숨을 내쉬었다), 헤밍을 봐서 기뻤지만, 헤밍이 너무 많이 말랐고 간호사들이 봉합 부위 근처를 찌를 때마다 끙끙대며 울어서 깜짝 놀랐다. 그는 간호사들에게 소리 지르고 싶은 걸 참느라 의자 양손잡이를 꼭 붙들고 있어야만 했다. 밤이면 그와 부모님은 말없이 식사를 했다. 부모님이 멀어져가는 게 느껴질 지경이었다. 두 분은 마치 두 아이의 부모로서의 삶의 껍질을 벗고 어딘가 새로운 정체성을 찾아 흘러갈 준비를 하고 있는 것 같았다.

사흘째 밤, 그는 병원에 가려고 트럭 열쇠를 집었다. 동부는 이른 봄이었지만, 여기서는 밤공기에 서리가 끼어 반짝거리는 것 같았고 아침이면 풀들이 반짝이는 얇은 얼음막으로 뒤덮였다.

계단을 내려가고 있는데, 아버지가 현관 앞으로 나왔다. "자고 있을 거다."

"그냥 가보려고요." 윌럼이 말했다.

아버지는 그를 쳐다봤다. "윌럼, 헤밍은 네가 거기 있는지 없는지도 모를 거다."

얼굴에 열이 확 치밀었다. "젠장, 아버지가 형 따위 상관 안 하는 거 알아요." 그는 쏘아붙였다. "하지만 전 한다고요." 아버지에게 욕을 한 건 그때가 처음이었고, 그는 아버지가 뭐라고 나올까, 말다툼을 하게 될까 두려우면서도 흥분돼서 잠시 동안 꼼짝할 수 없었다. 하지만 아버지는 그저 커피만 한 모금 마시고 돌아서서 안으로 들어갔고, 방충망 문은 달칵 소리를 내며 닫혔다.

남은 기간 동안 그들은 평소와 조금도 다를 바 없이 지냈다. 교대로 헤밍의 옆을 지켰고, 병원에 가지 않을 때면 윌럼은 어머니가 장부 작성하는 거나 아버지가 말편자 교환하는 걸 도왔다. 밤이면 병원으로 돌아가 공부를 했다. 눈을 끔벅대며 천장만 물끄러미 바라보고 있는 헤밍에게 《데카메론》을 큰 소리로 읽어줬고, 끙끙대며 미적분 문제를 다 풀었지만 결국 몽땅 다 틀렸다는 불길한 확신만 들었다. 세 친구는 주드가 화음이라도 연주하는 것처럼 신속하게 미적분 문제들을 대신 풀어주는 데 익숙해져 있었다. 첫해에는 윌럼이 진심으로 미적분을 이해하고 싶어 했기 때문에 주드가 며칠 밤을 옆에서 설명하고 또 해줬지만, 윌럼은 절대 이해하지 못했다.

"난 너무 멍청해서 안 되겠다." 공부를 시작한 지 족히 한 시간은 지난 것 같았을 때, 그가 말했다. 짜증과 좌절감으로 온 신경이 곤두선 나머지 밖으로 뛰쳐나가 몇 킬로미터고 달리고 싶었다.

주드는 고개를 숙였다. "넌 안 멍청해." 그는 조용히 말했다. "내가 설명을 제대로 못 하는 거야." 주드는 초대를 받아야 등록할 수 있는 순수수학 세미나를 듣고 있었는데, 나머지 셋은 거기서 그가 정확히 뭘 하는지 가늠조차 할 수 없었다.

돌이켜보면, 3개월 후 헤밍이 생명유지장치를 달았다는 어머니 전화가 왔을 때 그는 자기가 놀랐다는 사실에만 놀랐다. 늦은 5월, 기말고사 기간 중의 일이었다. "오지 마라." 어머니는 말했다, 아니 거의 명령했다. "오지 마, 윌럼." 그는 부모님과는 스웨덴어로 이야기했다. 여러 해가 지난 후 같이 일하던 스웨덴 감독에게 스웨덴어를 할 때면 목소리에 너무 감정이 없다는 지적을 받고서야 윌럼은 부모님과 이야기할 때 자신이 무의식적으로 어떤 어조, 부모님을 그대로 흉내 낸 감정 없고 퉁명스러운 어조로 말한다는 걸 깨달았다.

다음 며칠 동안 그는 안절부절못하며 시험을 망쳤다. 프랑스어, 비교문학, 제임스 1세 시대 드라마, 아이슬란드 영웅전설, 지긋지긋한 미적분이 모두 하나같이 엉망진창이 됐다. 3학년 졸업반이던 여자친구에게는 괜히 시비를 걸었다. 여자친구는 울었고 그는 죄책감을 느꼈지만, 상황을 돌이킬 방법은 없었다. 그는 와이오밍을, 헤밍의 폐 안으로 생명을 뱉어 넣고 있는 기계를 생각했다. 돌아가야 하지 않을까? '돌아가야만' 한다. 헤밍에게는 시간이 얼마 남지 않았다. 6월 15일, 그와 주드는 여름방학 동안 있을 캠퍼스 밖 거처로 이사했지만—둘 다 시내에서 일자리를 구했는데, 주드는 주중에는 고전학 교수의 서기로, 주말에는 학기 중 일했던 빵집에서 일했고, 윌럼은 장애아 프로그램의 보조교사 자리를 구했다—그전에 우선 네 명 모두 마서스비니어드*의 아퀴나에 있는 맬컴 부모님 별장에 가서 좀 있을 예정이었다. 밤이면 그는 병원으로 전화를 걸어 부모님이나 간호사에게 전화기를 형 귀에 대달라고 했다. 헤밍은 듣지 못할 거라는 걸 그도 알았다. 하지만 어떻게 시도조차 안 해볼 수 있겠나.

그러고 나서 일주일 후 어느 날 아침, 어머니에게서 전화가 왔다. 헤밍이 죽었다. 그는 아무 말도 할 수가 없었다. 상황이

*미국 동부의 유명 휴양지.

얼마나 심각했는지, 왜 이야기하지 않았는지 물을 수도 없었다. 마음 한구석에서는 어머니가 이야기하지 않았으리라는 걸 알고 있었으니까. 거기 있었으면 좋았을 거라고 말할 수도 없었다. 어머니는 아무런 대답도 하지 않을 테니까. 어머니에게 괜찮느냐고 물을 수도 없었다. 어떤 말을 해도 충분치 않을 테니까. 그는 부모님에게 소리를 지르고 싶었다, 때리고 싶었다, 부모님에게서 '뭔가'—슬픔으로 무너지는 모습, 평정을 잃은 모습, 뭔가 큰일이 일어났다는, 헤밍의 죽음으로 그들의 삶에서 지극히 중요하고 필요한 뭔가가 사라졌다는 깨달음 같은 것—를 끄집어내고 싶었다. 실제로 그렇게 느끼든 말든 그건 상관없었다. 그냥 부모님이 그렇게 말해주길 바랐다. 흔들리지 않는 그 고요한 표면 아래에 뭔가 있다는 걸, 그 안 어딘가에는 차가운 물이 빠르게 흐르고, 섬세한 생명들이, 미꾸라지들과 풀과 조그만 하얀 꽃들이 가득한 조그만 개울이 있다는 걸, 그 모든 게 너무나 연약하고 쉽게 상처 받고 취약해서 가슴이 아플 정도로 간절히 바라지 않으면 볼 수 없다는 걸 느끼고 싶었다.

그때 그는 친구들에게 헤밍 이야기를 하지 않았다. 친구들은 맬컴의 집—아름다운 집이었다, 윌럼으로선 살아본 건 고사하고 본 적조차 없는 최고로 아름다운 집—에 갔고, 늦은 밤 친구들이 욕실 딸린 침실을 각자 하나씩 차지하고(그 정도로 큰 집이었다) 침대에 누워 잠이 들고 나면, 그는 몰래 밖으로 나와 집을 둘러싼 구불구불한 길을 몇 시간이고 걸었다. 달이 너무 크고 휘영청 밝아서 무슨 액체를 얼려서 만든 것 같았다. 그렇게 걸을 때면 아무 생각도 하지 않으려고 기를 썼다. 대신 눈앞에 보이는 것들, 낮에는 보이지 않았다가 밤에 눈에 띄는 것들에 집중했다. 거의 모래처럼 보드라운 흙을 밟으면 깃털처럼 뭉게 뭉게 피어오르는 흙먼지, 수풀 옆을 지나갈 때면 그 밑에서 조용히 꿈틀꿈틀 기어가는 가느다란 나무껍질 색 뱀들. 그는 바다까지 걸어갔고, 머리 위에서는 달이 누더기 같은 구름에 덮여 모습을 감췄다. 몇 분 동안 바다는 보이지도 않고 파도 소리만 들렸고, 하늘은 습기로 눅눅하고 후덥지근했다. 마치 이곳 공기 자체가 더 짙고 더 의미심장한 것 같았다.

어쩌면 이런 게 죽는 건지도 몰라, 그는 생각했다. 그러자 결국 별로 나쁘지 않다는 생각이 들었고, 기분이 나아졌다.

헤밍을 떠올리게 하는 사람들 옆에서 여름을 보내는 게 끔찍할 거라 생각했지만, 실제로는 즐거웠고 심지어 도움이 됐다. 그가 맡은 반에는 일곱 명의 학생이 있었는데, 다들 여덟 살 정도였고, 모두 중증장애를 가지고 있어서 거의 움직이지 못했다. 하루 중 조금은 표면적으로라도 색채와 형상에 대해 가르치는 수업을 했지만, 대부분의 시간은 그냥 함께 놀았다. 책을 읽어주고, 바닥에서 밀치기 놀이를 하고, 깃털로 간지럼을 태웠다. 휴식시간이면 모든 교실의 문이 열리고, 중앙 뜰로 바퀴 달린 온갖 기구와 탈것에 의탁한 아이들이 쏟아져 나와, 가끔은 마당에 끽끽대고 윙윙거리고 꾹꾹거리는 로봇곤충들이 한가득 있는 것 같았다. 휠체어에 앉은 아이들, 딸까닥대는 축소판 전동자전거를 타고 거북이처럼 느리게 판석 위를 움직이는 아이들, 바퀴 달린 약식 서핑보드 같은 매끄러운 나무보드에 엎드린 채 끈으로 몸을 고정시킨 아이들, 의족을 달고 한 걸음 한 걸음 걷는 아이들, 이동수단이라고는 없이 돌보미들 무릎에 앉아 머리도 제대로 가누지 못하고 있는 아이들. 이 아이들이 가장 헤밍을 생각나게 만들었다.

전동자전거와 바퀴보드를 탄 아이들 몇몇은 말을 할 수 있어서, 그는 커다란 스티로폼 공을 아주 살살 던져주기도 하고 마당을 돌며 경주를 하기도 했다. 출발할 때는 항상 선두에서 과장된 느린 동작(하지만 너무 대놓고 우스꽝스러울 정도로 과장스럽게는 하지 않았다. 그는 아이들이 자기가 정말로 애쓰고 있다고 생각했으면 했다)으로 성큼성큼 달렸지만 어느 시점, 보통 마당을 3분의 1가량 돈 시점에서 뭔가에 발이 걸린 척하며 요란하게 넘어졌고, 그러면 아이들은 모두 그를 지나쳐 가며 웃었다. "일어나요, 윌럼, 일어나!" 아이들은 소리 지르고 그는 일어나지만, 그때쯤엔 모두들 한 바퀴를 다 돈 후라 그는 꼴찌로 들어왔다. 때로는 아이들이 능수능란하게 넘어지고 다시 일어나는 자기를 부러워하는 게 아닐까, 만약 그렇다면 그만둬야 하는 게 아닐까 하는 생각도 했지만, 주임에게 물어보자 그를 한 번 쓱 보더니 애들은 그가 우스꽝스럽게 구는 걸 좋아하니 계속 넘어지라고 했다. 그래서 그는 매일 넘어졌고, 오후에 학생들을 데리러 오는 부모님들을 기다리고 있으면 말할 줄 아는 아이들은 그에게 다음 날도 넘어질 거냐고 매일 물었다. "절대." 그가 단호하게 말하면, 아이들은 킬킬댔다. "농담하니? 내가 그렇게 서투른 줄 알아?"

여러모로 괜찮은 여름이었다. MIT 근처의 아파트는 여름 동안 라이프치히에 간 주드의 수학 교수님 아파트였는데, 월세를 거의 안 받다시피 해서 그들은 감사의 뜻으로 아파트에 소소한 수리를 해줬다. 주드는 구석구석마다 아슬아슬 무너질 기세로 마천루처럼 쌓여 있는 책들을 정리하고 물이 새 들어와 망가진 벽 구멍들을 메웠다. 윌럼은 문손잡이들을 조이고 물 새는 세탁기를 고치고 화장실 부구판을 교체했다. 교수님의 다른 하버드생 조수와 데이트도 시작했다. 여자친구가 놀러 온 밤이면 세 사람은 스파게티 알레 봉골레를 잔뜩 만들어 먹었고, 주드는 교수님과 있으면서 있었던 일들, "바인더 집게가 필요해"라거나 "내일 아침 내 카푸치노에는 잊지 말고 두유 엑스트라 샷을 넣어줘" 같은 말을 할 때조차 라틴어나 고대 그리스어로만 이야기하길 고집하는 등의 일화를 들려줬다. 8월에 학교 친구들과 지인들이 다시 슬금슬금 도시로 돌아오기 시작해, 자기 아파트나 기숙사 방에 들어갈 때까지 하루이틀 밤을 그 집에서 묵었다. 나가기 얼마 전 어느 날 밤, 친구들은 사람들 50명을 지붕 위로 초대했고, 맬컴은 사람들의 도움을 받아가며 옥수수와 홍합, 대합을 물에 적신 바나나 잎으로 싸서 일종의 조개구이를 제공했다. 다음 날 아침 네 사람은 바닥에 즐비한 조개껍질들을 쓰레기봉지에 퍼 담았고, 캐스터네츠처럼 딱딱 소리를 내는 조개껍질 소리를 음미했다.

하지만 그해 여름 그는 다시는 집에 돌아가는 일이 없으리라는 것을, 헤밍이 없다면 그와 부모님이 함께 있어야 할 것처럼 꾸밀 필요가 없다는 것 또한 깨달았다. 부모님도 동감인 것 같았다. 이 문제에 대해 서로 이야기해본 적은 없었지만, 그는 부모님을 다시 보고 싶은 마음이 전혀 들지 않았고, 부모님도 그에게 집에 오라고 하지 않았다. 이따금씩 이야기는 했지만, 그들의 대화는 언제나 그렇듯이 정중하고 사실적이고 의무적이었다. 그는 부모님께 목장 소식을 물었고, 부모님은 학교에 대해 물었다. 3학년 때 학교에서 올린 〈유리 동물원〉에서 배역 하나(물론 신사 방문객 역이었다)를 맡았지만 부모님께는 말도 하지 않았고, 졸업식 때문에 굳이 동부까지 올 필요 없다고 이야기했을 때에도 부모님은 반박하지 않았다. 어차피 망아지 출산철은 끝나가고 있었지만, 오지 말라고 이야기하지 않았어도 부모님이 과연 왔을지는 알 수 없었다. 그와 주드는 맬컴과 제이비의 집에 가서 주말을 보냈고, 맬컴과 제이비가 없을 때에도 다른 수많은 사람들로부터 축하점심과 저녁식사, 여행에 초대받았다.

"그래도 부모님이잖아." 맬컴은 1년에 한 번 정도 이렇게 말했다. "그냥 말도 안 하고 살 순 없는 거야." 하지만 그럴 수 있고, 실제로 그랬다. 그가 그 증거였다. 다른 관계들과 별다를 바 없었다. 관계를 유지하는 데는 끊임없는 가지치기와 헌신, 주의가 필요하고, 양쪽 다 그런 노력을 하기 싫어한다면 그 관계는 시드는 게 당연하다. (헤밍 말고도) 유일하게 그리운 건 와이오밍 그 자체, 끝없이 뻗은 광활한 평지, 녹음이 짙다 못해 파랗게 보이는 나무들, 자기 전 솔질해주고 나면 말에게서 나는 들척지근한 똥내, 사과와 토란이 뒤섞인 냄새였다.

부모님은 그가 대학원에 다닐 때, 같은 해에 돌아가셨다. 아버지는 1월에 심장마비로, 어머니는 그해 10월 뇌졸중으로 돌아가셨다. 그제야 그는 집에 갔다. 부모님이 더 늙었고, 얼마나 쪼그라들었는지 보고 나서야, 그는 두 분이 늘 활기차고 지칠 줄 모르는 사람들이었다는 걸 떠올렸다. 부모님은 그에게 전 재산을 남겼지만, 빚을 다 청산하고 나자(그리고 그때 그는 새로운 혼란에 빠졌다. 지금까지 내내 헤밍의 요양과 치료비가 보험으로 지급되었다고 생각하고 있었는데, 헤밍이 죽고 4년이 지났는데도 부모님이 여전히 매달 엄청난 액수의 수표를 병원에 보내고 있다는 걸 안 것이다), 남은 건 거의 없었다. 현금 조금, 채권 조금, 오래전 돌아가신 할아버지가 물려주신 바닥이 두꺼운 은제 컵, 오래 껴서 반질반질 윤나고 색이 바랜 아버지의 결혼반지, 한 번도 본 적 없는 헤밍과 악셀의 흑백사진이 전부였다. 그는 이것들과 몇몇 다른 물건들을 챙겼다. 부모님을 고용했던 목장 주인은 오래전 사망했지만, 현소유주인 아들은 늘 부모님에게 제대로 된 대우를 해줬다. 마땅한 시점을 훌쩍 넘어서까지 부모님을 계속 고용해준 사람도, 장례식 비용을 지불한 사람도 바로 그였다. 부모님이 돌아가시고 나자, 어쨌거나 자기가 부모님을 사랑했다는 게 기억났다. 부모님은 그에게 요긴한 지식들을 가르쳐줬고, 그의 능력을 넘어서는 일들을 한 번도 요구한 적 없었다. (겨우 몇 년 전) 마음이 좀 더 팍팍했던 시절에는 자기가 뭘 하든 말든 따지지 않고 받아들이는 부모님의 태도, 그 만성피로가 관심 부족 때문이라고 생각했다. 맬컴은 반쯤은 질투심에서, 반쯤은 동정심에서, 어떤 부모가 외동아들이(나중에 그는 사과했다) 배우가 되겠다는데 아무 말도 하지 않느냐고 물었다. 하지만 이제 나이가 좀 더 들고 보니 자기에게 자식으로서 빚—성공이나 신의, 애정, 심지어 충절—이 있다는 걸 내비치지조차 않은 부모님에게 감사하는 마음이 들었다. 그가 알기로, 아버지는 스톡홀름에서 뭔가 문제—어떤 문제인지는 절대 알 수 없었다—가 있었고, 부모님이 미국으로 이주한 이유도 일부는 그 때문이었다. 부모님은 그에게 당신들처럼 되길 요구한 적이 한 번도 없었다. 당신들조차도 자기 자신이길 원하지 않았다.

그때부터 그의 성인기가 시작됐다. 지난 3년은 진흙탕 연못에서 둑에서 둑으로 동동 떠다니며 보냈다. 머리 위에 우거진 나무들이 빛을 가리는 바람에 사방이 너무 캄캄해서 그가 있는 이 연못이 강으로 이어지고 있는지 아니면 꽉 막혀 있는 조그만 세상이어서 존재하지도 않는 출구를 더듬더듬 찾아 헤매며 몇 년을, 수십 년을, 평생을 여기서 보내게 될지 아무것도 보이지가 않았다.

에이전트가 있다면, 누군가 안내해줄 사람이 있다면, 여기서 어떻게 탈출하는지, 어떻게 하면 하구로 갈 수 있는지 알려줄 수도 있을 테지만, 그에겐 에이전트가 없었다, 아직까지는("아직"의 문제라고 아직은 낙관적인 마음을 가져야만 했다). 그래서 그는 좀처럼 눈에 띄지 않는 지류를 찾는 다른 탐색자들과 함께 남아 있었다. 지류를 찾아 연못을 떠난 사람들은 거의 없었고, 떠난 사람들은 절대 돌아오려 하지 않았다.

그는 기꺼이 기다릴 자세가 되어 있었다. 지금까지 그래왔다. 하지만 최근에는 인내심이 날카로워지다 못해 산산조각 나서 바싹 마른 파편들이 되고 있었다.

그럼에도. 그는 안달복달하는 스타일이 아니었고, 자기연민에 빠질 생각도 없었다. 일주일 동안 일했는데 어찌나 쥐꼬리만 한지 레스토랑 정식 값도 안 되는, 공짜나 다름없는 출연료를 주는 연극 리허설이나 오톨란 근무를 마치고 돌아와도, 아파트에 들어설 때면 사실 간간이 성취감을 느꼈다. 오로지 그와 주드만이 리스페너드 스트리트를 성취로 여길 수 있었지만(이 집은 그가 아무리 노력을 쏟아붓고 주드가 아무리 청소해도 여전히 어딘가 구차하고 당당하지 못했다, 마치 진짜 아파트로 자청하길 부끄러워하는 것 같았다), 그런 순간들이면 그는 종종 생각했다. '이 정도면 충분해. 이건 내가 바랐던 것 이상이야.' 뉴욕에 있다는 것, 성인이라는 것, 높다란 나뭇단 위에 서서 다른 사람들의 말을 하는 것! 그건 말도 안 되는 인생, 인생 아닌 인생, 부모님과 형은 꿈도 꾸지 않았을 인생이었지만, 그는 매일 매일 자기 자신을 위해 그 꿈을 꿔야 했다.

하지만 다음 순간 그 느낌은 순식간에 사라져버렸고, 그는 홀로 신문 문화면을 훑으며 자신의 미약한 상상력으로는 감히 꿈조차 꿀 수 없는 일들을 하고 있는 사람들 이야기를 읽었다. 그럴 때면 세상은 너무나 크고, 연못은 너무나 텅 비고, 밤은 너무나 캄캄해 보였다. 다시 와이오밍의 그 길가에서 헤밍을 기다리고 있다면 얼마나 좋을까, 가야 할 길이라곤 꿀빛 현관 조명이 밤의 어둠을 밝히고 있는 부모님 집으로 돌아가는 길뿐인 그곳에.

—

먼저 눈에 보이는 사무실 생활이 있다. 메인사무실에는 직원 40명이 각자 책상을 하나씩 차지하고 앉아 있다. 맬컴의 책상 바로 옆, 한쪽 끝에는 유리벽으로 막힌 라우슈의 방이, 반대쪽 끝에는 토마손의 유리벽 방이 있다. 그 사이에는 창문들이 주르르 나 있는 벽이 두 개, 하나는 5번가 매디슨스퀘어 파크를 내려다보고 있고, 나머지 하나는 껌이 덕지덕지 붙은 브로드웨이의 암울한 회색 보도를 내려다보고 있다. 이 생활은 공식적으로는 아침 10시부터 저녁 7시까지 존재한다. 이 생활을 할 때는, 시키는 대로 따른다. 모델을 개조하고, 설계도를 그리고 다시 그리고, 라우슈가 쓴 비밀스러운 난필과 토마손이 내린 뚜렷한 명령들을 해석한다. 이야기는 하지 않는다. 모이지도 않는다. 메인사무실 한가운데 자리한 기다란 유리 테이블에서 고객들이 라우슈와 토마손을 만나고 있을 때면, 쳐다보지 않는다. 고객이 유명인일 경우에는 다들 어찌나 책상에 고개를 처박고 쥐 죽은 듯 조용히 있는지, 라우슈마저 한번은 사무실의 음량에 맞춰 소리 죽여 속삭이기 시작했다.

한편 사무실에는 두 번째 생활, 진짜 생활도 있다. 토마손은 어쨌거나 사무실을 비우는 일이 점점 더 잦아졌고, 라우슈도 마찬가지였다. 다들 라우슈가 나가길 기다렸다. 때로는 오랫동안 기다려야 할 때도 있었다. 라우슈는 파티와 언론 홍보와 토론과 여행으로 점철된 공사다망한 와중에도 사실 굉장한 노력가여서, 행사 참석차 나갔다가도 다시 돌아올 때가 있었고, 그러면 그가 돌아왔을 때 사무실이 나갔을 때와 다름없는 모습으로 보이도록 허겁지겁 다시 정리를 해야 했다. 그러니 9시나 10시까지 기다리는 한이 있더라도 그가 완전히 사라질 밤까지 기다리는 게 나았다. 그들은 라우슈의 비서와 안면을 트고 커피와 크루아상을 갖다 바쳤고, 그가 들어오고 나가는 시간에 대한 정보를 신뢰할 수 있게 됐다.

하지만 일단 라우슈가 완전히 퇴근하고 나면, 사무실은 호박이 마차로 변하듯 순식간에 변신했다. 음악이 흐르고, 배달음식들이 등장하고, 모두의 컴퓨터 안에 든 '랫스타 아키텍츠'사 일은 디지털 폴더로 들어가 무관심과 망각 속에서 밤새 잠들었다. 그들은 웅웅 울리는 라우슈의 기괴한 게르만 악센트(몇몇 사람들은 사실 그는 패러머스* 출신이고, 그 이름—'윱 라우슈'라니, 그게 어떻게 가짜가 아닐 수 있나—과 지나치게 센 악센트는 저지 출신의 따분한 인간이라는 걸 감추기 위해 택한 술수이며, 진짜 이름은 아마도 제시 로젠버그일 거라고 생각했다)와, 애사심을 티내고 싶을 때면 오만상을 쓰고 사무실을 끝에서 끝까지 왔다 갔다 하며 딱히 누구(자기들, 이라고 그들은 생각했다)에게랄 것 없이 "일이야, 제군들! 일이라고!" 하고 소리를 질러대는 토마손의 버릇을 흉내 내며 기꺼이 한 시간을 날렸다.

---

*미국 뉴저지 주의 한 도시.

재능은 있지만 날이 갈수록 신랄해져가는 최고수석 도미닉 청을 놀려댔고(라우슈와 토마슨이 아무리 자주 약속해도 그가 파트너가 되지 못하리라는 건 누가 봐도 명백했다), 자기네 프로젝트들도 조롱했다. 끝내 실현되지 못했던, 카파도키아 석회암으로 지은 네오콥트 양식 교회, 지금은 개성 없는 유리 표면 위로 녹이 흘러내리고 있는, 골조가 감춰진 가루이자와 주택, 수상을 노렸으나 실패한 세비야의 음식 박물관, 수상하지 않았어야 했는데 해버린 산타카타리나의 인형 박물관. 자기들이 다녔던 학교들—MIT, 예일, 로즈아일랜드 디자인 학교, 컬럼비아, 하버드—도 조롱의 대상이었다. 몇 년이고 비참한 생활을 하게 될 거라는 경고를 받아놓고도 어떻게 모두들 하나같이 자기는 예외일 거라 생각했을까(다들 지금도 마음속으로는 여전히 그럴 거라고 생각하고 있었다). 쥐꼬리만 한 월급, 나이는 스물일곱, 서른, 서른둘이나 되어가지고는 여전히 부모님이나 룸메이트, 금융계의 여자친구, 출판계의 남자친구(출판계에 종사하는 남자친구가 수입이 더 많아서 그걸 등쳐먹고 산다니, 딱한 일이 아닌가)와 같이 사는 꼬락서니를 자조했다. 그러고는 이 비참한 업계에 들어오지 않았더라면, 큐레이터, 소믈리에, 갤러리 주인, 작가 등등을 하고 있었을 거라고 떠벌여댔다. 사랑하는 건물들과 증오하는 건물들을 놓고 설전을 벌였다. 이 갤러리의 사진전, 저 갤러리의 비디오아트 쇼에 대해 토론했다. 비평가들과 레스토랑, 철학, 자재들을 소리 질러가며 논했다. 성공한 동료들 이야기를 하며 서로를 동정했고, 업계를 완전히 떠나 멘도사에서 야마 농부로, 앤아버에서 사회복지사로, 청두에서 수학 선생으로 일하고 있는 동료들 이야기를 하며 흡족해했다.

논쟁을 하고 고함을 지르고 마구 먹고 나면 침묵이 흘렀고,

사무실 안에는 개인 작업을 폴더에서 여느라 달각대며 마우스 클릭하는 소리와 종이 위에 연필 사각대는 소리만 들렸다. 모두들 같은 시간에 같은 회사 자원을 사용하며 일했지만, 아무도 다른 사람 작업을 보자고 하지 않았다. 마치 그런 건 존재하지 않는 척하기로 집단 결의라도 한 것 같았다. 그래서 사람들은 꿈의 건축물들을 그리고 포물선을 구부려 꿈의 형상들을 만들며 자정까지 일한 다음, 언제나 똑같은 멍청한 농담을 하며 떠났다. "열 시간 뒤에 봐." 정말 운이 좋아서, 그날 밤 정말 많은 일을 하게 된다면 아홉 시간 혹은 여덟 시간 뒤에.

오늘 밤은 맬컴이 일찌감치 혼자 남게 된 그런 밤이었다. 그는 다른 사람과 같이 나가도 함께 열차를 탈 수 없었다. 다른 사람들은 모두 다운타운이나 브루클린에 살았고, 그는 업타운에 살았다. 혼자 퇴근할 때의 장점은 그가 택시 잡는 모습을 아무도 못 본다는 것이다. 사무실에서 부자 부모를 둔 사람이 그뿐인 건 아니었지만—캐서린의 부모도 부자였고, 확신컨대 마거릿과 프레더릭의 부모도 부자였다—그는 부자 부모님과 같이 살았고 다른 사람들은 아니었다.

그는 택시를 불렀다. "71번과 렉스요." 그는 운전사에게 지시했다. 택시 운전사가 흑인이면 렉싱턴이라고 말했다. 그렇지 않으면, 더 정직하게 말했다. "렉스와 파크 사이, 파크 쪽에 더 가까이요." 제이비는 이러는 건 좋게 봐줘봤자 웃길 뿐이고, 최악의 경우는 무례한 짓이라고 생각했다. "파크가 아니라 렉스에 산다고 해서 그 사람들이 널 깡패라도 되는 것처럼 생각해줄 것 같아? 맬컴, 넌 바보야."

택시 문제로 벌인 말다툼은 지난 몇 년 동안 제이비와 흑인성, 더 구체적으로는 그의 불충분한 흑인성을 두고 다툰 수많은 싸움 중 하나였다. 택시에 대한 또 다른 다툼은 맬컴이 자기는 뉴욕에서 택시 잡는 데 한 번도 어려움을 겪은 적이 없다며, 아마도 사람들 불평은 과장일지도 모른다고 말했을 때였다(멍청하게도 그 말을 입 밖으로 꺼낸 순간 그는 즉시 자기 실수를 깨달았다). 3학년 때, 맬컴과 제이비가 흑인학생조합 주별 모임에 처음이자 마지막으로 참석했을 때의 일이었다. 이때 제이비는 눈이 시뻘겋게 충혈될 정도로 대경실색했고 즐거워했지만, 애틀랜타에서 온 또 다른 독선적인 녀석이 맬컴에게 첫째, 그는 가까스로 흑인이라 할 수 있는 정도밖에 안 되고, 둘째로 오레오이며, 셋째, 어머니가 백인이니 '진실로' 흑인으로 산다는 게 어떤 도전들을 수반하는지 완전히 이해할 수 없다고 지적하자, 나서서 그를 옹호한 사람도 제이비였다. 제이비는 늘 맬컴의 상대적 흑인성을 공격하며 그를 괴롭혔지만 다른 사람들이 그러는 건 언짢아했고, 특히 잡다한 무리, 제이비의 기준에 따르면 주드와 윌럼을 제외한 모든 사람, 더 구체적으로는 다른 흑인들 사이에서 그런 일이 벌어지는 걸 정말 싫어했다.

(파크 쪽에 더 가까운) 71번 스트리트의 부모님 집에 돌아온 그는 2층에서 들려오는 부모님의 야간 취조("맬컴, 너니?" "네!" "저녁은 먹었니?" "네!" "배 안 고파?" "네!")를 견딘 다음 터덜터덜 위층 자기 방으로 올라가 다시 한 번 자신이 처해 있는 진퇴양난의 문제들을 돌이켜봤다.

그날 밤 택시 운전사와 나눈 대화를 제이비가 듣지는 않았지만, 이에 대한 맬컴의 죄의식과 자기혐오로 인해 오늘 밤에는 인종 문제가 리스트의 꼭대기까지 치고 올라갔다. 인종은 늘 힘든 문제였지만, 2학년 때 맬컴은 자기가 보기에 멋들어진 타협점을 찾아냈다. 자신은 흑인이 아니라, 포스트-흑인이었다. (어머니에 대한 수동적 반항심에서 문학 수업을 피하고 있던 맬컴의 의식구조에 포스트모더니즘은 다른 모든 사람들보다 한참 늦게 들어왔다.) 불행히도 이 설명은 누구도 납득시키지 못했고, 특히 맬컴을 흑인이라기보다는 프리-흑인*으로 보기 시작한 제이비에게는 턱도 없는 소리였다. 마치 흑인성이라는 게 뚫고 들어가기 위해 끊임없이 노력해야 하는, 열반 같은 이상향이기라도 한 것처럼 말이다.

어쨌거나 제이비는 맬컴을 압도적으로 이길 또 한 가지 방법을 발견했다. 맬컴이 포스트모던 정체성을 막 발견하고 있었을 때, 제이비는 퍼포먼스 아트를 발견하고 있었기 때문이다. 그가 듣고 있던 수업 '예술로서의 정체성: 퍼포먼스적 변화와 현대의 육체'에서, 그는 리 로자노**의 작업에 큰 감명을 받아 중간고사 프로젝트로 그녀에게 경의를 표하는 〈(리 로자노를 이어받아) 백인 보이콧을 결의하라〉라는 퍼포먼스를 하기로 했다. 모든 백인들과의 대화를 중지하는 퍼포먼스였다. 어느 토요일, 그는 반쯤은 사과하듯이, 하지만 대체로는 자랑스러운 태도로 자신의 계획을 설명했다. 그날 밤 자정부로 그는 윌럼과는 완전히 대화를 중단하고, 맬컴과의 대화량은 반으로 줄일 것이다. 주드는 인종이 불명확했기 때문에 대화는 지속하되 그 인종적 연원의 불가지성을 인정하는 의미에서 수수께끼나 선문답으로만 대화하겠다고 했다.

---

*'프리-흑인' '포스트-흑인'은 접두어 '이전(pre)'과 '이후(post)'를 이용해서 맬컴과 제이비가 지어낸 단어들이다. 맬컴은 자신을 인종 정체성에 의해 규정되는 단계를 넘어서고 초월한 사람으로 정의하고 싶어 하지만, 제이비는 맬컴을 아직 흑인이 되는 단계조차 들어서지 못한 사람으로 규정하고 있다.

**미국의 사진작가이자 시각·개념 예술가로, 〈여성 보이콧을 결의하라〉라는 퍼포먼스가 있다.

주드와 윌럼이 서로 시선을 주고받는 걸 보고 맬컴은 두 사람은 이 아이디어를 재미있어하고 제이비에게 맞춰줄 거라는 걸 알았다. 미소조차 교환하지 않는 한순간에 불과했지만 의미심장한 그들의 표정을 그는 불편한 심기로 지켜봤다(그는 이 둘이 자기는 배제한 채 특별한 우정을 나누고 있다고 늘 의심하고 있었다). 그의 입장에서는 제이비에게서 일정 기간 휴식을 얻게 된다니 감사할 일이라고 생각했지만, 고맙지도 즐겁지도 않았다. 인종 문제를 경쾌하게 가지고 노는 제이비의 자세도, (아마도 A 학점을 받을) 이런 멍청한 사기성 프로젝트를 이용해서 제이비와는 정말 아무런 상관도 없는 맬컴의 정체성에 대해 논평을 하는 것도 다 불쾌했다.

프로젝트가 진행되는 동안 제이비와 함께 사는 것은 사실 보통 때와 거의 다를 바 없었다. (정말이지, 제이비의 변덕과 별난 생각들에 그들이 안 맞춰준 적이 언제 있기나 했나?) 맬컴과 대화를 최소화한다고 했지만, 그렇다고 해서 가게에 가서 뭘 사오라거나 가는 길에 세탁카드를 충전해달라거나 스페인어 수업 교재인 《돈키호테》를 도서관 지하층 남자화장실에 놔두고 왔으니 맬컴 책을 빌려달라거나 하는 일들이 줄어드는 건 아니었다. 윌럼과 이야기를 하지 않는다고 해서, 휘갈겨 건네는 수많은 메모들("렉스에서 〈대부〉 상영, 갈래?")을 포함한 다량의 비언어적 의사소통도 사라지는 게 아니었다. 그런 건 로자노가 의도한 바가 아니라고 맬컴은 확신했다. 게다가 주드와 나누던 보급판 이오네스코풍의 대화는 주드에게 미적분 숙제를 부탁할 상황이 되자 갑자기 사라지고 이오네스코는 돌연 무솔리니로 변했다. 특히 이 이오네스코가 도서관 남자화장실에서 분주한 시간을 보내느라 문제 한 세트를 아예 시작도 안 했는데 수업이

45분 뒤에 시작된다는 걸 깨닫고 나자 독재도 그런 독재가 없었다. ("하지만 너한테는 충분한 시간이잖아, 그지, 주디?")

당연히 제이비는 제이비였고, 친구들은 그럴듯하고 번지르르한 거라면 뭐든 손쉬운 먹잇감이 됐으며, 제이비의 조그만 실험은 대학신문에, 그러고는 새 흑인 문예지 《통한이 있다》에 실리면서 짧고도 지겨웠던 얼마의 기간 동안 캠퍼스의 화제가 됐다. 그 관심 때문에 벌써 시들어가고 있던 제이비의 열정—프로젝트가 시작된 지 겨우 여드레밖에 되지 않았는데, 맬컴은 제이비가 윌럼과 이야기하고 싶어서 가끔 폭발 일보 직전이라는 걸 알 수 있었다—은 되살아났고, 그는 이틀을 더 계속한 다음 실험이 성공했다고 장엄하게 결론지으며 자신의 목적은 달성됐다고 선언했다.

"무슨 목적?" 맬컴이 물었다. "네가 '이야기'를 할 때도 그렇지만 이야기 같은 건 안 하고도 백인들을 짜증 나게 할 수 있다는 거?"

"아, 지랄하지 마, 맬." 제이비는 너무 승리감에 도취된 나머지 말다툼할 생각도 없이 나른하게 대답했다. "넌 이해 못 할 거야." 그러고는 사마귀 같은 얼굴을 가진 남자친구, 언제나 제이비에게 열렬한 숭배의 찬사를 바치는 통에 맬컴 속을 느글거리게 하는 백인 녀석을 만나러 가버렸다. 그때는 자신이 느끼던 이 인종적 불편함이 일시적인 문제, 순전히 문맥 때문에 생긴 감각이어서 대학 시절 다들 깨달았다가 거기서 멀어지면 어느덧 스르르 사라지게 되는 것이라고 확신했었다. 그는 자기가 흑인이라는 것에 대해, 아주 막연하게 말고는 어떤 특별한 불안감도, 자부심도 가져본 적 없었다. 인생의 어떤 문제들(예를 들자면, 택시 운전사)에 대해 어떤 감정들을 느껴야 한다는 걸 알고 있었지만, 어쩐지 그건 오직 이론적 지식일 뿐 스스로 경험한 것들이 아니었다. 하지만 흑인이라는 건 그의 가족 서사에서 핵심적인 부분이었고, 그 이야기는 어찌나 듣고 또 들었는지 닳아서 윤이 날 지경이었다. 투자회사의 세 번째 흑인 전무이사이자, 맬컴의 모교인 백인 중심 예비사립학교의 세 번째 흑인 평의원, 대규모 상업은행의 두 번째 흑인 재무이사가 된 아버지의 성공 신화 말이다. (맬컴의 아버지가 오만 데서 '최초의' 흑인이 되지 못한 건 단지 너무 늦게 태어났기 때문이지만, 그의 행동반경인 96번 스트리트와 57번 스트리트, 5번가와 렉싱턴 사이에서는 그들 집 건너편 파크 애비뉴의 한 건물 총안에 가끔 둥지를 트는 붉은꼬리매처럼 여전히 희귀한 존재였다.) 자라면서 아버지가 (그리고 자신 또한) 흑인이라는 사실은 뉴욕 시의 이 구역에서는 다른 더 의미심장한 문제들, 아버지의 인종보다 더 중요한 요소들에 묻혔다. 예를 들면, 맨해튼 문학계에서 어머니가 차지하는 걸출한 지위라든가, 제일 중요한 아버지의 재산 같은 것 말이다. 맬컴과 가족들이 살고 있는 뉴욕은 인종이 아니라 세금 계층에 따라 구분되는 곳이었고, 맬컴은 편협함을 포함해서 돈으로 막을 수 있는 모든 것들로부터 안전하게 차단된 채 성장했다. 돌이켜보면 그런 것 같았다. 사실 그는 대학에 와서야 다른 사람들이 흑인으로서 겪은 갖가지 경험들에 대해 들었고, 그리고 어쩌면 이게 더 놀라운 점인데, 자기 집안 재산이 자신과 이 나라의 나머지 사람들을 얼마나 단절시켜놓았는지를 진실로 대면하게 됐다(이렇게 말하면 그의 동창생들이 나머지 국민들을 대표하기라도 하는 것 같지만, 그건 물론 아니다). 주드를 만난 지 거의 10년이 지난 오늘날조차도 그는 주드가 어린 시절 경험한 그런 가난을 여전히 이해하기 어려웠다. 주드가 대학에 올 때 메고 왔던 배낭에 문자 그대로 주드의 전 재산이 들어 있었다는 걸 마침내 깨달았을 때는 어찌나 믿기지가 않던지 그 충격이 거의 몸으로 느껴질 정도였다. 자기의 순진함에 대해 아버지가 긴 연설을 늘어놓을까봐 세상물정 모른다는 증거는 내보이지 않는데도, 너무나 믿기 힘든 이야기라 그는 아버지에게 주드 이야기를 했고, 심지어 퀸스에서—부모님이 맞벌이를 했고 매해 새 옷을 받긴 했지만—가난하게 자란 그의 아버지조차 충격을 받았다. 논쟁의 여지 없이 상대방의 명백한 승리였으나 아버지는 어린 시절 당신이 겪은 (크리스마스 다음 날 크리스마스트리를 샀다던가 하는) 결핍 이야기를 늘어놓으면서 충격을 감추려 했고, 그럼에도 맬컴은 아버지가 받은 충격을 느낄 수 있었다.

하지만 대학을 졸업한 지 6년이 지나자, 인종의 자기규정성은 점점 그 힘을 잃는 것 같았고, 여전히 인종을 정체성의 핵심으로 품고 있는 사람들은 젊은 시절 환상에 매달려 있는 것처럼 어쩐지 유치하고 슬쩍 딱해 보였다. 그건 대학지원서에서 신격화의 정점에 오르는 항목에나 몰두해 있는 당황스럽고 시대에 뒤떨어진 짓이었다. 이 나이가 되면, 정체성에 있어 진정으로 중요한 유일한 것들은 성적性的 능력과 직업적 성취, 돈이다. 그리고 이 세 가지 모두에서 맬컴은 실패하고 있었다.

돈은 제쳐놓았다. 언젠가 그는 막대한 돈을 상속받을 것이다. 얼마나 막대한지도 모르고, 물어보고 싶지도 않고, 아무도 그에게 말해줘야 한다고 생각하지도 않았다. 그래서 그는 정말로 막대한 유산이라는 걸 알았다. 물론 에즈라만큼 엄청나지는 않겠지만—음, 어쩌면 에즈라 급일지도 모른다. 부의 현란한 과시를 혐오하는 어머니 덕분에 맬컴의 부모님은 능력보다 훨씬 더 수수한 생활을 했고, 그래서 그는 자기 가족이 매디슨과 5번 사이에 살 능력이 안 돼서 렉싱턴과 파크 사이에 사는 건지, 매디슨과 5번 사이에 사는 게 너무 과시적이라고 생각하는 어머니 때문에 렉싱턴과 파크 사이에 사는 건지 절대 알지 못했다. 그는 스스로 돈을 벌고 싶었다, 그리고 그럴 것이다. 하지만 그는 그걸로 자신을 닦달하는 그런 부잣집 자식은 아니었다. 경제적 독립을 위해 노력은 할 테지만, 그건 전적으로 그에게 달린 것은 아니었다.

하지만 섹스와 성적 충족은 정말로 자기가 책임져야 할 일이었다. 자신의 성생활 부재를 보수 적은 분야를 선택했다거나 부모님이 제대로 동기부여를 해주지 않아서라고 탓할 수는 없었다. (아니면 그래도 되나? 어린 시절 맬컴은 부모님이 종종 그와 플로라 앞에서 오래오래 서로를 더듬어대는 광경을 인내해야 했는데, 부모님의 그런 과시적 능력 때문에 자기 안의 경쟁심이 무뎌진 게 아닌가 하는 의문이 들었다.) 마지막 여자친구와 헤어진 게 3년도 더 된 일이었다. 레즈비언이 되겠다고 그를 찬 이모젠이라는 여자였다. 지금조차도 자기가 정말로 이모젠에게 육체적으로 끌렸던 건지, 아니면 다른 사람이 결정하고 거기에 따르는 게 그냥 마음이 놓였던 것인지 알 수가 없었다. 최근 그는 같은 건축가로 일하는 이모젠을 만나서—그녀는 실험적 저임금주택(속으로는 아니지만 딱 맬컴이 '원해야' 할 것 같은 그런 일)을 짓는 공익단체에서 일하고 있었다—아무리 생각해봐도 자기 때문에 이모젠이 레즈비언이 된 것 같다고 놀리듯이 말했다. 정말로 농담이었다! 하지만 이모젠은 파르르하더니, 자기는 늘 레즈비언이었으며 맬컴과 같이 있었던 건 그가 너무나 성적 혼란에 빠져 있는 것 같아 교육을 도와줄까 생각했던 거라고 말했다.

하지만 이모젠 이후로는 아무도 없었다. 아, 뭐가 잘못됐단 말인가? 섹스, 성 정체성, 이것들도 대학에서, 그런 불안정성이 용인될 뿐 아니라 조장되는 최후의 거점인 그곳에서 정리했어야 했던 문제들이었다. 20대 초반 그는 다양한 사람들—플로라의 친구들, 동창들, 성적 혼란에 빠진 소방관을 주인공으로 하는 실화소설을 써서 데뷔한 소설가인 어머니의 고객—과 사랑에 빠지고 헤어져봤지만, 여전히 어떤 사람에게 끌리는지 알 수가 없었다. 종종 게이라는 건(그건 생각만 해도 견딜 수가 없었다. 어쩐지 인종과 마찬가지로 게이 역시 대학의 관심 영역, 성숙을 거쳐 더 적절하고 실용적인 영역으로 넘어가기 전 잠시 머무는 정체성 같았다) 대개는 거기 따라오는 부속품들, 즉 정치적 견해와 원인들을 수집하고 미학을 수용하는 일 때문에 매력적이라고 생각했다. 그에게는 흑인이 되기에 필요한 희생자 의식과 상처, 끝없는 분노는 없었지만, 혹시나 게이라면 그에 요구되는 관심들은 가지고 있다고 확신했다.

그는 이미 윌럼과 반쯤 사랑에 빠져 있는 상상을 했고, 주드와도 연애의 여러 단계를 상상해봤다. 직장에서는 가끔 자기도 모르게 잘생긴 에두아르드를 쳐다봤다. 그러다 때로는 도미닉 청도 에두아르드를 쳐다보고 있는 걸 눈치챘고, 그러면 얼른 그만뒀다. 세상에서 가장 되고 싶지 않은 사람은 절대 이어받지 못할 회사의 공동경영자 자리를 넘보는 마흔다섯 살의 딱한 도미닉이었다. 몇 주 전 주말에는 책장을 만들어주기 위해 치수를 재야 한다는 명목으로 윌럼과 주드의 집을 방문했는데, 윌럼이 소파에서부터 죽 나온 줄자를 잡으려고 그의 앞에서 몸을 숙였을 때, 갑자기 그와 바싹 붙어 있는 게 견딜 수가 없었다. 그는 사무실에 가야 한다는 핑계를 대며, 윌럼이 뒤에서 부르는데도 느닷없이 집을 나와버렸다.

그는 윌럼의 문자들을 무시하며 정말로 사무실에 갔고, 컴퓨터 앞에 앉아 눈앞의 파일을 멍하니 바라보며 자기가 랫스타에 입사한 이유에 대해 다시 한 번 생각했다. 제일 끔찍한 건 그 대답이 너무 명백해서 물을 필요조차 없다는 사실이었다. 그가 랫스타에 들어온 건 부모님에게 대단하게 보이기 위해서였다. 건축학교 졸업반 시절, 맬컴에게는 선택권이 있었다. 조부모님 돈으로 자기 회사를 차린 동창생 소널 마스와 제이슨 김과 일할 수도 있었고, 랫스타에 들어올 수도 있었다.

"농담하는 거지?" 제이슨은 맬컴의 결정을 듣고 말했다. "그런 곳에서 공동경영자로 살면 네 인생이 어떻게 되는지 알잖아, 안 그래?"

"굉장한 회사야." 그는 자기 어머니 같은 말투로 단호하게 말했고, 제이슨은 눈동자를 굴렸다. "내 말은, 이력서에 적기에 훌륭한 이름이라는 거지." 하지만 그렇게 말하면서도 그는 자기가 실제로는 무슨 의미로 한 말인지 알고 있었다(게다가 더 나쁜 건, 제이슨도 알고 있는 것 같았다). 그건 부모님이 칵테일 파티에서 이야기하기 좋은 이름이었다. 그리고 실제로 부모님은 그걸 즐겼다. "자식이 둘입니다." 어머니 고객의 축하 디너 파티에서 아버지가 누군가에게 하는 말을 엿들은 적 있다. "딸애는 FSG*의 편집자고, 아들 녀석은 랫스타 아키텍츠에서 일하고 있죠." 여자는 감탄했고, 내심 그만두고 싶다는 말을 꺼낼 방법을 찾고 있던 맬컴은 풀이 죽었다. 그럴 때면 한때는 친구

---

*T. S. 엘리엇 등 명망 높은 작가들의 책을 출판한 뉴욕의 '파라, 스트라우스 앤드 지로' 출판사.

들이 불쌍하게 보였던 바로 그 이유 때문에 친구들이 부러웠다. 아무도 그들에게 기대하는 게 없다는 점, 평범한 가족들(혹은 가족의 부재), 오로지 자신의 야망에 따라 삶을 개척해나가야 하는 상황이.

그래서 지금은? 현재 제이슨과 소널의 프로젝트는 기사가 《뉴욕》에 두 개, 《뉴욕타임스》에 한 개가 실렸는데, 그는 아직도 허세 가득한 이름의 회사에서 허세 가득한 두 남자를 위해 거의 무보수로 일하며 여전히 건축학교 1년차 때 하던 작업을 하고 있다.

건축학교에 간 이유조차 최악인 것 같았다. 그는 그냥 건물이 좋아서 갔다. 그건 괜찮은 열정이었고, 어린 시절 부모님은 함께 여행을 다닐 때마다 집들과 기념비들을 구경시켜줬다. 심지어 아주 어렸을 때부터 그는 늘 상상의 건물들을 그렸고, 상상의 구조물들을 만들었다. 그게 위안이고 보고寶庫였다. 말할 수 없는 모든 것, 결정할 수 없는 모든 것들을 건물에 녹여낼 수 있는 것 같았다.

근본적으로, 가장 부끄러운 점은 이것이었다. 섹스에 대한 빈약한 이해도, 불충스러운 인종적 관점도, 부모님으로부터 독립을 못 한다거나 돈을 못 번다거나 자율적 존재로 행동하지 못하는 무능력도 아니었다. 밤에 그와 동료들이 사무실에 앉아 모두 각자의 야심찬 꿈의 건축물에 깊이 몰두해 있을 때, 다들 있을 법하지 않은 건물들을 스케치하고 계획하고 있을 때, 그는 아무것도 하지 않았다. 그는 무언가를 상상하는 능력을 잃어버렸다. 그래서 매일 밤, 다른 사람들이 창조하고 있을 때, 그는 모방을 했다. 여행하면서 본 건물들, 다른 사람들이 꿈꾸고 건설한 건물들, 자기가 살았거나 들어가본 건물들을 그렸다. 이미 만들어진 건물들을, 개선할 생각조차 없이 그저 흉내만 내면서 다시, 또다시 만들었다. 그는 스물여덟 살이었고, 상상력은 사라졌고, 모방꾼이었다.

그는 겁이 났다. 제이비에게는 연작이 있다. 주드에게는 자기 일이 있다. 윌럼도 자기 일이 있다. 하지만 다시는 아무것도 못 만든다면 맬컴은 어떻게 하나? 자기 방에서 모눈종이 위로 손만 움직이고 있으면 충분하던 시절이 그리웠다. 결정과 정체성의 나날 이전, 결정은 부모님이 대신 해주고 자기는 그저 깨끗하고 날카로운 선, 줄자의 완벽하게 예리한 날에만 집중하면 되던 그 시절이 그리웠다.

3

윌럼과 주드의 아파트에서 송년파티를 해야 한다고 결정한 사람은 제이비였다. 결정은 세 차례의 행사를 치렀던 크리스마스 때 이루어졌다. 크리스마스이브 파티는 포트그린의 제이비 어머니 집에서, (양복과 타이가 필요한 정식 행사인) 크리스마스 디너는 맬컴의 집에서, 그다음에는 제이비의 이모 집에서 간단한 점심을 먹었다. 그들은 늘 이 의식을 따랐지만(4년 전에는 케임브리지에 있는 주드의 친구 해럴드와 줄리아의 집에서 보내는 추수감사절이 추가됐다), 선달그믐날은 한 번도 정해진 적이 없었다. 학교 졸업 이후 처음으로 넷이 같은 도시에 있었던 작년 새해 첫날, 그들은 따로따로 비참한 하루를—제이비는 에즈라 집에서 열린 웬 지루한 파티에 처박혀 있었고, 맬컴은 업타운에서 부모님 친구들의 디너파티에 붙들려 있었고, 윌럼은 핀들레이에게 발목을 잡혀 오톨란에서 휴일근무를 했고, 주드는 독감에 걸려 리스페너드 스트리트 침대에서 끙끙 앓았다—보냈고, 다음 해 계획은 진짜로 짜기로 결심했다. 하지만 다들 미루고 또 미루다가 어느덧 12월이 됐고, 그들에겐 여전히 아무 계획이 없었다.

그래서 이 경우에는 제이비가 결정을 내리는 데 아무도 불만

이 없었다. 그들은 넉넉하게는 스물다섯 명, 불편을 감수하면 마흔 명은 집에 들일 수 있다고 계산했다. "그럼 마흔 명으로 해." 늘 그렇듯이 제이비가 즉각 대답했다. 하지만 나중에 집에 돌아온 윌럼과 주드는 자기들과 맬컴의 친구들을 다 합해 스무 명의 명단만 작성했다. 제이비가 친구들과 친구의 친구들, 심지어 친구도 아닌 사람들과 동료들, 바텐더들, 가게 점원들에게까지 초대장을 남발해가며, 받은 할당보다 더 많은 사람들을 초대할 게 뻔했기 때문이다. 아파트는 사람들로 터져 나갈 지경이 되고 밤공기가 들어오도록 창문이란 창문은 다 열어놔도 속절없이 쌓이는 열기와 담배 연기를 없앨 수가 없을 것이다.

"괜히 복잡하게 하지 마." 제이비는 이런 당부도 했지만, 윌럼과 맬컴은 그건 주드에게만 해당되는 주의라는 걸 알고 있었다. 주드는 필요 이상의 정성을 들이는 경향이 있어서 다들 피자로 만족할 텐데도 며칠 밤을 공들여 구제르*를 굽고, 바닥이 모래로 서걱대건 싱크대에 음식 부스러기들이 말라붙어 있건 누가 상관이나 한다고 미리 진짜로 청소를 했다.

파티 전날 밤은 겨울답지 않게 따뜻했다. 너무 따뜻해서 윌럼이 오톨란에서부터 3킬로미터를 걸어 아파트에 돌아왔더니, 온 집 안에 치즈와 반죽과 회향유의 진한 버터 향이 가득 차 있어서 자기가 퇴근을 한 건가 싶었다. 그는 조그만 파이 덩어리들이 냉각판에 달라붙지 않도록 살짝 들어 떼어준 다음, 허브를 넣은 쇼트브레드와 옥수수 가루로 만든 생강쿠키들을 담은 용기들이 차곡차곡 쌓여 있는 걸 보며 부엌에 잠시 서 있었다. 약간 슬픈 기분—주드가 결국 청소를 했다는 걸 눈치챘을 때 느

*치즈를 넣은 파이.

꼈던 것과 같은 슬픔—이 들었다. 왜냐하면 사람들은 이 음식들을 아무 생각 없이 게걸스럽게, 맥주와 같이 꿀꺽 삼킬 테고, 그들은 이 아름다운 쿠키의 부스러기들이 짓밟히고 타일 사이에 끼인 채 사방에 널려 있는 꼬락서니와 함께 새해를 시작할 것이기 때문이다. 주드는 침실에서 벌써 잠들어 있었고, 창문은 살짝 열려 있었다. 짙은 밤공기 때문에 윌럼은 봄이 온 꿈을 꿨다. 나무들에는 노란 꽃이 흐드러지게 피고, 지빠귀 떼들이 날개에 기름이라도 칠한 것처럼 소리 없이 바다색 하늘을 미끄러지듯 날아갔다.

하지만 잠에서 깼을 때 날씨는 원래대로 돌아가 있었고, 그는 잠시 후에야 자기가 벌벌 떨고 있다는 걸, 꿈속에서 들었던 소리는 바람 소리였다는 걸, 몸이 흔들려서 잠에서 깼다는 걸, 새들이 아니라 사람 목소리가 자기 이름을 부르고 있다는 걸 깨달았다. "윌럼, 윌럼."

돌아누워 팔꿈치로 몸을 지탱한 채 반쯤 일어났지만, 주드가 한꺼번에 눈에 들어오지는 않았다. 처음에는 얼굴이, 다음에는 왼팔을 붙들고 있는 오른손이, 그리고 그 왼팔을 감싸고 있는 무언가가(다시 보니, 주드의 타월이었다) 보였다. 어둑어둑한 방 안에서 그 타월이 어찌나 하얗게 보이는지 무슨 발광체라도 되는 것 같았다. 그는 멍하니 타월만 뚫어져라 바라봤다.

"윌럼, 미안해." 주드가 말했다. 그 목소리가 너무 차분해서 순간 꿈인가 하고 말을 놓치는 바람에 주드는 다시 한 번 말해야 했다. "사고가 있었어, 윌럼. 미안해. 앤디한테 좀 데려다줘."

마침내 잠이 깼다. "무슨 사고?"

"베었어. 사고였어." 그는 잠시 말을 멈췄다. "좀 데려다줄래?"

"어, 당연하지." 대답은 했지만, 그는 여전히 혼란스럽고 여전히 졸린 상태로 영문도 모른 채 주섬주섬 옷을 입은 다음 복도에서 기다리고 있던 주드와 같이 커넬 스트리트까지 걸어갔다. 그가 지하철 역 쪽으로 방향을 틀기도 전, 주드가 그를 잡아당겼다. "택시를 타야 할 것 같아."

택시 안에서—주드는 운전사에게 여전히 묵음 처리된 듯한 뭉개진 목소리로 주소를 말했다—그는 마침내 정신을 차렸고, 주드가 여전히 타월을 들고 있는 걸 봤다. "타월은 왜 가져왔어?" 그가 물었다.

"말했잖아, 베었다고."

"하지만, 심해?"

주드는 어깨를 으쓱했고, 윌럼은 처음으로 주드의 입술색이 이상한 색, 아니 색이라 할 수 없는 색이라는 걸 눈치챘다. 어쩌면 북쪽을 향해 달리는 택시 안에서 주드의 얼굴을 때리고 노란색, 황토색, 유충처럼 창백한 흰색 멍 자국을 남기고 미끄러져 지나가는 가로등 불빛 탓인지도 모른다. 주드는 창문에 머리를 기대고 눈을 감았다. 그 순간 윌럼은 정확히 이유를 설명할 수는 없지만, 갑자기 메스꺼움이, 두려움이 치밀어 올랐다. 아는 것이라곤 그저 택시를 타고 업타운 쪽으로 가고 있으며 무슨 일이 일어났다는 것, 무슨 일인지는 모르지만 뭔가 나쁜 일이라는 것, 자기가 뭔가 중요하고 핵심적인 걸 이해하지 못하고 있다는 것, 몇 시간 전의 축축한 따스함은 사라졌고 세상은 다시 얼음장 같은 혹독함으로, 연말의 날것 그대로의 잔혹함으로 돌아갔다는 것뿐이었다.

앤디의 병원은 맬컴 부모님 집에서 가까운 78번과 파크 교차점에 있었다. 안으로 들어가 진짜 불빛 아래 섰을 때에야 윌럼은 주드 셔츠에 있던 진한 색 무늬들이 핏자국이었다는 걸, 타월이 피로 끈끈해지다 못해 거의 니스칠을 해놓은 것 같은 꼴이라는 걸 알았다. 조그맣게 말린 면사들이 젖은 털처럼 엉겨 있었다. "미안해요." 문을 열고 두 사람을 안으로 맞아들이는 앤디에게 주드가 말했다. 앤디가 타월을 풀었을 때, 윌럼이 본 거라곤 피로 질식한 것 같은 모습뿐이었다. 마치 주드의 팔에 입이 생겨서 피를 토하고 있는 것 같았다. 피가 어찌나 격하게 쏟아져 나오는지 조그만 거품 방울들이 보글보글 솟아나 흥분한 것처럼 톡톡 튀며 터졌다.

"이런 젠장, 주드." 앤디는 주드를 다시 진찰실로 데려갔고, 윌럼은 앉아서 기다렸다. 세상에, 그는 생각했다, 세상에. 하지만 홈에 끼어 쓸모없어진 기계처럼 머리가 굳어버렸는지 이 한 마디 외에는 아무것도 생각나지 않았다. 대기실은 너무 밝았고, 그는 긴장을 풀려고 했지만 그 한 마디 말이 제2의 맥박처럼 쿵쿵 몸속을 돌아다니면서 심장박동처럼 울리는 바람에 긴장을 풀 수가 없었다. 세상에. 세상에. 세상에.

오랫동안 기다리고 나서야 앤디가 그의 이름을 불렀다. 앤디는 그보다 여덟 살 더 많았고, 2학년 때부터 두 사람과 알고 지낸 사이였다. 한번은 주드의 삽화가 너무 오래 지속되는 바람에 세 사람이 결국 주드를 대학 부속병원에 데리고 가기로 결정했는데, 그때 당직 레지던트가 앤디였다. 그는 주드가 다시 찾은 유일한 의사였고, 정형외과의가 된 지금도 주드의 등과 다리, 독감과 감기에 이르기까지 뭐가 잘못되기만 하면 여전히 다 앤디가 치료했다. 모두들 앤디를 좋아하고 신뢰했다.

"집에 데려가도 돼." 앤디가 말했다. 그는 화가 나 있었다. 그는 찰싹 소리를 내며 피가 덕지덕지 말라붙은 장갑을 벗고 의자를 뒤로 밀었다. 바닥에는 붉은 페인트로 휘갈긴 것 같은 길고 지저분한 흔적이 있었다. 누군가 뭔가를 막 튀겨놓고 청소하다가 성질이 나서 포기한 것 같은 모양새였다. 벽에도 붉은 얼룩들이 있었고, 앤디의 스웨터도 피가 말라붙어 뻣뻣했다. 주드는 지치고 비참한 얼굴로 오렌지주스 병을 들고 진찰대에 걸터앉아 있었다. 머리카락은 덤불처럼 마구 엉겨 있었고, 피가 말라붙은 셔츠는 천이 아니라 쇠로 만든 것처럼 딱딱해 보였다. "주드, 대기실에 가." 앤디가 지시하자 주드는 온순하게 따랐다.

주드가 나가고 나자 앤디는 문을 닫고 윌럼을 바라봤다. "네가 보기에 주드한테 자살 충동이 있는 것 같아?"

"뭐라고요? 아니에요." 머릿속이 아득해지는 기분이었다. "그러려고 했던 거예요?"

앤디는 한숨을 내쉬었다. "자기는 아니라고 하지. 하지만, 모르겠어. 아냐. 난 몰라. 모르겠어." 그는 세면대로 가서 격렬하게 손을 씻기 시작했다. "하지만 주드가 응급실에 갔다면—젠장, 정말이지 그렇게 했어야지—병원에선 십중팔구 입원시켰을 거야. 그러니까 아마 안 간 거겠지만." 이제 그는 커다란 소리로 혼잣말을 하고 있었다. 그는 손바닥에 물비누를 조금 눌러 짠 다음 다시 손을 씻었다. "주드는 칼로 자해를 해, 알지?"

잠시 동안 그는 대답을 할 수가 없었다. "아뇨."

앤디는 돌아서서 손가락을 하나하나 천천히 닦으며 윌럼을 뚫어지게 쳐다봤다. "우울해 보이지는 않았고?" 그가 물었다. "식사는 규칙적으로 해? 잠은? 의욕이 없고 기분이 안 좋아 보이지는 않아?"

"괜찮아 보였어요." 대답은 했지만, 사실 윌럼은 몰랐다. 주드가 밥은 제대로 먹고 있었나? 잠은 제대로 자고 있었나? 자기가 인지를 했어야 하나? 더 관심을 가졌어야 하나? "그러니까, 평상시랑 똑같아 보였어요."

"음." 앤디가 말했다. 잠시 그는 바람이 빠져버린 것처럼 보였다. 두 사람은 마주 향해 서 있었지만 서로 쳐다보지 않고 조용히 있었다. "이번엔 주드 말을 믿어줄 작정이야." 그가 말했다. "바로 일주일 전에도 만났는데, 맞아, 이상한 점은 하나도 없어 보였어. 하지만 조금이라도 이상한 행동을 시작하면—나 심각하게 말하는 거야, 윌럼—당장 나한테 전화해."

"꼭 그럴게요." 그는 대답했다. 지난 몇 년 동안 앤디를 몇 번 만났지만, 그럴 때마다 그는 앤디의 좌절감을 느꼈고, 종종 그건 동시에 너무 많은 사람들을 향해 있는 것 같았다. 그는 자기 자신에게, 주드에게, 특히 주드의 친구들에게 좌절했고, (큰 소리로 말하지는 않지만) 친구들 중 누구도 주드를 제대로 보살피지 않고 있다는 암시를 늘 빠뜨리지 않았다. 그는 앤디의 비난이 두려웠고 그게 약간 부당하다는 생각도 했지만, 주드 문제로 분노하는 앤디의 이런 면이 좋았다.

종종 그랬듯이 비난할 걸 다 하고 나자 앤디는 목소리가 달라졌다. 거의 부드러워졌다. "그럴 거라는 거 알아. 늦었다. 집에 가. 깨면 먹을 것 좀 꼭 차려주고. 새해 복 많이 받아."

—

그들은 말없이 집으로 돌아왔다. 운전사는 주드를 한참 동안 쳐다보더니 말했다. "요금에다 20달러는 더 주셔야겠습니다."

"네, 그래요." 윌럼이 대답했다.

날은 거의 샜지만, 잠을 잘 수는 없을 것이다. 택시에서 주드는 윌럼에게 등을 돌린 채 창밖만 바라봤고, 아파트에 돌아와서는 출입구에서 휘청했다가 천천히 욕실로 걸어갔다. 윌럼은 주드가 씻으려 하는 걸 알았다.

"그러지 마." 그는 주드에게 말했다. "가서 누워." 주드는 처음으로 고분고분한 태도로 방향을 바꾸더니 발을 질질 끌며 침실로 들어갔고, 들어가자마자 즉시 잠들었다.

윌럼은 자기 침대에 앉아 주드를 쳐다봤다. 갑자기 주드의 관절, 근육, 뼈 하나하나가 다 의식됐고, 그러자 굉장히, 굉장히 늙은 기분이 들었다. 그는 몇 분 동안 그냥 앉아서 쳐다보기만 했다.

"주드." 그는 이름을 한 번 불렀다가 다시 좀 더 끈질기게 불렀고, 대답이 없자 침대 옆으로 가 슬쩍 등을 찔러봤다. 그러고는 잠시 주저하다 셔츠 오른쪽 소매를 걷었다. 셔츠가 마분지처럼 접히면서 구겨질 뿐 잘 올라가지 않아서 주드의 팔꿈치 정도까지밖에 못 걷었지만, 그것만으로도 충분했다. 2센티미터 정도의 희고 깔끔한 흉터 세 개가 사다리처럼 조금씩 올라가면서 팔에 새겨져 있었다. 소매 아래로 손가락을 넣어보니 흉터 자국은 팔 위쪽까지 계속해서 이어졌고, 그는 더 이상 알고 싶지 않아 이두박근 근처에서 멈추고 손을 빼냈다. 왼쪽 팔은 살펴볼 수 없었지만—앤디가 왼쪽 소매를 잘라냈고, 주드의 팔뚝과 손 전체가 하얀 거즈로 칭칭 싸여 있었다—그쪽도 마찬가지라는 걸 알 수 있었다.

주드의 자해 사실을 모른다고 앤디에게 말했을 때 그는 거짓말을 하고 있었다. 아니, 확실히는 몰랐지만 그건 오로지 세부사항의 문제일 뿐이었다. 그는 알고 있었고, 오랫동안 알고 있었다. 헤밍이 죽은 뒤 맬컴네 집에 갔던 그 여름 어느 날 오후 그와 맬컴은 술에 취한 채 앉아 제이비와 주드가 모래언덕에 산책하러 갔다 서로 모래를 뿌리며 돌아오는 걸 보고 있었다. 맬컴이 물었다. "주드가 늘 긴소매만 입는 거 알았어?"

그는 대답으로 뭔가 툴툴댔다. 물론 눈치챘지만—어떻게 모를 수 있겠나, 특히 더운 날씨에는—한 번도 궁금해하지 않았다. 종종 주드와의 우정의 많은 부분은 물어봐야 할 질문들을 하지 않는 데 달려 있는 것 같았다. 대답이 두려웠기 때문이다.

잠시 침묵이 흘렀고, 두 사람은 술에 취한 제이비가 모래 위에 훌렁 자빠지자 주드가 흐느적거리며 가서 제이비를 파묻기 시작하는 걸 지켜봤다.

"플로라의 친구 하나도 맨날 긴소매만 입었어." 맬컴이 계속 말했다. "메리엄이라는 친구. 그 누나도 팔을 긋곤 했어."

정적이 두 사람 사이에서 점점 팽팽하게 늘어나 마치 살아 움직이는 소리가 들리는 것만 같았다. 기숙사에도 팔을 긋는 여학생이 있었다. 1학년 때는 같이 있었는데, 지금 생각해보니 그해에는 한 번도 본 적이 없었다.

"왜?" 그는 맬컴에게 물었다. 모래언덕에서는 주드가 제이비를 허리까지 묻고 있었다. 제이비는 두서없고 음도 안 맞는 어떤 노래를 부르고 있었다.

"모르겠어." 맬컴이 말했다. "그 누난 문제가 많았어."

그는 기다렸지만, 맬컴은 더 이상 할 이야기가 없는 것 같았다. "그래서 어떻게 됐는데?"

"몰라. 플로라가 대학에 갔을 때 연락이 끊겼어. 다시는 그 친구 이야기를 안 했거든."

다시 이야기가 끊겼다. 어쩌다보니 어느 순간부터 세 사람 사이에서는 윌럼이 주드에 대해 일차적 책임을 지는 걸로 무언의 결정이 내려졌다는 걸 그는 알고 있었다. 그리고 이건 해결이 필요한 난제를 제시하는 맬컴 특유의 방식이라는 것도 알아챘다. 하지만 그 문제가 정확히 무엇인지—혹은 그 해답이 무엇일지—그는 확신할 수가 없었고, 맬컴도 모르기는 마찬가지라는 데 내기라도 할 자신이 있었다.

다음 며칠 동안 그는 주드를 피했다. 주드와 둘만 있게 되면 이야기를 꺼내지 않을 자신이 없었고, 정말 그러고 싶은 건지, 혹은 그 대화가 어떤 게 될지 확신이 없었다. 피하는 건 어렵지 않았다. 낮에는 다 같이 있었고, 밤에는 각자 자기 방에 있었다. 하지만 어느 날 저녁, 맬컴과 제이비가 바닷가재를 사러 나가고 그와 주드는 부엌에 남아 토마토를 썰고 양상추를 씻고 있었다. 화창하고 졸리는 날이었고, 주드는 근심걱정이 없을 때면 그렇듯이 기분이 한껏 좋았다. 질문을 꺼내면서도 윌럼은 그런 완벽한 순간을 망가뜨려야 한다는 게, 분홍색으로 물든 하늘과 나무나 깔끔하게 채소를 썰어나가고 있는 칼 소리 같은, 모든 것이 공모라도 한 듯이 잘 맞아떨어진 이 완벽한 순간을 자기가 엉망으로 만들어야 한다는 것에 벌써부터 기분이 우울해졌다.

"내 티셔츠 빌려줄까?" 그는 주드에게 물었다.

그는 앞에 있던 토마토 씨를 다 파낼 때까지 대답하지 않다가, 윌럼을 물끄러미 바라보며 말했다. "아니."

"안 더워?"

주드는 희미하게, 경고하듯이 미소 지었다. "곧 서늘해질 텐데 뭐." 그건 사실이었다. 마지막 햇살이 사라지고 나면 금세 쌀쌀해질 테고, 그러면 윌럼도 방에 돌아가 스웨터를 가져와야 할 것이다.

"하지만"—말을 하기도 전에 그는 자기 말이 얼마나 어처구니없게 들릴지 않았다. 시작하기 무섭게 이 대결의 통제권이 손아귀 사이에서 꿈틀거리며 빠져나가는 게 느껴졌다—"바닷가 재가 소매에 다 묻을 텐데."

이 말에 주드는 진짜 웃음소리라기엔 너무 크고 고함 같은 괴상한 소리를 내지르더니 다시 도마를 바라봤다. "내가 알아서 할 수 있어, 윌럼." 그 목소리는 부드러웠지만, 윌럼의 눈에는 주드가 손가락 마디가 하얗게 될 정도로 칼 손잡이를 세게, 거의 쥐어짜듯이 쥐고 있는 게 보였다.

운 좋게도 계속 이야기를 하기 전에 맬컴과 제이비가 돌아왔다. 하지만 그전에 윌럼은 주드가 "왜—" 하고 말을 꺼내는 소리를 들었다. 주드는 문장을 마치지 않았지만 (그리고 소매를 완벽히 깔끔하게 유지했던 저녁식사 내내 윌럼에게 한 번도 말을 걸지 않았지만) 윌럼은 주드의 질문이 "왜 나한테 이런 질문을 하는데?"가 아니라 "왜 네가 이런 질문을 하는데?"였을 거라는 걸 알고 있었다. 왜냐하면 윌럼은 주드가 숨어 있는 수많은 벽장들을 뒤지고 다니는 데 지나친 관심을 보이지 않도록 늘 주의해왔기 때문이다.

그는 만약 다른 사람이었다면 주저하지 않았을 거라고 생각했다. 대답을 요구하고, 공통의 친구들을 부르고, 앉혀놓고 소리 지르고 간청하고 협박해서 결국 실토하게 만들었을 것이다. 하지만 이건 주드와 친구가 되려면 타협해야 하는 사항이었다. 그는 알고 있었고, 앤디도 알고 있었고, 모두들 알고 있었다. 본능이 그래선 안 된다고 하는 일들을 슬쩍 보아 넘기고, 의심되는 일들을 피해 달아난다. 우정의 증표는 적정 거리를 지키는 데, 들은 말을 그대로 받아들이는 데, 눈앞에서 문이 닫히면 강제로 열고 들어가는 대신 돌아서서 가버리는 데 있다는 걸 이해한다. 네 사람이 이제껏 다른 사람들—블랙 헨리 영의 여자친구가 바람을 피우고 있는 것 같다는 사실을 말해줄 방법을 결정할 때, 에즈라의 여자친구가 바람을 피우고 있다는 걸 알았을 때 그 사실을 말해줄 방법을 결정할 때—에 대해 나눈 작전 토론을 주드를 놓고 하는 일은 없을 것이다. 그는 이를 배신으로 여길 테고, 어쨌거나 도움도 되지 않을 것이다.

그날 밤 내내 그들은 서로를 피했지만, 침실로 가던 길에 윌럼은 자기도 모르게 주드의 방 밖에 서서 문을 두드리려는 자세로 어정쩡하게 손을 들고 있었다. 그러다 퍼뜩 정신을 차렸다. 무슨 말을 하려고? 무슨 말을 듣고 싶은 거지? 그래서 그는 방 앞을 떠나 계속 걸어갔다. 다음 날 주드는 지난밤 나눌 뻔했던 대화에 대해선 아무 말도 하지 않았다. 윌럼도 하지 않았다. 곧 낮은 밤이 됐고, 또 새날이, 그리고 또 새날이 왔고, 감히 꺼낼 수 없었던 질문들에 대한 주드의 대답을 들으려 했던 윌럼의 미약한 시도에서 두 사람은 점점 더 멀어져갔다.

하지만 그 질문은 언제나 거기 있었고, 예기치 않는 순간에 그의 의식 속으로 비집고 들어와 마음 한가운데 움직일 수 없는 거인처럼 고집스레 자리를 잡고 앉았다. 4년 전, 그와 제이비가 같이 살면서 대학원을 다니고 있을 때, 보스턴에 남아 로스쿨을 다니고 있던 주드가 방문한 적이 있었다. 그때도 밤이었다. 욕실 문이 잠겨 있었고, 그는 갑자기, 뭐라 설명할 수 없이 겁에 질려 문을 쾅쾅 두들겨댔고, 주드는 짜증 난 것 같으면서도 이상하게 찔리는 표정으로 문을 열고 나와 물었다. “왜, 윌럼?” 또 한 번 대답할 수는 없었지만, 그는 뭔가 잘못됐다는 걸 알고 있었다. 욕실에서는 진한 떫은 향, 녹슨 쇠 같은 피비린내가 났고, 심지어 휴지통을 뒤져 돌돌 말린 반창고도 하나 찾아냈지만, 그게 과연 그날 저녁식사 때 제이비가 손에 당근을 놓고 자르려다 칼에 베어(윌럼은 제이비가 식사 준비를 안 하려고 부엌일을 잘 못한다고 과장한다고 생각했었다) 쓴 걸까, 아니면 주드의 야간 처벌에서 나온 걸까? 하지만 또(또다시!) 그는 아무 행동도 하지 않았고, 거실 소파에 누운 주드(잠든 척하는 걸까, 실제로 자는 걸까?)를 지나쳐 가면서도 아무 말도 하지 않았고, 다음 날에도 또 아무 말도 하지 않았다. 많은 날들이 그의 눈앞에서 휴지처럼 깨끗이 풀려 나가 펼쳐졌고, 매일매일 그는 아무 말도, 아무 말도, 아무 말도 하지 않았다.

그리고 지금 이런 일이 생긴 것이다. 3년 전에, 8년 전에 뭔가를(무엇을?) 했다면, 이런 일이 생겼을까? 이게 정확히 뭘까?

하지만 이번에는 뭐라고 말할 것이다. 이번에는 증거가 있으니까. 이번에도 주드가 빠져나가 그를 피하게 만든다면, 만약 무슨 일이 생겼을 때 그건 다 그의 잘못이 된다.

이렇게 결정하고 나자, 피곤이 몰려왔고, 지난밤의 걱정과 불안, 좌절감이 그 피곤 속에서 지워졌다. 그날은 한 해의 마지막 날이었고, 침대에 누워 눈을 감았을 때 그가 마지막으로 느낀 건 그렇게 빨리 잠들 수 있다는 데 대한 놀라움이었다.

—

오후 2시가 다 되어서야 겨우 일어난 윌럼의 머리에 가장 먼저 떠오른 생각은 그날 아침의 결심이었다. 분명 상황은 그의 기세를 떨어뜨리는 방향으로 변해 있었다. 주드의 침대는 깨끗했고, 주드는 거기 없었다. 욕실에 가보니 표백제 향이 났다. 주드는 카드테이블에서 금욕적이기 이를 데 없는 자세로 반죽에 동그란 모양을 찍고 있었다. 그 모습에 윌럼은 화가 나면서도 안도했다. 주드와 대놓고 맞설 작정이라면, 아무래도 그 대면은 혼란을 등 삼거나 재난을 증거로 들이밀지 않고 해야 할 판이었다.

그는 주드 맞은편 의자에 털썩 앉았다. "뭘 하는 거야?"

주드는 쳐다보지 않았다. "구제르를 더 만들려고." 그는 차분하게 말했다. "어제 만든 것 중 한 판이 별로야."

"젠장, 아무도 신경 안 써, 주드." 그는 퉁명스레 내뱉고는 앞으로 불쑥 몸을 내밀었다. "그냥 치즈스틱이나 줘도 마찬가지일 거라고."

주드는 어깨를 으쓱했고, 윌럼의 짜증은 순식간에 분노로 바뀌었다. 그런 끔찍한 밤을 보내놓고 주드는 여기 앉아서 마치 아무 일도 없었던 척 연기하고 있었다. 붕대를 감은 손마저 쓸모없이 테이블 위에 올려놓고 있었다. 그가 뭐라고 하려는 순간, 주드가 파이커터로 쓰고 있던 물컵을 놓고 그를 쳐다봤다. "정말로 미안해, 윌럼." 목소리가 너무 부드러워서 윌럼은 거의 듣지도 못했다. 그는 윌럼이 자기 손을 보고 있는 걸 보더니 무릎 쪽으로 슬쩍 당겼다. "절대 해서는—" 그는 말을 멈추었다. "미안해. 나한테 화내지 마."

분노가 눈 녹듯 사라졌다. "주드." 그는 물었다. "뭘 하고 있었던 거야?"

"네가 생각하는 거 아냐. 약속할게, 윌럼."

수년 뒤, 윌럼은 자신의 무능력, 자기의 실패의 증거로 이 대화를—실제 대화, 문자 그대로의 내용은 아니더라도 그 윤곽을—맬컴에게 다시 이야기하곤 했다. 그가 한 문장만 이야기했더라면 상황이 달라졌을까? "주드, 너 자살하려 했던 거야?"라거나 "주드, 무슨 일인지 나한테 이야기해줘"라거나 "주드, 왜 이런 짓을 하는 거야?" 같은 문장들을. 그중 어떤 말이라도 괜찮았을 것이다. 그중 어떤 말을 했어도 치료에 도움이 됐을, 아니면 적어도 예방책이 됐을 더 긴 대화로 이어졌을 것이다.

그랬을까?

하지만 그 순간 거기서 그는 그 대신 그저 중얼거리기만 했다. "알았어."

그들은 이웃에서 웅얼웅얼 들려오는 텔레비전 소리를 들으며 아주 길게 느껴지는 시간 동안 아무 말 없이 앉아 있었다. 많은 시간이 지나고서야 윌럼은 자기가 그렇게 즉각 믿어준 데 대해 주드가 슬퍼했을지 안도했을지 궁금해하곤 했다.

"나한테 화난 거야?"

"아니." 그는 목을 가다듬었다. 그는 화나지 않았다. 적어도 '화'는 그가 선택했을 단어는 아니었지만, 그렇다고 어떤 단어가 정확할지 말할 수도 없었다. "하지만 파티는 분명 취소해야 해."

이 말에 주드는 놀란 표정을 지었다. "왜?"

"왜라니? 지금 농담해?"

"윌럼." 주드는 윌럼이 주드의 소송 어조라고 늘 생각했던 어조를 취하며 말했다. "취소는 못 해. 일곱 시간만 지나면 사람들이 오기 시작할 거야, 아니 그것도 안 남았어. 게다가 우린 제이비가 누굴 초대했는지도 모르잖아. 다른 사람들에게는 다 알린다 해도 그 친구들은 올 거라고. 게다가"—그는 마치 폐병이 있었는데 다 나았다는 걸 증명하려고 애쓰는 것처럼 숨을 훅 들이마셨다—"난 정말로 괜찮아. 그냥 하는 것보다 취소하는 게 더 복잡할 거야."

아, 어떻게, 왜 그는 늘 주드 말을 들었던 걸까? 하지만 그는 또다시 그랬고, 곧 8시가 됐고, 창문들은 또다시 열렸고—전날 밤의 일 같은 건 없었던 것처럼, 그 시간들이 환상이었던 것처럼—부엌은 또다시 과자들로 후덥지근해졌고, 곧 맬컴과 제이비가 올 것이다. 윌럼은 침실 문에 서서 셔츠 단추를 채우며 친구들에게는 자기가 구제르를 굽다가 팔을 덴 거라고, 그래서 앤디가 약을 발라줬던 거라고 말하라는 주드의 이야기를 듣고 있었다.

"그 망할 놈의 구제르 같은 건 굽지 말라고 했잖아." 제이비의 해맑은 목소리가 들리는 것 같았다. 제이비는 주드가 구운 빵과 과자를 좋아했다.

그 순간 강력한 기분이 그를 덮쳤다. 문을 닫고 잠들었다가 일어나면 새해가 되어 있고 모든 것들은 깨끗하게 씻겨 나가고 그의 마음속 깊은 곳에서 몸부림치고 있는 불편한 느낌도 사라질 수 있을 것 같았다. 맬컴과 제이비를 볼 생각, 같이 이야기하고 웃고 농담할 생각을 하니 갑자기 참을 수 없이 괴로웠다.

하지만 물론 그는 친구들을 만났고, 제이비가 신선한 공기도 쐬고 담배도 피울 겸 옥상에 올라가자고 했을 때 밖이 얼마나 추운지 아느냐며 내키지 않아 하는 맬컴의 속절없는 불평에도 동참하지도 않고 세 사람을 따라 고분고분 타르 발린 옥상으로 통하는 좁은 계단을 올라갔다.

그는 영 기분이 안 좋아 셋끼리 이야기하게 내버려두고 건물 뒤쪽으로 갔다. 머리 위 하늘은 벌써 깜깜한 한밤중이었다. 그는 북쪽 방향을 바라봤다. 바로 아래에는 한 달 전 잡지사를 그만둔 제이비가 아르바이트를 하고 있는 화구상이, 좀 더 멀리에는 엠파이어스테이트 빌딩의 품위 없고 번지르르한 형상, 늘 주유소가 떠오르는 번쩍번쩍한 파란 조명으로 환히 빛나는 탑이 보였고, 그보다 더 멀리에는 오래전 헤밍의 병원에서 부모님 집으로 돌아오던 길고 긴 귀갓길이 있었다.

"이봐들." 그는 저쪽에 있는 친구들에게 외쳤다. "추워." 그는 코트를 입고 있지 않았고, 다른 친구들도 마찬가지였다. "가자." 하지만 건물 계단으로 들어가는 문에 가보니 손잡이가 돌아가지 않았다. 다시 해봐도 꼼짝도 하지 않았다. 갇힌 것이다. "젠장!" 그는 소리 질렀다. "젠장, 젠장, 젠장!"

"맙소사, 윌럼." 맬컴은 놀라며 말했다. 윌럼이 화내는 일은 좀처럼 없었기 때문이다. "주드? 열쇠 가지고 있어?"

하지만 주드도 없었다. "젠장!" 참을 수가 없었다. 모든 게 엉망진창 같았다. 그는 주드를 볼 수가 없었다. 주드를 비난했지만, 그건 부당했다. 그는 자신을 책망했다. 그건 더 정당하긴 했지만, 기분은 더 안 좋았다. "전화기 가진 사람 있어?" 하지만 바보같이 아무도 전화기도 가져오지 않았다. 전화기들은 모두 그들이 있었어야 할 아파트에 있었다. 망할 놈의 제이비만 아니었다면, 제이비 말이라면 뭐든, 온갖 멍청하고 엉성한 아이디어라도 무조건 따르는 망할 놈의 맬컴만 아니었다면. 그리고 주드, 어젯밤, 지난 9년 동안 자해를 하고, 돕지도 못하게 하고, 자기를 기겁하게 만들고 이렇게 쓸모없는 인간이라는 생각이 들게 만드는 망할 놈의 주드만 아니었다면 이런 일은 없었을 텐데. 모든 게 다 잘못됐다.

그들은 아래층 사람들, 아직 만나본 적도 없는 세 이웃들 중 하나가 혹시 소리를 들을까 싶어 잠시 동안 고함을 지르고 발을 굴러댔다. 맬컴이 옆 건물 창문에 뭔가를 던지는 게 어떻겠느냐는 제안을 했지만, 던질 것도 없었고(심지어 지갑도 모두 각자의 코트 주머니에 아늑하게 든 채 아래층에 있었다) 창문들도 다 불이 꺼져 있었다.
"들어봐." 주드가 마침내 말했다. 윌럼이 가장 하고 싶지 않은 일은 주드의 말을 듣는 것이었다. "나한테 아이디어가 있어. 비상사다리에 날 내려주면, 내가 침실 창문으로 들어갈게."
너무 멍청한 생각이라 처음에는 대답도 나오지 않았다. 그건 주드가 아니라 제이비가 생각해낼 법한 아이디어였다. "아니." 그가 단호하게 말했다. "그건 미친 생각이야."
"왜?" 제이비가 물었다. "난 좋은 계획 같은데." 비상사다리는 부실해 보이는 흉물에, 대체로 쓸모라곤 없는 물건으로, 3층과 5층 사이 건물 앞면에 특별히 흉측한 장식처럼 부착된 녹슨 쇠 골조물이었다. 지붕에서 봤을 때, 사다리 층계참은 3미터 정도 아래였고 윌럼과 주드의 아파트 거실 반 정도에 걸쳐 있어서, 주드의 삽화를 유발하거나 다리를 부러뜨리는 일 없이 무사히 내려놓는다 해도 층계참 가장자리에서 몸을 길게 빼야만 침실 창문에 닿을 수 있었다.
"절대 안 돼." 그는 제이비에게 말했고 두 사람은 잠시 옥신각신했지만, 마침내 윌럼은 점점 더 절망적인 심정으로 그게 유일한 해결책이라는 걸 깨달았다. "하지만 주드는 안 돼." 그가 말했다. "내가 할게."
"넌 못 해."
"왜? 어쨌거나 침실 창문으로 들어갈 필요도 없어. 내가 거실 창문으로 들어갈게." 거실 창문에는 창살이 있었지만 그중 하나가 빠져 있어서, 윌럼은 나머지 두 개 사이로 빠져나갈 수 있을 거라고 생각했다. 어쨌건 그가 해야 한다.
"여기 올라오기 전에 내가 창문들을 닫았어." 주드가 조그만 소리로 자백했고, 윌럼도 그렇다면 그가 창문을 잠갔으리라는 걸 깨달았다. 주드는 잠글 수 있는 건 문이고, 창문이고, 벽장이고 몽땅 잠갔다. 반사적인 행동이었다. 하지만 침실 창문 걸쇠는 망가져서 주드가 장치—볼트와 철사로 만든 복잡하고 뭉툭한 물건—를 고안해 만들었다. 창문을 완전하게 잠가주는 장치라고 주드는 주장했다.

그는 늘 주드의 과도하게 철저한 준비성, 어디서나 재난을 감지하고, 가능한 예방책을 마련하는 습관을 신기하게 생각해왔다. 오래전부터 그는 주드가 낯선 방이나 공간에 들어가자마자 가장 가까운 비상구를 찾아 그 가까이 서 있는 습관을 눈치챘고, 처음에는 웃기다고 생각했지만 어쩐지 점점 웃기지가 않았다. 어느 날 밤, 늦게까지 침실에서 이야기하고 있던 중 주드는 (소중한 뭔가를 고백이라도 하는 것처럼 조용히) 침실 창문 잠금장치는 사실 바깥에서 열 수 있지만, 그걸 풀 수 있는 사람은 자기뿐이라고 말했다.

"왜 그걸 말해주는 거야?" 그가 물었다.

"왜냐하면." 주드는 말했다. "우리가 제대로 고쳐야 할 테니까."

"하지만 그걸 열 수 있는 게 너뿐이라면 무슨 문제가 있어?" 그들은 문제 아닌 문제를 고치자고 열쇠공을 부를 만한 여유가 없었다. 관리인에게 부탁하지도 못했다. 이사를 오고 나서야 아니카는 사실 자기에게는 아파트를 전대할 권리가 없다고 자백하면서, 문제를 일으키지만 않으면 집주인은 상관하지 않을 거라고 했다. 그들은 알아서 수리를 하고, 벽 구멍들을 메우고, 배관도 고쳤다.

"그냥 혹시나 만약을 대비해서." 주드는 말했다. "우리가 안전하다는 걸 알고 싶어서."

"주드, 우린 안전할 거야. 아무 일도 일어나지 않을 거야. 아무도 침입하지 않을 거고." 하지만 주드가 아무 말이 없자, 그는 한숨을 쉬며 포기했다. "내일 열쇠공을 부를게."

"고마워, 윌럼."

하지만 결국 그는 부르지 않았다.

그게 2개월 전의 일이었고, 지금 그들은 자기 집 지붕 위에 덜덜 떨며 서 있었다. 그 창문은 유일한 희망이었다. "젠장, 젠장." 그는 끙끙댔다. 머리가 아팠다. "방법만 말해줘, 그럼 내가 열게."

"너무 어려워." 주드가 말했다. 그때쯤엔 맬컴과 제이비가 옆에 서서 지켜보고 있다는 것도, 제이비가 처음으로 입을 다물고 있다는 것도 다 잊었다. "설명 못 할 거야."

"그래, 네가 날 바보천치로 생각한다는 건 아는데, 네가 쉬운 말만 쓰면 나도 알 수 있을걸." 그가 쏘아붙이며 대꾸했다.

"윌럼." 주드는 놀랐고, 모두들 말이 없었다. "그런 말 아니잖아."

"알아." 그가 말했다. "미안해. 알아." 그는 심호흡을 했다. "그렇게 한다 해도—그래서는 안 된다고 생각하지만—무슨 방법으로 널 내려줄 수 있겠어?"

주드는 정강이 높이 정도의 나지막한 테두리로 둘러싸여 있는 옥상 가장자리로 가서 아래를 내려다보았다. "내가 비상사다리 바로 위의 담 위에 바깥쪽으로 앉을게." 그가 말했다. "그럼 너랑 제이비가 그 옆에 앉는 거야. 둘이서 내 손을 하나씩 잡고 날 내려주는 거지. 더 이상 내려갈 수 없는 지점까지 가면, 손을 놓고 나머지는 내가 뛰어내릴게."

그는 웃음을 터뜨렸다. 그건 너무 위험하고 멍청했다. "그렇게 한다 치면, 침실 창문에는 어떻게 들어갈 거야?"

주드가 그를 쳐다봤다. "내가 할 수 있다고 믿어야지."

"말도 안 돼."

제이비가 그의 말을 잘랐다. "이게 유일한 방법이야, 윌럼. 여기는 돌아버리게 춥다고."

정말 그랬다. 분노 때문에 춥지 않았을 뿐. "저 망할 놈의 팔에 온통 붕대 감긴 거 안 보여, 제이비?"

"하지만 난 괜찮아, 윌럼." 제이비가 대답하기도 전에 주드가 말했다.

두 사람은 10분을 더 다퉜고, 마침내 주드는 다시 가장자리로 걸어갔다. "윌럼, 네가 안 도와준다면, 맬컴이 할 거야." 맬컴 역시 겁에 질려 있는데도 그는 말했다.

"아니." 그가 말했다. "내가 할 거야." 그래서 그와 제이비는 무릎을 꿇고 담에 바싹 기댄 다음, 두 손으로 주드의 손을 하나씩 잡았다. 그때쯤엔 너무 추워서 주드의 손바닥과 맞닿은 손가락들에 감각도 느껴지지 않았다. 그는 주드의 왼손을 잡고 있었는데, 느껴지는 거라곤 폭신한 거즈뿐이었다. 손에 힘을 주자 앤디의 얼굴이 눈앞에 떠올랐다. 죄책감으로 속이 울렁거렸다.

주드가 옥상 가장자리에서 몸을 떼자, 맬컴의 입에서 나오던 신음 소리는 끝내 꽥 하는 외마디 소리로 변했다. 윌럼과 제이비는 자기들도 담 너머로 고꾸라질 지경으로 최대한 몸을 내밀었고, 주드가 손을 놓으라고 외치자 손을 놓았다. 주드는 아래쪽 비상사다리 슬레이트 판 위에 철컹하고 떨어졌다.

제이비가 환호했고, 윌럼은 제이비를 한 대 패고 싶었다. "나 괜찮아!" 주드는 위쪽을 향해 소리치며 붕대 감은 손을 깃발처럼 허공에 흔들고는 비상사다리 끝으로 가 장치를 풀기 위해 난

간 위로 올라갔다. 그는 난간의 철제 축 하나에 다리를 엮었지만, 자세는 불안했다. 주드가 약간 휘청거리다가 추위로 뻣뻣한 손가락을 천천히 움직이며 균형을 잡으려 하는 게 보였다.

"나도 저기 내려줘." 그는 퍼덕거리며 반대하는 맬컴을 무시하며 맬컴과 제이비에게 말하고는 담을 넘어가, 자기가 내려가는 바람에 주드의 균형이 무너지는 일이 없도록 내려가기 전 먼저 주드에게 소리 질러 알렸다.

내려가는 건 생각보다 더 무서웠고, 착지는 생각보다 더 힘들었다. 하지만 그는 재빨리 일어나 주드 쪽으로 가서 난간 축 하나를 다리로 감아 몸을 지탱한 다음 주드의 허리를 팔로 감싸안았다. "자, 내가 잡았어." 그의 말에 주드는 난간 가장자리 너머로, 혼자 할 수 있었던 것보다 훨씬 더 멀리 몸을 죽 내밀었다. 어찌나 꽉 붙들고 있었는지 스웨터 너머로 주드의 척추뼈들이, 숨 쉴 때 오르락내리락하는 배가, 창문과 문틀을 고정시키고 있는 철사줄을 비틀어 풀고 있는 주드의 손가락 움직임 잔향이 근육을 통해 다 느껴질 정도였다. 자물쇠가 풀리자, 윌럼이 먼저 난간을 올라가 침실로 들어간 다음 손을 뻗어 붕대를 건드리지 않으려고 조심하며 주드를 안아 올렸다.

그들은 방 안에 서서 숨을 헐떡이며 서로를 쳐다봤다. 몰아쳐 들어오는 차가운 공기에도 방 안은 어찌나 감미로울 정도로 따뜻한지, 안도감에 윌럼은 마침내 긴장을 풀었다. 이제 안전했다, 구조된 것이다. 주드가 그를 보고 씩 웃었고, 그도 마주 보고 씩 웃었다. 앞에 선 사람이 제이비였다면 멍청하게 들떠서 얼싸안았겠지만, 주드는 포옹하는 타입이 아니었고, 그래서 그도 하지 않았다. 하지만 그 순간 주드가 흐트러져 내려온 머리카락을 쓸어 넘기느라 손을 들었고, 윌럼은 손목 안쪽 붕대에 진한 적포도주색 얼룩이 번져 있는 걸 봤다. 주드의 숨 가쁜 호흡이 그저 힘들어서가 아니라 고통 때문이었다는 걸 그는 뒤늦게야 깨달았다. 주드는 흰 붕대를 감은 손으로 뒤쪽에 딱딱한 물체가 있지는 않은지 만져보며 침대에 털썩 주저앉았다.

윌럼은 주드 옆에 웅크리고 앉았다. 의기양양한 기분은 사라지고 다른 감정이 그 자리를 차지했다. 왜인지는 알 수 없지만, 이상하게도 울 것 같은 기분이었다.

"주드." 그는 입을 열었지만, 무슨 말을 계속해야 할지 알 수가 없었다.

"애들 데려와." 주드가 말했다. 한 마디 한 마디를 헐떡이며 해야 했지만, 그는 다시 윌럼에게 미소 지었다.

"알 게 뭐야." 그는 말했다. "난 여기 너랑 있을 거야." 주드는 고통에 눈살을 찌푸리면서도 살짝 웃더니 조심스레 몸을 기울여 옆으로 누웠고, 윌럼은 다리를 들어 침대 위에 올려줬다. 스웨터에 난간의 녹들이 여기저기 묻어 있어서 윌럼이 몇 개를 떼어냈다. 그는 주드 옆 침대 위에 앉았지만, 뭐부터 시작해야 할지 몰랐다. "주드." 그는 다시 시도했다.

"가." 주드는 여전히 미소 띤 채 눈을 감았다. 윌럼은 마지못해 일어나 창문을 닫고 침실 불을 끈 다음 문을 닫아주고, 맬컴과 제이비를 구하기 위해 계단 쪽으로 갔다. 저 아래쪽에서는 그날 밤 첫 번째 손님들의 도착을 알리는 벨이 계단을 울리고 있었다.

2부

포스트맨

1

토요일은 일을 했지만, 일요일은 산책하는 날이었다. 산책은 5년 전 그가 이 도시에 이사 와서 거의 아무것도 몰랐을 때 필요에 의해 시작한 일이었다. 그는 매주 다른 구역을 선택해 리스페너드 스트리트에서 거기까지 걸어갔고, 그 주변을 정확하게 다 둘러본 다음 다시 집으로 왔다. 험한 날씨 때문에 거의 불가능한 상황이 아니라면 한 주도 거르지 않고 산책을 했고, 맨해튼의 모든 구역은 물론, 브루클린과 퀸스의 여러 구역들까지 걸어본 지금도 매주 일요일 10시면 집을 떠나 정해놓은 노선을 다 끝내고서야 돌아왔다. 산책은 이미 오래전부터 좋아서 하는 일이 아니라, 그냥 하는 일이 됐다—그렇다고 즐기지 않는 건 아니지만. 한동안 그는 이 산책이 뭔가 운동 이상의, 어쩌면 아마추어 물리치료처럼 회복에 도움을 주는 일과가 되지 않을까 하는 기대를 가졌다. 앤디는 그의 의견에 동의하지 않았고 사실 산책 자체에 반대했다. "다리 운동을 하고 싶어 하는 건 괜찮아." 앤디는 말했다. "하지만 그런 경우라면 수영을 해야지, 다리를 끌고 보도를 왔다 갔다 할 게 아니라." 사실 수영도 나쁘지 않았겠지만, 그가 혼자서만 수영할 수 있는 곳이 없었고, 그래서 그는 하지 않았다.

윌럼이 가끔 이 산책에 동참했다. 지금은 산책 노선이 극장을 지날 때면 윌럼이 낮 공연을 끝낸 다음 한 블록 아래 주스 노점에서 만날 수 있도록 산책 시간을 조정했다. 그들은 같이 주스를 마셨고, 윌럼은 공연이 어땠는지 들려주고 저녁 공연 전 먹을 샐러드를 샀고, 그는 집을 향해 남쪽으로 계속 걸어갔다.

그들은 둘 다 각자 아파트에서 살 여력이 됐지만 여전히 리스페너드 스트리트에서 살았다. 그는 확실히 그랬고, 윌럼은 아마도 그랬다. 하지만 누구도 다른 곳으로 이사 가는 이야기를 꺼낸 적이 없었고, 그래서 아무도 이사하지 않았다. 하지만 그들은 거실 왼쪽 반을 나누고, 어느 주말 친구들이 다 함께 석고판으로 벽을 쌓아 올려 두 번째 침실을 만들었다. 이제 아파트에 들어가면 네 개가 아니라 두 개의 창문에서 들어오는 희미한 빛만 그들을 반겼다. 윌럼이 새 침실을 썼고, 그는 예전 침실에 남았다.

무대 출입구를 방문할 때를 제외하면, 요즘은 윌럼을 보는 일이 거의 없는 것 같았다. 아무리 게으르니 뭐니 타령을 해도 윌럼은 끊임없이 일을 하거나 일하려고 노력했다. 3년 전인 스물아홉 살 생일날 그는 서른이 되기 전 오톨란을 그만두겠다고 선언했고, 서른 살 생일 두 주 전 새로 벽을 쌓아 나눈 좁은 거실에 둘이 끼어 앉아 정말로 일을 그만둘 여력이 될지 모르겠다고 걱정하고 있다가 몇 년 동안이나 기다리던 전화를 받았다. 그 전화를 받고 들어간 공연이 꽤나 성공해서 윌럼은 주목받게 됐고, 결국 13개월 후 오톨란을 영원히 그만둘 수 있었다. 자신이 정한 마감 시한에서 정확히 1년 뒤의 일이었다. 그는 윌럼의 연극—치매에 걸리기 직전인 문학 교수와 소원해진 내과 의사 아들에 관한 〈맬러무드 정리定理〉라는 제목의 가족극—을 두 번은 맬컴과 제이비와 함께, 한 번은 주말에 뉴욕에 놀러 온 해럴드와 줄리아와 함께, 총 다섯 번을 봤다. 그때마다 무대에 선 사람이, 커튼콜에 나오는 사람이 자신의 오랜 친구이자 룸메이트라는 걸 잊어버렸고, 무대의 높은 단 자체가 윌럼이 뭔가 다른 삶의 영역으로, 그가 쉽게 접근할 수 없는 영역으로 올라간다는 걸 선언하는 것 같아 뿌듯하면서도 아련한 기분이 들었다.

그 자신은 어떤 잠재적 공포도, 부산스러운 활동도, 서른 살다운 삶에 더 가까워지기 위해 삶의 틀을 재조정할 필요도 없이 서른 살에 입성했다. 하지만 친구들의 경우는 그렇지 않아서, 그는 20대의 지난 3년을 20대에 대한 송덕문과 자기들이 했고 하지 않았던 일들에 대한 구구절절한 토로, 자기혐오와 잠재성의 목록들을 들으며 보냈다. 그래서 변한 것들도 있었다. 예를 들어, 두 번째 침실이 만들어진 이유 중 일부는 스물여덟 살인데도 아직 대학 룸메이트와 방을 같이 쓰는 것에 대한 윌럼의 두려움 때문이었고, 마찬가지 불안감—인생의 네 번째 10주기로 접어들면서 과감한 선언으로 먼저 제압하지 않으면 동화에서처럼 자기들이 뭔가 다른 것, 스스로 통제할 수 없는 어떤 것으로 변해버릴 것만 같은 두려움—때문에 맬컴은 성급히 부모님께 커밍아웃을 했다가 바로 다음 해 웬 여자와 데이트를 시작하며 다시 제자리로 돌아갔다.

하지만 그는 친구들의 불안에도 불구하고, 친구들이 싫어하는 바로 그 이유 때문에 자기는 서른이 되는 걸 좋아하리라는 걸 알고 있었다. 서른은 부정할 수 없는 어른의 나이였으니까. (그는 얼른 서른다섯 살이 돼서, 아이 때보다 두 배는 더 오래 어른으로 살았다고 말할 수 있게 되기를 고대했다.) 아이였을 때, 서른은 멀고 먼 상상할 수 없는 나이였다. 아주 어린 꼬마였을 때—수도원에 살았을 때—수도원에 오기 전 했던 여행 이야기를 즐겨 들려줬던 마이클 수사에게 언제 자기도 여행을 할 수 있느냐고 물어봤던 기억이 생생했다.

"더 크면." 마이클 수사는 대답했다.

"언제요?" 그는 물었다. "내년?" 그때는 한 달도 영원처럼 길게 느껴졌다.

"여러 해가 지나면." 마이클 수사는 말했다. "네가 더 크면. 서른이 되면." 이제 몇 주만 더 지나면 그는 서른이 될 것이다.

그런 일요일이면, 그는 산책하러 나가려다가 가끔 맨발로 부엌에 서 있곤 했다. 사방은 쥐 죽은 듯 조용했고, 그러면 그 비좁고 누추한 아파트가 일종의 경이처럼 느껴졌다. 여기서는 시간도 그의 것, 공간도 그의 것이었고, 문이란 문은 다 닫고 창문이란 창문은 다 잠글 수 있었다. 그는 복도의 조그만 벽장—사실은 앞에 마대자루를 걸어놓은 벽감—앞에 서서 그 안의 비품들을 흡족하게 바라보곤 했다. 리스페너드 스트리트에서는 밤늦게 두루마리 화장지 하나를 사러 웨스트브로드웨이의 잡화점까지 간다거나 냉장고 구석에서 오래된 상한 우유팩을 발견하고 코를 찡그릴 일이 없었다. 여기서는 모든 게 필요할 때 대체됐다. 그는 늘 여유분을 확실히 챙겼다. 리스페너드 스트리트에서 살기 시작한 첫해, 자신의 이런 습관이 아마도 주로 나이 많은 여자들의 습관이라고 생각한 그는 민망스러워져 여분의 종이타월을 침대 밑에 숨기고 쿠폰 전단들은 서류가방에 쑤셔 넣어뒀다가 그게 무슨 특이한 포르노이기라도 한 것처럼 나중에 윌럼이 집에 없을 때 살펴봤다. 하지만 어느 날 윌럼이 침대 밑으로 차 넣은 양말 한 짝을 찾다가 그의 은닉물을 발견했다.

그는 당황했다. "왜?" 윌럼이 그에게 물었다. "난 굉장하다고 생각하는데. 이런 걸 챙기다니 정말 고마워." 그래도 그는 여전히 약점을 들킨 듯한 기분이 들었다. 자신의 옹색한 깐깐함을 증명하는, 사람들 앞에서 애써 가장하고 있는 인간이 될 능력은 근본적으로 만회할 길 없이 부족하다는 걸 증명하는, 차고 넘치는 파일에 증거가 하나 더 보태진 것이다.

하지만—다른 수많은 일들과 마찬가지로—어쩔 도리가 없었다. 자기가 이 인기 없는 리스페너드 스트리트에서, 자신의 방공호 저장품에서, 학위나 직업과 똑같은 만족과 안전함을 느낀다는 걸 누구에게 설명할 수 있겠나? 아니면 이렇게 부엌에 혼자 있는 순간들이 명상과도 같은 순간이라는 걸, 그와 세상, 그와 세상 사람들과의 모든 상호작용을 촉발하는 사실과 진실의 수천 개의 조그만 굴절과 오염들을 미리 계획하며 허우적허우적 전진하길 멈추고 정말로 편안히 휴식할 수 있는 유일한 순간이라는 걸 누구에게 설명할 수 있겠나? 아무에게도, 심지어 윌럼에게도 말할 수 없다. 하지만 그는 몇 년에 걸쳐 자기 생각을 남에게 말하지 않는 법을 배웠다. 친구들과 달리 그는 자신과 타인을 구분하기 위해 자신의 기벽의 증거들을 공유하지 않는 법을 배웠다. 비록 친구들의 기벽을 공유하는 건 행복하고 뿌듯한 일이었지만.

오늘 그는 어퍼이스트사이드로 산책할 참이었다. 웨스트브로드웨이를 올라가 워싱턴스퀘어 파크로, 그러고는 대학으로 가서 유니언스퀘어를 지난 다음 브로드웨이를 따라 올라가다 5번가로 접어들어 그 길을 따라 86번 스트리트까지 올라갔다가 다시 매디슨을 따라 24번 스트리트까지 내려온 다음 동쪽으로 가로질러 렉싱턴으로 가서 남동쪽으로 계속 내려와 다시 어빙으로 와 극장 밖에서 윌럼을 만날 것이다. 이 노선으로 산책한 지는 몇 달, 거의 1년이 다 됐다. 굉장히 멀기도 했고, 맬컴 부모님 댁에서 멀지 않은 타운하우스에서 펠릭스라는 열두 살짜리 소년을 가르치느라 이미 매주 토요일을 어퍼이스트사이드에서 보내고 있었기 때문이다. 하지만 지금은 3월 중순 봄방학이고 펠릭스와 가족들은 유타에서 휴가 중이었기 때문에 그 식구들과 마주칠 위험이 없었다.

펠릭스의 아버지는 맬컴 부모님의 친구의 친구였고, 그 자리를 구해준 건 맬컴의 아버지였다. "미연방지검 월급이 사실 얼마 되진 않지, 안 그래?" 어바인 씨가 물었다. "왜 널 그냥 개빈한테 직접 소개해주지 못하게 하는지 모르겠네." 개빈은 어바인 씨의 로스쿨 친구로, 지금은 이 도시의 한 막강한 로펌의 사장이었다.

"아빠, 주드는 법인회사에서 일하는 건 원하지 않아요." 맬컴이 입을 열었지만, 그의 아버지는 맬컴이 말한 적도 없다는 듯이 이야기를 계속했고, 맬컴은 다시 의자에 웅크려 앉았다. 그는 맬컴이 안됐다 싶으면서도 한편으로는 화도 났다. 사실 그는 맬컴에게 과외교사가 필요한 사람을 혹시 아는지 부모님께 넌지시 물어보라고 했지, 실제로 부탁하라고 하지는 않았다.

"하지만 정말이지," 맬컴의 아버지가 그에게 말했다. "난 네가 스스로 길을 개척하고 싶어 한다는 걸 대단하다고 생각해." (맬컴이 의자에 한층 더 깊숙이 늘어져 앉았다.) "하지만 정말로 그렇게 돈이 필요한 거냐? 연방정부 월급이 그렇게 빈약하다고는 생각지 않았는데. 하지만 내가 공무원이었을 때랑은 시대가 다르니." 그는 싱긋 미소 지었다.

그도 미소로 화답했다. "아뇨, 월급은 괜찮습니다." (정말 그랬다. 물론 어바인 씨에게는 그렇지 않을 테고 맬컴에게도 아니겠지만, 월급은 자기가 꿈도 꾸지 못했던 큰돈이었고, 돈은 2주마다 한 번씩 들어와 가차 없이 쌓였다.) "그냥 계약금을 모으고 있어서요." 맬컴이 그를 향해 얼굴을 휙 돌렸고, 그는 맬컴의 아버지에게 말씀드린 거짓말을 맬컴이 윌럼에게 말하기 전에 미리 윌럼에게 이야기해야 한다고 마음에 새겨뒀다.

"아, 좋은 일이지." 어바인 씨가 말했다. 이건 그가 이해할 수 있는 목표였다. "그러고 보니, 딱 적절한 사람을 아는데."

그 사람이 하워드 베이커였고, 그는 15분간의 두서없는 인터뷰 끝에 아들의 라틴어, 수학, 독일어, 피아노 선생으로 그를 고용했다. (그는 왜 베이커 씨가 각 과목별로 전문가를 고용하지 않는지—그럴 능력이 충분했는데—궁금했지만, 물어보지는 않았다.) 그는 펠릭스가 안됐다는 생각이 들었다. 아이는 조그맣고 귀엽지도 않았고 좁은 콧구멍을 파는 버릇이 있어 집게손가락을 위로 쑤셔 넣었다가 퍼뜩 정신을 차리고는 얼른 빼서 청바지 옆에다 문지르곤 했다. 8개월 후에도 그는 여전히 펠릭스의 능력이 어느 정도인지 가늠이 되지 않았다. 아이는 멍청하지는 않았지만 열정이 없었다. 나이 열두 살에 벌써 인생은 실망스러운 것이고, 자신은 그 세상 속 사람들에게 실망거리라는 사실을 체념하고 받아들인 것만 같았다. 아이는 늘 토요일 1시 정각에 숙제를 다 해놓고 기다리고 있었고, 모든 질문에 고분고분하게 대답했지만, 마치 모든 문제, 가장 단순한 문제마저 필사적으로 추측한 것처럼 대답들은 늘 불안한 의문형 고음으로 끝났다("살베, 펠릭스, 퀴드 아지스Salve, Felix, quid agis?" "음…… 베네bene?")*. 스스로 질문한 적은 한 번도 없었고, 특별히 아무 언

*"안녕, 펠릭스, 잘 지냈니?" "음…… 좋아요?"라는 뜻의 라틴어.

어로나 토론해보고 싶은 과목이 있느냐고 물어도 어깨를 으쓱하고 뭐라고 웅얼거리며 손가락을 코로 가져갈 뿐이었다. 수업을 끝내고 펠릭스에게 손을 흔들며 인사를 할 때면—펠릭스는 멍하니 손을 들었다가 구부정한 자세로 통로 안쪽으로 다시 들어갔다—늘 아이가 집을 떠난 적도, 나간 적도, 친구를 데려온 적도 없다는 느낌이 들었다. 불쌍한 펠릭스. 그 이름 자체가 조롱거리였다.*

지난달 베이커 씨가 수업이 끝난 후 이야기를 하고 싶다고 청해서, 그는 펠릭스에게 인사를 하고 하녀를 따라 서재로 갔다. 그날따라 절뚝거림이 심해서 그는, 종종 하는 생각이지만, 마치 디킨슨 드라마 속 가난한 가정교사 역을 하고 있는 것 같은 자의식이 들었다.

펠릭스가 학교에서 정량적 기준으로는 더 잘하고 있었음에도 그는 베이커 씨가 짜증을, 어쩌면 화를 낼 거라고 생각했고, 필요하다면 자신을 옹호할 준비를—베이커 씨는 예상했던 것보다 훨씬 더 많은 돈을 줬고, 그는 거기서 받는 돈에 대한 계획이 있었다—하고 있었다. 하지만 베이커 씨는 그 대신 고개를 까딱하며 책상 앞 의자를 가리켰다.

"펠릭스가 뭐가 잘못된 것 같습니까?" 베이커 씨가 요구했다.

이런 질문은 예상하지 않았고, 그래서 대답하기 전 생각을 해야만 했다. "아무것도 잘못된 건 없다고 생각합니다." 그는 조심스레 말했다. "제 생각에 그저 펠릭스는—" 행복하지 않아요, 그는 거의 이렇게 말할 뻔했다. 하지만 행복이란 결국 사치, 유지할 수 없는 상태 아닌가? 어떤 면에선 분명히 말하기가 너

*'펠릭스'는 라틴어로 '행운' '행복'을 의미한다.

무 어렵기 때문에 유지할 수 없는 상태 말이다. 어린 시절 행복을 정의할 수 있었던 기억 같은 건 없었다. 어린 시절은 온통 비참함이나 공포, 그리고 비참이나 공포의 부재뿐이었고, 그가 필요했고 바랐던 건 그저 후자의 상태뿐이었다. "제 생각에 펠릭스는 그저 수줍음이 많은 것 같습니다." 그는 말을 끝맺었다.

베이커 씨는 괴로운 신음 소리를 냈다(이건 분명 바라던 대답이 아니었다). "하지만 펠릭스를 좋아하죠, 그렇죠?" 너무나 이상하고 연약하게 절박한 태도로 물어서 그는 갑자기 펠릭스와 베이커 씨 모두에 대해 깊은 슬픔을 느꼈다. 부모가 된다는 건 이런 걸까? 부모가 있는 아이라는 건 이런 걸까? 표현도, 만족도 되지 않을 크나큰 불행, 크나큰 실망, 크나큰 기대들!

"물론입니다." 그는 말했고, 베이커 씨는 한숨을 쉬며 그에게 수표를 내밀었다. 보통 때는 나가는 길에 하녀가 건네주던 수표였다.

다음 주, 펠릭스는 과제로 내준 곡을 치고 싶지 않아 했다. 평소보다 더 열의가 없었다. "그럼 다른 곡 칠까?" 펠릭스는 어깨를 으쓱했다. 그는 잠시 생각했다. "내가 뭐 연주해줄까?" 펠릭스는 또다시 어깨를 으쓱했다. 하지만 어쨌든 그는 피아노를 쳤다. 그 피아노는 아름다웠고, 때로 펠릭스가 그 아름답고 매끄러운 건반들 위로 손가락을 펴고 있는 걸 볼 때면 그 피아노와 단둘이 있고 싶은 갈망이, 그 표면 위로 손을 최대한 빨리 움직이고 싶은 갈망이 솟구쳤기 때문이다.

그는 가장 좋아하는 곡 중 하나인 하이든의 소나타 50번 D장조를 쳤다. 굉장히 환하고 기분 좋은 곡이라 두 사람 모두의 기분을 경쾌하게 만들어줄 것 같았다. 하지만 연주를 마치고 조용한 아이가 옆에 앉아 있는 걸 보자, 그는 하이든의 자랑 가득한 단호한 낙관주의와 제멋대로 군 자신의 행동이 다 부끄러웠다.
"펠릭스." 그는 입을 열었다가 다시 다물었다. 펠릭스는 옆에서 가만히 기다렸다. "무슨 일이니?"
그 순간, 놀랍게도 펠릭스는 울기 시작했고, 그는 아이를 위로해주려고 애썼다. "펠릭스." 그는 어색하게 아이에게 팔을 두르며 말했다. 그는 자기가 윌렘이라고 생각하려고 노력했다. 윌렘이라면 생각도 할 필요 없이 어떻게 해야 할지, 무슨 말을 해야 할지 알 텐데. "괜찮을 거야. 내가 약속할게, 그럴 거야." 하지만 펠릭스의 울음은 점점 더 거세지기만 했다.
"전 친구가 하나도 없어요." 펠릭스가 흐느꼈다.
"아, 펠릭스." 그때까지 멀리서 객관적 자세를 취하고 있던 그의 동정심이 명료해졌다. "그랬구나." 오로지 돈을 벌자고 온 서른 살 다 된 불구의 법률가와 같이 토요일을 보내는 펠릭스의 외로움이 통렬하게 느껴졌다. 그날 밤 그는 자기가 좋아하고, 심지어 자기를 좋아하는 사람들과 만나는데, 펠릭스는 혼자 있을 것이다. 아이 어머니—베이커 씨의 세 번째 부인—는 늘 집에 없고, 아버지는 아이가 어딘가 잘못됐다고, 고쳐야 한다고 확신하고 있다. 나중에 집으로 걸어가면서(날씨가 좋은 날이면 그는 베이커 씨의 차를 거절하고 걸어갔다), 그는 이 모든 상황의 기이한 불공평함에 대해 생각했다. 어떤 기준을 들이대도 그보다 더 형편이 나은 아이이지만 친구가 전혀 없는 펠릭스와, 아무것도 없는 하찮은 인간이지만 친구가 있는 자신에 대해.
"펠릭스, 결국엔 친구가 생길 거야." 그가 말하자 펠릭스는 구슬프게 울었다. "하지만 언제요?" 그 갈망이 너무 커서 그는 움찔했다.
"곧, 곧 생길 거야." 그는 바싹 마른 아이의 등을 어루만지며 말했다. "약속할게." 펠릭스는 고개를 끄덕였지만, 우느라고 안 그래도 도마뱀 같은 조그만 얼굴을 더 파충류처럼 일그러뜨린 채 그를 배웅하러 문간까지 나왔을 때, 그는 자기의 거짓말을 펠릭스가 알고 있다는 느낌을 분명히 받았다. 펠릭스에게 과연 친구가 생길지 누가 알겠는가? 우정, 교우관계는 너무나 흔히 논리를 무시하고, 너무나 흔히 적임자들을 교묘히 피해 가고, 너무나 흔히 이상하고 못되고 특이하고 망가진 사람들에게 자리를 잡는다. 그는 벌써 집 안으로 들어가고 있는 펠릭스의 조그만 등에 대고 손을 흔들었다. 펠릭스에게 말은 하지 않았지만, 어쩐지 이래서 펠릭스가 늘 그렇게 기운이 없다는 생각이 들었다. 펠릭스는 이미 오래전에 이 이치를 깨달은 것이다. 이미 알고 있었기 때문이다.

—

그는 프랑스어와 독일어를 했다. 주기율표도 알았다. (그러고 싶지 않았지만) 성경의 많은 부분도 거의 다 외웠다. 송아지 새끼 받는 법, 전등 배선 가는 법, 배수구 뚫는 법, 호두나무 열매를 가장 효율적으로 따는 법도 알았고, 독버섯과 괜찮은 버섯을 구분하는 법, 건초 만드는 법, 수박이나 사과, 호박, 머스크멜론의 특정 부분을 통통 두들겨 신선도를 측정하는 법도 알았다. (그러고 나서는 몰랐으면 좋았을 일들을, 다시는 써야 할 일이 없기를 바라는 일들을, 밤에 생각하거나 꿈에 나타나면 증오와 수치심으로 온몸을 웅크리게 되는 그런 일들을 알게 됐다.)

하지만 종종 진짜 가치나 쓸모가 있는 일들은 정말이지 하나도 모르는 것 같은 생각이 들었다. 언어와 수학은 괜찮았다. 하지만 그는 날마다 자신이 얼마나 무지한지를 새삼 깨달았다. 사람들이 끊임없이 언급하는 시트콤들을 그는 한 번도 들어본 적 없었다. 극장에 가본 적도 없었다. 여행을 가본 적도 없었다. 여름캠프도 한 번도 안 가봤다. 피자나 아이스캔디, 마카로니앤드치즈, 그리고 맬컴과 제이비처럼 푸아그라나 스시, 매로*를 먹어본 적도 없다. 컴퓨터나 전화기를 가져본 적도 없고, 인터넷을 해도 좋다는 허락을 받아본 적도 별로 없다. 생각해보니 뭘 소유해본 적이 없다, 정말로. 가슴 벅찼던 책들, 수선하고 또 해서 입었던 옷들, 그건 다 아무것도 아니었다. 쓰레기였다. 그런 것들에 대해 자부심을 가졌다는 게 아무것도 없는 것보다 더 부끄럽다. 교실이 제일 안전한 곳, 자신감을 가질 수 있는 유일한 장소였다. 다른 모든 곳에서는 놀라운 일들이 폭포수처럼 끝없이 쏟아졌다. 하나같이 더 당황스럽고, 하나같이 그의 끝 모를 무지를 상기시켜주는 일들이었다. 그는 듣고 마주한 새로운 일들의 목록을 마음속에 새겨뒀다. 하지만 누구에게도 해답을 물어볼 수가 없었다. 그런 짓을 하면 자신의 극단적 상이함을 인정하는 게 될 테고, 그러면 더 많은 질문들이 쏟아져 그를 노출시킬 테고, 그러면 결국 전혀 준비되어 있지 않은 대화로 이어지게 될 것이다. 종종 그는 이국적—심지어 외국 학생들(울란바토르 외곽 조그만 마을에서 온 오드발조차)도 이런 참조 사항들을 알고 있는 것 같았다—이라기보다 완전히 다른 시대에서 온 것 같은 기분이 들었다. 그가 완전히 놓쳤던 것들을 생각하면, 정작 그가 알았던 것들이 얼마나 모호하며 그저 장식에 불과했는지를 생각하면 그의 어린 시절은 21세기가 아니라 19세

*스푼을 사용해서 송아지나 소의 골수를 빼 먹는 고급 요리.

기에서 보냈다고 해도 무방했다. 어떻게 라고스에서 태어났건 로스앤젤레스에서 태어났건 그의 모든 동료들은 대체로 똑같은 경험, 똑같은 문화적 지표를 가지고 있단 말인가? 분명 그만큼이나 거의 아는 게 없는 사람이 있지 않을까? 그렇지 않다면, 이 상황을 어떻게 따라잡을 수가 있겠는가?

밤에 누군가의 방에서 (촛불을 태우고, 마리화나도 태우면서) 여럿이 널브러져 누워 있을 때면, 친구들의 대화는 종종 어린 시절로 흘러갔다. 그들은 어린 시절에서 거의 벗어나지 못했지만, 그러면서도 이상하게 그 시절을 그리워했고 완전히 사로잡혀 있었다. 그들은 어린 시절 일들을 미주알고주알 이야기했지만, 그는 그런 이야기의 목적이 서로의 유사성을 비교하려는 것인지 차이점을 자랑하려는 것인지 도무지 알 수가 없었다. 그 둘 다를 즐기는 것처럼 보였기 때문이다. 그들은 통금과 반항, 처벌(몇몇은 부모님께 맞았는데, 그들은 이 이야기들도 뭔가 자랑스러운 태도로 해서, 그게 참 이상하게 느껴졌다), 애완동물과 형제자매들, 부모님을 미치고 팔짝 뛰게 만든 옷들, 고등학교 때 어울렸던 무리들, 동정을 바친 상대, 그 장소와 방법, 자기들이 부순 차와 부러뜨린 뼈들, 어릴 때 했던 운동과 결성한 밴드들에 대해 이야기했다. 끔찍했던 가족 여행과 이상하고 독특한 친척들, 괴짜 이웃들과 사랑하고 증오했던 선생님들에 대해 이야기했다. 이런 폭로성 이야기들—이들은 그가 늘 궁금해했던 진짜 평범한 삶을 산 '진짜' 10대들이었다—은 예상보다 더 재미있었고, 실제보다 자기를 더 신비롭고 흥미진진한 인간처럼 보이게 만드는 추가 이득도 있었다. "넌 어때, 주드?" 몇몇 친구들이 학기 초에 물었지만, 그때쯤 그는 알 만큼 알아서—그는 학습 능력이 좋았다—그저 어깨를 으쓱하고 웃으며 말했다. "해봤자 지루한 이야기야." 사람들이 너무 쉽게 그 말을 받아들여 그는 놀라면서도 안도했고, 그들의 자기도취에 감사했다. 아무도 다른 사람의 이야기를 정말로 듣고 싶어 하지는 않았다. 그저 자기 이야기를 하고 싶어 할 뿐이었다.

그럼에도 그의 침묵을 눈여겨본 사람들이 있었고, 그의 별명도 그 침묵에서 나왔다. 맬컴이 포스트모더니즘을 발견했던 해의 일이었는데, 맬컴이 그 이데올로기를 너무 늦게 접했다며 제이비가 얼마나 난리를 쳐대는지 그는 자기도 금시초문이라는 자백을 하지 않았다.

"네가 포스트-흑인이라고 네 맘대로 결정할 수 있는 게 아니야, 맬컴." 제이비는 말했다. "그리고 또 하나. 흑인성을 '초월' 하기 위해서는 그전에 우선 네가 사실 흑인이었어야 해."

"넌 정말 개새끼야, 제이비." 맬컴이 말했다.

"아니면," 제이비가 계속해서 말했다. "네가 너무나 순수하게 분류 불가능한 존재여서 보통 정체성 용어들이 너한테 적용될 수조차 없는 경우." 그 순간 제이비가 그를 향해 돌아섰고, 그는 순간적으로 공포에 질려 얼어붙었다. "예를 들어 여기 주디처럼. 우린 얘가 누구랑 사귀는 것도 본 적 없고, 인종이 뭔지도 모르고, 아무것도 아는 게 없어. 포스트-성性, 포스트-인종, 포스트-정체성, 포스트-과거." 제이비는 그에게 미소 지었다. 아마도 어느 정도는 농담이라는 걸 보여주기 위해서인 것 같았다. "포스트-맨. 포스트맨 주드."

"포스트맨." 맬컴이 되풀이했다. 그는 자기에게서 관심을 돌리기 위해서라면 다른 사람의 불편한 상황을 붙잡고 늘어지지 않을 정도로 성숙한 인간이 아니었다. 그 별명이 살아남지는 않았지만—방에 돌아와 그 소리를 들은 윌럼은 그저 눈알만 굴렸고, 그래서 제이비는 흥을 잃어버린 것 같았다—그는 자기가 남들과 잘 어울리고 있다고 아무리 확신해도, 뾰족하게 튀어나온 괴상한 부분들을 감추기 위해 아무리 노력해도, 아무도 속이지 못하고 있다는 걸 깨달았다. 사람들은 그가 이상하다는 걸 알고 있었고, 이제 그는 자기가 이상하지 않다고 모두를 완전히 속여 넘겼다고 자신할 정도로 더 바보가 됐다. 그래도 그는 늦은 밤 모임에 계속 나갔고, 친구들의 방에서 친구들을 계속 만났다. 그런 모임에 나가면 자기가 위태롭게 된다는 걸 이제는 알면서도 그는 친구들에게 끌렸다.

가끔 그런 모임(그는 이 모임들을 자신의 문화적 결핍을 바로잡을 수 있는 집중 과외로 생각하기 시작했다) 도중, 그는 윌럼이 알 수 없는 표정으로 자기를 바라보는 걸 눈치챘고 윌럼이 자기에 대해 어느 정도나 짐작하고 있을까 궁금해지곤 했다. 때로는 윌럼에게 뭔가 말하려다가 자제해야만 했다. 어쩌면 자기가 잘못 생각한 거라고, 그는 가끔 생각했다. 대부분의 시간 사람들이 하는 이야기에 거의 접점을 찾을 수가 없다고, 어린 시절 실수와 좌절에 대해 이야기하는 다른 모든 사람들의 언어에 동참할 수가 없다고 누군가에게 고백하면 어쩌면 좋을지도 모른다. 하지만 곧 그는 자제했다. 그 언어를 모른다고 인정한다면 그가 썼던 언어를 설명할 수밖에 없을 것이기 때문이다.

그래도 누군가에게 이야기하는 일이 생긴다면, 그건 윌럼일 거라고 생각했다. 세 룸메이트를 모두 좋아했지만, 윌럼은 신뢰했다. 고아원에서 그는 금세 세상에는 세 종류의 남자아이들이 있다는 걸 깨달았다. 첫 번째 타입은 싸움을 일으키는 아이들이었다(제이비가 이 타입이었다). 두 번째 타입은 동참하지도 않지만 도움을 청하러 달려가지도 않는 아이들이었다(맬컴이 여기 속했다). 세 번째 타입은 실제로 도와주려고 하는 아이들이었다(가장 흔치 않은 타입으로, 두말할 것도 없이 윌럼이었다). 어쩌면 여자애들도 마찬가지겠지만, 여자애들이랑 많이 어울려 본 적이 없어서 확실히 알 수 없었다.

윌럼이 뭔가 알고 있다는 확신은 점점 더 강해졌다. ('알긴 뭘 알아?' 조용할 때면 그는 혼자 이런저런 생각을 했다. '넌 그냥 윌럼에게 이야기할 핑계를 찾고 있는 거야. 그럼 걔가 널 어떻게 생각할까? 똑똑하게 굴어. 아무 말도 하지 마. 자제심을 가져.') 하지만 이것도 물론 비논리적이었다. 대학에 오기 전에도 그는 자신의 어린 시절이 전형적이지는 않았다는 걸 알고 있었지만—책 몇 권만 읽어봐도 그런 결론에는 도달하게 된다—최근에 와서야 그게 진정 얼마나 남들과 달랐는지 깨닫게 됐다. 그 이상함으로 인해 그는 격리되고 고립됐다. 누군가가 그 형태와 특이성을 짐작할 수 있다는 건 거의 상상조차 할 수 없는 일이었다. 누군가 짐작한다면 그건 그가 실마리들을, 관심을 가져달라며 놓칠 수 없는 지저분한 애원을 소똥처럼 떨어뜨리고 다녔기 때문이다.

그럼에도 불구하고. 의심은 끈덕지게 계속됐고, 때로는 불편할 정도로 강하게 들어 뭐라도 말해버리든지, 따르기보다 무시하는 데 더 힘이 많이 드는 메시지들을 접수하지 않으면 안 될 것만 같았다.

어느 날 밤 넷만 있을 때였다. 때는 3학년 초였고, 넷이서 만든 이 무리에 모두들 안락함과 약간의 감상을 느끼고 있던 흔치 않은 밤이었다. 그들은 한 무리였고, 놀랍게도 그는 그 집단의 일부였다. 그들이 살던 기숙사 이름이 '후드홀'이어서, 캠퍼스에서는 다들 그들을 후드 애들이라고 불렀다. 모두 다른 친구들이 있었지만(제이비와 윌럼이 가장 많았다), 일차적인 충성심은 서로에게 있었다(혹은 적어도 그렇게 가정했는데, 그것도 좋았다). 이에 대해 대놓고 이야기해본 적은 없었지만, 다들 이런 가정을 마음에 들어 한다는 걸, 자신들에게 부과된 이 우정 규약을 좋아한다는 걸 모두들 알고 있었다.

그날 밤 음식은 제이비가 시키고 맬컴이 돈을 낸 피자였다. 제이비가 조달해 온 마리화나도 있었고, 바깥에는 비가, 그러다 우박이 내렸다. 유리창에 딱딱 부딪히는 우박 소리와 부서진 나무 창틀 창문을 흔드는 바람 소리는 행복을 완성하는 마지막 요소였다. 마리화나가 돌고 돌았고, 그는 한 모금도 빨지 않았지만—그는 한 번도 그런 적 없었다. 통제력을 잃으면 자기가 무슨 짓을, 무슨 소리를 할지 너무 걱정됐기 때문이다—연기가 눈에 들어와 털이 덥수룩하고 뜨뜻한 짐승처럼 눈꺼풀을 내리누르는 게 느껴졌다. 다른 누가 음식값을 낼 때면 늘 그렇듯이 그는 가능한 한 조금만 먹으려고 조심했고, 여전히 배가 차지 않아도(남은 피자 두 조각을 못 박힌 듯이 물끄러미 바라보다가 스스로를 다잡고 단호히 고개를 돌렸다) 깊이 만족했다. 잠들면 돼, 그는 생각하며 맬컴의 담요를 끌어당겨 덮고 소파 위에 누웠다. 기분 좋게 피곤했지만, 그 시절 그는 늘 피곤했다. 정상을 가장하기 위해 매일 해야 하는 노력이 너무 커서 다른 데 쓸 에너지가 없는 것 같았다. (때로는 자기가 딱딱하고, 차갑고, 지루해 보인다는 걸 깨달았고, 여기서는 그렇게 보이는 게 자기 자신으로 사는 것보다 더 큰 불행으로 간주될 수도 있다는 걸 알고 있었다.) 옆에서 맬컴과 제이비가 악에 대해 설전을 벌이는 소리가 아득히 멀리서 들려오는 것 같았다.

"네가 플라톤을 읽었다면 이런 논쟁 같은 건 하고 있지 않을 거라고 말하는 거야."

"그래, 하지만 무슨 플라톤?"

"플라톤 읽어봤어?"

"난 도대체—"

"읽어봤어?"

"아니, 하지만—"

"봐! 봤지, 봤지?!" 맬컴은 펄쩍펄쩍 뛰면서 제이비에게 손가락질을 했고, 윌럼은 웃고 있었다. 마리화나를 피우면 맬컴은 더 멍청하고 현학적이 됐고, 세 사람은 그와 멍청하고 현학적인 철학 논쟁을 벌이는 걸 좋아했다. 아침이면 맬컴은 그 논쟁의 내용을 절대 기억하지 못했다.

그러고는 윌럼과 제이비가 잠깐 뭔가에 대해 이야기하고 있었는데—그는 너무 졸려서 제대로 귀도 안 기울이고, 그냥 목소리만 구분할 정도로 깨 있었다—갑자기 제이비의 목소리가 퀴퀴한 방 안 공기를 가르고 울려 퍼졌다. "주드!"

"뭐?" 그는 여전히 눈을 감은 채 대답했다.

"질문이 있어."

순간 마음속 무엇인가에 경계경보가 들어오는 게 느껴졌다. 마리화나에 취해 있을 때 제이비는 곤혹스럽고 당황스러운 질문을 하거나 의견을 늘어놓는 무시무시한 능력을 발휘했다. 그 뒤에 별다른 악의가 있다고 생각하지는 않았지만, 제이비의 무의식에서 어떤 생각이 오갔는지는 궁금했다. 기숙사 친구 트리샤 박에게 못생긴 쌍둥이로 자라는 기분이 어떠냐고 물은 사람이 진짜 제이비일까(가엾은 트리샤는 일어나서 방에서 뛰쳐나갔다), 아니면 그가 롤러코스터 꼭대기에서 뚝 떨어지는 것처럼 속이 뒤집힐 것 같은 끔찍한 삽화를 겪으며 정신이 오락가락하는 꼴을 본 날 밤, 약쟁이 남자친구와 나갔다가 동트기 직전 대학 안뜰 나무에서 솜털 봉오리들이 가득한 목련 가지를 한 다발 꺾어 안고 돌아온 제이비가 진짜 제이비일까?

"뭐?" 그는 경계하며 다시 물었다.

"음." 제이비는 말을 멈추고 다시 숨을 들이마셨다. "우리가 안 지 이제 좀 됐잖아—"

"그래?" 윌럼이 놀라는 체하며 물었다.

"닥쳐, 윌럼." 제이비는 말을 계속했다. "우린 다 네 다리에 무슨 일이 있었던 건지 왜 네가 말을 안 해주는지 알고 싶어."

"아, 제이비, 우린 안 그렇—" 윌럼이 뭐라 하려 했지만, 약에 취하면 소란스럽게 제이비의 편을 드는 습관이 있는 맬컴이 말을 잘랐다. "정말 마음이 아프다고, 주드. 넌 우릴 안 믿냐?"

"맙소사, 맬컴." 윌럼이 말하고는, 날카로운 가성으로 맬컴을 흉내 냈다. "'정말 마음이 아프다고.' 꼭 계집애 같아. 그건 주드의 문제야."

윌럼이, 늘 윌럼이 그를 옹호해주는 건 웬일인지 더 싫었다. 게다가 맬컴과 제이비에 맞서! 그 순간 그는 네 사람 다 꼴도 보기 싫었지만, 물론 그는 친구들을 미워할 입장이 아니었다. 그들은 자신의 친구들, 최초의 친구들이었고, 그는 우정이 일련의 교환 과정, 애정과 시간, 때로는 돈, 그리고 항상 정보의 교환 과정이라는 걸 알고 있었다. 그런데 그에게는 돈이 없었다. 친구들에게 줄 것도, 베풀 것도 없었다. 윌럼처럼 스웨터를 빌려줄 수도 없었고, 맬컴이 일전에 강권하며 빌려준 수백 달러를 갚을 수도 없었고, 심지어 제이비처럼 이삿날 도와줄 수도 없었다.

"음." 그는 말을 시작했다. 모두의 팽팽한 침묵이 느껴졌다, 심지어 윌럼마저. "별로 재미없어." 그는 계속 눈을 감고 있었다. 친구들을 보지 않고 이야기하는 게 더 쉽기도 했고, 그냥 지금은 친구들을 보는 걸 견딜 수 없을 것 같아서이기도 했다. "자동차 부상이었어. 열다섯 살 때, 여기 오기 1년 전 일이야."

"아." 제이비가 말했다. 잠시 말이 끊겼다. 방 안 분위기가 축 처지는 게 느껴졌다. 자기의 폭로에 친구들이 약간 정신을 차리고 우울해졌다는 걸 느낄 수 있었다. "미안해, 다들. 재미없지."

"전에는 걸을 수 있었어?" 맬컴이 물었다, 마치 지금은 그가 걸을 수 없는 것처럼. 슬프고 당황스러웠다. 그가 걸음이라고 생각했던 걸 그들은 분명 그렇게 보지 않고 있었다.

"응." 그리고 그는 친구들이 생각할 방향은 아니겠지만 사실이었기 때문에 이렇게 덧붙였다. "전에는 크로스컨트리를 했어."

"와아." 맬컴이 말했다. 제이비는 동정심이 가득 담긴 신음 소리를 냈다.

윌럼만 아무 말도 하지 않았다는 걸 그는 눈치챘다. 하지만 그 표정을 보기 위해 눈을 뜰 용기는 없었다.

결국 그의 예상대로 말은 새어 나갔다. (어쩌면 사람들은 정말로 그의 다리에 대해 궁금해했는지도 모른다. 나중에 트리샤 박은 그에게 와서 자기는 늘 소아마비라고 생각했다고 말했다. 거기에 도대체 뭐라고 대답해야 할까?) 하지만 입에서 입을 거치는 와중에 어쩌다보니 설명은 차 사고로 바뀌어 있었고, 그러다가 나중에는 음주운전 사고가 됐다.

"종종 가장 쉬운 설명이 맞는 설명이야." 수학 교수인 리 박사는 말했다. 어쩌면 여기에도 같은 원칙이 적용된 건지 모른다. 하지만 그래도 그는 그게 아니라는 걸 알았다. 수학은 그렇다 해도, 다른 모든 것들은 그 정도로 축소되지 않는다.

하지만 이상한 건 이거였다. 차 사고로 변형된 이야기에 의해 그는 재창작의 기회를 부여받았다. 그냥 그렇다고만 하면 될 일이었다. 하지만 그는 그럴 수 없었다. 절대 그 일을 사고라고 부를 수 없었다. 사고가 아니었으니까. 그렇다면 탈출구를 줬는데도 덥석 붙들지 않은 건 자만심일까, 멍청함일까? 그는 알지 못했다.

그리고 뭔가 다른 것도 눈치챘다. 또 한 번 삽화를 겪고 있던 중—굉장히 굴욕적이었던 게, 도서관 교대근무가 막 끝나가려는 순간 통증이 시작됐고, 마침 다음 근무였던 윌럼이 교대하려고 몇 분 미리 와 있었다—그가 좋아하는 친절하고 박학다식한 사서가 왜 저러는 거냐고 묻는 소리가 들렸다. 이클레이 부인과 윌럼이 그를 뒤쪽 휴게실로 옮겨서, 그는 질색하는 오래된 커피의 탄 설탕 냄새를 맡고 있었다. 향이 너무 진하고 맹렬해서 토할 것만 같았다.

“자동차 부상이요.” 윌럼의 대답이 광활하고 시커먼 호수 저편에서 들려오는 것처럼 들렸다.

하지만 그날 밤이 되어서야 그는 윌럼이 한 말, 그가 사용한 단어를 인지했다. 사고가 아니라, 부상. 의도적인 선택이었을까? 윌럼은 뭘 알고 있을까? 너무 혼란스러워서 윌럼이 옆에 있었으면 실제로 물어봤을지도 모른다. 하지만 그는 없었다, 여자친구 집에 가 있었다.

아무도 없다는 걸 그는 깨달았다. 방은 그의 것이었다. 마음속 짐승—홀쭉하고 꾀죄죄하고 여우원숭이처럼 반사신경이 뛰어나고, 미래의 위험에 대비해 늘 축축한 검은 눈으로 주위 풍경을 살피며 언제나 달아날 태세가 되어 있는 상상의 짐승—이 긴장을 풀고 바닥에 늘어졌다. 이런 순간이 그가 대학 생활에서 가장 좋아하는 순간이었다. 그는 따뜻한 방 안에 있었고, 내일이면 세끼를 먹고 싶은 만큼 먹을 테고, 그사이에는 수업을 듣고, 그를 해친다거나 원하지 않는 일을 시킬 사람들은 아무도 없었다. 근처 어딘가에는 룸메이트들—친구들—이 있었고, 아무 비밀도 누설하지 않고 또 하루를 무사히 살아냈고, 과거의 자신과 지금의 자신 사이에 또 하루를 더 집어넣었다. 그건 늘 잠잘 자격이 있는 성취처럼 느껴졌고, 그래서 그는 세상에서 또 하루를 살아갈 준비를 하며 눈을 감고 잠들었다.

—

대학, 결국 그가 다니게 된 대학 이야기를 진지하게 꺼내고 그의 합격을 확신한 사람은 그의 처음이자 유일한 사회복지사이자 그를 배신하지 않은 최초의 인간인 애너였다. 대학 이야기를 꺼낸 사람이 애너가 처음은 아니었지만, 그녀가 가장 끈질겼다.

"안 될 게 뭐 있어." 그녀는 말했다. 애너가 즐겨 쓰던 말이었다. 두 사람은 애너의 뒷마당 베란다에 앉아 애너의 여자친구가 만든 바나나빵을 먹고 있었다. 애너는 자연을 좋아하는 사람은 아니었지만(자연에는 벌레가 너무 많고 너무 꿈틀거린다고 늘 말했다), 그가—그때만 해도 애너가 자기를 어디까지 인내해 줄지 그 경계를 알지 못했기 때문에 주저하며—바깥에 나가자고 하자 안락의자 가장자리를 탁 치며 벌떡 일어났다. "안 될 게 뭐 있어. 레슬리!" 그녀는 레슬리가 레모네이드를 만들고 있는 부엌을 향해 외쳤다. "바깥으로 가져와줘!"

병원에서 마침내 눈을 떴을 때 가장 먼저 본 얼굴이 애너였다. 오랫동안 그는 자기가 어디 있는지, 자기가 누군지, 무슨 일이 있었던 건지 기억하지 못했는데, 그때 갑자기 애너가 불쑥 얼굴을 들이밀고는 그를 내려다봤다. "자, 자." 그녀는 말했다. "깨어났어."

몇 시에 깨어나도 애너는 항상 옆에 있는 것 같았다. 때로는 낮이었고, 그러면 완전히 정신이 들기 전 몽롱하고 흐릿한 순간, 병원 소리가, 쥐처럼 찍찍대는 간호사들의 신발 소리와 덜거덕거리며 굴러가는 카트 소리, 웅웅거리는 인터폰 방송이 들렸다. 하지만 때로는 밤이었고, 사방이 쥐 죽은 듯 조용할 때면 자기가 어디 있는지, 왜 거기 있는지 깨달을 때까지 더 오랜 시간이 걸렸다. 그래도 그 기억은 돌아왔다. 언제나 돌아왔다. 다른 실감과는 달리 기억이 돌아올 때마다 절대 더 쉬워진다거나 흐릿해지는 법이 없었다. 때로는 낮도 밤도 아닌 어중간한 시간에 깼고, 그럴 때 빛은 어딘가 낯설고 흐릿해서 순간적으로 결국 천국 같은 게 있을 수도 있겠구나, 결국은 그곳에 온 거구나 하고 착각하곤 했다. 하지만 곧 애너의 목소리가 들리면 왜 자기가 거기 있는지 떠올랐고 다시 눈을 감고만 싶어졌다.

그럴 때면 두 사람은 아무 이야기도 하지 않았다. 애너는 그에게 배가 고프지 않느냐고 묻고, 무슨 대답을 하건 샌드위치를 내밀었다. 아프냐고도 물었고, 아프다면 얼마나 아픈지도 물었다. 최초의 삽화를 겪은 것도 애너 앞에서였다. 그 고통이 얼마나 끔찍한지—누군가 척추에 손을 집어넣어 뱀 잡듯이 움켜쥐고 신경다발에서 떼어내려고 흔들고 있는 것처럼 거의 참을 수가 없었다—나중에 의사가 그런 부상은 육체에 "모욕"을 가한 것이나 다름없으며 절대로 완전히 회복될 수 없다고 했을 때, 그는 그게 무슨 뜻인지 이해했을 뿐만 아니라 그 단어가 얼마나 정확하고 적절한 선택인지 깨달았다.

"평생 이런 고통을 안고 살 거라고요?" 애너가 물었다. 그는 그 분노가 고마웠다. 너무 지치고 겁이 나 그로서는 분노를 끄집어낼 기력조차 없었다.

"아니라고 할 수 있으면 저도 좋겠습니다." 의사가 말했다. 그러고는 그에게 말했다. "하지만 앞으로는 이 정도로 심하지는 않을 수도 있어. 아직 젊잖아. 척추에는 놀라운 회복력이 있단다."

"주드." 이틀 만에 다시 삽화가 찾아왔을 때 애너는 말했다. 목소리는 들렸지만, 아득히 먼 곳에서 들리는 것 같다가 다음 순간 갑자기 바로 옆에서 뭐가 폭발하는 것 같았다. "내 손 꼭 잡아." 애너의 목소리는 커졌다 희미해졌다 하며 계속 반복됐지만, 손은 줄곧 그의 손을 꼭 잡고 있었고 그도 그 손을 꼭 잡았다. 얼마나 꽉 잡았는지 애너의 검지가 이상하게 약지 위로 겹쳐지는 게, 손바닥의 모든 조그만 뼈들이 그의 손아귀 힘 때문에 재배치되는 게 느껴졌고, 외모로 보나 태도로 보나 섬세함과는 거리가 먼 사람인데도 마치 애너가 뭔가 섬세하고 복잡한 존재처럼 느껴졌다. "숫자를 세." 세 번째 삽화가 찾아오자 그녀가 명령했고, 그는 그 말을 따라 백까지 세고 또 세며 통증을 협상 가능한 중분으로 나누었다. 가만히 있는 게 더 낫다는 걸 깨닫기 전이던 그때, 그는 안전하게 매달릴 마룻줄을 찾는 사람처럼 고통을 조금이라도 덜 수 있는 자세를 찾아 황망히 손을 휘저으며 뱃바닥에 던져진 생선처럼 무정하고 딱딱한 침대 위에서 펄떡거렸다. 조용히 하려고 애써도 자기도 모르게 입에서 짐승 같은 괴상한 소리가 새어 나와서, 때로는 질끈 감은 눈앞에 부엉이와 사슴, 곰이 득실대는 숲이 나타났고, 그는 자신도 그중 하나라고. 그러니 이 괴상한 소리는 숲에서 끝없이 나는 소리의 정상적 일부일 뿐이라고 상상했다.

통증이 지나가고 나면, 고개를 들지 않아도 되도록 애너가 컵에 빨대를 꽂아 물을 줬다. 발아래에서는 바닥이 기우뚱거리며 요동쳤고, 종종 속이 뒤집히는 것 같았다. 먼바다에 나가본 일은 없지만, 딱 이럴 것 같았다. 그는 너울대는 파도에 리놀륨 바닥이 흔들리는 언덕처럼 출렁거리는 걸 상상했다. "잘했어." 그가 물을 마시면 애너는 말했다. "조금만 더 마셔."

"괜찮아질 거야." 그녀가 말하면 그는 고개를 끄덕였다. 괜찮아지지 않는다면 앞으로의 인생이 어떨지 상상조차 할 수 없었기 때문이다. 이제 그의 나날은 시간, 통증이 있는 시간과 없는 시간으로 나뉘었고, 그 예측할 수 없는 스케줄과 명목상으로만 자신의 소유일 뿐 아무것도 마음대로 할 수 없는 육체로 인해 기진맥진했다. 그는 자고 또 잤고, 아무것도 채워지지 않는 나날들이 속절없이 흘러갔다.

나중에 남들한테는 그냥 다리가 아픈 거라고 말하면 더 편하겠지만, 엄밀히 말해 그건 사실이 아니었다. 아픈 건 등이었다. 가끔은 몸에 활활 불타는 말뚝을 꽂은 것처럼 척추를 타고 한쪽 다리로 내려가는 통증, 경련을 일으키는 원인이 뭔지 예상할 수 있을 때도 있었다. 너무 무거운 걸 들거나 너무 높이 드는 것 같은 특정한 동작 때문일 때도 있었고, 그냥 피곤해서이기도 했다. 하지만 어떨 때는 예측을 할 수가 없었다. 때로는 통증이 찾아오기 전 마비나 거의 기분 좋기까지 한 찌르르르한 느낌이 올 때도 있었다. 척추에 전기가 통해 살짝 찌르는 것처럼 가볍게 울리는 느낌이 들면 그는 곧 자리에 누워 또 한 차례의 고통, 절대 달아날 수도 피할 수도 없는 고행이 끝나기를 기다렸다. 하지만 통증은 때로는 그냥 들이닥쳤고, 그럴 때가 가장 끔찍했다. 끔찍하게 난감한 순간 통증이 찾아올까봐 그는 두려움에 떨었고, 중요한 회의, 중요한 인터뷰, 공판이 있을 때마다 등에게 제발 좀 얌전히 있어달라고, 사고 치지 말고 앞으로 몇 시간만 버티게 해달라고 빌었다. 하지만 이 모든 일은 아직 미래의 일이었고, 그런 깨달음 하나하나를 그는 수일, 수개월, 수년 동안 이런 삽화들을 몇 시간씩 겪고 또 겪으면서 배웠다.

몇 주가 지나고 나자, 애너는 책을 몇 권 가져왔고 그에게 관심 있는 책 제목을 적어주면 도서관에 가서 빌려 오겠다고 말했다. 하지만 그는 너무 부끄러워서 말하지 않았다. 애너가 자신의 사회복지사이고 자신에게 지정된 사람이라는 건 알고 있었지만, 시간이 한 달은 족히 지나고 몇 주 후에 깁스를 풀자는 이야기를 의사들이 하기 시작한 후에야 애너는 무슨 일이 있었던 건지 처음으로 질문했다.

“기억이 안 나요.” 그는 말했다. 그때 일어난 일들에 대한 질문에는 늘 이렇게 대답했다. 그 역시 거짓말이긴 했다. 그는 느닷없이 자동차 헤드라이트가, 눈부신 두 개의 하얀 빛이 그를 향해 돌진해 오는 광경을, 그리고 눈을 질끈 감고 고개를 홱 돌리는 자신의 모습을 떠올리곤 했다. 마치 그렇게 하면 부득이한 일은 피할 수 있다는 듯이.

애너는 기다렸다. “괜찮아, 주드.” 그녀는 말했다. “어떤 일이 있었는지 대충은 알고 있어. 하지만 어느 정도 시간이 지나면 말해줬으면 좋겠어. 그 이야기를 같이할 수 있게.” 그녀는 전에도 인터뷰를 했었다, 기억나나? 첫 번째 수술을 마치고 나온 직후 제정신을 차렸을 때 그가 분명 애너의 질문에 다 대답했던 적이 있다. 그날 밤 일에 대해서뿐만 아니라 그전 몇 해 동안 있었던 일들까지 다. 하지만 정말이지 그는 이에 대해 아무것도 기억나지 않았고, 정확히 그가 어떤 이야기를 했는지, 그런 이야기를 했을 때 애너가 어떤 표정을 했을지 알 수가 없어 안절부절못했다.

어디까지 이야기했을까? 나중에 그는 물었다.

"충분히." 그녀가 말했다. "지옥은 존재하고, 그 인간들은 거기 가야 한다는 걸 믿게 할 만큼은 해줬어." 애너의 목소리는 화나 있지 않았지만, 단어들은 분노에 차 있었다. 그는 자신에게 일어난 일들이 그런 격노를, 그런 신랄한 말을 끌어낼 정도라는 게 놀랍고 좀 무섭기도 해서 눈을 감았다.

애너는 그가 새 가정, 그의 마지막 집이 된 더글러스 부부 집으로 위탁되는 과정을 감독했다. 부부에게는 위탁아동이 둘 더 있었는데, 둘 다 여자애들이었고, 둘 다 어렸다—로지는 여덟 살이고 다운증후군이었고, 아그네스는 아홉 살이고 이분척추였다. 집 안은 온통 경사로투성이였다. 보기에 예쁘지는 않았지만 튼튼하고 매끄러워서 그는 도움 없이도 휠체어를 타고 돌아다닐 수 있었다.

더글러스 부부는 복음주의 루터파였지만, 자기 교회에 같이 가자고 하지는 않았다. "좋은 사람들이야." 애너가 말했다. "너를 괴롭히지 않을 거야. 거기선 안전하게 지낼 수 있어. 약간의 사적 자유와 보장된 안전을 위해서라면 식탁에서 기도 정도는 할 수 있지?" 그녀는 그를 보며 미소 지었다. 그는 고개를 끄덕거렸다. "그리고 나쁜 이야기를 하고 싶으면 언제든 나한테 전화해."

정말로 그는 더글러스 부부보다는 애너의 보살핌을 더 많이 받았다. 그는 더글러스 부부의 집에서 먹고 잤고, 그가 처음으로 목발 짚는 법을 배울 때 욕조에 들어가고 나오다가 미끄러지기라도 할까봐 욕실 밖 의자에 앉아 있던 사람은 더글러스 씨였다(보조기를 해도 아직은 샤워를 할 만큼 제대로 균형을 잡지 못했다). 하지만 진료일에 그를 병원에 데려가는 일은 대부분 애너가 했고, 그가 느리게나마 처음으로 걷기 시작했을 때 담배를 문 채 마당 저쪽 끝에서 그의 첫걸음을 지켜봐준 사람도 애너였다. 트레일러 박사와 어떤 일이 있었는지 결국 적을 수 있게 해준 사람도, 법정에서 증언해야 할 상황을 막아준 사람도 애너였다. 그는 할 수 있다고 했지만, 애너는 아직 준비가 되지 않았다며 그의 증언 없이도 트레일러 박사를 몇 년이고 처박아둘 수 있는 증거가 충분하다고 말했다. 그 말을 듣고서야 그는 어떻게 해야 할지 알 수 없는 말들을 큰 소리로 이야기하지 않아도 된다는 것에 안도감을, 그리고 무엇보다 트레일러 박사를 다시는 보지 않아도 된다는 데 대한 안도감을 고백할 수 있었다. 마침내 그가 애너에게 진술서—그는 최대한 있는 그대로 썼고, 쓰면서 사실 이건 다른 사람, 한때 자기가 알았지만 다시는 이야기할 일이 없는 사람에 대한 글이라고 상상했다—를 주자, 그녀는 표정 변화도 없이 끝까지 한 번 읽고 고개를 끄덕거렸다. "잘했어." 그녀는 힘차게 말하고는 진술서를 다시 접어 봉투에 넣었다. "잘했어." 그녀는 한 번 더 덧붙이고는 다음 순간 갑자기 자신을 억제하지 못하고 격하게 울기 시작했다. 뭐라고 말을 했지만 울음소리가 너무 커서 알아들을 수가 없었고, 결국 애너는 그냥 갔다. 그리고 그날 밤 전화로 사과했다.

"미안해, 주드. 그건 정말 프로답지 않은 행동이었어. 네가 쓴 걸 읽었는데, 그냥—" 애너는 잠시 말을 멈추더니 심호흡을 했다. "다시는 이런 일 없을 거야."

의사들이 그가 학교에 갈 수 있을 정도로 회복되지는 않을 거라고 진단하자 개인교사를 구해 고등학교를 마치게 해준 사람도, 대학 이야기를 하게 한 사람도 애너였다. "넌 정말 똑똑해, 그거 알았어?" 그녀는 물었다. "넌 어디든 갈 수 있어, 정말이야. 몬태나에서 너를 가르쳤던 선생님들이랑 이야기해봤는데, 그 선생님들 생각도 같더라. 생각해봤어? 그래? 넌 어디로 가고 싶은데?" 애너가 웃을 거라고 생각하며 말했지만, 그녀는 고개를 끄덕거리기만 했다. "안 될 게 뭐 있어."

"하지만, 나 같은 애를 받아줄까요?"

이번에도 애너는 웃지 않았다. "맞아, 넌 가장 전통적인 교육을 받진 않았지." 그녀는 미소 지었다 "하지만 시험 성적은 굉장해. 넌 아마 그렇게 생각하지 않을지 모르지만, 난 네가 몽땅 다는 아니더라도 네 또래 애들 대부분보다 더 많은 걸 알고 있다고 장담해." 그녀는 한숨을 내쉬었다. "결국 루크 수사한테 고마워할 게 있을지도 모르겠구나." 그녀는 그의 얼굴을 유심히 살폈다. "그러니까 안 될 게 뭐 있냐고."

애너가 모든 걸 다 도와줬다. 추천서도 써줬고, 에세이를 쓰도록 자기 컴퓨터도 빌려줬고(작년 이야기는 쓰지 않았다. 몬태나 이야기, 거기서 겨자 새싹과 버섯 찾는 법을 배웠던 것에 대해 썼다), 심지어 전형료도 내줬다.

애너가 예측했던 것처럼 그가 전액장학금을 받고 합격했을 때, 그는 이 모든 게 다 애너 덕분이라고 말했다.

"개뿔." 그녀는 말했다. 그때쯤엔 너무 병이 심해 속삭임밖에 나오지 않았다. "너 스스로 한 거야." 나중에 그는 그 이전 몇 달들을 죽 되짚어보며 마치 스포트라이트를 들이댄 것처럼 뚜렷했던 병의 징후들을 보았고, 멍청한 데다 자기 일에 몰두하느라 그 징후들을 줄줄이 놓친 자신을 탓하곤 했다. 체중 감소, 황달기가 있는 눈, 피로, 그 모든 게 다 무엇 때문이라고 했던가? "담배 피우지 마요." 겨우 두 달 전에도 그는 그렇게 말했다. 이젠 애너가 제법 편해져서 명령까지 내리기 시작했다. 그가 그렇게 대한 어른은 애너가 처음이었다. "맞아." 그녀는 이렇게 말하면서 곁눈질을 하며 담배를 깊이 빨았고, 한숨짓는 그에게 싱긋 웃었다.

심지어 그때도 그녀는 포기하지 않았다. "주드, 우리 그 이야기 좀 하자." 애너는 며칠이 멀다 하고 이렇게 말했고, 그가 고개를 저으면 아무 말도 하지 않다가 말했다. "그럼 내일 해. 약속하는 거지? 내일은 이야기하는 거다."

"왜 그 이야기를 해야 하는 건지 도대체 모르겠어요." 그가 한번은 이렇게 투덜거렸다. 그는 애너가 몬태나에서 온 기록을 읽었다는 걸 알고 있었다. 그가 무엇이었는지 안다는 걸 알고 있었다.

애너는 아무 말도 하지 않았다. "내가 배운 한 가지는," 그녀는 말했다. "아직 그 일이 생생할 때 이야기를 해야 한다는 거야. 아니면 절대 이야기하지 않게 될 거야. 어떻게 그 이야기를 하는지 내가 가르쳐줄게. 왜냐하면 더 오래 기다릴수록 그건 점점 더 힘들어질 테고, 안에서 곪을 테고, 넌 언제나 네 잘못이라고 생각하게 될 테니까. 물론 그 생각은 잘못된 거지만, 그래도 넌 언제나 그 생각을 할 거야." 그는 어떻게 대답해야 할지 알 수가 없었지만, 다음 날 애너가 다시 그 이야기를 꺼내면 고개를 젓고 돌아서서는 애너가 불러도 아랑곳하지 않고 가버렸다. "주드." 한번은 애너가 말했다. "이 문제에 대해 이야기하지 않고 널 너무 오래 내버려뒀어. 이건 내 잘못이야."

"날 위해 해줘, 주드." 한번은 이렇게도 말했다. 하지만 그는 그럴 수가 없었다. 그 이야기를 할 언어를 발견할 수가 없었다, 애너에게조차도. 게다가, 그는 그 시간들을 다시 살고 싶지 않았다. 다 잊고 싶었다, 다른 사람 이야기라고 생각하고 싶었다.

6월이 되었을 때 애너는 너무 약해져서 앉을 수도 없었다. 두 사람이 만난 지 14개월 후, 이제는 애너가 병상에 누운 몸이 됐고, 그가 그 옆을 지켰다. 레슬리는 병원 주간근무여서, 종종 집에는 두 사람뿐이었다. "들어봐." 그녀가 말했다. 약 때문에 목이 너무 건조해서, 애너는 말을 하면서 움찔했다. 그가 물병을 향해 손을 뻗자, 그녀는 조급하게 손을 휘저었다. "떠나기 전에 레슬리가 널 데리고 쇼핑을 갈 거야. 네게 필요한 물건들을 목록으로 써뒀어." 뭐라고 하려 했지만, 애너는 그 말을 막았다. "반박하지 마, 주드. 나 기운 없어."

그녀가 침을 꿀꺽 삼켰다. 그는 기다렸다. "대학에서 넌 특출한 사람이 될 거야." 그녀는 말했다. 그리고 눈을 감았다. "다른 애들이 너한테 어릴 때 어땠냐고 묻겠지. 그런 생각 해봤어?"

"뭐, 좀." 그는 말했다. 사실은 온통 그 생각뿐이었다.

"허." 애너가 투덜댔다. 그녀도 믿지 않았다. "뭐라고 말할 건데?" 그러고는 눈을 뜨더니 그를 쳐다봤다.

"모르겠어요." 그는 인정했다.

"그래." 그녀가 말했다. 두 사람 다 침묵했다. "주드." 애너가 다시 입을 열었다가 다시 멈췄다. "너한테 있었던 일에 대해 이야기할 너만의 방식을 발견하게 될 거야. 누군가와 가까워지고 싶다면 그래야 해. 하지만 네 인생은—네가 뭐라고 생각하든간에 하나도 부끄러워할 거 없어. 그리고 그 어떤 일도 네 잘못은 아니야. 그거 기억해줄래?"

그게 그들이 작년뿐만 아니라 그 이전 해들에 대해 나눈 이야기 중 가장 대화다운 대화였다. "네." 그는 말했다.

애너가 그를 노려봤다. "약속해."

"약속해요."

하지만 그 순간조차 그는 애너를 믿을 수가 없었다.

그녀는 한숨을 내쉬었다. "이야기를 더 하게 했어야 했는데." 그게 애너의 마지막 말이었다. 애너는 2주 후—7월 3일—에 죽었다. 장례식은 일주일 뒤였다. 그때 그는 동네 빵집에서 여름 아르바이트를 하느라 뒷방에서 케이크 위에 퐁당을 발랐고, 장례식 이후에도 계속 밤이 될 때까지 그 자리에서 핑크 카네이션 색 아이싱을 케이크에 바르고 또 발랐다. 애너 생각을 하지 않으려고 기를 쓰면서.

7월 말, 더글러스 부부가 이사를 갔다. 더글러스 씨는 새너제이에 새 직장을 구해서 아그네스를 데리고 떠났다. 로지는 다른 가정에 다시 위탁됐다. 그는 더글러스 부부를 좋아했지만, 아저씨가 계속 연락하고 살자고 말했을 때 자기는 그러지 않으리라는 걸 알고 있었다. 그는 지금의 삶, 과거의 삶에서 절박하게 벗어나고 싶었다. 누구도 자기를 몰랐으면 싶었다. 자신도 아무도 알고 싶지 않았다.

그는 긴급보호소에 보내졌다. 긴급보호소, 그게 주 정부에서 붙인 이름이었다. 그는 이제 혼자서도 살 수 있는 나이인 데다가(하지만 그는 얼토당토않게도 빵집 뒷방에서 잘 거라고 상상했다) 어차피 두 달도 안 지나 보호 대상에서 제외되는 거 아니냐고 항변했지만, 아무도 그의 말에 동의하지 않았다. 보호소는 정부에서 어디에 보내야 할지 난감한—자기가 저지른 짓이나 당한 일 때문에, 아니면 그냥 나이가 어려서 들어온—아이들이 살고 있는 음울한 회색 벌집 같은 기숙사였다.

보호소를 떠날 때, 그는 학교에 가는 데 필요한 물품들을 살 돈을 조금 받았다. 그들이 자기를 슬쩍 자랑스러워한다는 걸 느낄 수 있었다. 거기 오래 있었던 건 아니지만, 그는 대학에 갈 것이었고, 게다가 명문대였다(그는 영원히 이곳의 성공 사례로 거론될 것이다). 레슬리가 그를 육해군 불하품점으로 데리고 갔다. 그는 필요할 것 같은 물건들—스웨터 두 벌, 긴소매 셔츠 세 벌, 바지, 보호소 로비 소파에서 삐져나오던 덩어리 충전재 비슷한 회색 담요 하나—을 고르면서 제대로 된 물건들, 애너의 목록에 있었을 물건들을 사고 있는 걸까 생각했다. 그 목록에는 뭔가 다른 게, 애너는 필수품으로 생각했지만 이제 그로서는 절대 알 수 없는 뭔가가 있었을 것 같았다. 밤이 되면 그 목록이 사무치게, 때로는 애너에 대한 그리움보다도 더 간절하게 가지고 싶었다. 마음속에 그 목록이, 애너가 늘 쓰던 샤프로 단어마다 우스꽝스럽게 위아래로 들쭉날쭉한 대문자들을 집어넣어 쓴 메모가 선명하게 그려졌다. 때로 그 문자들은 단어로 화했고, 꿈속의 그는 기쁨에 벅차 의기양양해졌다. 야, 이럴 줄 알았어! 그렇지, 이게 바로 내게 필요한 거지! 애너는 당연히 알 줄 알았어! 하지만 아침이면 그게 무엇이었는지 절대 기억나지 않았다. 그럴 때면 그는 심술궂게도 차라리 애너를 안 만났더라면 더 좋았을 거라고, 그렇게 잠깐 만나느니 아예 모르고 사는 게 더 좋았을 거라고 생각하곤 했다.

그들이 북쪽으로 가는 버스표를 사줬고, 레슬리는 터미널까지 배웅을 해줬다. 그의 소지품들은 두 겹으로 포갠 검정 쓰레기봉지와 육해군 불하품점에서 산 배낭에 다 꾸렸다. 전 재산을 깔끔하게 한 꾸러미로 꾸린 것이다. 버스에서 그는 창밖을 내다보며 아무 생각도 하지 않았다. 가는 도중에 등이 아프지 않기만을 바랐고, 아무 일도 없었다.

기숙사 방에 가장 먼저 도착한 사람은 그였다. 두 번째 소년—맬컴이었다—이 부모님과 트렁크들과 책들과 스피커들, 텔레비전, 전화기와 컴퓨터, 냉장고와 소함대급은 될 전자제품들과 함께 등장했을 때, 그는 울렁거리는 두려움을, 그러고는 얼토당토않게도 애너를 향한 분노를 느꼈다. 어떻게 자기에게 이런 걸 할 수 있다고 믿게 만들었단 말인가? 자기를 뭐라고 설명해야 하나? 자기 인생이 이렇게 가난하고 추레하다는 걸, 피와 진흙이 덕지덕지 묻은 헝겊 쪼가리 같다는 걸 왜 한 번도 정확히 말해주지 않았단 말인가? 왜 자기가 여기 속할 수 있다고 믿게 했단 말인가?

몇 달이 지나면서 그 기분은 누그러졌지만, 그래도 절대 사라지지 않았다. 그건 얇게 낀 곰팡이처럼 그의 마음속에서 계속 살아남았다. 하지만 그런 생각이 받아들일 만해질수록 다른 게 더 힘들어졌다. 그는 자기가 아무것도 설명하지 않아도 될 처음이자 마지막 사람이 애너라는 걸 깨닫기 시작했다. 애너는 그가 이제껏 살아온 삶을 온몸에 두르고 있다는 걸, 그의 전기가 살과 뼈에 새겨져 있다는 걸 알고 있었다. 애너라면 쪄 죽을 것 같은 날씨에도 왜 짧은 소매를 입지 않느냐고, 왜 신체 접촉을 싫어하느냐고 절대 묻지 않을 것이다. 무엇보다도 그의 다리나 등에 무슨 일이 있었던 건지 절대 묻지 않을 것이다. 애너는 이미 다 알고 있었다. 애너와 있을 때는 다른 모든 사람들 옆에서 형벌처럼 느껴야만 하는 끝없는 불안이나 경계심을 전혀 느끼지 않았다. 늘 곤두서 있느라 진이 빠졌지만, 결국 그 경계심은 그냥 삶의 한 부분이, 바른 자세 같은 습관이 됐다. 언젠가 (나중에 깨달은 것이지만) 애너가 그를 껴안으려고 팔을 뻗은 적이 있는데, 그는 반사적으로 보호 자세를 취하며 손으로 머리를 감쌌다. 그는 당황했지만, 그녀는 그가 어리석거나 과한 반응을 보인다고 느끼지 않도록 이렇게 말했다. "내가 멍청한 짓을 했어, 주드. 미안해. 이제부터는 불시에 움직이는 일 없도록 할게, 약속해."

하지만 이제 애너가 없으니, 그를 아는 사람은 아무도 없었다. 그의 기록은 봉인됐다. 첫 번째 크리스마스 때, 레슬리가 학생처를 통해 그에게 카드를 보냈고, 그는 애너와의 마지막 연결고리인 그 카드를 며칠 동안 간직하고 있다가 결국 버렸다. 그는 답장을 보내지 않았고, 다시는 레슬리에게서 소식을 듣지 못했다. 이젠 새로운 인생이었다. 그는 새 인생을 망치지 않기로 굳게 결심했다.

그럼에도 그는 가끔 그들이 마지막으로 나눈 대화를 떠올리며 소리 내어 말해보곤 했다. 룸메이트들이—그때 누가 방에 있느냐에 따라 다양한 배치로—그의 위에서, 옆에서 잠들어 있는 밤이면 그랬다. "이렇게 입 다물고 있는 게 습관이 되어선 안 돼." 애너는 죽기 직전 그에게 경고했다. 또, "화내도 괜찮아, 주드, 숨길 필요 없어"라고도 했다. 그는 늘 애너가 자기를 잘못 알고 있는 거라고 생각했다. 그는 애너가 생각하는 사람이 아니었다. "넌 꼭 대단한 사람이 될 거야." 한번은 애너가 이런 말을 한 적 있는데, 그럴 수 없다고 해도 그는 그 말을 믿고 싶었다. 하지만 적어도 한 가지는 애너가 옳았다. 정말로 점점 더 힘들어졌다. 그는 자신을 탓했다. 매일매일 애너에게 했던 약속을 기억하려고 애썼지만, 매일매일 그 약속은 점점 더 아득해졌고, 마침내는 그냥 한 조각 기억이 됐다. 그리고 그렇게, 애너

또한 오래전 읽은 책 속의 어느 사랑스러운 인물이 됐다.

—

"세상에는 두 종류의 사람들이 있다." 설리번 판사는 말하곤 했다. "쉽게 믿는 사람들과 그렇지 않은 사람들. 내 법정에서는 믿음이 중요해. 모든 것들에 대한 믿음이."

그는 자주 이렇게 선언했고, 그러고 나면 끙끙대다가—판사는 굉장히 뚱뚱했다—방에서 어정어정 나갔다. 주로 하루 일과, 적어도 설리번 판사의 일과가 끝날 때 보는 광경이었다. 판사는 퇴근길에 판사실에서 나와 재판연구원*과 이야기를 나누러 와서는 책상 모서리에 걸터앉아 애매모호한 연설을 늘어놓았는데, 마치 거기 있는 재판연구원들이 서기라서 그가 하는 말을 받아 적어야 하는 것처럼 말 사이를 자주 끊고 쉬었다. 하지만 필기하는 사람은 아무도 없었다. 셋 중 판사의 충실한 신도이자 제일 보수주의자인 케리건마저 하지 않았다 .

판사가 나가고 나면, 그는 방 건너편에 있는 토머스에게 싱긋 미소 지었고 그러면 그는 뭐 어쩌겠느냐며 미안하다는 듯이 눈알을 위로 굴리곤 했다. 토머스도 보수적이었지만, 자기는 "생각하는 보수주의자"라며 "그런 구분을 해야 한다는 사실 자체가 완전 우울하다"고 말했다.

그와 토머스는 같은 해 판사의 재판연구원으로 들어왔고, 로스쿨 2학년 봄에 판사의 비공식 탐색위원회—사실은 판사의

*법원장의 명으로 변호사 자격을 갖춘 사람 중 사건의 심리 및 재판에 관한 조사, 연구, 사건 관련 보고서 작성 등 재판 업무를 보조하도록 선발된 일종의 계약직 수습공무원.

오랜 친구인 기업법 교수—가 접근했을 때, 그에게 지원하라고 격려해준 사람은 해럴드였다. 설리번은 자기와 정치적 견해가 다른 재판연구원을 하나 고용하는 걸로 동료 순회재판관들 사이에서 유명했다. 과격하게 다를수록 더 좋았다.

"설리번은 날 미워하거든." 그때 해럴드는 흡족한 어조로 말했다. "날 괴롭히고 싶어서라도 널 고용할 거야." 그는 그 생각을 음미하며 미소 짓더니 이렇게 덧붙였다. "그리고 넌 이제껏 내가 가르친 학생들 중에 가장 똑똑하니까."

그 칭찬에 그는 시선을 내리깔았다. 해럴드의 칭찬은 주로 남들을 통해 전달됐지, 직접 받는 일은 거의 없었다. "전 그분이 마음에 들어 하실 정도로 진보주의자는 아닌 것 같습니다." 그는 대답했다. 분명 그는 해럴드 기준에서도 충분히 진보주의자가 아니었다. 그건 그들이 논쟁을 벌이는 일들—그의 의견들, 그가 법을 해석하는 방식, 그걸 실제 생활에 적용하는 방식—중 하나였다.

해럴드는 코웃음을 쳤다. "날 믿어. 넌 그래."

하지만 다음 해 인터뷰를 하러 워싱턴에 갔을 때, 설리번은 그의 예상만큼 맹렬하고 구체적으로 법과 정치철학에 대해 이야기하지 않았다. "듣자하니 자넨 노래를 한다며." 약 한 시간 동안 그가 한 공부(판사는 같은 로스쿨 출신이었다), 《법학 리뷰》 편집자 직책(판사도 같은 자리에 있었다), 최근 사건들에 대한 그의 생각들에 관해 대화를 나눈 뒤 설리번은 말했다.

"그렇습니다." 그는 판사가 어떻게 아는지 의아해하며 대답했다. 그는 노래로 위안을 받았지만, 남들 앞에서 부르는 일은 거의 없었다. 해럴드의 연구실에서 노래를 했는데 선생님이 엿들은 적 있나? 아니면 가끔 밤늦게 교회처럼 조용하고 고요한 법학도서관에서 책 정리를 하며 노래를 했는데 거기서 누가 들었나?

"뭐 하나 불러보게." 판사가 말했다.

"어떤 노래를 듣고 싶으십니까?" 그는 물었다. 보통은 훨씬 더 긴장했겠지만, 그는 판사가 그에게 일종의 공연 같은 것(일설에 따르면 지난번 지원자에게는 저글링을 시켰다고 했다)을 시킬 거라는 이야기를 들었고, 설리번은 잘 알려진 오페라 애호가였다.

판사는 통통한 입술에 통통한 손가락을 올리고 생각에 잠겼다. "음, 자네에 대해 말해주는 곡을 하나 불러주게."

그는 잠깐 생각하다, 노래를 불렀다. 그리고 자기가 선택한 노래를 들으며 스스로 놀랐다—말러의 〈세상은 나를 잊었네〉. 그는 말러를 그렇게 좋아하지도 않았고, 느리고 구슬프고 미묘하고 테너용도 아닌 그 가곡은 부르기도 어려웠다. 하지만 그는 대학교 때 발성법 선생님이 "이류 낭만주의"로 간단히 결론지어버린 그 시 자체를 좋아했고, 그 시가 나쁜 번역 때문에 부당한 대접을 받고 있다고 늘 생각했다. 그 시의 1행은 보통 "세상은 나를 잊었네"로 해석되었지만, 그는 "세상은 나를 잊어가네"로 읽었다. 그가 생각하기엔 그게 자기연민이 덜하고, 덜 멜로드라마 같고, 더 체념적이고 혼란에 빠진 것처럼 보였다. "세상은 나를 잊어가네 / 수많은 시간을 낭비했던 세상이." 그 곡은 어느 예술가의 삶에 관한 내용이었지만, 그는 절대 예술가가 아니었다. 하지만 그는 세상을 잊고, 세상에서 벗어난다는 것, 다른 장소, 조용하고 안전한 어딘가로 사라진다는 개념, 탈출하고 싶으면서도 발견되고 싶은 뒤얽힌 갈망을 거의 본원적으로 이해했다. "내겐 아무 의미 없네 / 세상이 날 죽었다고 믿든 말든 / 반박할 말도 거의 없네 / 진실로, 난 더 이상 세상의 일부가 아니니."

노래를 마치고 눈을 떴을 때, 판사는 손뼉을 치며 웃고 있었다. "브라보." 그는 말했다. "브라보! 자넨 직업을 완전히 잘못 택한 게 아닐까 싶어." 그는 다시 웃었다. "그렇게 노래하는 건 어디서 배웠나?"

"교단에서입니다." 그는 대답했다.

"오호, 가톨릭이군?" 판사가 흥미진진한 표정으로 무거운 몸을 일으켜 똑바로 앉으며 물었다.

"어릴 때 가톨릭이었습니다." 그는 말문을 열었다.

"하지만 지금은 아니고?" 판사가 눈살을 찌푸리며 물었다.

"아닙니다." 그는 말했다. 그는 이런 대답을 할 때 목소리에 미안한 기색을 담는 법을 몇 년에 걸쳐 연습했다.

설리번은 애매하게 끙 소리를 냈다. "음, 그 사람들이 뭘 줬든 간에, 자넨 지난 몇 년 동안 해럴드 스타인이 자네 머리에 채운 것들에 대해 적어도 어떤 방어를 했어야 했어." 판사는 그의 이력서를 들여다봤다. "연구조교였다고?"

"네." 그는 말했다. "2년 좀 넘었습니다."

"좋은 머린데, 낭비됐군." 설리번이 선언했다(그를 말하는 건지, 해럴드를 말하는 건지 알 수가 없었다). "와줘서 고맙네, 연락하도록 하지. 노래도 고마워. 이렇게 아름다운 테너를 들어본 건 정말 오랜만이군. 이게 자기 길이라고 정말 확신하나?" 이렇게 말하며 그는 미소 지었다. 설리번이 그렇게 기뻐하며 진심으로 짓는 미소를 보는 건 그게 마지막이었다.

케임브리지에 돌아와 그는 해럴드에게 인터뷰에 대해 말했지만("네가 노래를 했다고?" 해럴드는 마치 그가 날았다는 소리라도 한 것처럼 물었다), 합격은 하지 않을 거라고 확신했다. 일주일 후 설리번에게서 전화가 왔다. 그 자리는 그의 것이었다. 그는 놀랐지만, 해럴드는 아니었다. "내가 뭐랬어."

다음 날 평소처럼 해럴드의 연구실에 갔는데, 그는 코트를 입고 나갈 준비를 했다. "오늘은 근무 안 해." 그는 선언했다. "나하고 볼일을 좀 봐야겠어." 이건 이상했지만, 해럴드는 원래 그런 사람이었다. 보도로 나오자 그는 열쇠꾸러미를 내밀었다. "운전할래?"

"물론이죠." 그는 대답하고 운전석으로 갔다. 그는 해럴드에게서 딱 1년 전 이 차로 운전을 배웠고, 옆자리에 앉은 해럴드는 교실에서보다 훨씬 더 참을성을 보여줬다. "좋아." 그는 말하곤 했다. "클러치를 조금만 더 떼봐, 좋아. 잘했어, 주드, 잘했어."

해럴드가 수선한 셔츠 몇 개를 찾아야 한다고 해서, 그들은 윌럼이 3학년 때 일했던, 광장 모서리에 위치한 조그맣고 비싼 양복점으로 갔다. "같이 들어가." 해럴드가 지시했다. "들고 나오는 걸 좀 도와줘야겠어."

"세상에, 해럴드, 도대체 셔츠를 몇 벌이나 사신 거예요?" 그는 물었다. 해럴드가 입는 옷들은 늘 변함없이 파란 셔츠, 흰 셔츠, (겨울용) 갈색 코듀로이, (봄여름용) 리넨 바지, 여러 가지 색조의 녹색과 파란색 스웨터들로 구성되어 있었다.

"조용히 해, 너." 해럴드가 말했다.

안으로 들어가자 해럴드는 판매원에게 갔고, 그는 과자처럼 동그랗게 말려 반지르르한 윤기를 자랑하고 있는, 진열장 속 넥타이들을 손가락으로 쓸어보며 기다렸다. 그는 맬컴에게 받은 오래된 면 양복 두 벌을 고쳐 두 번의 여름 인턴 기간 내내 입었지만, 설리번 인터뷰 때는 룸메이트의 양복을 빌려 입어야만 했고, 입고 있는 내내 그 넉넉한 사이즈와 고급스러운 울 소재를 의식하면서 조심조심 움직였다.

그때 "저쪽입니다"라는 해럴드의 목소리가 들려 돌아봤더니, 그가 줄자를 목에 뱀처럼 두른 키 작은 남자와 함께 서 있었다. "양복 두 벌, 진회색이랑 청색이 필요하고요, 셔츠 열두 개랑 스웨터 몇 장, 넥타이랑 양말이랑 신발도 좀요. 이 친구가 아무것도 없거든요." 해럴드는 그에게 고개를 끄덕하고는 말했다. "여기는 마르코야. 난 몇 시간 정도 있다가 돌아올게."

"잠깐만요." 그가 말했다. "해럴드, 뭐 하시는 거예요?"

"주드." 해럴드가 말했다. "입을 게 있어야지. 내가 절대 이 분야 전문가라고는 말할 수 없지만, 설리번의 판사실에 지금 입은 옷을 입고 갈 수는 없잖아."

그는 당황했다. 자신의 옷이, 자신의 부족함이, 해럴드의 마음씀씀이가 당황스러웠다. "알아요. 하지만 이걸 받을 수는 없어요, 해럴드."

뭐라고 더 말하려 했지만, 해럴드가 그와 마르코 사이에 들어와 그를 돌려세웠다. "주드." 그가 말했다. "받아. 넌 그럴 자격 있어. 게다가, 필요하잖아. 난 네가 설리번 앞에서 날 욕보이게 내버려두지는 않을 거야. 게다가 이미 돈도 다 냈고 돌려받을 생각도 없어. 그렇죠, 마르코?" 그가 뒤에 대고 말했다.

"그럼요." 마르코가 즉각 대답했다.

"아, 집어치워, 주드." 그가 뭐라 말하려는 순간 해럴드가 말했다. "난 가야 해." 그는 뒤도 안 돌아보고 힘차게 걸어 나갔다.

그래서 그는 삼면거울 앞에 선 채로 발목 근처에서 부산하게 치수를 재고 있는 거울 속의 마르코를 지켜보게 됐다. 하지만 마르코의 손이 가랑이 안쪽 치수를 재려고 위쪽으로 올라오자,

그는 반사적으로 움찔했다. "괜찮아요, 괜찮아." 마르코는 그가 마치 잔뜩 긴장한 말인 것처럼 말하더니, 역시 말을 대하듯이 허벅지를 툭툭 두드렸다. 마르코가 반대쪽 다리를 잴 때 그가 또 자기도 모르게 움찔했더니 "이봐요! 난 입에 핀을 물고 있다고요" 하고 말했다.

"죄송합니다." 그는 꼼짝도 하지 않았다.

마르코가 가봉을 마치자, 그는 새 양복을 입은 자신을 바라봤다. 이건 엄청난 익명성, 엄청난 보호막이었다. 누군가 어쩌다가 그의 등을 스친다 해도 여러 겹의 옷에 둘러싸여 있어 그들은 절대 그 아래의 울퉁불퉁한 흉터들을 느끼지 못할 것이다. 모든 게 다 뒤덮였고, 모든 게 다 감춰졌다. 가만히 서 있기만 하면, 어떤 사람도 될 수 있었다. 텅 비어 보이지 않는 사람이.

"1센티미터 정도 더 줄여야 할 것 같네." 마르코가 재킷의 허리 부분을 집으며 말했다. 그는 어깨에 묻은 실밥들을 툭툭 쳐냈다. "이제 이발만 하면 되겠네요."

해럴드는 넥타이 코너에서 잡지를 읽으며 기다리고 있었다. "끝났어?" 마치 이 여행이 몽땅 다 그의 아이디어이고, 자기는 그의 변덕에 맞춰줬을 뿐이라는 듯이 물었다.

이른 저녁식사를 하며 그는 다시 해럴드에게 감사인사를 하려 했지만, 그럴 때마다 해럴드는 점점 더 짜증을 내며 그를 막았다. "때로는 그냥 받을 줄도 알아야 한다고 말해준 사람이 여태껏 아무도 없었어, 주드?" 마침내 그가 물었다.

"아무것도 그냥 받아선 안 된다고 하셨잖아요." 그는 해럴드의 말을 상기시켰다.

"그거야 교실이랑 법정에서지." 해럴드가 말했다. "생활 속에서가 아니라. 이봐, 주드, 살다보면 가끔 착한 사람들에게는 근사한 일들이 일어나는 거야. 걱정할 필요 없어, 바람과는 달리 그런 일은 흔치 않으니까. 하지만 그런 일이 생기면, 착한 사람들은 그냥 '감사합니다' 하고는 계속 살아가면 되는 거야. 이런 생각도 좀 해주라고. 좋은 일을 한 사람도 그걸로 기쁨을 얻는다고. 좋은 일을 해줬더니 자기는 그럴 자격이 없다거나 그럴 가치가 없다고 구구절절 설명하는 걸 들을 기분이 아니라고 말이야."

그래서 그는 입을 다물었고, 저녁식사 후에는 해럴드가 모는 차를 타고 헤어포드 스트리트의 집까지 왔다. "게다가," 그가 차에서 내릴 때 해럴드가 말했다. "넌 정말로, 정말 잘생겼어. 굉장한 미남이라고. 전에 누가 그런 이야기를 해줬기를 바란다." 그러더니 뭐라고 하기도 전에 말했다. "받아들여, 주드."

그래서 그는 하려던 말을 꿀꺽 삼켰다. "감사합니다, 해럴드. 전부 다요."

"천만에, 주드." 해럴드가 말했다. "월요일에 보자."

그는 보도에 서서 해럴드의 차가 멀어져가는 걸 지켜보다 아파트로 올라갔다. 그의 집은 MIT 남학생 클럽하우스와 인접한 갈색 사암 건물 2층에 있었다. 은퇴한 사회학 교수인 건물 주인이 1층에서 살면서 나머지 세 층을 대학원생들에게 세놓고 있었다. 꼭대기 층에는 곧 MIT에서 전기공학 박사학위를 받는 산토시와 페데리코가, 3층에는 하버드 박사과정에 있는 야누즈와 이지도르—야누즈는 생화학과였고 이지도르는 근동종교학이었다—가, 그 바로 아래에는 그와 그의 룸메이트, 진짜 이름은 '치엔-밍 마'이지만 모두들 시엠이라고 부르는 찰리 마가 살았다. 시엠은 터프츠 메디컬센터의 인턴이어서, 두 사람의 스케줄은 거의 완전히 정반대였다. 그가 일어나면 시엠의 문은 닫힌 채로 축축하고 요란한 코골이 소리가 흘러나왔고, 해럴드와 일한 후 저녁 8시에 집에 들어오면 시엠은 나가고 없었다. 많은 시간을 같이 보내지는 않지만 그는 시엠을 좋아했다. 대만에서 와서 코네티컷의 기숙학교에 다녔고, 마주 미소 짓고 싶게 만드는, 졸린 듯한 짓궂은 미소의 시엠은 앤디의 친구의 친구여서 만나게 됐다. 늘 약에 취한 것처럼 나른한 분위기를 하고 있지만, 깔끔한 사람이었고 요리하는 걸 좋아했다. 때로는 집에 돌아오면 식탁 위에 튀긴 덤플링 접시가 놓여 있고 그 아래에는 "날 먹어"라고 쓰인 쪽지가 있었다. 가끔은 저며놓은 닭고기를 자기 전에 뒤적여두라거나 집에 오는 길에 고수 한 묶음을 사오라고 부탁하는 문자가 오기도 했다. 그는 늘 지시대로 했고, 집에 돌아오면 어김없이 뭉근히 끓인 치킨 스튜가, 고수를 다져 넣은 가리비 팬케이크가 놓여 있곤 했다. 몇 달에 한 번 정도 모두의 스케줄이 맞아떨어지면, 여섯 사람 모두가 가장 넓은 산토시와 페데리코의 아파트에서 만나 같이 식사를 하고 포커게임을 했다. 야누즈와 이지도르는 자기들이 늘 둘이서 어울려 다니는 바람에 여자들이 게이로 오해한다고 큰 소리로 걱정했고(시엠이 슬쩍 그를 향해 시선을 보냈다. 그는 두 사람이 같이 자면서 이성애자인 척하고 있다는 데 20달러를 건 바 있지만, 어쨌거나 증명할 수는 없는 일이다), 산토시와 페데리코는 자기 학생들이 얼마나 멍청한지, 자기들이 있는 5년 사이 MIT 학부생들의 자질이 얼마나 내리막을 달리고 있는지 불평하곤 했다.

그와 시엠의 방이 그 건물에서 가장 작았는데, 주인이 그 층의 반을 창고로 만들었기 때문이다. 시엠이 월세를 훨씬 많이 냈으므로 그가 침실을 썼다. 그는 거실 한구석, 퇴창이 난 쪽을 차지했다. 그의 침대는 약해빠진 스티로폼 계란판으로 만든 침상이었고, 책은 창틀 아래 쌓아뒀고, 램프 하나와 사생활 보장용 종이 병풍이 하나 있었다. 그와 시엠은 커다란 나무 식탁을 하나 사서 거실 구석에 뒀다. 철제 접이의자 두 개는, 하나는 야누즈, 하나는 페데리코가 버린 것이었다. 식탁 반은 그의 공간이고 나머지 반은 시엠의 공간이었는데, 양쪽 다 책과 논문이 그득 쌓여 있었고, 낮이고 밤이고 윙윙 덜컥덜컥 소리가 나는 노트북들이 놓여 있었다.

사람들은 늘 그 아파트의 황량함에 놀랐지만, 그는 이제 그런 게—완전히는 아니지만—대부분 눈에 들어오지 않았다. 예를 들어, 지금 그는 옷을 넣어두는 종이 상자 세 개를 앞에 놓고 바닥에 앉아 새 스웨터와 셔츠, 양말, 신발들을 하얀 박엽지에서 꺼내 무릎에 하나씩 올려놓고 있었다. 그 옷들은 이제까지 그가 가져본 것 중 최고 좋은 것들이었고, 그래서 파일 폴더 보관용 상자에 넣자니 어쩐지 면목 없는 기분이었다. 그래서 마침내 그는 옷들을 다시 싸서 쇼핑백 안에 곱게 넣었다.

해럴드의 후한 선물 때문에 그는 마음이 불편했다. 우선, 선물 그 자체의 문제였다. 그는 그렇게 엄청난 것은 한 번도, 단 한 번도 받아본 적 없었다. 둘째, 해럴드에게 적절한 보답을 하는 게 아예 불가능했다. 셋째, 그 행동 뒤에는 의미가 있었다. 해럴드가 그를 존중한다는 걸, 심지어 그와 함께 있는 걸 좋아한다는 걸 안 지는 좀 됐다. 하지만 그가 해럴드에게 중요한 사람일 수 있는 걸까? 그러니까 해럴드가 그를 그냥 학생으로서가 아니라 진짜 친구로 생각한다는 게? 만약 그렇다면, 그것 때문에 왜 이렇게 자의식이 생기는 걸까?

해럴드와 있는 게, 교실이나 연구실 안에서가 아니라 교실과 연구실 밖에서 같이 있는 게 정말로 편해지기까지는 여러 달이 걸렸다. 해럴드 말대로, 생활 속에서. 해럴드의 집에서 저녁식사를 하고 집에 돌아오면 안도감으로 얼굴이 화끈 달아올랐다. 스스로도 인정하고 싶지 않았지만 그 이유도 알고 있었다. 전통적으로 남자들—성인 남자들(그는 아직 자신을 성인 남자로 생각하지 않았다)—이 그에게 관심을 가지는 건 한 가지 이유 때문이었고, 그래서 그는 그들을 두려워하는 법을 배웠다. 하지만 해럴드는 그런 사람 같지 않았다. (루크 수사도 그런 사람처럼 보이지는 않았지만.) 그는 모든 게 다 무서웠고, 때로는 모든 게 다 무서워 보였다. 그리고 자신의 이런 면이 지긋지긋했다. 두려움과 증오심, 두려움과 증오심. 때로는 이 두 가지만이 그가 가진 유일한 자질들 같았다. 다른 모든 사람들에 대한 두려움과 자신에 대한 증오심.

해럴드는 만나기 전부터도 알고 있었다. 그는 유명했다. 해럴드는 가차 없이 질문을 던졌고, 수업 시간에 학생들이 하는 모든 말들은 그에게 붙들려 끝도 없는 '왜'의 공세에 시달렸다. 그는 단정하고 키가 컸고, 열중하거나 흥분하면 상체를 구부정하게 숙인 채 계속 빙빙 도는 습관이 있었다.

실망스럽게도, 1학년 때 들었던 해럴드의 계약법 수업은 별로 기억이 없다. 예를 들어, 그가 어떤 내용의 리포트를 써서 해럴드가 관심을 보였고, 교실 밖에서 대화를 하게 됐고, 결국에는 연구조교 자리 제안으로 이어지게 됐는지 도무지 기억이 안 났다. 수업 시간에 특별히 흥미로운 이야기를 한 기억도 없다. 하지만 왔다 갔다 하며 낮고 빠른 목소리로 강의를 하던 학기 첫날 해럴드의 모습은 기억 속에 남아 있다.

"여러분은 신입생들이죠. 축하합니다, 모두들. 신입생으로서 여러분은 전형적인 강좌들을 듣게 될 겁니다. 계약, 불법행위,

재산, 민사소송, 그리고 내년에는 헌법이랑 형법을. 하지만 이건 이미 다 아는 이야기고.

하지만 이건 몰랐을 수도 있겠네요. 이 과목은—아름답고도 단순하게—우리 사회의 구조 그 자체, 그러니까 사회, 특히 우리 사회가 돌아가기 위해 필요한 것들의 역학 자체를 그대로 반영하고 있습니다. 사회가 있기 위해서는 먼저 제도적 틀이 있어야 합니다. 그게 헌법이죠. 처벌 시스템도 있어야 합니다. 그건 형법이고요. 저 시스템들이 제대로 돌아가게 해줄 시스템이 제자리에 있는지도 알 필요도 있죠. 그게 민사소송법입니다. 토지 소유권과 소유권 문제를 다스릴 방법도 필요합니다. 그건 재산법. 다른 사람에 의해 입은 상해에 누군가 재정적 책임을 져야 한다는 것도 알 필요가 있습니다. 그게 불법행위법입니다. 마지막으로 사람들이 약속을 지키리라는 걸, 약속을 존중하리라는 걸 알 필요가 있죠. 바로 그게 계약법입니다."

그는 말을 멈췄다. "자, 환원적으로 말하고 싶지는 않지만, 장담하건대 여러분 중 반은 나중에 사람들을 감언이설로 속여 돈을 빼앗으려고 여기에 와 있을 테고—불법행위 전공자들, 부끄러워할 것 없습니다!—나머지 반은 세상을 바꾸고 싶어서 여기 왔을 겁니다. 대법원 앞에서 논쟁하길 꿈꾸며 여기 왔겠죠. 법의 진정한 도전은 헌법 조항들 사이 빈 공간에 있다고 생각할 테니까요. 하지만 제가 말해주죠. 그렇지 않습니다. 법에서 가장 진실하고, 가장 지적으로 흥미롭고, 가장 풍성한 분야는 계약법입니다. 계약법은 그저 사람들에게 일자리나 집, 유산을 약속하는 서류가 아닙니다. 우리가 사회 속에서 살기로 선택하면, 계약에 따라 살기를, 계약이 정하는 규칙들을 지키기를 선택하는 겁니다. 헌법 그 자체부터가, 비록 유연성 있는 계약이긴 하지만, 계약이고, 그게 어느 정도로 유연하느냐는 질문이 바로 정확히 법과 정치가 만나는 지점이죠. 명시적이건 아니건 간에 이 계약의 규칙들 하에서 우리는 사람을 죽이지 않겠다고, 세금을 내겠다고, 물건을 훔치지 않겠다고 약속하는 겁니다. 하지만 이 경우, 우리는 계약의 창조자이면서 동시에 이 계약에 묶인 존재죠. 이 나라의 시민으로서 우리는 태어날 때부터 그 약정들을 존중하고 따를 의무를 떠맡았고, 매일 그렇게 하고 있는 겁니다.

이 수업에서 여러분은 물론 계약의 역학들—계약이 어떻게 만들어지고, 어떻게 깨어지며, 얼마나 구속력을 가지고, 계약에서 어떻게 벗어날 것인지—에 대해 배우겠지만, 또한 법 그 자체를 일련의 계약들로 바라보도록 요구받을 겁니다. 어떤 계약들은 다른 것들보다 더 공정합니다. 이번 한 번은 그런 말을 쓰도록 허락해주죠. 하지만 공정함이란 법에 있어서 유일한 고려 사항도 아니고, 심지어 가장 중요한 고려 사항도 아닙니다. 법이 늘 공정한 건 아니에요. 계약법은 공정하지 않습니다, 늘 그렇진 않아요. 하지만 사회가 제대로 작동하기 위해서는 때로 이 불공정함이 필요합니다. 이 수업에서 여러분은 공정한 것과 정의로운 것의 차이에 대해, 그리고 그 못지않게 중요한, 공정한 것과 필요한 것 사이의 차이에 대해 배우게 될 겁니다. 여러분은 사회 구성원으로서 우리가 서로에게 가진 의무들에 대해, 사회가 이 의무들을 어느 정도까지 강제해야 하는지에 대해 배울 겁니다. 여러분은 자신의 삶—여러분의 평생—을 일련의 약속들로 보게 될 테고, 그걸 통해 법뿐만 아니라 이 나라 자체를, 그 속에서 여러분의 위치를 다시 생각해보게 될 겁니다."

그는 해럴드의 말에, 그리고 이후 몇 주가 흐르는 동안 그의 남다른 사고방식에, 교실 앞에 지휘자처럼 서서 학생의 주장을 낯설고 상상도 못 한 곳으로 이끌고 가는 그의 모습에 전율했다. 한번은 개인생활권리—해럴드의 말에 따르면 이는 헌법상의 권리들 중 가장 소중하면서도 모호한 권리로, 이 계약의 정의는 종종 관습적 경계를 무시하며 다른 법적 영역을 흔쾌히 침범한다—에 대한 온건한 토론이 두 사람 사이에서 낙태에 대한 논쟁으로 번진 적이 있다. 그때 그는 낙태는 도덕적으로는 옹호할 수 없지만 사회적으로는 필요하다고 생각했다. "아하!" 해럴드가 말했다. 그는 법적 논쟁뿐만 아니라 도덕적 논쟁도 즐기는 흔치 않은 교수였다. "그렇다면, 세인트 프랜시스 군, 사회적 통치를 위해 법의 도덕성을 포기한다면 어떻게 되는 거지? 한 나라가, 그 국민들이 도덕성보다 사회적 통제를 더 우위에 두기 시작해야 하는 시점은 뭘까? 그런 시점이 존재하기는 하나? 나는 그럴 것 같지 않네만." 하지만 그는 버텼고, 학생들은 두 사람이 사이에 격론이 오가는 걸 지켜보며 쥐 죽은 듯이 조용히 있었다.

해럴드는 세 권의 저서를 썼는데, 그가 유명해진 것은 마지막 저서 《미국의 악수: 독립선언의 약속과 실패》를 통해서였다. 그가 해럴드를 만나기도 전에 읽었던 그 책은 독립선언문에 대한 법적 해석을 다룬 책으로, 그중 어떤 약속들이 지켜졌고 어떤 것들이 안 지켜졌는지, 이 선언문이 지금 쓰였다면 현재의 법리학 트렌드를 버텨낼 수 있었을지 등의 질문을 던지고 있었다. ("간단한 대답: 아니오"라고 《타임스》 리뷰에서는 말했다.) 지금 해럴드는 네 번째 저서를 쓰기 위해 연구 중이었다. 《미국의 악수》 후속편 격으로 헌법을 비슷한 관점에서 다루는 책이었다.

"하지만 권리장전, 그리고 더 섹시한 수정조항들만 그렇지."

해럴드는 연구조교 인터뷰를 하면서 그에게 말했다.

"어떤 조항들이 다른 조항들보다 더 섹시한지는 몰랐는데요." 그는 말했다.

"물론 어떤 것들은 다른 것보다 더 섹시해." 해럴드는 말했다. "11조, 12조, 14조, 16조만 섹시해. 나머지는 기본적으로 과거 정치의 찌꺼기들이지."

"13조가 쓰레기라고요?" 그는 재미있어하면서 물었다.

"'쓰레기'라고는 안 했어. 그냥 섹시하지 않다는 거지."

"하지만 그게 찌꺼기의 의미 아닌가요?"

해럴드는 과장되게 한숨을 푹 쉬더니, 책상 위 사전을 집어 들어 휙 펼치고는 잠시 들여다봤다. "좋아." 그가 쌓여 있는 리포트 더미 위에 사전을 휙 던지자, 리포트들이 책상 가장자리 쪽으로 스르르 미끄러졌다. "그건 세 번째 의미. 난 첫 번째 의미를 말한 거야. 잔존물, 퇴적물—과거 정치의 '잔재'. 됐어?"

"네." 그는 웃지 않으려 애쓰며 대답했다.

그는 수업 부담이 가장 적은 월요일, 수요일, 금요일 오후 시간과 밤 시간에 해럴드와 일하기 시작했다. 화요일과 목요일에는 MIT에서 오후 세미나가 있었고, 토요일에는 아침에는 도서관에서 일하고 오후에는 의대 근처에 있는 '배터'라는 빵집에서 일했다. 학부 때부터 일하던 곳으로, 그는 특별 주문 담당이어서 쿠키 장식을 하고 케이크용 설탕반죽 꽃잎들을 수백 장씩 만들고 여러 가지 레시피들을 실험했다. 그 실험작 중 하나인 10종 견과 케이크는 이곳의 베스트셀러가 됐다. 그는 일요일에도 배터에서 일했는데, 더 복잡한 주문들을 그에게 주로 맡기는 사장 앨리슨이 어느 날 그에게 와서 다양한 박테리아 모양으로 장식한 설탕쿠키 세 다스 주문서를 내밀었다. "이걸 해낼 수 있는 사람은 너밖에 없을 것 같아." 그녀는 말했다. "고객의 아내분이 미생물학자인데, 부인과 실험실 동료들을 깜짝 놀라게 해주고 싶다네."

"조사를 좀 해볼게요." 그는 주문서를 받아 들며 말하다가 고객의 이름을 봤다. 해럴드 스타인이었다. 그래서 그는 시엠과 야누즈에게 조언을 구해가며 페이즐리, 철퇴공, 오이 모양의 쿠키를 만들고, 다채로운 당의를 입혀 세포질과 원형질막, 리보솜을 그리고, 감초 섬유질로 편모를 만들었다. 그는 각각의 쿠키를 설명하는 목록을 작성해 상자 안에 접어 넣고 상자를 삼실로 묶었다. 그때는 해럴드와 아직 잘 아는 사이는 아니었지만, 그를 위해 뭔가 만든다는 게, 감명을 줄 일을 한다는 게 좋았다. 비록 익명으로 하는 일이기는 했지만. 무슨 일을 축하하려고 그 쿠키를 주문했을까 생각하는 것도 즐거웠다. 출판일까? 기념일? 아니면 그냥 애처가여서? 해럴드 스타인은 아무 이유 없이 아내의 실험실에 불쑥 등장하는 그런 사람일까? 어쩌면 그럴지도 모른다는 생각이 들었다.

다음 주 해럴드는 그에게 배터에서 산 놀라운 쿠키 이야기를 했다. 겨우 몇 시간 전만 해도 교실에서 통일상법전에 대해 열띠게 토론하던 열정은 쿠키라는 새로운 주제로 옮겨 갔다. 그는 웃지 않으려고 뺨 안쪽을 물어뜯으며, 그 쿠키들이 얼마나 천재적이었는지, 그 정교하고 생생한 묘사를 보고 줄리아의 실험실 동료들이 모두 얼마나 입이 딱 벌어졌는지, 잠깐 동안이지만 자기가 실험실의 영웅이 된 것 같았다고 늘어놓는 해럴드의 이야기를 들었다. "그런데 말이야, 그 사람들과 같이 있는 건 쉽지 않아. 그쪽 사람들은 속으로 인문학 하는 사람들을 얼간이라고 생각하거든."

"들어보니 그 쿠키들은 진짜 강박증 환자가 만든 것 같네요." 그는 말했다. 그는 해럴드에게 배터에서 일한다는 이야기를 하지 않았고, 앞으로도 할 계획이 없었다.

"그런 강박증 환자라면 직접 만나보고 싶은걸." 해럴드가 말했다. "게다가 맛도 있었다고."

"음." 그는 속으로 해럴드가 더 이상 쿠키 이야기를 하지 않게 만들 질문을 생각했다.

해럴드에게는 다른 연구조교들—그가 얼굴만 아는 2학년 두 명과 3학년 한 명—도 물론 있었지만, 각자 스케줄이 달라 근무 시간이 겹치는 일이 없었다. 가끔은 자기가 어디까지 조사를 했으니 다음 사람은 거기서부터 계속하면 된다고 설명하는 메모나 이메일을 서로에게 쓰기도 했다. 하지만 1학년 2학기가 되었을 때, 해럴드는 그에게 수정헌법 제5조만 단독으로 맡아 하라고 했다. "좋은 조항이야." 그는 말했다. "엄청나게 섹시하지." 2학년 조교 둘은 9조를 맡았고, 3학년은 10조를 맡았다. 우스꽝스러운 짓이라고 생각하면서도 의기양양한 기분을 억누를 수가 없었다. 마치 다른 사람들에게는 없는 특혜를 입은 기분이었다.

해럴드가 자기 집에서 저녁을 먹자고 처음으로 초대한 건 3월의 춥고 컴컴했던 어느 오후였다. 그냥 자연스럽게 나온 초대였다. "정말이요?" 그는 주저하며 물었다.

해럴드는 이상하다는 듯이 그를 쳐다봤다. "물론이지." 그는 말했다. "그냥 저녁이야. 밥은 먹어야지, 안 그래?"

해럴드의 집은 케임브리지의 학부 캠퍼스 바로 옆에 있는 3층 집이었다. "여기 사시는 줄 몰랐어요." 해럴드가 차를 집 앞으로 몰고 들어가자 그가 말했다. "여기는 제가 제일 좋아하는 길이에요. 전에는 캠퍼스 반대편으로 가는 지름길로 매일 이 길을 지나다니곤 했어요."

"너도 그렇고 다른 애들도 다 그래." 해럴드가 대답했다. "이혼 직전에 이 집을 샀을 때, 이 근처에는 거의 대학원생들이 살았어. 덧창들이 다 떨어지기 일보 직전이었지. 마리화나 냄새가 어찌나 풍겨 나오는지 차를 몰고 지나가기만 해도 취할 정도였다니까."

살짝 눈이 내리고 있었지만, 기쁘게도 현관까지는 계단이 두 개뿐이라서 미끄러지거나 해럴드의 도움을 받을 필요가 없었다. 집 안에는 버터와 후추, 전분 냄새가 가득했다. 파스타구나, 그는 생각했다. 해럴드는 가방을 바닥에 던져놓고 대충 집 안 구조를 설명해줬다—"거실이고 그 뒤엔 서재, 부엌과 식당은 왼쪽에." 그리고 줄리아를 만났다. 짧은 갈색 머리에 해럴드처럼 키가 큰 줄리아가 그는 금세 마음에 들었다.

"주드! 드디어 만났군요! 얘기 너무 많이 들었어요. 마침내 이렇게 만나서 정말 기뻐요." 그녀는 정말로 기쁜 것 같았다.

그들은 저녁을 먹으며 이야기를 나눴다. 줄리아는 옥스퍼드의 학자 집안 출신으로 스탠퍼드 대학원 재학 시절부터 미국에서 살았고, 두 사람은 5년 전 친구를 통해 만났다. 그녀의 실험실은 H5N1의 변종으로 보이는 새 바이러스를 연구 중이고, 그 유전 암호를 작성하려고 한다고 했다.

"미생물학에서 우려하는 한 가지는 이 게놈들의 잠재적 무기화 아닌가요?" 그는 물었을 때, 해럴드가 그 쪽으로 고개를 돌리는 게 보였다기보다 느껴졌다.

"네, 맞아요." 줄리아가 자신과 동료들의 작업을 둘러싼 논란들에 대해 설명하는 동안, 그는 자신을 쳐다보고 있는 해럴드를 슬쩍 쳐다봤다. 해럴드는 이해할 수 없는 모양새로 눈썹을 치켜 올리고 있었다.

하지만 그때부터 대화의 방향이 변했다. 대화가 줄리아의 실험실에서 그를 향해 무자비하게 착착 다가오는 광경이 거의 눈에 보이는 것 같았다. 원하기만 했으면 해럴드는 굉장한 소송변호사가 되었을 것이다. 그는 이 대화가 물인 것처럼 방향과 장소를 자유자재로 조종했고, 탈출구를 남김없이 제거하면서 일련의 물받이와 도랑들을 타고 흐르도록 이끌다가 마침내 피할 수 없는 종착점에 다다르게 했다.

"그래서, 주드," 줄리아가 물었다. "어릴 때는 어디에 살았어요?"

"대부분 사우스다코타와 몬태나에서 컸습니다." 그가 대답했다. 마음속 짐승이 위험을 감지하고 자세를 바로잡고 앉는 게 느껴졌다. 하지만 탈출구가 없었다.

"부모님은 목장을 하시나?" 해럴드가 물었다.

지난 몇 년간 그는 질문이 이런 순서로 계속된다는 걸 예상하게 됐고, 그걸 피하는 법도 알게 됐다. "아니요." 그는 말했다. "하지만 분명 그런 사람들이 많죠. 아름다운 시골 지방이에요. 서부에 계셔본 적 있나요?"

보통은 이 정도면 충분했지만, 해럴드는 아니었다. "허!" 그는 말했다. "이렇게 매끄러운 전환은 정말 오랜만이로군." 해럴드가 그를 어찌나 유심히 쳐다보는지, 그는 결국 접시로 시선을 떨어뜨렸다. "부모님이 뭘 하시는지 말하지 않겠다는 뜻인 것 같은데?"

"아, 해럴드, 가만 좀 놔둬." 줄리아가 말했지만, 그는 해럴드의 시선을 여전히 느낄 수 있었고, 저녁식사가 끝나자 안도했다.

해럴드 집에서 처음 저녁식사를 한 이후로 그들의 관계는 더 깊어졌지만 동시에 더 어려워졌다. 해럴드의 호기심—상상 속에서 그건 귀를 쫑긋 세운, 초롱초롱한 눈의 개(가차 없고 날카로운 테리어) 같았다—이 깨어난 게 느껴졌고, 그게 과연 좋은 건지 알 수가 없었다. 해럴드를 더 잘 알고 싶긴 했지만, 저녁을 먹으면서 그는 누군가를 알게 되는 그런 과정은 자기가 기억하는 것보다 훨씬 더 힘들다는 걸 떠올렸다. 그는 늘 잊어버렸다. 그리고 늘 다시 기억해야 했다. 그는 종종 내밀한 것들을 드러내고 과거를 탐색하는 그 모든 과정을 빨리 넘겨버릴 수만 있다면, 그래서 다음 단계, 뭔가 부드럽고 유연하고 편안한, 양자의 경계를 다 이해하고 존중하게 되는 그런 관계로 그냥 순간 이동할 수 있다면 얼마나 좋을까 하고 바랐다.

다른 사람들이라면 몇 번 더 질문해보다가 내버려뒀겠지만—다른 사람들, 친구들, 동기들, 다른 교수들은 실제로 내버려뒀다—해럴드는 쉽게 단념하지 않았다. 그가 늘 쓰던 수법들(예를 들어, 상대방에게 자기 이야기를 하기보다는 그쪽 이야기를 듣고 싶다고 하는 전술. 이건 효과적일 뿐만 아니라 진실하다는 이점도 있었다)도 해럴드에게는 통하지 않았다. 해럴드가 다음에 언제 덤벼들지는 알 수가 없었지만, 그럴 때마다 그는 무방비 상태였고, 그래서 해럴드와 보내는 시간이 많아질수록 자의식이 줄어드는 게 아니라 점점 더 커져만 갔다.

연구실에서 무슨 이야기—예를 들어, 대법원까지 올라간 버지니아 대학의 차별철폐조처 사건—를 하다보면, 해럴드는 이렇게 물었다. "넌 민족적 배경이 어떻게 돼?"

"여러 가지요." 그는 이렇게만 말하고 화제를 바꾸려고 애썼다. 심지어 관심을 돌리려고 쌓인 책 더미를 무너뜨리기까지 했다.

하지만 때로 그의 질문들은 문맥도 없고 임의적이어서, 이렇게 서문도 없이 불쑥 등장하는 것들은 도무지 예상할 수가 없었다. 어느 날 밤에는 연구실에서 늦게까지 일하느라 해럴드가 저녁식사를 주문했다. 해럴드는 디저트로 온 쿠키와 브라우니 봉투를 그에게 내밀었다.

"아뇨, 괜찮습니다." 그는 말했다.

"정말?" 해럴드는 눈썹을 치켜 올리며 물었다. "내 아들은 이걸 좋아했어. 아들 녀석에게 주려고 집에서 구워보려고 했는데, 도대체 레시피대로 제대로 해본 적이 없어." 그는 브라우니를 반으로 쪼갰다. "어릴 때 부모님이 과자 같은 거 많이 만들어주셨나?" 해럴드는 그런 질문들을 잘 계산된 무심한 태도로 던졌고, 그는 그걸 거의 견딜 수가 없었다.

"아뇨." 그는 작성 중인 메모를 검토하는 척하며 말했다.

그는 해럴드가 브라우니를 씹는 소리를 듣고만 있었다. 물러날지 질문을 계속할지 고민하고 있다는 걸 그는 알고 있었다.

"부모님은 자주 보나?" 또 어느 날 밤엔 해럴드가 느닷없이 이렇게 물었다.

"돌아가셨어요." 그는 책에서 눈을 떼지 않으며 대답했다.

"유감이야, 주드." 잠시 말이 없다가 해럴드가 말했다. 그 말에 담긴 진정성 때문에 그는 고개를 들었다. "나도 그래. 비교적 최근에. 물론 난 너보다 훨씬 더 나이가 많지만."

"상심이 크셨겠어요, 해럴드." 그는 말했다. 그러고는 추측해서 말했다. "부모님과 가까우셨군요."

"그래." 해럴드는 말했다. "굉장히. 넌 부모님이랑 가까웠나?"

그는 고개를 저었다. "아뇨, 그다지."

해럴드는 말이 없었다. "하지만 분명 널 자랑스러워하셨을 거야." 마침내 그는 말했다.

해럴드가 자신에 대한 질문을 할 때마다 그는 늘 차가운 것이 몸을 훑고 지나가는 것 같은 섬뜩함을 느꼈다. 속에서부터 몸이 얼기 시작해, 장기와 신경에 서리막이 덮이는 것 같았다. 그럴 때면 자기가 부서져버릴 것 같다는 생각이 들었다. 무슨 말을 했다가는 얼음이 산산조각 나고 자신도 쪼개져 조각조각 깨어질 것 같았다. 그래서 그는 정상적인 목소리를 낼 자신이 생길 때까지 기다렸다가, 지금 나머지 논문들을 찾을 건지 아침에 할 것인지 해럴드에게 물었다. 하지만 해럴드를 쳐다보지는 않고 그냥 공책에 대고 말할 뿐이었다.

해럴드는 한참 있다가 대답했다. "내일." 목소리는 조용했고, 그는 고개를 끄덕이고는 짐을 챙겨 퇴근할 준비를 했다. 비틀거리며 문 쪽으로 걸어가는 자기를 해럴드의 시선이 따라오는 게 느껴졌다.

해럴드는 그가 어떻게 자랐는지, 형제자매는 있는지, 친구들은 누군지, 친구들과 뭘 하는지 궁금해했다. 탐욕스럽게 알고 싶어 했다. 그는 적어도 마지막 질문들에는 답을 할 수 있었고, 친구들을 어떻게 만났고, 지금은 어디에 있는지 들려줬다. 맬컴은 컬럼비아 대학원에 다니고 있었고, 제이비와 윌럼은 예일에 있었다. 그는 친구들에 대한 해럴드의 질문에 대답하는 걸 좋아했고, 친구들 이야기 하는 걸 좋아했고, 친구들 이야기를 했을 때 해럴드가 웃는 걸 듣는 게 좋았다. 시엠 이야기도 했고, 산토시와 페데리코가 이웃의 남학생 클럽하우스에 사는 공대 학부생들이랑 싸움이 붙었던 이야기도 했고, 어느 날 일어났더니 콘돔으로 만든 수제 전동비행기단이 시끄러운 소음을 내며 그의 창문을 지나쳐 4층으로 올라가고 있었는데, 그 하나하나에 "산토시 제인과 페데리코 드 루카의 음경은 초미니 사이즈다"라는 말이 적혀 있었다는 이야기도 했다.

하지만 해럴드가 다른 질문들을 하면, 그는 그 무게와 빈도, 불가피함에 숨이 막히는 것 같았다. 때로는 해럴드가 하지 않은 질문들만으로도 공기가 너무 답답해져서 실제 질문을 한 것처럼 가슴이 막혔다. 사람들은 너무 많이 알고 싶어 하고, 너무 많은 대답을 원했다. 이해는 했다, 정말이다. 그 또한 대답을 원했다. 그 역시 모든 걸 알고 싶었다. 그는 친구들이 고마웠다. 비교적 적게 그를 파고든 데 대해, 그러고는 그를 내버려둔 데 대해 감사했다. 노란 표면 아래 구더기와 딱정벌레들이 검은 토양을 헤집으며 꿈틀대고 뼛조각들이 천천히 석회화되어가고 있는, 정체불명의 텅 빈 대초원 같은 그를.

"정말 이런 데 관심이 많으시군요." 한번은 데이트는 하느냐는 해럴드의 질문에 발끈해서 쏘아붙였다가, 자기의 어조에 놀라 곧 멈추고 사과했다. 만난 지 거의 1년이 되었을 때였다.

"이런 데?" 해럴드는 사과를 무시하고 말했다. "난 '너'한테 흥미가 있어. 그게 뭐가 이상한지 모르겠다. 친구들이라면 서로 이런 이야기들을 하는 거잖아."

그런 불편함에도 그는 계속해서 해럴드를 찾아갔고 그의 저녁 초대를 받아들였지만, 매번 만날 때마다 사라져버리고 싶다거나 해럴드가 실망했을지도 모른다고 걱정되는 순간들이 있었다.

하루는 해럴드의 집에 저녁을 먹으러 갔다가 해럴드의 절친한 친구인 로런스와 그의 아내 질리언을 만났다. 해럴드와 로스쿨 동기인 로런스는 보스턴에서 항소법원 판사로 재직 중이었고, 질리언은 시몬스 대학에서 영문학을 가르치고 있었다. "주드." 로런스가 해럴드보다 더 저음의 목소리로 말했다. "해럴드 말이 자네도 MIT에서 석사학위를 하고 있다던데. 전공이 뭔가?"

"순수수학입니다." 그가 대답했다.

"차이점이 뭐죠? 그러니까"—그녀는 웃음을 터뜨렸다—"보통 수학이랑?" 질리언이 물었다.

"음, 보통 수학, 그러니까 응용수학은 실용수학이라 부를 수 있는 건데," 그는 설명했다. "문제를 풀고, 해결책을 내놓는 데 사용되었죠. 경제학이건, 공학이건, 회계건, 다양한 분야에서요. 하지만 순수수학은 즉각적이라거나 필연적으로 명백한, 실용적인 응용법을 제공하지는 않아요. 말하자면, 그건 순수하게 형식의 표현입니다. 그건 오로지 수학 자체의 거의 무한한 탄성만을 증명해요. 물론 순수수학을 정의하는, 인정된 가설들 내에서요."

"상상의 기하학 같은 거 말인가?" 로런스가 물었다.

"물론 그럴 수도 있어요. 하지만 그것만은 아닙니다. 종종 그건 그저 증거—불가능하지만 일관된, 수학 자체의 내적 논리의 증거일 뿐이거든요. 순수수학 내에는 온갖 전공들이 있어요. 말씀하신 것처럼 기하순수수학도 있지만 대수학, 알고리즘수학, 암호해독법, 정보이론, 순수논리 등 다양하죠. 그중 제가 공부하는 건 순수논리고요."

"그건 뭐지?" 로런스가 물었다.

그는 생각했다. "수학적 논리, 혹은 순수논리는 근본적으로 진실과 허위 사이의 대화입니다. 그래서 예를 들어, '모든 양수는 실재한다. 2는 양수다. 그러므로 2는 실재한다'라고 말할 수도 있겠죠. 하지만 이건 사실 진리가 아니에요, 맞죠? 이건 추론, 진리의 가설이에요. 제가 진짜로 2가 실재하는 숫자임을 증명한 건 아니지만, 논리적으로는 진실이어야 하죠. 그래서 요컨대, 저 두 개의 진술의 논리가 실제로 실재이며 무한히 적용될 수 있다는 것을 증명하는 증명을 써야 하는 거예요." 그는 말을 멈췄다. "이해가 가세요?"

"비데오, 에르고 에스트Video, ergo est." 로런스가 갑자기 말했다. 나는 본다, 그러므로 그것은 존재한다.

그는 씩 웃었다. "그게 바로 응용수학이에요. 하지만 순수수학은 그 이상이죠"—그는 다시 생각했다—"이마지노르, 에르고 에스트Imaginor, ergo est."*

로런스도 그를 보고 미소 지으며 고개를 끄덕였다. "훌륭해."

"어, 질문이 있는데." 두 사람의 대화를 말없이 듣고 있던 해럴드가 말했다. "넌 어쩌다가, 그리고 왜 로스쿨에 들어와 있는 거야?"

모두 다 웃었고, 그도 웃었다. 그런 질문은 종종 받아왔고(리 박사는 절망하며, 석사 지도교수인 카센 박사는 당혹스러워하며 물었다), 그는 늘 듣는 사람에 맞춰 다른 대답을 했다. 왜냐하면 진짜 대답—자신을 보호할 방법을 가지고 싶어서, 누구도 다시는 그에게 손을 뻗칠 수 없게 하려고—은 소리 내어 말하기에는 너무 이기적이고 얄팍하고 보잘것없어 보였기 때문이다(그리고 어쨌거나 수많은 후속 질문들이 쏟아지게 만들 것이었다). 게다가, 이제 그는 법이 취약한 보호책이라는 걸 알 정도는 알 만큼 알았다. '정말로' 안전을 원한다면, 그는 실눈을 뜨고 접안렌즈 조준 사격을 하는 저격병이나 유리관과 독약을 다루는 실험실의 화학자가 되었어야 했다.

---

*'나는 상상한다, 그러므로 그것은 존재한다'라는 뜻의 라틴어.

하지만 그날 밤 그는 말했다. "하지만 법은 순수수학과 그다지 다르지 않아요, 정말로요. 제 말은, 그 또한 이론상으로는 모든 질문에 해답을 줄 수 있잖아요, 안 그래요? 모든 법들은 두들기고 잡아 늘이게 되어 있어요. 법이 포괄한다고 주장하는 문제들에 해결책을 내놓지 못한다면, 정말 법이 아닌 거잖아요, 안 그래요?" 그는 방금 한 말에 대해 생각하느라 잠시 말을 멈췄다. "제 생각에 차이점은, 법에서는 많은 길들이 많은 해답으로 이어진다는 거고, 수학에서는 많은 길들이 하나의 대답으로 이어진다는 거예요. 그리고 또, 법은 사실 진리에 대한 게 아니에요. 통제에 관한 문제죠. 하지만 수학은 편리하거나 실용적이거나 관리에 관한 것일 필요가 없어요. 그저 진리이기만 하면 되는 거죠.

하지만 제 생각에 법과 수학의 또 다른 유사성, 법뿐만 아니라 수학에 있어서도 더 중요한 문제는—아니, 더 정확히 말하자면 더 기억할 만한 것은—사건을 이겼거나 증명이 이루어졌냐는 게 아니라 그게 이루어진 방식에서의 아름다움과 효율성이에요."

"그게 무슨 말이야?" 해럴드가 물었다.

"음, 법에서 우리는 근사한 최종변론이나 근사한 판결에 대해 이야기하죠. 그게 의미하는 바는 물론 논리뿐만 아니라 표현의 아름다움이에요. 마찬가지로, 수학에서도 아름다운 증명에 대해 이야기할 때, 우리가 인지하는 건 증명의 간결함, 그…… 단순함이라고 생각합니다. 그 불가피함이요."

"페르마의 마지막 정리 같은 건요?" 줄리아가 물었다.

"그게 바로 아름답지 못한 증명의 완벽한 예죠. 그 정리가 풀렸다는 건 중요하지만, 많은 사람들, 예를 들어 제 지도교수님

같은 분에게는 실망이에요. 그 증명은 수백 페이지에 달하는 데다 온갖 상이한 수학 분야를 다 끌고 와서, 그 실행 면에서는 너무나—고통스럽고 깔끔하지가 못해요, 정말로. 그래서 이미 풀렸는데도 여전히 많은 사람들이 더 우아한 용어로 그 정리를 풀려고 연구 중이죠. 아름다운 증명은 아름다운 판결처럼 간결해요. 방대한 수학 분야에서 가져왔지만 몇 개밖에 안 되는 상이한 개념들을 결합해서, 비교적 짧은 일련의 단계를 거쳐 장엄하고도 새로운 일반화된 수학적 진리에 도달하는 거죠. 즉 거의 없는 흔들리지 않을 절대 개념들로 구성된 세계에서 완전히 증명 가능한, 흔들리지 않을 절대 개념에 도달하는 거예요." 그는 숨을 쉬려고 말을 멈췄다가 갑자기 자기가 끝도 없이 떠들어댔다는 걸, 다른 사람들이 말없이 자기를 쳐다보고 있다는 걸 깨달았다. 얼굴이 화끈 달아오르면서, 다시 한 번 구정물처럼 오랜 증오심이 차오르는 게 느껴졌다. "죄송해요." 그는 사과했다. "죄송해요. 두서없이 계속 떠들려던 게 아니었는데."

"지금 농담하나?" 로런스가 말했다. "주드, 아마 지난 10년, 아니 그보다 더 오랫동안 해럴드네 집에서 진정으로 계시적인 대화를 나눠본 건 오늘이 처음이네. 고마워."

모두 다시 웃음을 터뜨렸고, 해럴드는 기쁜 표정으로 다시 의자에 기대앉았다. "봤지?" 그는 해럴드가 식탁 너머 로런스에게 입모양으로 말하는 걸 봤고, 로런스는 고개를 끄덕였다. 자기 이야기를 한다는 걸 안 그는 안 그러려고 했지만 우쭐한 기분이 들었고, 그러면서도 수줍은 생각이 들었다. 해럴드가 친구에게 자기 이야기를 했단 말인가? 이게 시험, 자기는 치는지도 몰랐던 시험이었나? 그는 합격해서, 해럴드를 부끄럽게 만들지 않아서 안도했다. 그리고 또, 해럴드의 집이 때로 그를 불편하게 하기는 했지만, 그래도 이곳에서 자기 자리를 확실히 확보했고 다시 초대받을 수도 있다는 생각에 안도했다.

날이 갈수록 그는 해럴드를 조금씩 더 신뢰하게 됐고, 때로는 자기가 똑같은 실수를 또 저지르고 있는 게 아닌가 걱정하기도 했다. 신뢰하는 게 나을까, 아니면 경계하는 게 나을까? 마음속 한구석에서 늘 배신을 예비하고 있으면서 진짜 우정을 맺을 수 있을까? 때로는 해럴드의 관대함, 자신에 대한 그의 쾌활한 믿음을 이용하고 있는 것 같은 기분이 들었고, 때로는 신중함이 결국 현명한 선택인 것 같은 생각이 들었다. 그러면 혹여 끝이 안 좋다 하더라도, 자기만 탓하면 될 일이다. 하지만 해럴드를 신뢰하지 않기란 힘들었다. 해럴드가 그걸 힘들게 만들었고, 그 못지않게 그 자신 역시 그걸 힘들게 만들고 있었다. 그는 해럴드를 믿고 싶었다, 항복하고 싶었다, 마음속 짐승이 몸을 웅크리고 잠들어 다시는 깨어나지 않았으면 싶었다.

로스쿨 2학년 때의 어느 늦은 밤, 해럴드의 집에 있다가 가려고 문을 열었더니, 계단도, 거리도, 나무들도 눈으로 깊게 덮여 있었고 눈송이가 문을 향해 회오리치며 날아오고 있었다. 그 속도에 두 사람은 뒤로 한 걸음 물러났다.

"택시를 부를게요." 해럴드가 태워주지 못하게 하려고 그가 말했다.

"아니, 그럴 필요 없어." 해럴드가 말했다. "여기서 자."

그래서 그는 커다란 창문이 있는 서재와 짧은 복도를 사이에 두고 해럴드와 줄리아의 침실과 떨어져 있는, 2층 손님 침실에 묵었다. "여기 티셔츠." 해럴드가 부드러운 회색 덩어리를 그에게 던지며 말했다. "그리고 칫솔은 여기 있고." 그는 책장 위에 칫솔을 놓았다. "욕실에 여분의 타월이 있어. 또 뭐 필요한 거

있나? 물?"

"아뇨." 그는 말했다. "해럴드, 고마워요."

"물론이지, 주드. 잘 자."

"안녕히 주무세요."

그는 부드러운 매트리스 위에 누워 깃털이불을 둘둘 말고는 창문이 하얗게 변해가는 모습을 바라보며 잠시 깨어 있었다. 수도꼭지에서 물이 꿀럭대는 소리, 해럴드와 줄리아가 나지막이 중얼거리는 소리, 둘 중 하나가 어디론가 가는 소리들이 들리다가 마침내 모든 게 조용해졌다. 그 순간 그는 그들이 자기 부모이고, 자기는 로스쿨에 다니다 주말 동안 집에 온 아들이고, 여기가 자기 방이고, 다음 날 일어나면 성인 자식이 부모에게 하는 그런 일들을 하는 상상을 했다.

2학년이 끝난 여름방학 때, 해럴드가 케이프코드의 트루로에 있는 자기 집에 그를 초대했다. "마음에 들 거야." 그는 말했다. "친구들도 초대해. 그 친구들도 좋아할걸." 그래서 그와 맬컴의 인턴 프로그램이 끝난 뒤인 노동절 전 목요일, 그들은 다 함께 뉴욕에서 차를 몰고 해럴드의 집으로 갔고, 긴 주말 동안 해럴드의 관심은 제이비와 맬컴, 윌럼으로 옮겨 갔다. 그도 친구들을 지켜봤다. 그들이 해럴드의 공격을 어떻게 하나도 빼놓지 않고 받아치는지, 자기 인생을 얼마나 관대하게 즐기는지, 어떻게 자기 이야기를 웃어가며 하고 해럴드와 줄리아도 웃기는지, 그들이 해럴드와 얼마나 편안하게 지내며 해럴드도 그들과의 시간을 얼마나 편해하는지 지켜봤다. 자기가 사랑하는 사람들이 자기가 사랑하는 다른 사람들과 사랑에 빠지는 걸 지켜보는 특별한 기쁨을 맛봤다. 집에서 전용 산책로를 따라 내려가면 전용 해변이 있어서, 아침이면 네 사람은 우르르 언덕을 내려가 수영을 했고—심지어 그도 바지와 내의와 낡은 옥스퍼드 셔츠를 입고 수영을 했고, 아무도 신경 쓰지 않았다—그러고 나서 모래사장에 누워 햇볕을 쬐고 있으면, 젖은 옷이 마르면서 몸에서 떨어졌다. 때로는 해럴드도 와서 보고 있거나 같이 수영을 하기도 했다. 오후에는 맬컴과 제이비가 자전거를 타고 모래톱을 달렸고, 그와 윌럼은 그 뒤를 따라 걸어가며 조개껍질들과 이미 오래전 다 먹혀버린 소라게의 가엾은 껍질을 주웠고, 윌럼은 그의 속도에 맞춰 발걸음을 늦추곤 했다. 저녁 때 공기가 부드러워지면, 제이비와 맬컴은 스케치를 하고 그와 윌럼은 책을 읽었다. 그는 태양과 음식과 염분과 만족감에 취해 몽롱했고, 밤이 되면 일찍 순식간에 잠이 들었다 아침에는 뒷베란다에서 혼자 바다를 내다보려고 다른 사람들보다 일찍 일어났다.

'앞으로 내게 어떤 일들이 일어날까?' 그는 바다에게 물었다. '내게 무슨 일이 벌어지고 있는 걸까?'

휴일이 끝나고 가을학기가 시작됐고, 오래지 않아 그는 그 주말 사이에 친구들 중 누군가가 해럴드에게 뭔가 말한 게 틀림없다는 걸 깨달았다. 분명 윌럼은 아니었다. 그는 마침내 윌럼에게만 자신의 과거에 대해 살짝 말해준 적 있는데, 그조차 별건 아니었다. 모두 의미 없고 점점 더 애매모호한 사실 세 개에 불과했고, 그걸 다 합쳐봤자 이야기의 시작조차 되지 못하는, 그런 고백이었다. 동화의 첫 문장도 그가 윌럼에게 이야기해준 것보다는 더 많은 정보들을 담고 있었다. 옛날 옛적에 한 소년과 소녀가 나무꾼 아버지와 새어머니와 함께 깊은 숲 속에서 살고 있었다. 나무꾼은 아이들을 사랑했지만, 너무나 가난해서 어느 날…… 그러니 해럴드가 뭘 알게 됐든 그건 그들의 관찰과 이론, 짐작, 허구로 보강한 추측에 불과했다. 하지만 그게 무엇이든 간에, 해럴드의 질문들—그가 어떤 사람이었고 어디서 왔는지—을 멈추게 하기에는 충분했다.

달이 가고 해가 가면서, 그들은 그의 인생의 처음 15년에 대해선 아무 말도 하지 않은 채 우정을 쌓아갔다. 마치 그 15년은 있지도 않았던 것처럼, 마치 그는 대학에 왔을 때 제조사 상자에서 막 꺼내져 목 아래 스위치를 켜서 부르르 깨어난 것처럼, 아무 언급도 하지 않았다. 그는 그 공백 기간이 해럴드의 상상으로 채워졌다는 걸 알았고, 그중 일부는 실제로 일어난 일보다 더 나쁘고, 일부는 더 낫다는 걸 알고 있었다. 하지만 해럴드는 그에 대해 무슨 가정을 하고 있는지 한 번도 이야기하지 않았고, 그도 그다지 알고 싶지 않았다.

그는 이 우정이 상황에 따른 거라 생각하지 않았지만, 해럴드와 줄리아가 그렇게 생각할 수 있다는 가능성에 대해서는 마음의 준비를 하고 있었다. 그래서 재판연구원으로 일하러 워싱턴으로 떠날 때, 그들이 자기를 잊을 거라고 생각했고 그 상실감에 대처하기 위해 애썼다. 하지만 그런 일은 일어나지 않았다. 대신 그들은 이메일을 보냈고, 전화를 했고, 둘 중 하나가 워싱턴에 올 때면 함께 저녁식사를 했다. 여름에는 그와 친구들이 트루로를 방문했고, 추수감사절에는 그들이 케임브리지로 갔다. 2년 후 그가 뉴욕으로 가서 미연방 지방검찰청에서 일하기 시작했을 때, 해럴드는 깜짝 놀랄 만큼 기뻐했다. 심지어 어퍼웨스트사이드의 자기 아파트에서 살라는 제안까지 했지만, 그는 그들이 뉴욕에 자주 온다는 걸 알고 있었고 그 제안이 어느 정도로 진심인지도 알 수 없어서, 그 제의를 거절했다.

해럴드는 매주 토요일 전화를 걸어 일은 어떠냐고 물었고, 그러면 그는 상사인 부검사장 마셜 이야기를 했다. 그는 대법원 판결 전체를 암송하는 기겁할 능력이 있어서, 눈을 감고 마음속에 페이지를 떠올린 다음 한 자도 보태거나 빠뜨리지 않고 로봇처럼 단조로운 목소리로 낭송하는 남자였다. 주드는 늘 자기 기억력이 좋다고 생각했지만, 마셜은 정말이지 경이로웠다.

어떤 면에서 미연방 지방검찰청은 고아원과 비슷했다. 대부분이 남자였고, 특수한 적의가 늘 부글거리고 있었다. 지독히 경쟁심 강한 사람들이 호적수들과 맞붙어 좁은 공간에서 지내면서 이 중 일부만이 두각을 나타낼 기회를 가질 거라는 걸 알고 있을 때 자연히 생겨나는 그런 날카로운 악감정이었다. (하지만 여기서 벌어지는 건 성취의 대결이었다. 고아원에서는 기아와 결핍을 놓고 대결이 벌어졌다.) 200명의 검사보들은 모두 대여섯 로스쿨 중 하나 출신인 것 같았고, 모두들 각자 학교에서 《법학 리뷰》와 모의법정을 맡았다. 그는 투자사기를 주로 담당하는 4인조 팀에 속해 있었고, 그와 팀 동료들은 다들 다른 사람들보다 우위를 점하게 해줄 뭔가—신임장, 특이함—를 가지고 있었다. 그는 MIT에서 석사를 했고(아무도 신경 쓰지 않았지만 적어도 특이하긴 했다) 마셜과 친구인 설리번 밑에서 순회법정 재판연구원을 했다. 가장 친한 동료인 시티즌은 케임브리지에서 법을 전공한 다음 런던에서 2년간 법정변호사를 하다가 뉴욕으로 왔다. 삼인조 중 세 번째인 로즈는 대학 졸업 후 풀브라이트 장학금으로 아르헨티나에 가 있었다. (팀의 네 번째 동료인 스코트는 심각하게 게으른 남자였는데, 소문에 의하면 그의 아버지가 대통령과 테니스를 치는 사이여서 이 자리를 얻었다고 했다.)

그는 주로 사무실에 있었고, 때로 시티즌과 로즈와 배달음식을 먹으며 늦게까지 일할 때면 후드의 기숙사 방에서 룸메이트들과 지내던 시절이 생각났다. 그는 시티즌과 로즈와 같이 있는 걸, 그들의 특수하고 심도 깊은 지성을 좋아했지만, 그런 때면 자기와 사고방식이 너무 달라서 자기에게 다른 생각을 하게 만들어주는 친구들이 그리웠다. 시티즌과 로즈와 논리 이야기를 하던 중, 그는 갑자기 1학년 때 리 박사의 순수수학 세미나에 들어가기 위해 테스트를 받던 중 박사가 했던 질문이 생각났다. 맨홀 뚜껑은 왜 원형일까? 쉬운 질문이고, 대답도 쉬웠다. 하지만 후드에 돌아와 리 박사의 질문을 룸메이트들에게 들려주자, 그들은 꿀 먹은 벙어리가 됐다. 그러다 마침내 제이비가 음유시인처럼 꿈꾸는 듯한 어조로 이야기하기 시작했다. "옛날, 아주 옛날에, 매머드가 지구를 배회하고 다니던 시절, 매머드의 발자국이 땅에 둥근 자국을 영원히 남겼다네." 그들은 모두 박장대소했다. 그는 그 기억을 떠올리며 미소 지었다. 때로 그는 제이비 같은 머리를 가지고 싶었다. 늘 설명을, 옳을지는 몰라도 낭만도, 환상도, 위트도 없는 설명을 찾아다니는 자기 머리 대신에 다른 사람들을 즐겁게 만드는 이야기를 창조할 수 있는 그런 머리를 가지고 싶었다.

"신임장들을 내놓을 때야." 검사장이 그 층에 모습을 드러내고, 모든 검사보들이 회색 양복 차림의 나방 떼처럼 그쪽을 향해 윙윙 몰려갈 때면, 시티즌은 그에게 속삭였다. 그들과 로즈는 그 무리에 섞여 맴돌았지만, 그럴 때조차 그는 그가 가진 신임장 하나면 마셜뿐만 아니라 검사장까지도 걸음을 멈추고 그를 좀 더 유심히 살펴보게 만들 수 있다는 이야기를 절대 하지 않았다. 그가 여기 들어왔을 때, 해럴드는 검사장 애덤에게 한마디 해줄까 하고 물었다. 알고 보니 해럴드는 애덤과 오랜 지기였다. 하지만 그는 해럴드에게 자기 힘으로 할 수 있다는 걸 알고 싶다고 말했다. 그건 사실이었지만, 더 큰 이유는 해럴드를 자신의 자산으로 삼는 게 주저되었기 때문에, 해럴드가 그와 연관된 걸 후회하기를 원하지 않았기 때문이다. 그래서 그는 아무 말도 하지 않았다.

하지만 그럼에도, 종종 그는 해럴드가 거기 있는 것처럼 느껴졌다. 로스쿨 시절을 추억(하고 그에 수반되는 활동인, 로스쿨 재학 당시 본인의 업적을 자랑)하는 건 사무실 최고의 오락이었고, 수많은 동료들이 같은 학교를 다녔고 많은 수가 해럴드를 알고 있었기 때문에(그리고 나머지는 그에 대해 들었기 때문에), 그는 때로 해럴드의 수업을 들었던 이야기나 얼마나 수업 준비를 열심히 했는지에 대해 사람들이 이야기하는 걸 들었다. 그러면 해럴드가 자랑스러웠고, 비록 바보 같은 짓이라는 건 알지만, 그를 아는 자신이 자랑스러웠다. 다음 해면 헌법에 대한 해럴드의 저서가 출판될 테고, 그러면 사무실의 모두가 헌사를 읽고 그의 이름을 보게 될 테고, 그러면 그와 해럴드의 관계가 밝혀질 것이다. 많은 사람들이 의심쩍게 생각할 테고, 그러면 그는 그의 앞에서 해럴드에 대해 무슨 소리를 했었는지 기억하려고 애쓰는 근심 가득한 얼굴들을 보게 될 것이다. 하지만 그때까지는 자기 힘으로 사무실에서 자리를 굳힌 거라고, 시티즌과 로즈 옆에 자기 자리를 찾은 거라고, 마셜과 독자적으로 관계를 맺은 거라고 생각할 것이다.

하지만 아무리 많이 원하고 아무리 많이 갈망해도, 그는 여전히 해럴드를 친구로 생각하기가 조심스러웠다. 때로는 두 사람 사이를 희망적으로 부풀리면서 친하다고 상상하고 있는 게 아닌지 걱정됐다. 그러면 (부끄럽게도) 《아름다운 약속》을 책장에서 꺼내 헌사 페이지를 펼치고는 해럴드의 말이 마치 계약이라도 되는 것처럼, 해럴드에 대한 그의 감정이 적어도 어느 정도는 상호적임을 공표하는 말인 것처럼 다시 읽곤 했다. 그래도 늘 마음의 준비는 하고 있었다. 이번 달이 끝일 거야, 그는 혼자 되뇌었다. 그리고 그달 말이 되면 생각했다, 다음 달이야. 다음 달이면 나랑은 이야기하고 싶지 않을 거야. 그는 언제라도 준비된 자세로 있으려고 애썼다. 그게 틀렸다는 게 증명되기를 갈망하면서도, 실망에 대비해 마음의 준비를 하려고 했다.

하지만 우정은 실타래처럼 계속해서 이어졌다. 그 길고 빠른 강물은 그 후류에 그를 낚아채 알 수 없는 어딘가로 데리고 가고 있었다. 그들의 관계가 여기까지일 거라 생각할 때마다 해럴드나 줄리아는 다른 방문을 열어젖히고 그를 맞아들였다. 그는 은퇴한 호흡기내과 의사인 줄리아의 아버지와 미술사 교수인 오빠가 어느 추수감사절 영국에서 왔을 때 그들을 만났고, 해럴드와 줄리아는 뉴욕에 오면 그와 윌럼이 들어는 봤지만 너무 비싸 갈 수 없는 레스토랑에 데리고 가 저녁을 사줬다. 그들은 리스페너드 스트리트의 아파트도 봤고—줄리아는 예의 발랐고, 해럴드는 경악했다—라디에이터가 알 수 없는 이유로 멈췄던 주에는 업타운 아파트 열쇠를 내어줬다. 아파트가 어찌나 따뜻하던지, 삶에 갑자기 재등장한 열기에 충격 받은 그와 윌럼은 도착 후 한 시간 동안이나 소파에 마네킹처럼 널브러져 있었다. 해럴드는 그가 삽화를 겪고 있는 걸 본 이후—어느 해 추수감사절의 일로, (위층까지 올라갈 수 없다는 걸 안 그는) 필사적인 마음으로 시금치를 데치고 있던 스토브를 끄고 찬장 속으로 기어 들어가 문을 닫고 바닥에 누운 채 기다렸다—집 배치를 바꿨다. 다음번 그가 갔을 때, 손님 침실은 해럴드가 서재로 쓰던 거실 뒤 1층 방으로 옮겨져 있었고 해럴드의 책상과 의자,

책들은 2층에 가 있었다.

하지만 이런 모든 일들을 겪고도, 그는 마음 한구석에서 늘 문 앞에 가서 문을 두드렸는데 꿈쩍도 하지 않는 날을 기다리고 있었다. 그래도 딱히 개의치 않았다. 아무것도 금지되어 있지 않고 모든 것이 제공되고 그 대가로 아무것도 요구하지 않는 공간에 있다는 것은 어딘가 무섭고 불안한 데가 있었다. 그는 자기가 줄 수 있는 건 주려고 했다. 물론 보잘것없다는 건 알고 있었다. 하지만 해럴드가 너무도 흔쾌히 주는 것들—대답과 애정—에는 보답할 길이 없었다.

그들을 안 지 거의 7년이 된 어느 봄, 그는 그들의 집에 있었다. 줄리아의 쉰한 번째 생일이었다. 쉰 번째 생일 때는 오슬로의 학회에 가 있었기 때문에 줄리아는 이번 생일을 크게 축하하기로 했다. 그와 해럴드는 거실 청소를 하고 있었다. 아니, 그는 청소를 하고 있었고, 해럴드는 책장에서 마구잡이로 책을 뽑으면서 그 책들 한 권 한 권에 얽힌 사연을 이야기해주거나, 표지를 들추면서 그 안에 다른 사람들의 이름이 적혀 있지 않은지 보고 있었다. 예를 들어, 《표범》의 면지에는 "로런스 V. 롤리의 재산. 가져가지 마시오. 해럴드 스타인, 너 말이야!!"라고 휘갈겨져 있었다.

그가 로런스에게 말하겠다고 협박했더니, 해럴드도 협박으로 맞받아쳤다. "안 그러는 게 좋을걸, 주드, 뭐가 너한테 이로울지 안다면 말이야."

"모른다면요?" 그는 놀리며 물었다.

"모른다면, 이거다!" 해럴드는 이렇게 말하며 그에게 덤벼들었다. 해럴드가 그저 장난치고 있다는 걸 깨닫기도 전에 접촉을 피하려고 몸을 너무 격하게 비틀다가 그는 책장에 부딪쳤고, 그 과정에서 해럴드의 아들 제이컵이 만든 울퉁불퉁한 도자기 머그잔을 떨어뜨려 세 조각으로 깔끔하게 깨뜨리고 말았다. 해럴드는 뒤로 물러났고, 갑자기 끔찍한 침묵이 내려앉았다. 그는 거의 울고 싶은 심정이 됐다 .

"해럴드." 그는 바닥에 웅크리고 앉아 조각들을 주우며 말했다. "미안해요. 미안해요. 용서해줘요." 그는 바닥에 머리라도 찧고 싶었다. 이 머그잔이 제이컵이 병들기 전 해럴드에게 마지막으로 만들어준 것이라는 걸 알고 있었다. 머리 위에서는 해럴드의 숨소리만 들렸다.

"해럴드, 용서해줘요." 그는 손바닥을 동그랗게 모아 조각들을 모으며 되풀이했다. "그래도 붙일 수 있을 것 같아요, 잘 붙여볼게요." 그는 윤이 반질반질 나는 머그잔에서 고개를 들 수가 없었다.

해럴드가 옆에 쭈그리고 앉는 게 느껴졌다. "주드." 해럴드가 말했다. "괜찮아. 사고였잖아." 그의 목소리는 조용했다. "조각들 이리 줘." 그의 목소리는 상냥했고 화나 보이지도 않았다.

그는 조각들을 줬다. "제가 나갈게요." 그는 제안했다.

"가긴 어딜 가." 해럴드가 말했다. "괜찮다니까, 주드."

"하지만 제이컵 거였잖아요." 그는 멍하게 말했다.

"그래." 해럴드가 말했다. "그리고 여전히 그래." 그는 일어섰다. "나 좀 봐, 주드." 그가 말했고, 그는 결국 고개를 들었다. "괜찮아. 일어서." 해럴드가 손을 내밀었고, 그는 그 손을 잡고 해럴드가 당기는 대로 일어섰다. 그는 소리를 지르고 싶었다. 해럴드에게 그렇게 큰 은혜를 입어놓고 결국 가장 소중한 사람이 만들어준 소중한 물건을 부수는 걸로 보답하다니.

해럴드는 머그를 들고 2층 서재로 올라갔고, 그는 아름답던 날이 회색으로 어두워지는 가운데 말없이 청소를 마쳤다. 줄리아가 돌아왔을 때, 그는 해럴드가 그의 멍청하고 서투른 짓을 이야기하기를 기다렸지만, 그는 하지 않았다. 그날 밤 저녁식사 때 해럴드는 평소 모습이랑 전혀 다르지 않았지만, 그는 리스페너드 스트리트로 돌아가서 해럴드에게 제대로 사과하는 진짜 제대로 된 편지를 써서 부쳤다.

며칠 후 그는 정식 편지 형식으로 된 답장을 받았다. 나중에 평생토록 간직하게 될 편지였다.

"주드에게." 해럴드의 편지는 이렇게 시작됐다. "(필요 없긴 해도) 아름다운 편지 고맙게 받았다. 그 편지에 쓰인 모든 말들 다 고맙다. 네 말이 맞아. 그 머그는 내겐 정말 소중한 거야. 하지만 너는 더 소중해. 그러니 더 이상 자기를 고문하지 마라.

내가 다른 종류의 사람이라면, 이 모든 사고가 인생 일반에 대한 은유라고도 말할 수 있을 것 같아. 물건들은 깨지고, 때로는 수리되고, 대부분의 경우엔 어떤 게 망가지더라도 삶이 스스로 변화하면서 그 상실을 보상해주지. 때로는 아주 근사한 방식으로 말이야.

사실, 어쩌면 나도 결국 그런 종류의 사람인지 몰라.

사랑을 담아, 해럴드."

—

겨우 몇 년 전만 해도—그게 아니라는 걸 알면서도, 열일곱 살 때부터 앤디가 해준 말에도 불구하고—그는 여전히 자기가 나아질 수 있다는 작은 희망을 꾸준히 품고 있었다. 특별히 상태가 안 좋은 날이면, 그는 필라델피아 외과의의 말—"척추에는 놀라운 회복력이 있단다"—을 찬송가처럼 되뇌곤 했다. 앤디를 만나고 몇 년 후, 로스쿨에 다니고 있을 때 그는 마침내 이 말을 넌지시 해볼 용기를 그러모아, 마음속 깊이 소중히 간직하고 매달리던 예측을 소리 내어 말해봤다. 앤디가 고개를 끄덕이며 "바로 그거야, 그저 시간이 걸릴 뿐이지" 하고 말해주길 바라면서.

하지만 앤디는 코웃음을 쳤다. "그런 말을 했다고?" 그는 물었다. "더 나아지는 일은 없을 거야, 주드. 나이가 들수록 더 나빠질 거야." 앤디는 그의 발목에 새로 생긴 상처에서 괴사된 피부 조각을 핀셋으로 집어내며 이렇게 말하다가, 갑자기 동작을 멈췄다. 앤디의 얼굴을 보지 않고도 그가 유감스러워하는 걸 알 수 있었다. "미안해, 주드." 그는 여전히 손으로 그의 발을 감싼 채 고개를 들고 말했다. "다르게 말하지 못해서 미안해." 그가 대답하지 못하자, 그는 한숨을 쉬었다. "놀랐구나."

물론 그랬다. "괜찮아요." 그는 간신히 말했지만, 앤디의 얼굴을 쳐다볼 수가 없었다.

"미안해, 주드." 앤디는 조용히 다시 한 번 말했다. 그때도 그에게는 두 가지 설정, 퉁명모드와 상냥모드가 있었고, 그는 종종 두 가지를 다, 때로는 진찰을 한 번 받는 사이에도 다 경험해봤다.

"하지만 한 가지는 약속해." 그는 다시 발목을 치료하며 말했다. "내가 언제나 여기서 널 돌봐줄게."

그리고 그는 그렇게 했다. 그가 살면서 만난 모든 사람들 중에 어떤 면에서는 앤디가 그를 가장 많이 알았다. 성인이 되어 그가 맨몸을 보여준 사람은 앤디가 유일했고, 그는 그의 육체를 모든 차원에서 잘 알고 있는 유일한 사람이었다.

"와아." 어느 날 앤디는 진찰실에 앉아 가래를 뱉고 있는 그의 옆에서 무미건조하게 말했다(그가 스물아홉 살이 되기 바로 전의 봄, 기관지염이 한차례 사무실을 휩쓸고 지나갔을 때의 일이었다). "내가 정형외과를 전공해서 얼마나 기쁜지 몰라. 이건 나한테는 정말 좋은 실습이거든. 내가 받은 훈련으로 딱 이런 걸 할 거라 생각했었다고."

그는 웃기 시작했지만 다시 기침이 시작돼서, 앤디가 등을 두드려줬다. "혹시 누군가가 나한테 진짜 내과의를 추천해준다면, 온갖 병이 걸렸을 때 계속 지압사한테 가진 않아도 될 텐데 말이에요." 그는 말했다.

"음." 앤디가 말했다. "있잖아, 어쩌면 넌 이제부터 정말 내과의사에게 가야 할걸. 그러면 난 엄청난 시간을 아끼고 어마어마한 두통도 안 겪겠지." 하지만 그는 앤디 외에는 어떤 사람에게도 가지 않았고—둘이서 이야기해본 적은 없지만—앤디도 그가 그러기를 바라지 않을 거라고 생각했다.

앤디는 그에 대해 많은 걸 알고 있었지만, 그는 앤디에 대해 별로 아는 게 없었다. 그와 앤디가 같은 대학에 다녔다는 것, 앤디가 열 살은 더 많다는 것, 앤디의 아버지는 구자라트* 사람이고 어머니는 웨일스 사람이라는 것, 그가 오하이오에서 자랐다는 것은 알고 있다. 3년 전 앤디가 결혼할 때, 그는 어퍼웨스트사이드에 있는 앤디의 처갓집에서 열린 조그만 결혼식에 초대받고 깜짝 놀랐다. 그는 윌럼을 데리고 갔고, 앤디의 신부인 제인이 그를 포옹하며 이렇게 말했을 때는 더 놀랐다. "당신이 그 유명한 주드 세인트 프랜시스군요! 이야기 정말 많이 들었어요!"

*인도 북서부 지방.

"아, 정말요." 그는 말했다. 마음속에 박쥐 떼가 날개를 퍼덕거리고 있는 것처럼 두려움이 가득 차올랐다.

"그런 거 아니에요." 제인이 미소 지으며 말했다(그녀도 의사로, 산부인과 전공이었다). "하지만 앤디는 당신을 정말 좋아해요, 주드. 당신이 와서 정말 기뻐요." 그는 앤디의 부모님도 만났고, 그날 밤 마지막에 앤디는 그의 목에 한 팔을 두르고는 뺨에다 어색하면서도 힘찬 키스를 했다. 그리고 이제는 만날 때마다 했다. 그럴 때마다 앤디는 불편해 보였지만, 계속 그렇게 하는 걸 의무로 생각하는 것처럼 보여서 그는 웃기다고 생각하면서도 감동했다.

그는 여러모로 앤디에게 감사했지만, 무엇보다 절대 흔들리지 않는 그의 성격에 감사했다. 그들이 만나고 나서, 그가 두 번의 후속 약속을 지키지 않고(그는 잊어버리지 않았다, 그냥 안 가기로 결정했던 것이다) 세 번의 전화와 네 통의 이메일을 무시했을 때, 앤디는 후드에 나타나 방문을 두들겨대서 그를 계속 피하지 못하게 만들었다. 그래서 그는 의사가 있는 게 나쁘지 않을지도 모른다는 사실—결국 그건 피할 수 없는 일 같았다—을, 앤디가 바로 그가 믿을 수 있는 사람일지 모른다는 사실을 체념하고 받아들였다. 세 번째 만났을 때, 앤디는 그의 병력을, 적어도 그가 내놓은 만큼의 병력을 조사했고, 그가 말하는 사실들을 어떤 논평이나 반응도 없이 받아 적었다.

사실 앤디가 그의 어린 시절을 직접 언급한 것은 몇 년이 지나고 나서의 일—4년이 좀 되기 전—이었다. 그와 앤디가 처음으로 크게 싸웠을 때였다. 물론 두 사람 사이에는 작은 충돌과 불화들이 있었고, 1년에 한두 번은 앤디가 긴 연설을 늘어놓곤 했다(요즘은 좀 더 자주 보지만 그는 6주에 한 번씩 앤디를 만났고, 앤디가 그를 맞이하고 진찰을 할 때 과묵한 정도로 보아 그날이 연설 날인지 아닌지 늘 예상할 수 있었다). 그 연설의 내용은 자기를 제대로 돌보지 않으려는 그의 난감하고도 분통 터지는 자세, 정신과 의사를 만나는 것에 대한 거부감, 삶의 질을 높여줄 수도 있을 진통제에 대한 별난 저항감에 대한 것이었다.

싸움은 앤디가 실패한 자살 시도로 소급 규정했던 사건 때문이었다. 그 일은 섣달그믐날에 벌어졌는데, 그가 자해를 하던 중 정맥에 너무 가까운 곳을 긋는 바람에 질척질척한 피칠갑 사태가 벌어졌고 결국엔 윌럼까지 개입시키게 됐다. 그날 밤 진찰실에서 앤디는 그에게 말도 하지 않았다. 너무 화가 나 있었고, 상처를 자수라도 놓는 것처럼 깔끔하고 촘촘하게 꿰매면서 혼자서 투덜댔다.

앤디가 다음 약속에 대해 입을 열기도 전에, 그는 앤디가 머리끝까지 화가 나 있다는 걸 알았다. 진찰받으러 가지 말까 하는 생각도 실제로 해봤지만, 가지 않으면 앤디는 그가 나타날 때까지 계속—아니면 심지어 윌럼에게, 더 난감하게는 해럴드에게까지—전화를 걸어댈 거라는 걸 그는 너무 잘 알고 있었다.

"젠장, 널 병원에 입원시켰어야 했는데." 앤디는 말문을 열더니 이렇게 덧붙였다. "내가 망할 놈의 바보천치야."

"너무 지나친 반응 같은데요." 그가 말하려 했지만, 앤디는 그를 무시했다.

"네가 자살 시도를 한 건 아니라고 믿기로 했어. 그렇지 않으면 네 머리가 핑핑 돌 정도로 순식간에 병원에 처넣었을 거야." 그는 말했다. "너처럼 자주, 그리고 여러 해 동안 자해하는 사람들은 그렇게 꾸준히 자해를 하지 않는 사람보다 즉각적인 자살 위험이 덜하다는 통계 덕분인 줄 알아." (앤디는 통계를 좋아했다. 때로 그는 앤디가 그걸 만들어내는 게 아닐까 의심하기도 했다.) "하지만 주드, 이건 미친 짓이고, 이번엔 정말 너무 위험했어. 당장 정신과 의사를 만나든지, 아니면 내가 널 병원에 집어넣을 거야."

"그럴 수 없을걸요." 그는 이제 자기가 화가 나서 말했다. 하지만 앤디가 그럴 수 있는 사람이라는 것도 알았다. 이미 뉴욕 주의 강제입원 관련법을 찾아봤었지만, 자기에게 불리했다.

"그럴 수 있다는 거 알 텐데." 앤디는 말했다. 그때쯤에 그는 거의 소리를 지르고 있었다. 그들은 늘 진료 시간이 끝난 후에 약속을 잡았다. 앤디가 시간이 있고 기분이 좋으면 진료를 마치고 가끔 이야기를 나눴기 때문이다.

"내가 고소할 거예요." 그는 터무니없는 소리를 했고, 앤디는 다시 그에게 고함질렀다. "어디 해봐! 지금 이 상황이 얼마나 개판인 줄 알아, 주드? 네가 날 어떤 입장에 밀어 넣고 있는지 아느냐고?"

"걱정 마요." 그는 냉소적으로 말했다. "난 가족이 없으니까. 과실치사로 고소할 사람은 아무도 없을 거예요."

앤디는 그가 한 대 치려고 했다는 듯이 뒤로 물러났다. "어떻게 그런." 그는 천천히 말했다. "그런 뜻 아니라는 거 알잖아."

물론 그는 알았다. 하지만 그는 "아무려나요" 하고 내뱉었다. "난 가요." 그는 진찰대에서 미끄러져 내려와(다행히 옷은 갈아입지 않았다. 그러기도 전에 앤디의 연설이 시작되었기 때문이다) 방에서 나가려 했지만, 그의 걸음걸이로는 극적인 퇴장 같은 건 불가능했다. 앤디가 급히 와서 문을 막아섰다.

"주드." 그는 흔히 하듯 갑자기 어조를 바꾸어 말했다. "가고 싶지 않은 거 알아. 하지만 이젠 정말 무서워지고 있다고." 그는 숨을 가다듬었다. "어릴 때 있었던 일에 대해 누구한테 얼핏이라도 이야기해본 적 있어?"

"그건 어떤 것과도 아무 상관 없어요." 그는 한기를 느끼며 대답했다. 앤디는 그가 한 이야기에 대해 이제껏 어떤 에두른 언급조차 한 적 없었기 때문에, 지금 그 이야기를 꺼냈다는 데 그는 배신감을 느꼈다.

"천만의 말씀." 앤디는 말했다. 이 자의식 가득한 연극조 말투에 그는 자기도 모르게 미소 지었고, 그 미소를 비웃음으로 오해한 앤디는 다시 방향을 바꿨다. "네 고집에 뭔가 엄청나게 거만한 데가 있다는 거 알아, 주드?" 그는 계속해서 말했다. "네 건강이나 행복과 상관 있는 이야기라면 누구의 말도 듣지 않으려는 그 완고한 고집은 병리학적 자기파괴 아니면 그냥 우리 모두를 엿 먹이는 짓이라고."

그는 이 말에 상처 받았다. "그런데 내 의견이 다를 때마다 병원에 '집어넣겠다고' 위협하는 건 엄청나게 교활한 것 같은데요. 특히 이 경우에는 그냥 바보 같은 사고였다고 말했잖아요." 그도 앤디에게 맞고함을 내질렀다. "앤디, 정말 감사하고 있어요. 정말이에요. 앤디가 없었으면 어땠을지 생각도 할 수 없어요. 하지만 난 어른이라고요. 나한테 이래라저래라 할 순 없어요."

"이거 알아, 주드?" 앤디가 물었다(이제 그는 다시 소리 지르고 있었다). "네 말이 맞아. 내가 네 결정을 지시할 수야 없지. 하지만 그걸 받아들일 필요도 없어. 가서 어떤 다른 머저리 하나 찾아서 주치의로 삼아. 난 더 이상 안 할 거니까."

"좋아요." 그는 쏘아붙이고 방을 나갔다.

자기 문제로 이보다 더 화를 내본 적이 언제였는지 기억할 수가 없었다. 그는 많은 일들—일반적 불의, 무능력, 윌렘이 원하는 역을 주지 않는 감독들—에 화가 났지만, 자기에게 생기거나 일어났던 일로 화내는 법은 좀처럼 없었다. 현재건 과거건 그는 자신의 고통에 대해선 깊이 생각하지 않으려 했다. 그건 의미를 찾아 며칠이고 고민할 그런 문제들이 아니었다. 그는 이미 왜 그런 일들이 있었는지 알고 있었다. 그 일들은 다 그가 겪어 마땅한 일이었기 때문에 일어났다.

하지만 그는 그 분노가 정당하지 않다는 것도 알고 있었다. 앤디에게 의존하는 게 싫은 것만큼이나 그는 앤디에게 감사했고, 앤디가 자기 행동이 비논리적이라고 생각한다는 것도 알고 있었다. 하지만 앤디의 일은 사람들을 고치는 것이었다. 앤디가 그를 바라보는 방식은 그가 엉망진창의 세금법을 차근차근 풀어서 고쳐야 하는 걸로 보는 것과 같았다. 자신이 수선 가능하다고 생각하는지 아닌지는 거의 부차적인 문제였다. 그가 고치려고 하는 것들—그의 등을 끔찍하고 부자연스러운 지형으로 만든 부푼 흉터들, 구운 오리처럼 번들번들하고 팽팽하게 잡아들여진 피부(그가 돈을 모으려고 하는 이유였다)—에 앤디가 찬성하지 않으리라는 걸 그는 알고 있었다. "주드." 그의 계획을 들으면 앤디는 말할 것이다. "장담하는데 그건 성공 못 해. 넌 돈을 몽땅 날릴 거라고. 하지 마."

"하지만 흉측해요." 그는 중얼거릴 것이다.

"안 그래, 주드." 앤디는 말할 것이다. "맹세코 절대 안 그래."

(하지만 어쨌거나 앤디한테 말하지도 않을 테니, 그런 대화도 나눌 필요 없을 것이다.)

며칠이 지나도 그는 앤디에게 전화하지 않았고 앤디도 전화하지 않았다. 마치 그에 대한 처벌처럼 밤에 잠들려 할 때면 손목이 욱신욱신 쑤셨고, 사무실에서는 직장이라는 것도 잊고 책을 읽으면서 책상 옆구리에 손목을 계속 툭툭 부딪쳤다. 도무지 없애지 못한 오랜 강박적 습관이었다. 그래서 봉합 부위에서 피가 흘러나왔고, 그는 꼴사납게 화장실 세면대에서 피를 씻어야 했다.

"무슨 문제 있어?" 어느 날 밤 윌럼이 물었다.

"아무것도." 그는 말했다. 물론 윌럼에게 이야기할 수도 있을 테고, 그러면 그는 다 듣고 나서 윌럼답게 "음" 하고 말하겠지만, 결국 앤디와 의견을 같이하리라는 걸 알고 있었다.

싸운 지 일주일 후, 리스페너드 스트리트의 집으로 돌아오니—그날은 일요일이었고, 첼시 서쪽 구역을 산책했다—앤디가 문 앞 계단에서 기다리고 있었다.

그는 앤디를 보고 놀랐다. "안녕하세요?" 그는 말했다.

"안녕." 앤디도 대답했다. 그들은 그냥 거기 서 있었다. "전화를 받을 건지 모르겠어서."

"물론 받았을 거예요."

"이봐." 앤디가 말했다. "미안해."

"나도요. 미안해요, 앤디."

"하지만 난 정말로 네가 누군가에게 가야 한다고 생각해."

"알아요."

어쨌거나 그들은 당분간 그 문제는 그대로 두기로 했다. 심리치료사 문제를 거대한 회색 비무장지대로 사이에 두고 이루어진, 양측 다 불만스럽고 깨지기 쉬운 휴전 협정이었다. 타협안은(어떻게 이런 타협안에 이르게 됐는지 지금도 그는 잘 알 수 없었지만) 매번 진료를 끝내고 갈 때마다 앤디에게 팔을 보여줘서 새로운 상처가 생겼는지 검사하는 것이었다. 상처를 발견할 때마다 그는 차트에 기록했다. 무엇이 앤디를 다시 격분하게 만들지 알 수가 없었다. 때로는 새 상처가 많이 있어도 그냥 끙 하고 적기만 할 때도 있었고, 때로는 새 상처가 몇 개 없는데도 평정을 잃곤 했다. "팔 꼴을 완전 망쳐놓았잖아, 알아?" 앤디는 물었다. 하지만 그는 아무 말도 하지 않고 앤디의 연설을 그저 감내했다. 마음 한편에서는 앤디에게 자기 일을 하도록—결국, 그를 치유하도록—내버려두지 않으면 그에게 실례되는 짓이고, 어느 정도는 앤디 자신의 병원에서 그를 허수아비로 만들어버리는 행동이라는 걸 이해하고 있었다. 앤디의 기록표—가끔 그는 어느 정도 숫자에 도달하면 상을 받는 거냐고 물어보고 싶었지만, 그러면 앤디는 화낼 것이다—는 앤디의 입장에서는 실제로는 불가능하다 해도 적어도 상황을 통제할 수 있는 척하는 한 방법이었다. 실제 치료에 대한 작은 보상으로 주어진 정보 수집이었다.

그리고 2년 후 또 다른 상처 하나가 늘 더 골칫덩어리인 왼쪽 다리에 생겼고, 자해 문제는 더 긴급한 다리 문제에 밀렸다. 처음 그런 상처가 생긴 건 부상을 당하고 1년도 채 안 지났을 때였고, 상처는 빨리 나았다. "하지만 이게 마지막은 아닐 거다." 필라델피아 외과의는 말했다. "그런 부상을 입으면 관다발계나 표피계나 모든 것들이 다 엉망이 되기 때문에, 이런 게 이따금씩 나타날 거라 생각하고 있어야 해."

이번이 열한 번째였다. 그래서 이제 그 감각에는 준비가 되어 있었지만, 그 원인은 앞으로도 절대 알 수 없을 테고(벌레가 물어서? 철제 서류캐비닛 모서리에 살짝 긁혀서? 상처는 늘 짜증 날 정도로 조그맣지만, 그의 피부를 종잇장처럼 쉽게 찢어놓을 수 있었다), 그 상처에 대한 역겨움도 사라지지 않을 것이다.

그 화농과 역겨운 비린내, 뭔지 모를 점액을 부글부글 쏟아내며 나타나는 태아의 입 같은 조그만 틈. 다물어지지 않는, 닫을 수도 없는 구멍을 가지고 돌아다닌다는 건, 괴수 영화나 신화에나 나오는 거였다. 그는 매주 금요일마다 앤디를 찾아가기 시작했고, 앤디는 상처의 괴사조직을 도려내고 상처를 소독하고 죽은 세포를 제거하고 상처 근방을 진찰하고 새살이 돋는지 살폈고, 그는 숨을 참은 채 진찰대 가장자리를 꼭 붙들고 소리를 지르지 않으려고 애썼다.

"아프면 말해야 해, 주드." 그가 심호흡을 하며 진땀을 흘리고 머릿속에서 숫자를 세고 있으면 앤디는 말했다. "느낄 수 있으면 좋은 거야, 나쁜 게 아니라. 신경이 아직 살아 있고 자기 할 일을 하고 있다는 뜻이거든."

"아파요." 그는 간신히 내뱉었다.

"1에서 10까지 중에서?"

"7.8."

"미안." 앤디가 대답했다. "거의 다 끝났어. 약속할게. 5분만."

그는 눈을 감고, 천천히 세려고 애쓰며 300까지 셌다.

치료가 끝나고 앉아 있으면 앤디도 소다수나 때로는 달콤한 마실 것을 그에게 주고 앉았고, 그러면 흐릿했던 주위의 방이 한 조각 한 조각 또렷해지기 시작했다. "천천히 마셔." 앤디는 말했다. "속이 울렁거릴 수 있으니까." 그는 앤디가 상처를 드레싱하는 걸—그는 늘 상처를 꿰매거나 싸고 있을 때 가장 침착했다—지켜봤고, 그럴 때면 너무 마음이 약해져서 앤디가 제안하는 거라면 뭐든지 다 동의해버렸을지도 몰랐다.

"다리에는 자해하지 않을 거지." 앤디는 질문이라기보다 진술처럼 말했다.

"안 그럴 거예요."

"그건 정말 미친 짓이야, 아무리 너라도."

"알아요."

"조직들이 너무 상태가 저하되어 있어서 그러면 정말로 감염되고 말 거야."

"앤디. 알아요."

그는 여러 번 앤디가 몰래 친구들에게 이야기하고 있을 거라고 의심했고, 친구들이 앤디 같은 용어와 문구들을 쓸 때도 많았다. "그 사고"—앤디는 그 일을 이렇게 부르기 시작했다—가 있은 지 심지어 4년이 지났는데도, 그는 윌럼이 아침에 화장실 휴지통을 뒤진다는 의심을 하고 있었고, 그래서 면도날을 버릴 때는 특별히 더 주의해서 화장지와 테이프로 꽁꽁 싼 다음 출근길 쓰레기통에 버렸다. "너희 패거리." 앤디는 친구들을 이렇게 불렀다. "너랑 패거리들은 요즘 뭘 해?" (기분이 좋을 때면 그랬고, 아닐 때면) "그 망할 놈의 패거리들한테 눈 똑바로 뜨고 널 감시하라고 말할 거다."

"그러기만 해요, 앤디." 그는 말한다. "어쨌든 그 친구들 책임도 아니잖아요."

"당연히 책임 있지." 앤디도 맞받아친다. 다른 문제들과 마찬가지로, 그들은 이 문제에도 합의점을 찾지 못했다.

하지만 가장 최근의 상처는 나타난 지 20개월이 지났는데도 여전히 낫질 않았다. 아니, 나았나 하면 다시 벌어졌고, 그러다 다시 나았다. 그러다 금요일 아침 일어나보니 다리—종아리 아래쪽, 발목 바로 위—에 뭔가 축축하고 끈적끈적한 게 느껴졌다. 상처가 다시 벌어진 것이다. 아직 앤디에게 전화하지 않았지만—월요일에 할 참이었다—이 산책을 가는 게 그에게는 중요했다. 당분간, 어쩌면 향후 몇 달 동안 마지막 산책이 될 것만 같았다.

그는 매디슨과 75번 교차점, 앤디의 병원과 매우 가까운 곳에 있다가, 다리가 너무 아파서 5번가로 건너가 공원을 둘러싸고 있는 담벼락 근처의 벤치에 앉았다. 앉자마자 익숙한 현기증, 그 속을 뒤집는 듯한 메스꺼움이 올라왔다. 그는 몸을 숙인 채 시멘트가 다시 시멘트로 보이고 일어설 수 있을 때까지 기다렸다. 그럴 때면 육체가 자신을 배신하는 기분이었다. 때로 자기 인생의 가장 주요하고 지루한 싸움은 이 육체에 몇 번이고 다시 배신당한다는 것을, 이 육체에서 어떤 것도 기대할 수 없는데도 그걸 계속 유지하고 있을 수밖에 없다는 사실을 차마 받아들이고 싶지 않은 마음이라는 생각이 들었다. 그와 앤디는 수많은 시간을 고칠 수 없는 뭔가를, 몇 년 전 쓸모없는 잿더미로 끝났어야 했던 뭔가를 고치려 애쓰느라 소모했다. 무엇을 위해서? 정신, 그는 생각했다. 하지만 앤디가 말했던 것처럼 거기에는 엄청나게 오만한 뭔가가 있다. 그건 마치 오디오시스템에 감상적인 애착을 가지고 있어서 고물 자동차를 간직하고 있는 것 같았다.

몇 블록만 더 걸어가면 앤디의 병원에 갈 수 있다는 건 알지만, 그럴 생각은 전혀 없었다. 일요일이었다. 앤디도 그에게서 일종의 휴식을 누릴 권리가 있고, 게다가 이런 느낌을 전에 경험해보지 못한 것도 아니었다.

그는 몇 분 더 기다렸다가 몸을 일으켰지만, 30초밖에 안 돼서 다시 벤치에 털썩 주저앉았다. 마침내 그는 겨우 완전히 일어설 수 있었다. 아직 준비는 되지 않았지만, 머릿속으로는 연석까지 걸어가 손을 들어 택시를 잡고 검정 비닐의자에 머리를 기대는 걸 상상했다. 발걸음 수를 세며 거기까지 갈 테고, 똑같이 발걸음 수를 세며 택시에서 내려 건물까지, 엘리베이터에서 아파트까지, 현관에서 자기 방까지 걸어갈 것이다. 보조기를 뗀 다음 세 번째로 걷는 법을 배웠을 때, 물리치료사에게 지시하는 걸 도와준 사람은 앤디였고(물리치료사는 좋아하지 않았지만 그의 제안들을 받아들였다), 불과 4년 전 애너가 그랬듯이 그가 아무에게도 기대지 않고 5미터를, 다음에는 10미터를, 그러고는 20미터를, 그러고는 50미터를 걸어가는 걸 지켜본 사람도 앤디였다. 그의 걸음걸이—왼쪽 다리가 땅과 거의 90도 각도로 올라가 직사각형의 소극적 공간을 형성하고 오른쪽 다리는 그 뒤에 비스듬히 기울인 자세—도 앤디가 설계했고, 그가 혼자 할 수 있을 때까지 몇 시간이고 연습시켰다. 지팡이 없이도 걸을 수 있을 거라고 말해준 사람도 앤디였고, 마침내 해냈을 때 감사한 사람도 앤디였다.

월요일이 얼마 남지 않았어, 그는 계속 서서 버티려고 애쓰며 생각했다. 앤디는 늘 그랬듯이 아무리 바쁘더라도 그를 봐줄 것이다. "언제 터진 걸 알았어?" 앤디는 거즈 조각으로 상처를 살짝 누르며 물을 것이다. "금요일요." 그는 말한다. "왜 그때 전화 안 했어, 주드?" 앤디는 화를 내며 묻는다. "어쨌든, 그 멍청하고 빌어먹을 산책은 안 했길 바란다." "물론 안 했어요." 그는 말하겠지만, 앤디는 믿지 않을 것이다. 때로는 앤디가 자기를 바이러스와 기능부전의 집합체로만 보는 게 아닐까 싶기도 했다. 그게 없어진다면, 그는 무엇일까? 그를 보살필 필요가 없어진다 해도, 앤디는 여전히 그에게 관심을 가질까? 어느 날 그가 윌럼과 제이비처럼 자의식 없이 성큼성큼 걷게 된다면, 앤디처럼 의자에 기대앉아 셔츠자락이 엉덩이 위쪽으로 말려 올라가도 두려워하지 않는다면, 맬컴처럼 안쪽 피부가 당의처럼 매끄러운 기다란 팔을 가지고 마법처럼 멀쩡하게 등장한다면, 그는 앤디에게 무엇이 될까? 그들에게 어떤 존재가 될까? 다들 그를 덜 좋아할까? 더 좋아할까? 아니면—종종 두려워했듯이—그가 우정이라고 생각했던 것이 사실은 그들의 동정심에서 유발되었다는 걸 알게 될까? 그의 존재의 어느 만큼이 그가 할 수 없는 일들로부터 떼려야 뗄 수 없이 뒤엉켜 있을까? 흉터가, 자상이, 상처가, 종기가, 골절이, 감염이, 부목이, 고름이 없는 그는 어떤 사람이 될 수 있었을까, 어떤 사람이 될까?

하지만 물론 그는 절대 알 수 없을 것이다. 6개월 전 그들은 간신히 상처를 제어하는 데 성공했고, 앤디는 상처를 살피고 확인하고 또 확인한 뒤 재발할 경우 어떻게 해야 하는지 산더미 같은 주의 사항들을 내놨다.

그는 건성으로 듣고 있었다. 어떤 이유로 기분이 가벼웠는데, 앤디는 불평을 늘어놓는 데다, 다리에 대한 연설 말고도 자해(너무 지나치다고 앤디는 생각했다)와 그의 외모(너무 말랐다고 앤디는 생각했다)에 대한 연설까지 견뎌야 했다.

그는 감탄하면서 빙그르르 돌아도 보고 드디어 아문 상처 부위를 살펴보고 있는데, 앤디는 이야기하고 또 이야기했다. "내 말 듣고 있는 거야, 주드?" 그가 마침내 요구했다.

"좋아 보여요." 그는 앤디의 말에 대답 대신 확인을 요구하며 물었다. "그렇죠?"

앤디는 한숨을 쉬었다. "내가 보기엔—" 그러다 말을 멈추고 입을 다물어, 그는 고개를 들었다. 앤디는 정신을 다잡는 것처럼 눈을 감고 있다가 다시 떴다. "좋아 보여, 주드." 그는 조용히 말했다. "정말 그래."

고마움이 물밀 듯이 밀려왔다. 앤디가 좋아 보인다고 생각하지 않는 걸, 절대 그렇게 생각하지 않으리라는 걸 알고 있었기 때문이다. 앤디에게 그의 육체는 공포의 맹습, 두 사람이 끊임없이 주시해야 할 대상이었다. 그는 앤디가 자기를 자기파괴적이거나 망상환자이거나 자기부정에 빠져 있다고 생각한다는 걸 알고 있었다.

하지만 앤디가 그에 대해 절대 이해하지 못하는 게 있었다. 그는 낙천주의자였다. 매달, 매주, 그는 눈을 뜨고 세상에서 또 하루를 살기를 선택했다. 때로는 모든 게, 그렇게 잊으려 애쓰던 과거조차 회색 수채물감처럼 희미하게 보일 정도로 고통이 너무 심해 다른 세상으로 옮겨지는 것처럼 끔찍한 기분일 때도 그는 그렇게 했다. 기억들이 다른 모든 생각을 몰아내, 현재의 삶에 스스로를 단단히 붙들어 매기 위해서는, 절망과 수치심으로 날뛰지 않기 위해서는 엄청난 노력과 집중이 필요할 때도, 그는 그렇게 했다. 노력하느라 기진맥진했을 때도, 깨어서 살아 있는 것만으로도 너무 힘이 들어서 일어나서 다시 노력해야 할 이유들을 침대에 누운 채 생각할 때도, 화장실에 가서 거즈와 면도날과 알코올솜과 붕대가 든 비닐가방을 세면대 아래 은닉 장소에서 꺼내 열고 그냥 굴복해버리는 게 훨씬 쉬울 것 같을 때도 그는 또 하루를 살길 선택했다. 그건 정말 힘든 날들이었다.

섣달그믐 전날 밤 화장실에 앉아 면도날로 팔을 그었을 때, 그건 정말로 실수였다. 그는 아직 잠이 완전히 깨지 않았고, 보통 때는 절대 그렇게 부주의하지 않았다. 하지만 자기가 한 짓을 깨달았을 때, 정말로 뭘 해야 할지 전혀 모른 채 1분, 2분, 숫자를 세며 흘려보냈다. 그냥 거기 앉아서 이 사고가 자연스러운 결론으로 이어지도록 내버려두는 게 직접 결정을 내리는 것보다, 자신을 넘어 잔물결처럼 퍼져나가 윌럼과 앤디를 끌어들이고 며칠이고 몇 달이고 그 결과를 감내해야 할 결정을 내리는 것보다 쉬워 보였다.

결국 무엇 때문에 타월걸이에서 타월을 집어 팔을 감싸고 힘겹게 몸을 일으켜 윌럼을 깨웠는지는 모르겠다. 하지만 한 순간, 한 순간이 지날수록 그는 다른 선택에서 점점 더 멀어졌고, 사건은 자신이 통제할 수 없는 속도로 맹렬하게 굴러갔다. 그는 부상 직후, 앤디를 만나기 전 그 시절이 그리웠다. 모든 게 나아질 수 있을 것 같았고, 미래의 자신은 환하고 깨끗할 수 있을 것 같았던 그때가, 아는 건 거의 없었지만 큰 희망을, 그리고 그 희망이 언젠가는 보답받으리라는 믿음을 지녔던 그때가 그리웠다.

—.

뉴욕 이전에는 로스쿨이 있었고, 그 이전에는 대학이, 그 이전에는 필라델피아와 길고 느린 대륙횡단 여행이, 그 이전에는 몬태나와 고아원이, 몬태나 이전에는 사우스웨스트와 모텔 방들, 외롭게 펼쳐진 길과 차 안에서 보내는 시간들이 있었다. 그리고 그 이전에는 사우스다코타와 수도원이 있었다. 그 이전에는? 아마도 아버지와 어머니. 아니, 더 현실적으로는, 그냥 남자와 여자가. 그다음에는 아마도 여자 혼자만. 그리고 그가 있었다.

그에게 수학을 가르쳐주고, 그가 얼마나 운이 좋은 건지 늘 상기시키고, 그가 쓰레기통에서 발견됐다고 이야기해준 사람은 피터 수사였다. "쓰레기봉지 안에 달걀껍질과 비실해진 양상추, 상한 스파게티, 그리고 네가 있었지." 피터 수사는 말했다.

"잡화상 뒤 골목에, 거기 알지?" 하지만 그는 알 수가 없었다. 수도원을 떠난 적이 거의 없기 때문이다.

나중에 마이클 수사는 그건 절대 사실이 아니라고 주장했다. "쓰레기통 안에 있었던 게 아냐." 그는 말했다. "넌 쓰레기통 옆에 있었어." 그렇다, 그는 받아들였다. 쓰레기봉지가 있었지만, 그는 그 안이 아니라 그 위에 있었다. 어쨌거나 그 봉지 안에 뭐가 들어 있었는지 누가 알겠나, 그리고 누가 상관이나 하겠나? 아마 약국에서 나온 쓰레기라는 게 더 신빙성 있는 이야기일 것이다. 마분지와 화장지, 포장끈, 포장용 충전재 같은 것들. "피터 수사가 하는 말 다 믿어선 안 돼." 마이클 수사는 종종 이렇게 주의를 줬다. 또 이런 말도 했다. "이런 식으로 자꾸 자기를 신화화하면 안 돼." 그가 어쩌다 수도원에서 살게 되었느냐고 꼬치꼬치 물을 때마다 하는 말이었다. "그냥 와서 여기 있는 거야. 넌 미래에 집중해야 해, 과거가 아니라."

그들은 그의 과거를 창조해줬다. 그는 벌거벗은 채 발견됐다고 피터 수사는 말했지만(마이클 수사는 기저귀만 차고 있었다고 했다), 어느 쪽이건 그가 소위 자연의 뜻에 맡겨졌다는 가정은 같았다. 그때는 5월 중순이었고 여전히 추웠기 때문에 신생아가 그런 날씨에 오래 생존할 수는 없었기 때문이다. 하지만 그가 바깥에 있었던 건 겨우 몇 분에 불과했는지, 사람들이 그를 발견했을 때 그는 여전히 거의 따뜻했고 쓰레기통 쪽으로 왔다가 다시 멀어져간 자동차 타이어 자국과 발자국(운동화, 아마도 250 정도 크기였다)이 내리는 눈에 다 덮이지도 못했다. 그는 운 좋게 발견됐다(그들이 그를 발견한 건 천운이었다). 그가 가진 모든 것—이름, (추정에 불과한) 생일, 숙소, 목숨 그 자체가 그들 덕분이었다. 그는 감사해야 마땅했다(그들은 자기들에게 감사하길 바라지 않았다. 하느님께 감사드리기를 바랐다).

그는 그들이 어떤 질문에 대답을 해주고 어떤 질문에는 안 해줄지 절대 알 수가 없었다. 간단한 질문들은(발견됐을 때 울고 있었나? 쪽지가 있었나? 누가 두고 갔는지 찾아봤나?) 무시하거나 모르거나 설명해주지 않았지만, 더 복잡한 질문들에는 명확한 대답이 있었다.

"주정부에서 널 데려갈 사람을 찾지 못했어." (다시, 피터 수사.) "그래서 우린 널 임시로 여기 두자고 했다가, 달이 가고 해가 갔고 네가 여기 있게 된 거지. 끝. 자 이제 이 방정식 끝내라. 하루 종일 걸리겠다."

하지만 왜 주정부에서는 아무도 찾지 못했을까? (피터 수사가 좋아한) 첫 번째 이론: 알 수 없는 게 너무 많았다—민족, 혈통, 집안 병력, 등등. 그는 어디서 왔나? 아무도 몰랐다. 근처 병원들 중 그와 인상착의가 일치하는 최근 출산 기록이 있는 곳은 아무 데도 없었다. 잠재적 보호자에게는 걱정스러운 문제였다. (마이클 수사의) 두 번째 이론: 이곳은 가난한 주의 가난한 지역의 가난한 동네다. 아무리 대중이 동정한다 해도—실제로 동정했다, 그는 절대 잊을 수 없었다—집에 애를 하나 더 들이는 건 다른 문제였다. 특히 집안이 이미 허덕거리고 있는 판국이라면. (가브리엘 신부의) 세 번째 이론: 그는 여기 있을 운명이었다. 하느님의 의지였던 거다. 이곳이 그의 집이다. 그러니 이제 질문은 그만해야 한다.

그리고 네 번째 이론이자 그가 잘못된 행동을 하면 거의 모두가 이구동성으로 말하는 이론. 그는 나쁜 아이이고, 처음부터 나빴다. "그런 식으로 버려진 걸 보면 굉장한 나쁜 짓을 한 게 틀림없어." 피터 수사는 널빤지로 그를 때리고 나서, 잘못했다고 흐느껴 우는 그를 꾸짖으며 그렇게 말했다. "아마 네가 너무 죽어라고 울어대서 더 이상 참을 수가 없었나보지." 그러면 그는 피터 수사의 말이 맞을까 두려워 더 크게 울었다.

다들 과거에 관심이 있으면서도, 그들은 그가 자기 과거에 관심을 가지면 단체로 짜증을 냈다. 마치 그가 굉장히 지겨운 취미를 제때 떼지 못하고 고집을 피우기라도 하는 것처럼 말이다. 그는 곧 묻지 않는 법을, 적어도 직접 묻지 않는 법을 배웠지만, 늘 생각지도 못한 순간에 생각지도 못한 곳에서 얻어지는 단편적 정보에 귀를 쫑긋 세웠다. 마이클 수사와 《위대한 유산》을 읽을 때는, 수사를 교묘하게 구슬려 19세기 런던의 고아의 삶에 관한 유장한 이야기로 빠졌다. 런던이라니, 겨우 150킬로미터 정도 떨어진 피어*도 그에게 낯설기는 마찬가지였다. 수업은 그의 예상대로 강연이 됐지만, 거기서 그는 자기도 핍**처럼 친척이 파악됐다거나 있었다면 친척에게 갔으리라는 걸 알게 됐다. 그러니 분명 아무도 없는 것이다. 그는 혼자였다.

그의 소유욕도 교정되어야 할 나쁜 습관이었다. 자기가 언제부터 소유할 수 있는 물건, 남의 것이 아니라 자기 것이 될 수 있는 물건을 탐내게 되었는지는 기억나지 않는다. "여기서는 아무도 아무것도 소유하지 않아." 그들은 말했지만, 그게 정말 사실일까? 예를 들어, 피터 수사에게는 거북이껍질 빗이 있었다. 환한 빛을 받은 갓 짜낸 나무수액 색의 그 빗을 그는 매우 자랑스러워했고, 그걸로 매일 아침 콧수염을 빗었다. 하루는 그 빗이 없어졌는데, 피터 수사는 그가 듣고 있던 매튜 수사의 역사 수업에 난입해 그의 어깨를 붙잡고 흔들면서 그가 빗을 훔쳤

---

*미국 사우스다코타에 있는 도시.

**찰스 디킨스의 소설 《위대한 유산》의 주인공 고아 소년.

다며 좋은 말로 할 때 내놓으라고 난리를 쳤다. (가브리엘 신부가 나중에 수사의 책상과 라디에이터 사이 좁은 공간에 빠진 빗을 찾았다.) 그리고 매튜 수사는《보스턴 사람들》* 원판, 녹색의 부드러운 천 장정본을 가지고 있었는데, 한번은 표지를 보려고 들었다가 난리가 났었다("만지지 마! 만지지 말라 그랬다!"). 과묵하고 그를 야단친 적도 없어서 그가 제일 좋아하는 루크 수사마저 모두가 그의 소유로 생각하는 새를 가지고 있었다. 데이비드 수사에 따르면, 엄밀히 말해 그 새는 누구의 것도 아니지만 루크 수사가 발견해서 돌보고 먹이를 줬고 루크 수사에게 날아가니, 원한다면 루크 수사 것이 될 수 있었다.

루크 수사는 수도원의 정원과 온실을 담당하고 있어서, 날씨가 따뜻한 달에는 그를 도와 잡일을 하곤 했다. 다른 수사들 이야기를 엿들어 루크 수사가 수도원에 들어오기 전에는 부자였다는 걸 알고 있었다. 하지만 무슨 일이 벌어져서, 아니면 무슨 짓을 저질러서(어느 쪽인지 알 수가 없었다), 그는 재산 대부분을 잃었거나 줘버리고 지금 여기, 다른 사람들처럼 가난하게 살고 있었다. 하지만 온실 비용을 대는 것도, 수도원 운영비 일부를 지불하는 것도 루크 수사의 돈이었다. 다른 수사들이 대부분 루크를 피하는 태도를 보아 나쁜 사람일지도 모른다는 생각이 들기도 했다. 하지만 루크 수사는 절대 나쁜 사람이 아니었다, 적어도 그에게는.

피터 수사가 빗을 훔쳤다고 그를 모함한 직후, 그는 실제로 처음으로 물건을 훔쳤다. 부엌에 있던 크래커 한 상자였다. 어느 날 아침 교육실로 가는 길에 부엌을 지나가고 있었다. 부엌

*헨리 제임스의 1886년 소설.

에는 아무도 없었고, 상자는 조리대 위, 딱 손 닿을 만한 위치에 있었다. 그는 충동적으로 과자를 움켜쥐고는 수사들이 입는 망토와 비슷한 거친 울 망토 아래 쑤셔 넣고 냅다 달렸다. 그는 우회로를 택해 돌아 자기 베개 아래 과자를 숨겼고, 그 때문에 매튜 수사의 수업에 늦었고, 수사는 그 벌로 개나리나무 회초리로 그를 때렸지만 비밀리 숨겨놓은 과자를 생각하면 마음속에 온기와 즐거움이 피어올랐다. 그날 밤 그는 침대에서 혼자 크래커 하나를 조심해서 먹었다(심지어 별로 좋아하지도 않는 거였다). 이로 크래커를 여덟 조각으로 부순 다음 한 조각씩 혀 위에 올려놓고 부드럽고 끈적끈적해질 때까지 기다렸다가 통째로 삼켰다.

그날 이후 그는 점점 더 많이 훔쳤다. 수도원에는 그가 정말 가지고 싶은 것도, 가질 만한 가치가 있는 것도 없었고, 그래서 별 계획도 갈망도 없이 그냥 어쩌다 눈에 들어오는 것들을 가져갔다. 음식이 있으면 음식을, 아침식사 후 늘 하던 대로 배회하다가 마이클 수사의 방바닥에서 발견한 찰칵거리는 검정색 단추를, 수업 도중 가브리엘 신부가 책을 찾으러 돌아섰을 때 신부님 책상 위에서 잽싸게 낚아챈 펜을, 피터 수사의 빗을(이 마지막 물건만 유일하게 계획을 세웠던 절도였지만, 그렇다고 다른 것들보다 더 큰 전율을 느끼지도 않았다). 그는 성냥과 연필, 종잇조각들—쓸모없는 쓰레기였지만, 다른 사람의 쓰레기였다—을 훔쳐 속옷 안에 쑤셔 넣고 침실로 달려와 매트리스 아래 숨겨놓았다. 매트리스는 너무 얇아서 밤이면 튀어나온 것들이 하나하나 다 등으로 느껴졌다.

"뛰어다니지 좀 마라, 아니면 때려줄 테다!" 그가 황급히 방으로 가고 있으면 매튜 수사가 고함을 지르곤 했다.

"네, 수사님." 그는 대답하고는 속도를 늦춰 걸었다.

그는 가장 큰 물건을 훔치던 날 잡혔다. 가브리엘 신부가 전화를 받느라 수업을 중단했을 때 신부님 책상에서 은제 라이터를 슬쩍하려다가 걸린 것이다. 가브리엘 신부는 전화기 위로 몸을 굽혔고, 그는 손을 뻗어 라이터를 잡은 뒤 수업이 끝날 때까지 서늘하고 묵직한 무게감을 손바닥으로 느끼며 꼭 쥐고 있었다. 신부님 집무실에서 나오자 그는 라이터를 서둘러 속옷 안에 넣고 최대한 빠른 걸음으로 방으로 돌아가던 중, 앞을 보지 않고 모퉁이를 돌다가 파벨 수사와 정면으로 부딪쳤다. 수사가 고함을 치기도 전에 그는 뒤로 자빠졌고 라이터가 판석 위에 튕겨져 나왔다.

물론 그는 얻어맞고 호통을 들었고, 마지막 벌로 가브리엘 신부가 자기 집무실에 부르더니 다른 사람의 물건을 훔치면 안 된다는 걸 제대로 가르쳐주겠다고 했다. 그는 가브리엘 신부가 손수건을 접어 올리브오일 병 입구에 갖다 댔다가 그의 왼쪽 손등에 문지르는 걸 멀뚱멀뚱 지켜봤지만, 너무 무서워서 울지조차 못했다. 그리고 신부는 그가 훔쳤던 라이터를 가져와 그의 손을 불꽃 아래 갖다 댔고 마침내 기름을 묻힌 곳에 불이 붙었다. 그의 손 전체가 유령처럼 하얀 불꽃에 삼켜졌다. 그가 비명을 지르고 또 지르자, 신부는 그의 얼굴을 때렸다. "소리 그만 질러." 그는 고함쳤다. "이게 그 대가다. 다시는 물건을 훔치면 안 된다는 걸 절대 잊지 않을 거다."

정신이 들었을 때 그는 자기 침대에 누워 있었고 손에는 붕대가 감겨 있었다. 물건들은 다 사라졌다. 훔친 물건은 물론이고, 자기 혼자 발견한 물건들—돌멩이, 깃털, 화살촉, 그가 난생처음 받아본 선물인, 루크 수사가 다섯 살 생일 때 준 화석도 다 사라졌다.

잡힌 이후로 그는 매일 밤 가브리엘 신부의 방에 가서 옷을 벗었고, 신부는 무슨 밀수품이 있는지 그의 몸 안을 검사했다. 나중에 상황이 더 안 좋아졌을 때, 그는 그 크래커 상자를 생각하곤 했다. 그것만 훔치지 않았더라면. 이렇게 상황을 엉망진창으로 만들지 않았더라면.

가브리엘 신부의 야간 검사 이후, 그는 분노발작을 일으키기 시작했다. 야간 검사에 곧 피터 수사의 대낮 검사까지 보태졌고, 그는 갑자기 격렬하게 분노를 터뜨리곤 했다. 수도원 돌담에 몸을 던지고 있는 대로 소리를 지르고, (6개월이 지났는데도 여전히 가끔 끈덕지고도 지독하게 욱신거리는) 망가진 추한 손등을 단단한 나무 식탁 모서리에 부딪히고, 뒷목과 팔꿈치, 뺨—모두 가장 아프고 부드러운 부분들—을 책상 옆에 갖다 박곤 했다. 낮이고 밤이고 그랬다. 통제할 수가 없었다. 분노는 안개처럼 슬금슬금 그를 덮쳐와 포근히 감싸 안았고, 그는 멋대로 날뛰고 소리 지르고 흥분하고 자신에 대한 역겨움을 토해냈다. 나중에 아무리 고통이 따른다 해도, 그러면 수사들이 겁낸다는 걸, 수사들이 그의 분노와 소음과 힘을 두려워한다는 걸 알고 있었다. 그들은 손에 집히는 아무것으로나 그를 때렸고, 교실 벽 못에 벨트를 걸어놓기 시작했고, 샌들을 벗어 다음 날 앉을 수도 없을 정도로 끝도 없이 팼고, 괴물이라고 부르고, 그가 죽기를 바라고, 쓰레기통에 그대로 뒀어야 했다고 말했다. 그는 이것도 고마웠다. 탈진하는 데 도움이 됐기 때문이다. 그 야수를 스스로 잡을 수 없었기 때문에 그 녀석을 물러나게 하기 위해서는, 녀석이 뒷걸음쳐 우리 안으로 다시 들어가게 하기 위해서는 수사들의 도움이 필요했다. 놈이 다시 해방되어 뛰쳐나

오기 전까지.

그는 오줌을 싸기 시작했고, 그래서 신부에게 더 자주 가서 더 많은 검사를 받아야 했고, 신부가 더 많이 검사할수록 그는 더 자주 오줌을 쌌다. 신부는 밤에 그의 방에 찾아오기 시작했고, 피터 수사도 그랬고, 나중에는 매튜 수사까지 합세했고, 그는 점점 더 엉망이 됐다. 그들은 그가 젖은 잠옷을 그대로 입고 자게 했고, 낮에도 입고 있게 했다. 오줌 냄새와 피 냄새 때문에 그에게선 역한 악취가 풍겼고, 그는 비명을 지르고 분노하고 울부짖었다. 수업을 중단시키고 책상에서 책들을 밀쳐내, 수사들이 수업을 포기하고 당장 그를 때리게 만들었다. 때로는 얼마나 세게 맞았는지 의식을 잃었다. 그는 그걸, 그 암흑을 간절히 원하기 시작했다. 그곳에서는 시간이 흘러도 자신은 존재하지 않았고, 무슨 짓이 벌어져도 그는 알지 못했다.

때로 그의 분노에는, 비록 오직 그만이 아는 이유였지만 이유가 있었다. 그는 너무도 끝없이 더럽고, 더럽혀진 기분이었다. 마치 그의 내부가 무너져가는 건물 같았다. 수도원 밖으로 나가본 얼마 안 되는 여행 중 봤던 안 쓰는 교회 같았다. 대들보에는 곰팡이가 점점이 피어 있고, 서까래는 부서지고 흰개미 구멍이 수두룩하고, 무너진 지붕 사이로 삼각형의 하얀 하늘이 거리낌없이 보이던 그 교회 같았다. 역사 시간에 거머리에 대해 배운 적이 있다. 옛날에는 바보같이 거머리들이 통통한 자기 몸 안으로 사람들의 병을 탐욕스럽게 빨아들여 건강하지 못한 피를 빨아낸다고 생각했다고 한다. 그는 수업과 잡일 사이의 자유시간이면 수도원 부지 경계선에 있는 개울을 철벅거리며 자기만의 거머리를 찾으러 다녔다. 거머리를 찾지 못하고, 그 개울에는 거머리가 없다는 이야기를 듣자, 그는 목소리가 갈 때까지 소리

지르고 또 소리 질렀고, 목청에 뜨거운 피가 차오르는 것 같은 느낌이 들 때마저 고함을 멈추지 않았다.

한번은 방에 가브리엘 신부와 피터 수사와 함께 있었고, 그는 소리 지르지 않으려고 애쓰고 있었다. 더 조용히 있을수록 더 빨리 끝난다는 걸 알게 되었기 때문이다. 그때 문틈으로 루크 수사가 나방처럼 휙 지나가는 게 보인 것 같았고, 그는 그 당시에는 굴욕이라는 단어조차 알지 못했지만 굴욕감을 느꼈다. 그래서 다음 날 자유시간에 루크 수사의 정원에 가서 수선화 봉오리들을 하나도 남김없이 다 꺾어 정원사 오두막 문 앞에 쌓아뒀다. 세로줄무늬 왕관들이 입 벌린 부리들처럼 하늘을 향하고 있었다.

나중에 다시 혼자 잡일들을 하다보니 후회가 됐고, 슬픔으로 팔에 힘이 빠져 방 한쪽 구석에서 반대쪽으로 힘겹게 들고 가던 물 양동이를 털썩 떨어뜨렸다. 그는 바닥으로 몸을 내던지고 좌절감과 후회로 소리를 질렀다.

저녁식사 시간 그는 음식을 먹을 수가 없었다. 그는 언제, 어떻게 벌을 받을까, 그리고 언제 수사에게 사과해야 할까 생각하며 루크를 찾았다. 하지만 수사는 거기 없었다. 불안한 나머지 그는 철제 우유주전자를 떨어뜨렸고, 차가운 흰 액체가 온 바닥에 철벅 쏟아졌다. 옆에 앉아 있던 파벨 수사가 그를 벤치에서 휙 잡아당겨 바닥에 밀쳤다. "닦아." 파벨 수사는 행주를 던지며 으르렁댔다. "금요일까지는 그것밖에 못 먹을 줄 알아." 그날은 수요일이었다. "이제 네 방에 가." 그는 수사들의 마음이 바뀌기 전에 달려 나갔다.

(식당 위 2층 한쪽 끝에 위치한 벽장을 개조해서 창문도 없고 간이침대 하나 들어갈 정도의 넓이밖에 되지 않는) 그의 방문은

늘 열려 있었다. 예외는 수사나 신부가 그와 같이 있을 때였고, 그럴 때면 보통 문이 닫혀 있었다. 하지만 계단을 올라와 모퉁이를 돌고 있는 순간 벌써 문이 닫혀 있는 게 보였고, 그는 잠시 텅 빈 조용한 복도에서 머뭇거렸다. 그 안에서 뭐가 그를 기다리고 있을지 알 수가 없었다. 아마도 수사들 중 하나. 아니면 어쩌면 괴물. 개울 사건 이후 그는 때로 이런 백일몽을 꿨다. 방구석의 시커먼 그림자들이 마디진 새까만 피부를 반들반들 빛내며 똑바로 흔들흔들 서서 축축하고 소리 없는 몸체로 그를 질식시키려고 기다리고 있는 거대한 거머리들인 꿈을. 마침내 그는 용기를 그러모아 문으로 곧장 달려가 벌컥 문을 열었지만, 그 안에는 자기 침대와 흙색 울 담요, 화장지 한 통, 선반 위의 교과서들뿐이었다. 그때 그는 침대 머리맡 근처 구석에 환한 깔때기 같은 꽃봉오리들이 입을 열기 시작한 수선화 다발이 담긴 유리병이 놓여 있는 걸 봤다.

그는 병 근처 바닥에 앉아 손가락 사이로 벨벳처럼 부드러운 꽃봉오리 하나를 문질렀고, 그 순간 어찌나 극심한, 압도적인 슬픔이 몰려오는지 자신을 찢어발기고 싶었다. 손등의 상처를 떼어내고, 루크의 꽃들에게 했던 짓처럼 자신을 갈기갈기 찢어버리고 싶었다.

하지만 왜 루크 수사에게 그런 짓을 했을까? 그에게 친절하게 대해준 사람이 루크 수사뿐인 것도 아니었다. 그를 처벌해야 하는 상황에 몰리지만 않으면 데이비드 수사는 늘 칭찬을 해줬고 그에게 정말로 영리하다고 말해줬고, 피터 수사마저 시내 도서관에서 정기적으로 읽을 책을 가져다주고 나중에 그와 토론을 하며 마치 그가 진짜 사람인 것처럼 그의 의견을 경청했다. 하지만 루크는 그에게 기운을 북돋워주고 그의 편이라는 걸 보여주기 위해 노력했을 뿐 아니라, 그를 절대 때리지 않았다. 지난 일요일 그는 저녁식사 기도를 큰 소리로 낭송하기로 되어 있었다. 가브리엘 신부의 식탁 바로 아래 서 있는데, 갑자기 나쁜 짓을 하고 싶은 충동에, 앞에 놓인 접시에서 감자 조각들을 한 줌 집어 사방에 던지고 싶은 충동에 사로잡혔다. 소리를 지를 생각만 해도 벌써 목이 따끔따끔해지는 것 같았고, 등짝을 사정없이 때리는 벨트의 뜨거운 매질이, 그가 빠져 들어갈 암흑이, 정신을 차려보면 주위를 둘러싸고 있을 눈부신 햇살이 벌써 느껴졌다. 이미 그의 팔은 옆구리에서 올라가고 있었고, 손가락은 꽃잎처럼 벌어져 접시를 향해 다가가고 있었다. 바로 그 순간 그는 고개를 들었다가 루크 수사를 봤고, 그는 그에게 마치 카메라 셔터를 누르는 것처럼 엄숙하고도 짧게 윙크했다. 처음에는 뭘 봤는지조차 몰랐다. 그때 루크가 다시 한 번 윙크를 했고, 무슨 이유인지 그는 진정됐다. 그는 정신을 차리고 낭송을 마친 후 자리에 앉았고, 저녁식사는 사고 없이 지나갔다.

그리고 지금 이 꽃들이 있었다. 하지만 그 의미가 무엇일지 생각하기도 전에 문이 열렸고, 피터 수사가 나타났다. 그는 일어섰고, 끔찍한 순간을 기다렸다. 결코 준비할 수 없는, 어떤 일도 일어날 수 있고 어떤 것도 올 수 있는 그 끔찍한 순간을.

다음 날 그는 루크에게 뭐라고 말해야 한다고 결심하고 수업을 마치자마자 온실로 갔다. 하지만 온실에 다가갈수록 결심은 사라졌고, 그는 돌멩이를 찼다가 주웠다가 나뭇가지를 수도원 경계선 숲 쪽을 향해 집어 던졌다가 하며 어슬렁거렸다. 진짜, 뭐라고 할 것인가? 북쪽 경계선에 나무 한 그루가 있는데, 그 갈라진 뿌리 사이에 그는 구멍을 파고 새 창고를 만들기 시작했다. 이번 물건들은 숲에서 발견한 것들뿐이라 누구의 소유도 아닌 안전한 물건들이었다. 조그만 돌멩이들, 앙상한 개구리가 펄쩍 뛰는 모양처럼 생긴 나뭇가지 같은 것들. 거기서 그는 소유물들을 손에 쥔 채로 대부분의 자유시간을 보냈다. 거기로 가려고 막 돌아서는데, 누가 이름을 불러 돌아봤더니 루크가 손을 들어 인사하며 그를 향해 걸어오고 있었다.

"너라고 생각했어." 루크 수사는 다가오면서 말했고(뭔가 앞뒤가 맞지 않다고 그는 훨씬 뒤에야 생각했다. 그럼 누구란 말인가? 수도원에 아이라곤 그밖에 없는데), 그는 애썼지만 루크에게 사과할 말이, 사실 어떤 말도 생각나지 않았다. 대신 그는 울음을 터뜨렸다. 울면서 부끄럽다는 생각을 해본 적은 한 번도 없었지만, 이 순간은 부끄러웠고, 그래서 루크 수사에게 등을 돌린 채 흙이 진 손등으로 눈을 가렸다. 갑자기 배가 몹시 고팠고 지금이 겨우 목요일 오후라는 생각이 났다. 다음 날까지 그는 아무것도 먹지 못할 것이다.

"음." 루크가 말했다. 그가 바로 옆에 무릎을 꿇고 앉는 게 느껴졌다. "울지 마, 울지 마." 하지만 목소리가 너무 상냥해서 그는 더 크게 울었다.

그러자 루크 수사는 일어섰고, 이번에는 좀 더 유쾌한 목소리로 말했다. "주드, 들어봐. 보여줄 게 있어. 같이 가자." 그러고는 온실을 향해 걷기 시작했고, 뒤를 돌아보며 그가 따라오고 있는지 확인했다. "주드." 그가 다시 불렀다. "같이 가자." 그래서 그는 자기도 모르게 그를 따라 온실 쪽으로 걷기 시작했다. 너무나 잘 아는 온실인데도 마치 한 번도 본 적 없는 것처럼 낯선 갈망이 솟아올랐다.

어른이 되어 그는 정확히 언제부터 일이 잘못되기 시작했는지 짚어내는 데 집착하기 시작했다. 마치 그 순간을 동결시켜

세균배양기 안에 보존했다가 교실 앞에서 들고 가르칠 수 있기라도 한 것처럼. '이게 바로 그 일이 벌어졌던 때야. 이게 바로 그 일이 시작된 곳이야.' 그는 생각하곤 했다. 크래커를 훔쳤을 때였을까? 루크의 수선화를 망쳐놓았을 때였을까? 처음으로 분노발작을 일으켰을 때였을까? 더 말도 안 되지만, 뭔지 모르지만 엄마가 날 그 잡화상 뒤에 버리게 만든 그 짓을 저질렀을 때였을까? 그건 무엇이었을까?

하지만 사실은 알고 있었다. 그건 그날 오후 그 온실에 들어갔을 때였다. 호위를 받으며 자기 발로 들어갔을 때, 루크 수사를 따라가기 위해 모든 걸 포기했을 때였다. 그때가 그 순간이었다. 그리고 그 이후는 결코 전과 같지 않았다.

—

계단을 다섯 개 더 오르자 그는 집 문 앞에 서 있다. 손이 너무 떨려서 열쇠가 자물쇠에 잘 들어가지지 않고, 그는 욕을 하며 열쇠를 거의 떨어뜨릴 뻔한다. 다음 순간 그는 아파트 안에 있고, 문에서 침대까지는 열다섯 걸음만 가면 되는데도, 중간에서 멈춰 서서히 바닥에 주저앉고, 마지막 30센티미터는 팔꿈치로 지탱하며 기어간다. 주위의 모든 것들이 빙빙 도는 가운데, 잠시 동안 바닥에 누워 있다가, 겨우 기운을 추슬러 담요를 끌어내려 덮는다. 해가 떨어지고 아파트가 어두워질 때까지 거기 누워 있다가, 마침내 겨우 간신히 몸을 일으켜 침대로 기어 올라간 다음, 먹지도, 씻지도, 옷을 갈아입지도 않은 채 아파서 이를 딱딱 부딪치며 잠든다. 윌럼은 공연을 마치고 여자친구와 데이트가 있기 때문에 그는 혼자일 테고, 윌럼이 돌아올 때면 매우 늦은 시간일 것이다.

잠에서 깨면 이른 새벽일 테고, 몸은 더 나아져 있겠지만 상처에서는 밤새도록 고름이 나와 일요일 아침 그 재난의 산책을 나가기 전 동여맨 거즈는 흠뻑 젖어 있을 테고, 바지는 그 진물 때문에 피부에 찰싹 붙어 있을 것이다. 그는 앤디에게 메시지를 보내고, 답장에 다시 메시지를 남긴 후, 샤워를 하러 가 붕대를 조심스럽게 벗길 테고, 그러면 썩은 살과 시커멓게 엉긴 끈적한 핏덩어리가 떨어져 나올 것이다. 그는 소리 지르지 않으려고 숨을 헐떡이고 헉헉댈 것이다. 지난번에 이런 일이 있었을 때 앤디와 했던 대화를 생각할 것이다. 그때 앤디는 예비로 휠체어를 가지고 있으라고 제안했고, 그는 다시 휠체어를 사용한다는 생각조차 싫었지만, 지금은 하나 있었으면 하고 바랄 것이다. 앤디가 옳다고, 그의 산책들은 용서할 수 없는 오만의 표시라고, 모든 게 괜찮고 사실 자기가 불구가 아닌 척하는 것은, 수년 동안, 이제 거의 10년이 되어가는 세월 동안 말할 수 없이, 말도 안 되게 그에게 잘해주고 관대하게 대해준 사람들에게 끼친 결과를 생각하면 이기적인 짓이라고 생각할 것이다.

그는 샤워기를 잠그고 욕조에 앉아 타일에 뺨을 기대고 더 기운이 나기를 기다린다. 그가 얼마나 꼼짝달싹 못 하게 갇혀 있는지, 증오하는 육체 속에, 증오하는 과거 속에 갇힌 몸인지를 생각하고, 그중 어떤 것도 결코 바꿀 수 없다는 것을 상기할 것이다. 좌절과 증오와 고통으로 울고 싶지만, 루크 수사에게 벌어진 일 이후로는 운 적이 없고, 그 이후로는 절대 울지 않겠다고 혼자 다짐했었다. 자기는 아무것도 아니라고, 알맹이는 화석이 되어 쪼그라든 지 오래인 속 빈 껍데기여서 이제 쓸모없이 덜그럭대고 있을 뿐이라고 되새길 것이다. 가장 행복한 순간에도 가장 비참한 순간에도 그를 괴롭히는 그 따끔거리는, 떨리는 역겨운 감정을, 자기가 뭐 대단한 사람이라고 그렇게 많은 사람들에게 불편을 주느냐고, 자기의 몸마저 그만하라고 말하고 있는데 계속 갈 권리가 있다고 생각하느냐고 묻는 그 역겨운 목소리를 느끼게 될 것이다.

그는 앉아서 기다리고 숨을 몰아쉬면서, 이른 새벽이라서, 윌럼에게 그를 발견해서 또 한 번 구해줘야 할 기회를 주지 않아 다행이라고 생각할 것이다. (얼마나 뒤의 일인지는 기억나지 않겠지만) 그는 어찌어찌 겨우 직립 자세를 취하고 욕조에서 나와 아스피린을 먹고 출근을 할 것이다. 직장에서는 글자들이 흐릿해지며 페이지 위에서 춤을 출 테고, 그때쯤 앤디가 전화를 걸고 시간은 겨우 아침 7시에 불과할 것이다. 그는 마셜에게 아프다고 말하고 차를 빌려주겠다는 마셜의 제안은 거절하지만 택시 타는 걸 도와주는 건 허락할 것이다. 그 정도로 안 좋았다. 그는 전날 멍청하게 산책했던 업타운 방향으로 가고, 앤디가 문을 열면 차분하게 있으려고 노력할 것이다.

"주디." 앤디는 오늘은 상냥모드일 테고, 어떤 연설도 하지 않을 것이다. 그는 앤디가 이끄는 대로 텅 빈 대기실을 지나 아직 열지 않은 진찰실로 들어가, 그의 부축을 받으며 여러 시간을, 여러 날을 보냈던 진찰대 위에 올라가고, 심지어 앤디가 옷을 벗기도록 내버려둔 채 눈을 감고 그가 다리에서 붕대를 풀고 쓰라린 피부에서 흠뻑 젖은 거즈를 떼어내기를 기다릴 것이다.

내 인생, 그는 생각할 것이다, 내 인생. 하지만 그 이상은 아무런 생각도 떠오르지 않을 것이고, 그저 그 말만—일부는 찬송처럼, 일부는 저주처럼, 일부는 확신을 바라는 것처럼—반복하다 그런 극심한 고통을 겪을 때면 찾아가는 다른 세상으로, 자기 세상에서 결코 멀지 않지만 나중에 결코 기억나지 않는 그 세상으로 스르르 들어갈 것이다. 내 인생.

2

예전에 나한테 물었었지, 주드가 언제 내 사람이라는 걸 알았느냐고. 난 늘 알았었다고 대답했어. 하지만 그건 사실이 아니야. 그렇게 말하면서도 사실이 아니란 건 알고 있었어. 그냥 그게 근사하게 들려서 한 말이야. 책이나 영화에 나오는 사람이 할 것 같은 말이잖아. 우리 둘 다 너무 비참하고 무력한 기분이었고, 그렇게 말하면 우리 앞에 놓인 상황에 대해, 어쩌면—어쩌면 아니겠지만—우리가 막을 수 있었을지도 모르지만 어쨌거나 그러지 못했던 그 상황에 대해 조금은 기분이 더 나아질 것 같아서 그랬어. 병원에서였어, 제일 처음은. 기억하는 거 알아. 넌 그날 아침 콜롬보에서 사방치기라도 하듯 도시들과 나라들과 시간을 뛰어넘어 날아왔지. 떠나기 전에 하루의 시간을 고스란히 가질 수 있도록.

하지만 이제 정확히 말하고 싶어. 안 그럴 이유가 없고, 그래야 하니까 정확히 말하고 싶어. 항상 그러려고 애썼고, 늘 노력하고 있어.

어디서부터 시작해야 할지 모르겠네.

좋은 말부터 시작하는 게 어떨까. 물론 그것들도 다 참말이야. 난 네가 처음부터 좋았어. 우리가 처음 만났을 때 넌 스물넷이었지, 그러니까 내가 마흔일곱일 때군. (세상에.) 난 네가 특이하다고 생각했어. 나중에 네가 얼마나 좋은 사람인지 주드에게 들었지만, 나한테 설명해줄 필요도 없었어. 난 벌써 알고 있었거든. 너희들이 처음으로 우리 집에 왔던 그해 여름 말이야. 나한테는 정말 기이한 주말이었고, 주드에게도 그랬어. 나로 말하자면, 제이컵이 어떤 사람이 되었을지를 너희 넷을 통해 봐서였고, 주드로 말하자면, 날 항상 자기 선생님으로만 알아오다가 갑자기 반바지에 앞치마를 두르고는 그릴에서 조개를 담고 너희 셋이랑 온갖 것들에 대해 떠들어대는 모습을 봤기 때문이지. 하지만 모두의 얼굴에서 더 이상 제이컵의 얼굴을 보지 않게 되는 순간, 난 그 주말을 진정으로 즐길 수 있었어. 무엇보다 그건 너희 셋 다 너무 즐거워 보였기 때문이야. 너희들은 그 상황에서 아무런 이상한 점도 느끼지 못했을 거야. 너흰 사람들이 자기를 좋아할 거라 생각하는 청년들이었으니까. 오만해서가 아니라, 사람들이 늘 그래왔기 때문에, 자기들이 공손하고 상냥하게 구는 한 그 공손함과 상냥함이 되돌아오지 않는다고 생각할 이유가 전혀 없었기 때문이지.

물론 주드는 그렇게 생각하지 않을 온갖 이유가 다 있었어. 그걸 알게 된 건 나중 일이지만. 그때 난 식사 시간에 주드를 지켜보면서 그가 특히 소란스러운 논쟁이 벌어질 때면, 마치 물리적으로 링 밖으로 나가는 것처럼 의자에 깊숙이 기대앉아 모두를 지켜보는 걸 눈치챘지. 주드는 너희들이 나를 화나게 할까봐 걱정하지 않고 스스럼없이 내 말에 반박하는 걸, 아무 생각 없이 식탁 위로 팔을 뻗어 감자며 가지며 스테이크 등을 알아서 더 가져가 먹는 걸, 원하는 걸 요청하고 받는 걸 지켜보고 있었어.

그 주말의 일들 중 가장 생생하게 기억나는 건 아주 조그만 거야. 너와 주드, 줄리아와 내가 같이 전망대로 이어지는 자작나무 오솔길을 따라 산책을 할 때였어. (그때는 그냥 좁은 길이었지, 기억해? 나중에야 나무들이 수북해졌지.) 나는 주드와 같이 걷고 있었고, 너랑 줄리아는 우리 뒤에 있었어. 네가 무슨 이야기를 하고 있었더라, 아, 잘 모르겠네, 곤충들이었던가? 아니면 야생화? 줄리아랑 너는 늘 뭔가 할 이야깃거리들이 있었어. 둘 다 자연을, 야외를 좋아했고, 둘 다 동물들을 사랑했지. 그런데 어느 순간 네가 주드의 어깨를 살짝 건드리더니 주드 앞으로 가서 무릎을 꿇고 한쪽 신발의 풀어진 끈을 매주고는, 다시 뒤로 가서 줄리아와 발맞춰 걷기 시작하더군. 정말 물 흐르듯이 자연스럽고, 별것 아닌 행동이었어. 앞으로 한 걸음 나와서 무릎을 꿇고 앉았다가, 줄리아 옆으로 다시 물러나는 것. 너한텐 아무것도 아니었어. 넌 아마 생각도 안 했을 거야. 심지어 하던 대화를 중단하지도 않았어. 넌 항상 주드를 지켜보고 있었지(하지만 너희들 모두 그랬어). 여러 가지 세심한 방식으로 보살폈어. 그 며칠 사이에 난 그걸 다 봤어. 하지만 이 일을 네가 기억할 것 같진 않네.

하지만 네가 그러고 있을 동안, 주드는 나를 봤어. 그때 주드의 표정이라니. 그 순간이 아니고서는 아직도 그 표정을 뭐라 설명해야 할지 모르겠어. 내 안에서 뭔가가, 마치 너무 높이 쌓아 올린 축축한 모래탑처럼 무너져 내리는 것 같았어. 주드를 위해, 너를 위해, 나를 위해서도. 주드의 얼굴을 보며 난 나도 똑같은 표정을 짓고 있으리라는 걸 알았어. 다른 사람을 위해 그런 걸 그렇게 아무 생각 없이, 그렇게 우아하게 해줄 수 있는 사람을 찾는 건 불가능하다는 것을 깨달은 사람의 표정을! 주드를 봤을 때, 난 제이컵이 죽은 후 처음으로 가슴이 찢어질 것 같다는 말의 의미를, 뭔가가 가슴을 찢어놓을 수 있다는 말의 의미를 이해했어. 늘 지나치게 감상적인 말이라고 생각했었는데, 그 순간 나는 그게 감상적일지는 몰라도 진실이라는 걸 깨달았지.

그때 알았던 것 같아.

—

난 내가 아버지가 될 거라고는 한 번도 생각해본 적 없었어. 우리 부모님이 안 좋았기 때문이 아니야. 사실 우리 부모님은 멋진 분들이셨지. 어머니는 내가 굉장히 어렸을 때 유방암으로 돌아가셨고, 다음 5년 동안은 아버지와 나만 있었어. 아버지는 의사였는데, 환자들과 같이 늙고 싶어 했던 일반개업의셨지.

우리는 웨스트엔드 82번 스트리트에 살았고, 아버지 병원은 우리 건물 1층에 있어서 방과 후면 난 병원에 자주 가곤 했어. 환자들은 다들 날 알았고, 나는 의사의 아들인 게, 모두에게 인사를 하는 게, 아버지가 받은 아기들이 아이가 되어 나를 우러러보는 게 자랑스러웠어. 그 애들 부모님들이 내가 스타인 박사 아들이고, 시내의 명문 고등학교에 다니고 있고, 그 애들도 열심히 공부하면 그 학교에 다닐 수 있다고 말했거든. "얘야." 아버지는 날 이렇게 불렀고, 방과 후 병원에 가면 아버지는, 내 키가 더 커졌을 때에도, 내 뒷목에 손바닥을 대고 내 머리 옆에 키스를 하곤 했어. "우리 아들, 학교는 어땠니?"

여덟 살이 됐을 때 아버지는 병원 매니저 아델이랑 결혼했어. 어린 시절 난 늘 아델의 존재와 함께했어. 새 옷이 필요할 때 옷을 사러 같이 가는 사람도, 추수감사절을 같이 보내는 사람도,

내 생일선물을 포장해주는 사람도 아델이었어. 아델은 나한테는 어머니나 다를 바 없었어. 딱 그랬어. 아델이 어머니였지.

아델은 나이가 많았어, 아버지보다 많았지. 남자들이 좋아하고 편해하지만 결혼 생각은 하지 않는 그런 타입의 여자였어. 예쁘지 않다는 말을 좋게 하는 거야. 하지만 어머니한테 누가 예쁜 걸 바라나? 한번은 아델에게 자기 아이들을 낳고 싶은 생각이 없는지 물은 적 있는데, 내가 자기 아이라고, 더 좋은 아이를 갖는 건 상상할 수도 없다고 대답하더군. 우리 아버지와 아델, 그리고 그분들에 대한 내 감정, 그분들이 날 어떻게 대했는지는 그 대답에 다 담겨 있어. 그래서 난 30대가 되어 당시 아내와 아이를 하나 더, 제이컵을 대체할 아이를 낳을 것인지를 놓고 싸울 때까지는 아델의 그 말을 한 번도 의심하지 않았어.

아델은 외동이었고, 나도 외동, 아버지도 외동이었어. 외동들로 이루어진 가족이었지. 하지만 아델의 부모님은 살아 계셨고, 우린 주말이면 지금은 파크 슬로프가 된 브루클린의 동네로 그분들을 만나러 갔어. 그분들은 미국에서 산 지가 거의 50년인데, 여전히 영어를 거의 못 하셨어. 아버님은 더듬더듬, 어머님은 표정으로 말했지. 그분들은 아델처럼 땅딸막했고, 아델처럼 친절했어. 아델은 그분들과는 러시아어로 이야기했고, 내가 할아버지라고 불렀던 아버님은 통통한 주먹을 펴서 그 안에 숨겨둔 나무 우레나 연분홍 껌 뭉치 같은 것들을 보여주시곤 했어. 내가 어른이 되어 로스쿨에 다닐 때에도 내게 언제나 뭔가를 주셨지. 그때는 더 이상 가게를 하지 않으셨으니까 어디서 사 온 게 틀림없는데 말이야. 하지만 어디서? 난 항상 어딘가 수 세대 전 유행이 한물간 장난감들로 가득한 비밀 가게가 있다고, 충실한 늙은 이민자 단골들이 나선무늬 나무 팽이와 조그만 철제 병정들, 비닐포장을 벗기지도 않았는데 이미 때가 묻어 끈적끈적한 고무공을 사줘서 계속 장사가 되는 비밀 가게가 있을지 모른다고 상상했어.

내겐 늘—아무 근거 없는—이론이 하나 있었는데, (판단을 내릴 수 있을 정도로) 나이가 들어서 아버지의 재혼을 목격한 사람은 어머니 같은 사람이 아니라 새어머니 같은 사람과 결혼한다는 이론이었지. 하지만 난 아델 같은 여자와 결혼하지 않았어. 내 아내, 첫 번째 아내는 침착하고 독립적인 여자였어. 늘 자신—지성은 물론이고, 욕망과 분노, 두려움, 평정—을 낮추던 다른 여자애들과 달리 리즐은 절대 그러지 않았어. 세 번째 데이트 때 우리가 맥두걸 스트리트의 카페에서 나오고 있는데, 한 남자가 어둑어둑한 문간에서 비틀거리며 나오더니 리즐을 향해 토를 했어. 리즐의 스웨터에 밝은 호박색 토사물이 덕지덕지 묻었고, 오른손에 끼고 있던 조그만 다이아몬드 반지에는 커다란 액체 방울이, 마치 보석에 종양이라도 생긴 것처럼 대롱대롱 매달려 있던 게 생각나. 주위 사람들이 헉 놀랐고 비명을 질렀지만, 리즐은 그냥 눈을 감았어. 다른 여자 같았으면 날카로운 비명을 지르거나 깩깩거렸겠지만(나라도 비명을 지르고 깩깩거렸을 거야), 리즐은 그저 부르르 떨기만 했지. 마치 육체는 그 혐오스러운 것을 인지했지만, 또한 육체에서 그걸 제거하고 있는 것처럼. 눈을 떴을 때, 그녀는 이미 침착을 되찾았고, 카디건을 벗더니 근처 쓰레기통에 휙 던져 넣었어. "가요." 그녀는 말했어. 그 일이 벌어지는 내내 나는 충격을 받아 말 한 마디 못하고 있었지만, 그 순간 그녀를 원하게 됐어. 그녀가 가는 대로 따라가보니 설리번 스트리트에 있는 쥐구멍 같은 그녀의 아파트더군. 가는 내내 그녀는 토사물 방울이 여전히 대롱대롱 매달려 있는 반지를 낀 오른손을 몸에서 살짝 떼고 있었어.

아버지와 아델은 절대 아무 말도 하지 않았지만, 리즐을 특별히 좋아하지는 않았어. 그분들은 정중했고 내 바람을 존중했지. 그에 대한 보답으로 나는 절대 묻지 않았고, 거짓말을 해야 하는 상황을 만들지 않았어. 리즐이 유대인이 아니었기 때문이었다고는 생각하지 않지만—두 분 다 신앙심이 깊지는 않았으니까—내가 그녀에 대해 너무 경외심을 품고 있다고 생각하셨던 것 같아. 아니, 어쩌면 이건 내가 나중에 정리한 생각인지도 몰라. 어쩌면 내가 능력이라고 감탄했던 걸 그분들은 냉담함이나 차가움으로 봤을지도 모르지. 그렇게 생각한 사람이 그분들만은 아니었겠지만. 부모님은 늘 리즐에게 정중했고, 리즐도 대체로 그랬지만, 내 생각에 부모님은 며느리 될 사람이 조금 더 살가웠더라면 더 좋아하셨을 거야. 내 어린 시절 창피한 이야기들도 들려주고 아델이랑 점심도 먹고 아버지랑 체스도 둘 수 있는 그런 며느리 말이야. 사실, 딱 너 같은 사람. 하지만 리즐은 그런 사람이 아니었고, 절대 될 수도 없었지. 그걸 깨닫고 나자 부모님도 약간 거리를 뒀어. 싫은 내색을 하는 게 아니라 일종의 자제심, 존중해야 할 영역, 그녀의 영역이 있다는 걸 당신들한테 상기시키는 자제심이지. 리즐과 함께 있으면 난 이상하게 편안했어. 마치 그런 굳건한 능력 앞에서는 불행도 감히 우리에게 도전하지 못할 것만 같았지.

우린 뉴욕에서 만났어. 난 로스쿨을 다니고 있었고 리즐은 의대 대학원생이었어. 졸업 후 난 보스턴에서 재판연구원 자리를 얻었고, (나보다 한 살 많은) 그녀는 종양학과에서 인턴 생활을 시작했어. 물론 난 그게 암시하는 바 때문에 그걸 대단하게 여겼어. 치료하길 원하는 여자라니, 그보다 더 마음 놓이는 게 어디 있겠나. 구름처럼 새하얀 연구복을 입고 환자 위로 어머니처럼 몸을 숙이고 있는 모습을 상상해봐. 하지만 리즐은 우러러보는 걸 원하지 않았어. 그게 더 힘든 전공이었기 때문에, 더 지적인 과라고 생각했기 때문에 관심을 가졌던 거야. 리즐과 동료 종양학 인턴들은 (너무 상업적인) 방사선 전문의들을, (너무 우쭐해 있고 자만에 찬) 심장 전문의들을, (너무 감상적인) 소아과 전문의들을, 그리고 특히 (말할 수 없이 거만한) 외과의들과 (물론 자주 같이 일하긴 하지만 논평할 가치도 없는) 피부과 의사들을 경멸했어. (이상하고 괴짜에다, 까다롭고 중독에 빠지기 쉬운) 마취과 전문의들과 (그들보다 더 지적인) 병리학자들은 좋아했고, 또—음, 이게 다인 것 같다. 때로는 동료들이 단체로 우리 집에 올 때도 있었는데, 그러면 저녁식사 후 그 사람들은 그 자리에 그대로 앉아 각종 사례들과 연구에 대해 토론했고, 그러면 그 배우자들—변호사, 역사가, 작가, 별볼일 없는 과학자들—은 무시당하고 있다가 결국 살금살금 거실로 물러나 우리들이 매일 하고 있는 하찮고 별로 재미도 없는 온갖 일들에 대해 이야기하곤 했지.

우린 성인이었고, 충분히 행복했어. 나도, 그녀도 서로 함께 보내는 시간이 많지 않다고 징징대지 않았어. 리즐이 레지던트를 하는 동안 우리는 보스턴에 있었고, 그 후 리즐은 펠로 과정 때문에 뉴욕에 돌아왔어. 나는 보스턴에 남았고. 그때쯤 나는 로펌에서 일하면서 로스쿨에서 겸임교수를 하고 있었지. 우리는 한 주는 보스턴에서, 한 주는 뉴욕에서 주말에 만났어. 그리고 리즐이 펠로 과정을 마치고 보스턴으로 돌아왔을 때, 결혼하고 집을 샀어. 지금 집이 아니라 케임브리지 경계에 있는 조그만 집을.

아버지와 아델은(그리고 그 문제에 있어서는 리즐의 부모님도) 절대 우리에게 아이 문제를 묻지 않았어. (신기하게도 리즐의 부모님은 훨씬 더 감정이 풍부했어. 가끔 샌타바버라에 갈 때, 아버님이 농담을 하고 어머님이 정원에서 딴 오이와 토마토를 썰어 후추를 뿌려 내 앞에 내놓고 있을 때면, 리즐은 상대적으로 거리낌 없는 그분들 태도가 마치 민망하다는 듯이, 아니면 적어도 혼란스럽다는 듯이 무표정하게 지켜보곤 했지.) 내 생각에 부모님들은 묻지만 않으면 우리가 애를 가질 가능성이 있다고 생각했던 것 같아. 사실 난 정말로 그럴 필요를 느끼지 못했어. 아이를 가진다는 걸 상상해본 적도 없었고, 어떤 식으로는 마음에 둬본 적도 없었지. 그게 안 가질 이유로는 충분해 보였어. 난 아이를 가진다는 건 적극적으로 원해야, 아니 심지어 미치게 열망해야 하는 일이라고 생각했어. 열정도 없고 태도도 애매모호한 사람들이 감행할 일이 아니었지. 리즐도 같은 생각이었어, 그렇다고 우리는 생각했어.

하지만 어느 날 저녁—나는 서른하나였고, 그녀는 서른둘이었어, 젊었지—집에 오니 리즐이 벌써 부엌에서 날 기다리고 있더군. 평소와 다르게. 리즐이 나보다 늦게까지 일했기 때문에, 보통 밤 8시나 9시 전에는 보기 힘들었거든.

"이야기할 게 있어." 리즐이 엄숙하게 말해서 나는 덜컥 무서워졌어. 그걸 보더니 웃더군. 리즐은 잔인한 여자도 아니었고, 리즐이 친절하지도, 상냥하지도 않은 사람이라는 인상은 주고 싶지 않아. 왜냐하면 두 가지 다 리즐에게 있었고, 둘 다 할 수 있는 사람이었으니까. "나쁜 거 아냐, 해럴드." 그러더니 살짝 웃었어. "아닌 것 같아."

난 자리에 앉았고, 그녀는 심호흡을 했지. "나 임신했어. 어떻게 이렇게 됐는지는 모르겠어. 알약을 한두 개 빠뜨렸거나 잊어버린 게 틀림없어. 거의 8주 차래. 오늘 샐리한테 확인받았어." (샐리는 리즐의 의대 시절 룸메이트이자 가장 친한 친구로, 산부인과 주치의였어.) 모든 말을 스타카토로 굉장히 빠르게, 간단한 문장으로 말하더군. 그러더니 잠시 입을 다물었어. "생리를 안 하도록 약을 먹고 있었어. 그래서 몰랐어." 그러다 내가 아무 말도 하지 않자 말하더군. "뭐라고 말 좀 해."

처음에는 아무 말도 할 수가 없었어. "기분이 어때?" 내가 물었지.

리즐은 어깨를 으쓱했어. "좋아."

"잘됐어." 나는 멍청하게 말했어.

"해럴드." 그녀가 내 맞은편에 와서 앉았어. "어떻게 하고 싶어?"

"당신은 어쩌고 싶어?"

리즐은 다시 어깨를 으쓱했지. "내가 뭘 원하는지 잘 모르겠어. 당신이 원하는 걸 알고 싶어."

"안 낳고 싶구나."

부정하지 않더군. "당신이 원하는 걸 듣고 싶어."

"내가 낳고 싶다고 하면?"

그녀는 준비가 되어 있었어. "그럼 심각하게 고려해볼게."

나도 이런 일을 예상하지 않았어. "리즈." 내가 말했지. "우린 당신이 원하는 대로 해야 해." 그건 관대함에서 나온 말만은 아니었어. 대부분 비겁함이었지. 이 경우, 다른 많은 일들과 마찬가지로, 난 결정을 그녀에게 맡기고 싶었지.

그녀는 한숨짓더군. "오늘 밤 결정할 필요는 없어. 아직 시간이 있어." 4주라고, 말할 필요는 없었어.

침대에 누워 난 생각했어. 여자가 임신했다고 말할 때 모든 남자들이 하는 생각들. 아기가 어떻게 생겼을까? 내가 아기를 좋아할까? 사랑할까? 그리고 더 압도적인 생각—아빠가 된다는 것. 그 모든 책임과 성취와 지루함과 실패 가능성까지.

다음 날 아침 우리는 그 이야기를 하지 않았고, 다음 날에도 하지 않았어. 금요일에 자리에 누우면서 그녀가 졸린 목소리로 말하더군. "내일은 이야기해봐야 해." 그리고 내가 말했어. "물론이야." 하지만 우린 하지 않았고, 또 하지 않았고, 9주가 지나가고, 그러고는 10주가, 그러고는 11주와 12주가 지나갔고, 마침내는 윤리적으로나 기술적으로나 뭘 하기에는 너무 늦어버렸어. 내 생각에 우린 둘 다 안심했던 것 같아. 결정이 내려진 거지—아니, 우리의 우유부단함이 우리 대신 결정을 내려준 거지. 그래서 우린 아이를 가지게 됐어. 우리 둘 다 그렇게 우유부단하게 군 건 결혼 이후 처음이었어.

우린 아기가 여자아이일 거라고 상상했고, 만약 그렇다면 우리 어머니 이름을 따서 아델, 아니면 샐리 이름을 따서 새라라고 하자고 했어. 하지만 아이는 여자아이가 아니었고, 대신 아델에게(아델은 너무 기뻐서 울기 시작했고, 아델이 우는 걸 본 일은 정말 드물었어) 첫 번째 이름을, 샐리에게 중간이름을 부탁했지. 제이컵 모어. (왜 모어야, 하고 샐리에게 물었더니 토머스 모어에서 땄다고 하더라.)

난 아이에 대한 사랑이 다른 어떤 것보다 더 우월하고, 더 의미 있고, 더 중대하고, 장엄하다고 생각하는 그런 사람이 아니야—너도 그렇다는 거 알아. 제이컵 이전에는 그런 생각을 한 적 없고, 그 이후에도 그래. 하지만 그건 다른 무엇과도 다른 사랑이었어. 그 사랑의 토대는 육체적 끌림이나 기쁨, 지성 같은 게 아니라 두려움이었으니까. 아이를 갖기 전에는 두려움을 모르지. 어쩌면 그래서 그게 더 굉장한 거라고 착각하게 되는지도 몰라. 두려움 자체가 더 굉장한 거니까. 매일매일 가장 먼저 드는 생각은 "애를 정말 사랑해"가 아니라 "애는 괜찮나?"야. 세상이 하룻밤 사이에 공포의 장애물 경주로 바뀌지. 아이를 안고 길을 건너려고 서 있으면 내 아이가, 어떤 아이든, 살아남기를 기대한다는 게 얼마나 얼토당토않은가 하는 생각이 들곤 해. 공중에서 팔랑대는 늦은 봄날의 나비—알지, 그 조그만 하얀 나비들—가 생존하는 것처럼 불가능한 일로 보여. 유리 창문에서 겨우 1밀리미터 정도 아슬아슬하게 떨어져서 용케 안 부딪치고 날아다니는 그 나비들처럼.

내가 알게 된 두 가지를 더 이야기해주지. 첫째, 아이가 몇 살이든, 언제 어떻게 그 아이가 자기 아이가 됐는지는 상관이 없어. 누군가를 자기 아이로 생각하게 되는 순간, 뭔가가 달라져. 전에 즐겁게 바라보던 모든 것들이, 전에 가졌던 모든 감정보다 두려움이 앞서게 돼. 그건 생물학적인 게 아니야. 생물학 바깥의 무엇이야. 자신의 유전인자를 생존시키려는 의지라기보다 우주의 거짓 공격과 도전들에 당하지 않는다는 걸 증명하고픈 열망, 자기 걸 파괴하려는 것들을 이기려는 열망 같은 거야.

두 번째는 이거야. 아이가 죽으면, 예상했던 모든 감정을 다 느끼게 돼. 수많은 사람들이 너무 잘 기록해둬서 내가 여기 목록으로 적을 필요조차 없는 그 감정들을. 다만 그 비탄에 대한 글들은 다 똑같고, 거기엔 이유가 있어—책과 다른 점이 정말 하나도 없거든. 때로는 어떤 걸 더 많이 느끼고 어떤 걸 조금 덜 느끼고 때로는 혼란스럽게 느끼고 때로는 좀 더 길게, 아니면 좀 더 짧게 느낄 뿐. 하지만 그 느낌은 늘 똑같아.

하지만 여기 누구도 이야기하지 않은 게 있어. 그게 자기 아이라면, 마음 한구석, 아주 작지만 완전히 무시할 수는 없는 한구석에는 안도감도 있다는 거. 왜냐하면 부모가 된 이후 늘 예상하고 있던, 두려워했던, 준비하고 있던 순간이 마침내 왔기 때문이지.

이렇게 혼잣말하게 되는 거야. 아, 올 게 왔구나. 드디어 여기.

그리고 그 이후에는 다시는 두려울 게 없어지지.

—

몇 년 전, 세 번째 저서가 나온 뒤에, 한번은 어떤 기자가 학생을 척 보기만 해도 법이 적성인지 아닌지 알 수 있느냐고 물었어. 내 대답은 이랬어, 가끔은요. 하지만 종종 틀리기도 하지. 학기 중반까지는 정말 영특해 보이던 학생이 해가 갈수록 점점 더 아니게 되는 경우도 있고, 아무 생각도 안 들던 학생이 눈부신 약진을 보여줘서 그 의견을 듣는 게 즐거워지기도 하고.

직접 경험한 건 아니지만 들은 바에 의하면, 1학년 때 제일 힘들어하는 학생들이 종종 타고난 똑똑한 학생들이라더군. 로스쿨, 특히 로스쿨 1학년은 창의성, 추상적 사고, 상상력이 보답받는 곳은 아니야. 그런 점에서는 아트스쿨과 좀 비슷하기도 하지.

줄리아에게 데니스라는 친구가 있었는데, 어릴 때 엄청난 재능을 보인 예술가였어. 둘은 어릴 때부터 친구였는데, 한번은 데니스가 열 살인가 열두 살 때 그린 스케치들을 보여주더군. 땅바닥을 쪼고 있는 새들, 동그랗고 무표정한 자기 얼굴, 수의사인 아버지, 얼굴을 찡그린 테리어의 털을 쓰다듬고 있는 아버지의 손 같은 거였어. 그런데 데니스의 아버지는 그림 공부를 왜 하는지 이해하지 못해서, 그 친구는 한 번도 정규 미술교육을 받은 적이 없었지. 하지만 커서 줄리아는 대학에, 데니스는 그림을 배우러 아트스쿨에 갔어. 첫 주에는 뭐든 원하는 걸 자유로이 그리라고 했다더군. 그리고 교수가 벽에 붙여놓고 칭찬하고 비평하는 건 늘 데니스의 스케치들이었고.

하지만 그러고 나서는 스케치하는 법, 그러니까 본질적으로 새로 그리는 법을 배우기 시작했대. 2주 차에는 타원만 그렸어. 널찍한 타원, 뚱뚱한 타원, 홀쭉한 타원. 3주 차에는 원만 그렸어. 삼차원 원들과 이차원 원들을. 그다음에는 꽃이었어. 그다음에는 꽃병. 그다음에는 손. 그다음에는 머리. 그다음에는 몸. 본격적인 훈련이 한 주 한 주 계속될수록, 데니스는 점점 더 못했어. 학기가 끝날 때쯤에는 그의 그림은 다시는 벽에 걸리지 못했어. 그림 그릴 때 지나치게 자의식이 생긴 거지. 이제 기다란 털로 바닥을 쓸고 있는 개를 보면, 개가 아니라 상자 위의 원이 보였고, 그걸 그리려고 하면 개다움을 기록하는 게 아니라 비율을 걱정하게 됐어.

데니스는 교수에게 말해보기로 했대. 우린 너를 부수고 있는 거야, 데니스, 교수는 말했어. 진정한 재능을 가진 사람들만이 거기서 다시 돌아올 거야.

"난 진정한 재능이 있는 사람이 아닌 것 같아." 데니스는 말했어. 그는 대신 바리스타가 되어 런던에서 살고 있지.

"불쌍한 데니스." 줄리아는 말했어.

"아, 괜찮아." 데니스는 한숨 쉬었지만, 우리 중 그 말을 믿은 사람은 아무도 없었어.

마찬가지로, 로스쿨도 정신을 완전히 부셔놓지. (형편없는 소설가나 시인, 화가가 아니라면) 소설가, 시인, 화가들은 종종 로스쿨에서 잘 버티지 못하지만, 그렇다고 수학자나 논리학자, 과학자가 잘하는 것도 아니야. 첫 번째 집단이 자기만의 논리를 가지고 있어서 실패한다면, 두 번째는 논리만 가지고 있어서 실패해.

하지만 주드는 처음부터 훌륭한 학생—탁월한 학생—이었지만, 그의 탁월함은 종종 공격적인 평범함으로 위장하고 있었어. 수업 시간에 주드의 대답을 들으면서 이 학생은 뛰어난 법률가가 되기 위한 모든 조건을 다 갖추고 있다는 걸 알았어. 법이 괜히 사업이라고 불리는 게 아니야. 모든 사업과 마찬가지로, 법에서 가장 필요한 건 방대한 기억력인데, 주드에겐 그게 있었지. 다음으로 요구하는 건, 이번에도 다른 사업과 마찬가지로, 눈앞의 문제를 볼 수 있는 능력이야…… 그리고 그와 거의 동시에, 그 뒤에 따라올 후속 문제를 볼 수 있는 능력이 필요하지. 공사 계약자에게 집이 그냥 구조물이 아닌 것과 마찬가지로—그건 겨울이면 얼어 터지는 파이프들의 미로이자, 여름이면 습기로 부풀어 오르는 지붕널, 봄이면 물이 분수처럼 넘치는 배수구지—변호사에게 집은 또 다른 개념이야. 그건 계약서와 담보권, 훗날의 소송, 잠재적 침입으로 가득한 잠긴 금고로, 재산과 물건, 신체, 사생활에 대한 잠재적 공격을 대표해.

물론 문자 그대로 늘 이럴 거라고 생각할 수는 없어. 그럼 미쳐버릴 테니까. 대부분의 법률가들에게 집이란 결국 그냥 집이야. 채우고 고치고 다시 칠하고 비우기도 하는. 하지만 모든 법 전공자들, 모든 훌륭한 법 전공자들이 어떻게든 시각의 전환을 경험하고, 법을 피할 수 없다는 걸, 어떤 상호작용, 일상생활의 어떤 측면도 법의 길고 굳센 손가락을 피할 수 없다는 걸 깨닫는 시기가 있어. 거리는 충격적 재난의 현장, 위반과 잠재적 민사소송이 난무하는 곳이 돼. 결혼은 이혼처럼 보이고. 세상이 일시적으로 참을 수 없게 느껴져.

주드는 이걸 할 수 있었어. 사건을 맡아 끝을 볼 수 있었어. 그건 굉장히 어려운 일이야. 왜냐하면 머릿속에 온갖 가능성들, 온갖 가능한 결과들을 다 품은 다음 어떤 것들에 대해 걱정하고 어떤 것들은 무시할지 결정할 수 있어야 하거든. 하지만 주드는 그것뿐만 아니라 사건의 도덕적 함의도 고민했어—도저히 안 그러고는 못 배겼지. 그건 로스쿨에서는 도움이 안 되는 일이야. 내 동료들 중에는 학생들이 '옳다'와 '그르다'라는 말조차 못 쓰게 하는 사람들도 있어. "옳다는 건 그 문제와 아무 상관없어." 내가 배운 한 교수님은 우리한테 그렇게 호통치곤 했지. "법이란 무엇인가? 법은 뭐라고 하는가?" (로스쿨 교수들은 연극조로 과장하는 걸 좋아해. 우린 다 그래.) 또 한 교수님은 누가 그런 말을 할 때마다 아무 말 없이 그 위반자에게 걸어가 재킷 안주머니에 잔뜩 넣고 다니는 조그만 메모 하나를 꺼내 주곤 했어. "드래이먼 241호." 드래이먼 241호에 철학과 사무실이 있었거든.

예를 들어, 여기 이런 가설이 있어. 축구팀이 원정경기를 가는데, 밴 한 대가 고장 나. 그래서 한 선수 어머니의 밴에 좀 태워달라고 부탁해. 좋아요, 어머니는 말하지, 하지만 운전은 안 할 거예요. 그러면서 부감독에게 자기 대신 팀을 좀 데려다주라고 요청해. 그런데 차를 타고 가다 끔찍한 일이 일어나는 거야. 밴이 길에서 미끄러져 전복되는 바람에 타고 있던 선수 전원이 사망하는 거지.

여기에 형사사건은 없어. 길이 미끄러웠고, 운전사는 술에 취하지 않았지. 사고였어. 하지만 팀의 부모들, 죽은 선수들의 어머니와 아버지들이 밴의 소유주를 고소해. 그건 그 여자의 밴이고, 더 중요한 건, 밴의 운전사를 지정한 게 그녀라는 주장이지. 그는 그 여자의 대리인일 뿐이니, 따라서 책임은 그 여자한테 있다는 거야. 그럼 어떻게 되겠어? 원고가 소송에 이겨야 할까?

학생들은 이 사건을 좋아하지 않았지. 난 그 사건을 자주 가르치지는 않지만—그 극단성 때문에 교육적이라기보다 요란하기만 하거든—가르칠 때마다 강당에서 늘 이런 말을 들어. "하지만 그건 공정하지 않아요!" 그 '공정함'이라는 단어가 성가시기는 하지만, 학생들이 그 개념을 잊지 않는 건 중요해. '공정함'은 절대 대답이 아니라고 난 말하곤 하지. 하지만 늘 고려해야 할 점이야.

하지만 그는 뭔가가 공정하냐 아니냐를 거론하진 않았어. 그는 공정함 자체에는 거의 관심이 없어 보였고, 난 그게 흥미로웠지. 사람들, 특히 젊은이들은 공정함에 굉장히 관심이 많거든. 공정함은 착한 아이들에게 가르치는 개념이야. 유치원과 여름캠프, 놀이터, 축구장의 통치 원리지. 학교에 가고 배우고 생각하고 말할 수 있던 무렵의 제이컵은 공정이 뭔지 알았고, 그게 소중히 해야 할 중요한 것이라는 것도 알고 있었어. 공정함은 행복한 사람들, 애매모호함보다는 정확함에 의해 정의되는 삶을 살 정도로 행운인 사람들을 위한 개념이야.

하지만 옳고 그름은—음, 글쎄, 불행하지는 않을지 몰라도, 상처 입은 사람들, 겁에 질린 사람들을 위한 개념이지.

아니, 이건 지금 드는 생각일까?

"원고는 승소했을까?" 나는 물었어. 주드가 신입생이었던 그

해에 사실 그 사건을 가르쳤거든.

"네." 그가 대답하고, 이유를 설명했지. 그 사람들이 왜 이겼을 건지 주드는 본능적으로 알고 있었어. 그때 마치 신호라도 한 것처럼 교실 뒤쪽에서 누군가 조그맣게 "하지만 그건 공정하지 않아요!" 하고 말했고, 그 학기의 첫 훈계—'공정'은 절대 대답이 아니다 등등—를 늘어놓기 전 그가 조용히 말했어. "하지만 그게 옳아요."

무슨 뜻으로 그렇게 말했는지 난 물어볼 수 없었어. 수업이 끝났고 모두 동시에 일어나더니 교실에 불이라도 난 것처럼 서둘러 나가버렸거든. 그 주 후반 다음 시간에 물어봐야지 생각했지만 잊어버렸어. 그리고 또 잊고, 또 잊었지. 몇 해가 지나는 동안 난 가끔 이 대화를 떠올렸고, 그때마다 생각했어. 무슨 뜻으로 한 말인지 물어봐야 해. 하지만 절대 안 그랬어. 왜인지는 모르겠어.

그래서 이게 그의 패턴이 됐어. 그는 법을 알고 있었어. 법에 대한 감각도 있었어. 하지만 딱 그만했으면 할 때 그는 도덕 논쟁을 끌고 들어오고, 윤리를 들먹이곤 했지. 제발, 난 생각했어, 제발 그러지 마. 법은 단순해. 사람들이 생각하는 것보다 뉘앙스의 여지가 없어. 윤리와 도덕은—법학에서는 아니지만—현실에서는 법에 속하지. 법을 만드는 데 도움을 주는 게 도덕이지만, 도덕은 법을 적용하는 데는 도움이 되지 않아.

난 그가 일을 더 힘들게 만들까봐, 타고난—내 직업에 대해 이렇게 말하고 싶지 않지만—사고의 재능을 복잡하게 만들까봐 걱정됐어. 그만해! 주드에게 말해주고 싶었어. 하지만 절대 그러지 않았지. 결국 난 내가 그의 생각을 듣는 걸 좋아한다는 걸 깨달았거든.

물론 결국엔 걱정할 필요도 없었어. 주드는 그런 생각들을 통제하는 법을 배웠고, 옳고 그름을 더 이상 거론하지 않게 됐으니까. 우리가 잘 알고 있듯이 이런 성향을 가지고도 좋은 변호사가 됐고. 하지만 나중에 종종 그를 생각하면, 그리고 나를 생각하면 슬퍼졌어. 로스쿨을 그만두라고 강력하게 말했더라면 좋았을걸, 드래이먼 241호 비슷한 곳으로 가라고 말했더라면 좋았을걸. 내가 준 기술들은 결국은 그에게 필요한 기술이 아니었어. 그의 정신이 있는 그대로 유연하게, 지루한 사고방식으로 스스로를 동여맬 필요가 없는 방향으로 밀어줬더라면 좋았을걸. 한때 개를 그릴 줄 알았던 사람을 형태만 그릴 줄 아는 사람으로 바꿔놓은 기분이야.

그에 관해서라면 난 많은 죄를 저질렀어. 하지만 때로 비논리적이게도 그중 가장 죄책감이 드는 일은 이거야. 내가 밴 문을 열고, 그를 안으로 들어오게 했어. 난 길에서 벗어나지는 않았지만, 대신 그를 태우고 어딘가 황량하고 추운 무채색의 장소로 데려가서 거기다 두고 온 거야. 예전에 내가 그를 태웠을 때는 풍경이 온통 색으로 아른아른 반짝이고 하늘에선 불꽃이 쉬잇 하고 터졌고, 그는 경이로운 눈으로 입을 벌린 채 서 있었던 바로 그 똑같은 장소에다가.

3

추수감사절을 보내러 보스턴으로 가기 3주 전, 꾸러미 하나—그의 이름과 주소가 사방에 검은색 마커로 쓰인 크고 납작하고 들기 힘든 나무 상자—가 그의 직장으로 왔다. 그는 꾸러미를 하루 종일 책상 옆에 뒀다가, 밤이 늦어서야 겨우 뜯어봤다.

반송 주소를 보아 그게 뭔지는 알았지만, 그래도 여전히 뭔가의 포장을 뜯을 때는, 심지어 원하지 않는 물건이라 해도 반사적 호기심이 생긴다. 상자 안에는 갈색 종이가 겹겹이 들어 있었고, 다음에는 에어캡 여러 겹이, 다음에야 흰 종이에 싸인 그 그림이 모습을 드러냈다.

그는 그림을 뒤집었다. "주드에게 사랑과 사죄를 담아, 제이비." 제이비는 자기 서명 "장-밥티스트 마리온" 바로 위, 캔버스 위에 그 문구를 휘갈겨 써놓았다. 액자 뒤에는 제이비의 갤러리 봉투가 테이프로 붙어 있었고, 그 안에는 갤러리의 등록계원이 그를 수취인으로 해놓고 서명하고 날짜를 기입한 진품증명서가 들어 있었다.

그는 벌써 극장에서 나가 아마도 집에 가고 있을 윌럼에게 전화를 걸었다. "내가 오늘 뭐 받았게?"

윌럼은 곧바로 대답했다. "그림."

"맞아." 그는 말하고 한숨 쉬었다. "그러니까 네가 이 일의 배후구나?"

윌럼이 기침을 했다. "난 그냥 제이비에게는 이제 더 이상 선택권이 없다고만 했어. 언젠가 네가 제이비와 다시 말하길 원한다면 말이야." 윌럼이 말을 멈추자, 그를 스치고 지나가는 바람 소리가 들렸다. "집에 가져오는 거 도와줄까?"

"고마워. 하지만 당분간은 여기 놔뒀다가 나중에 가져갈래." 그는 그림을 다시 겹겹이 싸고 상자에 넣어 자기 콘솔 밑으로 밀어 넣었다. 컴퓨터를 끄기 전 제이비에게 메모를 쓰다 멈추고, 쓴 걸 지워버린 다음 퇴근했다.

제이비가 결국 그 그림을 보낸 게 놀랍기도 하고 아니기도 했다(그렇게 하도록 만든 사람이 윌럼이라는 건 전혀 놀랍지 않았다). 18개월 전, 윌럼이 〈맬러무드 정리〉 첫 공연을 시작하고 있었을 때, 제이비는 로어이스트사이드의 한 갤러리에서 대리인을 하겠다는 제안을 받았고, 지난봄에 세 사람을 찍은 사진을 바탕으로 그린 스물네 점의 회화 연작으로 첫 번째 개인전 "소년들"을 열었다. 몇 년 전 약속했던 대로, 제이비는 그의 사진 중에 그리고 싶은 사진을 보게 해줬고, 그중 많은 사진들을 허락해줬지만(물론 마지못해 해준 허락이었고 해주면서도 마음이 불편했지만, 그 연작이 제이비에게 얼마나 중요한지 잘 알고 있었다), 제이비는 결국 그가 승인한 사진들보다 승인해주지 않은 사진들에 더 관심을 가졌고, 그중—그가 무서울 정도로 텅 빈 눈을 크게 뜨고 송장귀신의 발톱처럼 왼팔을 부자연스러울 정도로 활짝 벌린 채 몸을 동그랗게 말고 침대에 누워 있는 사진을 포함한—몇몇 사진들은 놀랍게도 제이비가 찍은 기억조차 없었다. 그때가 첫 번째 싸움이었다. 제이비는 구슬리다가,

삐쳤고, 그러고는 협박했고, 다음에는 고함을 질렀고, 그러고도 그의 마음을 돌릴 수 없자, 윌럼에게 자기편을 들어달라고 밀어붙였다.

"사실 내가 너한테 무슨 의무가 있는 게 아니라는 거 알지." 윌럼과의 협상이 진전이 없다는 걸 알자 제이비는 그에게 말했다. "내 말은, 엄밀히 따지자면 내가 이 문제에 있어 네 허락을 구하지 않아도 된다는 거야. 엄밀히 말해서 난 내가 끌리는 대로 아무거나 그릴 수 있어. 이건 예의상 묻는 거라고."

그는 논쟁으로 제이비를 물 먹일 수도 있었지만, 너무 화가 나서 그럴 수가 없었다. "넌 약속을 했어, 제이비. 그걸로도 충분해." 그리고 이렇게 덧붙일 수도 있었다. "친구로서의 의무이기도 하고." 하지만 그는 몇 년 전 제이비의 우정의 정의와 의무가 자기와는 다르다는 걸 깨닫게 됐고, 그건 논쟁해봤자 소용없는 문제였다. 받아들이거나 아니거나 둘 중 하나뿐이었고, 그는 받아들이기로 결정했다. 그럼에도 최근 제이비와 그의 한계를 받아들이는 데 드는 노력은 생각했던 것보다 더 화나고 피곤하고 고단했다.

결국 제이비는 패배를 인정했고, 전시회를 열기 전 몇 달 동안 가끔 소위 그가 "놓쳐버린 그림들", 즉 주드가 덜 완고하고, 덜 소심하고, 자의식이 덜 강하고, (제이비의 주장들 중 그가 가장 좋아하는) 덜 속물이었다면 자기가 그릴 수도 있었던 역작들에 대해 몇 번 넌지시 언급하곤 했다. 하지만 나중에는 자기 소망이 존중받을 거라고 너무 쉽게 믿었던 자신의 멍청함을 당혹스러워했다.

전시회 오프닝은 그의 서른 번째 생일 바로 뒤인 4월 하순의 어느 목요일에 있었다. 계절답지 않게 너무 추워서 플라타너스의 새잎들이 얼어 부서지는 그런 밤이었다. 그는 노포크 스트리트 모퉁이를 돌아 걸음을 멈췄다. 싸늘한 검은 밤을 배경으로 환한 황금색 조명 박스와 아른거리는 온기가 만드는 갤러리 풍경이 근사했다. 안으로 들어가 그는 곧 블랙 헨리 영과 로스쿨 시절 친구, 그러고는 너무 많은 지인들—대학과 리스페너드 스트리트의 수많은 파티에서 알게 된 친구들, 제이비의 이모들, 맬컴의 부모님, 몇 년 동안 보지 못한 제이비의 오래전 친구들—과 마주쳐서, 시간이 좀 지나고 나서야 사람들을 헤치고 그림들을 볼 수 있었다.

제이비에게 재능이 있다는 것은 늘 알고 있었다. 친구들도 다 알았고, 모두가 다 알았다. 인간으로서 제이비에게 때로 아무리 박한 평가를 내린다 해도, 그의 작품을 보면 왠지 자기가 잘못했다는, 그의 인격상의 결함으로 돌린 온갖 것들이 사실은 자신의 치졸함과 성마름의 증거라는, 제이비의 내면에는 거대한 공감과 깊이와 이해력을 가진 누군가가 숨어 있다는 확신이 들게 된다. 그날 밤 그는 그 그림들의 강렬함과 아름다움을 수월하게 알아봤고, 제이비에게 오로지 순수한 자부심과 고마움만을 느꼈다. 당연히 그런 작품을 성취해낸 것뿐만 아니라 다른 모든 색채와 이미지들을 상대적으로 파리하고 흐릿하게 보이게 하는 색채와 이미지를 만드는 능력에 대해, 세상을 새롭게 보게 해주는 능력에 대해서도 자부심과 고마움을 느꼈다. 그림들은 음악의 보표처럼 한 줄로 벽을 따라 배치되었고, 제이비가 창조한 색조—짙게 멍든 푸른색과 버번위스키 노란색—는 너무나 개성이 뚜렷해서, 마치 완전히 다른 언어의 색깔을 창조해낸 것 같았다.

그는 〈윌럼과 소녀〉 앞에서 걸음을 멈췄다. 그가 봤고 사실

이미 구매한 작품으로, 여기서 제이비는 윌럼의 눈을 제외하고는 카메라에서 몸을 돌리고 있는 모습으로 그려서, 마치 관객을 정면으로 응시하는 것처럼 보이지만 사실은 아마도 윌럼의 시선 방향에 서 있는 소녀를 바라보고 있었다. 그는 윌럼의 표정이 마음에 들었다. 익히 아는, 입매는 아직 부드럽고 주저하고 있지만 눈 주위 근육은 이미 위쪽으로 올라가 있는, 미소 짓기 직전의 표정이었다. 그림들은 연대순으로 배열된 게 아니어서, 이 그림 다음에는 겨우 몇 달 전의 그의 모습을 그린 그림이 있었고(그는 자기 그림은 서둘러 지나갔다), 그다음에는 맬컴과 플로라의 그림이 있었다. 가구를 보고 그는 그 아파트가 플로라가 이미 이사 간 지 오래인 웨스트빌리지의 첫 번째 아파트라는 걸 알았다(〈맬컴과 플로라, 베튠 스트리트〉).

그는 제이비를 찾아 기웃거리다가 갤러리 이사와 이야기하고 있는 제이비를 봤다. 그 순간 제이비는 목을 죽 빼고 그와 눈을 맞추고는 손을 흔들었다. "천재." 그는 사람들 머리 위로 제이비에게 입모양으로 말했고, 제이비는 씩 웃으면서 입모양으로 말했다. "고마워."

그러고 나서 그는 세 번째이자 마지막 벽으로 가서 그 그림들을 봤다. 둘 다 그를 소재로 한, 제이비가 한 번도 보여준 적 없는 그림이었다. 첫 번째 그림 속 그는 굉장히 어렸고 담배를 들고 있었고, 두 번째 그림은 2년 전쯤의 모습인 것 같은데, 그가 침대 가장자리에 구부정하게 앉아 이마를 벽에 기대고 다리를 꼬고 팔짱을 낀 채 눈을 감고 있었다. 삽화가 지나가고 난 후 다시 일어나기 전 기운을 모으고 있을 때 늘 취하는 자세였다. 제이비가 사진을 찍은 기억도 없었고, 실제로 그 구도—카메라는 문간에서 살짝 들여다보고 있었다—를 보면 기억 못 하는 것도 당연했다. 순간적으로 그 공간 속의 소음이 주위에서 지워졌고, 그는 그저 못 박힌 듯이 그 그림만 보고 또 봤다. 그 비탄의 와중에도 그는 자기가 이미지 자체보다 그 그림이 환기하는 기억과 감각들에 더 반응하고 있다는 걸 알 정도로 침착했다. 다른 사람들이 그의 인생에서 두 비참한 순간의 기록들을 본다는, 침범당하는 기분은 자신만 느끼는 개인적 반응이라는 걸 알았다. 누가 봐도 그 그림들은 아무 맥락 없는, 그가 그 의미를 굳이 선언하지 않는다면 아무 의미 없는 그림 두 점에 불과할 것이다. 하지만 그는 그 그림들을 보기가 힘들었고, 갑자기 맹렬하게 혼자 있고 싶었다.

그는 오프닝 후 디너파티 때까지 겨우 자리를 지켰지만, 그 시간은 끝도 없는 것 같았고 윌럼이 미치도록 보고 싶었다. 하지만 윌럼은 그날 밤 공연이 있어서 올 수 없었다. 적어도 그는 제이비와 이야기할 필요는 없었다. 제이비는 추종자들과 이야기하느라 바빴다. 그는—제이비의 갤러리 관장을 위시해—그를 그린 마지막 두 그림이 전시회에서 최고라고 말하러 다가오는 사람들에게 겨우 미소 지으며 제이비에게 특출한 재능이 있다고 동의도 했다.

하지만 나중에 집에 와서 다시 정신을 차리자 마침내 윌럼에게 미친 듯이 배신감을 토로했다. 윌럼은 조금도 지체 없이 그의 편을 들었고, 그의 편에 서서 불같이 화를 내서 잠시나마 위로를 받았다. 그는 제이비의 이중성이 윌럼에게도 충격이었다는 것을 깨달았다.

그래서 두 번째 싸움이 시작됐고, 그건 제이비의 아파트 근처 카페에서의 대면으로 시작됐다. 만나는 동안 제이비는 미치고 펄쩍 뛸 정도로 사과할 기색이라곤 전혀 없었다. 대신 끝도 없이 떠들어댔다. 그 그림이 얼마나 근사한지, 언젠가, 그가 자기 문제를 극복하고 나면 그 그림을 제대로 볼 수 있게 될 거라고, 그건 심지어 큰 문제도 아니라고, 그는 정말로 자기의 불안과 직접 부딪칠 필요가 있고, 그 불안은 어쨌거나 근거 없는 것이며, 어쩌면 이 그림이 그 과정에서 도움이 될지도 모르고, 그를 제외한 모두가 그가 얼마나 엄청나게 잘생겼는지 다 알고 있다고. 그러니 그런 걸 생각하면 아마도—아니, 결단코—스스로를 잘못 판단하고 있는 사람은 그 자신이라는 걸 알 수 있지 않나, 그리고 마지막으로, 이미 그림은 다 그려졌고, 다 끝났는데 도대체 뭐 어쩌길 바라는 건가? 그림들을 다 없애버리면 기분이 더 좋겠나? 그림들을 벽에서 잡아 뜯어 불에 태우기라도 해야 하나? 이미 사람들이 봤고, 본 걸 돌이킬 수도 없는데, 왜 그냥 받아들이고 넘기지 못하나?

"그 그림들을 없애라는 게 아니야, 제이비." 그는 제이비의 기괴한 논리와 거의 무례하기까지 한 고집에 소리라도 지르고 싶었다. "사과를 바라는 거야."

하지만 제이비는 할 수 없었다, 아니 하지 않으려 했다. 마침내 그는 일어나서 나가버렸고, 제이비는 잡으려는 시늉도 하지 않았다.

그날 이후 그는 그냥 제이비와 더 이상 이야기하지 않았다. 윌럼도 자기 식으로 나섰고, 두 사람은 (윌럼 이야기에 따르면) 실제로 거리에서 서로 고함을 질렀고, 윌럼도 제이비와 더 이상 이야기하지 않았다. 그때부터 그들은 제이비 소식은 기본적으로 맬컴에게 의지해야 했다. 늘 어물쩍한 태도로 일관하는 맬컴도 이번 일은 전적으로 제이비의 잘못이라고 인정했지만, 동시에 양쪽 다 비현실적으로 굴고 있다고 말했다. "제이비는 사과하지 않을 거라는 거 알잖아, 주디." 그가 말했다. "상대가 제이비라니까. 넌 시간 낭비하고 있는 거야."

"내가 비합리적으로 굴고 있는 거야?" 그 대화 후 그는 윌럼에게 물었다.

"아니." 윌럼은 즉각 대답했다. "말이 안 되는 상황이야, 주드. 제이비가 그렇게 만들었으니 제이비가 사과해야지."

전시회는 매진됐다. 〈윌럼과 소녀〉는 그의 직장으로 배달됐고, 윌럼이 산 〈윌럼과 주드, 리스페너드 스트리트, II〉도 배달됐다. 〈주드, 아프고 나서〉(제목을 들었을 때 그는 어찌나 새로 분노가 북받치고 창피하던지, 그 순간 "분노로 눈이 먼다"는 말의 의미를 실감했다)는 그 사람이 그림을 구매한 작가는 향후 반드시 성공하는 것으로 유명한 수집가가 구매했다. 그 사람은 화가의 데뷔 전시회에서만 그림을 사는데, 그가 그림을 산 거의 모든 화가들이 굵직한 경력을 쌓았다고 했다. 전시회의 중심작인 〈담배를 든 주드〉만 주인이 정해지지 않았는데, 그건 충격적으로 아마추어 같은 실수 탓이었다. 갤러리 이사는 그 그림을 중요한 영국 수집가에게 팔았는데, 갤러리 관장은 뉴욕현대미술관에 팔았던 것이다.

"그럼, 완벽하네." 윌럼은 맬컴이 제이비에게 말을 전할 걸 알고 말했다. "제이비가 갤러리에 자기가 그림을 가지겠다고 하면 되겠네. 그리고 그건 주드에게 줘야 하고."

"그렇겐 못 할 거야." 맬컴은 윌럼이 그 그림을 쓰레기통에 던지라고 말한 것처럼 경악하며 말했다. "그건 모마*라고."

"무슨 상관이야?" 윌럼이 물었다. "제이비가 그렇게 잘났으

*MoMA. 뉴욕현대미술관의 약칭.

면, 모마와는 또 기회가 있겠지. 하지만 분명히 말하는데, 맬컴, 주드와 계속 친구로 지내고 싶으면 정말이지 이게 마지막 유일한 해결책이야." 그는 말을 멈췄다. "그리고 나랑도."

그래서 맬컴은 그 말을 전했고, 윌럼을 잃는다는 생각에 제이비는 당장 윌럼에게 전화를 해서 만나자고 했고, 만나서는 울면서 윌럼이 자기를 배신했고, 늘 주드 편만 들며, 자기는 늘 윌럼을 응원하고 있는데 윌럼은 자기, 제이비의 경력에는 조금도 신경 쓰지 않는다고 비난했다.

이 모든 일이 몇 달 동안 벌어졌고, 봄이 여름이 되고 그와 윌럼은 제이비(와 맬컴) 없이 트루로에 갔고(맬컴은 제이비 혼자 두고 가기가 걱정된다고 말했다), 제이비는 메모리얼데이에 아퀴나의 맬컴네 별장에 갔고, 다들 7월 4일은 넘겼고, 그와 윌럼은 오랫동안 계획했던 크로아티아와 터키 여행을 갔다.

그리고 가을이 되었고, 윌럼과 제이비가 두 번째로 만나려고 할 무렵, 윌럼은 갑자기 예상치 않았던 영화 배역—〈은색 손을 가진 소녀〉에서 왕 역—을 맡아 1월에 소피아로 촬영하러 떠나게 됐고, 주드는 직장에서 승진하고 시내 최고의 법인회사 중 하나인 '크롬웰 서먼 그레이슨 앤드 로스'의 파트너변호사로부터 제안을 받았으며 그해 5월 앤디가 준 휠체어를 자주 사용해야만 했다. 윌럼은 1년 동안 사귀던 여자친구와 헤어지고 필리파라는 의상 디자이너와 데이트 중이었고, 예전에 동료 재판연구원이었던 케리건은 모두에게 단체 이메일로 커밍아웃함과 동시에 보수주의를 비난했고, 해럴드는 올해 추수감사절에는 누가 오는지 묻더니, 누가 오든지 간에 줄리아와 그가 할 이야기가 있으니 다들 가고 난 다음 하룻밤 더 있을 수 있는지 물었다. 그는 맬컴과 공연을, 윌럼과 갤러리 전시회들을 봤고, 예전 같으면 제이비와 토론을 나누었을 소설들을 읽었다. 넷 중 소설을 읽는 사람은 그와 제이비뿐이었기 때문이다. 예전에는 다 같이 살펴봤을 일들이지만 지금은 둘이서, 셋이서 이야기하는 일들의 목록이다. 너무 오랫동안 넷이서 움직이다가 이렇게 바뀌니 처음에는 혼란스러웠지만, 그는 익숙해졌고, 제이비—그의 위트 있는 자기중심주의, 세상의 모든 것들을 자기에게 미칠 영향으로만 보는 방식—가 그리웠지만, 그를 용서할 수도 없었고, 동시에 제이비 없이 살아가는 데도 익숙해질 수 있었다.

그래서 이제 그들의 싸움은 끝났다고 생각했고, 그 그림은 그의 것이 됐다. 그 주 토요일 윌럼이 사무실에 와서 포장을 벗기고 벽에 기대놓은 다음, 두 사람은 축 늘어진 희귀한 동물원 동물이라도 보는 것처럼 그 그림을 말없이 바라봤다. 이 그림은 《타임스》에도 기사가 실렸고, 나중에는 《아트포럼》에도 실렸지만, 지금, 안전한 사무실 안에서야 그는 그 그림을 제대로 감상할 수 있었다. 그게 자기라는 것만 잊어버릴 수 있다면 아름답다고까지 생각했을 테고, 제이비가 왜 거기 끌렸는지도 거의 이해할 수 있었다. 남자인지 여자인지도 잘 분간되지 않고 옷은 빌린 옷 같고 어른의 손짓과 자세를 흉내 내고 있지만 분명 그 의미는 하나도 이해하지 못하고 있는, 너무 겁에 질리고 경계심에 가득 차 있는 그림 속 그 낯선 사람 때문이었다. 그는 더 이상 그 사람에게 어떤 감정도 느끼지 않았지만, 그 사람에게 아무 감정도 못 느끼는 건 의식적 의지의 발현이었다. 마치 거리에서 늘 마주치는 사람인데도 시선을 피하면서 매일매일 못 보는 척하다보니 마침내 어느 날 실제로 안 보이는—아니면 그렇게 믿게 된 것 같은 그런 상황이었다.

"이걸 어떻게 해야 좋을지 모르겠어." 그는 윌럼에게 후회하며 고백했다. 그림을 원하지 않는데도 윌럼이 자기 때문에, 다시는 보지 않을 게 분명한 물건 때문에 제이비를 그의 인생에서 잘라냈다는 데 죄책감을 느꼈다.

"음." 윌럼이 말했다. 잠시 침묵이 흘렀다. "아무 때나 해럴드한테 주면 되지. 분명 좋아하실걸." 그때 그는 윌럼이 아마도 그가 그 그림을 늘 원하지 않았다는 걸 알고 있었다는 것을, 하지만 그건 아무 상관 없다는 것을, 제이비 말고 그를 선택한 걸 후회하지 않는다는 것을, 그런 결정을 내려야 했던 데 대해 그를 비난하지 않는다는 것을 알았다.

"그래도 되지." 그는 안 그럴 걸 알면서 천천히 말했다. 그러면 해럴드는 정말 좋아할 테고(전시회에서 봤을 때도 좋아했다) 어디 눈에 띄는 곳에다 걸어놓고 싶어 할 테고, 그럼 그 집에 갈 때마다 그 그림을 봐야 할 것이다. "미안해, 윌럼." 그는 결국 말했다. "여기까지 끌고 와서 미안해. 어떻게 할지 생각날 때까지 그냥 여기 둬야겠어."

"좋아." 윌럼은 말했고, 두 사람은 그림을 다시 싸서 책상 밑에 뒀다.

윌럼이 가고 난 뒤, 그는 전화기를 켜서 이번에는 제이비에게 정말로 문자를 썼다. "제이비." 그는 쓰기 시작했다. "그림, 그리고 네 사과 정말 고맙다. 둘 다 무척 의미가 커." 그는 다음에 뭐라고 할지 생각하며 잠시 멈췄다. "보고 싶었어. 그동안 어떻게 살았는지 듣고 싶다." 그는 계속했다. "만날 시간 있으면 전화해." 모든 게 사실이었다.

갑자기 그는 그림을 어떻게 해야 할지 알았다. 그는 제이비의 기록원 주소를 찾아, 〈담배를 든 주드〉를 보내줘서 감사하며 이 그림을 모마에 기증하고 싶은데 그 처리 과정을 도와줄 수 있겠느냐는 메모를 썼다.

훗날 그는 그 일을 일종의 지레받침대, 이랬다가 저랬다가 하는 관계 사이의 경첩 같은 걸로 돌이켜보곤 했다. 제이비와의 우정은 물론이고 윌럼과의 우정에 대해. 20대의 어느 순간, 친구들을 보고 있으면 너무도 순수하고 깊은 만족감이 들어서, 모든 것이 평형을 이루고 친구들에 대한 그의 애정도 완벽한 그 순간에서 누구도 움직이지 않아도 되도록 그 주위 세상이 그냥 멈춰버렸으면 하는 때들이 있었다. 하지만 한 박자 후에는 모든 게 움직이고, 그 순간은 고요히 사라져버린다.

이 일 이후 제이비가 그의 마음속에서 차지하는 자리가 영원히 줄어들었다고 말하면 너무 과장 같고, 너무 최종적인 느낌이 들 것이다. 하지만 그건 사실이었다. 그는 처음으로 자신이 믿게 된 사람들이 언젠가는 어떤 식으로든 그를 배신할지도 모른다는 걸 이해하게 됐고, 실망스럽긴 하지만 그런 게 어쩔 수 없는 일이라는 것도, 그래도 인생은 쉼 없이 앞으로 나간다는 것도 이해할 수 있었다. 어떤 식으로든 그를 실망시킨 사람이 나타날 때마다 적어도 절대 그러지 않을 사람이 하나는 있었기 때문이다.

—

해럴드가 추수감사절 때 필요 이상으로 일을 키우는 경향이 있다는 것은 그도 (줄리아도) 동의하는 바였다. 그가 처음으로 휴일에 해럴드와 줄리아의 집에 초대받은 이후 매해 해럴드는 그에게 올해는—아직 프로젝트에 대한 열정이 넘치는, 주로 11월 초에—무지하기 짝이 없는 미국식 요리 전통을 뒤집어 그를 깜짝 놀라게 해주겠노라고 약속했다. 해럴드는 언제나 시작은 야심찼다. 9년 전 그가 로스쿨 2학년일 때 처음으로 다 함께 모였던 추수감사절 날, 해럴드는 오렌지 대신 금귤을 사용해서 오렌지소스의 통 오리구이를 하겠다고 선언했었다.

하지만 추수감사절 전날 직접 구운 호두케이크를 들고 해럴드의 집에 도착했더니, 줄리아 혼자 문간에 나와 그를 맞이했다. "오리 이야기는 하지 마." 그녀는 키스로 그를 맞이하면서 속삭였다. 부엌에서는 혼이 나간 해럴드가 오븐에서 커다란 칠면조를 꺼내고 있었다.

"아무 말도 하지 마." 해럴드가 경고했다.

"제가 뭐라고 할 건데요?" 그가 물었다.

올해, 해럴드는 그에게 송어가 어떻느냐고 물었다. "다른 걸로 속을 채운 송어." 그는 덧붙였다.

"송어 좋아요." 그는 조심스레 대답했다. "하지만 해럴드, 전 사실 칠면조가 좋아요." 그들은 매년 칠면조보다 나은 음식으로 각종 고기와 단백질—오골계찜, 필레미뇽, 목이버섯과 두부, 훈제 흰살 생선 샐러드를 올린 홈메이드 호밀—을 제안하는 해럴드와 이 비슷한 대화를 나누곤 했다.

"아무도 칠면조는 안 좋아해, 주드." 해럴드는 애가 타서 말했다. "무슨 수작인지 다 안다. 내가 사실 다른 건 하나도 못 만들 거라고 생각하는 거지? 칠면조를 좋아하는 척하면서 날 모욕하지 마. 우린 송어를 먹을 거고 다 결정된 거다. 작년에 만든 케이크 만들 수 있어? 그게 이 와인이랑 잘 어울릴 것 같은데. 내가 준비할 것들 목록이나 보내줘."

그는 늘 생각했다. 난감한 건 대개 해럴드는 음식(이나 와인)에 별로 관심이 없다는 점이었다. 사실 그는 미각이 형편없어서 종종 비싸기만 하고 맛은 평범한 식당으로 그를 데리고 가 타고 맛없는 고기 요리와 사이드로 나온, 창의력이라곤 없는 질척한 파스타를 흡족하게 먹곤 했다. 그와 (역시 요리에는 거의 관심 없는) 줄리아는 해마다 해럴드가 보이는 이상한 집착에 대해 이야기했다. 해럴드는 다양한 강박관념이 있었고, 그중 몇몇은 설명할 수 없었지만, 이건 특히 이상했고 끈질겨서 더 이상했다.

윌럼은 해럴드의 추수감사절 탐색이 일부는 코미디로 시작했지만, 해가 가면서 뭔가 더 심각한 것으로 변형됐고, 이제는 결코 성공할 수 없다는 걸 자기도 아는데 진정으로 멈출 수 없게 된 거라고 생각했다.

"하지만 있잖아," 윌럼은 말했다. "사실 그건 다 널 위해서야."

"무슨 소리야?" 그는 물었다.

"너를 위한 공연이라고." 윌럼은 말했다. "그건 너를 감동시키려고 노력할 정도로 너를 좋아한다고 이야기하는 해럴드 나름의 방식이야. 실제로 좋아한다고 이야기는 안 해도."

그는 이 의견을 즉각 묵살했다. "그건 아니야, 윌럼." 하지만 때로 그는 윌럼 말이 맞을지도 모른다고 혼자 거짓 상상을 했다. 바보 같고 약간 애처로운 기분이 들었지만 그런 생각을 하면 너무나 행복했기 때문이다.

올해 추수감사절에 오는 사람은 윌럼뿐이었다. 그와 제이비가 화해했을 무렵에는 제이비는 이미 맬컴과 이모댁에 가기로 되어 있었고, 그가 취소하려고 하자 이모들이 어찌나 펄쩍 뛰는지 그는 이모들을 더 이상 화나게 하지 않기로 결심했다.

"올해는 뭐래?" 윌럼이 물었다. 그들은 추수감사절 전날 수요일 밤에 기차를 타고 가고 있었다. "엘크? 사슴고기? 거북이?"

"송어." 그는 말했다.

"송어!" 윌럼이 대답했다. "음, 송어는 쉽지. 올해는 정말로 송어를 먹게 될지도 모르겠네."

"하지만 그 안에 뭔가를 채운다고 했어."

"아. 그럼 취소."

저녁식사에는 여덟 명이 있었다. 해럴드와 줄리아, 로런스와 질리언, 줄리아의 친구인 제임스와 그의 남자친구 캐리, 그리고 그와 윌럼이었다.

"이게 다이너마이트 송어군요, 해럴드." 윌럼은 두 번째 칠면조 조각을 썰면서 말했고, 모두가 웃었다.

해럴드의 저녁식사 자리에서 더 이상 불안해하지도, 꿔다 놓은 보릿자루 같지도 않게 된 게 언제부터였을까? 분명 친구들이 도움이 됐다. 해럴드는 친구들과 논쟁을 즐겼다. 제이비를 부추겨 터무니없고 아슬아슬한 인종주의 발언을 하게 한다거나, 윌럼에게 언제 자리 잡을 거냐고 놀린다거나, 맬컴과 구조적, 미학적 트렌드에 대한 논쟁을 하는 식이었다. 그는 해럴드가 친구들과 논쟁을 즐긴다는 걸, 친구들도 그걸 즐긴다는 걸 알았고, 그래서 자기는 참가할 필요 없이 친구들이 있는 그대로 자연스러운 모습으로 이야기하는 걸 그냥 듣고 있을 수 있었다. 그들은 환한 깃털을 서로에게 흔들며 두려움이나 간계 없이 자신을 동료들에게 보여주는 한 무리의 앵무새들이었다.

저녁식사의 주된 화제는 여름에 결혼하는 제임스의 딸 이야기였다. "난 늙었어." 제임스는 호소했고, 아직 대학에 다니는 딸들이 카멜의 친구 집에서 휴일을 보내는 로런스와 질리언도 공감했다.

"그러니까 생각났는데." 해럴드가 그와 윌럼을 보며 말했다.

"자네들 둘은 언제 자리 잡을 건가?"

"너 이야기인 것 같은데." 그는 윌럼에게 미소 지었다.

"해럴드, 전 서른둘이라고요!" 윌럼은 항의했고, 해럴드가 흥분해서 떠드는 동안 다들 다시 웃음을 터뜨렸다. "그게 뭐, 윌럼? 그게 설명이 되나? 변명이 돼? 열여섯도 아니면서!"

하지만 즐거운 와중에도 그의 마음 한구석은 다음 날 해럴드와 줄리아가 하겠다는 이야기에 대해 걱정하느라 시끄럽고 불안했다. 그는 결국 보스턴으로 오는 길에 윌럼에게 그 이야기를 했고, (칠면조 속을 채우고, 감자를 데치고, 식탁을 차리며) 둘이서 같이 일할 때면 틈틈이 해럴드가 무슨 이야기를 하려는 건지 알아내려고 애썼다. 저녁식사 후, 그들은 코트를 입고 뒤뜰에 앉아 그 문제를 다시 궁리했다.

적어도 해럴드와 줄리아의 문제가 아니란 건 알고 있었다. 처음에 그는 그것부터 물었고, 해럴드는 자기와 줄리아는 다 괜찮다고 거듭 말해줬다. 하지만 그렇다면 뭐란 말인가?

"어쩌면 내가 너무 많이 얼쩡댄다고 생각하는 건지도." 그가 윌럼에게 말했다. 어쩌면 해럴드가 그냥 싫증이 났을지도 모른다.

"말도 안 돼." 윌럼이 너무 빨리, 너무 단호하게 말해서 그는 안심이 됐다. 그들은 말없이 앉아 있었다. "두 분 중 하나가 다른 곳에서 무슨 제안을 받아서 이사 가는 거 아닐까?"

"그 생각도 했어. 하지만 해럴드는 절대 보스턴을 떠나지 않을 거야. 줄리아도 마찬가지고."

결국 별게 없었다. 적어도 그와 이야기할 필요가 있는 일들은 별로 없었다. 어쩌면 트루로에 있는 집을 팔려고 그러는 걸지도 몰랐다(하지만 아무리 그가 그 집을 좋아한다 해도 그 문제로 그와 이야기할 필요가 있을까). 어쩌면 해럴드와 줄리아가 헤어지는 걸지도 몰랐다(하지만 그들은 평소와 전혀 다를 바 없어 보였다). 어쩌면 뉴욕 아파트를 팔려고 해서 그가 살 마음이 있는지 물어보려는 걸지도 몰랐다(가능성 희박: 그들이 아파트를 절대 팔 리 없다고 그는 확신했다). 어쩌면 아파트 인테리어를 새로 할 생각이어서 그에게 감독을 부탁하려는 건지도 몰랐다.

그러고 나서 그들의 추측은 점점 더 구체적이고 말도 안 되는 쪽으로 나아갔다. 어쩌면 줄리아가 커밍아웃하는 걸까(어쩌면 해럴드도). 어쩌면 해럴드가 다시 태어나고 있는 걸까(어쩌면 줄리아도). 어쩌면 직장을 그만두고 뉴욕 북부 시골의 히피 부락으로 들어가는 걸지도. 어쩌면 수도자가 되어 멀고 먼 카슈미르 계곡에서 사는 걸 수도 있지. 어쩌면 성형수술을 하는 걸 거야. 어쩌면 해럴드가 공화주의자가 됐는지도 모르지. 어쩌면 줄리아가 하느님께 귀의했는지도. 어쩌면 해럴드가 법무장관으로 임명된 걸지도 몰라. 어쩌면 줄리아가 티베트 망명정부로부터 판첸 라마*의 다음 환생으로 지명되어 다람살라로 가는 거 아닐까. 어쩌면 해럴드가 사회주의 후보로 대통령에 출마하는 것일 수도. 어쩌면 다른 고기들을 채운 칠면조만 파는 레스토랑을 광장에 개업하는 걸 거야. 그때쯤에는 둘 다 말도 안 되는 추측들과 아무것도 모른다는, 불안하면서도 위안을 주는 무력감 두 가지가 다 합쳐져서 미친 듯이 웃고 있었다. 그들은 의자에 앉아 몸을 있는 대로 구부린 채, 소리를 죽이기 위해 코트 깃으로 입을 막았고 뺨에 흘러내린 눈물은 싸늘하게 식어 따끔거렸다.

하지만 자리에 눕자 그 생각이 다시 덩굴손처럼 마음속 어두운 곳에서 기어 나와 그의 의식 속에 가느다란 녹색 덩굴을 교

---

*달라이 라마 다음가는 티베트 불교의 이인자.

묘히 들이밀었다. 어쩌면 둘 중 하나가 그가 어떤 사람이었는지 뭔가 알아낸 것이다. 어쩌면 증거를 들이밀지도 모른다—의사의 보고서, 사진, (가장 악몽의 시나리오인) 영상. 그는 이미 부인하지 않기로, 반박하지도 않기로, 스스로를 변호하지도 않기로 결심했다. 그는 그 진실을 인정할 것이다, 사과할 것이다, 결코 속일 생각은 없었다고 설명할 것이다, 다시는 찾지 않겠다고 말하고 떠날 것이다. 그저 비밀을 지켜달라고, 아무에게도 말하지 말아달라고만 부탁할 것이다. 어떻게 말할지 연습도 했다. 정말 죄송합니다, 해럴드. 정말 죄송해요, 줄리아. 당황스럽게 할 생각은 정말 없었어요. 하지만 그건 너무나 쓸모없는 사과였다. 의도는 아니었을지 몰라도, 달라지는 건 없으니까. 애초에 달라지게 할 수도 있었다. 그랬어야 했다.

윌럼은 다음 날 아침 떠났다. 그날 밤 공연이 있었다. "알자마자 전화해, 알았지?" 윌럼은 말했고, 그는 고개를 끄덕였다. "괜찮을 거야, 주드." 그가 약속했다. "그게 뭐든, 우린 알아낼 거야. 걱정 마, 알았지?"

"어쨌든 알게 될 거라는 거 알잖아." 그는 말하고 윌럼에게 미소 지으려고 했다.

"그래, 알아." 윌럼이 말했다. "하여간 전화해."

그날 내내 그는 바삐 청소를 했다. 해럴드와 줄리아 둘 다 정리에는 열의가 없어서, 그 집은 늘 청소할 거리가 많았다. 그가 만든 칠면조 스튜와 비트 샐러드로 이른 저녁을 먹으러 앉았을 때, 그는 불안감에 거의 앉아 있을 수가 없어서 접시 위 음식을 나침반 침처럼 빙빙 돌리기만 했고, 해럴드와 줄리아가 눈치채지 않길 바라며 간신히 먹는 시늉만 했다. 식사 후 그는 부엌에 가져가려고 접시들을 쌓기 시작했지만, 해럴드가 그를 막았다.

"그냥 둬, 주드." 그가 말했다. "이제 이야기를 좀 해야 할 것 같은데?"

공포가 그를 뒤흔들었다. "헹궈야 할 것 같아요, 아니면 다 굳어버릴 거예요." 그는 자기 말이 얼마나 멍청한지 생각하며 서투른 항의를 했다.

"접시들 따위." 해럴드가 말했다. 해럴드가 접시에 뭐가 굳건 안 굳건 진심으로 신경 쓰지 않는다는 건 알지만, 순간 그는 그의 격의 없는 태도가 지나치게 격의 없는 건 아닌지, 진짜라기보다 가짜 편안함이 아닐까 싶은 생각이 들었다. 하지만 결국 그는 아무것도 못 하고 접시를 놓은 다음 해럴드를 따라 터벅터벅 거실로 들어왔다. 줄리아가 자신과 해럴드를 위한 커피를 따르고 있었다. 그를 위한 차는 이미 따라져 있었다.

그는 몸을 낮춰 의자에 앉았고, 해럴드는 왼쪽 의자에, 줄리아는 마주 보고 있는, 찌그러진 중앙아시아 전통 자수품으로 덮인 오토만에 앉았다. 나지막한 테이블을 사이에 두고 그들이 늘 앉는 자리였고, 그는 그 순간이 계속되기를 바랐다. 이 순간이 여기서 보내는 마지막 순간이라면, 책과 타르트, 흐릿한 사과주스의 달콤한 향, 커피테이블 밑으로 주름져 들어간 남색과 진홍색이 섞인 터키산 카펫, 나달나달해진 곳에 헝겊 조각을 덧댄 소파 쿠션과 그 아래로 보이는 하얀 모슬린 안감이 있는 이 따뜻하고 어두운 방에 마지막으로 앉아보는 거라면. 그는 이 모든 것들이 소중한 것이 되도록 마음을 열었다. 해럴드와 줄리아의 것이니까, 그리고 그들의 집을 자기 집으로 생각하도록 스스로 마음을 열었으니까.

그들은 잠시 동안 차를 마셨고 아무도 서로 쳐다보지 않았다. 이게 그냥 평범한 저녁이라고 생각하고 싶었지만, 그냥 평범한 저녁이었다면 다들 이렇게 조용하지 않을 것이다.

"음." 해럴드가 마침내 입을 열며, 찻잔을 테이블 위에 놓고 준비했다. '무슨 말을 하건, 널 위한 변명 같은 건 하지 마.' 그는 생각했다, '무슨 말을 하건 그냥 받아들이고 모든 것에 대해 다 감사드려.'

긴 침묵이 또 이어졌다. "말하기가 힘드네." 해럴드가 계속 말하며 머그잔을 손 안에서 이리저리 바꿔 쥐었고, 그는 해럴드의 다음 침묵을 견디며 기다렸다. "사실 대본도 썼어, 그렇지?" 그는 줄리아에게 물었고, 그녀는 고개를 끄덕였다. "하지만 생각했던 것보다 훨씬 더 긴장되네."

"알아." 그녀가 말했다. "하지만 잘하고 있어."

"허!" 그가 대답했다. "거짓말을 해주다니 고맙기도 하지." 그리고 그는 그녀에게 미소 지었다. 방 안에 마치 그 두 사람만 있는 것 같았고, 잠시 동안 둘 다 그가 거기 있다는 걸 까맣게 잊어버린 것 같았다. 하지만 해럴드는 다시 입을 다물고 다음 말을 하려고 애썼다.

"주드, 내가—우리가—널 안 지 이제 거의 10년쯤 됐잖아." 해럴드가 마침내 말했고, 그는 해럴드의 눈이 그에게 왔다가 다시 멀어지며 줄리아의 머리 위 어딘가로 가는 걸 지켜봤다. "그 세월 동안 넌 우리한테 굉장히 소중한 사람이 됐어, 우리 둘 다에게. 넌 물론 우리 친구지만, 우린 친구 이상으로 생각해. 그보다 더 특별한 사람으로." 그는 줄리아를 봤고, 그녀는 다시 한 번 그에게 고개를 끄덕였다. "그래서 네가 이걸 너무, 주제넘는 짓이라고 생각하지 않았으면 해. 우린 우리가 널, 음, 입양하도록 고려해줄 생각이 있는지 알고 싶어." 이제 그는 다시 그를 쳐다보며 미소 지었다. "네가 우리의 법적 아들, 법적 상속자가 되는 거지, 그러면 언젠가 이 모든 게"—그는 희화적인 동작으로 손을 커다랗게 휙 젖혔다—"네 것이 되는 거야, 원하기만 한다면."

그는 조용했다. 말을 할 수가 없었다, 반응을 보일 수가 없었다. 자기 얼굴이 있긴 한지, 어떤 표정을 짓고 있을지 느낄 수조차 없었다. 줄리아가 황급히 끼어들었다. "주드, 어떤 이유에서건 그러고 싶지 않다면 우린 전적으로 이해해. 이건 엄청난 부탁이니까. 네가 아니라고 해도, 너에 대한 우리 감정은 달라지지 않을 거야. 그렇지, 해럴드? 넌 언제나, 언제나 여기서 환영받을 거고, 우린 네가 언제나 우리 인생의 일부이길 바라. 정말이지, 주드, 우린 화 안 낼 거고, 너도 기분 나쁘게 생각하지 마." 그녀는 그를 쳐다봤다. "좀 시간을 가지고 생각해볼래?"

그 순간 마비가 서서히 물러나는 게 느껴졌고, 마치 그 보상작용처럼 손이 떨리기 시작했고 그는 그걸 감추려고 장식용 쿠션 하나를 집어 팔로 꽉 안았다. 말을 할 수 있기까지 몇 번이나 시도해야 했고, 겨우 말을 꺼냈을 때는 두 사람의 얼굴을 쳐다볼 수가 없었다. "생각해볼 필요도 없어요." 그는 말했다. 자기 목소리가 이상하고 가늘게 들렸다. "해럴드, 줄리아, 농담하세요? 이보다 더 간절히 원했던 건 아무것도, 아무것도 없어요. 평생. 전 한 번도—" 그는 말을 멈췄다. 말이 조각조각이 되어 나왔다. 잠시 그들은 모두 침묵을 지켰고, 마침내 그는 겨우 그들의 얼굴을 볼 수 있었다. "저한테 이젠 더 이상 친구로 지내기 싫다고 말하려는 건 줄 알았어요."

"아, 주드." 줄리아가 말했고, 해럴드는 당황한 표정이었다. "왜 그런 생각을 해?" 그가 물었다.

하지만 그는 설명할 수가 없어 고개만 저었다.

다시 침묵이 이어졌고, 그러고는 모두 이 순간을 어떻게 끝내야 할지 몰라서, 다음에 뭘 해야 할지 몰라서 다들—줄리아는 해럴드를 쳐다보고, 해럴드는 그를 쳐다보고, 그는 쿠션을 보며—미소만 짓고 있었다. 마침내, 줄리아가 손뼉을 치더니 일어났다. "샴페인!" 그녀는 이렇게 말하고 방에서 나갔다.

그와 해럴드도 일어나 서로를 바라봤다. "확신해?" 해럴드가 조용히 물었다.

"해럴드만큼 확신해요." 그도 마찬가지로 조용하게 대답했다. 이 일이 얼마나 청혼처럼 보이는지 따위의 창의성 없는 뻔한 농담을 할 수도 있겠지만, 그는 그럴 용기가 없었다.

"알지? 이제 넌 평생 우리랑 묶이는 거야." 해럴드가 미소 지으며 그의 어깨에 손을 올렸고, 그는 고개를 끄덕였다. 그는 해럴드가 한 마디도 더 하지 않길 바랐다. 그러면 울음을 터뜨리거나 구토를 하거나 기절하거나 비명을 지르거나 발화해버릴 것 같았다. 갑자기 그는 지난 몇 주 동안 느낀 불안뿐만 아니라, 말로는 신경 쓰지 않는다고 하면서도 지난 30년 동안 너무나 간절히 갈망하고 원하고 바라느라 자기가 얼마나 기진맥진했는지, 얼마나 완전히 소진됐는지 실감했고, 그래서 서로 건배를 하고 처음에는 줄리아, 다음에는 해럴드가 그를 포옹했을 때쯤 돼서는—해럴드에게 안기는 느낌이 너무 낯설고도 친밀해 그는 거의 꿈틀하고 몸을 움츠렸다—해럴드가 그놈의 접시들은 그냥 두고 자라고 했을 때 안도감을 느꼈다.

방에 가자마자 그는 침대에 누웠고, 30분은 족히 지나서야 전화 생각을 했다. 그는 몸 아래 단단한 침대를, 뺨에 닿는 면이불의 부드러운 촉감을, 몸의 움직임에 따라 살짝 꺼지는 매트리스의 익숙한 느낌을 느끼고 싶었다. 여기가 그의 세상이라는 걸,

자기가 아직 그 안에 있다는 걸, 좀 전의 일이 정말로 일어났다는 걸 확실히 실감하고 싶었다. 갑자기 옛날에 피터 수사와 했던 대화가 생각났다. 수사에게 자기가 과연 입양될까 하고 물었더니 수사는 웃으며 "아니" 하고 말했고, 그 어조가 어찌나 단호한지 그는 절대 다시 묻지 않았다. 비록 굉장히 어렸었지만, 수사의 간단한 결론 때문에 결심이 오히려 더 굳어졌던 게 매우 또렷하게 기억났다. 비록 물론 그건 조금도 그가 마음대로 할 수 있는 결과가 아니었지만.

너무 혼란스러워 자기가 전화했을 때 윌럼의 공연이 이미 시작되었다는 것도 잊어버렸지만, 막간에 윌럼이 다시 전화했을 때 그는 여전히 손바닥으로 전화기를 살짝 덮은 채 침대 그 자리에 똑같은 쉼표 모양으로 누워 있었다.

"주드." 윌럼의 숨소리로 그가 얼마나 순수하게 기뻐하고 있는지 알 수 있었다. 윌럼—그리고 앤디와 어느 정도는 해럴드—만이 그의 성장 과정에 대해 대충 알고 있었다. 수도원과 고아원, 더글러스 부부 집에서의 생활. 다른 사람들에게는 될 수 있는 한 대답을 회피하다 결국 부모님은 어렸을 때 돌아가셨고 양자로 컸다고 대답하면 보통은 더 이상 질문하지 않았다. 하지만 윌럼은 진실을 더 많이 알았고, 윌럼은 이것이 그의 가장 불가능하고 가장 열렬한 바람이라는 걸 알고 있었다. "주드, 정말 굉장해. 기분이 어때?"

그는 웃으려고 했다. "내가 다 망쳐버릴 것 같아."

"절대." 그들은 둘 다 말이 없었다. "법적 성인을 입양할 수 있다는 건 전혀 몰랐네."

"그러니까, 흔치는 않은데 가능하긴 하다네. 부모 양쪽이 다 동의하기만 하면. 보통은 상속 목적이야." 그는 또다시 웃으려고 애썼다. (웃으려 하지 마, 그는 스스로를 책했다.) "가족법에서 배운 적 있는데 별로 기억은 안 나. 하지만 이건 알아. 난 그 두 사람 이름이 적힌 새 출생증명서를 받게 돼."

"우와." 윌럼이 말했다.

"알아." 그가 말했다.

뒤에서 누군가 윌럼의 이름을 위풍당당하게 부르는 소리가 들렸다. "가봐." 그는 윌럼에게 말했다.

"젠장." 윌럼이 말했다. "어쨌든 주드? 축하해. 너보다 더 자격 있는 사람은 없어." 그는 자기를 부르고 있는 목소리에 소리쳐 대답했다. "나 가야 해." 그가 말했다. "해럴드랑 줄리아한테 내가 편지해도 돼?"

"물론이지." 그는 말했다. "하지만 윌럼, 다른 사람들한테는 말하지 마, 알았지? 잠시 생각을 좀 하고 싶어."

"말 안 해. 내일 보자. 그리고 주드—" 하지만 그는 더 이상 말하지 않았다, 아니 말할 수가 없었다.

"알아." 그는 말했다. "알아, 윌럼. 나도 그래."

"사랑해." 윌럼은 그렇게 말하고 그가 대답하기도 전에 전화를 끊었다. 윌럼이 그런 말을 하면 뭐라고 해야 할지 도무지 몰랐지만, 늘 그 말을 듣고 싶었다. 그날 밤은 온갖 말도 안 되는 일들이 일어난 밤이었고, 그는 잠들지 않으려고, 가능한 한 오래 정신을 바싹 차리고 깨 있으면서 자기에게 일어난 모든 일들, 겨우 몇 시간 사이에 이루어진 평생분의 소원을 되풀이해서 돌이켜보며 즐기고 싶었다.

다음 날 아파트에 돌아와보니 자지 말고 기다리라는 윌럼의 메모가 있었다. 윌럼은 아이스크림과 당근케이크를 가지고 돌아왔다. 둘 다 단걸 별로 좋아하지도 않고, 그는 다음 날 아침 일찍 일어나야 하는데도, 두 사람은 먹고 샴페인을 마셨다. 다음 몇 주가 쏜살같이 지나갔다. 해럴드는 서류 작업을 해서 그가 서명해야 할 서류들—입양신청서, 출생증명서 변경을 위한 진술서, 혹시나 있을지 모를 그의 전과기록—을 보냈고, 그는 공증을 받기 위해 점심시간에 은행으로 갔다. 그는 자기가 이야기한 몇몇 사람들—마셜, 시티즌, 로즈—이외의 직장 동료들에게는 알리고 싶지 않았다. 제이비와 맬컴에게도 이야기했고, 그들은 한편으로는 예상한 그대로 반응했으며—제이비는 거의 틱 환자 같은 속도로 그중 하나라도 얻어 걸리라는 듯이 재미도 없는 농담들을 연달아 쏟아냈고, 맬컴은 그가 대답할 수 없는 다양한 가정을 놓고 점점 더 지엽적인 문제들을 질문했다—한편으로는 진심으로 함께 흥분했다. 그는 로스쿨 재학 시절 해럴드의 수업을 두 개 들었고 그를 존경했던 블랙 헨리 영과 제이비의 친구 리처드에게 이 사실을 말했다. 리처드와는 1년 전쯤 에즈라의 집에서 열렸던 특히 길고 지루했던 파티에서 만났고 그 방에서 술이 취하지 않은 사람은 둘뿐이라 프랑스 복지제도에서부터 시작해 여러 가지 주제로 이어지는 대화를 나눈 후 친해졌다. 페드라에게 말했더니 소리를 지르기 시작했고, 또 다른 오랜 대학 친구 일라이저 역시 소리를 질렀다.

그리고 물론 앤디에게 말했다. 그는 처음에는 그저 멀뚱멀뚱 바라보기만 하다가 고개를 끄덕였다. 마치 떠나기 전에 반창고 하나 줄 수 있냐는 말을 들은 것 같은 태도였다. 하지만 다음 순간 바다표범처럼 기괴한, 반은 짖고 반은 재채기 같은 기괴한 소리를 연달아 냈고, 어느 순간 울고 있었다. 그걸 보고 그는 어쩔 줄 몰라 경악했고 약간 불안해졌다. "여기서 나가." 앤디는 소리를 내는 와중에 명령했다. "정말이야, 주드, 당장 나가." 그래서 그는 그렇게 했다. 다음 날 직장에서 그는 치자나무 덤불 크기의 장미 다발을 받았고, 거기에는 앤디의 화난 뭉툭한 필체로 다음과 같이 쓰여 있었다.

주드—너무 창피해서 이 메모도 못 쓰겠다. 어제 일은 부디 용서해줘. 정말 너무너무 잘됐고, 다만 해럴드가 어쩌다 그렇게 오래 걸렸는지 궁금할 뿐이다. 이 일을 계기로 너 자신을 '좀 더 잘 보살펴서', 그래서 언젠가 해럴드가 천 살이 되어 요실금이 생기면 그의 성인 기저귀를 갈아줄 기운이 있으라는 신호로 받아들이기 바란다. 해럴드는 정상적인 사람처럼 적절한 나이에 죽어서 널 편하게 만들어주지 않을 거야. 너도 알지? 내 말 믿어. 부모들이란 그런 식으로 골치 아픈 사람들이거든. (하지만 물론 대단하기도 하지.) 사랑을 담아, 앤디.

그와 윌럼은 이 편지가 이제껏 읽어본 편지 중 최고 명문이라고 동의했다.

하지만 황홀한 달이 지나고, 1월이 됐고, 윌럼은 영화 촬영차 불가리아로 떠났고, 오랜 두려움이 다시 찾아왔다. 이번에는 새로운 두려움까지 동반했다. 2월 15일에 법정 출두일이 잡혔다고 해럴드는 말했고, 그 일을 로런스가 주재하도록 일정을 약간 조정했다고 했다. 날짜가 임박하자 그는 자기가 모든 걸 망쳐놓을지 모른다는 생각에 시도 때도 없이 자신을 괴롭혔고, 실제로 해럴드와 줄리아가 자기들이 무슨 짓을 저지르고 있는지 너무 적극적으로, 너무 많이 상기하게 되면 마음을 바꿀지도 모른다는 확신에 처음에는 무의식적으로 나중에는 주도면밀하게 그들을 피하기 시작했다. 그래서 그들이 1월 둘째 주 연극을 보러 뉴욕에 왔을 때는 출장으로 워싱턴에 간 척했고, 매주 전화 통화 때는 가능한 한 말을 적게 하고 대화를 짧게 하려고 애썼다. 매일매일 이 상황이 말도 안 된다는 생각이 마음속에서 점점 더 크고 생생해졌다. 건물 외벽에 비친 추하고 좀비 같은 절뚝대는 발걸음을 흘끗 볼 때마다 자신이 역겨웠다. 정말이지, 누가 이걸 원하겠나? 자신이 다른 사람의 것이 된다는 생각이 점점 더 바보 같았고, 해럴드가 자기를 한 번만 더 보면, 그도 같은 결론에 도달하지 않을 수 없을 것 같았다. 그게 자신에게는 별일 아니어야 한다는 걸 알고 있었지만—결국 그는 성인이었고, 성인 입양은 진짜 사회학적으로 의미가 있다기보다 의례적인 측면이 더 컸다—그는 논리를 무시하는 한결같은 열성으로 그걸 원했고, 그걸 빼앗기는 걸 참을 수가 없었다. 지금, 그가 사랑하는 모든 사람들이 그를 위해 이렇게 행복해하고 있는데, 이렇게 거의 가까이 다가갔는데 그럴 수는 없었다.

전에도 가까이 가본 적 있었다. 몬태나에 도착한 다음 해, 그가 열세 살이었을 때, 고아원에서 3개 주 입양 박람회에 참가했다. 11월은 국립 입양의 달이었고, 어느 추운 아침 그들은 옷을 단정히 입으라는 명을 받고 서둘러 스쿨버스 두 대에 실려 두 시간을 달려 미줄라에 도착해, 내몰리듯 버스에서 내려 호텔 연회장으로 들어갔다. 그들이 탄 버스가 가장 마지막에 도착했기 때문에, 연회장 안은 이미 아이들로 가득 차 있었다. 남자아이들이 한쪽에, 여자아이들은 반대쪽에 서 있었다. 방 한가운데에는 테이블들이 기다랗게 놓여 있었고, 남자아이들 쪽으로 걸어가면서 보니 테이블에는 라벨이 붙은 바인더들이 쌓여 있었다. 남자 유아, 남자 걸음마쟁이, 남자 4~6세, 남자 7~9세, 남자 10~12세, 남자 13~15세, 남자 15세 이상. 들은 바에 의하면,

그 안에는 그들의 사진과 이름, 인적 사항—어디서 왔으며, 어느 민족에 속하며, 학교 성적은 어땠고 좋아하는 운동은 무엇이며 어떤 재능과 흥미가 있는지—을 적은 서류가 들어 있었다. 궁금했다, 자기 서류에는 뭐라고 적혀 있을까? 어떤 재능을, 어떤 인종, 어떤 출신을 꾸며내서 적어놨을까?

좀 더 나이가 많은 아이들, 15세 이상 바인더에 들어 있는 아이들은 절대 입양될 수 없다는 걸 알고 있었고, 카운슬러들이 돌아서면 그들은 조용히 뒷문으로 빠져나갔다. 다들 약에 취하러 나가는 것이라는 걸 알고 있었다. 유아들과 걸음마쟁이들은 유아들과 걸음마쟁이기만 하면 됐다. 그들은 처음으로 선택되겠지만, 심지어 그걸 알지도 못했다. 하지만 어쩌다 찾아 들어간 구석 자리에서 지켜보고 있노라니, 어떤 아이들—박람회를 전에 경험해봤을 정도로 나이가 들었지만 아직 희망을 가질 정도는 어린 아이들—에게는 전략이 있었다. 그는 뚱한 아이들이 미소 짓는 걸, 거친 골목대장이던 아이들이 유쾌하고 쾌활해지는 걸, 고아원에서는 서로를 미워하던 아이들이 누가 봐도 사이좋아 보이는 모습으로 놀고 장난치는 걸 지켜봤다. 카운슬러에게 무례하던 아이들, 복도에서 서로 욕을 하던 아이들이 줄지어서 방 안으로 들어오는 어른들, 잠재적 부모들에게 미소 짓고 이야기하는 걸 봤다. 예전에 그의 어깨를 무릎으로 짓누르며 화장실 바닥에 처박았던 제일 거칠고 비열한 소년, 숀이라는 14세 소년은 같이 이야기하고 있던 남녀가 바인더 쪽으로 걸어가자 자기 이름표를 가리켰다. "숀이에요!" 그는 그들 등에 대고 외쳤다. "숀 그레이디요!" 그 희망찬 쉰 목소리에 담긴 뭔가에, 전혀 희망을 담고 있는 것처럼 들리지 않으려는 노력과 긴장이 느껴지는 그 목소리에 그는 처음으로 숀에게 불쌍한 마음이 들었고, 그 남자와 여자에게 화가 났다. 그들은 사실 남자 7~9세 바인더를 뒤적이고 있었기 때문이다. 하지만 그 감정들도 순식간에 지나갔다. 그 시절 그는 아무것도 느끼지 않으려고 애쓰고 있었다. 허기도, 고통도, 분노도, 슬픔도.

그는 어떤 속임수도, 기술도 없었고, 매력을 발산할 수도 없었다. 고아원에 도착했을 때는 너무 바싹 얼어 있어서 지난 11월에는 다들 그를 남겨두고 갔었고, 1년이 지난 지금 그는 자기가 더 나아졌는지 아닌지 알 수가 없었다. 루크 수사 생각을 점점 덜한 건 사실이지만, 교실 밖 그의 나날들은 흐릿하게 뒤엉켜 하나가 됐다. 대부분의 시간 그는 자기가 자기 인생의 주인이 아닌 체하려 애쓰며, 자기가 안 보이길 바라며, 아무의 눈에도 띄지 않기만을 바라며 부유했다. 여러 가지 일들이 일어났지만, 예전처럼 맞서 싸우지 않았다. 때로 상처를 입을 때면, 아직도 의식이 남아 있는 마음 한구석에서 수사들이 지금 그를 보면 어떻게 생각할까 궁금해지기도 했다. 울화, 분노발작, 발악은 모두 사라졌다. 이제 그는 그들이 늘 되길 바라던 아이였다. 이제 그는 정처 없이 표류하는 사람이고 싶었다. 너무 가늘고 가볍고 실체가 없어서 공기마저 대체하지 않을 것 같은, 그런 존재이고 싶었다.

그래서 그는 그날 밤 리어리라는 어떤 부부가 선택한 아이들 중 하나가 자기라는 이야기에 깜짝 놀랐다. 카운슬러만큼이나 놀랐다. 어떤 여자와 남자가 그를 쳐다보던 걸, 아마 심지어 미소까지 짓던 걸 그가 눈치챘던가? 어쩌면. 하지만 오후는 대부분의 오후들이 그렇듯이 안개 낀 것처럼 흐릿하게 지나갔고, 돌아오는 버스 안에서 벌써 그는 잊는 작업을 시작했다.

그는 서로 잘 맞는지 알아보기 위해 리어리 부부와 시험 주말—추수감사절 전 주말—을 보낼 예정이었다. 그 목요일, 보이드라는 카운슬러가 차를 태워줬다. 기술과 배관 과목을 가르치지만 잘 알지는 못하는 카운슬러였다. 일부 카운슬러들이 그에게 하는 짓, 그가 막지는 않지만 참여하지도 않는 짓을 보이드가 알고 있다는 걸 그도 알고 있었다.

하지만 리어리 부부의 집—사방이 휴작 중인 시커먼 들판으로 둘러싸인 1층짜리 벽돌집—앞에서 차에서 내리려 하자, 보이드가 그의 팔을 낚아채 가까이 잡아당겼다. 그는 놀라서 긴장했다.

"망치지 마, 세인트 프랜시스." 그가 말했다. "이게 네 기회야, 내 말 알아들어?"

"네, 선생님." 그는 말했다.

"그럼 가봐." 보이드는 말하고 그를 놓아줬고, 그는 문 앞에서 있는 리어리 부인을 향해 걸어갔다.

리어리 부인은 뚱뚱했지만, 남편은 그냥 덩치 자체가 컸고 커다랗고 붉은 손은 마치 무기처럼 보였다. 부부에게는 딸이 둘 있었는데 둘 다 20대이고 결혼을 해서, 집에—커다란 농장 기계를 수리하고 농사도 짓는—리어리 씨를 도와 밭일을 할 사내아이가 하나 있으면 좋을 거라고 생각했다. 그를 선택한 건, 그가 조용하고 예의 발라 보였고 시끄러운 아이를 원하지 않기 때문이라고 했다. 부부는 근면한 아이, 가정과 집을 가진다는 게 어떤 건지 감사할 줄 아는 아이를 원했다. 그들은 바인더에서 그가 일하는 법, 청소하는 법을 잘 알고 있고, 고아원 농장일도 잘한다고 읽었다.

"그런데 네 이름, 그거 좀 특이하구나." 리어리 부인이 말했다.

그는 자기 이름이 특이하다고는 한 번도 생각해본 적 없지만,

"네, 부인"이라고 대답했다.

"다른 이름을 가지면 어떻겠니?" 리어리 부인이 말했다. "코디 같은 거? 난 늘 코디라는 이름이 좋더라. 그게 좀 덜—음, 그게 좀 더 우리 같아, 정말로."

"저도 코디 좋아요." 그는 말했다. 하지만 정말 아무 생각이 없었다. 주드건 코디건, 어떤 이름인들 상관없었다.

"음, 좋아." 리어리 부인이 말했다.

그날 밤 혼자 있을 때 그는 그 이름을 소리 내어 불러봤다. 코디 리어리. 코디 리어리. 이 집에 들어오면 마치 마법성에 들어온 것처럼 다른 사람으로 변할 수 있을까? 그렇게 간단하고, 그렇게 신속한 일일까? 주드 세인트 프랜시스는 사라지고, 그와 함께 루크 수사, 피터 수사, 가브리엘 신부, 수도원, 고아원의 카운슬러들, 그의 수치심과 두려움, 더러움도 사라지고, 그 대신 부모가 있고 자기 방이 있고, 원하는 누구든 될 수 있는 코디 리어리가 존재하게 될 것이다.

그 주말은 별일 없이 지나갔다. 너무 별일이 없어서 하루가 가고, 한 시간이 갈수록 그는 자신의 구석구석이 깨어나는 걸, 주위를 에워싼 구름이 흩어지고 사라지는 게 느껴졌고, 미래가, 자기를 포함한 그곳이 상상되기 시작했다. 그는 최선을 다해 공손하게 굴고 열심히 일했고, 그건 어렵지 않았다. 아침 일찍 일어나 리어리 부부의 아침식사를 준비하고(리어리 부인이 그를 너무 큰 소리로 야단스럽게 칭찬해서 그는 당황한 채 바닥만 바라보며 미소 지었다) 설거지를 하고 리어리 씨가 연장들에서 기름기를 닦아내고 램프의 전선을 가는 걸 도왔다. 좋아하지 않는 일들—일요일에 참석하는 지루한 교회 예배, 잠자리에 들기 전 주재하는 기도—도 있었지만 고아원에서 좋아하지 않는 일들에 비하면 더 나쁠 것도 없었다. 불쾌하거나 배은망덕하게 보이지 않고도 할 수 있는 일들이었다. 리어리 부부는 책에 나오는 부모처럼, 그가 간절하게 원하는 부모처럼 행동하는 그런 사람들은 아니었지만, 그는 어떻게 해야 성실하게 보이고, 어떻게 해야 그들을 만족시킬 수 있는지 알고 있었다. 리어리 씨의 커다란 붉은 손이 여전히 무서웠고 그와 단둘이 헛간에 있을 때면 덜덜 떨며 경계했지만 적어도 거기서는 리어리 씨만 두려워하면 됐다. 그전처럼, 아니면 고아원에서처럼 한 무리의 리어리 씨가 아니라.

일요일 저녁 보이드가 데리러 왔을 때, 그는 자기 행동에 만족했다, 심지어 자신했다. "어땠냐?" 보이드가 묻자 그는 정직하게 대답할 수 있었다. "좋았어요."

그는 리어리 부인의 마지막 말—"곧 우리가 더 많이 보게 될 것 같은 느낌이 드는구나, 코디"—로 그들이 월요일에 올 테고, 금세, 심지어 아마 금요일이면 그는 코디 리어리가 될 거라고, 고아원은 그가 뒤로하고 떠날 또 하나의 장소가 될 거라고 확신했다. 하지만 월요일이 지나갔고, 화요일이 지나갔고, 수요일, 그리고 다음 주가 되도 그는 원장실에 불려 가지 않았고, 리어리 부부에게 쓴 편지에는 답장이 없었고, 기숙사로 들어오는 찻길은 매일 텅 비어 있었고, 아무도 그를 데리러 오지 않았다.

결국 방문 후 두 주일이 지났을 때 그는 작업실로 보이드를 찾아갔다. 목요일 밤이면 그가 거기서 늦게까지 작업을 한다는 걸 알고 있었다. 그는 발아래 쌓인 눈을 밟으며 추운 바깥에서 저녁식사가 끝날 때까지 기다렸고, 마침내 보이드가 문밖으로 나왔다.

"세상에." 그는 모퉁이를 돌다 그와 거의 부딪칠 뻔하며 소리쳤다. "기숙사에 돌아가 있어야 하는 거 아니냐, 세인트 프랜시스?"

"제발요." 그는 애원했다. "제발 말해주세요, 리어리 부부가 저를 데리러 오나요?" 하지만 그는 보이드의 얼굴을 보기도 전에 그 대답을 알았다.

"마음이 바뀌었대." 보이드가 말했다. 카운슬러나 아이들은 잘 몰랐지만 당시 그는 거의 상냥했다. "끝났어, 세인트 프랜시스. 그들은 안 올 거다." 보이드는 그에게 손을 내밀었지만, 그는 그 손을 피했고 보이드는 고개를 저으며 걸어가버렸다.

"기다려요." 그는 정신을 차리고 외친 다음, 눈길을 힘겹게 달려 보이드를 쫓아갔다. "다시 하게 해주세요." 그는 말했다. "제가 뭘 잘못했는지 말해주시면 다시 노력해볼게요." 예전 히스테리가 다시 찾아오는 게 느껴졌다. 발작을 일으키고 고함을 지르고, 비명으로 온 방을 조용하게 만들었던 그 소년의 흔적이 속에서 느껴졌다.

하지만 보이드는 다시 고개를 저었다. "그런 식으로는 안 돼, 세인트 프랜시스." 그는 말했다. 그러더니 걸음을 멈추고 그를 똑바로 쳐다봤다. "이봐, 몇 년만 지나면 너는 여기서 나갈 거야. 아주 오랜 시간처럼 느껴질 테지만, 사실 그렇지도 않아. 그럼 넌 성인이 될 테고 하고 싶은 건 뭐든 할 수 있어. 그냥 이 시간들만 버티면 돼." 그러고는 다시 단호히 돌아서서 그에게서 멀어져갔다.

"어떻게요?" 그는 보이드 등 뒤에 대고 소리 질렀다. "보이드, 말해줘요! 어떻게요, 보이드, 어떻게요?" 그는 그를 '선생님'이 아니라 '보이드'라고 부르고 있다는 것도 잊어버렸다.

그날 밤 그는 몇 년 만에 처음으로 분노발작을 일으켰고, 여기서도 벌은 수도원에서와 대충 똑같았지만, 그 해방감, 예전에 느꼈던 하늘을 나는 느낌은 없었다. 이제 그는 예전보다 머리가 굵어졌다. 비명은 아무것도 바꿔놓지 않았고, 고함쳐봤자 결국 자기 자신으로 되돌아올 뿐, 그래서 모든 것, 모든 상처와 모욕이 전보다 훨씬 더 날카롭고 분명하고 끈적끈적하게 달라붙고 더 울릴 뿐이었다.

그 주말 리어리 부부 집에서 뭘 잘못했는지 그는 절대, 절대 알 수 없을 것이다. 자기가 통제할 수 있는 것이었는지 할 수 없는 것이었는지 절대 알지 못할 것이다. 수도원과 고아원에서 있었던 모든 일들 중 그가 가장 지워버리고 싶었던 것은 그 주말, 자기가 아닌 다른 누군가가 될 수 있다고 믿으려 했던 그 주말의 수치스러운 기억이었다.

하지만 이제 법정 출두일이 6주, 5주, 4주 앞으로 다가오면서 그는 그 일을 끊임없이 생각했다. 윌럼이 가버려 그의 일거수일투족을 모니터할 사람이 아무도 없자, 그는 해가 하늘을 환하게 만들 때까지 깨어, 냉장고 아래 공간을 청소하고 칫솔로 닦고, 욕조 벽 타일들 사이의 가느다란 줄눈을 표백하며 밤을 지새웠다. 그는 자해하지 않기 위해 청소를 했다. 너무 자해를 많이 하고 있어서 심지어 자신조차 자기가 얼마나 미쳤으며 파괴적으로 굴고 있는지 알았다. 자신조차 자기가 무서웠다. 자기가 하고 있는 짓뿐만 아니라 그걸 통제하지 못한다는 게 두려웠다. 면도날을 새로운 각도로 피부에 갖다 대고 지그시, 최대한 깊이 누르고 나서—나무둥치에 도끼날처럼 꽂혀 있는—면도날을 빼내면 30초 정도나 될까, 피가 쏟아져 나와서 상처를 메우기 전 양쪽 살 사이를 벌리면 깨끗하고 하얀, 마치 통통한 베이컨 같은 상처가 보였다. 몸에 헬륨가스를 주입한 것처럼 현기증이 났다. 음식들이 다 썩은 내를 풍기는 것 같아 어쩔 수 없을 때가 아니면 음식도 먹지 않았다. 그는 밤교대 청소부들이 쥐처럼 소음을 내며 복도에서 움직일 때까지 깨어 있었고, 집에서도 깨어 있었다. 잠에서 깰 때는 심장이 너무 빨리 뛰어 진정하기 위해 공기를 꿀꺽 삼켜야만 했다. 일할 때만, 윌럼이 전화할 때만 억지로 정상 상태를 유지했다. 그렇지 않으면 아예 집에서 나가지도 않고 팔을 그어대다 결국 팔에서 삼각형 살덩어리들을 뭉텅 잘라내 배수구로 흘려보냈을지도 모른다. 스스로를—처음에는 팔, 다음에는 다리, 그러고는 가슴과 목과 얼굴을—발라내는 환영이 보였고 그래서 마침내 뼈만, 다공성의 허약한 줄기만 가지고 움직이고 한숨짓고 숨 쉬고 비척대며 돌아다니는 해골이 되는 환영이 보였다.

그는 다시 6주마다 앤디에게 가기 시작했고, 가장 최근 진료를 두 번 미뤘다. 앤디가 뭐라고 할지 두려웠다. 하지만 법정 출두일을 4주 좀 덜 남기고 그는 업타운에 가서 진찰실에 앉았다. 마침내 앤디가 얼굴을 들이밀더니 좀 늦을 거라고 말했다.

"천천히 해요." 그가 말했다.

앤디는 눈을 가늘게 뜨고 그를 살펴봤다. "오래 걸리지는 않을 거야." 마침내 그는 이렇게 말하고 다시 나갔다.

몇 분 뒤, 간호사 캘리가 들어왔다. "안녕하세요, 주드." 그녀가 말했다. "선생님께서 체중을 재라고 하셨어요. 체중계에 좀 올라가주시겠어요?"

그는 그러고 싶지 않았지만, 그건 캘리의 잘못이나 결정이 아니라는 걸 알기 때문에 미적미적 진찰대에서 내려와 체중계에 올라갔다. 그는 캘리가 차트에 기입하는 숫자를 보지 않았고 인사하고 방에서 나가는 동안도 보지 않았다.

"자," 앤디가 차트를 보며 들어와서 말했다. "뭐부터 이야기 할까? 극도의 체중저하 아니면 과다한 자해?"

그는 뭐라고 대답해야 할지 몰랐다. "내가 왜 과다하게 자해한다고 생각해요?"

"거야 늘 알지." 앤디가 말했다. "눈 아래가 약간 푸르스름해. 넌 아마 의식도 못 하겠지. 그리고 법복 위에 스웨터를 입고 있어. 상태가 안 좋을 때마다 그러잖아."

"아." 그는 말했다. 그는 전혀 알지 못했다.

잠시 침묵이 이어지다, 앤디가 의자를 진찰대 가까이로 당기며 물었다. "언제야?"

"2월 15일이요."

"아. 금방이네."

"네."

"뭐가 걱정되는 거야?"

"난—" 그는 입을 열었다가 다물었고, 다시 시작하려 했다. "해럴드가 내 진짜 모습을 알까봐 걱정돼요. 그런 건 원하지—" 그는 말을 멈췄다. "어느 쪽이 더 나쁜지 모르겠어요. 그 전에 발견해서 이 일이 아예 일어나지 않는 건지, 아니면 그 후에 발견해서 내가 해럴드를 속였다는 걸 깨닫는 건지." 그는 한숨을 내쉬었다. 이제까지는 이렇게 분명히 말할 수 없었지만, 말해놓고 보니 자기가 두려워했던 게 이것이라는 걸 깨달았다.

"주드." 앤디가 조심스레 말했다. "너의 어떤 점이 그렇게 나빠서 해럴드가 입양하지 않을 거라고 생각하는 거지?"

"앤디." 그는 애원했다. "나한테 말하라고 하지 마요."

"하지만 정말 모르겠거든!"

"내가 한 짓들." 그는 말했다. "그 사람들한테 옮은 병들." 그는 스스로를 증오하며 더듬거렸다. "역겨워요. 난 역겨워."

"주드." 앤디가 다시 입을 열었다. 말하면서 그는 자주 말을 멈췄고, 그는 앤디가 지뢰가 무수하게 묻힌 잔디밭을 요리조리 피해 가고 있다는 걸 느낄 수 있었다. 그는 너무나 신중하게 천천히 움직이고 있었다. "넌 어린애였어, 완전 애기. 넌 그런 일들을 '당한' 거야. 평생, 어떤 세상에서도 너 자신을 비난할 일은 하나도, 하나도 없어."

앤디가 그를 쳐다봤다. "네가 애가 아니었다 해도, 네가 그냥 어떤 발정 난 남자여서 닥치는 대로 아무하고나 자고 싶어 하다 온갖 성병에 걸렸다 해도, 그래도 그건 절대 부끄러워할 일이 아니야." 그는 한숨 쉬었다. "내 말 좀 믿으려 해볼래?"

그는 고개를 저었다. "모르겠어요."

"알아." 앤디가 말했다. 침묵이 흘렀다. "네가 심리상담가를 만났으면 좋겠어, 주드." 그가 덧붙였다. 목소리가 슬펐다. 그는 대답할 수가 없었다. 몇 분 후 앤디가 일어났다. "음." 그가 결심한 목소리로 말했다. "어디 봐볼까." 그는 스웨터를 벗고 팔을 내밀었다.

앤디의 표정으로 생각보다 상태가 더 안 좋다는 걸 알 수 있었고, 남의 일 보듯 보려고 애쓰며 고개를 숙이자, 앤디가 해놓은 것들이 흘끗 보였다. 드문드문 새로운 상처들에 뒤덮인 반창고들, 흉터 자국이 생기고 있는 반쯤 나은 상처들과 바늘땀들, 고름이 말라붙어 두껍게 뒤덮고 있는 감염된 상처 하나.

"그럼 이제." 앤디는 오른팔의 감염된 상처를 소독하고 다른 상처에는 항생제 연고를 발라 치료를 거의 마친 다음, 한참 만에 말했다. "극도의 체중저하 문제에 대해 이야기해볼까?"

"극도는 아닌 것 같은데요."

"주드." 앤디가 말했다. "8주도 안 돼서 5킬로그램이 빠진다는 건 심한 거야. 게다가 네겐 애초에 그만큼이나 빠질 살도 없었고."

"그냥 배가 안 고팠어요." 그는 결국 말했다.

앤디는 양쪽 팔을 다 마칠 때까지 더는 아무 말도 하지 않다가, 한숨을 쉬며 다시 앉더니 메모지에 뭔가를 끄적거리기 시작했다. "하루 세끼 제대로 챙겨먹어, 주드." 그는 말했다. "그리고 이 목록에 있는 것들 중 하나도. 매일. 이건 보통 식사를 한 다음 '추가로' 먹는 거야, 알았어? 안 그러면 너희 팀에 전화해서 매 끼니때마다 너랑 같이 밥을 먹게 하고 먹는 걸 지켜보게 할 거야. 그러고 싶지 않으면 내 말 들어." 그는 메모지를 찢어 그에게 건넸다. "그리고 다음 주 여기 다시 와. 변명 말고."

그는 목록—땅콩버터 샌드위치. 치즈 샌드위치. 아보카도 샌드위치. 달걀 3개(노른자 포함!!!!). 바나나 스무디—을 쳐다본 다음 바지 주머니에 쑤셔 넣었다.

"그리고 또 하나 네가 했으면 하는 건 이거야." 앤디는 말했다. "한밤중에 깨서 자해를 하고 싶으면, 나한테 전화를 해. 몇 시든 상관 안 할 테니, 나한테 전화하는 거야, 알겠지?" 그는 고개를 끄덕였다. "진심이야, 주드."

"미안해요, 앤디." 그는 말했다.

"알아. 하지만 미안해할 필요 없어. 어쨌든 나한테는."

"해럴드한테도." 그가 말했다.

"아니." 앤디가 고쳤다. "해럴드에게도 그럴 필요 없어. 너 자신한테만 미안해해."

그는 집에 가서 바나나가 입 안에서 곤죽이 될 때까지 씹어 먹은 다음 옷을 갈아입고 어젯밤에 닦던 거실 창문을 계속 닦았다. 소파 팔걸이 위에 올라설 수 있도록 소파를 바싹 끌어당겨 붙여놓고 창문을 닦았다. 올라갔다 내려갔다 할 때마다 등이 쑤셨지만 무시하고, 더러워진 구정물을 천천히 욕조로 끌고 갔다. 거실과 윌럼의 방을 마치고 나자 너무 아파서 욕실까지 기어가야만 했고, 팔을 그은 다음 머리 위로 팔을 쳐들고 매트로 몸을 감은 채 잠시 쉬었다. 전화가 울리자 그는 어리둥절해하며 일어나 앉았다가 신음 소리를 내며 자기 침실로 가서—새벽 3시였다—굉장히 짜증 난 (하지만 정신을 바짝 차린) 목소리의 앤디 전화를 받았다.

"내가 한발 늦었구나." 앤디는 추측했다. 그는 아무 말도 하지 않았다. "이봐 주드." 앤디는 계속 말했다. "이 짓을 멈추지 않으면 난 정말 널 병원에 집어넣어야 해. 그리고 해럴드에게 전화해서 이유를 말해줄 거야. 꼭 그러고 말 거야." 그는 잠시 말을 멈췄다. "그뿐만 아니라." 그는 덧붙였다. "지겹지 않아, 주드? 너한테 이런 짓을 할 필요 없잖아, 안 그래? 정말 그럴 필요 없어."

왜인지 알 수 없었지만—어쩌면 앤디 목소리가 너무 차분해서였을 수도 있고, 너무 한결같은 약속 때문일 수도 있고, 이번에는 전과 달리 심각하다는 것을 깨닫게 되어서일 수도 있고, 아니면 정말로 지겨워서, 너무 지겹다고 깨닫게 되어 마침내 남의 명령을 받아들이게 되었을지도 모른다—다음 주 동안 그는 지시대로 했다. 이상한 연금술에 의해 음식이 진흙이나 썩은 찌꺼기로 변하는 것 같아도 식사를 꼬박꼬박 했고, 억지로 씹고 삼키고 씹고 삼켰다. 많이 먹지는 않아도 그래도 제때 먹었다. 앤디는 매일 자정 전화했고, 윌럼은 매일 아침 6시에 전화했다 (그는 앤디가 윌럼에게 전화했는지 물어볼 수 없었고, 윌럼은 자발적으로 말해주지 않았다). 그 사이 시간이 가장 힘들었다. 자해를 완전히 멈출 수는 없었지만, 제한할 수는 있었다. 두 번, 그리고 그는 멈췄다. 팔을 긋지 않게 되자, 이전의 처벌 방식이 그를 자꾸만 유혹했다. 칼 사용법을 배우기 전 한동안 그는 루크 수사와 함께 쓰던 모텔 방 바깥 벽에 미친 듯이 몸을 던져 결국에는 축 늘어지고 탈진해 바닥에 널브러지곤 했고, 왼쪽 옆구리에는 언제나 파란색과 보라색, 갈색 멍이 들어 있었다. 지금은 그런 짓은 하지 않지만, 그 감각은 여전히 기억하고 있었다. 몸과 벽이 부딪칠 때의 둔탁한 만족감, 꿈쩍도 하지 않는 뭔가에 몸을 집어던질 때의 끔찍한 쾌감을.

금요일에는 앤디에게 갔고, 앤디는 좋아하지 않았지만(몸무게가 전혀 늘지 않았다), 그렇다고 연설도 늘어놓지 않았다(몸무게가 줄지는 않았다). 다음 날 그는 비행기를 타고 보스턴으로 갔다. 그는 아무에게도, 해럴드에게도 간다는 말을 하지 않았다. 줄리아가 학회차 코스타리카에 있다는 건 알았지만, 해럴드는 집에 있을 것이다.

6년 전 그가 추수감사절을 보내러 갔을 때 줄리아와 해럴드 모두 과 모임이 있어서 줄리아가 그에게 집 열쇠를 준 적이 있었고, 그래서 그는 지금 집 안으로 들어가 물을 한 잔 따라 마시면서 뒤뜰을 바라봤다. 정오 직전이었고, 해럴드는 아직 테니스를 치러 가 있어서, 그는 거실에 들어가 기다렸다. 하지만 잠이 들어버렸고, 깼을 때는 해럴드가 그의 어깨를 흔들며 다급하게 그의 이름을 부르고 있었다.

"해럴드." 그는 일어나 앉으며 말했다. "죄송해요, 죄송해요. 미리 전화했어야 했는데."

"세상에." 해럴드는 숨을 헐떡이며 말했다. 그에게서 차갑고 날카로운 냄새가 났다. "괜찮아, 주드? 무슨 일이야?"
"아무것도 아니에요, 아무것도." 그는 자기의 설명이 얼마나 터무니없이 들릴지 말을 꺼내기도 전에 느꼈다. "그냥 들러볼까 해서 왔어요."
"음." 해럴드는 잠시 말이 없었다. "보니까 좋구나." 그는 의자에 앉아 그를 바라봤다. "지난 몇 주 내내 너 좀 이상했어."
"알아요." 그는 말했다. "죄송해요."
해럴드는 어깨를 으쓱했다. "사과는 필요 없어. 괜찮다니 다행이다."
"네." 그는 말했다. "괜찮아요."
해럴드가 고개를 갸웃했다. "좋아 보이지 않는데."
그는 미소 지었다. "감기에 걸렸어요." 그는 마치 대사가 거기 써 있기라도 한 것처럼 천장을 쳐다봤다. "개나리가 지고 있더라고요."
"그러게. 바람 많은 겨울이었지."
"원하시면 말뚝 박는 걸 도와드릴게요."
그러자 해럴드는 마치 말을 할까 말까 하는 것처럼 입을 움직이며 그를 오랫동안 쳐다봤다. 마침내 그가 말했다. "그래. 그렇게 하자."
바깥 날씨는 느닷없이, 무례할 정도로 추워서 둘 다 코를 훌쩍대기 시작했다. 그가 막대 위치를 잡고, 해럴드가 땅바닥에 박았지만, 땅이 얼어 도자기처럼 파편이 쪼개졌다. 충분히 깊숙이 박고 나자 해럴드는 그에게 꼬인 줄을 건넸고, 그는 덤불의 가운데 가지를 막대에 고정될 정도로는 딱 맞게, 하지만 죌 정도로 꽉 맞지는 않게 묶었다. 그는 너무 굽은 가지들 몇몇은 잘라가면서 매듭을 단단히 묶었다.

"해럴드." 덤불들 반 정도를 작업했을 때 그가 말했다. "이야기하고 싶은 게 있는데—어디서부터 시작해야 좋을지 모르겠어요." '멍청해.' 그는 속으로 생각했다. '이건 정말 멍청한 생각이야. 이런 일이 생길 수 있다고 생각하다니 너무나 멍청했어.' 그는 계속 말하려고 입을 열었다가 다물었다가 다시 입을 열었다. 그는 멍하게 거품을 뽀글대는 물고기였다. 오지 말았어야 했다는, 이야기를 시작하지 말았어야 했다는 생각이 들었다.

"주드." 해럴드가 말했다. "말해봐. 무슨 일이든." 그는 말을 멈췄다. "생각이 바뀐 거야?"

"아니요." 그는 말했다. "아뇨, 그런 건 아니에요." 그들은 침묵했다. "해럴드는요?"

"아니, 물론 아니지."

그는 마지막 매듭을 마치고 일어섰다. 해럴드는 일부러 그를 부축하지 않았다. "이런 말 하고 싶지 않지만." 그는 개나리를, 휑뎅그렁하게 가지밖에 없는 못생긴 개나리를 내려다보며 입을 열었다. "하지만 이야기해야 해요. 왜냐하면—왜냐하면 속이고 싶지 않아요. 하지만 해럴드—해럴드는 저를 어떤 종류의 인간이라고 생각하겠지만, 전 아니에요."

해럴드는 말이 없었다. "내가 널 어떤 종류의 인간이라고 생각하는데?"

"좋은 사람이요." 그는 말했다. "괜찮은 사람."

"음." 해럴드는 말했다. "맞아. 난 그렇게 생각해."

"하지만—전 아니에요." 그는 말했다. 쌀쌀한 날씨인데도 눈이 뜨거워졌다. "전—좋은 사람들이 하지 않는 일들을 했어요." 그는 더듬더듬 말을 이었다. "그리고 그걸 알려드려야 할 것 같아요. 제가 끔찍한 일들, 부끄러운 일들을 했다는 걸, 그걸 알게 되면 저랑 관계되는 건 고사하고, 알게 된 것조차 부끄럽게 생각할 일들을요."

"주드." 해럴드가 마침내 말했다. "난 너에 대한 내 감정을 바꿔놓을 정도의 일들을 상상할 수가 없다. 전에 어떤 일들을 했든지 상관 안 해. 아니 그보다는, 상관해. 난 우리가 만나기 전 네 인생에 대해 듣고 싶다. 하지만 난 늘 네가 절대 그 이야기를 하고 싶어 하지 않는다는 느낌을 굉장히 강하게 받았어." 그는 말을 끊고 기다렸다. "지금 그 이야기를 하고 싶니? 내게 이야기하고 싶은 거야?"

그는 고개를 저었다. 그러고 싶으면서도 그러기 싫었다. "그럴 수는 없어요." 그는 말했다. 등 아래쪽에서 불편한 느낌이, 가시 돋은 가지를 펼치는 시커먼 종자처럼 스멀스멀 올라오기 시작했다. '지금은 안 돼.' 그는 애원했다, '지금은 안 돼.' 정말 진심인 만큼 불가능한 애원이었다. '지금은 안 돼, 절대.'

"음." 해럴드가 한숨을 내쉬었다. "상론이 부재하니, 구체적으로 확신시켜줄 순 없겠고. 그러니 그냥 포괄적인, 모든 걸 다 아우르는 확신을 줄 테니, 믿어줬으면 좋겠다. 주드, 그게 뭐든, 네가 뭘 했든 간에 약속할게. 네가 언젠가 말을 해주건 안 해주건, 그것 때문에 널 우리 집 가족으로 원하거나 맞이한 걸 후회하는 일은 절대 없을 거야." 헤럴드는 심호흡을 하며 오른손을 앞으로 내밀었다. "주드 세인트 프랜시스, 너의 미래 어버이로서 난 네가 면제를 바라는 모든 것들에 대해 이로써 너를 면제해주겠다."

이게 사실 그가 바라던 것이었나? 면제? 그는 해럴드의 얼굴을 쳐다봤다. 눈을 감고 있어도 주름 하나하나까지 다 기억할 수 있는 그 익숙한 얼굴은 그 과시적이고 격식적인 선언에도 불구하고 진지했고 미소도 짓지 않았다. 해럴드를 믿을 수 있을까? 가장 어려운 건 지식을 찾는 게 아니야. 예전에 그가 하느님을 믿기가 어렵다는 고백을 했을 때 루크 수사는 그에게 말했다. 가장 어려운 건 그걸 믿는 거야. 또 한 번 실패했다는 생각이 들었다. 제대로 고백하는 데, 어떤 대답을 듣고 싶은 건지 미리 결정하는 데 실패했다. 해럴드가 그의 말이 맞다고, 어쩌면 입양을 다시 생각해봐야겠다고 말했다면 어떤 면에서는 더 쉬웠을까? 물론 망연자실했겠지만, 그건 그가 이해하고 있는, 익숙한 감각이었을 것이다. 해럴드가 그를 놓아주길 거부함으로써 상상할 수 없는 미래, 누군가 그를 정말로 영원히 원하는 미래, 어떤 준비도, 길잡이도 없는 미래가 그의 앞에 펼쳐졌다. 해럴드가 이끌고 그는 따라갈 것이고, 어느 날 그가 일어나면 해럴드는 가버리고 없을 테고, 그러면 그는 낯선 땅에 좌초해, 집으로 돌아갈 길을 안내해줄 그 누구도 없이 무력하게 내버려질 것이다.

해럴드는 그의 대답을 기다리고 있었지만, 이제는 고통을 참을 수 없는 지경이 되었고 그는 쉬어야만 했다. "해럴드." 그는 말했다. "죄송해요. 하지만 전, 전 가서 좀 누워야 할 것 같아요."

"가." 해럴드는 화내지 않고 말했다. "가."

그는 방에 와서 이불 위에 누워 눈을 감지만, 삽화가 지나간 후에도 기진맥진해 일단 몇 분 낮잠을 자고 난 후 해럴드네 집에 뭐가 있는지 봐야겠다고 생각한다. 흑설탕이 있으면 뭔가 구워야지. 부엌에 감 한 바구니가 있으니, 감케이크를 구우면 되겠다.

하지만 그는 깨지 않는다. 한 시간 뒤 해럴드가 와서 그를 살펴보고 손등을 뺨에 갖다 대보고 담요를 덮어줄 때도 깨지 않는

다. 저녁식사 직전 해럴드가 다시 살펴보러 왔을 때도 깨지 않는다. 자정에 전화가 울릴 때도, 6시에 다시 울릴 때도, 집 전화가 12시 반, 그러고는 6시 반에 울렸을 때도, 해럴드가 앤디와, 다음에는 윌럼과 이야기할 때도 계속해서 잔다. 아침이 될 때까지 자고, 점심을 건너뛰고 자고, 해럴드가 손을 어깨에 대고 그의 이름을 부르며 비행기가 몇 시간 뒤 떠난다고 말할 때에야 그는 잠에서 깨어난다.

잠에서 깨어나기 전, 그는 들판에 선 한 남자의 꿈을 꾼다. 얼굴은 보이지 않지만, 남자는 키가 크고 마른 체격이고, 나이 많은 남자를 도와 트랙터를 트럭 뒤에 매고 있었다. 둥근 주발처럼 광활한 하얀 하늘, 습기가 전혀 없어서 어쩐지 다른 어떤 곳의 추위보다 더 순수하게 느껴지는 그곳 특유의 한기로 보아 그곳은 몬태나다.

여전히 남자의 얼굴은 보이지 않지만, 시원한 걸음걸이와 다른 남자의 이야기를 듣고 있을 때 팔짱을 끼고 있는 자세로 보아 그게 누구인지 알 것 같다. "코디." 그가 꿈속에서 부르자 남자는 돌아보지만, 너무 멀리 있어서 남자가 쓰고 있는 야구모자 챙 아래 두 사람이 같은 얼굴을 하고 있는지는 확실히 보이지 않는다.

—

15일은 금요일이고 그는 월차를 낸다. 목요일 밤 디너파티 이야기가 나왔지만, 결국엔 (제이비 표현에 따르면) 예식 당일 이른 점심을 먹는 걸로 결정한다. 법정 약속은 10시이고, 그게 끝나면 모두 집에 와서 점심을 먹을 예정이다.

해럴드는 출장요리를 부르고 싶어 했지만, 그는 자기가 요리하겠다고 고집했고, 목요일 저녁 시간을 부엌에서 보낸다. 베이킹—해럴드가 좋아하는 초콜릿 호두케이크, 줄리아가 좋아하는 타르트타탱, 둘 다 좋아하는 발효빵—은 그날 밤에 하고, 4킬로그램의 게를 발라 게살을 달걀, 양파, 파슬리, 빵가루와 섞어 패티를 만든다. 감자를 씻고 당근을 재빨리 문질러 닦아놓고 미니양배추를 꽁지를 잘라놓는다. 그래서 다음 날에는 그냥 모두 오일에 버무리고 오븐에 넣기만 하면 된다. 그는 무화과 상자들을 사발에 흔들어 붓는다. 나중에 익혀서 꿀과 발사믹 식초를 뿌린 아이스크림 위에 올릴 것이다. 모두 해럴드와 줄리아가 가장 좋아하는 음식들이고, 그는 기쁜 마음으로 요리한다. 작은 것에 불과하지만 그들에게 줄 게 있어서 기쁘다. 저녁 내내 해럴드와 줄리아는 부엌에 들락날락거리며, 그의 만류에도 불구하고 사용한 접시와 팬을 씻고, 물과 와인을 따라주고, 쉬라고 하는데도 도와줄 게 있는지 묻는다. 마침내 그들은 자러 가고, 자기도 자겠다고 약속하지만 자지 않는다. 그는 조용한 부엌에 불을 환히 밝힌 채, 집중을 흩트리지 않기 위해 손을 바삐 움직인다.

지난 며칠은 매우 힘들었다. 기억하는 한 가장 힘든 때 중 하나였고, 너무 힘들어서 어느 날 밤에는 심지어 자정점검 이후 앤디에게 전화까지 했다. 앤디는 새벽 2시에 한 간이식당에서 만나자고 했고, 그는 그러자고 하고 나갔다. 갑자기 아파트가 저항할 수 없는 유혹—면도날은 물론, 칼과 가위, 성냥, 곤두박질칠 수 있는 계단—으로 가득 찬 것처럼 보였고, 나가야 한다는 생각이 절박했다. 지금 자기 방에 가면, 그대로 곧장 욕실로 가서 세면대 아래 테이프로 붙여 오래전부터 숨겨뒀던 가방, 리스페너드 스트리트의 가방과 똑같은 내용물이 든 가방을 꺼낼 것만 같다. 그러고 싶은 마음이 너무 간절해 팔이 아프기까지 하지만, 그는 절대 굴복하지 않을 작정이다. 반죽 덩어리와 개어놓은 반죽이 둘 다 남아 그는 잣과 크랜베리를 넣은 타르트, 그리고 어쩌면 오렌지 조각들을 올리고 꿀을 바른 둥근 팬케이크를 만들기로 한다. 두 가지가 다 끝났을 때는 거의 날이 샜을 테고, 그러면 성공적으로 모든 위험에서 벗어났을 것이다.

맬컴과 제이비 모두 다음 날 법원에 온다. 아침 비행기를 타고 온다. 하지만 오기로 되어 있었던 윌럼은 오지 않는다. 그는 한 주 전 전화해서 촬영이 연기되어 14일이 아니라 18일에야 집에 올 수 있다고 했다. 어쩔 수 없다는 건 알지만, 그래도 그는 윌럼의 부재가 사무치게 아쉽다. 이런 날 윌럼이 없으면 아무 소용이 없다. "끝나자마자 전화해." 윌럼은 말했다. "거기 못 가다니, 나도 정말 죽겠다."

하지만 앤디는 초대했다. 점점 더 즐기게 된 자정 통화 중의 일이었다. 그 전화에서 그들은 일상적인 것들, 마음을 진정시키는 것들, 정상적인 것들—새 대법원 판사 지명자, 최신 보건법(그는 찬성했고, 앤디는 아니었다), 두 사람이 다 읽은 로절린드 프랭클린의 전기(그는 좋아했고, 앤디는 아니었다), 앤디와 제인이 고치고 있는 아파트—에 대한 이야기들을 나눴다. 그의 자해나 어설픈 붕대 감는 솜씨에 대해 다그칠 때 앤디가 극도로 격분해서 외치곤 하는 "주드, 미친 소리 하지 마!"를 영화나 시장, 책, 심지어 색채와 관련해서 들으니 새롭고 좋았다. 일단 앤디가 그 대화를 그를 야단치거나 연설을 늘어놓을 기회로 사용하지 않는다는 걸 알게 되자, 그는 느긋하게 대화에 몰입하게 됐고, 심지어 앤디 자신에 대해 더 많은 것들을 알게 됐다. 샌프란시스코에 살고 있는 심장외과의 쌍둥이 동생 베켓 이야기, 베켓의 남자친구가 마음에 안 들어서 헤어지게 만들려고 음모를 꾸미는 중이라는 이야기, 제인의 부모님이 셸터아일랜드에 있는 집을 준다는 이야기, 고등학교 때 축구부에 있었는데 그게 너무 미국적이라 부모님이 불편해했다는 이야기, 중학교를 해외인 시에나에서 다녔는데, 거기서 루카 출신의 소녀와 데이트를 했고 10킬로그램이 쪘다는 이야기. 앤디의 사생활 이야기를 한 번도 안 한 건 아니었지만—진찰할 때마다 어느 정도 이야기했다—전화로는 더 많은 이야기를 할 수 있었고, 앤디가 의사가 아니라 그저 친구인 척할 수 있었다. 그런 환상이 그 전화의 전제 자체와 어긋나긴 하지만.

"물론 의무적으로 올 필요는 없어요." 그는 앤디를 법정 출두일에 초대한 다음 황급히 덧붙였다.

"나도 가고 싶어." 앤디가 말했다. "언제 초대해주나 했다."

그러자 그는 기분이 안 좋았다. "안 그래도 나 때문에 인생이 힘들 텐데, 이런 괴상한 환자와 시간을 더 보내야 하나, 그런 생각을 하게 만들고 싶지 않아서요."

"넌 그냥 내 괴상한 환자이기만 한 게 아니야, 주드." 앤디가 말했다. "내 괴상한 친구이기도 하거든." 그는 말을 멈췄다. "아니면 적어도 그러길 바란다."

그는 전화에 대고 미소 지었다. "물론 그래요." 그는 말했다. "괴상한 친구라니, 영광이네요."

그래서 앤디도 오기로 했다. 그는 그날 오후 비행기로 돌아가지만 맬컴과 제이비는 하룻밤 자고 나서 다들 토요일에 함께 떠날 것이다.

그는 도착해서 해럴드와 줄리아가 집을 철저하게 청소해놓고 자기들이 해놓은 일에 뿌듯해하고 있는 걸 보고 놀라고 감동했다. "봐!" 두 사람은 평상시에는 책이나 학술지 더미에 묻혀 보이지도 않지만 지금은 모든 어지러운 게 싹 치워진 온갖—테이블, 의자, 바닥 구석—표면들을 계속 가리키며 의기양양하게 말했다. 사방에 온통 꽃들—살짝 누린내가 나는 양배추꽃들과 하얀 꽃봉오리가 핀 말채나무 가지들, 하얀 구근들 등 겨울꽃들—이 놓여 있었고, 책장의 책들도 말끔하게 정리됐고, 소파의 보풀도 정리되어 있었다.

"이것 봐, 주드." 줄리아는 그의 팔짱을 끼고 가 복도 테이블 위의 청자 접시를 보여주며 말했다. 그가 본 이래 그 접시는 내내 깨어진 상태로, 떨어진 조각이 접시 안에 영원히 둥지를 틀고 먼지를 뒤집어쓰고 있었다. 하지만 이제 접시는 깨끗하게 씻기고 수리되어 윤을 내고 있었다.

"와아." 그는 새로운 걸 볼 때마다 바보처럼 씩 웃으며 말했다. 그들이 그렇게 행복해하니 그도 행복했다. 그는 집이 깨끗하건 말건 상관없었고, 상관한 적도 없었다. 발치에 찍찍대는 통통한 쥐 떼를 거느린 채 《뉴욕타임스》로 이루어진 이오니아식 기둥들에 둘러싸여 살아도 상관없었다. 하지만 그들은 그가 아무리 아니라고 거듭 말하고 또 말해도 신경 쓰고 있다고 생각한다는 걸, 그가 오만 것들을 끊임없이 끈질기게 청소하는 걸 자신들에 대한 질책으로 오해하고 있다는 걸 알고 있었다. 지금 그는 다른 짓을 멈추기 위해, 마음을 딴 곳으로 돌리기 위해 청소했지만, 대학 시절에는 감사를 표하기 위해, 다른 사람들을 위해 청소했다. 그건 그가 할 수 있고 늘 해왔던 일이었고, 그들은 그에게 너무 많은 것을 줬지만 그는 줄 게 거의 없었다. 지저분한 곳에서 사는 걸 즐기는 제이비는 눈치도 못 챘다. 가정부를 두고 살았던 맬컴은 늘 눈치챘고 늘 감사했다. 윌럼만 좋아하지 않았다. "그만둬, 주드." 어느 날 제이비의 더러운 셔츠들을 바닥에서 줍는 그의 손목을 잡으며 윌럼은 말했다. "넌 우리 하녀가 아니잖아." 하지만 그는 멈출 수가 없었다, 그때도 지금도.

조리대를 마지막으로 닦았을 때는 거의 4시가 다 됐고, 그는 비틀대며 방으로 돌아가 윌럼에게 전화하지 말라는 문자를 보낸 뒤 짐승 같은 짧은 잠에 빠져든다. 잠이 깨어 침대를 정리하고 샤워를 하고 옷을 입은 다음 부엌으로 들어가자, 해럴드가 조리대 옆에 서서 신문을 읽으며 커피를 마시고 있다.

"야아." 해럴드는 그를 쳐다보며 말한다. "잘생겼다."

그는 반사적으로 고개를 젓지만, 사실 새 넥타이도 샀고 그저께 이발도 해서, 잘생긴 것까진 아니더라도 적어도 단정하고 흉하지는 않다고 생각한다. 늘 그러려고 노력한다. 해럴드가 양복을 입는 일은 드문데, 오늘은 그도 양복을 입고 있다. 이 상황의 엄숙함에 그는 갑자기 부끄러워진다.

해럴드가 그에게 미소 짓는다. "어젯밤 아주 바빴네. 잠을 좀 자긴 했어?"

그도 미소 짓는다. "충분히요."

"줄리아는 준비 중이야." 해럴드가 말한다. "그런데 줄 게 있다."

"저한테요?"

"그래." 해럴드는 이렇게 말하고 야구공 정도 크기의 조그만 가죽 상자를 커피잔 옆에서 집어 그에게 내민다. 열어보니 그 안에는 동그랗고 하얀 판에 수수하고 솔직한 숫자판이 배열된 해럴드의 시계가 들어 있다. 시곗줄은 새 검정 악어가죽으로 바뀌어 있다.

"내가 서른 살 됐을 때 아버지가 주신 거야." 그가 아무 말도 안 하자 해럴드가 말한다. "아버지 시계였어. 넌 여전히 서른 살이니, 적어도 내가 이 균형을 망쳐놓은 건 아니지." 그는 상자를 그에게서 받아 시계를 꺼내 뒤집어 뒷면에 새겨진 글자를 보여준다. SS/HS/JSF. "사울 스타인." 해럴드가 말한다. "우리 아버지야. 그리고 HS는 나, 그리고 JSF는 너고." 그러고는 시계를 그에게 돌려준다.

그는 엄지손가락 끝으로 글자들을 살짝 쓰다듬는다. "받을 수 없어요, 해럴드." 그는 마침내 말한다.

"물론 받을 수 있어." 해럴드가 말한다. "네 거야, 주드. 난 벌써 새거 샀거든. 넌 돌려줄 수도 없어."

해럴드가 그를 쳐다보는 게 느껴진다. "고마워요." 그는 마침내 말한다. "고마워요." 다른 어떤 말도 할 수 없을 것 같다.

"내가 더 고맙다." 해럴드가 말하고, 두 사람은 몇 초 동안 아무 말도 하지 않는다. 마침내 그가 정신을 차리고 자기 시계를 푼 다음 해럴드의 시계—이제는 그의 시계—를 손목에 차고, 팔을 들어 해럴드에게 보여준다. 그가 고개를 끄덕인다. "좋아." 그는 말한다. "잘 어울리네."

그가 뭐라고 대답하려는 순간(무슨 대답을?), 제이비와 맬컴이 들어오는 소리가 들리고 곧 그들이 보인다. 두 사람도 양복을 입고 있다.

"문이 안 잠겨 있었어요." 제이비가 말하고, 맬컴은 한숨을 쉰다. "해럴드!" 제이비는 해럴드를 포옹한다. "축하해요! 아들입니다!"

"해럴드는 분명 저런 소리는 한 번도 못 들었을 거야." 맬컴은 이렇게 말하며, 부엌으로 들어오고 있던 줄리아에게 손을 들어 인사한다.

다음에는 앤디가, 그다음에는 질리언이 도착한다. 로런스와는 법정에서 만날 것이다.

벨이 다시 울린다. "누구 또 올 사람 있어요?" 그가 해럴드에게 묻자, 그는 어깨를 으쓱한다. "네가 문 좀 열어줄래, 주드?"

그가 문을 열자, 거기엔 윌럼이 서 있다. 그는 윌럼을 몇 초쯤 물끄러미 본다. 침착하자고 다짐하기도 전에 윌럼이 사향고양이처럼 펄쩍 달려들어 그를 으스러지게 껴안는 바람에, 넘어질 것 같아 걱정한다. "놀랐지?" 윌럼이 귀에 대고 말하고, 그 목소리로 그는 윌럼이 웃고 있다는 걸 안다. 그날 아침 말조차 할 수 없는 상황이 이로써 두 번째다.

법원이 세 번째일 것이다. 그들은 차 두 대에 타고, (해럴드가 몰고 맬컴이 앞자리에 앉은) 차 안에서 윌럼은 출발 날짜가 실제로 바뀌었다고 설명한다. 하지만 다시 바뀌었을 때 그는 다른 사람들에게만 말했고, 그래서 그가 나타나는 건 깜짝쇼였다고 했다. "그래, 고맙다, 윌럼." 맬컴이 말한다. "난 제이비가 무슨 말이라도 할까봐 CIA처럼 감시해야 했다고."

그들은 가정법원이 아니라 펨버튼 광장의 항소법원으로 간다. 로런스의 법정 안에서—법복을 입은 로런스는 낯설다. 그날은 모두가 차려입는 날이다—그와 해럴드와 줄리아는 서로에게 서약을 하고, 로런스는 내내 미소 짓고, 그러고는 다들 다른 모두를 여러 가지 배치와 배열로 질풍처럼 사진을 찍어댄다. 누구의 사진도 찍지 않는 사람은 그뿐이다. 그는 모든 사진 속에 있기 때문이다.

맬컴이 커다랗고 복잡한 카메라 사용법을 알아내는 걸 기다리며 해럴드와 줄리아와 함께 서 있는데, 제이비가 그의 이름을 불러 셋이 한꺼번에 돌아보는 순간 제이비가 사진을 찍는다.

"됐어." 제이비가 말한다. "고마워요."

"제이비, 이건 쓰면 안—" 그가 말하려는 순간 맬컴이 준비되었다고 말하고, 세 사람은 고분고분 그쪽을 향해 돌아선다.

정오에는 다들 집에 돌아왔고, 곧 사람들이 도착하기 시작한다. 질리언과 로런스와 제임스와 캐리, 그리고 줄리아의 동료들과 해럴드의 동료들이 도착한다. 몇몇은 로스쿨에서 수업을 들은 후 한 번도 못 본 선생님들이다. 그의 옛 성악 선생님이 오고, 수학 교수인 리 박사와 석사 지도교수인 카센 박사, 옛 고용주인 배터의 앨리슨, 후드홀 시절 모두의 친구였고 지금은 웰즐리에서 물리학을 가르치는 라이어넬도 왔다. 사람들이 오후 내내 수업에서, 회의에서, 재판에서 오고 간다. 처음에 그는 수많은 사람들을 불러 이런 모임을 하는 걸 망설였지만—해럴드와 줄리아를 부모로 얻는다는 게 그에게 왜 부모가 없느냐는 질문을 유발하거나, 심지어 부추기지 않을까?—시간이 가도 아무도 질문을 하지 않고 누구도 그에게 왜 새 부모가 필요한지 알려고 하지 않자, 그도 두려움을 잊어간다. 다른 사람들에게 입양 이야기를 하는 게 자랑하는 일이라는 걸, 자랑에는 대가가 따른다는 걸 알고 있지만, 참을 수가 없다. 이번 한 번만, 세상에서 나쁜 행동을 벌주는 사람이 누구든 그는 그 사람에게 애원한다. '나에게 일어난 이 일을 이번 한 번만 축하하게 해줘요.'

그런 파티에는 따로 에티켓이 없어서, 손님들은 자기들 나름의 에티켓을 만든다. 맬컴의 부모님은 커다란 샴페인과 그들이 일부 소유하고 있는 몬탈치노 외곽의 포도원에서 난 최고급 토스카나 와인을 보냈다. 제이비의 어머니는 해럴드와 줄리아에게는 가보인 수선화 구근 한 마대자루를, 그에게는 카드를 보냈고, 이모들은 난을 보냈다. 미연방검사는 엄청난 과일 상자와 마셜과 시티즌, 로즈와 같이 서명한 카드를 보낸다. 사람들은 와인과 꽃을 가져온다. 몇 년 전 해럴드에게 주드가 박테리아 쿠키를 만든 사람이라고 밝혔던 앨리슨은 그의 오리지널 디자인 쿠키네 상자를 가져와 그가 낯을 붉히게 하고 줄리아를 환호하게 만든다. 그날은 온갖 단것들을 폭식하는 날이다. 그날 그가 한 일들은 모두 완벽하다. 그가 한 말들은 모두 옳다. 사람들이 다가와도 그는 피하거나 부끄러워하며 외면하지 않는다. 그들이 만져도 내버려둔다. 너무 미소를 지어서 얼굴이 아플 지경이다. 수십 년 치의 인가와 애정이 이 오후 한나절에 다 쏟셔 담기고, 그는 그 모든 것의 낯선 감각에 취해 휘청거리며 게걸스레 먹는다. 그는 앤디와 카센 박사가 구르가온의 거대한 새 쓰레기 매립지 프로젝트에 대해 논쟁하는 소리를 듣고, 불법행위법 교수의 이야기를 참을성 있게 듣고 있는 윌럼을 보고, 리 박사에게 왜 뉴욕의 미술계가 돌이킬 수 없이 망했는지 설명하는 제이비의 말을 엿듣고, 맬컴과 캐리가 나머지 더미를 무너뜨리지 않으면서 가장 큰 게살케이크를 빼내려는 걸 몰래 지켜본다.

이른 저녁 즈음이 되자, 모두들 떠나고 그와 해럴드와 줄리아와 맬컴과 제이비와 윌럼, 여섯 사람만 남아 거실에 널브러진다. 집은 다시 엉망진창이다. 줄리아가 저녁 이야기를 꺼내지만 모두들—그조차도—너무 많이 먹었고, 누구도, 심지어 제이비조차도, 저녁은 생각도 하고 싶지 않다. 제이비는 해럴드와 줄리아에게 그림 한 점을 줬고, 그림을 건네면서 이렇게 말했다. "이건 사진을 기초로 한 게 아니라, 그냥 스케치해서 그린 거예요." 빳빳한 종이에 수채화와 잉크로 그린 그 그림은 그가 아는 제이비의 통상적인 스타일과는 다르다. 우울한 회색 색채에 더 간결하고 더 몸짓에 집중하고 있다. 그림 속 그의 오른손은 금세라도 목을 잡고 조를 것처럼 목 아래쪽 근처에 멈춰 있고, 입은 살짝 벌어져 있고, 눈동자는 우울한 고양이처럼 엄청나게 크다. 누가 봐도 그다. 그 자신도 자기의 몸짓을 알아보지만, 그 순간 그게 무슨 의미였는지, 어떤 감정을 동반하고 있는지 기억나지 않는다. 얼굴은 실물보다 약간 더 크다. 모두들 말없이 그림을 쳐다본다.

"정말 좋은 그림이군요." 제이비가 마침내 기쁜 목소리로 말한다. "혹시나 팔고 싶으면 저한테 알려줘요, 해럴드." 그러자 드디어 모두들 웃음을 터뜨린다.

"제이비, 이건 너무, 너무 아름다워. 정말 고맙다." 줄리아가 말하고, 제이비는 그녀를 흉내 낸다. 제이비가 그린 자기의 그림과 대면할 때마다 그렇듯이, 그는 그림 자체의 아름다움과 자신의 이미지에 대한 혐오를 분리하기가 힘들다. 하지만 그는 무례한 사람이 되고 싶지 않아 그들의 찬사를 되풀이한다.

"기다려, 나도 있어요." 윌럼이 침실로 가더니 목재 조상 하나를 들고 온다. 50센티미터 정도 높이에 파란 수국색 로브를 입은 수염 달린 남자의 조상으로, 꼬불꼬불한 불꽃이 코브라의 후드처럼 빨간 머리를 둘러싸고 있다. 남자의 오른팔은 가슴 위에 비스듬하게 얹혀 있고, 왼팔은 옆에 붙이고 있다.

"웬 놈팡이래?" 제이비가 묻는다.

"이 친구는," 윌럼이 대답한다. "성 주드*야. 유다 타대오라고도 하지." 그는 조상을 커피테이블 위에 놓고 줄리아와 해럴드 쪽으로 돌려세운다. "부쿠레슈티의 조그만 골동품 가게에서 샀어요." 그는 말한다. "19세기 말 물건이라지만, 저야 모르죠. 제

*영어로는 Saint Jude. 주드 세인트 프랜시스의 이름과 같은 단어다.

생각엔 아마 그냥 동네 조각품 아닐까 싶어요. 그래도 전 마음에 들어요. 잘생기고 품위 있잖아요, 딱 우리 주드처럼."

"나도 동의." 해럴드가 조상을 들어 손에 쥐고 말한다. 그는 주름진 로브와 불꽃같은 화관을 쓰다듬는다. "왜 머리가 불타고 있는 거지?"

"오순절이어서 성령을 맞이하고 있다는 걸 상징하는 거죠." 그는 자기도 모르게 말한다. 오래된 지식은 결코 멀리 가지 않고 머릿속 창고를 어지럽게 채우고 있다. "예수의 열두 제자 중 하나예요."

"어떻게 그런 걸 알아?" 맬컴이 묻자, 옆에 앉아 있던 윌럼이 그의 팔을 건드린다. "너야 당연히 알지." 윌럼이 조용히 말한다. "난 늘 까먹어." 그는 윌럼에게 고마움이 왈칵 치민다. 기억해줘서가 아니라 잊어줘서.

"승산 없는 것들의 성자지." 줄리아가 해럴드에게서 조상을 받아 들며 덧붙인다. 그러자 당장 그 말들이 떠오른다. '우리를 위해 기도하소서, 성 주드여, 희망 없는 자들을 도우시며 지켜주시는 이여, 우리를 위해 기도하소서.' 이건 그가 어렸을 때 밤에 마지막으로 하던 기도였지만, 나이가 들면서 그는 자기 이름을 부끄러워하게 됐다. 그 이름이 세상에 그를 공표하는 것 같았고, 다른 사람들이 그걸 표징으로, 예언으로 본다고 확신하는 것만큼이나 수사들이 그걸 의도했을지 궁금해지곤 했다. 하지만 가끔은 그 이름이야말로 유일하게 진정한 자신의 것처럼 느껴질 때가 있었고, 이름을 바꿀 수도 있었을, 심지어 바꾸어야 했던 때들이 있었음에도 그는 절대 그러지 않았다. "윌럼, 고마워." 줄리아가 말한다. "정말 마음에 들어."

"나도." 해럴드가 말한다. "다들 정말 너무 고맙다."

그도 해럴드와 줄리아에게 선물을 가져왔지만, 시간이 갈수록 그건 점점 더 작고 더 바보같이 느껴진다. 몇 년 전, 해럴드는 줄리아와 신혼여행을 갔을 때 빈에서 슈베르트의 초기 가곡 연작 공연을 본 적 있다는 이야기를 했다. 하지만 해럴드는 자기들이 어떤 곡들을 좋아했는지 기억하지 못했고, 그래서 그는 자기 마음대로 목록을 만들고 거기에 자기가 좋아하는 바흐와 모차르트 곡을 몇 개 더 넣은 후 조그만 스튜디오를 빌려 직접 노래해서 시디를 녹음했다. 몇 달에 한 번씩 해럴드는 그에게 노래를 불러달라고 청하지만 그는 늘 너무 부끄러워 부르지 못했다. 하지만 이제 그 선물은 창피할 정도로 허풍스러울 뿐만 아니라 잘못 짚고 시끄럽기까지 한 느낌이었고, 그는 자신의 억측이 부끄러웠다. 하지만 차마 버릴 수는 없다. 그래서 모두가 서서 기지개를 켜며 인사를 하고 있을 때, 그는 살짝 빠져나가 키 작은 책장에 꽂힌 책 두 권—너덜너덜한 《상식》*과 다 해진 《백색 소음》**—사이에 시디를 끼워뒀다. 그러면 몇십 년이고 아무의 눈에도 띄지 않고 그대로 있을지도 모른다.

보통 때는 제이비의 코골이를 견딜 수 있는 유일한 사람인 윌럼이 제이비와 함께 위층 서재에서 자고, 맬컴이 아래층에서 그와 잔다. 하지만 이날 밤은 모두들 자러 갈 때, 그와 윌럼이 그간의 이야기를 나눌 수 있도록 맬컴이 제이비와 같이 방을 쓰겠다고 나선다.

"잘 자, 애인들." 제이비가 계단 위에서 그들에게 말한다.

잘 준비를 하면서 윌럼은 세트장에서 있었던 이야기들을 더 들려준다. 땀을 너무 많이 흘려서 두 장면마다 온 얼굴에 파우

*18세기 미국 사상가 토머스 페인의 저서.
**미국 현대작가 돈 드릴로의 소설.

더 칠을 해야 했던 주연 여배우나, 촬영 조수들에게 맥주를 사주고 축구하고 싶지 않느냐며 끊임없이 비위를 맞추려 하지만 자기 대사를 못 외우면 성질을 버럭 내는 악마 역의 주연 남자 배우, 음식 테이블에 있는 윌럼에게 와서 그 크래커들은 칼로리밖에 없으니 먹으면 안 된다며 살찌는 게 두렵지 않느냐고 말한, 여배우 아들 역의 아홉 살짜리 영국 배우 이야기를 해준다. 윌럼은 이야기하고 또 이야기하고, 그는 이를 닦고 세수를 하며 웃는다.

하지만 불을 끈 후 (윌럼에게 침대를 쓰게 하려고 옥신각신하다가) 그는 침대에, 윌럼은 소파에 누워 있을 때, 윌럼이 부드럽게 말한다. "아파트 정말 미치게 깨끗하더라."

"알아." 그는 움찔한다. "미안해."

"그러지 마." 윌럼이 말한다. "하지만 주드, 정말로 무서웠어?"

그는 앤디가 윌럼에게 적어도 몇 가지 일은 이야기해줬다는 걸 알고, 정직하게 대답하기로 한다. "좋진 않았어." 그는 잠시 있다가 윌럼이 죄책감을 느끼게 하고 싶지 않아 덧붙인다. "하지만 끔찍하진 않았어."

그들은 둘 다 말이 없다. "내가 있었으면 좋았을 텐데." 윌럼이 말한다.

"넌 있었어." 그는 굳게 말한다. "하지만 윌럼, 보고 싶었어."

윌럼도 매우 조용하게 말한다. "나도 보고 싶었어."

"와줘서 고마워." 그는 말한다.

"물론 난 올 작정이었어, 주디." 윌럼이 건너편에서 말한다. "어떤 일이 있어도 왔을 거야."

그는 말없이 그 약속을 음미하며, 가장 필요한 순간 그 약속을 떠올릴 수 있도록 기억 속에 단단히 담는다. "잘된 거 같아?" 그가 묻는다.

"진심이야?" 윌럼이 말하더니, 일어나 앉는 소리가 들린다. "해럴드 표정 봤어? 녹색당에서 첫 번째 대통령이 나오고, 제2수정헌법이 삭제되고, 레드삭스가 성전에 오른 표정이더라고. 그것도 몽땅 하루에."

그는 웃는다. "정말 그렇게 생각해?"

"난 알아. 해럴드는 정말로, 정말로 행복해, 주드. 널 사랑하거든."

그는 어둠 속에서 미소 짓는다. 윌럼이 그런 이야기들을 하고 또 하는 걸, 약속과 맹세의 끝없는 고리를 듣고 싶지만, 그런 바람은 이기적이라는 생각에 화제를 바꾸고, 그들은 사소한 것들, 아무것도 아닌 이야기들을 하다 먼저 윌럼이, 그리고 그도 잠이 든다.

일주일 후, 그의 들뜬 흥분은 다른 무엇, 만족감, 고요함으로 바뀐다. 지난 한 주 동안 그는 깨는 법 없이 잘 잤고, 그 속에서 과거가 아니라 현재의 꿈, 직장에 대한 말도 안 되는 꿈들, 친구들에 대한 밝고 시시콜콜한 꿈들을 꾼다. 팔을 긋기 시작한 지 근 20년 만에 밤중에 깨지 않고 한 주가 온전히 지난 건 처음이다. 면도날이 전혀 필요 없었다. 어쩌면 다 나은 걸지도 몰라, 그는 감히 생각한다. 어쩌면 내내 이게 필요했던 걸 수도 있어. 이제 그렇게 됐으니, 그는 나은 것이다. 다른 사람이 된 것처럼 기분이 좋다. 건전하고 건강하고 차분하다. 그는 누군가의 아들이고, 때로는 그 사실이 너무 압도적이어서 그게 육체적으로 나타나는 거라고 상상한다. 마치 그 사실이 반짝이는 황금색으로 가슴에 온통 쓰여 있기라도 한 것 같다.

그는 집에 돌아와 있다. 윌럼이 함께 있다. 그는 두 번째 성 주드 조상을 가지고 와서 부엌에 뒀다. 하지만 이 성 주드는 더 크고 텅 빈 도자기 재질이고, 머리 뒤에는 기다란 홈이 뚫려 있어서, 하루를 마친 후 그들은 남은 동전을 여기 넣는다. 조상이 다 차면 정말 좋은 와인을 사서 마시기로, 그리고 다시 시작하기로 결정했다.

지금은 모르고 있지만, 앞으로 그는 해럴드가 공언한 애정을 시험하고 또 시험하게 될 것이다. 그들이 얼마나 한결같은지 보려고 약속을 저버리게 될 것이다. 자기가 그러고 있다는 것조차 의식하지 못할 것이다. 하지만 어쨌거나 그는 그렇게 할 것이다. 마음 한구석에서 절대 해럴드와 줄리아를 믿지 못하기 때문이다. 아무리 그러고 싶어도, 아무리 그렇다고 생각해도 그는 그러지 못하고 결국엔 그들이 그에게 지칠 거라고 늘 확신할 것이다. 그래서 그들을 시험할 것이다. 왜냐하면 그 관계가 결국 끝나고 나면 그걸 돌이켜보면서 자기가 그렇게 만들었다는 것을, 그뿐만 아니라 그 원인이 된 구체적 사건도 확실히 알게 될 테니까. 그러면 그가 무엇을 잘못했는지, 뭘 더 잘할 수 있을지 다시는 궁금하거나 걱정할 필요가 없을 것이다. 하지만 그건 미래의 일이다. 지금 그의 행복은 완전무결하다.

보스턴에서 돌아온 후 첫 번째 토요일, 그는 평소대로 펠릭스의 집에 간다. 베이커 씨가 조금 더 일찍 오라고 청했었다. 잠시 이야기를 나눈 다음 그는 아래층으로 내려가 음악실에서 피아노 건반을 두드리고 있는 펠릭스를 만난다.

"자, 펠릭스." 그는 피아노와 라틴어 수업을 마치고 독일어와 수학을 시작하기 전 휴식시간에 말한다. "네가 내년에 먼 곳의 학교로 간다고 아버님께 들었어."

"네." 펠릭스가 발을 내려다보며 말한다. "9월에요. 아버지도 거기 다니셨어요."

"응." 그는 말한다. "기분이 어때?"

펠릭스는 어깨를 으쓱한다. "모르겠어요." 그가 마침내 말한다. "아버지께선 선생님이 이번 봄과 여름에 절 끌어올려주실 거래요."

"그럴 거야." 그는 약속한다. "네가 너무 준비가 잘되어 있어서 그 학교에선 누가 새로 온지도 모를걸." 펠릭스는 고개를 더 숙였지만, 볼이 조금 동그래지는 걸 봐서 약간 웃고 있다.

무슨 생각으로 그다음 말을 하게 됐는지 그는 모른다. 자기가 바라는 대로 공감 때문일까, 아니면 자랑일까, 지난 몇 달 동안 그의 인생이 거쳐온 있을 법하지 않은 경이로운 변화들에 대해 큰 소리로 암시한 걸까? "있잖아, 펠릭스." 그는 이야기를 시작한다. "나도 친구가 없었어. 아주 오랫동안, 너보다 훨씬 더 나이가 들 때까지도." 펠릭스가 쫑긋 귀를 세우는 게 느껴진다. "나도 친구들을 가지고 싶었어." 그는 이제 천천히 이야기를 계속한다. 제대로 이야기하고 싶기 때문이다. "늘 내게 친구가 생길 건지, 어떻게, 언제 생길 건지 궁금했지." 그는 집게손가락으로 짙은 나무 테이블을 쓸고, 펠릭스의 수학책 등을, 그의 차가운 물컵을 쓸어내린다. "그리고 대학에 갔고, 무슨 이유에서인지 내 친구가 되어주기로 결심한 사람들을 만났어. 그 친구들이 내게 가르쳐줬어. 정말이지 모든 것을. 그 친구들이 나를 만들었고, 진짜 나보다 더 나은 사람으로 만들고 있어.

지금은 내 말이 무슨 뜻인지 잘 모르겠지만, 언젠가는 알게 될 거야. 내가 보기에, 우정의 오랜 요령은 너보다 더 나은 사람들—더 똑똑하다거나 멋진 사람들이 아니라 더 친절하고 더 아량 있고 더 관대한 사람들—을 찾는 거야. 그리고 그 친구들이 네게 가르쳐주는 것들에 감사하고, 친구들이 너에 대해 말해주는 것들, 아무리 나쁜—혹은 좋은—말이라도 경청하려고 하고, 그들을 믿으려고 노력하는 거지. 그게 제일 힘든 일이야. 하지만 가장 좋은 일이기도 해."

그들은 오랫동안 아무 말도 없이, 때로는 틀리고, 때로는 멈춘 후에도 자발적으로 까딱거리기 시작하는 메트로놈 소리를 듣는다. "넌 친구를 사귀게 될 거야, 펠릭스." 그는 마침내 말한다. "그럴 거야. 친구들을 찾는 것보다 그 친구들을 계속 지키는 게 더 힘들어. 하지만 장담하는데, 그건 가치 있는 일이야. 그러니까, 라틴어 같은 것보다 훨씬 더 가치 있는 일이지." 이제 펠릭스는 고개를 들고 미소 짓고, 그도 마주 미소 짓는다. "알겠지?" 그는 묻는다.

"알겠어요." 펠릭스는 여전히 미소 지으며 말한다.

"다음엔 뭘 할까, 독일어 아니면 수학?"

"수학이요." 펠릭스가 말한다.

"잘 선택했어." 그는 말하고 펠릭스의 수학책을 끌어당긴다. "지난번 마쳤던 곳부터 시작하자." 펠릭스가 책을 펴고, 수업이 시작된다.

3부

허영

1

후드 2년 차 시절 옆방 친구들은 모두 3학년생 레즈비언 삼인조로, '백팻'이라는 밴드 멤버였고 무슨 이유에서인지 제이비를(그리고 드디어는 주드를, 다음에는 윌럼을, 결국엔 마지못해 맬컴까지) 마음에 들어 했다. 네 사람이 졸업하고 15년이 흐른 지금, 그중 둘은 커플이 되어 브루클린에서 살고 있었다. 넷 중 그들과 정기적으로 연락하는 사람은 제이비가 유일했다. 마르타는 비영리 노동변호사였고, 프란체스카는 무대 디자이너였다.

"굉장한 소식이야!" 제이비가 10월 어느 금요일 저녁을 먹으며 말했다. "부시위크* 계집애들한테 전화가 왔어. 이디가 온대!" 이디는 레즈비언 삼인조의 세 번째 멤버로, 샌프란시스코와 뉴욕을 오가며 늘 이런저런 말도 안 되는 일들을 준비하는, 건장하고 감정적인 한국계 미국인이었다. 마지막으로 봤을 때는 경찰의 전문앞잡이가 되기 위한 훈련을 시작하러 그라스**로 떠나기 직전이었고, 그 8개월 전에는 아프가니스탄 요리 코스를 막 마쳤었다.

"그런데 왜 그게 굉장한 소식인데?" 자신에 대해 알 수 없는

*뉴욕 브루클린 북쪽의 한 동네 이름.
**프랑스 남동부의 도시.

반감을 보였던 삼인조를 결코 용서하지 못한 맬컴이 물었다.

"음." 제이비가 씩 웃으며 잠시 뜸을 들였다. "전환한대!"

"남자로?" 맬컴이 물었다. "잠깐만, 제이비. 내가 아는 한 이디는 한 번도 성주체성 불쾌증을 보여준 적 없었는데!" 맬컴의 전 직장 동료가 그 전해 성전환을 했는데, 맬컴이 그 문제에 전문가를 자청하며 그들의 편협성과 무지에 대해 연설을 늘어놓는 바람에 마침내 듣다 못한 제이비가 그에게 소리를 지른 적이 있었다. "세상에, 맬컴, 그런 식이면 도미닉보다 내가 훨씬 더 전환자겠다!"

"하여간 그렇게 할 거래." 제이비가 말을 계속했다. "그리고 계집애들이 자기 집에서 이디의 축하파티를 해줄 거래, 우릴 다 초대했어."

그들은 괴로워했다. "제이비, 난 겨우 5주 뒤에 런던에 가야 하는데, 할 일이 너무 많아." 윌럼이 항의했다. "부시위크에서 이디 김의 불평이나 들으면서 하룻밤을 보낼 순 없어."

"안 가면 안 돼!" 제이비가 날카롭게 외쳤다. "콕 집어서 너를 오라고 했단 말이야! 프란체스카가 초대한 어떤 여자가 어딘가에서 너랑 만난 적 있는데 다시 보고 싶어 한대. 네가 안 가면, 네가 이제 자기들보다 훨씬 더 대단한 사람 행세를 한다고 생각할 거야. 게다가 우리가 너무너무 오랫동안 안 본 사람들도 수두룩하게—"

"그래, 그런데 아마 우리가 그 사람들을 안 본 이유가 있겠지." 주드가 말했다.

"—게다가, 윌럼, 그 여자는 네가 브루클린에 가건 말건 널 기다릴 거야. 세상의 끝이라거나 그런 것도 아니잖아. 겨우 부시위크라고. 주디가 태워줄 거야." 주드는 그 전해 차를 샀고,

대단히 근사한 건 아니었지만 제이비는 그 차를 타고 다니는 걸 좋아했다.

"뭐? 난 안 갈 건데." 주드가 말했다.

"왜 안 가?"

"난 휠체어를 쓰고 있잖아. 제이비, 기억하지? 그리고 내 기억에, 마르타와 프란체스카 집에는 엘리베이터도 없어."

"거기 아니야." 제이비가 의기양양하게 말했다. "얼마나 오래 안 봤는지 알겠지? 걔네들 이사했어. 새집에는 분명 엘리베이터가 있어. 사실 화물 엘리베이터라고." 그는 몸을 뒤로 젖히고 앉아 테이블을 주먹으로 두드려댔고, 나머지 셋은 체념한 채 말없이 앉아 있었다. "그럼 우리 가는 거다!"

그래서 다음 토요일 그들은 주드의 그린 스트리트 로프트에서 만나 그의 차에 타고 부시위크로 갔고, 마르타와 프란체스카의 블록을 돌며 주차장을 찾았다.

"바로 저기 한 자리 있었어." 제이비가 10분 뒤 말했다.

"거긴 정차구역이야." 주드가 말했다.

"네가 저 장애인 표시를 올리면 어디든 주차할 수 있잖아." 제이비가 말했다.

"난 그거 쓰는 거 싫어. 알잖아."

"그걸 안 쓸 거라면, 차를 갖고 있는 게 무슨 소용이야?"

"주드, 저기 자리 있는 것 같다." 윌럼이 제이비를 무시하고 말했다.

"아파트에서 일곱 블록 떨어진 자리라니." 제이비가 중얼거렸다.

"입 다물어." 맬컴이 말했다.

파티장에 들어서자, 그들은 각각 다른 사람에게 붙들려 방의 이쪽저쪽 구석으로 끌려갔다. 윌럼은 주드가 마르타에게 단호히 끌려가는 모습을 봤다. 도와줘, 주드가 입만 움직여 그에게 말했고, 그는 미소 지으며 손을 살짝 흔들었다. 용기 내, 그도 입만 움직여 말했고, 주드는 눈을 굴렸다. 주드가 얼마나 오기 싫어했는지, 왜 휠체어를 타고 있는지 설명하고 또 설명하는 걸 얼마나 싫어했는지 잘 알고 있었지만, 윌럼은 애원했다. "나 혼자 가게 하지 마."

"혼자 아니야. 제이비와 맬컴도 같이 갈 거잖아."

"무슨 말인지 알잖아. 45분만 있다가 나가자. 제이비와 맬컴은 더 있고 싶으면 알아서 시내로 돌아올 수 있어."

"15분."

"30분."

"좋아."

그사이 윌럼은 이디 김에게 꼼짝 없이 잡혔다. 이디는 대학 시절과 별반 달라진 게 없었다. 약간 더 둥글어졌을까? 하여간 그게 다였다. 그는 이디와 포옹했다. "이디, 축하해."

"고마워, 윌럼." 이디는 윌럼에게 미소 지었다. "근사하네. 정말로, 정말 근사해." 제이비는 늘 이디가 윌럼을 짝사랑한다는 이론을 제시했지만, 그는 절대 믿지 않았다. "〈라쿠나 탐정들〉 정말 좋더라. 너 정말 잘하던걸."

"아." 그는 말했다. "고마워." 그는 〈라쿠타 탐정들〉을 싫어했다. 그 작품을 너무나 경멸해서 사실 한 번도 본 적 없었다. 그 영화는 판타지로 초자연적 탐정 한 조가 기억상실증 환자들의 무의식 속으로 들어가는 이야기였지만, 감독이 어찌나 폭군이었는지 윌럼의 동료 배우 하나는 촬영 시작 두 주 만에 그만둬서 캐스팅을 새로 해야 했고, 하루에 한 번은 누군가 울면서 세트장에서 뛰쳐나갔다. "그래서," 그는 화제를 돌리려 애쓰며 말했다. "언제—"

"주드는 왜 휠체어를 타고 있어?" 이디가 물었다.

그는 한숨을 쉬었다. 2개월 전 주드가 서른한 살 이후 4년 만에 처음으로 규칙적으로 휠체어를 사용하기 시작했을 때, 그는 모두에게 이 질문에 어떻게 대답해야 하는지 준비시켰다. "영구적인 건 아냐." 그는 말했다. "다리에 감염이 있어서, 오래 걸으면 다리가 아프거든."

"저런, 불쌍한 것." 이디가 말했다. "마르타 말이 미연방지검에서 나와서 무슨 법인회사에서 큰일을 맡았다며." 제이비는 또한 늘 마르타가 주드를 짝사랑한다고 의심했고, 윌럼은 꽤 그럼직하다고 생각했다.

"맞아. 이제 몇 년 됐어." 그는 주드에게서 화제를 돌리고 싶었다. 그는 주드 대신 대답하는 걸 좋아하지 않았다. 물론 그는 주드 이야기 하는 걸 좋아했고, 그에 대해, 그를 대신해서 어떤 이야기는 하고 어떤 이야기는 하면 안 되는지 알고 있었지만, 사람들이 그에게 주드에 대해 물어볼 때의 그 은밀한, 비밀 이야기를 하는 듯한 어조가 싫었다. 마치 그를 잘 구슬리고 속여서 주드 본인이 절대 이야기하지 않을 것들을 털어놓게 하려는 듯한 어조였다. (그가 혹시라도 그럴 것처럼.) "어쨌든, 이디, 정말 굉장한 일이야." 그는 말을 멈췄다. "미안해, 미리 물어봤어야 하는데. 아직 이디라고 불리는 거 괜찮아?"

이디가 눈살을 찌푸렸다. "왜 아니겠어?"

"음—" 그는 주저했다. "절차가 어느 정도 진행됐는지 몰라서, 그래서—"

"무슨 절차?"

“음, 전환 절차?” 이디의 어리둥절한 표정을 보고 멈췄어야 했지만, 그는 그러지 않았다. “제이비가 네가 전환할 거라고 하던데?”

“응, 홍콩으로.” 이디는 여전히 눈살을 찌푸리며 말했다. “중견 서비스업체들을 대상으로 프리랜서 채식주의 컨설턴트로 일할 거야. 그런데 잠깐만, 너 내가 성전환수술을 한다고 생각한 거야?”

“맙소사.” 그는 말했다. 별개지만 똑같이 공명하는 두 가지 생각이 그의 마음을 채웠다. 제이비, 이 자식 죽여버릴 거야. 그리고, 주드한테 빨리 이 이야기 해줘야 하는데. “이디, 정말, 정말 미안해.”

대학 시절 이디는 종잡을 수 없는 사람이었던 게 생각났다. 아이 같은 사소한 일들에는 분개했지만(아이스크림 덩어리가 새 신발 위로 떨어졌다고 서럽게 우는 걸 본 적 있다), 큰일(언니의 죽음이나 여자친구와의 결별)에는 당황하지 않았다. 그는 자기의 실수가 어느 범주에 들어갈지 알 수가 없었고, 이디 자신도 마찬가지로 조그만 입을 혼란스럽게 말며 알 수 없어 하는 것 같았다. 하지만 마침내 웃음을 터뜨리기 시작하더니 방 건너편 누군가에게 외쳤다. “한나! 한나! 여기 와봐! 이거 좀 들어봐!” 그제야 그는 숨을 내쉬며 사과하고 다시 축하한 다음 거기서 탈출했다.

그는 방을 가로질러 주드에게 갔다. 수년, 거의 수십 년 동안 이런 파티들에 다니다보니 두 사람은 자기들만의 수신호, 강도는 조금씩 다르지만 모든 손짓이 똑같은 의미—나 좀 구해줘—를 말하는 팬터마임을 개발했다. 보통은 멀리서 서로 눈만 마주쳐도 괴로움을 전송할 수 있었지만, 이런 파티, 로프트에 촛불만 켜져 있고 이디와 잠깐 대화하는 사이에도 손님들이 마구 증식하는 이런 파티에서는 가끔 좀 더 뜻이 명확한 몸짓이 필요했다. 뒷목을 잡는 동작은 곧 전화하겠다는 뜻이고, 시곗줄을 만지작거리는 건 "이리 와서 이 대화 좀 대신해주거나, 적어도 같이해"였고, 왼쪽 귓불을 아래로 잡아당기는 건 "지금 당장 여기서 날 꺼내줘"였다. 그는 곁눈질로 주드가 지난 10분 동안 귓불을 꾸준히 잡아당기고 있는 걸 봤고, 이제 지난번 파티에서 만난 (그리고 싫어했던) 게 어렴풋이 기억나는 무섭게 생긴 여자가 마르타와 합류한 게 보였다. 두 사람은 취조하듯 주드 위로 불쑥 몸을 내밀고 있어서, 촛불 아래에서 소유권이라도 주장하는 것처럼 사납게 보였다. 마치 주드는 그들의 과자집 한 귀퉁이를 잘라내다가 막 붙들린 아이 같았고, 그들은 그를 자두와 같이 끓일까 순무와 같이 구울까 의논하고 있는 것 같았다.

그는 노력했다. 나중에 주드에게 말했지만, 정말로 노력했다. 하지만 그는 방 한쪽 구석에 있었고 주드는 반대쪽에 있는 데다, 계속해서 몇 년 동안 보지 못했던 사람들에게 붙들려 대화에 말려들었고, 더 짜증 나는 건 겨우 몇 주 전에 본 사람들에게도 잡혔다. 앞으로 전진하면서 그는 맬컴에게 손을 흔들어 주드 쪽을 가리켰지만, 맬컴은 어쩔 수 없다는 듯 어깨를 으쓱하며 입만 움직여 "뭐?" 하고 물었고, 그는 됐다는 손짓을 했다. 신경 쓰지 마.

여기서 나가야 해, 그는 인파를 헤치고 나가며 생각했지만, 사실 보통은 이런 파티를 별로 싫어하지 않았다, 정말로. 대체로는 심지어 좋아했다. 그는 주드도, 아마 조금은 덜할지 몰라도 마찬가지일 거라 생각했다. 분명 그는 파티를 잘 즐겼고, 사람들은 늘 그와 이야기하고 싶어 했고, 둘이서 서로 제이비에 대해, 그가 그들을 이런 일들에 끌고 가는 것에 대해, 그게 얼마나 지겨운지에 대해 불평하기는 했지만, 둘 다 정말 원한다면 그냥 거절하면 된다는 걸 알았으나 거절하는 일은 거의 없었다. 따지고 보면, 그런 곳에서가 아니면 어디서 자기들의 수기 신호를, 온 세상에서 단 두 사람만 쓰는 언어를 쓸 수 있겠는가?

최근 삶이 대학 시절과 그 시절의 자신에서 점점 더 멀어질수록, 때로는 그 시절 사람들을 만나면 마음이 편했다. 그는 제이비가 결코 후드에서 졸업하지 못했다고 놀려댔지만, 사실은 제이비에게 감탄했다. 그 시절 자기가 알던 사람들, 그들이 알던 사람들과 관계를 유지하고, 그렇게 많은 사람들의 상황을 다 파악하고 있는 게 대단하다고 생각했다. 오래전 친구들을 그대로 유지하는데도, 제이비가 인생을 바라보고 경험하는 방식에는 뚜렷한 현재성이 있었고, 그와 함께 있으면 구제불능의 (말기) 향수병 환자조차도 어쩐지 과거의 찌꺼기와 빛을 줍기보다는, 앞에 서 있는 사람의 현재 모습과 논쟁을 벌이게 됐다. 또한 그는 제이비가 친하게 지내기로 선택한 사람들이 대체로 그의 현재 모습에(그가 뭔가가 되었다고 말할 수 있다면) 그다지 감명받지 않는 것도 고맙게 생각했다. 그들 중 몇몇은 이제 그를 대하는 태도가 달라졌지만, 대부분은 너무나 구체적이고 때로는 주변적인 삶과 흥미와 일에 헌신하고 있어서 윌럼의 성취를 자신들의 것보다 더 중요하게 여기지는 않았다. 제이비의 친구들은 시인, 행위예술가, 학자, 현대무용가, 철학자들—언젠가 맬컴은 제이비는 대학 시절 돈을 가장 못 벌 것 같은 사람들을 다 친구로 사귀었다고 말했다—이었고, 그들의 삶은 연구비, 전문교육, 특별연구원, 상금이었다. 제이비가 사귄 다양한 후드홀 친구들 사이에서 성공이란 (그의 에이전트와 매니저에게 그렇듯이) 박스오피스 숫자나 (그의 대학원 친구들에게 그렇듯이) 같이 출연하는 배우나 리뷰에 의해 정의되지 않았다. 그들에게 성공이란 그저 오로지 작품이 얼마나 훌륭하며 본인의 마음에 드는지에 따라 정의됐다. (이런 파티들에서 사람들은 실제로 그에게 말했다. "아, 〈블랙 머큐리 3081〉은 못 봤어. 그런데 그 영화에서 네 연기는 맘에 들었니?" 아니, 그는 마음에 들지 않았다. 그는 음울한 은하계간 과학자 역을 했는데, 이 과학자는 또한 주짓수 전사이기도 해서 단독으로 거대한 우주괴물을 성공적으로 무찔렀다. 하지만 그는 그 역에 만족했다. 그는 열심히 했고 진지하게 연기했고, 그게 그가 바라는 다였다.) 때로 그는 자기가 속고 있는 게 아닌가 하는 생각이 들 때도 있었다. 제이비의 무리가 그 자체로 하나의 행위예술이어서, 현실세계—돈과 탐욕과 질투를 따라 미친 듯이 달려가는 세상—의 경쟁과 걱정과 야심보다는 일을 하는 순수한 기쁨을 더 우위에 놓는 게 아닌가 하는 생각이 들기도 했다. 때로는 떫은맛이 느껴질 때도 있었다, 물론 가장 좋은 의미에서. 그는 후드의 친구들과 보내는 이런 파티들에서 뭔가 정화되고 회복되는 느낌, 대학 연극 〈노이즈 오프〉*에서 배역 하나를 맡아 흥분한 나머지 밤마다 룸메이트들에게 같이 대사 연습을 해달라고 조르던 과거의 자신으로 돌아가는 기분을 느꼈다.

"경력 세례식." 이 이야기를 하자 주드는 미소 지으며 말했다.

"자유시장 세척기." 그도 맞받아쳤다.

"야심 관장제."

"헉, 그거 좋다!"

---

*영국 작가 마이클 프레인의 1982년작 희곡.

하지만 때로—오늘 같은—그 파티들은 정반대의 효과도 냈다. 때로 다른 사람들이 자기를 정의하는 방식, 그 환원적이고 요지부동의 정의가 불쾌했다. 그는 수학을 못하고 여자들에게 인기 많은 후드홀 8호실의 윌럼 라그나르손이었고, 앞으로도 영원히 그럴 것이다. 단순하고 이해 가능한 정체성, 호쾌한 붓질 두 번으로 완성된 인물. 그게 딱히 틀린 것은 아니었지만 그건 그의 인생을, 어쨌거나 별것 아닌 인생이긴 하지만, 더 작게 느껴지게 했다.

그리고 때로 예전 지인들이 보여주는 그의 경력에 대한 무지에서 그는 뭔가 고집과 고의와 시샘을 느꼈다. 그의 첫 대형 스튜디오 영화가 개봉됐던 작년, 그는 레드훅의 한 파티에서 이런 모임에 늘 오는 후드홀 무리 중 하나와 이야기하고 있었다. 잘 알려지진 않았지만 평판이 좋은 디지털 지도제작법에 관한 잡지를 발간하는 아서라는 친구였다.

"그래서, 윌럼, 넌 요즘 뭐 하고 있냐?" 아서는 1839년부터 1842년까지 인도차이나 아편 루트를 삼차원으로 표현한 지도를 특집기사로 실은 《더 히스토리즈》 최신호에 대해 10분 동안 떠들어댄 후에야 마침내 물었다.

그때 그는 이런 모임에서 가끔 느끼는 혼미한 순간을 경험했다. 그런 질문들이 축하의 의미로 농담과 아이러니를 섞어 주어질 때면, 그는 미소 지으며 맞장구쳤다. "아, 뭐 별로, 아직 오톨란에서 웨이터 하고 있어. 요즘은 날치알을 얹은 은대구 요리가 좋아." 하지만 때로 사람들은 진짜로 몰라서 물었다. 그렇게 정말로 모르는 일은 최근에는 점점 더 줄어들었지만, 그런 경우 질문자는 주로 문화망에서 너무 떨어져 있어서 《뉴욕타임스》를 읽는 것마저 선동적 행위로 취급하는 사람이었다. 하지만 그보다는 보통 결연하게 그의 소식에 무지하길 선택함으로써 그와 그의 삶과 일에 대한 불만—아니, 묵살—을 표현하려 하는 사람들이었다.

그는 아서가 어느 범주에 들어가는지 알 정도로 잘 아는 사이가 아니어서, 그냥 간단하게 대답했다. "나 연기해."

"그래?" 아서는 온화하게 말했다. "내가 들어본 거 있어?"

이 질문—질문 그 자체가 아니라 아서의 어조, 그 무심함과 조롱—에 그는 다시 짜증이 북받쳤지만, 내색은 하지 않았다. "음." 그는 천천히 말했다. "대부분 독립영화들이야. 작년에 〈프랑킨센스 왕국〉이라는 작품을 했고, 다음 달에는 〈정복되지 않은 사람들〉을 촬영하러 가. 소설이 원작이라던데?" 아서는 멍한 표정이었다. 윌럼은 한숨 쉬었다. 그는 〈프랑킨센스 왕국〉으로 상도 탔다. "몇 년 전에 찍은 작품도 막 개봉됐어. 〈블랙 머큐리 3081〉이라고."

"재미있어 보이네." 아서는 지루한 표정으로 말했다. "들어본 것 같지는 않지만. 흠. 찾아봐야겠어. 여튼, 잘됐네, 윌럼."

그는 어떤 사람들이 "잘됐네, 윌럼"이라고 말할 때의 어조가 싫었다. 마치 그가 하는 일이 일종의 솜사탕 판타지, 그가 자신과 다른 사람들에게 먹이는 픽션, 실제로 존재하지 않는 어떤 것이라는 듯한 어조였다. 그날 밤엔 특히 더 싫었다. 50미터도 안 떨어진 곳, 아서의 머리 바로 뒤 창문 너머 건물 옥상에 그의 얼굴—공인된 험악한 표정. 어쨌거나 그는 컴퓨터그래픽으로 만든 거대한 담자색 외계인과 싸우고 있으니까—이 들어가고 커다란 글씨로 "〈블랙 머큐리 3081〉 개봉박두"라고 적힌 전광판이 액자처럼 뚜렷하게 보이는 그날 밤에는 특히 더 싫었다. 그럴 때면 그는 후드 무리에게 실망했다. 저들도 결국 세상 사람들과 다를 바 없어. 결국 질투심 때문에 내 기분을 상하게 만들려는 거야. 그리고 이렇게 기분 나빠하는 난 멍청이고. 나중에는 자신에게 짜증이 났다. 이게 네가 원했던 거잖아. 그런데 왜 다른 사람 생각에 신경 써? 하지만 연기는 다른 사람 생각에 신경 쓰는 일이었고(때로 그게 다인 것처럼 느껴질 때도 있었다), 다른 사람들의 의견에 아무리 면역이 됐다고 생각하고 싶어도 절대 그렇지 않았다.

"정말 쩨쩨하게 들릴 거라는 거 알아." 그는 파티가 끝나고 주드에게 말했다. 너무 화가 나서 당황스러웠다. 다른 사람에게라면 절대 고백하지 않았을 것이다.

"전혀 쩨쩨하게 안 들려." 주드가 말했다. 그들은 레드훅에서 시내로 차를 몰고 돌아오고 있었다. "하지만 아서는 얼간이야, 윌럼. 늘 그랬어. 헤로도토스*를 수년을 공부해도 전혀 나아지지 않아."

그는 마지못해 미소 지었다. "모르겠어. 때로는 말이야 내가 하는 일이 너무…… 너무 헛되게 느껴져."

"어떻게 그런 말을 할 수 있어, 윌럼? 넌 굉장한 배우야. 정말이야. 그리고 너는—"

"많은 사람들에게 즐거움을 준다는 말은 하지 마."

"그 말 하려던 거 아니야. 사실 네 영화들이 누구에게 즐거움을 주는 종류는 아니거든." (윌럼은 다른 종류의 공감을 이끌어내는 어둡고 복잡한—종종 고요히 폭력적이고, 주로 도덕적으로 위태로운—인물을 주로 연기했다. "공포의 라그나르손", 해럴드는 그를 이렇게 불렀다.)

*역사학의 아버지라 불리는 그리스 역사가.

"물론 외계인 빼고."

"맞아, 외계인 빼고. 하지만 심지어 그것들도 아니야. 네가 결국 다 죽여버리잖아, 안 그래? 하지만 윌럼, 난 네 영화 보는 걸 좋아하고, 다른 많은 사람들도 그래. 그건 중요한 거야, 그렇잖아? 얼마나 많은 사람들이 자기들이 실제로 누군가를 일상에서 벗어나게 해준다고 말할 수 있겠어?" 그가 대답하지 않자 주드는 계속했다. "있잖아, 우리 이제 이런 파티들에 그만 가는 게 좋을 것 같아. 그건 우리 둘 다한테 마조히즘과 자기혐오를 단련하는 건전치 못한 곳이 되어가고 있어." 주드는 그를 돌아보며 씩 웃었다. "적어도 넌 예술 분야에 있잖아. 난 차라리 무기상 밑에서 일하는 게 더 나았을지도 몰라. 도로시 워튼이 오늘 밤 나한테 매일 아침 어제 또 한 조각의 영혼을 희생했다는 걸 알고 깨어나는 기분이 어떠냐고 묻더라."

결국 그는 웃음을 터뜨렸다. "설마, 그랬을라고."

"정말이야, 그랬다니까. 해럴드랑 이야기하는 것 같았어."

"그래, 해럴드가 레게머리를 한 백인 여자라면 말이지."

주드도 웃었다. "말했잖아, 해럴드랑 이야기하는 것 같았다고."

하지만 사실은 둘 다 왜 그런 파티에 계속 다니는지 알고 있었다. 그 파티들이 네 사람이 함께할 수 있는 얼마 없는 기회였기 때문이고, 때로는 네 사람이 함께 나눌 수 있는 추억을 만들 수 있는, 다 꺼지다시피 한 모닥불에 불쏘시개 더미를 떨어뜨려 우정을 계속 살려놓을 수 있는 유일한 기회처럼 보였기 때문이다. 그건 모든 게 다 그대로인 척하는 그들만의 방식이었다.

그건 또한 그들에게 제이비가 괜찮은 척 행동하는 핑계가 됐다. 하지만 세 사람 다 그렇지 않다는 걸 알고 있었다. 윌럼은 제이비의 문제가 뭔지는 정확히 알 수 없었지만—어떤 문제에 관해서 제이비는 나름 거의 주드만큼이나 회피의 달인이었다—제이비가 외롭고 불행하고 불안하다는 걸, 그리고 이 모든 감정들이 그에게는 익숙지 않은 것들이라는 걸 알고 있었다. 윌럼이 보기에 대학 시절의 모든 것을 너무나 사랑했던 제이비는 그들의 직업 정체성이 아직 뚜렷하지 않았을 시절, 일상의 현실로 나눠지는 대신 열망으로 함께 뭉쳤던 시절 그들이 가졌던 편안하고 생각 없는 교우관계를 재창조하려고 애쓰고 있었다. 그래서 이런 모임들을 조직했고, 그들은 늘 그랬듯이 제이비가 이끄는 대로 고분고분 따르고 결정권자 역할을 하게 하는 작은 친절을 베풀었다.

제이비와 일대일로 둘이서만 만났다면 더 좋았겠지만, 요즈음 제이비는 대학 친구들과 함께 있지 않을 때면 다른 무리들, 어마어마한 약과 지저분한 섹스에만 관심을 가진 것 같은 미술계 사람들과만 어울렸고, 그건 그와는 전혀 맞지 않았다. 그가 뉴욕에 있는 시간은 점점 더 줄었고—지난 3년간 8개월밖에 되지 않았다—그래서 집에 있을 때면, 친구들과 의미 있는 시간을 보내고 싶으면서도 아무것도 하고 싶지 않은 모순된 압력이 늘 공존했다.

이제 그는 어쨌든 계속 주드 쪽으로 다가가고 있었고, 주드는 적어도 마르타와 마르타의 부루퉁한 친구에게서 벗어나 그들의 친구 캐롤라이나와 이야기하고 있었다. 그때 프란체스카가 그의 앞을 막더니 그를 레이철이라는 여자에게 소개시켰다. 4년 전 〈클라우드 9〉 작업 때 보조작가로 같이 일했던 사람이었다. 그는 그녀를 다시 만나 기뻤지만—몇 년 전 그때 그는 그녀를 좋아했고, 그녀가 예쁘다고 생각했었다—이야기를 하고 있으면서도 이 관계가 지금의 대화 이상으로 진전되지 않으리라는 걸 알고 있었다. 결국 그건 과장이 아닌 게, 5주 뒤면 촬영이 시작되기 때문이다. 지금은 복잡한 새 일에 말려들 때가 아니었고, 하룻밤을 즐길 에너지도 없었다. 그것도 장기적인 관계만큼이나 이상하게 피곤해진다는 걸 알고 있었기 때문이다.

레이철과 10분 정도 이야기하고 있을 때 전화가 울렸고, 그는 양해를 구한 다음 주드에게서 온 문자를 확인했다. '간다. 미래의 라그나르손 부인과의 대화를 방해하고 싶지 않아. 집에서 보자.'

"젠장." 그는 말하고, 레이철에게도 말했다. "미안해." 갑자기 파티의 마법이 끝났고, 그는 간절히 떠나고 싶었다. 이런 파티에 오는 건 네 사람이 상연하기로 동의한 연극 같은 것이어서, 일단 그중 한 배우가 무대를 떠나고 나면 계속하는 게 의미가 없어 보였다. 그는 레이철에게 작별인사를 했고, 그녀는 그가 진짜 가는 데다 자기에게 같이 가자고 청하지도 않는 걸 보고 당황한 표정에서 적개심에 불타는 얼굴이 됐다. 그는 다른 사람들—마르타, 프란체스카, 제이비, 맬컴, 이디, 캐롤라이나—에게도 인사했고, 적어도 그중 반은 그에게 깊이 화가 나 보였다. 아파트에서 빠져나오는 데 30분이 더 걸렸고, 아래층으로 내려오면서 혹시나 하고 주드에게 문자했다. '아직 여기 있어? 지금 나가.' 그러고는 답장이 없자 또 하나 보냈다. '지하철 탄다. 집에서 뭐 가져올 거야. 곧 보자.'

그는 L선을 타고 8번 스트리트까지 간 다음 남쪽으로 몇 블록을 걸어 자기 아파트에 갔다. 10월 말은 그가 이 도시에서 가장 좋아하는 때였고, 그걸 놓치는 건 늘 슬펐다. 그는 페리와 웨스트 4번 모퉁이, 창문이 은행나무 꼭대기와 나란히 나 있는 3층에 살았다. 이사 오기 전 그는 주말 늦게 침대에 누워 노란 이파리들이 바람에 날려 가지에서 우수수 떨어지는, 폭풍 같은 장관을 지켜볼 상상을 했었다. 하지만 한 번도 그러지 못했다.

그 집에 대해서는 그게 자기 집이고 자기 돈으로 샀다는 것 외에는 아무 특별한 감정이 없었다. 학자금대출을 다 갚고 나서 처음으로 산 가장 큰 물건이었다. 1년 반 전 집을 둘러보기 시작했을 때, 그는 다운타운에서 살고 싶고, 주드가 올 수 있도록 엘리베이터가 필요하다는 것밖에 생각하지 않았다.

"그거 좀 상호의존적*인 거 아냐?" 당시 여자친구인 필리파가 놀림 반 진지함 반으로 그에게 물었다.

"그래?" 그는 무슨 뜻인지 알지만 모르는 척하며 물었다.

"윌럼." 필리파는 짜증을 숨기려 웃으며 말했다. "그래."

그는 기분 상해하지 않고 어깨를 으쓱했다. "난 주드가 놀러 올 수 없는 곳에서는 못 살아."

그녀는 한숨 쉬었다. "알아."

필리파가 주드에게 반감이 없다는 건 알고 있었다. 그녀는 그를 좋아했고, 주드도 그녀를 좋아했다. 심지어 어느 날은 윌럼에게 여기 있을 때는 필리파와 더 많은 시간을 보내야 한다고 부드럽게 충고하기까지 했다. 그와 필리파—그녀는 주로 연극 의상 디자인을 했다—가 데이트하기 시작했을 때, 그녀는 그의 우정에 흥미 있어 했고, 심지어 매혹됐다. 그녀가 그 우정을 그의 충성심, 믿음직함, 한결같음의 증거로 봤다는 걸 그는 알고 있었다. 하지만 데이트를 할수록, 나이가 들수록, 뭔가가 달라졌고, 그가 제이비와 맬컴, 특히 주드와 보낸 시간의 양은 오히려 그의 근본적인 미숙성, 그녀와 함께할 미지의 삶을 위해 편

*보살핌을 필요로 하는 사람과 베푸는 사람 사이에 형성되는, 건강하지 못한 지나친 정서적 의존성.

안한 생활—그들과의 생활—을 버리려 하지 않는다는 걸 보여주는 증거가 됐다. 그녀는 한 번도 그에게 그들을 완전히 버리라고 청하지 않았다. 정말이지 필리파가 좋았던 이유 중 하나는 그녀가 자기 친구들과 매우 가까웠고, 그래서 두 사람이 각자 친구들과 각자 다른 레스토랑에서, 각자 대화하다가 헤어진 후 만나서 두 개의 다른 저녁을 함께하는 하나의 저녁으로 마무리할 수 있다는 점이었다. 하지만 그녀는 결국 그에게서 일종의 항복, 그녀에 대한 헌신, 다른 것들을 대치할 자기들만의 관계를 원했다.

그는 그럴 수는 없었다. 하지만 그는 그녀가 깨달은 것보다 더 많은 것을 줬다고 생각했다. 지난 2년을 함께 보내는 동안, 그는 추수감사절에 해럴드와 줄리아 집에도, 크리스마스 날 어바인 씨네 집에도 가지 않고 대신 버몬트의 그녀 부모님 집에 갔다. 주드와 매년 가던 휴가도 가지 않았고, 필리파와 함께 그녀 친구들의 파티와 결혼식, 저녁 모임, 공연에 갔고, 뉴욕에 있을 때면 함께 있으면서 그녀가 〈템페스트〉 공연 디자인 스케치하는 걸 지켜보고, 잠든 사이 비싼 색연필을 깎아줬고, 여전히 다른 시간대에서 돌아오지 못한 머리로 아파트 안을 배회하며 책을 읽다 그만두고 잡지를 뒤적이고 찬장 안의 파스타와 시리얼 통들을 하릴없이 정돈했다. 이 모든 일들을 그는 행복하게, 아무 유감 없이 했다. 하지만 그걸로는 여전히 충분하지 않았다. 그들은 거의 4년을 함께 보낸 후 작년에 조용히 헤어졌다.

어바인 씨는 그들이 헤어졌다는 소식을 듣고 고개를 저었다. "너희들은 정말로 피터팬 무리가 되고 있구나." 그는 말했다. "윌럼, 넌 뭐야? 서른여섯? 난 정말 이게 다 무슨 일인지 모르겠다. 넌 돈을 벌고 있어. 뭔가 이루기도 했고. 이제 서로 그만

붙어 있고 어른이 되는 것에 대해 진지하게 생각해야 하는 거 아니냐?"

하지만 어른은 어떻게 되는 건가? 부부가 진정 유일하게 적절한 선택인가? (하지만 그렇다면, 유일한 선택은 선택 자체가 아니다.) "수천 년 동안 진화하고 사회적으로 발전했는데, 이게 우리가 유일하게 선택할 수 있는 거란 말이에요?" 지난여름 트루로에 갔을 때 그는 해럴드에게 물었고, 해럴드는 웃음을 터뜨렸다. "이봐, 윌럼." 그는 말했다. "넌 잘하고 있어. 내가 정착하라는 잔소리도 하고 부부란 멋진 거라는 데 맬컴 아버지와 의견을 같이하기는 하지만, 넌 정말 그냥 좋은 사람이기만 하면 돼. 그런데 넌 이미 좋은 사람이고, 그냥 인생을 즐기면 되는 거야. 넌 젊어. 남아 있는 수많은 세월 동안 뭘 하고 싶은지, 어떻게 살고 싶은지 알아가면 돼."

"이게 제가 살고 싶은 방식이라면요?"

"음, 그렇다면 그것도 좋아." 해럴드는 말했다. 그는 윌럼에게 미소 지었다. "너희들은 모든 남자들의 꿈을 살고 있는 거야. 어쩌면 심지어 존 어바인의 꿈도."

최근 그는 상호의존성이 그렇게 나쁜 것인가 생각했다. 그는 친구들과의 우정이 좋았다. 그리고 그게 아무에게도 해를 끼치지 않는다면, 상호의존적이든 아니든 무슨 상관인가? 스물일곱일 때는 훌륭한 일이 서른일곱에는 왜 소름 끼치는 일이 된단 말인가? 왜 우정이 친족관계보다 못하단 말인가? 왜 심지어 더 낫지 않단 말인가? 그건 두 사람이 섹스나 육체적 끌림이나 돈이나 아이들이나 재산이 아니라 오로지 계속 같이 가자는 공동의 동의, 결코 성문화할 수 없는 결합에 대한 상호 간의 헌신에 의해 묶여 날마다 계속 함께 있는 것이다. 우정은 상대방의 더던 불행을, 길고 긴 지루함을, 간간이 찾아오는 승리를 목격하는 것이다. 다른 사람이 가장 비참한 순간들에 함께 있을 수 있는 특권을 영광스럽게 생각하고, 그 대신 자기도 그 사람 옆에서 비참한 모습을 보여도 되는 것이다.

하지만 이 잠재적 미숙함보다 더 심란한 것은 친구로서의 무능력이었다. 그는 늘 자기가 좋은 친구라고 자랑스럽게 생각했다. 우정은 늘 그에게 중요했다. 하지만 그가 실제로 우정에 유능하나? 예를 들어, 해결되지 않은 제이비 문제. 좋은 친구라면 이 상황에서 뭔가 해결책을 궁리해냈을 것이다. 그리고 좋은 친구라면 주드를 도울 더 좋은 방법이 없다고 염불하듯 되뇌는 대신 주드를 도울 수 있는 더 좋은 방법을 분명 생각해냈을 것이다. 만약 그런 게 있다면, 만약 누군가가(앤디? 해럴드? 누구든?) 계획을 생각해낸다면, 그는 기쁘게 따랐을 것이다. 하지만 이렇게 말하고 있어도 자기는 그저 핑계를 대고 있을 뿐이라는 걸 안다.

앤디도 알았다. 5년 전, 앤디는 소피아에 있는 그에게 전화해서 고함을 질렀다. 그건 그의 첫 촬영이었고 매우 밤늦은 시간이었는데, 전화를 받자마자 앤디는 말했다. "그렇게 좋은 친구를 자처하면, 빌어먹을, 옆에 있으면서 증명이라도 해보든지." 앤디 말이 옳다는 걸 알기 때문에 그는 방어적이 됐다.

"잠깐만요." 그는 똑바로 일어나 앉으며 말했다. 화가 나고 두려워서 졸음이 싹 달아나고 있었다.

"주드가 집에 앉아 아주 자기를 잘근잘근 썰고 있어. 그냥 온몸이 상처투성이야. 빌어먹을 해골바가지 같아. 그런데 넌 어디 있어, 윌럼?" 앤디가 물었다. "촬영 중이니 뭐니 그런 말은 하지 마. 왜 제대로 확인을 안 해?"

"매일 전화한다고요." 그도 고함을 질렀다.

"이게 주드에게 힘든 일이 될 거라는 걸 알고 있었잖아." 앤디가 그 말을 묵살하며 계속 말했다. "입양 문제로 더 약해질 거라는 거 너도 알았잖아. 그런데 왜 안전장치를 해놓지 않았냐고, 윌럼? 소위 다른 친구들은 왜 아무것도 안 하고 있는 거야?"

"친구들이 자해하는 걸 알길 원하지 않으니까요, 그게 이유예요! 그리고 이게 이렇게 힘든 일일 줄은 몰랐어요, 앤디." 그는 말했다. "주드는 아무 이야기도 안 해줘요! 내가 어떻게 알겠어요?"

"왜냐면! 넌 알아야 하니까! 빌어먹을 머리를 써, 윌럼!"

"그놈의 소리 좀 지르지 마요." 그도 소리 질렀다. "그냥 화가 난 거잖아요, 앤디. 주드는 당신 환자인데, 더 낫게 할 방법을 죽어도 못 찾겠으니까 날 비난하는 거잖아요."

그는 그 말을 내뱉자마자 후회했고, 순간 둘 다 전화기에 숨만 몰아쉬며 아무 말도 하지 않았다. "앤디." 그가 입을 열었다.

"아니. 네 말이 맞아, 윌럼. 미안. 미안해."

"아뇨." 그가 말했다. "내가 미안해요." 그 구질구질한 리스페너드 스트리트 욕실에 있는 주드를 생각하니 갑자기 비참했다. 떠나기 전 주드의 면도날을 찾아 사방을 다 뒤졌지만—변기수조 뚜껑 아래, 약장 뒷면, 찬장 안 서랍 밑까지 하나하나 다 꺼내보고 모든 각도에서 다 살펴봤다—아무것도 찾을 수가 없었다. 하지만 앤디 말이 옳았다. 그건 그의 책임이었다. 그가 더 잘했어야 했다. 그런데 그러지 못했으니, 정말로 그건 그의 실패였다.

"아니야." 앤디가 말했다. "정말 미안해, 윌럼. 절대 용서할 수 없는 짓이었어. 네 말이 맞아. 정말 난 어째야 좋을지 모르겠다." 목소리가 피곤했다. "그냥 주드는—주드 인생은 이제까지 너무 엿 같았어. 그래도 갠 널 믿어."

"알아요." 그는 중얼거렸다. "그런 거 알아요."

그래서 그들은 계획을 짰다. 그는 집에 돌아와 주드를 전보다 훨씬 더 면밀하게 감시했지만, 이상할 정도로 아무것도 드러나는 게 없었다. 입양 이후 한 달 정도, 주드는 정말로 전과 달랐다. 딱히 뭐라고 말할 수는 없었다. 아주 드문 경우를 제외하고는 그는 주드가 불행한 날들과 그렇지 않은 날들을 구분할 수가 없었다. 주드는 보통 때는 침울하게 돌아다니고 감정을 내비치지 않다가 갑자기 바뀐다거나 하는 게 아니었다. 그의 근본적 행동과 리듬과 몸짓은 전과 다를 바 없었다. 하지만 뭔가가 달라졌고, 잠시 동안 그는 자기가 알던 주드가 다른 주드와 바꿔치기 당한 것 같은 이상한 느낌을 받았다. 그리고 이 새 주드, 바꿔치기 된 이 사람은 그가 뭐든 물어볼 수 있고, 어린 시절 애완동물과 친구와 곤란한 일들에 대한 웃긴 일화들이 있을 것 같고, 뭔가를 감추기 위해서가 아니라 그냥 추워서 긴 팔을 입을 것 같았다. 그는 주드의 말을 가능하면 최대한, 자주 그대로 믿기로 했다. 결국 그는 주드의 의사가 아니라, 친구였다. 그가 할 일은 친구가 원하는 대로 대하는 것이지, 감시해야 할 대상으로 대하는 게 아니었다.

그래서 어느 시점 이후 그의 감시는 줄어들었고, 결국 그 다른 주드는 요정과 마법의 나라로 돌아갔고, 그가 알던 주드가 그 자리로 다시 돌아왔다. 하지만 그래도 가끔 그가 아는 주드는 그저 자기가 보여주는 만큼의 주드가 아닐까 하는 불편한 마음이 불쑥불쑥 들곤 했다. 촬영차 떠나 있을 때면 매일 보통 미리 정한 시간에 주드에게 전화를 했다. 작년 어느 날에도 둘은 전화로 정상적인 대화를 나누고 있었다. 주드의 목소리는 보통 때와 전혀 다르지 않았고, 윌럼의 이야기를 들으며 웃고 있었다. 그 순간 전화기 저편에서 병원에서만 들을 수 있는, 분명하고 틀림없는 방송 문구가 들렸다. "네사리언 선생님, 네사리언 선생님 3번 수술방 호출입니다."

"주드?" 그가 물었다.

"걱정 마, 윌럼. 난 괜찮아. 가벼운 감염 문제야. 앤디가 좀 과하게 난리를 친 것 같아."

"무슨 감염인데? 세상에, 주드!"

"혈액 감염. 하지만 아무것도 아니야. 정말이야, 윌럼. 심각한 문제면 너한테 말했을 거야."

"아니, 빌어먹을, 넌 절대 안 했을 거야, 주드. 혈액 감염이 심각한 문제라고."

그는 말이 없었다. "했을 거라니까, 윌럼."

"해럴드도 알아?"

"아니." 그는 날카롭게 말했다. "말하면 안 돼."

이런 대화가 오간 후 그는 간담이 서늘하고 심란했고, 남은 저녁 시간 내내 지난주 대화를 복기하며, 뭔가 잘못됐는데 자기가 그냥 멍청하게 간과해버린 실마리들을 헤집었다. 마음이 관대해지고 호기심이 들 때면 주드를 마법사로, 가진 재주라곤 은폐기술밖에 없는데, 그게 매년 점점 더 발전한 나머지 이제는 입고 있는 실크 망토 자락을 눈앞에 가져가기만 해도 즉시 투명해져서 그를 가장 잘 아는 사람들에게도 보이지 않는 존재가 되어버리는 마법사로 상상했다. 하지만 또 어떨 때는 이 마법 때문에 처절하게 화가 났다. 한 해 또 한 해 주드의 비밀을 지켜주는 피곤함이, 그런데도 그 대가로 인색하기 짝이 없는 미약한 정보밖에 받지 못한다는 게, 심지어 그를 도와줄, 공개적으로 걱정할 기회조차 얻지 못하는 게 쓰라리게 화가 났다. 이건 우정이 아니다. 뭔가이긴 하겠지만, 우정은 아니다. 자기가 절대 자원하지 않은 공범 게임 속에 던져진 기분이었다. 주드가 그들에게 하는 모든 말은 도움을 원하지 않는다는 걸 암시했다. 하지만 그는 받아들일 수가 없었다. 문제는 내버려두라는 요구를 어떻게 무시하느냐는 것이었다. 비록 내버려두지 않으면 우정이 위태로워진다 할지라도. 그건 비참한 선문답이었다. 도우려 하지 않으면 친구도 아니라는 걸 알면서도, 도움을 받지 않으려는 사람에게 어떻게 도움을 줄 수 있는가? 말해줘, 그는 때로 주드에게 소리 지르고 싶었다. 말 좀 해줘. 네가 말을 하게 하려면 내가 뭘 해야 하는지 말해줘.

한번은 어떤 파티에서 주드가 누군가에게 자기는 윌럼에게는 모든 걸 다 이야기한다고 말하는 걸 어쩌다 들은 적 있다. 그는 우쭐하면서도 당황했다. 왜냐하면 정말이지 그는 아무것도 몰랐기 때문이다. 친구들이 서로 나누는 것들—둘이 만나기 전에는 어떻게 살았는지, 무엇을 두려워했는지, 무엇을 갈망하는지, 어떤 사람에게 끌리는지, 일상의 굴욕과 슬픔—을 하나도 이야기해주지 않으려는 사람을 자기가 얼마나 좋아하고 있는지, 때론 자기가 생각해도 어이가 없었다. 주드 본인과 이야기하지 못하는 대신, 그는 종종 해럴드와 주드에 대해 이야기하고 싶었다. 그래서 그가 얼마나 아는지 알아보고, 그들이—그리고 앤디가—아는 모든 지식을 한데 모아 일종의 해결책을 발견할 수 있을지 알아보고 싶었다. 하지만 그건 꿈에 불과했다. 주드는 절대 그를 용서하지 않을 테고, 그는 그나마 지금 가진 관계조차 가지지 못하게 될 것이다.

자기 아파트에 돌아온 그는 편지 더미—흥미 있는 편지가 오는 일은 거의 없었다. 업무상의 편지들은 모두 에이전트나 변호사에게 갔고, 개인적인 편지들은 주드 아파트로 갔다—를 재빨리 뒤져 지난주 헬스클럽에 갔다가 아파트에 들렀을 때 잊어버리고 놓고 온 대본을 찾아서 다시 나갔다. 심지어 코트도 벗지 않았다.

1년 전 이 아파트를 산 이후 그가 거기서 보낸 시간은 총 6주였다. 침실에는 간이침대가 있었고, 거실에는 리스페너드 스트리트에서 가져온 커피테이블이, 그리고 제이비가 길거리에서 주운 임스의 낡은 섬유유리 의자, 그의 책 상자들이 있었다. 그게 다였다. 원래는 맬컴이 인테리어를 새로 할 계획이어서, 공기도 안 통하는 부엌 옆 조그만 서재를 다이닝 공간으로 바꾸고 다른 몇몇 문제들도 해결할 생각이었지만, 맬컴은 윌럼의 열의 부족을 감지하기라도 한 것처럼 이 아파트를 우선순위 마지막에 놓았다. 그는 가끔 이 문제에 대해 불평했지만, 그게 맬컴의 잘못이 아니라는 걸 알고 있었다. 결국 목공 주문 전 윌럼의 승인이 필요한 마감이니 타일이니 붙박이 책장이니 벽에 붙이는 의자의 크기니 하는 문제들에 대한 맬컴의 이메일에 그는 답장하지 않았다. 최근에야 변호사 사무실을 통해 겨우 공사 시작에 필요한 최종 서류를 맬컴에게 보냈고, 다음 주에 드디어 몇 가지 결정을 내릴 참이었다. 그리고 1월 중순 집에 돌아올 때면, 아파트는 완전히 변해 있지는 않다 해도 적어도 굉장히 나아져 있을 거라고 맬컴은 약속했다.

그사이, 그는 여전히 주드와 대부분 같이 살았다. 필리파와 헤어지자마자 그는 그린 스트리트의 주드 아파트로 들어갔고,

끝도 없이 주드의 손님 침실을 차지하고 있는 핑계로 덜 된 아파트를, 그리고 앤디에게 한 약속을 들었지만, 사실 그는 주드와 같이 있는 게, 늘 옆에 있는 그의 존재가 필요했다. 집을 떠나 영국에, 아일랜드에, 캘리포니아에, 프랑스에, 탕헤르에, 알제리에, 인도에, 필리핀에, 캐나다에 있을 때면, 돌아가면 뉴욕에서 그를 기다리고 있을 어떤 이미지가 필요했지만 그 이미지는 절대 페리 스트리트가 아니었다. 그에게 집은 그린 스트리트였다. 집을 멀리 떠나 외로울 때면 그는 그린 스트리트를, 그 방을, 주말에 주드가 일을 마치고 와서 함께 밤늦게까지 이야기하고 있으면 시간이 느리게 확장되어 밤이 영원히 계속될 것만 같았던 때들을 생각했다.

이제 그는 드디어 집에 돌아가고 있었다. 그는 계단을 달려 내려가 정문을 열고 페리 스트리트로 나갔다. 밤은 추워졌고, 그는 늘 그렇듯이 혼자 걷는 기쁨을, 수많은 사람들이 있는 도시에서 혼자 있는 기쁨을 느끼며 거의 종종걸음을 치다시피 빠른 걸음으로 걸었다. 그건 그가 가장 그리워하는 일들 중 하나였다. 영화 촬영장에서는 절대 혼자 있는 법이 없다. 트레일러와 세트 사이가 50미터밖에 안 떨어져 있는데도, 조감독이 트레일러까지 데려다주고 세트장으로 데려온다. 세트장에 익숙해지기 시작하면서, 그는 처음에는 놀랐고 다음에는 흥미로웠고 그러고 나서는 결국 영화 제작이 부추기고 있는, 배우들을 어린애로 만드는 문화가 짜증 나기 시작했다. 때로는 이동카메라차에 똑바른 자세로 묶인 채 여기저기로 끌려다니는 듯한 느낌마저 들었다. 늘 누군가가 그를 분장 파트로, 의상 파트로 데려다줬고, 그러고는 한두 시간 후 트레일러에서 데리고 나와 다시 세트장으로 에스코트해 갔다.

"절대 내가 이런 일들에 익숙해지게 내버려두면 안 돼." 그는 주드에게 거의 애원하다시피 주지시켰다. 그가 하는 모든 이야기들은 늘 이 말로 끝났다. 모든 사람이 지위와 계층에 따라 분리—배우와 감독이 한 테이블을, 카메라맨들이 또 하나를, 전기기사들이 세 번째, 촬영 조수들이 네 번째, 의상 파트가 다섯 번째 테이블을 차지한다—된 채 앉아 다들 자기가 하고 있는 운동이나 가고 싶은 식당, 하고 있는 식이요법, 트레이너, 담배(얼마나 피우고 싶은지)와 얼굴 마사지(얼마나 필요한지)에 대해 이야기하는 점심시간. 배우들을 미워하면서도 그들의 실낱같은 관심에도 당황스러울 정도로 민감한 스태프들. 의자에 앉아 메이크업을 받으면서 남자친구에게 소리 지르는 여배우들의 전화 대화를, 늦은 밤 약속을 잡는 남배우들의 속삭이는 전화 대화를 들으며 머리를 만지고 파운데이션을 두드리면서도 한 마디 말도 안 하고 보이지 않는 사람처럼 행동하는 법을 배운, 그래서 모든 배우들의 생활에 대해 어리둥절할 정도로 많은 걸 알고 있는 고양이 같은 헤어와 메이크업 팀. 이런 세트장에서 그는 상상했던 것보다 바싹 경계하게 됐지만, 한편으로는—모든 것들이 갖다 바쳐지고, 문자 그대로 태양이 자기 위에서 빛나도록 만들 수 있는—이런 세트장의 생활이 실제 생활이라고 믿기 시작한다면 얼마나 편하고 유혹적일까 하는 생각도 들었다.

한번은 자기 위치에 서 있는데 촬영기사가 마지막 조정을 하다가 다가와 그의 머리를 살짝 손으로 받치더니—"머리카락!" 제1조감독이 경고하듯 으르렁댔다—왼쪽으로 1센티미터 기울였다가 다음에는 오른쪽으로, 다음에는 다시 왼쪽으로 기울였다. 마치 벽난로 위 꽃병의 위치라도 잡고 있는 것 같았다.

"움직이지 말아요, 윌럼." 촬영기사가 주의를 줬고, 그는 거의 숨도 안 쉰 채 그러겠다고 약속했지만, 사실은 킬킬대며 웃음을 터뜨리고 싶었다. 갑자기 부모님 생각—당황스럽게도 나이가 들수록 점점 더 부모님 생각이 났다—과 헤밍 생각이 났고, 순간 30초 동안 왼쪽 세트 바로 밖, 얼굴이 보이지 않을 정도로 딱 그의 시야에서 벗어난 곳에서 그들이 서서 그를 지켜보고 있는 게 보였다. 하지만 어차피 그들의 표정은 상상할 수 없었을 것이다.

그는 주드에게 세트장의 나날들을 웃기고 명랑하게 포장해 들려주는 걸 좋아했다. 이건 그가 생각하던 연기가 아니었지만, 연기가 어떤 것일지 그가 뭘 알았겠나? 그는 늘 준비되어 있었고, 늘 시간을 지켰고, 모두에게 정중했고, 촬영기사가 하라는 대로 했고, 감독과는 절대적으로 필요할 때만 논쟁했다. 하지만 이 모든 영화들—지난 5년간 열두 편, 그중 여덟 편은 지난 2년 사이—을 다 찍은 후에도, 그리고 그 모든 터무니없는 일들을 겪은 후에도, 늘 가장 초현실적으로 느껴지는 순간은 카메라가 돌기 바로 직전이었다. 그는 제1위치에 선다, 그리고 제2위치에 선다, 카메라맨이 준비됐다고 외친다.

"배니티!"* 제1조감독이 외치면 배니티들—헤어, 메이크업, 의상팀—이 허둥지둥 달려와 마치 그가 썩은 고기인 것처럼 그를 덮치고는 머리를 뽑고 셔츠를 바로잡고 부드러운 브러시로 눈꺼풀을 간지럽힌다. 겨우 30초 정도에 불과한 시간이지만, 날아다니는 파우더가 눈에 들어가지 않도록 눈을 내리깐 채 그의 몸과 머리를 마치 자기 것인 양 거침없이 만져대는 타인의 손길에 몸을 내맡기고 있으면, 자신이 사라져버린 것 같은, 공중에

---

*'vanity'는 3부의 제목인 '허영'을 의미하는 단어이기도 하다.

떠 있는 것 같은, 자기 인생 자체가 상상인 것 같은 이상한 느낌이 든다. 그 순간 여러 가지 장면들이 소용돌이처럼 그의 마음속을 휘젓고 지나가지만, 너무 빠르고 뒤죽박죽이라 그 하나하나를 제대로 파악할 수는 없다. 그 속엔 물론 이제 곧 찍을 장면도 있고, 전에 찍었던 장면도 있지만, 늘 생각하고 있는 것들, 밤에 잠들 때마다 보고 듣고 기억하는 것들이 있었다—헤밍과 제이비와 맬컴과 해럴드와 줄리아가. 주드가.

'행복해?' 한번은 주드에게 물은 적 있다(분명 취해 있었을 것이다).

'행복은 내 몫이 아닌 것 같아.' 주드는 마치 윌럼이 먹고 싶지 않은 음식을 권한 것처럼 한참 만에 말했다. '하지만 행복은 네 몫이야, 윌럼.'

배니티들이 그의 여기저기를 잡아당기는 동안, 그때 주드가 무슨 뜻으로 그런 말을 한 건지, 왜 행복이 그의 몫인데 주드의 몫은 아닌지 물어봤어야 했다는 생각이 든다. 하지만 그 장면을 다 찍을 무렵이면 그는 그 질문을 기억하지 못하거나 그 이야기가 나왔던 대화를 기억하지 못할 것이다.

"사운드 시작!" 제1조감독이 소리 지르면 배니티들이 흩어진다.

"스피드." 사운드 스태프가 대답한다. 하고 있다는 말이다.

"카메라 시작." 카메라맨이 외치면, 장면이 고지되고 박수 소리가 탁 난다.

그리고 그는 눈을 뜬다.

2

서른여섯이 된 직후 어느 토요일 아침, 눈을 뜨자 가끔만 찾아오는 이상하고 상쾌한 감각이 느껴진다. 인생에 구름 한 점 없는 듯한 그런 느낌이다. 그는 케임브리지에 있는 해럴드와 줄리아를, 아침잠이 덜 깬 채 부엌에서 왔다 갔다 하며 이 빠지고 변색된 머그잔에 커피를 따르고 신문 비닐의 이슬을 터는 두 사람의 모습을 상상하고, 케이프타운에서 날아오고 있을 윌럼의 모습을 상상한다. 브루클린의 침대에서 소피와 꼭 붙어 누워 있는 맬컴의 모습을, 기분이 희망적이니 로어이스트사이드 침대 속에서 안전하게 코 골고 있는 제이비의 모습도 그려본다. 여기 그린 스트리트에서는 라디에이터가 칙칙대며 한숨을 내뱉고 있다. 이불에서는 비누와 하늘 냄새가 난다. 머리 위에는 맬컴이 한 달 전 설치해준 쇠로 된 파이프 샹들리에가 있다. 아래에는 윤기 나는 검은 나무 바닥이 깔려 있다. 그 거대한 공간과 가능성과 잠재력이 여전히 믿기지 않는 이 아파트는 고요하고, 그의 것이다.

그는 발가락을 침대 발치 쪽으로 뻗었다가 정강이 쪽으로 구부린다. 아무렇지도 않다. 아프지도 않고 아프려는 기색조차 없다. 그의 몸은 다시 그의 것, 그가 상상하는 모든 것을 불평도 방해도 없이 그를 위해 수행할 그의 것이다. 그는 눈을 감는다. 피곤해서가 아니라 완벽한 순간이기 때문이다. 그 순간들을 어떻게 누려야 하는지 그는 잘 알고 있다.

이 순간들은 결코 오래가지 않는다. 때로는 그저 일어나 앉기만 해도, 얼굴을 한 대 호되게 맞은 것처럼 육체가 자기의 주인이지, 그 반대가 아니라는 걸 상기하게 된다. 최근 상황이 악화되면서 그는 앞으로 나아질 수 있다는 생각을 포기하려고 굉장히 애썼고, 대신 언제든 어디서든 육체가 허락해주는 이런 일시적 형집행정지의 순간들에 집중하고 감사하려고 했다. 그래도 기분이 날아갈 것 같다. 좋은 날이군, 그는 이렇게 생각하며 침실 구석에서 실쭉한 괴물처럼 골내고 있는 휠체어를 지나 욕실로 걸어간다.

준비를 마친 후 사무실에서 가져온 서류 몇 개를 들고 앉아 기다린다. 보통 그는 대부분의 토요일은 직장에서 보낸다. 적어도 그건 그가 산책하던 시절부터 바뀌지 않았다. 아, 산책! 한때 그는 염소처럼 어퍼이스트사이드까지 갔다가 다시 집까지, 17킬로미터를 혼자 걸을 수 있는 사람 아니었던가? 하지만 오늘은 맬컴을 만나 자기 양복점에 데려가기로 했다. 맬컴이 결혼을 해서 새 양복을 사야 하기 때문이다.

그들은 맬컴이 정말 결혼을 하는지 안 하는지 확실히 모른다. 할 거라고 생각은 한다. 지난 3년 동안 그와 소피는 헤어졌다가 합쳤다가 헤어졌다가 다시 합쳤다. 하지만 작년 맬컴은 윌럼과 대화하던 중 결혼이 사치라고 생각하는지 물었고, 제이비에게는 보석에 대해, 여자들이 다이아몬드를 좋아하지 않는다고 할 때 그 말이 정말 진심인 건지 그냥 시험 삼아 말해보는 건지 물었고, 그와는 혼전계약서에 대해 이야기를 나눴다.

그는 맬컴의 질문들에 최대한 대답해줬고, 결혼 전문 변호사인 로스쿨 동기의 이름을 알려줬다. "아." 맬컴은 마치 그가 전문 자객의 이름이라도 내민 것처럼 뒤로 물러나며 말했다. "아직 이게 필요한지는 잘 모르겠어, 주드."

"좋아." 그는 맬컴이 만지기조차 꺼림칙해하는 것 같은 명함을 집어넣었다. "혹시나 필요하게 되면 말만 해."

그리고 한 달 전 맬컴은 그에게 양복 고르는 걸 도와줄 수 있느냐고 물었다. "난 심지어 한 벌도 없어, 정말 웃기지?" 그는 물었다. "한 벌 정도 있어야 할 것 같지 않아? 그러니까 이제 내가, 모르겠어, 더 어른 같다거나 뭐 그렇게 보여야 하지 않겠어? 그게 사업상 좋을 것 같지 않아?"

"내가 보기엔 좋아 보이는데, 맬." 그가 말했다. "사업상 도움이 필요하다고는 생각 안 해. 하지만 양복을 사고 싶다면, 물론, 기꺼이 도와줄게."

"고마워." 맬컴이 말했다. "내 말은, 양복이 한 벌 있어야 할 것 같다는 거야. 그러니까, 무슨 일이 생길 경우를 대비해서." 그는 말을 멈췄다. "그런데, 너한테 재단사가 있다니 믿을 수가 없다."

그는 미소 지었다. "내 재단사가 아니야. 그냥 양복을 만드는 사람이고, 그중 몇 벌이 내 옷일 뿐인 거지."

"세상에. 해럴드가 정말로 괴물을 만들었군."

그는 상냥하게 웃었다. 하지만 그는 종종 양복이 그를 정상처럼 보이게 하는 유일한 물건이 아닐까 생각한다. 휠체어를 사용하던 몇 달 동안 그 양복들은 고객들에게 그가 능력 있는 변호사임을 확인시켜주는 동시에 그가 다른 사람들과 마찬가지라는, 적어도 다른 사람들과 똑같은 옷을 입고 있다고 스스로를 안심시킬 수 있는 방법이었다. 자신에게 허영심이 있다고는 생각하지 않는다. 오히려 꼼꼼하게 따지는 편이라고 생각한다. 어린 시절, 고아원 아이들은 때로 지역학교 아이들과 야구를 했는데, 아이들은 필드로 나갈 때면 코를 틀어쥐고 고아원 아이들을 놀리곤 했다. "목욕 좀 해라!" 아이들은 고함을 질렀다. "냄새 나! 냄새 난다고!" 하지만 그들은 목욕을 했다. 매일 아침 죽 늘어선 샤워기 앞에서 카운슬러가 왔다 갔다 하며 장난치는 아이들을 타월로 찰싹 때리고 열심히 닦지 않는 아이들에게 고함을 지르는 동안, 그들은 미끈미끈한 분홍색 비누를 손바닥과 샤워 타월에 펌프질해 피부를 박박 닦아내며 의무적으로 샤워를 했다. 지금도 그는 단정하지 못하거나, 지저분하거나, 꾈사나운 모양새 때문에 거절당하는 공포심을 가지고 있다. "넌 언제나 추하겠지만, 그렇다고 해서 단정할 수 없는 건 아니지." 가브리엘 신부는 그렇게 말했고, 가브리엘 신부가 많은 점에서 틀리긴 했어도 이 점에서는 옳다는 걸 그는 알고 있다.

맬컴이 도착해서 가벼운 포옹으로 인사를 하더니, 언제나처럼 집 안을 살펴보기 시작한다. 그는 긴 목을 죽 빼고 방을 천천히 빙빙 돌며 등대 불빛 같은 시선으로 뭔가를 확인할 때마다 중얼중얼댄다.

그는 맬컴이 질문을 하기도 전에 대답한다. "다음 달, 맬컴."

"석 달 전에도 그렇게 말했잖아."

"알아. 하지만 이번엔 진짜야. 지금은 돈이 있거든. 아니면, 적어도 이번 달 말에는 있을 거야."

"하지만 이 문제는 이미 이야기했잖아."

"알아. 그리고 맬컴, 그건 정말 믿을 수 없을 정도로 후한 제안이지만, 너한테 돈 안 주고는 절대 안 할 거야."

그는 이제 4년 넘게 이 아파트에 살았고, 4년 동안 돈이 없어서 집을 수리하지 못했다. 아파트 값을 갚느라 돈이 없었기 때문이다. 그동안 맬컴은 도면을 그리고 벽을 세워 침실들을 만들고, 거실에 있는 회색 우주선 같은 소파를 골라주고 바닥을 포함해 몇 가지 자잘한 문제들을 고쳐줬다. "미친 짓이야." 그는 당시 맬컴에게 말했다. "수리가 끝나면 어차피 전부 다 새로 해야 할 거라고." 하지만 맬컴은 그래도 하겠다고 말했다. 바닥 페인트는 그가 시험해보고 싶은 새 제품이고, 작업을 시작할 준비가 될 때까지는 그린 스트리트를 실험실로 쓸 테니, 그가 신경만 안 쓴다면 이런저런 실험을 해보겠다고 말했다(물론 그는 개의치 않았다). 그렇지 않았으면 아파트는 여전히 그가 들어왔을 때의 모습, 즉 한쪽은 서쪽, 한쪽은 동쪽을 바라보는 창문이 양쪽으로 나 있고 남쪽 벽에는 주차장을 내려다보고 있는 전면창이 있는 소호 남쪽 건물 6층의 직사각형 공간 그대로였을 것이다. 그의 방과 욕실은 머서 스트리트의 한 땅딸막한 건물 옥상을 내려다보고 있는 동쪽 끝에 있다. 윌럼의 방—혹은 그가 계속 윌럼의 방이라고 생각하는 곳—은 그린 스트리트를 내려다보고 있는 서쪽 끝에 있다. 가운데에는 부엌과 세 번째 욕실이 있고, 두 방 사이에는 몇 평이나 되는 널찍한 공간과 피아노 건반처럼 윤나는 검은 바닥이 있다.

그렇게 넓은 공간이 있다는 게 여전히 낯설고, 그런 여유가 된다는 건 더 이상한 기분이다. 입이 오므라들고 눈물이 날 정도로 짜지만 좋아하는 블랙올리브를 한 통 살지 말지 식료품점에 서서 궁리하고 있을 때면, 가끔 스스로 상기해야 한다. '하지만 넌 할 수 있어.' 처음 이 도시에 왔을 때 그건 사치품이어서 한 달에 한 번, 한 번에 한 숟갈밖에 사지 못했고, 그는 매일 밤 앉아서 사건 기록을 읽으면서 딱 한 개만 꺼내 씨에서 천천히 과육을 빨아먹곤 했다. '사도 돼, 넌 돈이 있어.' 그는 자신에게 말한다. 하지만 여전히 그걸 기억하기가 힘들다.

그린 스트리트의 로프트에서 살 수 있는 것, 냉장고 안에 늘 올리브가 병째 들어 있을 수 있는 것은 가장 막강하고 명성 높은 로펌 중 하나인 '로젠 프리처드 앤드 클라인'이 뒤에서 버티고 있기 때문이다. 그는 거기서 소송변호사이자, 이제 약 1년째 파트너변호사로 일하고 있다. 5년 전, 그와 시티즌과 로즈는 새커리 스미스라는 대형 상업은행의 투자사기 건을 담당하고 있었는데, 그 사건이 종결된 직후 루시엔 보이트라는 사람에게 연락을 받았다. 로젠 프리처드 앤드 클라인의 소송분과장이며 교섭에서 새커리 스미스 쪽 변호를 맡았던 사람이었다.

보이트는 그에게 술 한 잔 하자고 했다. 그는 그의 일에, 특히 법정에서의 모습에 깊은 인상을 받았다고 했다. 새커리 스미스도 마찬가지였다. 어쨌건 그는 주드에 대해—그는 설리번 판사와 같이 《법학 리뷰》를 만들었다—들었고, 그에 대해 알아봤다. 미연방지검을 떠나 어둠의 영역으로 올 생각을 해본 적 있나?

아니라고 대답한다면 거짓말일 것이다. 주위에서는 온통 사람들이 떠나고 있었다. 시티즌은 워싱턴디시의 한 국제 로펌과 이야기 중이었고, 로즈는 은행 사내변호사로 갈까 고민 중이었다. 그 자신도 로펌 두 군데서 제안을 받았지만 둘 다 거절했다. 그들은 미연방지검을 사랑했다, 모두 다. 하지만 시티즌과 로즈는 그보다 나이가 많았고, 로즈와 아내는 아이를 가지고 싶어 했고, 다들 돈을 벌어야 했다. 돈, 돈. 때로는 모두들 그 이야기밖에 하지 않았다.

그 역시 돈 생각을 했다. 안 그럴 수가 없었다. 제이비나 맬컴의 친구들 아파트에서 열린 파티에 갔다 올 때마다 리스페너드 스트리트는 조금씩 더 누추해지고 조금 더 참기 힘들어졌다. 엘리베이터가 고장 나서 계단을 걸어 올라갈 때마다, 그래서 집에 들어갈 기운이 날 때까지 문에 기대고 복도 바닥에 앉아 쉴 때마다, 더 기능적이고 믿을 만한 곳에서 사는 꿈을 꿨다. 지하철 계단 꼭대기에 서서 난간을 잡은 채 용쓰느라 거의 헉헉대며 내려갈 준비를 할 때마다, 택시를 탈 수 있으면 얼마나 좋을까 생각했다. 다른 공포, 더 큰 두려움도 있었다. 정말 암울한 순간이면, 그는 노인이 된 자신의 모습을, 여전히 리스페너드 스트리트에서 송아지 가죽처럼 축 처진 피부를 갈빗대 위에 걸친 채 더 이상 걸을 수도 없어서 팔꿈치로 기어 욕실에 가는 자신의 모습을 상상했다. 그 꿈속에서 그는 혼자였다. 윌럼도 제이비도 맬컴도 앤디도, 해럴드도 줄리아도 없었다. 그는 늙은, 아주 늙은 노인이었고, 집에 그를 돌봐줄 사람은 아무도 없었다.

"나이가 어떻게 되죠?" 보이트가 물었다.

"서른하나입니다." 그가 말했다.

"서른하나는 젊지." 보이트가 말했다. "하지만 영원히 젊지는 않겠죠. 정말로 미연방지검에서 늙어가고 싶습니까? 사람들이 검사보를 뭐라고 부르는지 알아요? 전성기를 넘긴 사람들이라 그래요." 그는 보상에 대해, 파트너변호사가 되는 지름길에 대해 이야기했다. "생각해보겠다고만 해주시죠."

"그럴게요." 그는 말했다.

그리고 그는 그렇게 했다. 그는 시티즌이나 로즈—또는 뭐라고 할지 뻔한 해럴드—와는 논의하지 않았지만, 윌럼과는 의논했고, 그 일의 명백한 혜택과 명백한 단점들에 대해 함께 논쟁했다. 근무시간(하지만 지금도 퇴근하는 법이 없잖아, 윌럼은 주장했다), 지루함, 머저리들과 일할 고도의 가능성(하지만 시티즌과 로즈를 제외하면 이미 머저리들과 일하고 있어, 윌럼은 주장했다). 그리고 무엇보다 지난 6년간 기소했던 사람들, 거짓말쟁이, 사기꾼, 도둑들, 피해자 행세를 하는 높으신 양반들과 권력자들을 변호하게 된다는 사실이 있다. 그는 해럴드나 시티즌과는 달랐다. 그는 실제적인 사람이었다. 변호사로 경력을 쌓는 데는 희생, 돈이든 도덕이든 희생이 필요하다는 걸 알고 있었지만, 그래도 자신이 정의라고 생각하는 바를 저버리는 건 괴로웠다. 뭘 위해서? 절대 외롭고 병든 노인네가 되지 않기 위해? 그저 두렵다는 이유로, 불편하고 비참한 게 무섭다는 이유로 스스로 옳다고 믿는 바를 부정하는 것은 최악의 이기심, 최악의 방종 같았다.

보이트와 만나고 2주 후 어느 금요일, 그는 매우 늦게 귀가했다. 그는 기진맥진했다. 그날은 오른발 상처가 너무 아파서 휠체어를 써야만 했는데, 이제 집에 오니, 리스페너드 스트리트로 돌아오니 마음이 한없이 놓이고 약해졌다. 이제 몇 분 후면 집 안에 들어가 전자레인지에서 꺼낸 뜨거운 스팀타월을 종아리에 두르고 따뜻하게 앉아 있을 것이다. 하지만 엘리베이터 버튼을 누르는 순간, 기어가 맞물리며 갈리는 소리, 윈치로 감아올리는 희미한 소리밖에 나지 않았다. 엘리베이터가 고장 날 때 나는 소리였다.

"안 돼!" 그는 소리 질렀다. "안 돼!" 목소리가 로비에 울려 퍼졌다. 그는 엘리베이터 문을 연거푸 손바닥으로 두들겨댔다. "안 돼, 안 돼, 안 돼!" 서류가방을 땅바닥에 패대기쳤고, 서류들이 가방에서 튀어나와 날렸다. 주위의 건물은 여전히 조용했고, 아무런 소용이 없었다.

마침내 그는 창피하고 화가 나서 그만두고, 서류들을 다시 가방에 챙겨 넣었다. 시계를 봤다. 11시. 윌럼은 〈클라우드 9〉 공연 중이었지만, 그때는 무대 뒤에 있을 시간이었다. 하지만 전화를 해도 받지 않았다. 공포가 밀려오기 시작했다. 맬컴은 그리스에서 휴가 중이었고, 제이비는 예술가 공동체 마을에 가 있었다. 딸 베아트리스가 지난주에 태어났기 때문에 앤디에게는 전화할 수 없었다. 그가 도움을 허락할 수 있는 사람은 그들뿐이었다. 그 사람들이라면 늘보처럼 축 늘어져 매달려 있어도 적어도 반쯤은 마음이 편안했고, 질질 끌려서 위층에 올라갈 수 있었다.

하지만 그 순간 그는 아파트에 들어가고 싶어서 미칠 것 같았다. 정말로 절박했다. 그는 일어나 왼쪽 팔에 서류가방을 끼고, 로비에 두고 가기에는 너무 비싼 휠체어를 오른손으로 접었다. 그리고 벽에 왼쪽 옆구리를 딱 붙이고 바퀴살을 손으로 잡아 들고 계단을 오르기 시작했다. 그는 천천히 움직였다. 오른다리에는 아무 무게도 안 실으려고 애썼고, 휠체어가 상처에 부딪치는 일이 없도록 조심하면서 왼다리로 폴짝폴짝 뛰어 올라갔다. 세 계단마다 걸음을 멈추고 쉬었다. 로비에서 5층까지 계단은 총 110개였고, 50개째에 이르자 몸이 너무 심하게 떨려서 오르길 멈추고 30분을 쉬어야 했다. 그는 윌럼에게 다시, 또다시 전화하고 문자했다. 네 번째 전화했을 때는 절대 남기고 싶지 않았던 메시지를 남겼다. "윌럼, 정말 도움이 필요해. 전화해줘. 제발." 윌럼이 곧장 전화해 오겠다고 말하는 상상을 했지만, 기다리고 또 기다려도 윌럼의 전화는 오지 않았고, 결국 그는 간신히 다시 일어섰다.

어찌어찌 해서 집 안까지 들어오는 데는 성공했다. 하지만 그 날 밤의 기억은 그게 다였다. 다음 날 깨어나보니, 윌럼은 그의 침대 옆 러그 위에, 앤디는 의자에 앉아 잠들어 있었다. 그들이 그를 거실에서 방으로 끌고 들어온 게 분명했다. 혀가 붓고 멍하고 속이 울렁거리는 걸 보니 앤디가 진통제 주사를 놓은 게 분명하다. 그는 진통제 주사가 싫었다. 이제 며칠 동안 정신이 멍하고 변비에 시달리게 될 것이다.

다시 정신이 들었을 때는 윌럼은 없었지만 앤디가 깨어 그를 쳐다보고 있었다.

"주드, 이 빌어먹을 아파트에서 나와야 해." 그가 조용히 말했다.

"알아요." 그가 말했다.

"도대체 무슨 생각을 한 거야?" 윌럼이 나중에 식료품 가게에서 돌아와 물었다. 앤디가 그를 욕실로 데려갔다가—걸을 수가 없어서 앤디가 안고 가야 했다—여전히 어제 옷을 입은 채 다시 침대에 눕혀놓고 떠난 뒤였다. 윌럼은 공연 후 파티에 가서 전화 소리를 듣지 못했고, 나중에야 메시지를 듣고 서둘러 집에 와보니 그가 바닥에서 경련을 일으키고 있어서 앤디에게 전화를 했다고 했다. "왜 앤디한테 전화 안 했어? 왜 식당에 가서 날 안 기다렸어? 리처드한테는 왜 전화 안 했어? 필리파한테 전화해서 날 찾아달라고 왜 안 했어? 왜 시티즌이나 로즈, 엘리, 아니면 페드라, 아니면 헨리 영들, 또—"

"모르겠어." 그는 비참하게 말했다. 건강한 사람에게 아픈 사람의 논리를 설명하기란 불가능했고, 그럴 기운도 없었다.

다음 주 그는 루시엔 보이트에게 연락해서 계약 조건을 마무리 지었다. 계약서에 서명한 후 그는 해럴드에게 전화했고, 그는 5초 동안 입을 다물고 있다가 마침내 한숨을 길게 내쉬고 말을 시작했다.

"난 이해가 안 된다, 주드." 그는 말했다. "이해가 안 돼. 넌 한 번도 돈을 좇는 사람처럼 보이지 않았는데. 그런 거냐? 내 말은, 그럴지도 모르지. 미연방지검에서 넌 굉장한 경력을 쌓을 수 있었어. 아니, 지금도 있어. 넌 거기서 중요한 일을 하고 있다고. 그런데 그걸 다 버리고 누굴 변호하겠다고? 범죄자들이야. 한없이 높으신 양반들, 안 걸린다는 확신이 너무 강해서 잡힌다는 생각, 그런 걱정조차 하지 않는 인간들. 법은 연봉 1억 달러 이하인 사람들에게나 해당되는 거라고 생각하는 인간들. 법이 인종이나 과세등급에 따라 적용된다고 생각하는 인간들이라고."

해럴드가 점점 더 흥분할수록 그는 아무 말도 하지 않았다. 해럴드가 옳다는 걸 알고 있었기 때문이다. 한 번도 이 문제에 대해 분명히 토론해본 적은 없었지만, 해럴드는 늘 그가 계속 공직에서 일할 거라고 생각하고 있다는 걸 알고 있었다. 수년 동안 해럴드는 좋아했고 재능 있던 예전 제자들이 하던 일—미연방지검, 법무부, 공선변호사, 법적지원 프로그램—을 그만두고 로펌으로 간 이야기들을 실망하고 슬퍼하며 하곤 했다. "탁월한 법적 재능이 있는 사람들이 사회가 제대로 돌아가도록 하는 일을 하지 않으면 이 사회는 제대로 돌아갈 수 없어." 해럴드는 종종 말했고, 그는 늘 동의했다. 여전히 동의하고 있기 때문에 지금 스스로를 변호할 수 없었다.

"자신을 위해 하고 싶은 말 없어?" 해럴드가 마침내 물었다.

"미안해요, 해럴드." 그는 말했다. 해럴드는 아무 말도 하지 않았다. "많이 화나셨군요." 그가 중얼거렸다.

"화난 게 아니야, 주드." 해럴드는 말했다. "난 실망했다. 네가 얼마나 특별한지 아니? 거기 계속 있으면 중요한 변화를 만들어낼 수도 있다는 걸 아느냐고? 원하면 판사가 될 수도—언젠가는 대법원 판사가 될 수도 있어. 하지만 이제는 아니겠지. 이제 넌 흔한 로펌의 흔한 소송변호사가 될 테고, 대신 네가 할 수도 있었던 모든 좋은 일들에 맞서 싸우게 되겠지. 그건 그냥 너무 크나큰 낭비야, 주드. 크나큰 낭비라고."

그는 다시 입을 다물었다. 그는 해럴드의 말을 곱씹었다. 크나큰 낭비, 크나큰 낭비. 해럴드가 한숨을 쉬었다. "어쨌건 이유가 뭐야, 정말로?" 그가 물었다. "돈 때문이야? 이게 다 그것 때문이야? 돈이 필요하다고 왜 말을 안 했어, 주드? 내가 좀 줄 수도 있어. 이게 다 돈 때문인 거냐? 필요한 걸 말해봐, 주드. 그럼 기꺼이 도와줄게."

"해럴드." 그는 입을 열었다. "그건 너무—너무 감사해요. 하지만—그럴 수는 없어요."

"젠장." 해럴드가 말했다. "안 하겠단 말이겠지. 난 어떤 기대나 조건도 없이 그 일을 계속할 수 있는 길을 너한테 제안하고 있는 거라고, 주드. 네가 증오하게 될 일을, 네가 증오할 일을 안 맡아도 되도록. 그건 어쩌면이 아니야, 사실이야. 다시 말하지만, 돈은 기꺼이 줄 수 있다."

오, 해럴드, 그는 생각했다. "해럴드." 그는 괴로워하며 말했다. "제게 필요한 돈은 해럴드가 가진 정도의 그런 돈이 아니에요. 약속해요."

해럴드는 말이 없었고, 다시 입을 열었을 때는 어조가 달랐다. "주드, 무슨 문제가 있는 거냐? 나한테 말해, 알잖아. 무슨 일이든 도와줄게."

“아니에요.” 그는 울고 싶었다. “아니에요, 해럴드. 아무 문제 없어요.” 그는 계속해서 욱신거리는, 붕대 감은 종아리를 오른손으로 감쌌다.

“음.” 해럴드가 말했다. “그건 안심이네. 하지만 주드, 집이 아니라면, 도대체 무슨 일로 그렇게 큰돈이 필요해? 집이라면 줄리아와 내가 도와줄 수 있어. 내 말 듣고 있어?”

그는 때로 해럴드의 상상력 부족에 좌절하면서도 매혹되었다. 해럴드의 머릿속에서, 사람들은 그들을 자랑스러워하는 부모가 있고, 돈을 모으는 건 오로지 아파트나 휴가 때문이며, 원하는 게 있으면 요청했다. 그런 것들이 당연하지 않은, 모든 사람들이 같은 과거와 미래를 공유하지 않는 세상에 대해서는 이상할 정도로 무지한 것 같았다. 하지만 그건 굉장히 못된 생각이고, 그런 생각을 하는 일도 드물었다. 대부분의 경우, 그는 해럴드의 한결같은 낙관주의, 냉소를 할 줄도, 하지도 않는, 온갖 상황에서 불행이나 비참함을 찾지도 못하고, 찾을 생각도 없는 올곧은 자세를 존경했다. 그는 해럴드의 순진함을 사랑했다. 그가 가르치고 그가 잃은 것을 생각하면 더욱 놀라운 일이었다. 그런 그에게 어떻게 자기는 휠체어를 사용하게 될지도 모르고, 그건 몇 년마다 바꿔줘야 하는데 보험으로 완전히 커버되지도 않는다는 말을 하겠나? 보험료를 받지도 않는 앤디가 치료비를 청구하지도, 청구한 적도 없지만 언젠가 하고 싶어질지도 모르는데, 그런 날이 오면 그는 무슨 일이 있어도 내고야 말 거라는 말을 어떻게 하겠나? 가장 최근 상처가 나타났을 때, 앤디가 입원 이야기를 했다는 걸, 어쩌면 언젠가는 절단을 해야 할지도 모른다고 했다는 말을 어떻게 하겠는가? 다리를 절단하게 되면, 병원에 입원해서 물리치료를 받고 의족을 해야 한다는 말을 어떻게 하겠는가? 등에 받고 싶은 수술, 거북등껍질처럼 딱딱한 흉터들을 레이저로 남김없이 지져내는 수술 이야기를 어떻게 할 수 있겠는가? 마음속 깊은 공포를 어떻게 말할 수 있겠는가? 그의 외로움을, 카데터를 꽂고 뼈만 앙상한 가슴을 한 노인이 되는 공포를? 해럴드에게 자기는 결혼이나 아이들은 꿈꾸지 않는다고, 대신 언젠가 필요할 때 자신을 돌봐줄 사람, 친절하면서도 사생활과 품위를 보장해줄 사람을 고용할 수 있을 정도로 충분한 돈을 원한다는 말을 어떻게 하겠는가? 그리고, 그렇다, 원하는 것들이 있었다. 그는 엘리베이터가 작동되는 곳에서 살고 싶었다. 원할 때 택시를 타고 싶었다. 눈에 띄지 않고 수영할 곳을 찾고 싶었다. 수영은 등의 통증을 가라앉혀줄 테고, 이제는 산책을 못 하게 됐으니까.

하지만 해럴드에게 이런 이야기들은 절대 할 수 없었다. 자기가 얼마나 망가졌는지 알리고 싶지 않았다. 해럴드가 얼마나 쓰레기 조각을 얻었는지 알게 하고 싶지 않았다. 그래서 그는 아무 말도 하지 않고, 나가야 한다고, 나중에 이야기하겠다고 말했다.

해럴드와 이야기하기 전부터, 그는 마음을 비우고 새 직장을 받아들일 준비가 되어 있었다. 아무 기대도 없었다. 하지만 처음에는 곤혹스럽게도, 다음에는 놀랍게도, 그리고 기쁘게도, 그러고는 약간 혐오스럽게도, 그는 자기가 일을 즐기고 있다는 것을 알았다. 그는 검사 시절 제약회사들과 일한 경험이 있었고, 그래서 처음 맡은 사건들은 그쪽 업계 일이었다. 그는 아시아에 자회사를 세우는 한 회사를 위해 부패방지정책을 개발하느라 함께 사건을 맡은 수석 파트너변호사와 도쿄를 왔다 갔다 하며 일했다. 작고 깔끔하고 해결 가능한 일이었고, 따라서 이례적인 일이었다. 다른 사건들은 더 복잡하고 길었고, 때로는 무한히 길었다. 대부분은 다른 회사 고객들, 부당청구방지법으로 고발당한 거대 제약업체의 변호서를 작성하는 일을 했다. 로젠 프리처드 앤드 클라인에서 3년을 보냈을 때 로즈가 소속된 투자관리회사가 투자사기 수사를 받게 됐고, 그들이 그에게 온 덕분에 그는 파트너변호사 자리에 올랐다. 그에게는 대부분 동료들에게 없는 재판 경험이 있었지만, 결국엔 의뢰인을 데려오는 게 제일 중요했고, 첫 번째 의뢰인이 늘 가장 찾기 힘든 법이다.

해럴드에게는 절대 인정하지 않았겠지만, 사실 그는 내부 고발자들로 인해 시작된 사건들을 지휘하는 걸, 해외부패방지법의 한계까지 육박해 들어가는 걸 좋아했고, 법을 고무줄처럼 장력의 한계 지점까지, 딱 다시 튀어 돌아가는 지점까지 늘일 수 있다는 걸 좋아했다. 낮에는 이건 지적 교전이라고, 자기가 하는 일은 법 자체의 유연성을 표현하는 것이라고 스스로에게 말했다. 하지만 밤이 되면 때로 자기가 하고 있는 일을 해럴드에게 정직하게 말한다면 그가 뭐라고 할지 생각했고, 그러면 그 말이 다시 들렸다. 크나큰 낭비, 크나큰 낭비. 그는 뭘 하고 있는 걸까? 그런 순간들이면 생각했다. 거기서 하는 일 때문에 타락한 건가, 아니면 늘 이랬는데 그냥 아니라고 생각했던 걸까?

'그건 모두 법의 테두리 안에 있어요.' 그는 머릿속의 해럴드와 논쟁했다.

'네가 할 수 있다고 해서 그렇게 해야 하는 건 아니야.' 머릿속 해럴드는 그에게 되쏘았다. 사실 해럴드 말이 완전 틀리지는 않았다. 그는 미연방지검이 그리웠다. 정의로운 사람인 것, 열정적이고 흥분한 십자군에 둘러싸여 있던 게 그리웠다. 런던으로 돌아간 시티즌, 가끔 만나 술을 마시곤 하는 마셜, 더 자주 만나지만 늘 너덜너덜할 정도로 기진맥진해 있고 우울한 로즈, 밤늦게 같이 사무실에 있다가 장난기가 발동하면 전자탱고 음악을 연주하며 상상 속 여자를 안고 방 안을 돌아, 컴퓨터에 머리를 처박고 일하고 있던 그와 시티즌을 웃겨주던 유쾌하고 활기찬 친구 로즈가 그리웠다. 모두들 나이가 들어가고 있었다. 그는 로젠 프리처드를 좋아했고 거기 사람들도 좋아했지만, 그들과는 밤늦게까지 앉아 사건에 대해 논쟁하거나 책 이야기를 하지 않았다. 그곳은 그런 사무실이 아니었다. 그 또래의 동료들은 집에 불행한 여자친구나 남자친구들이 있었고(아니면 본인들이 불행한 여자친구들이나 남자친구들이었다), 그보다 나이 많은 사람들은 유부남, 유부녀였다. 일 이야기를 하지 않는 희귀한 순간이면 약혼과 임신과 부동산 이야기를 했다. 재미로든 열정에서든 법 이야기는 하지 않았다.

회사는 변호사들에게 무료변호를 권장했고, 그는 예술가들에게 무료법률자문을 제공하는 비영리단체에서 자원봉사를 시작했다. 그 단체에는 매일 오후와 저녁, 자칭 "스튜디오 시간"이라는 게 있어서 그때 예술가들이 들러서 변호사들과 상담을 했고, 그래서 그는 매주 수요일 저녁이면 7시에 일찍 퇴근한 후 바닥이 삐걱대는 브룸 스트리트의 소호 사무실에서 세 시간 동안 저작권 분쟁에 말린 화가들, 의미 없을 정도로 법의 범위에서 벗어났거나(종이타월 위에 연필로 끼적인 계약서도 본 적 있다) 쓸데없이 복잡해서 이해도 못 하면서—그도 거의 이해할 수 없었다—어쨌거나 계약서에 서명한 댄스 그룹, 사진가, 작가들을 도왔다.

해럴드는 이 자원봉사에도 그다지 찬성하지 않았다. 그가 그걸 하찮게 여긴다는 걸 알 수 있었다. "이 예술가들 중에 훌륭한 사람이 있기는 해?" 해럴드는 물었다. "아닐걸요." 그는 말했다. 하지만 그 예술가들이 실력이 있든 없든 그건 그가 판단할 일이 아니었다. 그건 다른 사람들, 수많은 다른 사람들이 이미 했다. 그는 그저 그들이 거의 얻지 못한 실제적 도움을 주기 위해 거기 있을 뿐이다. 수많은 예술가들이 실용과는 거리가 먼 세상에서 살고 있으니까. 그게 비현실적 낭만이라는 건 알지만, 그래도 그는 그들이 대단하다고 생각했다. 하루하루 더 나이 들고 더 무명이 되는데도, 한 해 또 한 해 급속히 타들어 사라져가는 희망을 붙들고 살 수 있는 사람들이면 누구나 대단했다. 그리고 마찬가지로 낭만적 생각이지만, 그는 그 단체에서 일하는 시간을 친구들, 그가 경이로워하는 삶을 살아가고 있는 친구들에게 바치는 갈채라고 생각했다. 그는 친구들을 대단한 성공으로 여겼고 자랑스러워했다. 그와 달리 그들에게는 따라갈 길이 뚜렷이 없었지만, 그들은 묵묵히 헤치며 앞으로 나아갔다. 아름다운 것들을 만들며 나날을 보냈다.

친구 리처드가 그 단체 위원회에 있어서, 가끔 수요일에 집에 가다 들렀다(그는 최근 소호로 이사했다). 의뢰인이 없는 시간이면 함께 이야기를 했고 상담 중이면 방 건너편에서 손만 흔들곤 했다. 어느 날 밤 스튜디오 시간이 끝난 후, 리처드가 술 한 잔 하자며 그를 자기 집에 초대했고, 그들은 브룸 스트리트를 따라 서쪽으로 걸어가 센터, 라파이에트, 크로스비, 브로드웨이, 머서를 지나 그린 스트리트에서 남쪽으로 꺾었다. 리처드는 숯 색깔로 변색한 좁다란 석조 건물에 살고 있었다. 1층에는 높다란 차고 문이 있었고, 그 옆 오른쪽에는 위로 얼굴 크기만 한 유리창이 뚫린 철제문이 있었다. 로비라기보다는 타일 깔린 회색 복도가 있었고, 전깃줄에 대롱대롱 매달린 알전구 세 개가 복도를 밝히고 있었다. 복도를 따라 오른쪽으로 꺾으니 감방 같은 산업용 엘리베이터가 나왔다. 엘리베이터는 리스페너드 스트리트의 거실과 윌럼의 침실을 합친 크기였고, 덜컹대는 창살문은 버튼을 누르면 덜덜거리며 닫혔지만, 노출 콘크리트 블록 통로를 따라 부드럽게 올라갔다. 엘리베이터는 3층에서 멈췄고, 리처드는 창살문을 열고 바로 앞에 있는, 범접하기 어려운 인상의 둔중한 철제문들을 열쇠로 열고는 로프트 안으로 들어갔다.

"세상에." 리처드가 딸깍 불을 켜자 그는 안으로 들어서며 말했다. 바닥은 희게 칠한 나무였고, 벽도 하얀색이었다. 높다란 천장에는 스무 개는 족히 될 다양한 길이의 샹들리에들—오래된 것, 유리, 새것, 철제—이 1미터 간격으로 깜박이며 빛나고 있어서, 안으로 들어갈수록 유리관들이 머리 꼭대기를 스치고 지나갔다. 그보다도 키가 큰 리처드는 이마가 긁히지 않게 머리를 숙여야 했다. 공간을 나누는 벽은 없었지만, 저쪽 끝에는 앞 문들만큼이나 높고 넓고 얕은 유리 상자들이 서 있었는데, 가까이 가보니 그 안에는 우아한 부채꼴 산호처럼 생긴 거대한 벌집이 들어 있었다. 유리 상자 너머에는 담요 덮인 매트리스가, 그 앞에는 덥수룩한 흰색 베르베르 양탄자가 깔려 있었다. 거울들이 빛 속에서 반짝반짝 빛을 반사했고, 무미건조한 공간 한가운데 놓인 하얀 울 소파와 텔레비전이 기이한 섬처럼 집 분위기를 조성하고 있었다. 그가 들어가본 아파트들 중 제일 큰 아파트였다.

"진짜 아니야." 그가 벌집을 보고 있는 걸 보더니 리처드가 말했다. "내가 밀랍으로 만들었어."

"굉장하다." 그가 말하자, 리처드는 고개를 까닥하며 감사를 표했다.

"이리 와." 그가 말했다. "구경시켜줄게."

그는 그에게 맥주를 건네고, 냉장고 옆에 있는 문을 열었다. "비상계단이야." 그가 말했다. "아주 마음에 들어. 뭐랄까, 너무—지옥행 내리막길처럼 생기지 않았냐, 안 그래?"

"그러네." 그는 문 안을 들여다보며 동의했다. 계단은 어둠 속으로 사라지는 것처럼 보였다. 순간 갑자기 불안한 느낌에 뒤로 흠칫 물러섰지만, 곧 바보 같다는 생각이 들었다. 아무것도 눈치채지 못한 것 같은 리처드는 문을 닫고 다시 빗장을 채웠다.

그들은 엘리베이터를 타고 2층으로 내려가 리처드의 스튜디오로 갔고, 그는 작업 중인 작품을 보여줬다. "난 이걸 '사칭'이라고 부르지." 그는 말하더니, 하얀 자작자무 가지같이 생긴 걸 쥐여줬는데, 알고 보니 진흙을 구워 만든 것이었다. 다음에는 물푸레나무를 조금씩 깎아 도공용 선반으로 돌렸지만 단단하고 묵직한 느낌을 주는, 둥글고 매끄럽고 가벼운 돌을, 마지막으로 수백 개의 조그만 도자기 조각으로 만든 새 뼈대를 줬다. 일렬로 놓인 일곱 개의 유리 상자가 공간을 길게 반으로 나누고 있었는데, 밀랍 벌집이 들어 있는 위층 상자들보다는 작았지만, 그래도 하나하나가 여닫이 창문 하나만큼 컸고, 그 안에는 무너지고 있는 산처럼 지그재그 모양을 한, 반은 고무 같고 반은 살처럼 보이는 역겨운 진노란색 물질이 들어 있었다. "저건 진짜 벌집이야, 아니 벌집이었지." 리처드가 설명했다. "얼마 동안 꿀벌들이 만들게 한 다음, 벌들을 내보냈어. 제목은 각각 벌들이 얼마나 오래 있었는지, 저 상자들이 얼마나 오랫동안 실제로 집이나 안식처로 쓰였는지에 따라 붙였어."

그들은 리처드가 작업할 때 앉는 회전 가죽 책상의자에 앉아 맥주를 마시며 리처드의 작업에 대해, 6개월 뒤에 열릴 그의 두 번째 전시회에 대해, 제이비의 새 그림들에 대해 대화를 나눴다.

"아직 못 봤지?" 리처드가 물었다. "2주 전에 제이비 스튜디오에 들렀는데, 정말 아름다웠어. 이제껏 그린 것 중 최고야." 리처드는 그를 바라보며 미소 지었다. "네 그림이 많을 거야, 알다시피."

"알아." 그는 인상을 찌푸리지 않으려고 애쓰며 말했다. "그런데, 리처드." 그는 화제를 돌리며 말했다. "여길 어떻게 찾은 거야? 정말 멋지다."

"내 거야."

"정말? 네 거라고? 굉장하다. 너무 어른 같아."

리처드가 웃음을 터뜨렸다. "아니, 건물 말이야, 그게 내 거라고." 그는 설명했다. 그의 조부모님은 수입업을 했는데, 아버지와 고모가 어렸을 때 다운타운에 예전에 공장이었던 건물 열여섯 채—소호에 여섯 개, 트라이베카에 여섯 개, 차이나타운에 네 개—를 사서 창고로 썼다. 손자손녀 넷은 서른이 되었을 때 건물을 하나씩 받았다. 서른다섯이 됐을 때—리처드가 작년에 그랬던 것처럼—또 한 채를 받았다. 마흔이 되면 세 번째를 받았다. 쉰이 되면 마지막 건물을 받을 것이다.

"네가 고르게 되어 있어?" 그는 현기증과 의혹이 뒤섞인 감정을 느끼며 물었다. 이런 이야기들을 들을 때마다 그런 감정이 들었다. 그런 부가 존재하고 이렇게 가볍게 이야기될 수 있다는 것, 너무도 오랫동안 알고 지내던 사람이 그런 부를 소유하고 있다는 것. 그건 그가 아직도 얼마나 나이브하고 세련되지 못한지를 알려줬다. 그는 그런 부를 결코 상상할 수 없었다. 그가 아는 사람들이 그런 부를 가지고 있다는 걸 상상도 할 수 없었다.

이렇게 많은 시간이 지났고, 뉴욕에서 몇 년이나 살았고, 특히 일을 통해 다른 세상을 배웠음에도, 부자라고 하면 에즈라나 리처드나 맬컴이 아니라 만화나 풍자화에서 본 모습으로밖에 상상되지 않았다. 창문이 짙게 선팅된 차량에서 호화스러운 차림으로 내리는 두툼한 손가락에 번쩍이는 대머리의 중년 남자와 불면 날아갈 것처럼 바싹 마른 아내들, 넓고 반짝거리는 바닥이 깔린 집들.

"아니." 리처드가 씩 웃었다. "우리 성격에 가장 잘 맞을 것 같다고 생각하는 건물들을 줘. 부루퉁한 내 사촌은 프랭클린 스트리트에 있는, 식초 창고로 썼던 건물을 받았어."

그는 웃었다. "이 건물은 뭘로 쓰였는데?"

"보여줄게."

그들은 다시 엘리베이터를 타고 4층으로 올라갔다. 리처드가 문을 열고 불을 켜자, 눈앞에는 거의 천장까지 높다랗게 판들이 설치되어 있었고, 그 위에는 벽돌 같은 게 놓여 있었다. "하지만 그냥 벽돌은 아니야." 리처드가 말했다. 그는 벽돌이 끝까지 채워져 있지 않은 판에서 벽돌 하나를 들어 그에게 줬다. 그는 밝은 녹색 마감재가 얇게 발린 벽돌을 손에 들고 뒤집어보며 손바닥으로 오돌토돌한 표면을 쓸어보았다. "5층과 6층도 다 벽돌로 가득 차 있어." 리처드가 말했다. "지금 시카고 도매상에게 팔고 있는 중이고, 그러면 이 층들은 모두 깨끗하게 빌 거야." 그는 미소 지었다. "이제 여기 왜 저렇게 좋은 엘리베이터가 있는지 알겠지."

그들은 리처드의 아파트로 돌아와 다시 상들리에 공중정원을 통과했고, 리처드는 맥주 하나를 더 내밀었다. "들어봐, 중요한 이야기가 있어."

"뭐든 말해." 그는 맥주를 테이블 위에 놓고 앞으로 몸을 내밀었다.

"타일들은 아마 올해 말쯤이면 여기서 다 나갈 거야." 리처드가 말했다. "5층과 6층은 여기와 똑같은 모양이 되는 거지. 똑같은 자리에 배관과 벽들이 있을 거고, 욕실은 세 개. 문제는 네가 그중 하나를 할 거냐는 거야."

"리처드." 그가 말했다. "그러고 싶어. 하지만 얼마나 받을 건데?"

"월세 이야기를 하는 게 아니야, 주드." 리처드가 말했다. "사는 걸 말하는 거야." 리처드는 이미 할아버지의 변호사인 아버지와 이야기를 했다. 그들은 그 건물을 코업*으로 전환하려 하는데, 그가 일정 배당을 사는 것이다. 리처드의 가족이 부탁하는 단 한 가지는, 혹시 아파트를 팔게 될 경우 그나 그의 상속인들이 그들에게 처음으로 되살 권리를 주는 것이다. 그들은 적정 가격을 제시하고, 그는 리처드에게 월세를 주고, 그건 매매가에 보태지게 될 것이다. 골드파브 집안은 전에도 이렇게 했는데—그의 부루퉁한 사촌의 여자친구가 1년 전 식초 건물의 한 층을 샀다—결과는 좋았다. 분명 각자 건물 중 하나를 적어도 두 가구 코업으로 바꾸면 일종의 감세 혜택이 있고, 그래서 리처드의 아버지는 손자손녀 모두에게 그렇게 하라고 하는 중이었다.

"왜 이러는 건데?" 놀라움이 가라앉자, 그는 리처드에게 조용히 물었다. "왜 나야?"

리처드는 어깨를 으쓱했다. "여긴 외롭거든." 그는 말했다.

*협동조합 방식의 공동주택.

"시도 때도 없이 들르겠다거나 그런 말이 아니야. 하지만 때로는 이 건물에 다른 사람이 살고 있다고 생각하면 좋을 것 같아. 넌 친구들 중 가장 책임감 많은 사람이고. 뭐 물론 그 타이틀을 원하는 경쟁이 치열한 건 아니지만. 그리고 너와 같이 있으면 좋아. 또ㅡ" 그는 말을 멈췄다. "화 안 낸다고 약속해."

"맙소사." 그는 말했다. "그래도 약속은 할게."

"윌럼이 지난번 있었던 일을 이야기해줬어. 작년에 위층으로 올라가려 했는데 엘리베이터가 고장 났을 때 일 말이야. 부끄러워할 일 아니야, 주드. 윌럼은 그냥 네가 걱정돼서 그런 거야. 난 하여간 너한테 이 문제를 물어볼 참이었다고 말했고, 윌럼은 여기가 네가 오랫동안, 그러니까 영원히 살 수 있는 곳이라고 생각했어. 지금도 그렇게 생각하고 있지. 여기 엘리베이터는 절대 고장 안 날 테니까. 만약 그런다 해도, 내가 바로 아래층에 있을 거야. 그러니까 내 말은, 물론 넌 다른 곳에서도 집을 살 수 있겠지만, 여기 이사 오는 걸 한번 고려해보라 이거지."

그 순간 그는 화는 안 났지만 훤히 노출된 기분이다. 리처드뿐만이 아니라 윌럼에게도. 그는 윌럼에게 될 수 있으면 많은 걸 감추려고 애쓴다. 윌럼을 믿지 못해서가 아니라 윌럼이 자기를 돌봐주고 도와줘야 할, 모자란 사람으로 보는 게 싫기 때문에. 그는 윌럼이, 모든 친구들이 그를 믿음직하고 단단한 사람으로, 그들에게 기대는 사람이 아니라 자기 문제를 들고 올 수 있는 사람으로 생각했으면 싶다. 그들ㅡ윌럼과 앤디, 윌럼과 해럴드(자기가 생각하는 것보다 그들은 분명 훨씬 더 자주 대화한다), 그리고 이제 윌럼과 리처드ㅡ이 자기를 놓고 어떤 대화를 했을까 생각하니 당황스럽다. 윌럼이 너무 많은 시간 그를 걱정하고 있다는 게, 헤밍이 살아 있다면 그랬을 것처럼 돌봐줘야 할 사람으로, 결정을 대신 내려줘야 할 사람으로 늘 생각하고 있다는 게 슬프기도 하다. 노인이 된 자기의 모습이 또 떠오른다. 윌럼도 이런 모습을 보는 걸까? 두 사람이 같은 두려움을 가진다는 게, 윌럼에게도 그의 말로가 필연적으로 보이는 게 가능한 일일까?

예전에 윌럼과 필리파와 함께했던 대화가 떠오른다. 필리파는 나중에 윌럼과 자기가 늙으면 버몬트 남부에 있는 자기 부모님 집과 과수원을 맡을 거라는 이야기를 하고 있었다. "눈앞에 그려져." 그녀는 말했다. "애들은 다시 우리 집에 들어와서 살고 있을 거야. 왜냐하면 다들 현실세계에서 성공하지 못하거든. 그리고 애들한테는 자식들이 여섯 명 있어. 버스터니 캐럿이니 빅슨 같은 이름을 가진. 걔네들은 온통 발가벗고 뛰어다니고 학교에도 안 가. 그래서 윌럼과 내가 죽을 때까지 돌봐줘야 하는 거지—"

"너희 애들은 뭘 할 건데?" 그는 놀이에서조차 실제적인 질문을 했다.

"오베런은 음식물만 이용해서 설치예술을 하고, 미란다는 털실로 현을 만든 치터를 연주해." 필리파는 말하고, 그는 미소를 지었다. "애들은 평생 대학원을 다녀. 그래서 윌럼은 거동도 못 할 때까지 일을 해야 해. 내가 휠체어에 태워서 세트장에 보내고." 그녀는 얼굴을 붉힌 채 갑자기 말을 멈췄다가 계속했다. "걔네들 학위랑 실험이랑 이런 돈들을 대느라고. 난 빚을 갚고 집을 건사하느라 의상 디자인을 포기하고 유기농 사과소스 회사를 차리고, 우리 집은 사방에 흰개미가 득실대는 거대하고 장엄한 폐가가 돼. 그래서 우리 열두 명이 다 앉을 수 있을 정도로 커다란 상처투성이 나무 식탁이 생기는 거지."

"열세 명." 윌럼이 갑자기 말했다.

"왜 열셋이야?"

"왜냐하면—주드가 우리랑 같이 살 거니까."

"아, 나도?" 그는 가벼운 말투로, 하지만 윌럼의 노년에 자신이 포함되어 기쁘고 안도하며 물었다.

"물론이지. 넌 손님 오두막에서 살아. 매일 아침 버스터가 너한테 메밀와플을 가져다주지. 왜냐하면 넌 우리한테 완전 진절머리가 나서 식탁에서 같이 밥을 안 먹거든. 그리고 아침을 먹고 나면 내가 거기 가서 너랑 놀면서 오베론과 미란다에게서 숨는 거지. 자기들의 최신작에 대해 지성적이고 고무적인 코멘트를 원하는 오베론과 미란다에게서." 윌럼이 그에게 씩 웃었고, 그도 마주 보고 웃었지만, 필리파 본인은 더 이상 웃지 않고 테이블만 물끄러미 보았다. 그녀가 자리에서 일어났고, 그들의 시선이 마주치는 순간 그녀는 재빨리 눈을 돌렸다.

그가 생각하기에, 그 직후부터 그를 대하는 필리파의 태도가 바뀌었다. 그를 제외한 누구도—어쩌면 심지어 필리파 자신조차—뚜렷이 감지하지 못했지만, 예전에는 아파트에 들어가 그녀가 테이블에서 스케치하고 있는 걸 보면 물 한 잔을 마시고 스케치들을 보며 친근하게 대화를 나눌 수 있었는데, 지금은 묻지도 않았는데도 필리파는 그냥 그에게 고개만 까딱하고 "윌럼은 가게에 갔어"라거나 "곧 돌아올 거야" 하고 말하곤 했다(윌럼이 있건 없건 그녀는 늘 리스페너드 스트리트에서 환영받았다). 그러면 그는 약간 더 꾸물거리다가 그녀가 이야기하고 싶지 않은 게 명백해 보이면, 자기 방으로 일하러 들어가곤 했다.

필리파가 왜 그에게 골이 나 있는지 그는 이해했다. 윌럼은 온갖 곳에 그를 초대했고, 모든 일에, 심지어 은퇴 계획, 필리파의 노년기 백일몽에조차 그를 끼워 넣었다. 그 이후 그는 늘 신경 써서 윌럼의 초대를 거절했다. 윌럼과 필리파 커플과 상관없는 파티도 마찬가지였다. 그들이 맬컴 집에서 열리는 파티에 초대받았다면 그는 따로 출발했고, 추수감사절이면 잊지 않고 필리파도 보스턴에 초대했다. 하지만 그녀는 결국 오지 않았다. 심지어 그녀가 분명 느끼고 있는 기분을 윌럼에게 일깨워주기 위해, 이 문제에 대해 윌럼에게 이야기해보려고도 해봤다.

"필리파를 안 좋아해?" 윌럼은 걱정하며 물었다.

"내가 필리파 좋아하는 거 알잖아." 그는 대답했다. "하지만 내 생각에―너흰 둘이서만 좀 더 시간을 보내야 할 것 같아, 윌럼. 단둘이서만. 늘 날 데리고 다니면 점점 더 성가시게 느껴질 거야."

"너한테 그런 말을 했어?"

"아니, 윌럼, 물론 아니야. 그냥 짐작이지. 나의 방대한 여성 경험을 통해서 말이야."

나중에 윌럼과 필리파가 헤어졌을 때, 그는 마치 자기가 유일한 원흉인 것처럼 죄책감을 느꼈다. 하지만 심지어 그전에도 그가 윌럼의 삶에 늘 끼어 있는 걸 참아줄 진지한 여자친구는 없으리라는 걸 윌럼도 과연 깨달았을까 생각하곤 했다. 윌럼은 그를 위한 대안을 만들려고 애쓰고 있는 걸까? 그래서 언젠가 아내와 함께 꾸릴 목장 오두막집에 그가 같이 사는 일이 없도록, 그가 윌럼의 불쌍한 독신 친구, 과거의 유치한 삶이나 떠올리게 하는 무용지물이 되지 않도록 애쓰고 있는 걸까? 난 혼자 있을 거야, 그는 결심했다. 윌럼이 행복할 기회를 망쳐놓는 사람은 되지 않을 것이다. 윌럼이 과수원과 흰개미가 갉아먹은 집과 손자들과 그의 존재와 관심을 갈망하는 아내를 가졌으면 좋겠다.

윌럼이 그에게 걸맞은 모든 걸, 원하는 모든 걸 가졌으면 좋겠다. 그의 매일이 걱정과 의무, 책임에서 자유로웠으면 좋겠다. 심지어 그 걱정과 의무와 책임이 주드 자신이라고 해도.

다음 주, 리처드의 아버지—3년 전 리처드의 첫 번째 전시회에서 만난 적 있는, 싱글싱글 미소 짓던 키 크고 유쾌한 남자—가 계약서와 건물 기술보고서를 보냈고, 그는 계약서는 부동산 전문 변호사인 로스쿨 동기와 함께 검토하고 기술보고서는 맬컴에게 보냈다. 집값은 거의 속이 울렁거릴 지경이었지만, 동기는 사야 한다고 말했다. "이건 믿을 수 없는 거래야, 주드. 이 돈으로 이 동네에서 이 넓이의 집은 절대, 절대, 절대로 못 사." 그리고 보고서를 검토한 다음 공간을 실제로 둘러본 맬컴도 같은 말을 했다. 사라.

그래서 그는 집을 샀다. 그와 골드파브 집안은 무이자 월세-소유 전환 계획으로 느긋하게 10년 상환 스케줄을 잡았지만, 그는 가능한 한 빨리 아파트 값을 다 치러버리겠다고 결심했다. 그는 2주마다 임금의 반을 아파트에 넣고 나머지 반을 저금과 생활비로 할당했다. 주중에 전화하면서 해럴드에게 이사했다고는 말했지만("정말 다행이다." 해럴드는 말했다. 그는 리스페너드 스트리트를 한 번도 좋아한 적 없었다), 샀다는 말은 하지 않았다. 해럴드가 돈을 줘야 한다고 생각하는 게 싫었다. 그는 리스페너드 스트리트에서 매트리스와 전등, 테이블, 의자 하나를 가져와 전부 그 공간의 한쪽 구석에다 뒀다. 때로는 밤에 일하다 고개를 들면 이게 도대체 무슨 웃기지도 않은 결정인가 싶었다. 이 넓은 공간을 어떻게 다 채운단 말인가? 어떻게 이게 자기 집처럼 느껴질 수 있겠나? 보스턴과 헤어포드 스트리트 시절에는 그저 침실 하나, 마음대로 닫을 수 있는 문 하나만 바랐다. 워싱턴에서 설리번의 재판연구원으로 일하던 때조차, 좀처럼 마주치는 법이 없는 입법보좌관이랑 침대 하나짜리 아파트를 함께 쓰면서 거실에서 잤다. 리스페너드 스트리트는 평생 처음으로 자기만의 방을, 진짜 창문이 있는 진짜 방을 가져본 곳이었다. 하지만 그린 스트리트로 이사 온 지 1년이 지나고 맬컴이 벽들을 세우자 조금 더 편안해졌고, 1년 후 윌럼이 들어오자 훨씬 더 편안해졌다. 생각했던 것보다 리처드를 자주 보지 않았지만—둘 다 여행이 잦았다—일요일 아침에는 간혹 그의 스튜디오로 내려가서 사포 조각으로 조그만 나뭇가지들을 매끈하게 문지르거나 푹신한 공작 깃털 날개에서 우축을 잘라내는 등 그의 작업을 도와줬다. 리처드의 스튜디오는 그가 아이였을 때 딱 좋아했을 그런 공간이어서, 잔가지들, 돌멩이, 말린 딱정벌레, 깃털, 밝은색의 조그만 박제 새들, 무른 연한 색 나무로 만든 온갖 형태의 블록들 같은 놀라운 것들이 담긴 통과 주발 천지였다. 때로는 자기 일을 팽개치고 그냥 그 바닥에 앉아서 어릴 때는 너무 바빠 해보지 못했던 놀이나 하염없이 하고 싶었다.

3년이 다 되어갈 무렵 아파트 잔금 지불이 끝났고, 그는 즉시 수리 비용을 모으기 시작했다. 그건 생각보다 시간이 덜 걸렸는데, 일부는 앤디 때문이었다. 하루는 진찰 시간에 맞춰 업타운에 갔더니, 앤디가 엄하면서도 이상하게 의기양양한 표정으로 들어왔다.

"뭐예요?" 그가 묻자, 앤디는 말없이 잡지에서 잘라낸 기사 하나를 내밀었다. 그는 읽었다. 손상 없이 켈로이드를 제거할 수 있을 해결책으로 큰 기대를 받았던 반半실험적 최신 레이저 수술의 중기 부작용이 발견됐다는 학술 보고서였다. 켈로이드는 제거됐지만 환자들에게는 그 대신 화상 같은 생 상처가 생겼고, 흉터 아래 피부가 심각하게 약해지고 잘 터지고 갈라져서 물집과 감염이 일어난다는 것이었다.

"이게 네가 하려는 거지, 아니야?" 앤디가 손에 기사를 든 채 말도 못 하고 앉아 있는 그에게 물었다. "난 널 잘 알아, 주디. 네가 그 돌팔이 톰슨 병원에 예약을 했다는 것도 알아. 부정하지 마. 그쪽에서 네 차트를 요구했거든. 난 안 보냈다. 제발 이거 하지 마, 주드. 진심이야. 다리뿐만 아니라 등에까지 상처가 생기는 꼴을 원하는 건 아니겠지." 그리고 그가 아무 말도 하지 않자 말했다. "말 좀 해봐."

그는 고개를 저었다. 앤디 말이 맞았다. 그는 이 수술 비용도 모으고 있었다. 연간 보너스, 대부분의 저축, 오래전 펠릭스를 가르쳐서 모은 돈들까지 다 아파트에 들어갔지만, 마지막 잔금 지불이 곧 완료된다는 게 확실해지면서 최근 몇 달 동안은 새로 수술 비용을 모으기 시작했다. 모든 계획을 다 세워뒀었다. 수술부터 하고, 그다음에 집수리 비용을 모을 것이다. 머릿속으로 그려도 봤다. 마룻바닥처럼 매끈해진 그의 등을, 두껍고 움직일 수 없는 벌레처럼 난 흉터들이 몇 초 만에 사라지면서, 그와 함께 고아원과 필라델피아에서 지낸 시간의 모든 흔적들, 그 세월의 기록이 그의 몸에서 지워지는 상상을 했다. 그는 잊어버리려고 죽어라고 노력했다, 매일 노력했다. 하지만 아무리 노력해도 그가 일어나지 않은 척하는 일들이 실제로 일어났다는 증거는 늘 거기에 남아 그에게 아픈 기억을 상기시켰다.

"주드." 앤디가 진찰대 위 옆자리에 앉아 말했다. "실망한 거 알아. 약속해, 효과적이고 안전한 치료법이 나오면 내가 알려줄게. 그것 때문에 괴로워하는 거 알아. 나도 늘 치료법을 찾고 있어. 하지만 지금은 아무것도 없고, 난 양심상 네가 이걸 하게 내버려둘 수가 없어." 그는 입을 다물었다. 둘 다 말이 없었다. "너한테 더 자주 물어봤어야 했는데. 그런데, 아픈 거야? 상처 때문에 불편한 데가 있어? 피부가 당겨?"

그는 고개를 저었다. "이봐, 주드." 앤디는 조금 있다 말했다. "도움이 될 연고들을 줄게. 하지만 밤마다 그걸로 마사지를 해줄 사람이 필요할 거야, 아니면 별 소용이 없거든. 누구한테 해달라고 할 수 있어? 윌럼? 리처드?"

"못 해요." 그는 손에 든 잡지 기사에 대고 말했다.

"음." 앤디가 말했다. "어쨌거나 메모를 써줄게. 그리고 어떻게 하는지도 보여줄게. 걱정 마. 실제 피부과 의사한테 물어도 봤고, 내가 만들어낸 방법도 아니야. 하지만 네 경우에 얼마나 효과가 있을지는 모르겠다." 그는 진찰대에서 내려왔다. "가운 벗고 벽 쪽으로 돌아서볼래?"

그는 그렇게 했다. 앤디의 손이 어깨로, 그러고는 등을 가로질러 천천히 내려갔다. 때로 그러듯이 "그다지 나쁘지 않아, 주드"라거나 "너무 자의식 가질 필요 없어" 하고 말할 거라 생각했지만, 앤디는 이번에는 그런 말을 하지 않았다. 마치 그의 손바닥이 그의 피부 위를 지나가며 치료하는 레이저이고, 그러면 그 아래 피부가 건강하고 흉터가 없어지기라도 하는 것처럼, 그저 손으로 쓸고 지나가기만 했다. 마침내 앤디가 다시 가운을 입어도 좋다고 말했고, 그는 옷을 입고 돌아섰다. "미안해, 주드." 앤디가 말했다. 이번에는 앤디가 그를 쳐다보지 못했다.

"뭐 좀 먹을래?" 진찰이 끝나고 그가 다시 옷을 입고 있을 때 앤디가 물었지만, 그는 고개를 저었다. "사무실에 돌아가봐야 해요." 그때는 말이 없다가, 막상 나가려 하자 앤디가 그를 붙들었다. "주드." 그가 말했다. "정말 미안해. 네 희망을 무너뜨리고 싶지는 않았는데." 그는 고개를 끄덕였지만—앤디 마음은 그도 알고 있었다—그 순간만은 앤디와 같이 있는 게 참을 수가 없었다. 그저 떠나고만 싶었다.

하지만 이 수술을 받을 수 없다는 건 맬컴이 집수리를 본격적으로 시작할 돈이 생긴다는 의미라는 걸 그는 떠올린다. 그는 더 현실적이 되기로, 더 나아질 수 있다는 생각은 버리기로 결심한다. 아파트를 가지고 있던 지난 몇 년 동안, 맬컴의 작업은 점점 더 대담하고 창의적이 됐다. 처음 집을 샀을 때 도면들은 몇 번이나 변하고 수정되고 개선되었다. 그의 눈에도 미학적 자신감, 확신에 찬 개성이 발전해가는 게 보였다. 그가 로젠 프리처드 앤드 클라인에서 일을 시작하기 직전, 맬컴은 랫스타를 그만뒀고 동창 둘과 건축학교 시절 지인인 소피와 함께 벨카스트라는 회사를 차렸다. 그들이 처음 받은 의뢰는 맬컴 부모님 친구의 임시숙소 리노베이션 건이었다. 벨카스트는 주로 주택 일을 했지만, 작년 첫 주요 공공 의뢰 건으로 도하의 사진 박물관 건설을 맡았고, 맬컴은—윌럼처럼, 그 자신처럼—점점 더 도시를 비우는 일이 잦아졌다.

"부자 부모님의 중요성을 절대 저평가하지 마." 제이비가 연어느 파티에서 한 머저리가 전쟁 때 강제 수용됐던 일본계 미국인들을 위해 로스앤젤레스에 세워질 기념비 디자인 공모에서 벨카스트가 입선했다는 소식을 듣고 심술궂게 투덜거리자, 그와 윌럼이 나서기도 전에 제이비가 고함을 지르기 시작했다. 두 사람은 그가 그렇게 열을 내며 나서서 맬컴을 두둔하는 모습에 뿌듯해하며 제이비의 머리 너머로 서로 미소를 나눴다.

그래서 그린 스트리트에는 새 수정 도면들이 나올 때마다 복도가 나타났다가 사라지고, 부엌이 커졌다가 작아지고, 창문 없는 북쪽 벽을 따라 책장이 늘어섰다가 창문 있는 남쪽 벽으로 옮겨지고 그러다 다시 원래 자리로 돌아갔다. 한 도면에서는 벽들이 완전히 없어졌다. "이건 로프트라고, 주디. 그 본래의 모습을 존중해야 하는 거야." 맬컴이 아무리 논박해도 그는 굳건했다. 침실은 꼭 있어야 했다. 닫고 잠글 수 있는 문은 꼭 필요했다. 그리고 또 다른 설계에서는 남쪽으로 난 창들을 완전히 막으려 했는데, 그 창문들이야말로 그가 애초에 6층을 선택한 이유였고, 맬컴도 나중에 그건 바보 같은 생각이었다고 인정했다. 하지만 그는 맬컴이 일하는 걸 보는 게 좋았고, 자기가 어떻게 살지 생각하며 그가 그렇게 많은 시간—자기보다 더 많은 시간—을 보낸다는 데 감동했다. 그리고 이제 곧 수리가 시작될 것이다. 이제 그는 맬컴이 자신의 가장 이국적인 디자인 판타지들을 마음껏 펼칠 수 있을 정도의 돈을 모았다. 이제는 맬컴이 제안해온 온갖 가구들, 온갖 카펫과 꽃병을 살 돈이 충분하다.

요즈음 그는 맬컴의 최신 도면과 논쟁 중이다. 3개월 전 마지막으로 스케치들을 검토했을 때, 그는 안방 욕실 안 화장실 벽에 알 수 없는 뭔가가 둘려 있는 걸 발견했다. "이게 뭐야?" 그가 맬컴에게 물었다.

"가로대야." 맬컴은 마치 빨리 말하면 그 중요성이 덜해지기라도 할 것처럼 활기차게 말했다. "주디, 무슨 말 할지 알지만—" 하지만 그는 이미 도면을 더 자세히 들여다보며 조그만 표시들을 보고 있었다. 그는 샤워실 안과 욕조 둘레에도 철제 가로대들을 더해놓았고, 조리대 일부의 높이를 낮춰놓은 부엌에도 가로대를 덧붙여놓았다.

"하지만 난 휠체어를 쓰고 있지도 않잖아." 그는 당황하며 말했다.

"하지만 주드." 맬컴은 말을 꺼냈다가 다시 멈췄다. 맬컴이 무슨 말을 하려고 하는지는 알고 있었다. '하지만 지금까지 썼잖아. 그리고 또 쓸 거잖아.' 하지만 그는 말을 하지 않았다. "이건 ADA* 표준 가이드라인들이야." 그는 대신 이렇게 말했다.

"맬." 너무 화가 나는 것 자체가 분하다. "이해해. 하지만 난 이곳이 무슨 장애인 아파트가 되는 게 싫어."

"그렇게 안 될 거야, 주드. 여긴 네 집이 될 거야. 하지만 생각해봐, 어쩌면 그냥 예방책으로—"

"아니, 맬컴. 그거 다 없애. 정말이야."

"하지만 생각해봐, 실용적인 차원에서—"

"네가 이젠 실용에 관심이 있단 말이지? 나더러 벽 하나 없는 140평 공간에서 살라고 했던 사람이?" 그는 말을 멈췄다. "미안해, 맬."

"괜찮아, 주드." 맬컴이 말했다. "이해해. 정말이야."

지금 그의 앞에는 맬컴이 씩 웃으며 서 있다. "보여줄 게 있어." 그는 돌돌 만 종이를 들고 흔들며 말한다.

"맬컴, 고마워." 그는 말한다. "하지만 나중에 보면 안 될까?" 그는 재단사와 약속을 해놨었다. 늦고 싶지 않았다.

"금방 끝나." 맬컴이 말한다. "그리고 여기 두고 갈 거야." 그는 그의 옆에 앉아 종이들을 펴서 한쪽을 잡고 있으라고 주고는 바꾼 부분들과 개조한 부분들을 설명한다. "조리대는 보통 높이로 다시 올렸어." 맬컴이 부엌을 가리키며 말한다. "샤워실

*미국 장애인보호법.

에는 가로대가 없지만, 네가 앉을 수 있도록 이 선반을 만들었어. 보기 좋을 거야, 약속해. 화장실 주위에 가로대는 그대로 뒀어. 생각 좀 해봐, 알겠지? 그건 맨 나중에 설치할 거야. 그리고 네가 정말로, 정말로 싫다면, 안 할게, 하지만— 하지만 나라면 할 거야, 주디." 그는 마지못해 고개를 끄덕인다. 그때는 몰랐지만, 몇 년 뒤 그는 자기가 원하지 않았는데도 맬컴이 미래를 대비해준 걸 감사하게 될 것이다. 아파트 안 통로들이 더 넓다는 걸, 휠체어가 부딪치는 일 없이 마음껏 회전할 수 있을 정도로 욕실과 부엌이 아주 크다는 걸, 출입구 공간이 넉넉하다는 걸, 가능한 모든 곳의 문들이 여닫이가 아니라 미닫이로 되어 있다는 걸, 안방 욕실 세면대 아래 수납장이 없다는 걸, 가장 높이 설치된 옷장 봉들도 버튼을 건드리기만 하면 내려온다는 걸, 욕조에 벤치 같은 의자가 있다는 걸, 마지막으로 맬컴이 화장실 주위 가로대 싸움에서 이겼다는 걸 눈치채게 될 것이다. 자기 인생에서 또 한 사람—앤디, 윌럼, 리처드, 이제 맬컴—이 그의 미래를 예견했다는 걸, 그게 필연적이라는 걸 알았다는 데 씁쓸한 경이를 느낄 것이다.

그를 반기며 왜 2년 동안 못 본 거냐고 묻는 재단사 프랭클린에게 맬컴은—"아무래도 그건 제 탓인 것 같은데요" 하고 웃으며 말한다—감색과 진회색 양복 치수를 쟀고, 용건을 마친 후 그들은 점심을 먹는다. 프랭클린의 가게에서 가까운 북적북적한 이스라엘 레스토랑에서 로즈워터 레모네이드를 마시고 자타르 허브 가루를 뿌려 구운 콜리플라워를 먹으며, 토요일을 쉬니 참 좋다는 생각을 한다. 맬컴은 아파트 작업을 시작하는 데 흥분해 있고, 그도 그렇다. "타이밍이 완벽해." 맬컴은 계속 말한다. "월요일에 사무실에서 시에 서류를 다 제출하게 할게. 승인이 나올 때쯤이면 도하 일이 끝나 있을 테고, 그러면 당장 시작할 수 있어. 공사 기간 동안 넌 윌럼 집에 가 있으면 되고." 맬컴은 윌럼의 아파트 마무리 작업들을 막 마친 참이었다. 사실 윌럼보다는 그가 감독을 더 많이 했고, 절차가 다 끝나갈 무렵 윌럼을 대신해 페인트 색도 결정했다. 맬컴의 작업이 근사하다고 그는 생각한다. 다음 해 거기서 사는 건 환영하는 바다.

점심식사를 마쳐도 이른 시간이어서 그들은 바깥 보도에서 꾸물댄다. 지난주에는 계속 비가 내렸지만 오늘은 하늘이 푸르렀고, 그는 아직 기운이 넘치고 심지어 약간 들뜬 기분이다. 그는 맬컴에게 산책 좀 하지 않겠느냐고 묻는다. 맬컴이 그가 괜찮을지 보려는 듯이 몸을 위아래로 훽 훑어보며 잠시 주저하다 다음 순간 미소 지으며 동의했고, 두 사람은 서쪽으로, 다음에는 북쪽으로 빌리지 쪽을 향해 걷기 시작한다. 그들은 제이비가 더 동쪽으로 이사 가기 전 살던 멀베리 스트리트 건물 앞을 지나간다. 그들은 말이 없지만, 둘 다 제이비 생각을 하고 있다는 걸 안다. 뭘 하고 있는지 궁금하다. 그들과 윌럼의 전화에, 그들의 문자에, 이메일에 왜 답을 안 하는지 그들은 알면서도 또 모른다. 세 사람은 자기들끼리, 리처드와, 알리와 헨리 영들과 수많은 대화를 하며 대책을 강구했지만, 제이비는 자기를 찾기 위한 어떤 시도도 피하거나 막거나 무시했다. "더 안 좋아질 때까지 기다리는 수밖에 없어." 어느 시점에 이르자 리처드가 이렇게 말했고, 리처드 말이 맞을지도 모른다는 생각이 든다. 때로 제이비는 더 이상 그들의 친구가 아닌 것만 같았고, 그럴 때면 그들만이 해결해줄 수 있는, 그래서 그들이 다시 한 번 그의 인생 속으로 뛰어들 수 있는 위기를 그가 겪을 때까지 기다리는 수밖에 없다.

"좋아, 맬컴, 물어봐야겠어." 그는 나무도 없고 주말이라 사람도 없는 허드슨 스트리트를 걸어 올라가며 말한다. "너 소피랑 결혼하는 거야, 안 하는 거야? 우린 다 궁금해하고 있어."

"세상에, 주드. 난 모르겠어." 맬컴이 입을 여는데, 마치 내내 그 질문을 기다리고 있었던 것처럼 안도의 기색이 느껴진다. 어쩌면 정말 그랬을지도 모른다. 그는 잠재적인 부정적 측면들(결혼은 너무 관습적이다. 너무 영구적으로 느껴진다. 자기는 결혼에 별로 관심이 없는데, 소피는 그런 것 같아 걱정이다. 부모님이 개입하려고 할 것이다. 남은 평생을 다른 건축가와 보낼 생각을 하니 약간 우울해진다. 그와 소피는 공동창업자인데, 만약 둘 사이에 무슨 일이 생기면 벨카스트는 어떻게 되나)과 부정적 측면들처럼 들리는 긍정적 측면들(청혼을 하지 않으면 소피는 떠날 것 같다. 부모님이 그 문제로 쉴 새 없이 그를 들볶아대서 입을 막고 싶다. 정말로 소피를 사랑하고 있고, 그보다 더 좋은 사람을 만날 수 없다는 것도 안다. 그는 서른여덟이고 뭔가 해야 한다고 생각한다)을 늘어놓는다. 맬컴의 이야기를 들으면서 그는 웃지 않으려고 애쓴다. 그는 맬컴의 이런 점이 늘 좋았다. 종이 위와 디자인에서는 그렇게 결연하면서 인생 나머지 부분에서는 너무나 우유부단하고 너무나 자의식 없이 남들에게 이야기한다. 맬컴은 실제보다 더 쿨한 척, 다 자신 있는 척, 더 매끄러운 척하는 사람이 아니었고, 나이가 들수록 간계라고는 모르는 그의 순진함이, 친구들과 그들의 의견에 대한 전폭적 신뢰가 점점 더 고맙고 대단하게 느껴진다.

"어떻게 생각해, 주드?" 맬컴이 마침내 묻는다. "사실 정말로 너하고 이 이야기 해보고 싶었어. 어디 앉을까? 시간 있어? 윌럼이 집에 오고 있을 텐데."

맬컴처럼 될 수도 있을 거라고 그는 생각한다. 친구들에게 도움을 요청하고, 친구들 앞에서 약한 모습을 보일 수도 있을 것이다. 결국 선택에 의한 게 아니었을 뿐, 전에도 계속 그랬지 않은가. 하지만 그들은 늘 그에게 친절했고, 그가 절대 자의식 느끼게 하지 않으려 애썼다. 그걸 보고 뭔가 배워야 하지 않나? 예를 들어, 윌럼에게 등에 연고 바르는 걸 좀 도와달라고 할 수도 있지 않나. 만약 윌럼이 그 생김새를 보고 역겨워하면, 그다음부터 절대 아무 말도 안 하면 된다. 그리고 앤디 말이 옳았다. 연고를 혼자 바르기가 너무 어려워서, 버리지는 않았지만 결국 그만둬버렸다.

윌럼에게 어떻게 말을 꺼내볼까 궁리해보지만, 상상 속에서조차 처음 한 마디—윌럼—이상으로는 말이 나오지 않는다. 그리고 그 순간 결국 윌럼에게 부탁할 수 없을 거라는 걸 안다. '널 못 믿어서가 아니야.' 그는 결코 이런 대화를 나누지 않을 윌럼에게 말한다. '내 진짜 모습을 네게 보여주는 걸 참을 수가 없어서야.' 이제 노인이 된 자신의 모습을 상상하자, 그는 여전히 그린 스트리트에서 혼자 있다. 그리고 그런 종잡을 수 없는 상상 속에서 윌럼은 녹음이 우거진 어딘가—애디론댁 산맥, 버크셔 지방—에 위치한 집에서 산다. 그는 행복하고, 사랑하는 사람들에게 둘러싸여 있고, 아마도 1년에 몇 번은 그린 스트리트에 있는 그에게 놀러 오고, 그러면 그들은 오후 시간을 함께 보낸다. 이런 꿈에서 그는 늘 앉아 있어서 자기가 걸을 수 있는지 아닌지 모르겠지만, 윌럼을 보면 늘 기뻐하고, 헤어질 때면 혼자서도 잘 알아서 할 수 있다고, 걱정 말라고, 그에게 감사기도라도 하듯 확신을 준다. 자기의 필요와 외로움과 소망으로 윌럼의 목가를 망치지 않을 기운이 있다는 게 그는 기쁘다.

하지만 그는 상기한다, 그건 아직 먼 미래의 일이다. 지금 당장은 맬컴이, 그의 대답을 기다리는 희망차고 간절한 얼굴이 있다.

"오늘 밤까지는 안 돌아와." 그는 맬컴에게 말한다. "오후 내내 시간 있어, 맬. 시간은 얼마든지 있어."

3

마지막으로 제이비가 약을 끊으려고 노력했을—정말로 노력했을—때는 7월 4일 주간이었다. 도시에는 아무도 없었다. 맬컴은 소피와 함부르크에 부모님을 뵈러 갔다. 주드는 해럴드와 줄리아와 코펜하겐에 가 있었다. 윌럼은 카파도키아에서 촬영 중이었다. 리처드는 와이오밍의 예술가 공동체 마을에 가 있고, 아시안 헨리 영은 레이캬비크에 있었다. 남아 있는 사람은 그뿐이었고, 그렇게 마음을 굳게 먹지 않았다면 그도 뉴욕에 남아 있지 않았을 것이다. 리처드의 집이 있는 비콘이나, 에즈라의 집이 있는 쿠오구나, 알리의 집이 있는 우드스탁이나 뭐 그런 곳에 있었을 것이다. 요즘은 자기 집을 주려는 사람들이 그다지 많지 않고, 게다가 대부분의 사람들이 신경을 긁어서 그들과 이야기도 안 하고 지냈다. 하지만 그는 뉴욕의 여름이 싫었다. 뚱뚱한 사람들은 다 뉴욕의 여름을 싫어했다. 모든 게 다 모든 것들에 들러붙는다. 살이 살에, 살이 옷감에. 보송보송한 느낌을 받을 수가 없다. 하지만 그는 이곳에 있다. 그는 켄싱턴의 흰 벽돌 건물 3층 스튜디오 문을 열고, 무심결에 잭슨의 스튜디오가 있는 건너편 쪽을 바라보면서 그 안으로 들어간다.

제이비는 중독자는 아니었다. 그렇다, 약은 했다. 그렇다, 많이 했다. 하지만 중독자는 아니었다. 다른 사람들은 중독자였다. 잭슨은 중독자였다. 제인도, 헤라도 그랬다. 마시모와 토퍼도 중독자들이다. 때로는 선을 넘지 않은 유일한 사람은 그뿐인 것 같다.

하지만 그는 많은 사람들이 자기를 그렇게 보고 있다는 걸 알고 있고, 그 때문에 시골에 있어야 할 이때 여전히 도시에 있는 것이다. 나흘 동안, 약 없이, 오로지 일만. 그러면 이제 누구도 아무 말 하지 못할 것이다.

오늘, 금요일이 첫날이다. 스튜디오의 에어컨이 고장 나서, 그는 우선 모든 창문을 열어젖혔고, 그러고 나서는 잭슨이 안에 있는지 확인하려고 문을 가볍게 노크한 다음 그 문도 열어젖혔다. 보통은 잭슨과 소음 때문에 그 문은 절대 열지 않았다. 그의 스튜디오는 5층 건물의 3층에 있는 방 열네 개 중 하나였다. 방들은 스튜디오로만 쓰게 되어 있었지만, 세입자들의 20퍼센트는 아마도 불법적으로 거기서 살고 있는 것 같았다. 아주 드물지만 아침 10시 전에 스튜디오에 도착하는 날이면 사람들이 팬티 차림으로 발을 질질 끌며 복도를 돌아다니곤 했고, 복도 끝에 있는 욕실에 가면 누군가 세면대에서 해면으로 대충 몸을 닦거나 면도를 하거나 이를 닦고 있다가, 그가 고개를 까닥거려 인사하면—"이봐, 안녕?"—그들도 까닥하고 인사했다. 하지만 슬프게도 그런 모습이 만드는 전반적 효과는 대학 같다기보다 보호시설 같았다. 그 분위기에 그는 우울해졌다. 다른 곳에서 더 낫고 더 사적인 공간을 가질 수 있는 스튜디오를 구할 수 있었지만, 그가 이곳을 택한 건 (인정하기 부끄럽지만) 그 건물이 기숙사처럼 보였기 때문이다. 다시 대학 생활 같은 기분을 느끼고 싶었는데, 그곳은 그렇지 않았다.

그 건물은 "소음밀도가 낮은" 곳이라고 했는데, 그게 무슨 뜻인지는 모르겠지만, 그곳 스튜디오는 예술가들뿐만 아니라 밴드들—풍자적인 스래쉬 밴드, 풍자적인 포크 밴드, 풍자적인 어쿠스틱 밴드—도 많이 빌려 쓰고 있었고, 덕분에 모든 밴드들의 악기가 뒤섞여 넋두리 같은 하나의 기타 소리로 합쳐지는 바람에 복도는 늘 시끄러운 난장판이었다. 밴드들은 거기 있으면 안 되기 때문에, 몇 달에 한 번씩 건물주 첸 씨가 불시에 시찰을 나올 때면 문을 닫고 있어도 복도에 메아리치는 고함 소리가 들렸다. 한 사람씩 외치는 경계령을 다음 사람이 받아 5층 전체에 경고의 외침—"첸!" "첸!" "첸!"—이 흠뻑 쏟아져서, 첸 씨가 앞문으로 들어설 때면 사방이 고요했다. 어찌나 부자연스러울 정도로 고요한지, 옆방에서 벼루에 먹 가는 소리와 반대쪽 이웃이 스피로그래프로 캔버스를 긁는 소리까지 들리는 것 같았다. 그러다 첸 씨가 차에 타고 떠나면, 메아리—"완료!" "완료!" "완료!"—가 거슬러 올라오고 불협화음이 매미 떼처럼 다시 시끄럽게 울려 퍼지곤 했다.

일단 그 층에 자기밖에 없다는 걸 확인하고 나자(세상에, 다들 어디 있는 거야? 진정 그가 지구상에 남은 마지막 인간이란 말인가?) 그는 셔츠를, 잠시 후에는 바지를 벗고 몇 달 동안 하지 않은 스튜디오 청소를 시작했다. 업무용 엘리베이터 근처에 있는 쓰레기통까지 왔다 갔다 하며 오래된 피자 상자들과 빈 맥주 캔, 낙서를 적은 종잇조각들, 씻지 않아 털이 빨대처럼 뻣뻣해진 붓들, 촉촉하게 보관하지 않아 찰흙처럼 변해버린 수채화 팔레트들을 버렸다.

청소는 지겨웠다. 맨 정신으로 하니 더더욱 지겨웠다. 종종 그러듯이, 그는 메스*를 하면 생긴다고 남들이 말하는 좋은 일들 중 어떤 일도 자기에게는 생기지 않았다는 생각을 했다. 그가 아는 다른 사람들은 마르거나, 끝도 없이 아무하고나 섹스를 하거나, 아파트나 스튜디오를 몇 시간이고 미친 듯이 청소하고 정리하며 법석을 떨었다. 하지만 그는 여전히 뚱뚱했다. 섹스 충동은 사라졌다. 스튜디오와 아파트는 여전히 난장판이었다. 그가 놀라울 정도로 오랫동안—한 번에 열두 시간, 열네 시간—일한다는 건 사실이지만, 그건 메스 때문이 아니었다. 그는 늘 열심히 일하는 사람이었다. 그림을 그리거나 스케치를 할 때면 늘 집중 시간이 길었다.

한 시간쯤 청소를 한 뒤에도 스튜디오는 시작했을 때와 전혀 달라 보이지 않았고, 그는 미칠 듯이 담배가 피우고 싶었다. 하지만 담배는 없었다. 아니면 술을 마시고 싶었다. 하지만 술도 없었고, 어차피 마셔서도 안 됐다. 겨우 12시밖에 되지 않았으니까. 청바지 주머니에 껌이 있었다는 생각이 들어, 주머니를 헤집어 찾아—껌은 열기 때문에 약간 눅눅해져 있었다—입 속에 쑤셔 넣고는 바닥에 누워 눈을 감고 씹었다. 그는 등과 허벅지에 닿는 시원한 시멘트 바닥을 느끼며 30도 열기의 7월 브루클린이 아니라 다른 곳에 있다고 상상했다.

기분이 어때? 그는 자신에게 물었다.

좋아, 그는 스스로 대답했다.

그가 가기 시작한 정신과 의사가 그런 질문을 하라고 했다. "사운드체크 같은 겁니다." 그는 말했다. "자기를 체크하는 방법이죠. 내 기분이 어떤가? 약을 하고 싶나? 정말 하고 싶다면, 왜 하고 싶나? 그건 자기와 대화하는 방법, 그냥 굴복하는 대신

---

*마약류의 일종인 메스암페타민.

자기의 충동을 살펴보는 방법이에요." 무슨 이따위 얼간이가 다 있어, 제이비는 생각했다. 여전히 그렇게 생각했다. 하지만 많은 바보 같은 것들과 마찬가지로 그 질문을 머릿속에서 떨칠 수가 없었다. 이제 그는 이상하고 마땅찮은 순간에 자기도 모르게 기분이 어떠냐고 자문하곤 했다. 때로 대답은 "약 하고 싶은 기분"이었고, 그러면 의사에게 그 방법이 얼마나 멍청한지 보여주기 위해서라도 그냥 약을 했다. 알겠지? 그는 박사도 아니고 그냥 의료사회복지사일 뿐인 머릿속 자일스에게 말한다. 자기점검 이론 효과는 이것밖에 안 돼. 다른 건 뭐 있어, 자일스? 다음은 뭐냐고?

자일스에게 가는 건 제이비의 생각이 아니었다. 6개월 전인 1월, 어머니와 이모들이 간단하게 개입을 시도했다. 개입은 제이비가 얼마나 똑똑하고 조숙한 아이였는지 기억을 나누는 동시에 지금 모습을 보라고 하는 어머니의 말로 시작했고, 다음에는 크리스틴 이모가 문자 그대로 나쁜 경찰 역할을 하며 그가 언니가 준 그 모든 기회를 날려먹고 완전 골칫덩이가 됐다고 고함을 질러댔고, 다음에는 셋 중 항상 가장 상냥했던 실비아 이모가 예전에 그가 얼마나 재능이 넘쳤는지 상기시키며 모두들 그가 돌아오길 원하고 있다면서 치료를 받아보지 않겠느냐고 말했다. 가족들이 준비한 조심스럽고 안락한 개입이었지만 (어머니는 그가 제일 좋아하는 치즈케이크를 준비했고, 다 함께 그의 결함에 대해 이야기하며 케이크를 먹었다), 그는 그런 걸 할 기분이 아니었다. 다른 무엇보다 그는 여전히 가족들에게 화가 나 있었다. 그 전달, 할머니가 돌아가셨고 어머니는 하루 종일 그에게 전화를 했다. 어머니는 그를 찾을 수가 없었고 그가 전화도 안 받았다고 주장했지만, 그는 할머니가 돌아가신 날 맨 정신이었고 전화기도 하루 종일 켜져 있었다는 걸 '알고' 있었기 때문에 어머니가 왜 거짓말을 하는지 알 수가 없었다.

"세상에, 엄마, 그냥 꺼져버려요!" 그는 울부짖으며 몸을 들썩대는 어머니가 지겨워 진저리 내며 말했고, 크리스틴이 벌떡 일어나 그의 얼굴을 후려쳤다.

그 후 그는 어머니는 물론이고 크리스틴에게도 사과하는 의미로 (실비아의 친구의 친구인) 자일스에게 가기로 동의했다. 불행히도 자일스는 진짜로 바보천치였고, 진료(돈은 어머니가 냈다. 그는 치료에, 특히 저질 치료에 돈을 낭비할 생각은 전혀 없었다)를 받는 동안, 그는 창의성이라곤 없는 자일스의 질문들—왜 약에 그렇게 매료됐다고 생각하죠, 제이비? 약이 무엇을 주는 것 같나요? 지난 몇 년 동안 왜 약을 그렇게 많이 하게 됐다고 생각합니까? 왜 맬컴과 주드와 윌럼과 별로 이야기를 하지 않는 거죠?—에 그가 흥미로워할 대답들을 던져줬다. 돌아가신 아버지, 아버지의 부재가 남긴 커다란 공허와 상실감, 얄팍한 미술계, 가능성을 절대 실현할 수 없을 것 같은 두려움에 대해 슬쩍슬쩍 이야기하고는, 자일스의 펜이 메모장 위로 황홀하게 질주하는 걸 지켜보며 멍청한 그를 경멸하고 미성숙한 자신을 혐오했다. 의사와 자는 건—의사가 진짜로 잘 만한 가치가 있다고 해도—열아홉 살 때나 할 짓이지, 서른아홉에 할 일은 아니다.

하지만 자일스가 천치이긴 해도, 무심결에 자꾸 그 질문들이 생각났다. 그 질문들은 그가 스스로에게 물어본 질문들이기도 하기 때문이다. 자일스는 각각의 질문을 별개의 곤경인 것처럼 제시했지만, 사실 각 질문들은 다른 질문과 분리될 수 없었다. 만약 그 모든 질문들을 다 합쳐 하나의 큰 질문을 하는 게 문법적으로, 어학적으로 가능하다면, 그것이야말로 그가 왜 이 지경이 됐는지 진정으로 표현하는 질문이 될 것이다.

우선 첫 번째 질문. 그는 자일스에게 처음부터 이렇게 마약을 좋아할 계획은 아니었다고 말할 것이다. 너무 뻔하고 심지어 멍청해 보이는 말이지만, 사실은 더 재미있는 사람이, 더 무시무시한 사람이, 더 관심 받는 사람이 될 것 같다는, 아니면 그냥 시간이 빨리 가기 때문이라는 이유로 약을 하기 시작한—대체로 부자에, 대체로 백인이고, 대체로 지겹고, 대체로 부모의 사랑을 받지 못하는—사람들을 알게 되었기 때문이다. 예를 들어, 친구 잭슨이 그런 경우다. 하지만 그는 아니었다. 물론 약은 늘 했지만—모두들 했다—대학 시절, 그리고 20대 때는 약을 좋아하는 디저트처럼, 어릴 땐 금지되었지만 이제는 마음껏 가질 수 있는 소모품으로 생각했다. 약을 한다는 건, 목구멍이 타들어갈 것처럼 달콤해서 사발에 남은 우유를 사탕수수처럼 꿀꺽꿀꺽 마시게 되는 저녁식사 후의 시리얼처럼 그가 즐기기로 작정한 성인의 특권이었다.

두 번째와 세 번째 질문. 언제, 왜 약이 그에게 그렇게 중요해졌나? 그 질문에 대한 답들도 잘 알고 있다. 그는 서른두 살에 첫 번째 전시회를 했다. 그 전시회 이후 두 가지 일이 있었다. 첫 번째는 그가 명실상부 스타가 되었다는 것이다. 미술계 언론에 그의 기사들이 실리고, 수 윌리엄스*와 수 코**를 구분하지도 못하는 사람들이 읽는 잡지와 신문에도 그의 기사들이 실렸다. 두 번째는 주드와 윌럼과의 우정이 무너졌다는 것이다.

어쩌면 "무너졌다"는 표현은 너무 센 것일 수도 있다. 하지

*영국 출신 비주얼 아티스트.
**영국 출신 화가이자 일러스트레이터.

만 변화가 있었다. 그는 나쁜 짓을 했고—인정할 수 있다—윌럼은 주드의 편을 들었고(윌럼이 주드의 편을 든 데 그가 왜 놀라야만 했을까? 정말이지 지난 우정을 돌이켜보면 증거가 있었다. 몇 번이고, 늘, 언제나, 윌럼은 주드의 편을 들었다), 둘 다 그를 용서한다고 말했지만, 그들의 관계는 뭔가 변했다. 두 사람, 주드와 윌럼은 모든 사람들에 맞서, 그에게 맞서 한 팀이 됐다(왜 전엔 그걸 못 봤을까). 둘이 다수를 구성했다. 하지만 그는 늘 자기와 윌럼이 한 팀인 줄 알았다.

하지만 좋다, 그들은 아니었다. 그럼 그에겐 뭐가 남았나? 맬컴은 아니다. 맬컴은 결국 소피와 데이트를 하기 시작했고 자기들끼리 팀이 되었으니까. 그럼 누가 그의 짝이 될 것인가, 누가 그와 팀을 만들 것인가? 종종 아무도 없는 것 같았다. 그들은 그를 버렸다.

그리고 해가 갈수록 그들은 점점 더 그를 저버렸다. 그는 넷 중 늘 자기가 가장 먼저 성공할 거라고 생각했다. 그건 오만이 아니었다. 그냥 알았다. 그는 맬컴보다 더 열심히 일했고, 윌럼보다 더 야심만만했다. (이 경쟁에 주드는 포함시키지 않았다. 주드의 직업은 전혀 다른 운율학 법칙에 따라 작동되는, 그에게는 그다지 중요하지 않은 것이었기 때문이다.) 그는 부자나 유명한 사람, 아니면 존경받는 사람이 될 준비가 되어 있었고, 부와 명성과 존경을 꿈꾸고 있을 때조차 아무리 압도적인 유혹이 덮쳐도 그들 모두와 계속 친구일 거라고, 다른 누구 때문에 그들을 버리지 않을 거라고 확신했다. 그는 친구들을 사랑했다. 그들은 그의 것이었다.

하지만 그들이 그를 버린다는 건, 그들이 자기만의 성취를 해나가며 그보다 더 빨리 큰다는 건 생각지도 못했다. 맬컴은 자기 사업을 한다. 주드는 그게 뭐든 자기 일을 똑 부러지게 하고 있다. 작년 봄 그의 초기작을 사 가면서 그에게 재구입해도 좋다고 약속해놓고는 그 약속을 어긴 수집가에게서 작품을 다시 되찾으려고 고소하려 한 바보 같은 분쟁에서 주드가 제이비를 대변했을 때, 제이비가 자기 변호사 주드 세인트 프랜시스에게 연락해보라고 말하자 수집가 쪽 변호사의 눈썹이 홱 올라갔다. "세인트 프랜시스?" 상대 변호사는 물었다. "어떻게 그 사람을 알아요?" 블랙 헨리 영에게 이 이야기를 했더니, 그는 놀라지도 않았다. "아, 맞아." 그는 말했다. "주드는 얼음장 같고 사악한 걸로 유명해. 그 그림 찾아줄 거야, 제이비. 걱정 마." 그는 깜짝 놀랐다. 그의 주드가? 2학년 때까지 문자 그대로 고개를 들고 그와 눈을 맞추지도 못했던 주드가? 사악하다고? 그는 상상할 수가 없었다. "알아." 그가 못 믿겠다고 말하자 블랙 헨리 영이 말했다. "하지만 주드는 일할 때는 딴사람이 돼, 제이비. 법정에서 한 번 본 적 있는데, 거의 무시무시할 정도에 믿을 수 없이 무자비했어. 모르는 사람이었으면 완전 개자식이라고 생각했을 거야." 하지만 블랙 헨리 영의 말이 맞았다. 그는 그림을 돌려받았고, 그뿐만 아니라 수집가로부터 사과 편지까지 받았다.

다음에는 물론 윌럼이 있다. 끔찍하고 쩨쩨하지만 마음 한구석에서 윌럼이 자기처럼 성공할 거라는 생각은 해본 적도 없다는 걸 인정하지 않을 수 없었다. 그의 성공을 바라지 않아서가 아니었다. 그냥 그런 일이 일어나리라고는 한 번도 생각하지 않았다. 경쟁심이 부족한 윌럼. 신중한 윌럼. 대학 때 〈성난 얼굴로 돌아보라〉의 주역을 마다하고 아픈 형을 돌보러 갔던 윌럼. 한편으로는 이해했지만, 한편으로는 이해할 수 없었다. 형은 치명적으로 아픈 게 아니었다. 그때는 아니었다. 심지어 어머니도

오지 말라고 했다. 친구들이 그를 필요로 했던 부분—활기, 흥분—에서 그들은 더 이상 그를 필요로 하지 않았다. 그는 친구들이 성공하지 않기를 바라는 건 아니지만 어쨌거나 자기한테 묶여 있기를 바라는 그런 사람으로 스스로를 생각하고 싶지 않았지만, 어쩌면 그는 그런 사람일지도 몰랐다.

성공에 대해 그가 알지 못했던 사실은 성공이 사람들을 지루하게 만든다는 것이었다. 실패도 물론 사람들을 지루하게 만들지만, 그 방식은 다르다. 실패하는 사람들은 끊임없이 성공 한 가지를 위해 분투한다. 하지만 성공한 사람들 또한 그 성공을 유지하기 위해서 노력한다. 차이점은 달리기와 제자리달리기라는 것이고, 달리는 건 어쨌거나 지루하기는 하지만, 적어도 달리는 사람은 다른 경치들을 통과하며 움직이고 있다. 하지만 다시 돌아가자면, 주드와 윌럼에게는 그에게 없는 뭔가가, 성공의 숨 막히는 권태로부터 보호해줄 무엇인가가 있는 것 같았다. 잠에서 깨서 자기가 성공했다는 걸 깨닫는, 여기서 멈추면 자신은 더 이상 성공자가 아니라 실패자가 될 것이기 때문에 성공한 일이 무엇이건 그걸 매일 계속해야 한다는 걸 깨닫는 그 지루함에서 보호해줄 뭔가가 있는 것 같았다. 때로 주드와 윌럼이 그와 맬컴과 진짜로 다른 점은 인종이나 부가 아니라 그들이 가진 끝없는 감탄 능력이라는 생각이 들었다. 그와 비교할 때 그들의 어린 시절은 너무도 하찮고 회색빛이어서, 그들은 성인이 되어서도 끊임없이 감탄할 수 있는 것 같았다. 대학을 졸업한 후 6월, 어바인 씨가 모두에게 파리행 티켓을 줬고, 가보니 제7구*에 아파트—"조그만 아파트야." 맬컴은 방어하듯 해명했다—까지 있

*에펠탑 등 주요 관광지를 다수 포함하는 파리의 중심 지역.

었다. 그는 중학교 때 어머니와 파리에 가봤고, 고등학교 때 수학여행으로 또 갔고, 대학 2학년과 3학년 사이에도 갔지만, 주드와 윌럼의 얼굴을 보고서야 그는 그 도시의 아름다움과 황홀한 약속을 생생하게 깨달을 수 있었다. 그들의 이런 점이, (주드의 경우에는 그게 적어도 길고 모질었던 어린 시절에 대한 보상이었다는 걸 깨닫긴 했지만) 여전히 압도당할 수 있는 능력이, 성인이 되어서도 인생에서 놀라운 경험이 계속 주어질 거라는, 대단한 시절은 아직 오지 않았다는 믿음이 부러웠다. 처음 성게알을 먹었을 때 그들의 반응—마치 손에 쏟아지는 시원한 것에 이름이 있고 자기가 그걸 알 수 있다는 걸 막 이해하기 시작한 헬렌 켈러 같았다—을 보면서 조바심과 강렬한 질투를 느꼈던 기억도 난다. 어른이면서 여전히 세상의 기쁨을 발견할 수 있다는 건 어떤 기분일까?

그게 그가 약에 취하는 걸 그렇게 좋아하는 이유라고, 그는 가끔 느꼈다. 수많은 사람들이 생각하듯이 일상에서 탈출하도록 해주기 때문이 아니라, 매일매일의 삶을 덜 일상처럼 만들어주기 때문이었다. 잠시 동안—한 주, 한 주 지날수록 점점 더 짧아지는 시간 동안—세상이 반짝거리고 알 수 없는 곳이 되기 때문이다.

어떨 때는 색채를 잃어버린 게 세상인지 친구들인지 궁금해지기도 했다. 언제 모두가 다 그렇게 똑같아져버렸을까? 사람들이 정말 흥미로웠던 때는 대학 시절에서 다 끝난 것 같다는 생각이 너무 자주 들었다. 그 후에는 다들 불가피하게 서서히 다 똑같아지는 것이다. 백팻 멤버들을 보라. 학창 시절 그들 셋은 가족계획 예산삭감에 항의하여 뚱뚱하고 관능적이고 도발적인 토플리스 차림으로(아무도 토플리스 차림이 그거랑 무슨 상관인지 몰랐지만 어쨌거나) 찰스까지 행진했고, 후드홀 지하실에서 놀라운 공연을 했으며, 기숙사 안뜰에서 반페미니스트 상원의원의 우상 화형식을 했다. 하지만 이제 프란체스카와 마르타는 아기를 갖고 부시위크 로프트에서 보럼힐 사암 주택으로 이사 가는 이야기들을 하고 있고, 이디는 실제로, 이번에는 진짜로 사업을 시작하고 있었다. 작년에 그가 백팻 동창회를 열자고 제안하자, 그는 농담이 아니었는데도 다들 웃음을 터뜨렸다. 끈질긴 향수 때문에 그는 우울하고 늙어갔고, 그럼에도 불구하고 가장 찬란한 시절, 모든 것들이 형광색으로 그려진 것 같았던 시절은 다 사라졌다는 기분을 떨칠 수가 없었다. 모두가 그때는 훨씬 더 재미있었다. 도대체 무슨 일이 벌어진 걸까?

나이, 그는 생각했다. 그리고 그것과 더불어, 직장, 돈, 아이들. 죽음을 제압할 것들, 자신의 적합성을 확실히 해줄 것들, 안락을 주고 문맥과 내용을 마련해주는 것들. 생태와 관습의 명령을 받은 전진, 그건 가장 불손한 사람마저도 거역할 수 없었다.

하지만 그 사람들은 그의 친구들이었다. 그가 정말로 알고 싶은 건 그 친구들이 언제 그렇게 관습적이 되었냐는 것이다, 그걸 왜 더 일찍 알아차리지 못했냐는 것이다. 물론 맬컴은 늘 관습적인 사람이었지만, 그는 어쩐지 윌럼과 주드에게는 더 많은 걸 기대했었다. 이게 얼마나 끔찍하게 들릴지는 알지만(그래서 절대 입 밖에 내지 않았지만), 그는 종종 행복한 어린 시절이 저주라는 생각을 하곤 했다. 대신 진짜로 흥미 있는 일이 일어났더라면 어땠을까? 사실 그에게 있었던 유일하게 흥미로운 일은 대체로 백인들이 다니는 예비학교를 다녔다는 거지만, 그건 재미조차 있지 않았다. 작가가 아니라서 얼마나 다행인가, 그러면 쓸 거리가 하나도 없었을 것이다. 그런데 주드 같은 사람이 있었다. 다른 사람들처럼 자라지 않았고, 다른 사람들처럼 생기지도 않았지만, 그는 끊임없이 다른 사람들과 똑같아지려고 노력하고 있었다. 고르라면 물론 윌럼의 외모를 택하겠지만, 만약 자기가 주드처럼 생겼다면, 활주에 가까운, 신비하게 절름거리는 그 걸음걸이를 가졌다면, 그의 얼굴과 몸을 가졌다면, 뭔가 작고 귀여운 것이라도 기꺼이 희생시켰을 것이다. 하지만 주드는 가만히 서서 고개를 숙인 채 대부분의 시간을 보냈다. 마치 그렇게 하면 아무도 그의 존재를 눈치채지 못할 것처럼. 너무 애 같고 뼈만 앙상해서 주드를 보기만 해도 관절이 아픈 것 같았던 대학 시절에는, 그건 슬프긴 해도 어느 정도 이해할 수 있는 일이었다. 하지만 주드가 그런 외모로 성장한 요즘, 제이비는 그냥 화가 났다. 특히 주드의 자의식이 그의 계획을 종종 방해했기 때문에 더 화가 났다.

"넌 그냥 완전히 평균에 지루하고 천편일률적인 사람으로 인생을 살고 싶어?" 한번은 주드에게 물었다(주드에게 누드모델을 시키려다 두 번째로 큰 싸움이 났을 때의 일이었으나, 시작하기도 전에 승산이 없다는 걸 이미 알고 있었다).

"그래, 제이비." 주드는 가끔 내보이는 눈빛, 완전히 텅 비어 있어서 위협적이고 심지어 살짝 무섭기까지 한 눈빛으로 그를 쳐다보며 말했다. "그게 사실 정확히 내가 바라는 바야."

때로는 주드가 인생에서 원하는 거라곤 해럴드와 줄리아와 케임브리지에서 노닥거리며 가족놀이를 하는 것뿐이라는 의심마저 있었다. 예를 들어, 작년 제이비는 한 수집가에게서 크루즈 여행에 초대받았다. 그리스 섬들 사이를 도는 요트를 가진 어마어마한 부자에다 중요한 후원자로, 그 요트에는 어떤 미술관에서도 가지고 싶어 할 현대 걸작들이 걸려 있었다. 그 작품들이 보트 화장실에 걸려 있다는 점만 빼면.

맬컴은 도하인가 어디에서 프로젝트 작업 중이었지만 윌럼과 주드는 시내에 있었기 때문에 그는 주드에게 전화해서 갈 생각이 있는지 물었다. 수집가가 비용은 다 지불할 것이다. 비행기도 보내준다. 요트를 타고 닷새를 보내는 것이다. 사실 대화가 왜 필요한지조차 몰랐다. "테테보로에서 만나." 그저 문자만 보냈어야 했다. "선크림 가져오고."

하지만 안 그랬다. 그는 물어봤고, 주드는 고맙다고 했다. 그리고 다음 순간 말했다. "하지만 그거 추수감사절 주간이잖아."

"그래서?" 그는 물었다.

"제이비, 초대해줘서 정말 고마워." 주드는 말했고, 그는 믿을 수 없는 기분으로 들었다. "끝내줄 것 같아. 하지만 난 해럴드와 줄리아에게 가야 해."

그는 아연실색했다. 물론 그도 해럴드와 줄리아를 정말 좋아했고, 다른 사람들처럼 그들이 주드에게 얼마나 좋은 사람들인지 알고 있었고, 그가 친구들의 우정보다는 그쪽을 약간 더 생각한다는 것도 알 수 있었지만, 정신 차려! 그건 보스턴이라고. 그들은 언제나 볼 수 있잖아. 하지만 주드는 아니라고 했고, 그걸로 끝이었다. (물론 주드가 거절했기 때문에 윌럼도 거절했고, 결국 그는 맬컴과 두 사람과 함께 보스턴의 테이블에 앉아 주위 광경—부모 대리인들, 부모 대리인의 친구들, 수북하게 차려진 평범한 음식들, 모두 다 동의하는 민주당 정책 사안들을 놓고 소리소리 질러가며 자기들끼리 논쟁하는 진보주의자들—에 분노했다. 너무 상투적이고 뻔해서 소리라도 지르고 싶은 심정이었지만, 주드와 윌럼은 거기 기괴하게 매혹됐다.)

그래서 뭐가 먼저였더라. 잭슨과 가까워진 것, 아니면 친구들이 얼마나 따분한지 깨달은 것? 잭슨은 두 번째 전시회를 연 후에 만났다. 첫 번째 전시회 이후 거의 5년 뒤의 일이었다. 전시회 제목은 "내가 알았던 모든 사람 내가 사랑했던 모든 사람 내가 미워했던 모든 사람 내가 잤던 모든 사람"이었고, 정확히 그런 내용이어서, 가로 35 세로 55센티미터짜리 얇은 판자 150개에 그가 이제껏 알았던 모든 사람들의 얼굴을 그린 그림들이었다. 그 연작은 주드의 입양 날 해럴드와 줄리아에게 줬던 주드 그림에서 영감을 받았다. (세상에, 그는 그 그림을 좋아했다. 그냥 가지고 있었어야 했다. 아니면 다른 것으로 바꿨어야 했다. 해럴드와 줄리아는 그보다 못한 것이라도 주드 그림이기만 하면 기뻐했을 것이다. 지난번에 케임브리지에 갔을 때는 그 그림을 복도 걸이에서 살짝 떼서 떠나기 전 자기 잡낭에 쑤셔 넣어 훔쳐 올까 진지하게 생각했다.) 비록 그가 하고 싶었던 연작은 아니었지만, "내가 알았던 모든 사람"은 또 한 번 성공했다. 그가 하고 싶었던 연작은 지금 작업 중인 작품이었다.

잭슨도 같은 갤러리 소속 화가여서 알기는 했지만 실제로 만나본 적은 없었다. 하지만 오프닝 후 정찬에서 소개받아보니 너무 마음에 들고 예상 외로 너무 재미있는 사람이라서 깜짝 놀랐다. 잭슨은 보통 그가 끌리는 타입은 아니었기 때문이다. 우선, 잭슨의 작품이 싫었다, 정말로 싫었다. 그는 발견된 조각*을 했지만, 바비 인형 다리들을 참치 캔 바닥에 붙인다거나 하는 식의 가장 유치하고 뻔한 종류들을 만들었다. 맙소사, 갤러리 웹사이트에서 처음 그걸 봤을 때 그는 생각했다. 이 사람을 우리 갤러리에서 대리하고 있다고? 그는 그걸 예술로 치지도 않았

*'발견된 오브제'라고도 하며, 주로 기성품을 사용하여 미술작품이나 미술작품의 일부분으로서 새로운 지위를 부여한 작품을 말한다.

다. 그건 그냥 도발이었다, 비록 고등학생—아니, 중학생—이나 그런 걸 도발로 여기겠지만. 잭슨은 그것들을 킨홀즈*풍이라고 여겼고, 제이비는 불쾌했다. 심지어 킨홀즈를 좋아하지도 않는데 말이다.

또 다른 이유. 잭슨은 부자였다. 너무 부자여서 평생 하루도 일해본 적이 없었다. 너무 부자여서 갤러리에서는 잭슨 아버지에 대한 호의 차원에서 그를 대리하기로 했다(모두들 그렇게 말했고, 정말이지 그는 그게 사실이길 바랐다). 너무 부자여서 그의 전시회들이 매진된 건, 소문에 의하면—잭슨이 어렸을 때, 비행기 기계장치의 필수부품 같은 걸 만드는 제조업자 잭슨의 아버지와 이혼하고 심장이식 수술의 필수장치 같은 걸 발명한 사람과 결혼한—그의 어머니가 작품을 몽땅 사서 경매에 내놓아 가격을 올린 다음 다시 되사서 잭슨의 판매 기록을 부풀렸기 때문이라고 했다. 그가 아는—맬컴과 리처드와 에즈라를 포함한—다른 부자들과 달리, 잭슨은 아주 가끔씩만 부자가 아닌 척했다. 제이비는 늘 다른 사람들의 인색함이 거짓이고 짜증 난다고 생각했지만, 한번은 둘 다 약에 취해 킬킬대며 새벽 3시에 배고픈 타령을 하다가, 잭슨이 막대사탕 두 개에 100달러 지폐를 턱 내놓으며 점원에게 잔돈은 가지라고 말하는 걸 보고는 정신이 번쩍 들었다. 돈에 대한 잭슨의 태평함에는 뭔가 추잡스러운 데가 있어서, 스스로 아무리 아니라고 해도 자기 역시 지루하고 관습적이고 평범한 사람이라는 걸 상기시켜주곤 했다.

세 번째로, 잭슨은 심지어 잘생기지도 않았다. 그가 이성애자라고는—어쨌거나 그의 주위에는 늘 여자들이 있었고, 잭슨이

*미국의 설치미술가이자 조각가 에드워드 킨홀즈.

함부로 대하는데도 매끈하고 텅 빈 얼굴로 보푸라기처럼 그의 뒤를 따라다녔다—생각했지만, 그는 제이비가 만난 사람들 중 가장 섹시하지 않은 사람이었다. 잭슨은 거의 흰색에 가까운 굉장히 옅은 색 머리카락에, 여드름이 덕지덕지 난 피부에, 한때는 누가 봐도 돈 꽤나 들어가 보였겠지만, 지금은 흙빛으로 변하고 사이사이 버터색 치석이 끼인, 보기만 해도 역겨운 치아를 가지고 있었다.

친구들은 잭슨을 싫어했고, 잭슨과 그의 무리들—헤라 같은 외로운 부잣집 여자들, 마시모 같은 어중간한 예술가들, 제인 같은 자칭 미술평론가들로, 그중 대부분이 잭슨이 제이비가 다닌 학교를 포함해 뉴욕의 모든 사립학교에서 낙제한 후 다녔던 삼류학교 동창들이었다—이 제이비의 생활의 일부가 된 게 분명해지자, 다들 틈만 나면 잭슨 이야기를 했다.

"넌 늘 에즈라가 얼마나 가짜인지 떠들어댔잖아." 윌럼이 말했다. "하지만 도대체 잭슨이 에즈라와 다른 점이 뭐야, 완전 빌어먹을 개자식이라는 거 말고?"

잭슨은 개자식이었고, 그의 옆에 있으면 제이비도 개자식이었다. 몇 달 전, 네 번째인가 다섯 번째로 약을 끊으려 애쓰고 있었을 때, 하루는 주드에게 전화를 했다. 시간은 오후 5시였고, 그는 방금 일어났고, 기분은 엿 같고 믿을 수 없이 늙고 지친 것 같고 완전 끝장이었다. 피부는 끈적끈적하고, 이는 뭐가 잔뜩 끼인 것처럼 찝찝하고, 눈은 나무처럼 건조했다. 처음으로 죽어버렸으면, 그냥 계속하지 않아도 됐으면 하는 생각이 들었다. 뭔가 달라져야 해, 그는 스스로에게 말했다. 잭슨과 그만 어울려야 해. 그만둬야 해. 다 멈춰야 해. 친구들이 그리웠다. 너무나 깨끗하고 순수한 그들이 그리웠다. 그중에서 가장 재미있는 사람이었던 게 그리웠다. 그 옆에서는 노력하지 않아도 되는 게 그리웠다.

그래서 그는 주드에게 전화해서(당연히, 윌럼은 빌어먹게도 없었고, 맬컴은 질겁하지 않는다고 장담할 수 없었다) 퇴근 후에 와달라고 부탁했다, 애원했다. 주드에게 나머지 크리스털*이 정확히 어디 있는지(침대 오른쪽 헐거운 널빤지 아래), 파이프는 어디 있는지 말하고, 그걸 다 변기에 흘려버리라고, 다 없애버리라고 말했다.

"제이비." 주드는 말했다. "잘 들어. 클린턴에 있는 그 카페에 가, 알았지? 스케치북을 가져가. 가서 뭐 좀 먹어. 최대한 빨리, 이 회의가 끝나자마자 갈게. 다 끝나고 나면 문자를 할 테니까, 그럼 집에 와도 돼, 알았지?"

"좋아." 그는 말했다. 그리고 일어나서 몸은 거의 닦지도 않은 채 물 밑에 서서 오랫동안 샤워를 한 후 주드의 지시를 정확히 따랐다. 스케치북과 연필을 들었다. 카페에 갔다. 치킨클럽 샌드위치를 먹고 커피를 좀 마셨다. 그리고 기다렸다.

기다리고 있는데, 지저분한 머리와 섬세한 턱을 가진 잭슨이 두 발로 걷는 몽구스처럼 창문 밖으로 지나가는 모습이 보였다. 자기만족에 빠진 부잣집 아들 같은 걸음걸이로 희미한 미소를 띤 채 걸어가는 잭슨을 보자, 한 대 패주고 싶었다. 거의 매일 보는 추한 녀석이 아니라 길에서 본 모르는 추한 녀석인 것처럼 초연하게 패주고 싶었다. 그 순간, 막 시야에서 벗어나고 있던 잭슨이 고개를 돌리더니 창문 안 그를 정면으로 바라봤고, 그 추한 미소를 지으며 방향을 틀어 다시 카페 쪽으로 걸어와

*메스암페타민의 별칭.

문을 열고 들어왔다. 마치 내내 제이비가 거기 있다는 걸 알았다는 듯이, 마치 제이비는 이제 그의 것이고 그에게서 벗어나는 건 불가능하며, 제이비는 잭슨이 원하는 바를 잭슨이 원할 때 해야 하고, 그의 인생은 다시는 자기 것이 될 수 없다는 것을 상기시켜주기 위해 나타난 것 같았다. 처음으로 그는 잭슨이 무서웠고 초조해졌다. 무슨 일이 벌어진 걸까? 그는 생각했다. 그는 장-밥티스트 마리온, 그는 계획을 짰고, 사람들은 그를 따랐다, 그 반대가 아니라. 잭슨이 절대 그를 놔주지 않으리란 걸 그는 깨달았고 공포에 질렸다. 그는 다른 사람의 것이었다. 그는 이제 소유당했다. 어떻게 이걸 다시 돌릴 수 있을까? 어떻게 과거의 자신으로 돌아갈 수 있을까?

"헤이." 잭슨은 마치 자기가 의지로 제이비를 불러내기라도 한 것처럼 그를 보고도 전혀 놀라지 않고 말했다.

무슨 말을 할 수 있을까? "헤이." 그는 말했다.

그때 전화가 울렸다. 모든 게 안전하다고, 돌아와도 된다고 말하는 주드였다. "나 가야 해." 그는 일어서며 말했고, 그가 나가자 잭슨도 따라왔다.

잭슨이 옆에 있는 걸 본 주드의 표정이 변했다. "제이비." 그는 차분하게 말했다. "만나서 반가워. 갈 준비 됐어?"

"어디로?" 그는 멍청하게 물었다.

"우리 집으로." 주드가 말했다. "내 손이 안 닿는 상자 도와준다고 했잖아?"

하지만 그는 아직 머리가 흐리멍덩했고 너무 혼란스러워서 무슨 말인지 알아듣지 못했다. "무슨 상자?"

"찬장 선반 위에 있어서 손이 안 닿는 그 상자 말이야." 주드는 여전히 잭슨을 무시하며 말했다. "도움이 필요해. 나 혼자서는 사다리를 올라가기가 힘들어."

그때 알았어야 했다. 주드는 자기가 할 수 없는 일을 절대 언급하지 않는다. 그는 탈출구를 제시하고 있었는데, 자기가 너무 멍청해서 깨닫지 못한 것이다.

하지만 잭슨은 알았다. "네 친구가 널 나한테서 데려가려는 것 같은데." 그는 빙글빙글 웃으며 제이비에게 말했다. 다들 전에 만났으면서도 잭슨은 늘 그들을 그렇게 불렀다. 네 친구들. 제이비의 친구들.

주드가 그를 쳐다봤다. "네 말이 맞아." 그는 여전히 차분하고 변함없는 목소리로 말했다. "그러려고." 그러고는 그에게 돌아서며 말했다. "제이비, 나하고 가지 않을래?"

오, 그는 그러고 싶었다. 하지만 그 순간은 그럴 수 없었다. 왜인지 알 수 없었고 앞으로도 절대 모를 테지만, 그럴 수 없었다. 그는 무력했고, 너무 무력해서 아닌 척할 수조차 없었다. "못 해." 그는 주드에게 속삭였다.

"제이비." 주드는 그의 팔을 잡고 길 쪽으로 잡아당겼고, 잭슨은 예의 그 멍청하고 비웃는 듯한 미소를 지으며 그들을 지켜봤다. "같이 가자. 여기 있을 필요 없어. 나랑 가, 제이비."

그 순간 그는 울기 시작했다. 커다랗게 울지도, 계속 울지도 않았지만, 하여간 울었다. "제이비." 주드가 다시 나지막한 목소리로 말했다. "나랑 같이 가. 거기 돌아갈 필요 없어."

하지만 "못 해." 그는 자기도 모르게 말했다. "못 해. 위층에 가고 싶어. 집에 가고 싶어."

"그럼 내가 같이 갈게."

"아니. 아니야, 주드. 난 혼자 있고 싶어. 고마워. 하지만 집에 가."

"제이비." 주드가 뭐라 하려 했지만, 그는 돌아서서 달려가 열쇠를 앞문에 쑤셔 넣고 계단을 달려 올라갔다. 그는 주드가 따라올 수 없다는 걸 알았고, 대신 잭슨이 비열하게 웃으며 그의 바로 뒤에 있었다. 주드의 외침—"제이비! 제이비!"—이 그가 아파트 안(여기 있는 동안 주드가 청소를 했다. 싱크대는 비워져 있었고, 접시들은 선반 위에 쌓여 건조되고 있었다)으로 들어갈 때까지 뒤따라오다 사라졌다. 그는 주드의 전화가 걸려오고 있는 전화기를 끄고, 주드가 계속 눌러대고 있는 앞문 벨소리를 무음으로 돌렸다.

그리고 잭슨은 자기가 가져온 코카인을 일렬로 나누어 정리했고, 그들은 코카인을 흡입했고, 그날 밤은 전에 몇백 번이나 했던 것과 같은 밤이 됐다. 똑같은 리듬, 똑같은 절망, 똑같은 끔찍한 부유하는 느낌.

"걔 예쁘더라, 네 친구." 그날 밤 야심한 시각 언제쯤 잭슨이 말했다. "하지만 안됐어—" 그러고는 일어나서 주드의 걸음걸이를 흉내 내기 시작했다. 입을 크레틴병 환자처럼 헤벌리고 손은 앞에서 휙 움직이는, 주드와는 딴판으로 비틀거리는 기괴한 동작이었다. 그는 너무 약에 취해 항의하지도, 아무 말도 하지 못했다. 그래서 그저 눈을 껌벅이면서 잭슨이 방 안을 절뚝거리며 돌아다니는 꼴을 보았고, 주드를 변호하는 말을 하려고 애쓰는 동안, 눈물로 눈이 따가워졌다.

다음 날 그는 부엌 근처 바닥에 얼굴을 처박은 채 느지막이 일어났다. 책장 근처 바닥에서 잠든 잭슨을 빙 돌아 자기 방으로 들어가니 주드가 정리해놓은 침대가 그대로 있었다. 왠지 기분이 울컥했다. 그는 침대 오른쪽 널빤지를 조심스레 들고 그 안에 손을 집어넣었다. 아무것도 없었다. 그래서 그는 담요 위에 누워 그 한쪽 끝을 당겨 몸을 완전히 덮은 후 어릴 때 그랬던 것처럼 머리 위까지 덮어썼다.

잠들려고 애쓰면서 그는 왜 자기가 잭슨에게 빠졌는지 생각했다. 이유를 몰라서가 아니었다. 기억하기가 부끄럽기 때문이었다. 그는 친구들에게 의존하지 않는다는 걸, 자기 인생에 갇히지 않았다는 걸, 나쁜 결정들일지언정 스스로 내릴 수 있고 내릴 거라는 걸 증명하기 위해 잭슨과 어울리기 시작했다. 그 나이쯤 되면 아마 만날 친구들은 이미 다 만났다. 친구들의 친구들도 만났다. 인생은 점점 더 작아졌다. 잭슨은 멍청하고 풋내기에다 잔인했고, 그가 높이 칠 수 있는, 시간을 보낼 가치가 있는 사람이 아니었다. 그는 그걸 알았다. 그리고 그게 바로 계속 그와 어울린 이유였다. 친구들을 당황시키려고, 친구들의 기대에 묶여 있지 않다는 걸 보여주기 위해서. 멍청하고, 멍청하고, 또 멍청한 짓이었다. 오만이었다. 그 때문에 고통 받는 사람도 그뿐이었다.

"넌 이 녀석을 진짜로 좋아할 수 없어." 윌럼은 한번 그렇게 말했다. 윌럼이 무슨 뜻으로 한 말인지 정확하게 알면서도 그는 모르는 척 못되게 굴었다.

"왜 못 해, 윌럼?" 그는 물었다. "죽이게 재밌는 친구라고. 실제로 뭘 하는 걸 좋아하고. 누가 있었으면 싶을 때 실제로 주위에 있고. 왜 못 해? 어?"

약도 똑같았다. 약을 하는 건 하드코어가 아니었다, 거친 짓도 아니었다, 그를 더 재미있는 사람으로 만들지도 않았다. 하지만 그건 그가 해서는 안 되는 일이었다. 요즘은 진지한 예술가라면 약을 하지 않았다. 방종, 그런 생각 자체가 사라졌다. 그건 비트와 추상표현주의와 옵아트와 팝아트의 것이었다. 요즘은 어쩌면 마리화나 정도는 좀 할지도 모른다. 어쩌면, 아주 간혹 가다, 기분이 굉장히 꼬인다거나 하면, 코카인 한 줄 정도는 흡입할 수도 있다. 하지만 그게 다다. 지금은 자제의 시대, 영감이 아니라 결핍의 시대였고, 어쨌거나 영감은 더 이상 약을 의미하지 않았다. 그가 알고 존경하는 어떤 사람—리처드, 알리, 아시안 헨리 영—도 약을 하지 않았다. 약도, 설탕도, 카페인도, 소금도, 고기도, 글루텐도, 니코틴도 하지 않았다. 그들은 금욕주의자 예술가들이었다. 더 반항심이 들 때면, 약을 하는 게 너무 한물가고 너무 진부해진 나머지 사실 다시 쿨해졌다고 생각하려고 애썼다. 하지만 그게 사실이 아니라는 걸 알고 있었다. 텅텅 울리는 잭슨의 윌리엄스버그 아파트에서 간혹 열리는 섹스파티, 호리호리한 사람들이 상대를 바꿔가며 더듬더듬 서로를 만져대는 그 섹스파티들이 사실은 즐겁지 않다는 걸 알고 있는 것처럼. 진짜 제이비의 취향이라기엔 너무 갈대같이 여리여리하고 어리고 털도 없는 어느 소년이 스스로 낸 상처에서 피를 빠는 모습을 봐달라고 제이비에게 말했을 때 그는 웃고 싶었다. 하지만 그는 웃지 않았고, 소년이 이두근에 상처를 내고 목을 꺾어 털정리를 하는 새끼 고양이처럼 피를 핥자 대신 울컥 슬퍼졌다. "오, 제이비, 난 그냥 괜찮은 백인 남자를 원해." 남자친구 토비는 예전에 그에게 한탄했고, 그는 그 기억을 떠올리며 살짝 미소 지었다. 그도 그랬다. 원하는 건 그냥 괜찮은 백인 남자였다. 너무 창백해서 거의 투명하다시피 한 데다, 세상에서 가장 에로틱하지 않은 자세로 자기 피를 핥고 있는 이 불쌍한 도롱뇽 같은 친구가 아니라.

하지만 대답할 수 있는 모든 질문들 중 그가 대답할 수 없는 질문이 하나 있었다. 어떻게 빠져나갈 것인가? 어떻게 그만둘 것인가? 여기 그는 자기 스튜디오에 문자 그대로 갇힌 채, 잭슨이 오고 있지는 않은지 문자 그대로 복도를 엿보고 있었다. 어떻게 잭슨을 피할 것인가? 어떻게 자기 인생을 회복할 것인가?

주드에게 숨겨둔 마약을 버리게 한 다음 날 밤, 그는 마침내 주드에게 다시 전화했고, 주드는 자기 집에 오라고 했고, 그는 거절했고, 그래서 주드가 왔다. 주드가 저녁으로 새우 리소토를 만들고 접시를 건네고 조리대에 기대 그가 먹는 걸 바라보는 동안, 그는 앉아서 벽을 쳐다봤다.

"더 먹어도 돼?" 한 접시를 다 먹고 묻자, 주드가 음식을 더 줬다. 그는 자기가 얼마나 배가 고팠는지도 몰랐고, 숟가락을 입으로 가져가는데 손이 떨렸다. 엄마 집에서 먹던 일요일 저녁 만찬을 생각했다. 할머니가 돌아가신 후로는 한 번도 집에 간 적이 없었다.

"연설 늘어놓을 거 아니지?" 마침내 물어보자, 주드는 고개를 저었다.

저녁을 먹은 후 그는 소파에 앉아 소리를 끈 채 텔레비전을 봤다. 정말로 뭘 보지는 않았지만 화면에서 그림들이 나타나고 희미해지는 걸 보고 있으니 위안이 됐고, 주드는 설거지를 한 다음 소파 가까운 자리에 앉아 소송사건 서류를 작성했다.

윌럼이 출연한 영화—그가 조그만 아일랜드 마을의 사기꾼으로 나오는 영화였는데, 왼쪽 뺨 전체에 흉터가 얽어 있었다—가 텔레비전에서 하고 있어서 그는 채널을 멈췄고, 영화를 보는 대신 윌럼의 얼굴을, 소리 없이 움직이는 입을 봤다. "윌럼이 보고 싶어." 그는 말했고, 그런 다음에야 그게 얼마나 배은망덕한 소리인지 깨달았다. 하지만 주드는 펜을 놓고 화면을 쳐다봤다. "나도 보고 싶어." 그는 말했고, 두 사람은 너무나 먼

곳에 있는 친구를 물끄러미 바라봤다.

"가지 마." 그는 잠들며 주드에게 말했다. "나 두고 가지 마."

"안 가." 주드는 대답했고, 그는 주드가 안 간다는 걸 알고 있었다.

다음 날 일찍 일어났을 때, 그는 아직 소파에 있었고, 텔레비전은 꺼져 있었고, 몸에는 이불이 덮여 있었다. 주드는 반대쪽에서 쿠션을 끌어안고 잠들어 있었다. 그는 자기 이야기를 친구들에게 내놓으려 하지 않는, 내밀하고 비밀이 많은 주드의 방식에 마음 한구석 늘 모욕감을 느꼈지만, 그 순간만은 그저 감사와 경탄의 마음뿐이었다. 그는 옆의 의자에 앉아 너무나 그리고 싶었던 얼굴을, 볼 때마다 그 복잡한 색감을 정확하게 표현하기 위해 얼마나 많은 물감을 섞었는지 떠올리게 되는 그 오묘한 색깔의 머리를 곰곰이 들여다봤다.

난 할 수 있어, 그는 주드에게 말없이 말했다. 할 수 있어.

하지만 그는 절대 못 했다. 그는 스튜디오에 있었고, 아직 오후 1시밖에 되지 않았고, 너무 약이 하고 싶었다. 약 생각이 너무 간절해서 머릿속에 파이프, 남은 하얀 가루로 덮인 유리 파이프밖에 보이지 않았다. 약을 하지 않겠다고 시도한 지 겨우 첫날이었고, 이미 그게—자기 스스로가—자신을 웃음거리로 만들고 있었다. 주위에는 그가 사랑하는 유일한 것들, 다음 연작 "초들, 분들, 시간들, 날들"에 들어갈 그림들이 있었다. 그 작업을 하느라 그는 맬컴과 주드, 윌럼을 하루 종일 따라다니며 일거수일투족을 다 찍었고, 그 각각의 날에서 여덟 개에서 열 개의 이미지들을 골랐다. 그는 모두 같은 해, 같은 달에서 고른 각자의 전형적 근무일의 모습을 기록하기로 하고, 각 그림에 그들의 이름과 사진을 찍은 장소, 날짜, 시간을 라벨로 붙였다.

윌럼의 연작은 가장 먼 곳을 배경으로 하고 있었다. 그는 윌럼이 〈신참들〉이라는 영화를 찍고 있던 런던에 갔고, 그가 고른 사진들에는 세트장 안팎에서 찍은 윌럼의 모습이 뒤섞여 있었다. 각각을 찍은 사진들 중 그가 제일 좋아하는 사진들이 있다. 윌럼의 경우에는 〈윌럼, 런던, 10월 8일 아침 9시 8분〉으로, 메이크업 담당자가 왼손 손가락 끝으로 윌럼의 턱을 받치고 오른손으로 뺨에 파우더를 바르고 있는 동안 메이크업 의자에 앉은 그가 거울에 비친 자기의 모습을 보고 있는 사진이었다. 눈은 내리깔고 있었지만 윌럼은 분명 자기 얼굴을 보고 있었고, 손은 의자의 손잡이를 마치 그 의자가 롤러코스터라서 놓으면 떨어질 것처럼 꽉 붙들고 있었다. 그의 앞 화장대 위에는 방금 깎은 눈썹연필에서 나온 돌돌 말린 나무 부스러기들이 갈가리 찢긴 레이스처럼 어수선하게 흩어져 있었고, 상상할 수 있는 온갖 색조의 빨간색이 든 메이크업 팔레트가 뚜껑이 열린 채 놓여 있고, 빨간색이 피처럼 묻어 있는 화장지 뭉치들이 떨어져 있었다. 맬컴의 경우에는, 그가 밤늦게 집 부엌 조리대 앞에 앉아 사각형 라이스페이퍼로 상상의 건물을 만들고 있는 모습을 오래 찍었다. 그는 〈맬컴, 브루클린, 10월 23일 밤 11시 17분〉을 구성이나 색채 때문이 아니라 개인적인 이유로 더 좋아했다. 대학 시절 그는 맬컴이 만들어 창틀에 전시해두는 조그만 건물들을 가지고 늘 놀려댔지만 사실은 감탄했고 맬컴이 그 모형들을 만드는 걸 보는 걸 좋아했다. 그럴 때면 호흡은 느려지고, 완전히 조용했으며, 마치 꼬리 같은 부속물처럼 때로는 육체적 실체성마저 느껴지는 그의 끝없는 소심함도 사라졌다.

그는 순서에 구애받지 않고 작업했지만, 주드의 작품에 쓰고 싶은 색깔들을 제대로 만들지 못해서 그 그림들이 가장 적게,

가장 덜 완성됐다. 사진들을 둘러보다 그는 각 친구들의 날들이 어떤 일관된 색조에 의해 정의되고 있다는 걸 발견했다. 윌럼을 따라다니고 있었을 때, 그는 영화 속 넓은 아파트가 될 곳에서 촬영을 하고 있었고 조명은 밀랍처럼 선명한 황금색이었다. 그러고는 윌럼이 세 들어 있던 노팅힐 아파트에 돌아와 앉아 있거나 책 읽는 모습들을 찍었는데, 거기 빛도 시럽이라기보다는 늦가을 사과껍질처럼 좀 더 쪼글쪼글하긴 했지만 마찬가지로 노르스름했다. 그와 대조적으로 맬컴의 세상은 푸른색이었다. 22번 스트리트에 자리한 그의 단조로운 흰 대리석 사무실도, 소피와 결혼한 후 산 코블힐의 집도 푸르스름했다. 주드는 회색, 아크릴화로는 굉장히 재현하기 힘든 젤라틴 프린트 특유의 은빛 회색이었지만, 그 그림들을 위해 제이비는 매우 엷은 색채를 만들어 그 어렴풋한 빛을 포착하려고 애썼다. 그림을 시작하기 전 우선 환하고 깨끗한 회색을 만들 방법을 찾아야 했고, 그건 괴로운 작업이었다. 왜냐하면 그가 바라는 건 색채를 가지고 안달복달하는 게 아니라 오로지 그림 그리는 것이었기 때문이다.

하지만 결국엔 그림들을 가지고 안달복달하게 된다. 작품을 동료이자 공동참여자로 생각하지 않기란 불가능하다. 작품들이란 때로는 장단을 잘 맞춰주고 협조하기로 결심했다가 때로는 반항적이고 양보 같은 건 모르기로 작정한 동료처럼 군다. 그냥 계속하고, 또 하는 수밖에 없다. 그러면 어느 날 원하는 바대로 되는 것이다.

하지만 자기에게 한 약속—'넌 해내지 못할 거야!' 머릿속 조롱하는 춤추는 작은 악마는 깩깩거리며 비명을 질렀다. '넌 해내지 못해!'—처럼 그림들도 그를 조롱하고 있었다. 그는 이 연작에 어느 하루 자신 모습도 몇 장 넣겠다고 결심했지만, 거의 3년 동안 기록할 만한 날을 찾지 못하고 있었다. 그는 노력했다. 열흘 넘게 수백 장의 사진도 찍었다. 하지만 사진들을 살펴보면 모두들 끝이 똑같았다. 그 끝은 늘 약에 취한 인사불성의 모습이었다. 아니면 아침 일찍 끝나곤 했는데, 그건 약에 너무 취해서 사진을 찍지 못했기 때문이다. 그 사진들에는 또 마음에 안 드는 점들이 있다. 자기 삶의 기록에 잭슨이 포함되는 게 싫었지만, 거기엔 늘 잭슨이 있었다. 약에 취했을 때 자기 얼굴에 보이는 얼빠진 미소가 싫었다. 낮이 밤이 되면서 자기 얼굴이 뚱뚱하고 희망찬 얼굴에서 뚱뚱하고 탐욕스러운 얼굴이 되는 것도 싫었다. 하지만 점차 이게 자기가 그려야 하는 자신의 모습이라는 생각이 들기 시작했다. 이게 결국은 그의 인생이다. 이게 지금 자신의 모습이었다. 때로 잠에서 깨면 날이 이미 어두웠고, 자기가 어디에 있는지, 몇 시인지, 며칠인지도 알 수 없었다. 날들이라. 날이라는 개념조차도 조롱이 되었다. 더 이상 하루가 언제 시작되고 언제 끝나는지 정확하게 잴 수가 없었다. 도와줘. 그런 순간이면 그는 커다랗게 말하곤 했다, 도와줘. 하지만 누구에게 애원하고 있는지, 무엇을 기대하는지도 알 수 없었다.

그리고 이제 그는 피곤했다. 그는 노력했다. 7월 4일 주말 금요일 오후 1시 30분이었다. 그는 옷을 입었다. 스튜디오 창문을 닫고 문을 잠그고 고요한 건물 계단을 내려갔다. "첸." 그는 동료들에게 경고 방송을 하는 척, 도움이 필요한 누군가에게 이야기하는 척하며 계단에서 소리 높여 말했다. "첸, 첸, 첸." 집으로 갈 것이다. 약을 할 것이다.

시끄러운 소음, 쇠와 쇠가 갈리는 기계 소리에 그는 잠에서 깼고, 베개에 머리를 파묻으며 소리를 질러 소음을 묻어보려 하다가 마침내 그게 벨소리라는 걸 깨달았다. 그는 천천히 일어나 문 쪽으로 흐느적흐느적 걸어갔다. "잭슨?" 그는 인터폰 버튼을 누르며 물었다. 겁에 질리고 주저하는 목소리가 나왔다.

잠시 아무 대답이 없었다. "아니, 우리야." 맬컴이 말했다. "문 열어줘." 그는 열었다.

그리고 그들 모두가, 맬컴과 주드와 윌럼이 마치 공연이라도 보러 온 것처럼 방 안에 있었다. "윌럼." 그는 말했다. "넌 카파도키아에 있어야 하잖아."

"어제 막 돌아왔어."

"하지만 넌 거기에"—그는 알고 있었다—"7월 6일까지 있어야 하잖아. 그때 돌아올 거라고 했잖아."

"오늘 7월 7일이야." 윌럼이 조용히 말했다.

그 순간 그는 울기 시작했지만, 탈수 상태라 눈물도 나오지 않았다. 그냥 우는 소리만 났다. 7월 7일. 수많은 날들이 사라졌다. 아무것도 기억나지 않았다.

"제이비." 주드가 다가오며 말했다. "우리가 널 여기서 꺼낼 거야. 우리랑 가자. 우리가 도와줄게."

"좋아." 그는 여전히 울며 말했다. "좋아, 좋아." 그는 계속 담요를 두르고 있었다. 너무 추웠지만 맬컴이 이끄는 대로 소파로 갔고, 윌럼이 스웨터를 가지고 오자 어릴 때 엄마가 옷을 입혀줄 때처럼 고분고분 팔을 위로 들어 올렸다. "잭슨은 어디 있어?" 그는 윌럼에게 물었다 .

"잭슨은 이제 널 괴롭히지 않을 거야." 주드가 머리 위쪽 어딘가에서 말했다. "걱정하지 마, 제이비."

"윌럼." 그는 말했다. "너 언제부터 내 친구 그만둔 거야?"

"난 한 번도 네 친구이길 그만둔 적 없어, 제이비." 윌럼이 말하고 그의 옆에 앉았다. “내가 너 사랑하는 거 알잖아.”

그는 소파에 기대 눈을 감았다. 주드와 맬컴이 조용조용 이야기하는 소리, 맬컴이 아파트 저쪽 끝 침실 쪽으로 걸어가는 소리, 마룻널을 들었다가 제자리에 내려놓는 소리, 화장실 물 내리는 소리가 들렸다.

“우린 준비됐어.” 주드의 말소리가 들렸고, 그는 일어섰고, 윌럼도 그와 함께 일어섰고, 맬컴이 와서 그의 등에 팔을 둘렀고, 그들은 한 덩어리로 문 쪽을 향해 질질 걸어갔다. 거기서 그는 갑자기 공포에 휩싸였다. 밖에 나가면 분명 잭슨이 있을 것이다. 그날 카페에서 봤던 것처럼 갑자기 나타날 것이다.

“난 못 가.” 그는 걸음을 멈추며 말했다. “안 가고 싶어. 나 보내지 마.”

“제이비.” 윌럼이 입을 열었고, 그 순간 윌럼의 목소리, 그의 존재 자체의 무엇인가에 비이성적인 분노가 솟구쳤다. 그는 맬컴의 팔을 뿌리치고 그들을 마주 봤다. 온몸에서 기운이 넘쳐흘렀다. “내 일에 토 달지 마, 윌럼.” 그는 말했다. “넌 맨날 없잖아. 한 번도 도와준 적 없고 전화도 안 했으면서, 그냥 네 기분 내킨다고 여기 와서 날 놀리지 마—불쌍하고 멍청하고 엉망진창 제이비, 난 영웅 윌럼이야, 내가 구하러 간다. 그러니 젠장할, 나 좀 내버려둬.”

“제이비, 화난 거 알아.” 윌럼이 말했다. “하지만 널 놀리는 사람은 아무도 없어, 난 말할 것도 없고.” 하지만 뭐라 하기도 전에 제이비는 윌럼이 재빨리 주드에게 눈길을 주는 걸, 마치 음모라도 꾸미는 것처럼 쳐다보는 걸 봤고, 어쩐지 그 때문에 훨씬 더 분노했다. 모두가 서로를 이해했던 시절, 윌럼과 함께 주말마다 외출했던 날들, 다음 날 돌아와 전날 밤의 이야기를 맬컴과 주드, 아무 데도 가지도 않고 자기 이야기를 나누는 법도 없던 주드와 함께 나눴던 그 시절은 어디로 갔나? 어쩌다 혼자가 된 거지? 왜 다들 잭슨이 그를 집어서 망가뜨리도록 내버려뒀지? 왜 그를 위해 더 열심히 싸우지 않았나? 왜 모든 걸 스스로 다 망쳐버렸을까? 왜 친구들은 그를 내버려뒀을까? 그는 친구들을 망쳐놓고 싶었다. 자기처럼 인간 이하의 기분을 느끼게 해주고 싶었다.

"그리고 너." 그는 주드에게 돌아서며 말했다. "내가 얼마나 엉망진창이 됐는지 알고 싶지? 넌 늘 다른 모든 사람들의 비밀을 알고 있기를 좋아하잖아. 우리한텐 빌어먹을 한 마디도 안 해주면서. 이게 뭐라고 생각해, 주드? 무리에는 들어오고 싶으면서 아무 말도 안 해도 된다고 생각하지? 우리한테 아무 이야기도 안 해도 된다고 생각하지? 흥, 그런 엿 같은 식으론 안 돼, 우린 다 네가 신물 난다고."

"그만해, 제이비." 윌럼이 그의 어깨를 잡으며 날카롭게 말했지만, 그는 갑자기 기운이 넘쳐 윌럼의 손을 휙 잡아 떼고 권투 선수처럼 놀랍게 민첩한 스텝으로 책장 쪽으로 춤추듯 움직였다. 그는 말없이 서 있는 주드를 쳐다봤다. 주드는 차분하기 이를 데 없는 표정으로 눈을 커다랗게 뜨고 서 있었다. 마치 거의 계속하기를, 제이비가 더 그에게 상처 주기를 기다리고 있는 것 같았다. 처음 주드의 눈을 그렸을 때, 그는 애완동물 가게에 가서 초록뱀 사진들을 찍었다. 색이 너무 비슷했기 때문이다. 하지만 지금 이 순간 주드의 눈은 거의 풀뱀처럼 더 짙은 색이었다. 웃기게도 물감이 있었으면 좋겠다는 생각이 들었다. 물감이 있으면 노력할 필요조차 없이 그 색을 정확하게 얻을 수 있을 것 같았다.

"그렇게는 안 되지." 그는 다시 주드에게 말했다. 다음 순간 그는 자기도 모르게 잭슨이 하던 주드 흉내, 그 끔찍한 패러디를 하고 있었다. 잭슨이 그랬던 것처럼 저능아처럼 끙끙대며 입을 헤벌리고 오른발을 돌덩어리처럼 질질 끌었다. "난 주드야." 그는 분명치 않은 발음으로 말했다. "난 주드 세인트 프랜시스야." 몇 초 동안 방 안에는 그의 목소리밖에 들리지 않았고, 그의 움직임 외엔 아무것도 움직이지 않았다. 그 몇 초 사이, 그는 멈추고 싶었지만 멈출 수가 없었다. 그 순간 윌럼이 그에게 달려왔고, 마지막으로 눈에 보인 건 윌럼이 주먹을 뒤로 빼는 모습, 그리고 마지막으로 들은 소리는 뼈가 우두둑 부러지는 소리였다.

정신이 들었을 때 그는 자기가 어디 있는지 몰랐다. 숨쉬기가 힘들었다. 코에 뭔가가 있었다. 하지만 그게 뭔지 만져보려고 손을 들려고 하니 그럴 수가 없었다. 아래를 내려다보니 손목이 결박되어 있었다. 그제야 그는 자기가 병원에 있다는 걸 알았다. 그는 눈을 감고 기억을 되살렸다. 윌럼이 그를 쳤다. 이유도 생각났다. 그는 눈을 질끈 감았다. 울부짖었지만 소리가 나오지 않았다.

그 순간이 지나가고, 그는 다시 눈을 떴다. 고개를 왼쪽으로 돌리자 못생긴 파란 커튼이 쳐져 있어 문이 보이지 않았다. 그래서 고개를 오른쪽, 이른 아침 햇살 쪽을 향해 돌리자, 주드가 침대 옆 의자에 잠들어 있었다. 의자가 너무 작아서, 끔찍한 자세로 몸을 구기고 있었다. 무릎은 가슴에 바싹 붙이고, 가슴은 무릎 위에 올리고 팔로 종아리를 감싸고 있었다.

'그렇게 자면 안 되는 거 알잖아, 주드.' 그는 머릿속으로 말했다. '일어나면 허리가 아플 거라고.' 하지만 팔을 뻗어 그를 깨울 수 있었다 하더라도 그는 그러지 않았을 것이다.

세상에, 그는 생각했다. 세상에, 내가 무슨 짓을 한 거야?

'미안해, 주드.' 그는 머릿속으로 말했고, 이번에는 제대로 울 수 있었다. 눈물이 입으로 흘러 들어가고, 닦을 수 없는 콧물이 콧방울을 만들며 그 위로 같이 흘렀다. 하지만 그는 조용했다. 아무 소리도 내지 않았다. '미안해, 주드, 미안해, 주드.' 그는 혼자 계속해서 말했고, 그러고는 커다랗게, 하지만 조용하게 속삭였다. 너무 조용해서 입이 벌어지고 닫히는 소리밖에 들리지 않았다. '용서해줘, 주드. 용서해줘.'

용서해줘.

용서해줘.

용서해줘.

4부

등식의 공리

1

친구 라이어넬의 결혼식 참석차 보스턴으로 떠나기 전날 밤, 리 박사가 카센 박사의 사망 소식을 전한다. "심장마비였어. 순식간에." 리 박사의 문자다. 장례식은 금요일 오후다.

다음 날 아침, 그는 곧장 묘지로 갔다가 거기서 카센 박사의 집으로 간다. 뉴욕에 있는 2층짜리 목재 주택으로, 박사는 가르치는 대학원생들을 다 불러서 거기서 송년파티를 하곤 했다. 이런 파티에서는 수학 이야기는 하면 안 된다. "다른 이야기는 뭐든 해도 좋아." 그는 말했다. "하지만 수학 이야기는 하지 말자." 오직 카센 박사의 파티에서만 그는 방 안에 모인 사람들 중 제일 사교성 떨어지는 사람이 아니었고(하지만 또한 우연찮게도 가장 덜 똑똑한 사람이었다), 교수는 늘 그에게 대화의 시작을 맡겼다. "그런데, 주드, 요새는 뭐에 관심이 있나?" 적어도 대학원 동료 둘은 살짝 자폐증이 있었다. 대화하느라, 식탁 예절을 지키느라 그들이 얼마나 고군분투하고 있는지 다 보이기 때문에, 그런 저녁이 잡히면 그는 그전에 (그중 한 사람이 좋아하는) 온라인게임과 (다른 하나가 좋아하는) 테니스 쪽에 무슨 새로운 소식이 있는지 찾아본 후 그들이 대답할 수 있는 질문들을 던졌다. 카센 박사는 자기 학생들이 언젠가는 직장을 잡을 수 있기를 바랐고, 그래서 수학을 가르치는 것 외에도 그들을 사회화시키고 사람들 사이에서 행동하는 법을 가르치는 걸 자기 책임으로 여겼다.

가끔은 그보다 대여섯 살 정도 많은 카센 박사의 아들 리오도 그 자리를 함께했다. 그도 자폐증이었지만, 도널드와 미카일의 경우와는 달리 그의 자폐증은 즉시 눈에 띌 정도로 심해서 고등학교는 마쳤지만 대학은 한 학기밖에 못 다니고 전화회사 프로그래머로 취직해 날마다 조그만 방 안에 앉아 계속 화면을 넘겨가며 코드를 고쳤다. 그는 카센 박사의 외아들이었고, 몇 년 전 카센 박사의 아내가 죽은 후 집에 들어온 카센 박사 여동생과 함께 여전히 집에서 살고 있었다.

집에 간 그는 멍한 표정으로 중얼대며 딴 곳을 바라보는 리오와 노스웨스턴 대학 수학 교수인 카센 박사 여동생과 대화를 나눈다.

“주드.” 그녀가 말한다. “만나서 반가워요. 와줘서 고맙고.” 그녀는 그의 손을 잡는다. “오빠는 늘 주드 이야기를 했어요, 알죠?”

“정말 좋은 선생님이셨어요.” 그는 말한다. “제게 너무 많은 걸 주셨는데. 정말 유감입니다.”

“그래요.” 그녀는 말한다. “너무 갑작스러운 일이었어요. 그리고 불쌍한 리오는”—그들은 멍한 시선으로 앞만 보고 있는 리오를 쳐다본다—“이 상황을 어떻게 받아들일지 모르겠네요.” 그녀가 키스하며 작별인사를 한다. “정말 고마워요.”

바깥 날씨는 모질게 춥고, 바람막이에는 얼음이 끼었다. 그는 천천히 해럴드와 줄리아의 집으로 가서 안으로 들어가 그들의 이름을 부른다.

"왔구나!" 해럴드가 행주에 손을 닦으며 부엌에서 나온다. 해럴드가 그를 포옹한다. 어느 순간부터 포옹을 하기 시작했는데, 불편하기는 하지만 해럴드에게 그만뒀으면 좋겠다고 이유를 설명하는 게 더 불편할 것 같다. "카센 일은 정말 안됐어, 주드. 듣고 충격 받았어. 한 두어 달 전에 법정에서 마주쳤는데, 정말 좋아 보였었거든."

"정말 그랬어요." 그는 목도리를 풀고, 해럴드가 코트를 받아준다. "게다가 연세도 별로 안 많았고요. 일흔넷이니까."

"세상에." 해럴드가 말한다. 그는 이제 막 예순다섯이 됐다. "그거 참 고무적인 생각이네. 방에 짐 갖다 놓고 부엌으로 와라. 줄리아는 회의에 붙잡혔지만, 한 시간 정도 있으면 온단다."

손님 침실—해럴드와 줄리아는 "주드 방", "네 방"이라고 불렀다—에 가방을 놓고 양복을 벗고 부엌으로 가자, 해럴드는 스토브 위에 놓인 냄비 안을 우물이라도 들여다보듯이 들여다보고 있다. "볼로네즈를 만들려고 하는데." 그는 돌아보지 않고 말한다. "무슨 문제가 있어. 계속 분리가 돼. 보이지?"

그는 본다. "올리브오일을 얼마나 쓴 거예요?"

"많이."

"얼마나 많이요?"

"많이. 분명, 너무 많이."

그는 웃는다. "제가 어떻게 해볼게요."

"고맙다." 해럴드가 스토브에서 물러나며 말한다. "그렇게 말해주길 바라고 있었지."

저녁을 먹으며 그들은 줄리아가 총애하지만 다른 연구실로 갈 생각을 하고 있는 것 같은 연구원, 로스쿨에 돌고 있는 최신 소문들, 해럴드가 편집하고 있는 《브라운 대 교육부》에 대한 에세이집, 로런스의 쌍둥이 딸 결혼 소식 이야기들을 한다. 그러고는 해럴드가 씩 웃으며 말한다. "그런데, 주드, 큰 생일이 다가오고 있네."

"3개월밖에 안 남았어!" 줄리아는 즐거워하고, 그는 괴로워한다. "뭘 할 생각이야?"

"아마 아무것도요." 그는 말한다. 아무 계획도 없고, 윌럼에게도 아무 계획 하지 말라고 금지시켰다. 2년 전 윌럼의 마흔 살 생일에 그는 그린 스트리트에서 큰 파티를 열어줬다. 네 사람은 각각의 마흔 살 생일에는 어딘가 가자고 늘 말했지만, 일은 그렇게 되지 않았다. 윌럼은 생일 당일에는 로스앤젤레스에서 촬영 중이었지만, 촬영이 끝난 후에는 함께 보츠와나로 사파리 여행을 갔다. 하지만 두 사람뿐이었다. 맬컴은 베이징에서 프로젝트 중이었고, 제이비는—음, 윌럼은 제이비를 초대하자는 말을 하지 않았고, 그도 하지 않았다.

"뭔가 해야 해." 해럴드가 말한다. "여기, 아니면 뉴욕에서 저녁을 먹을 수도 있고."

그는 미소 지으며 고개를 젓는다. "마흔은 마흔이에요." 그는 말한다. "그냥 한 살 더 먹는 것뿐이라고요." 하지만 어릴 때는 자기가 마흔까지 살 거라고 한 번도 생각해보지 않았다. 부상을 당하고 나서 몇 달 동안 종종 어른이 된 꿈을 꿨다. 꿈은 굉장히 희미했지만—자기가 어디서 살고 있는지 뭘 하는지 절대 뚜렷이 알 수 없었지만, 그런 꿈속에서 그는 주로 걷거나 때로는 달리고 있었다—그 꿈속의 그는 늘 젊었다. 그의 상상력은 그를 중년으로 진입시키기를 거부했다.

화제를 바꾸기 위해 그는 카센 박사 장례식과 리 박사의 송덕

문 이야기를 한다. "수학을 사랑하지 않는 사람들은 늘 수학자들이 수학을 어렵게 만들려고 한다고 비난하죠." 리 박사는 말했다. "하지만 수학을 정말로 사랑하는 사람이라면 사실은 그 반대라는 걸 압니다. 수학은 단순함에 보상을 내리고, 수학자들은 단순함을 그 무엇보다 높이 평가합니다. 그래서 월터가 가장 좋아한 공리 또한 수학 영역에서 가장 단순한 공리였죠. 공집합의 공리 말입니다.

공집합의 공리는 영0의 공리입니다. 그것은 무無라는 개념이 분명히 존재한다고, 영이라는 개념이 분명히 있다고 말합니다. 무가치, 무항목. 수학은 무라는 개념이 존재한다고 가정하지만, 그것이 증명되었습니까? 아니요. 하지만 그것은 분명히 존재합니다.

좀 철학적이 되어보자면—오늘 우리 기분은 그렇습니다—우린 삶 자체가 공집합의 공리라고 말할 수 있죠. 삶은 영으로 시작해서 영으로 끝납니다. 두 상태가 존재한다는 건 알지만, 두 경험 다 의식하지는 못하죠. 비록 삶으로서 경험될 수는 없지만, 두 상태는 삶에 필요한 부분들입니다. 우리는 무의 개념을 가정하지만, 증명할 수는 없습니다. 하지만 그것은 분명히 존재합니다. 그래서 저는 월터가 죽은 것이 아니라 직접 공집합의 공리를 증명했다고, 영의 개념을 증명했다고 생각하고 싶습니다. 다른 그 무엇도 그를 더 행복하게 만들 수 없으리라는 걸 전 압니다. 고매한 정신은 고매한 끝을 바라고, 월터는 가장 고매한 정신을 가진 사람이었습니다. 그래서 저는 그에게 작별인사를 하고 싶습니다. 그가 너무나 사랑했던 공리의 답을 발견하기를 바랍니다."

모두들 잠시 아무 말 없이 그 말을 깊이 음미한다. "그게 네가 가장 좋아하는 공리는 아니라고 말해줘." 해럴드가 갑자기 말하자, 그가 웃는다. "아니에요." 그는 말한다. "아니에요."

다음 날 그는 내내 잠을 자고, 그날 밤 결혼식에 간다. 신랑이 둘 다 후드에 살았기 때문에 거의 모든 하객들이 아는 얼굴들이다. 후드 출신이 아닌 하객들—라이어넬의 웰즐리 동료들, 싱클레어가 유럽사를 가르치고 있는 하버드 동료들—은 마치 보호가 필요한 것처럼 옹기종기 모여 지루하면서도 재미있다는 표정을 하고 있다. 결혼식은 자유롭고 약간 어수선하다. 라이어넬은 손님들이 도착하는 즉시 임무를 지정하지만, 대부분은 무시한다. 그의 임무는 잊지 말고 다들 방명록에 서명하게 하는 것이다. 윌럼은 사람들이 자기 테이블을 찾도록 도와주는 역할을 맡았지만, 사람들은 돌아다니면서 라이어넬과 싱클레어 덕분에, 이 결혼식 덕분에, 올해는 스무 번째 동창회에 안 가도 되게 됐다며 이야기하느라 바쁘다. 어차피 다들 여기 와 있으니까. 윌럼과 여자친구 로빈, 맬컴과 소피, 제이비와 아직 본 적 없는 그의 새 남자친구, 자리 배치 카드를 보기도 전에 그들 모두가 같은 테이블에 배정되었으리라는 걸 안다. "주드!" 몇 년 동안 보지 못한 사람들이 그에게 말한다. "잘 지내? 제이비는 어딨어? 방금 윌럼이랑 이야기했어! 방금 맬컴을 봤어!" 그러고는 "너희 넷은 여전히 예전처럼 친하게 지내냐?"

"아직 이야기하고 지내." 그는 말한다. "그리고 다들 잘 지내." 윌럼과 그는 그렇게 대답하기로 정했다. 제이비는 뭐라고 말할지, 그와 윌럼처럼 진실을 대충 얼버무리고 지나갈지, 아니면 대놓고 거짓말을 할지, 제이비 특유의 솔직함을 터뜨려 진실을 말해버릴지 궁금하다. "아니. 우린 거의 말도 안 하고 지내. 요즘 이야기하는 건 맬컴뿐이야."

몇 달 동안이나 제이비는 얼굴도 본 적 없었다. 물론 소식은 듣는다. 맬컴을 통해서, 리처드를 통해서, 블랙 헨리 영을 통해서. 하지만 더 이상 보지는 않는다. 거의 3년이 지났지만 용서할 수가 없다. 노력하고 또 노력했다. 자기가 얼마나 고집불통이고 비열하고 무자비하게 굴고 있는지 알고 있다. 하지만 어쩔 수가 없다. 제이비를 보면, 자기를 흉내 내던 그 모습이 보인다. 자기가 어떻게 보일까 두려워하던 생각들이, 다른 사람들이 자기를 어떻게 생각할지 두려워하던 생각들이 다 옳았다는 걸 단번에 확인시켜주던 그의 모습이 보인다. 하지만 친구들이 자기를 그렇게 보고 있으리라고는 한 번도 생각하지 않았다. 아니면 적어도 자기에게 그걸 말할 거라고는 생각지도 않았다. 그 정확한 흉내만으로도 가슴이 찢어지지만, 그걸 제이비가 했다는 사실에 그는 망연자실한다. 밤늦게까지 잠을 이루지 못할 때면 종종 제이비가 입을 헤벌린 채 침을 흘리며 손을 앞으로 내밀고 발을 질질 끌며 구부정하게 걷는 모습이 보인다. '내가 주드다. 내가 주드 세인트 프랜시스다.'

그날 밤 제이비를 병원으로 데려가 입원시킨 후—그는 병원에 데려갈 때는 인사불성 상태로 침을 질질 흘렸지만, 나중에 정신을 차리더니 난폭하게 화를 내며 모두에게 알아들을 수 없는 고함을 질러대고 잡역부들에게 주먹을 휘두르며 손아귀에서 벗어나려고 난리를 쳐서 결국 진정제를 맞고 축 늘어진 채 복도로 끌려갔다—맬컴은 택시를 타고 떠났고, 그와 윌럼은 다른 택시를 타고 페리 스트리트의 집으로 돌아왔다.

택시 안에서 그는 윌럼을 쳐다볼 수가 없었다. 달리 생각할 거리—작성할 서류라거나 이야기를 나눌 의사—도 없어서, 밤공기가 덥고 습한데도 몸이 차가워지고 손이 떨리기 시작했다.

그러자 윌럼이 왼손을 뻗어 그의 오른손을 잡았고, 길고 고요한 귀갓길 내내 잡고 있었다.

그는 제이비가 회복하도록 옆을 지켰다. 나아질 때까지는 거기 있겠다고 결심했다. 이 모든 시간을 함께 보냈는데 그 순간 제이비를 저버릴 수는 없었다. 세 사람은 교대로 병실을 지켰고, 그는 퇴근 후 병실 침대 옆에 앉아 책을 읽었다. 제이비는 때로는 깨어 있었지만, 대부분은 그렇지 않았다. 그는 해독 치료를 받고 있었지만, 신장 감염도 발견돼서 주병동에 있었다. 그는 팔 안으로 똑똑 흘러 들어가는 링거를 맞았고, 얼굴에선 천천히 붓기가 빠졌다. 깨어 있을 때면 제이비는 용서를 빌었다. 때로는 극적인 애원조였고, 때로는—좀 더 정신이 또렷할 때면—차분한 말투였다. 그런 대화가 제일 견디기 힘들었다.

"주드, 정말 미안해. 난 완전 엉망진창이었어. 제발 용서한다고 말해줘. 내가 정말 죽일 놈이야. 널 사랑해, 알잖아. 너한테 상처 입힐 생각 같은 건 절대 없어, 절대."

"엉망진창이었다는 거 알아, 제이비." 그는 말했다. "알아."

"그럼 용서한다고 말해줘. 제발, 주드."

그는 조용했다. "괜찮아질 거야, 제이비." 그는 말했지만, 그 말—용서할게—은 도저히 입 밖에 나오지 않았다. 밤에 혼자 있을 때 몇 번이고 다시 말해보곤 했다. '용서할게, 용서해.' 정말 간단할 거야, 그는 스스로를 타일렀다. 그러면 제이비는 기분이 나아질 것이다. '말해.' 흰자가 지저분하고 노래진 눈으로 제이비가 쳐다보고 있으면, 그는 속으로 명령했다. '말하라고.' 하지만 그럴 수가 없었다. 자기가 제이비 기분을 더 망치고 있다는 걸 알고 있었다. 그래도 말할 수가 없었다. 그 말은 돌덩어리처럼 혀 아래에서 꿈쩍도 하지 않았다. 그 말을 내뱉을 수가 없었다. 그냥 할 수가 없었다.

나중에, 재활원에 간 제이비가 밤마다 거슬리는 현학적 어조로 전화를 했을 때, 그는 아무 말 없이 그의 독백을 들었다. 그는 자기는 정말 훨씬 나은 인간이 되었다, 세상에 자기 자신밖에 아무도 기댈 사람이 없다는 걸 깨달았다, 주드도 일만 할 게 아니라 인생에 더 많은 게 있다는 걸 깨달아야 한다, 매일 순간 순간을 충실하게 살고 자기를 사랑하는 법을 배워야 한다는 등 주절댔고, 그는 그 말을 들으며 숨만 쉬고 아무 말도 하지 않았다. 그리고 제이비는 집으로 돌아왔고, 재적응을 해야 했고, 몇 달 동안 아무도 그의 소식을 거의 듣지 못했다. 그는 아파트 임대계약을 상실해서, 재출발을 준비하는 동안 다시 어머니 집으로 들어갔다.

그러던 어느 날 제이비가 전화를 했다. 그들이 그를 병원에 데려간 지 거의 7개월이 지난 후인 2월 초의 일이었다. 제이비는 그와 만나 이야기하고 싶어 했다. 그는 윌럼의 집에서 가까운 곳에 있는 클레먼타인이라는 카페에서 만나자고 했고, 다닥다닥 놓인 테이블 사이를 지나 뒤쪽 벽에 기댄 의자 쪽으로 조금씩 다가가면서 자기가 왜 이 장소를 선택했는지 깨달았다. 너무 작고 비좁아서 제이비가 그를 흉내 낼 공간이 없었기 때문이다. 그걸 깨닫자 바보에다 겁쟁이가 된 기분이 들었다.

오랜만의 만남이었다. 제이비는 테이블 위로 몸을 내밀어 그를 가볍게, 조심스레 껴안고 다시 앉았다.

"좋아 보이네." 그가 말했다.

"고마워." 제이비가 말했다. "너도 그래."

그들은 20여 분 제이비의 생활에 대해 이야기했다. 그는 '크리스털 메스 중독자 갱생모임'에 들어갔다. 앞으로도 몇 달 정도는 어머니와 같이 살 예정이고, 그런 다음 뭘 할지 결정하려 했다. 작업도 다시 시작해서, 입원 전 하고 있던 연작을 작업 중이다.

"잘됐네, 제이비." 그는 말했다. "네가 자랑스럽다."

그리고 대화가 끊겼고, 둘 다 다른 사람들만 쳐다봤다. 몇 테이블 건너에는 긴 금목걸이를 한 여자가 손가락으로 계속 목걸이를 꼬았다가 풀었다가 하고 있었다. 그는 그녀가 목걸이를 꼬았다가 풀었다가 하면서 친구와 이야기하는 걸 쳐다보고 있다가 그녀가 고개를 들고 보자 시선을 돌렸다.

"주드." 제이비가 입을 열었다. "말하고 싶었어—완전 제정신으로—정말로 미안하다고. 끔찍한 짓이었어. 그건—" 그는 고개를 저었다. "너무 잔인한 짓이었어. 난 정말이지—" 그는 다시 말을 멈추었고, 침묵이 흘렀다. "미안해." 그가 말했다. "미안해."

"알아, 제이비." 그가 말했다. 전에는 느끼지 못했던 슬픔이 밀려왔다. 사람들은 그에게 잔인한 짓들을 했고 끔찍한 기분을 느끼게 했지만, 그 사람들은 그가 사랑한 사람들이 아니었다. 자신을 완전하고 망가지지 않은 사람으로 봐주길 늘 바랐던 그런 사람들이 아니었다. 제이비가 처음이었다.

하지만 제이비는 또한 처음으로 그와 친구가 된 사람 중 하나였다. 대학 때 삽화 때문에 룸메이트들이 앤디가 있던 병원으로 처음 그를 데려갔던 날, 나중에 앤디에게 들은 바에 의하면, 그를 들쳐 메고 들어온 사람도, 그를 제일 먼저 봐줘야 한다고 우긴 사람도, 응급실에서 하도 난리법석을 부려 쫓겨난 사람도 제이비였다. 그래도 결국 의사는 소환해놓고 쫓겨났다.

제이비가 그린 자신의 그림 속에서 그는 제이비의 애정을 느낄 수 있었다. 어느 여름 트루로에서 제이비가 스케치하고 있을 때 생각이 났다. 제이비의 표정, 살풋 떠오른 미소와 종이 위로 망설이듯 섬세하게 움직이는 그의 커다란 팔뚝을 보고 그는 제이비가 뭔가 아끼는 것, 소중한 것을 그리고 있다는 걸 알았다. "뭘 그리는 거야?" 그가 묻자 제이비가 돌아보더니 공책을 내밀었다. 거기에는 그의 얼굴이 있었다.

아, 제이비, 그는 생각했다. 네가 정말 그리울 거야.

"나 용서해줄 수 있어, 주드?" 제이비가 물으며 그를 쳐다봤다.

그는 할 말이 없었다. 그저 겨우 고개만 흔들었다. "못 하겠어, 제이비." 그는 마침내 말했다. "못 하겠어. 너만 보면 그 모습이—" 그는 말을 멈췄다. "못 하겠어." 그는 되풀이했다. "미안해, 제이비. 정말 미안해."

"아." 제이비는 침을 꿀꺽 삼켰다. 그들은 오랫동안 아무 말 없이 그냥 앉아만 있었다.

"네게 근사한 일들이 생기길 늘 바랄게." 그는 제이비에게 말했고, 제이비는 그를 쳐다보지 않고 천천히 고개를 끄덕였다.

"음." 제이비가 마침내 자리에서 일어났고, 그도 일어나 제이비에게 손을 내밀었다. 제이비는 그게 뭔가 이질적인 것, 전에 한 번도 보지 못한 것인 양 눈을 가늘게 뜨고 살펴보다가 마침내 손을 잡더니 맞잡고 흔드는 대신 고개를 숙여 입술을 갖다 댔다. 그러고는 그의 손을 놓아주고 조그만 테이블들에 부딪치며—"죄송합니다, 죄송합니다"—비틀비틀 거의 달리다시피 카페 밖으로 뛰쳐나갔다.

여전히 이따금씩은, 주로 파티 같은 데서 늘 무리지어 제이비를 만나고, 두 사람은 서로 예의 바르고 상냥하게 대한다. 잡담을 나누지만, 그게 가장 고통스러운 일이다. 제이비는 다시는 그를 껴안거나 키스하지 않았다. 제이비는 이미 손을 내민 채 다가오고, 그는 그 손을 잡고, 둘은 악수한다. "초들, 분들, 시간들, 날들"이 열렸을 때 그는 제이비에게—간략하기 짝이 없는 메모와 함께—꽃을 보냈고, 오프닝에는 못 갔지만 다음 토요일 출근길에 갤러리에 가서 한 시간 동안 그림을 차례차례 천천히 감상했다. 제이비는 이번 연작에 자신도 포함시킬 계획이었지만, 결국엔 그러지 않았다. 거기엔 그냥 그와 맬컴, 윌럼만 있었다. 그림들은 아름다웠고, 그는 그 그림들을 한 점 한 점 보며 그 속에 묘사된 삶보다 그걸 창조한 삶에 대해 생각했다. 그중 많은 그림들은 제이비가 가장 비참하고 무력했던 시절 그렸지만, 그림들 자체는 자신이 넘치고 섬세했고, 그걸 보고 있으면 그걸 그린 사람의 공감력과 상냥함과 품위를 상상할 수 있었다.

맬컴은 제이비와 계속 친구로 지냈지만, 그 점에 대해 그에게 사과하고 싶어 했다. "아냐, 맬컴." 맬컴이 고백하면서 그에게 허락을 구하자 그는 말했다. "넌 꼭 제이비와 계속 친구로 지내야 해." 그는 제이비가 모두에게서 버림받기를 바라지 않는다. 맬컴이 제이비를 거부해서 자기에 대한 충성심을 증명해야 한다고 생각하기를 바라지 않는다. 그는 제이비가 열여덟 살 때부터 자기를 알아온 친구를 가지길 바랐다. 제이비는 학교에서 가장 재미있고 밝은 사람이었고, 그와 다른 모두가 그걸 알았으니까.

하지만 윌럼은 다시는 제이비와 말하지 않았다. 제이비가 재활원에서 돌아오자 그는 제이비에게 전화해서 더 이상 친구로 지낼 수 없다고, 그 이유는 본인도 알 거라고 말했다. 그게 끝이었다. 그는 놀랐고 슬펐다. 제이비와 윌럼이 같이 웃고 아웅다웅하는 모습이 늘 보기 좋았고, 그들의 일상 이야기를 듣는 게 좋았다. 둘 다 너무도 겁이 없고 대담했다. 그들은 덜 억압되고 더 즐거운 세상으로 그가 보낸 사자使者들이었다. 그들은 늘 모든 것에서 기쁨을 얻는 법을 알고 있었고, 그는 그 능력에 늘 감탄했고, 그걸 그와 기꺼이 나눠주는 걸 감사했다.

"있잖아, 윌럼." 한번은 그가 말했다. "네가 제이비와 이야기하지 않는 게 나한테 벌어진 일 때문은 아니었으면 좋겠어."

"물론 그건 그 일 때문이야." 윌럼이 말했다.

"하지만 그건 이유가 안 돼." 그는 말했다.

"물론 이유가 돼." 윌럼은 말했다. "그보다 더한 이유는 없어."

전에 이런 일을 해본 적이 한 번도 없었기 때문에, 우정을 끝낸다는 게 얼마나 느리고 슬프고 어려운 일인지 전혀 몰랐다. 리처드는 그와 제이비, 윌럼과 제이비가 더 이상 어울리지 않는다는 건 알지만, 그 이유는 모른다—적어도 그에게서 듣지는 않았다. 이제 몇 년이 흐르고 나자 그는 더 이상 제이비를 비난하지도 않는다. 그저 잊을 수가 없을 뿐이다. 마음 한구석에서 제이비가 또 그런 짓을 할까 하는 의문을 절대 지워버릴 수가 없다. 그는 제이비와 단둘이 있는 게 두렵다.

2년 전, 제이비가 처음으로 트루로에 오지 않았을 때, 해럴드는 무슨 일이냐고 물었다. "제이비 이야기를 통 안 하는구나." 그는 말했다.

"음." 그는 말을 시작했지만 어떻게 계속해야 할지 몰랐다. "우린 별로—이젠 별로 친구가 아니에요."

"유감이구나, 주드." 해럴드는 잠시 침묵하다 말했고, 그는 고개를 끄덕였다. "무슨 일인지 이야기해줄래?"

"아뇨." 그는 순무 꼭대기를 따는 데 집중하며 말했다. "이야기가 길어요."

"회복할 수 없는 거야?"

그는 고개를 저었다. "안 될 것 같아요."

해럴드는 한숨을 쉬었다. "유감이구나, 주드." 그는 되풀이했다. "기분이 정말 안 좋겠어." 그는 조용했다. "알겠지만, 너희 넷이 같이 있는 게 늘 보기 좋았는데. 너희들한테는 뭔가 특별한 게 있었거든."

그는 다시 고개를 끄덕였다. "알아요." 그는 말했다. "저도 그렇게 생각해요. 제이비가 그리워요."

그는 여전히 제이비가 그립다. 아마 영원히 그럴 것이다. 결혼식 같은 이런 행사 때는 특히 그립다. 예전이라면 이런 날 넷은 부럽다 못해 밉살스러울 정도로 서로 죽고 못 살면서 자기들끼리 밤새 다른 사람들 이야기를 하며 웃었을 것이다. 하지만 지금 제이비와 윌럼은 테이블을 사이에 두고 서로 고개만 까닥하고, 맬컴은 어색한 분위기를 감추려고 속사포처럼 떠들어대고, 그들 넷—그는 언제나 그들을 그 네 사람, 우리 네 사람으로 생각할 것이다—은 같이 앉아 있는 나머지 세 사람을 뜻하지 않은 인간방패 삼아 그들의 농담에 과장되게 웃음을 터뜨리고 부적절할 정도로 열심히 질문을 퍼부어댄다. 그의 옆에는 얼마 전 간호사 자격증을 땄고 제이비에게 홀딱 빠져 있는 20대 남자친구—늘 노래하던 괜찮은 백인 남자—가 앉아 있다. "제이비는 대학 때 어땠어요?" 올리버가 묻고 그는 대답한다. "지금과 거의 다르지 않아요. 웃기고 날카롭고 별나고 똑똑했죠. 또, 재능이 넘쳤고요. 제이비는 늘, 항상 재능이 있었어요."

"음." 올리버는 과장되게 집중해서 소피의 이야기를 경청하고 있는 제이비를 보며 생각에 잠긴 듯 말한다. "전 제이비가 웃긴 사람이라고는 절대 생각 안 해요, 정말로." 그 말에 그도 제이비를 쳐다본다. 올리버가 제이비를 잘못 해석한 걸까, 아니면 제이비가 실제로 다른 사람, 이제는 그가 오랫동안 알았던 사람과는 전혀 다른 어떤 사람이 된 걸까.

그날 밤 사람들이 헤어지면서 키스와 악수를 나누고 있을 때, 올리버가 제이비의 가장 오랜 친구인 그와 늘 좀 더 친해지고 싶었다며 나중에 셋이서 꼭 한 번 만나자고 말한다. 제이비가 분명 아무 이야기도 해주지 않은 것이다. 그는 미소 지으며 애매모호한 대답을 하고는 제이비에게 손을 흔들어 인사하고 나온다. 밖에선 윌럼이 그를 기다리고 있다.

"어땠어?" 윌럼이 묻는다.

"좋아." 그는 마주 미소 지으며 말한다. 제이비와의 이런 만남은 자기보다 윌럼에게 훨씬 더 힘든 일일 것이다. "넌?"

"좋아." 윌럼이 말한다. 그의 여자친구가 연석으로 차를 몰고 온다. 그들은 호텔에 묵고 있다. "내일 전화할게, 알겠지?"

케임브리지로 돌아온 그는 조용한 집 안으로 들어와 최대한 살금살금 자기 욕실에 들어간 다음, 변기 근처 헐거운 타일 아래 가방을 꺼내 욕조 위에 팔을 올리고는 세면대가 진홍빛으로 물드는 걸 바라보며 아무 생각도 들지 않을 때까지 팔을 긋는다. 제이비를 만나고 오면 늘 자기가 과연 옳은 결정을 내린 걸까 하는 의문이 든다. 그날 밤에는 다들—그, 윌럼, 제이비, 맬컴—20년도 넘는 시간 동안 우정을 나누며 함께했던 좋은 이야기와 나쁜 이야기들, 서로의 얼굴을 생각하며 평소보다 더 늦게까지 잠을 이루지 못할 것 같다.

그는 생각한다. 내가 좀 더 괜찮은 사람이면 얼마나 좋을까. 더 관대한 사람이라면. 자기 생각을 조금만 덜 수 있다면. 더 용감한 사람이라면.

그는 타월걸이를 잡고 일어난다. 오늘 밤에는 팔을 너무 많이 그어서 기운이 없다. 그는 침실 벽장문 뒤에 달린 전신거울로 간다. 그린 스트리트 아파트에는 전신거울이 없다. "거울은 하지 마." 그는 맬컴에게 말했다. "난 거울이 싫어." 하지만 정말은 거울 속 자기 모습과 대면하고 싶지 않아서다. 자기 몸을, 자신을 마주 보는 자기의 얼굴을 보고 싶지 않다.

하지만 여기 해럴드와 줄리아의 집에는 거울이 있고, 그는 그 앞에서 몇 초 동안 자신을 물끄러미 바라보다 그날 밤 제이비가 취했던 구부정한 자세를 취한다. 제이비가 옳았어, 그는 생각한다. 걔가 옳았어. 그래서 용서가 안 되는 거야.

이제 그는 입을 턱 벌린다. 조그만 원을 그리며 깡충깡충 뛴다. 한쪽 다리를 질질 끈다. 그의 신음 소리가 고요한, 조용한 집 안 공기를 가득 채운다.

—

5월 첫째 토요일, 그와 윌럼은 56번 스트리트 그의 사무실 근처 굉장히 비싸고 조그만 스시 레스토랑에서 자칭 최후의 만찬을 한다. 그 레스토랑에는 좌석이 여섯 개뿐이고, 모두 넓고 부드러운 노송나무 카운터를 둘러싸고 놓여 있다. 거기에 있었던 세 시간 동안 손님이라곤 그들뿐이다.

그 식사가 얼마나 비쌀지 둘 다 알고 있었으면서도, 계산서를 보고는 둘 다 대경실색했다가 다음 순간 웃음을 터뜨린다. 하지만 그 이유가 한 끼 저녁식사 값이 그렇게 비싼 게 터무니없어서인지, 그들이 그런 짓을 해서인지, 둘 다 그런 능력이 된다는 사실 때문인지는 잘 모르겠다.

"내가 낼게." 윌럼이 말하고 지갑을 꺼내지만, 이미 웨이터가 그의 신용카드를 가지고 오고 있다. 윌럼이 화장실에 있을 때 그가 카드를 준 것이다.

"젠장, 주드." 윌럼이 말하고 씩 웃는다.

"최후의 만찬이야, 윌럼." 그는 말한다. "돌아오면 타코나 사줘."

"내가 돌아온다면 말이지." 윌럼이 말한다. 그건 그들이 늘 하는 농담이었다. "주드, 고마워. 네가 내면 안 되는 건데."

그날은 그해 처음 따뜻한 밤이고, 그는 윌럼에게 정말 저녁식사가 고마우면 같이 걷자고 말한다. "얼마나 멀리?" 윌럼이 경계하며 묻는다. "소호까지 다 걸어가진 않을 거야, 주드."

"안 멀어."

"그러지 말자." 윌럼이 말한다. "나 진짜 피곤하거든." 그건 윌럼의 새로운 전략이고, 그는 그게 정말 마음에 든다. 그의 다리나 등에 안 좋으니까 뭘 하면 안 된다고 말하는 대신, 윌럼은 자기가 못 하겠다는 핑계로 그를 단념시키려고 한다. 요즈음 윌럼은 늘 너무 피곤하거나 아프거나 너무 덥거나 너무 추워서 걷지를 못한다. 하지만 그는 그게 모두 사실이 아니라는 걸 안다. 어느 토요일 오후 갤러리들을 구경한 후 윌럼은 첼시에서 그린 스트리트까지는 못 걷겠다고 했고("난 너무 피곤해"), 그래서 그들은 대신 택시를 탔다. 하지만 다음 날 점심때 로빈이 말했다. "어제 정말 날씨 좋지 않았어? 윌럼이 집에 온 다음에 같이 조깅을 했는데—얼마나 달렸더라, 10킬로미터였나, 윌럼?—고속도로까지 갔다 왔어."

"아, 그랬어?" 그는 윌럼을 쳐다보며 물었고, 그는 당황스러운 미소를 지었다.

"뭐랄까?" 윌럼은 말했다. "갑자기 기운이 났거든."

그들은 남쪽으로 걷기 시작해 타임스스퀘어를 지나지 않아도 되도록 브로드웨이에서 먼저 동쪽으로 방향을 튼다. 다음 역할 때문에 머리도 짙은 색으로 염색하고 수염도 길러서 윌럼을 금방 알아보기는 힘들겠지만, 그래도 둘 다 관광객들에게 에워싸이고 싶지는 않다.

오늘 보고 나면 윌럼은 앞으로 아마 6개월 넘게 보기 힘들어질 것이다. 그는 화요일에 〈일리아드〉와 〈오디세이〉 촬영을 시작하러 키프로스로 떠난다. 두 영화 모두에서 오디세우스 역을 맡았다. 영화는 순서대로 촬영하고 순서대로 개봉되지만, 출연진과 감독은 같다. 그는 촬영 스케줄을 따라 남유럽과 북아프리카를 다 돈 다음, 몇몇 전투 장면을 촬영하고 있는 호주로 갈 것이다. 작업 속도가 빠르고 장거리 여행 일정이라, 휴가 때 집에 올 만한 시간이 있을지 알 수가 없다. 이 영화들은 윌럼이 이제껏 찍은 영화 중 가장 공이 많이 들고 야심찬 촬영이어서, 그는 긴장하고 있다. "굉장할 거야, 윌럼." 그는 장담한다.

"아니면 굉장한 참사가 되거나." 윌럼이 말한다. 뚱하게 구는 게 아니다. 그는 절대 그런 법이 없다. 하지만 윌럼이 불안해하고, 간절히 잘하고 싶어 하고, 실망시킬까봐 걱정하고 있다는 걸 안다. 하지만 그는 영화를 찍을 때마다 걱정했고, 그럼에도—윌럼에게 늘 상기시키듯이—모든 영화가 다 잘 나왔다. 아니 그 이상이었다. 하지만 이래서 윌럼에게 늘 일이, 좋은 일이 있을 것이다. 일을 진지하게 받아들이니까, 그렇게 책임감이 강하니까.

하지만 이제부터 6개월이 두렵다. 특히 윌럼이 지난 1년 반 내내 여기 있었기 때문에 더 두렵다. 먼저 그는 브루클린을 배경으로 한 작은 영화를 찍고 있었고, 그건 몇 주밖에 걸리지 않왔다. 그러고 나서는 〈몰디브 도도〉라는 연극에 출연했는데, 조류학자인 두 형제 중 하나가 뭐라 규정할 수 없는 광기에 천천히 빠져드는 이야기였다. 두 사람은 연극이 상연되는 내내 매주 목요일 밤마다 함께 저녁식사를 했고, 그는—윌럼이 연극을 할 때마다 늘 그랬듯이—그 연극을 몇 번이나 봤다. 세 번째 관람 때, 그는 제이비와 올리버가 몇 줄 앞 왼쪽 편 좌석에 앉아 있는 걸 봤고, 극이 진행되는 내내 제이비가 같은 대사에서 웃거나 집중하는지 보려고 그쪽을 힐끔거렸다. 이 공연은 적어도 한 번은 셋이서 같이 보지 않은 윌럼의 첫 번째 작품이었다.

"들어봐." 5번가를 걸어 내려오며 윌럼이 말했다. 거리에는 사람이라곤 없고, 그저 불 켜진 창문들과 부드러운 미풍에 빙빙 돌고 있는 쓰레기 조각—바람이 들어가 해파리가 된 비닐봉지와 신문쪼가리들—밖에 없었다. "로빈한테 너한테 이야기하겠다고 한 게 있거든."

그는 기다린다. 그는 필리파와 윌럼에게 저지른 실수를 로빈과 윌럼에게 반복하지 않으려고 신경 쓰고 있었다. 윌럼이 어디에 같이 가자고 하면 항상 로빈의 의견을 먼저 물었다(결국 보다 못한 윌럼이 자기가 그를 얼마나 중요하게 여기는지 로빈도 알고 있고 전혀 상관하지 않으니까 더 이상 묻지 말라고, 그리고 만약 괜찮지 않으면 괜찮아야만 할 거라고 말했다). 또, 자기는 독립적인 사람이며 늙어서 두 사람 집에서 같이 살 사람이 아니라는 걸 로빈한테 보여주려고 애썼다(하지만 이 메시지를 정확히 어떻게 전달해야 할지 몰라서, 그게 성공적으로 전해졌는지 아닌지는 알 수가 없다). 하지만 그는 로빈이 마음에 든다. 그녀는 컬럼비아 대학 고전학 교수로 2년 전 윌럼의 영화에 자문을 맡았었고, 어쩐지 제이비를 떠올리게 하는 날카로운 유머

감각을 가지고 있었다.

"좋아." 윌럼이 심호흡을 하고 자세를 가다듬는다. 안 돼, 그는 생각한다. "로빈 친구 클라라 생각나?"

"물론이지." 그는 말한다. "클레먼타인에서 만난 사람."

"그래!" 윌럼이 의기양양하게 말한다. "바로 그 사람!"

"세상에, 윌럼, 나 좀 믿어주라. 겨우 지난주 일이잖아."

"알아, 알아. 하여간, 뭐냐 하면—클라라가 너한테 관심이 있대."

그는 당황한다. "무슨 소리야?"

"로빈한테 너한테 애인이 없는지 물었어." 그는 말을 멈춘다. "네가 누굴 만나는 데 관심이 없을 것 같다고는 했지만, 그래도 물어보겠다고 했어. 그래서 이렇게 물어보는 거야."

그 생각이 너무 터무니없어서 윌럼의 말을 이해하는 데 약간 시간이 걸린다. 무슨 말인지 깨닫자, 그는 걸음을 멈추고 당황하고 믿을 수가 없어서 웃는다. "농담하지 마, 윌럼." 그는 말한다. "말도 안 돼."

"왜 말이 안 돼?" 윌럼이 갑자기 진지하게 묻는다. "주드, 왜?"

"윌럼." 그는 정신을 차리고 말한다. "아주 기분 좋은 말이기는 하지만—" 그는 주춤하며 다시 웃는다. "그건 터무니없어."

"뭐가?" 윌럼의 말에, 그는 대화가 전환되는 걸 느낀다. "누가 너한테 끌린다는 게? 이런 일이 처음도 아니잖아. 네가 안 보려고 하니까 못 보는 것뿐이야."

그는 고개를 젓는다. "다른 이야기 하자, 윌럼."

"아니." 윌럼이 말한다. "이번엔 못 빠져나가, 주드. 왜 그게 말도 안 돼? 왜 터무니없어?"

그는 갑자기 너무 마음이 불편해서 5번가와 45번 스트리트

모퉁이에서 걸음을 멈추고 택시를 찾아 대로를 두리번거리기 시작한다. 하지만 물론 택시라곤 없다.

어떻게 대답해야 할지 궁리하다가, 그날 밤 제이비 아파트에서의 사건이 있고 나서 며칠 후, 그가 윌럼에게 제이비 말이 맞는지, 적어도 약간은 맞는지 물어봤던 일이 생각난다. 윌럼도 자기한테 화가 났었을까? 그가 친구들에게 이야기를 그다지 안 해줬나?

윌럼이 너무 오랫동안 입을 다물고 있어서, 그는 대답을 듣기도 전에 대답이 뭔지 알았다. "이봐, 주드." 윌럼이 천천히 말했다. "제이비는—제이비는 제정신이 아니었어. 난 절대 널 진절머리 내는 일 없을 거야. 네 비밀을 나한테 말해줄 의무는 없어." 그는 잠시 말을 멈췄다. "하지만, 맞아, 난 너에 대해 더 많은 이야기를 듣고 싶어. 그 정보를 알고 싶어서가 아니라, 어쩌면 도움이 될 수도 있으니까." 윌럼은 말을 멈추고 그를 바라봤다. "그게 다야."

그 이후 그는 윌럼에게 더 많은 이야기들을 해주려고 애썼다. 하지만 이제 25년 전의 일이 된, 애너 이후로는 누구에게도 말하지 않은 일들이 너무 많고, 문자 그대로 그 이야기들을 어떤 언어로 이야기해야 할지 알 수가 없다. 그의 과거, 두려움, 그에게 벌어졌던 일, 그가 자신에게 저지른 일, 그것들은 그가 말할 수 없는 언어로만 이야기할 수 있는 일들이다. 페르시아어나 우르두어나 표준 중국어나 포르투갈어처럼. 한번은 글로 쓰는 게 더 쉬울 것 같아 써보려고도 해봤지만, 그렇지 않았다. 자신에게조차 자신을 설명할 방법이 없다.

"네게 일어난 일들을 이야기할 너만의 방법을 찾게 될 거야." 애너의 말이 생각난다. "누군가와 가까워지기 위해서는 그래야만 해." 종종 생각한다. 애너가 말을 걸도록 허락했다면, 애너의 가르침을 받았더라면 얼마나 좋았을까. 침묵은 보호책으로 시작됐지만, 세월이 가는 사이 거의 억압적인 것, 그가 조종하는 것이 아니라 그를 조종하는 것이 되어버렸다. 이제는 나가고 싶어도 나가는 길을 찾을 수가 없다. 두꺼운 얼음벽과 천장과 바닥으로 사방이 둘러싸인 조그만 물방울 안에 떠 있는 상상을 한다. 출구가 있다는 건 알지만, 그에겐 장비가 없다. 작업을 시작할 도구도 없어서, 그는 손으로 속절없이 매끄러운 얼음 표면을 할퀸다. 자기가 누군지 말하지 않으면, 더 바람직하고 덜 이상한 사람으로 보일 수 있다고 생각했다. 하지만 이제는 말하지 않은 것들로 인해 그는 이상한 사람, 동정, 심지어 의심의 대상이 된다.

"주드?" 윌럼이 재촉한다. "뭐가 말이 안 돼?"

그는 고개를 젓는다. "그냥 그래." 그는 다시 걷기 시작한다.

한 블록 내내 그들은 아무 말도 하지 않는다. 그러다 윌럼이 묻는다. "주드, 누구와 같이 있고 싶은 적은 있어?"

"그럴 거라고 생각해본 적 없어."

"내 질문은 그게 아니잖아."

"모르겠어, 윌럼." 그는 윌럼의 얼굴을 쳐다보지 못하고 말한다. "난 그냥 그런 일은 나 같은 사람을 위한 건 아니라고 생각해."

"그게 무슨 말이야?"

그는 아무 말도 안 하고 다시 고개를 젓지만, 윌럼은 끈질기다. "건강 문제 때문에? 그게 이유야?"

'건강 문제라.' 마음속에서 뭔가 심술궂고 냉소적인 목소리가 말한다. '그거 완곡어법이군.' 하지만 이 생각을 입 밖으로 내지는 않는다. "윌럼." 그는 애원한다. "제발 이 이야기 그만하자. 오늘 밤 좋았잖아. 오늘이 마지막 밤이고, 이젠 널 못 봐. 우리 딴 이야기 하면 안 될까? 제발?"

윌럼은 다음 한 블록 내내 아무 말도 하지 않고, 그는 그 순간이 지나갔다고 생각한다. 하지만 윌럼이 말한다. "있잖아, 로빈과 처음 데이트하기 시작했을 때 로빈이 네가 게이인지 스트레이트인지 물었는데, 난 모른다고 대답할 수밖에 없었어." 그는 말을 멈춘다. "로빈은 충격 받았지. 계속 묻더라. '10대 때부터 제일 친한 친구인데 모른다고?' 필리파도 너 이야기를 물었었어. 그때도 로빈한테 한 거랑 똑같은 대답을 했지. 넌 사생활에 대해 잘 말하지 않는 사람이고 난 늘 그걸 존중하려 한다고.

하지만 난 네가 이런 이야기들을 나한테 해줬으면 좋겠어, 주드. 그걸 알아서 뭘 어쩌자는 게 아니라, 그냥 그러면 네가 어떤 사람인지 더 잘 알 수 있을 것 같아서. 어쩌면 넌 둘 다 아닐지도 몰라. 어쩌면 둘 다일지도 모르고. 어쩌면 그냥 관심이 없을 수도. 뭐든 난 상관없어."

그는 대답을 하지 않고, 할 수도 없다. 그들은 두 블록을 걷는다. 38번 스트리트, 37번 스트리트. 피곤하거나 의기소침할 때, 너무 피곤하거나 의기소침해서 노력조차 할 수 없을 때면 그러듯이, 오른쪽 다리가 보도 위에 질질 끌리기 시작한다. 윌럼이 왼쪽에 있어서, 그래서 덜 눈치채서 다행이라는 생각이 든다.

"넌 왠지 네가 매력 없고 사랑받을 수 없는 인간이라고 작정하고 믿으려는 것 같아서, 어떤 경험들은 네 몫이 아니라고 결정해버린 것 같아서 가끔은 걱정이 돼. 하지만 그렇지 않아, 주드. 너랑 같이 있게 되는 사람은 정말 행운아일 거야." 한 블록을 더 걸은 후 윌럼이 말한다. 그만해, 그는 생각한다. 윌럼의 어조로 보아 더 긴 이야기를 준비하고 있는 게 느껴진다. 이제 본격적으로 불안하고, 심장이 이상하게 뛰기 시작한다.

"윌럼." 그는 윌럼을 돌아보며 말한다. "택시를 타야 할 것 같아. 피곤해, 가서 좀 누워야겠어."

"주드, 제발." 윌럼의 목소리에 잔뜩 담긴 초조함에 그는 주춤한다. "저기, 미안해. 하지만 정말이지, 주드. 중요한 이야기를 하려는데 그냥 가버리면 안 되는 거잖아."

그 말에 그는 발을 멈춘다. "네 말이 옳아." 그는 말한다. "미안해. 그리고 고마워, 윌럼. 정말이야. 하지만 이건 그냥 이야기하기 너무 어려운 문제야."

"넌 모든 게 다 너무 이야기하기 어렵지." 윌럼이 말하자, 그는 또 움찔한다. 윌럼이 한숨을 내쉰다. "미안해. 난 언젠가는 너랑 이야기를, 진짜 이야기를 할 거라고 늘 생각하고 있지만, 절대 안 해. 왜냐하면 네가 완전히 문을 닫아버릴 것 같아서, 나하고는 아무 이야기도 안 할 것 같아서 무섭거든." 대화가 끊기고, 그는 감정이 누그러진다. 윌럼의 말이 맞다는 걸 알기 때문이다. 그게 바로 딱 그가 할 행동이다. 몇 년 전 윌럼은 그의 자해에 대해 이야기하려 했다. 그때도 같이 걷고 있었는데, 어느 순간 더 이상 대화를 참을 수가 없어서 그는 택시를 불러 미친 듯이 올라탔고, 믿을 수 없다는 어조로 그의 이름을 부르는 윌럼을 보도에 내버려두고 가버렸다. 남쪽으로 달리는 차 안에서 이미 그는 자신을 저주했다. 윌럼은 머리끝까지 화가 났고, 그는 사과했고, 그들은 화해했다. 하지만 윌럼은 다시는 그 이야기를 꺼내지 않았고, 그도 꺼내지 않았다. "하지만 이건 말해줘, 주드. 외로운 적 없어?"

"아니." 그는 한참 만에 말한다. 한 커플이 웃으며 지나가고,

그는 산책을 시작했을 때, 자기들도 웃고 있었던 때를 생각한다. 어쩌다 이 밤을 망쳐버렸을까, 앞으로 몇 달 동안은 윌럼을 보지도 못할 텐데. "내 걱정은 마, 윌럼. 난 언제나 괜찮을 거야. 언제나 혼자서 잘할 수 있어."

그러자 윌럼은 한숨을 쉬며 축 처진다. 너무 좌절한 모습이라 죄책감이 든다. 하지만 한편으로는 마음이 놓인다. 윌럼이 대화를 어떻게 계속해야 할지 모른다는 게 느껴진다. 곧 대화 방향을 돌릴 수 있을 테고, 저녁을 기분 좋게 마무리하고 도망칠 수 있을 것이다. "넌 늘 그렇게 말하지."

"왜냐하면 그게 늘 사실이니까."

길고 긴 침묵이 이어진다. 그들은 한국 바비큐 레스토랑 앞에 서 있고, 공기는 김과 연기와 고기 굽는 냄새로 가득 차 있다. "가도 돼?" 그가 마침내 묻자, 윌럼은 고개를 끄덕인다. 그는 연석으로 가 팔을 들고, 택시가 그 옆으로 미끄러져 선다.

윌럼이 문을 열어주더니, 그가 타려는 순간 그의 몸에 팔을 두르고 안는다. 그래서 결국 그도 똑같이 한다. "보고 싶을 거야." 윌럼이 그의 목 뒤에 대고 말한다. "나 없는 동안 알아서 잘 챙길 수 있지?"

"그럼." 그는 말한다. "약속해." 그는 뒤로 한 걸음 물러나 그를 바라본다. "그럼 11월까지."

윌럼이 미소라고 할 수 없는 표정을 짓는다. "11월에 봐." 그도 되풀이한다.

택시에 타자 갑자기 피로가 몰려와 그는 지저분한 창문에 이마를 기대고 눈을 감는다. 집에 도착할 즈음에는 시체처럼 몸이 무겁다. 그는 아파트에 들어와 문을 잠그자마자 옷—신발, 스웨터, 셔츠, 바지, 속옷—을 벗어 바닥에 떨어뜨려 꼬리처럼 흔적을 남기고 욕실로 간다. 세면대 밑에서 가방을 잡아 떼는 손이 떨린다. 그날 밤 자해를 하고 싶을 거라고는 생각도 하지 않았지만—낮에도, 초저녁에도 그럴 조짐은 전혀 없었다—지금은 거의 걸신들린 것처럼 달려든다. 팔뚝에는 멀쩡한 피부가 사라진 지 오래여서, 이제는 면도날로 거미줄처럼 얽힌 질긴 흉터를 가르며 예전에 벤 자리 위를 다시 벤다. 새 상처가 나오면 도톰하게 솟아오른 고랑이 생기고, 그는 자기가 자기 몸에 만들어 놓은 흉측한 꼴을 보며 역겨움과 당황스러움, 매혹을 동시에 느낀다. 최근 앤디가 등에 바르라고 준 연고를 팔에 바르기 시작했는데, 약간 도움이 되는 것 같다. 피부가 좀 물렁해지고 상처들은 조금 더 부드럽고 낭창낭창해진 것 같다.

맬컴이 욕실 안에 만들어준 샤워 공간은 거대하다. 너무 커서 이젠 그 안에서 다리를 죽 뻗은 채 팔을 긋고, 마치고 나면 꼼꼼하게 피를 씻어낸다. 바닥이 흰 대리석인데, 맬컴이 몇 번이고 대리석은 한 번 물들면 돌이킬 수가 없다고 말했기 때문이다. 그리고 그는 어두침침한 방 안 침대에 누워 샹들리에가 만드는 수은 같은 희미한 빛을 바라본다. 기분은 몽롱하지만, 딱히 잠이 오지는 않는다.

"외로워." 커다랗게 입 밖으로 내어 말하자, 고요한 아파트가 솜에 스며드는 피처럼 그 말을 빨아들인다.

이런 외로움은 최근 알게 된 감정으로, 그가 경험한 다른 외로움들과는 다르다. 부모 없는 어린 시절의 외로움도, 달빛이 침대 위에 선명한 하얀 줄무늬를 드리우고 있는 모텔 방에서 루크 수사 옆에 누워 움직이지 않으려고, 그를 깨우지 않으려고 애쓰고 있을 때의 외로움도, 고아원에서 탈출하는 데 성공해서 다리처럼 뻗은 뒤틀린 참나무 뿌리 사이에 끼어 들어가 몸을 최대한 조그맣게 웅크린 채 밤을 보냈을 때의 외로움도 아니다. 그때는 외롭다고 생각했지만, 이제 생각해보니 그때 느꼈던 건 외로움이 아니라 두려움이었다. 하지만 이제는 두려워할 게 없다. 이제 그는 스스로를 보호했다. 그에겐 부모가 있다, 친구가 있다. 다시는 하고 싶지 않은 일들을 음식이나 교통편이나 잠자리나 탈출을 위해 해야 할 필요가 없다.

윌럼에게 한 말이 거짓말은 아니었다. 그는 사람을 사귈 수 있는 사람이 아니었고, 그런 생각을 해본 적도 없다. 친구들의 연인을 부러워해본 적도 없었다. 그건 고양이가 개 울음소리를 탐내는 것과 마찬가지일 것이다. 부러워한다는 생각마저 들지 않는 일이다. 불가능한 일이니까, 그라는 종족에게는 그냥 이질적인 일이니까. 하지만 최근 사람들은 마치 그게 그가 가질 수 있는 일인 것처럼, 원해야 하는 일인 것처럼 행동했고, 그게 어느 정도는 애정에서 나온 말이라는 걸 아는데도 마치 조롱처럼 느껴진다. 그건 그에게 10종경기 선수가 될 수 있다고 하는 것처럼 똑같이 무디고 잔인한 말이다.

맬컴과 해럴드가 그러면 그러려니 한다. 맬컴은 행복하고, 행복으로 가는 단 한 가지 길—자신의 길—밖에 보지 못하는 사람이기 때문이다. 그는 간간이 그에게 사람을 소개해줘도 되는지, 아니면 누굴 만나고 싶은지 묻고 그의 거절에 당혹스러워한다. 해럴드의 경우는, 가장 좋아하는 부모 역할이 그의 인생에 개입해 최선을 다해 헤집고 다니는 것이기 때문이다. 그는 가끔은 이 또한 즐기게 됐다. 누군가 자기에게 명령하고, 그의 결정들에 실망하고, 그에게 기대를 갖고, 그를 소유하는 책임을 떠맡을 정도로 관심을 가진다는 건 감동적인 일이다. 2년 전, 그와 해럴드는 어느 레스토랑에서 식사를 하고 있었고, 해럴드는 로젠 프리처드에서 일하는 건 본질적으로 회사 위법행위의 방조자가 되는 거라고 설교를 늘어놓고 있었다. 갑자기 둘 다 웨이터가 주문장을 든 채 옆에 서 있다는 걸 깨달았다.

"죄송합니다." 웨이터가 말했다. "나중에 올까요?"

"아뇨, 괜찮아요." 해럴드는 메뉴를 집어 들며 말했다. "그냥 아들 녀석 좀 야단치고 있었습니다만, 그거야 주문하고 하면 되죠." 웨이터는 그에게 동정의 미소를 보냈고, 그는 공공장소에서 누군가의 아들이라고 불렸다는 데, 마침내 아들과 딸이라는 종족의 일원이 되었다는 데 흥분해서 마주 보고 미소 지었다. 나중에 해럴드는 계속해서 야단을 쳤고, 그는 겉으로는 속상한 척했지만 사실은 그 밤 내내 너무 행복했다. 세포 하나하나가 만족감에 젖어들고 너무 많이 웃어서, 결국 해럴드는 술 취했냐고 묻기까지 했다.

하지만 이제 해럴드 또한 그에게 질문을 하기 시작했다. "여기 끝내주는구나." 지난달, 하지 말라고 했는데도 윌럼이 기어이 열고야 만 생일파티에 참석하러 뉴욕에 왔을 때 해럴드는 말했다. 그는 다음 날 아파트에 들렀고, 늘 그러듯이 늘 하던 감탄을 되풀이하며 아파트 이곳저곳을 둘러봤다. "여기 정말 끝내준다." "여긴 너무 깨끗해." "맬컴이 정말 굉장한 일을 했구나." 그리고 최근에는 "그런데 여기는 너무 넓구나, 주드. 여기 혼자 있으면 외롭지 않니?"가 추가됐다.

"아뇨." 그는 말했다. "전 혼자 있는 게 좋아요."

해럴드는 푸념했다. "윌럼은 행복해 보이던데. 로빈은 좋은 여자 같더라."

"정말 그래요." 그는 해럴드에게 줄 차를 타며 말했다. "그리고 윌럼은 행복한 것 같아요."

"주드, 너도 그러고 싶지 않니?" 해럴드가 물었다.

그는 한숨을 내쉬었다. "아뇨, 전 괜찮아요."

"음, 나랑 줄리아 생각을 좀 해주는 건 어때?" 해럴드가 물었다. "우린 네가 누구랑 있는 게 보고 싶다."

"제가 두 분을 행복하게 해드리고 싶어 하는 거 아시잖아요." 그는 차분한 목소리를 유지하려고 애쓰며 말했다. "하지만 그 문제는 도와드릴 수 없을 것 같아요. 여기요." 그는 해럴드에게 차를 내밀었다.

때로 이 외로움이란 게 그가 외로움을 느껴야 한다는 사실, 지금 그의 삶에 뭔가 이상하고 용납하기 어려운 것이 있다는 사실을 깨닫지 않았다면 느끼지 않을 감정 같다. 자기가 원한다고, 자기가 가질 수 있다고 한 번도 생각해본 적 없는 것들이 그립지 않느냐고 묻는 사람들이 늘 있다. 해럴드와 맬컴은 물론이고, 인디아라는 동료 예술가와 동거를 시작한 리처드, 자주 보지 않는 사람들—시티즌과 일라이저, 페드라, 심지어 설리번 판사 판사실의 옛 동료 케리건까지도. 몇몇은 그를 동정하며 묻고, 몇몇은 의심하며 묻는다. 첫 번째 그룹은 그가 혼자인 게 자신의 결정이 아니라 외부적 상황 때문이라고 생각하기 때문에 그를 가엾게 여기고, 두 번째 그룹은 그에게 일종의 적의를 품는다. 그들은 그가 혼자인 게 자신의 결정이며 성인기의 근본법칙을 도전적으로 위반하는 것이라고 생각한다.

어느 쪽이건, 나이 마흔에 혼자라는 건 나이 서른에 혼자인 것과는 다르고, 해가 갈수록 더 이해할 수 없는 일, 덜 부럽고, 더 안됐고, 더 부적절한 일이 되어간다. 지난 5년 동안 그는 모든 파트너변호사 디너에 혼자 참석했고, 작년에 형평법 파트너변호사가 됐을 때는 연례 수련회에도 혼자 참석했다. 수련회 전

주 어느 금요일, 루시엔이 종종 하던 대로 그 주 업무 평가를 위해 그의 사무실에 찾아왔다. 그들은 앵귈라에서 열릴 수련회 이야기를 했고, 두려워하는 척하면서 사실은 기대하고 있는 다른 이들(그와 루시엔은 이에 동의했다)과는 달리 진심으로 두려워하고 있었다.

"메러디스도 와요?" 그가 물었다.

"와." 침묵이 흘렀고, 그는 무슨 말이 따라올 건지 알고 있었다. "자넨 누구 데려오나?"

"아니요." 그가 말했다.

또 침묵이 흘렀고, 루시엔은 천장을 쳐다봤다. "이런 행사에 한 번도 누굴 데려온 적 없지, 안 그래?" 루시엔이 공들인 무심한 어조로 물었다.

"네." 그는 대답했고, 루시엔이 아무 말도 하지 않자 물었다. "뭔가 할 이야기가 있는 건가요, 루시엔?"

"아니, 물론 아니야." 루시엔이 다시 그를 쳐다보며 말했다. "이 회사는 그런 것들을 따지는 회사가 아니야, 주드, 알잖아."

분노와 곤혹이 확 치밀어 올랐다. "하지만 명백히 그렇죠. 운영위원회에서 무슨 소리를 하고 있는 거라면 말씀해주세요."

"주드." 루시엔이 말했다. "아무 소리 안 해. 여기 사람들 다 자넬 존경하는 거 알잖나. 난 그저—이건 회사의 의견이 아니라 그냥 내 개인적 의견이야—자네가 누군가와 정착하는 걸 보고 싶어."

"알겠어요, 루시엔, 감사해요." 그는 진저리 난다는 듯이 말했다. "생각해볼게요."

하지만 그가 아무리 정상처럼 보이려는 데 자의식이 있긴 해도, 적절해 보이기 위해 사람을 사귀고 싶지는 않다. 그걸 원하는 건 외롭다는 걸 깨달았기 때문이다. 너무 외로워서 때로는 육체적으로 느껴진다. 축축하고 더러운 빨랫감이 가슴을 짓누르고 있는 것 같다. 이 느낌을 알기 이전으로 돌아갈 수가 없다. 사람들은 너무 쉽게, 마치 원한다는 결정이 그 과정에서 가장 힘든 부분인 것처럼 말한다. 하지만 그는 그 이상을 안다. 누군가와 사귄다는 건 자신을 보여줘야 하는 것인데, 그는 이제까지 앤디를 제외하고는 누구에게도 자신을 보여준 적 없다. 그건 적어도 10년은 옷을 벗고 본 적 없는 자기 육체와의 대면을 의미할 것이다. 심지어 샤워할 때도 그는 자기 몸을 보지 않는다. 그리고 그건 누군가와의 섹스를, 열다섯 살 이후로 한 번도 하지 않은 섹스를 의미한다. 그건 너무 두려워서 생각만으로도 배 속에 차가운 납덩어리가 가득 차는 것 같다. 처음 앤디에게 진찰을 받기 시작했을 때 앤디는 성생활 여부에 대해 가끔 질문을 했고, 마침내 그는 앤디에게 그런 일이 혹시라도 생기게 된다면 먼저 말하겠다고, 그러니까 그때까지는 묻지 말라고 했다. 그래서 앤디는 다시 묻지 않았고, 그는 그 정보를 절대 먼저 꺼내지 않았다. 섹스를 하지 않는 것. 그건 어른이 되어 가장 좋은 일들 중 하나였다.

하지만 아무리 섹스가 두려워도 또한 그는 누군가가 어루만져주는 걸, 누군가의 손길이 닿는 걸 원한다. 비록 그 생각 역시 두렵지만. 때로 자기 팔을 쳐다보면 격렬한 자기혐오가 몰려와 거의 숨도 쉬지 못한다. 지금 이 꼴이 되어 있는 그의 몸 대부분은 자신이 어찌할 수 없는 일이었지만, 팔은 모두 그의 짓이었고 비난할 사람은 자기밖에 없었다. 처음 자해를 시작했을 때는 다리—종아리—를 그었고, 제대로 하는 법을 알기 전에는 피부에 되는대로 쓱쓱 그어댔기 때문에 그의 다리는 마치 풀에 쓸려 그물눈 모양 생채기들로 뒤덮인 것처럼 보였다. 누구도 눈치채지 못했다—아무도 남의 종아리를 보지 않는다. 루크 수사조차 그건 뭐라 하지 않았다. 하지만 지금은, 손상된 세포와 근육들을 제거한 자리에 남은 수로들, 뼈에 교정기 나사들을 박아 넣었던 자리에 남은 엄지 지문 크기의 움푹 들어간 자국들, 화상을 입었던 자리에 남은 매끄럽고 동그란 자국들, 상처가 생겼다 덧나서 살이 약간 꺼지고 주변이 청동색으로 영구 착색된 자국들로 온통 뒤덮인 팔이나 등, 다리가 눈에 들어오지 않을 사람은 아무도 없었다. 옷을 입고 있으면 온전한 사람이었지만, 벗으면 진짜 모습이, 썩은 세월들이 피부에 고스란히 드러난다. 그 자신의 육체가 그의 과거를, 그 비행과 타락을 광고하고 있다.

텍사스에 있을 때 한번은 아주 그로테스크한 고객이 하나 있었다. 너무 뚱뚱해서 배가 다리 사이로 펜던트처럼 툭 떨어졌고, 피부는 온통 유빙 같은 습진으로 뒤덮여 있는 데다 너무 건조해서 움직이면 조그만 살 조각들이 유령처럼 팔과 등에서 떨어져 나와 공중을 떠다녔다. 보기만 해도 구역질이 났지만, 다른 사람들도 역겹긴 마찬가지였고 그래서 어떤 면에서는 이 사람이라고 해서 다른 사람들보다 나을 것도 못할 것도 없었다. 뱃살에 목을 짓눌리며 오럴을 해주고 있으면, 남자는 그에게 사과하며 울었다. 미안해, 미안해, 그는 손가락 끝을 그의 머리에 대고 말했다. 남자는 손톱이 길었고 하나하나가 뼈처럼 두꺼웠는데, 그 손톱으로 마치 빗살처럼 그의 두피를 부드럽게 쓱쓱 긁어주었다. 세월이 지나면서 그는 어쩐지 자기가 그 남자가 된 것 같았다. 누군가 그를 본다면 그들도 그의 흉측한 기형에 역겨움과 반감을 느끼게 될 것이다. 그런 일을 하고 나면 그는 다시 깨끗해지고 싶어서 물비누를 입에 퍼 넣고 웩웩거렸다. 다른 사람에게 그런 짓을 하게 하고 싶지 않았다. 변기 앞에서 헛구역질을 하게 만들고 싶지 않았다.

그래서 앞으로는 음식이나 잠자리 때문에 원하지 않는 일을 해야 할 필요가 절대 없을 것이다. 드디어 그건 확실해졌다. 하지만 외로움을 덜자고 어떤 일을 기꺼이 할 수 있을까? 이제껏 그렇게 성실히 쌓고 보호해온 모든 것을 누군가와 가까이 있기 위해 망가뜨릴 수 있을까? 어느 정도의 굴욕을 견딜 자세가 되어 있을까? 모르겠다. 그 대답을 발견하는 게 두렵다.

하지만 그는 점점 더 두려워진다. 심지어 그 대답을 발견할 기회조차 아예 없을까봐 더 두려워진다. 그런 걸 절대 가질 수 없다면 인간이라는 게 뭘까? 그럼에도 그는 외로움은 허기나 궁핍이나 병이 아니라고 마음을 다잡는다. 그건 치명적인 게 아니다. 그걸 없애는 건 그의 의무가 아니다. 그는 수많은 사람들보다 더 잘살고 있다. 꿈도 꾸지 못했던 그런 삶을 살고 있다. 이 모든 것에다 교제까지 바란다는 건 일종의 탐욕, 역겨운 권리 주장이다.

두 주가 지난다. 윌럼의 스케줄은 불규칙해서 이따금 여유가 생기면 전화를 한다. 새벽 1시에, 오후 3시에. 목소리는 피곤해 보이지만, 윌럼은 불평하는 성격이 아니고 불평하지 않는다. 그는 경치에 대해, 촬영 허가가 난 유적지에 대해, 세트장에서 일어난 조그만 재난들에 대해 이야기한다. 윌럼이 없자 그는 점점 더 집 안에 틀어박혀 아무것도 안 하고 싶지만, 그게 건강하지 않다는 걸 알기 때문에 주말을 파티와 디너 등으로 열심히 채운다. 블랙 헨리 영과 미술관 전시회와 연극에 가고, 리처드와 갤러리들을 본다. 오래전 과외를 했던 펠릭스가 '콰이어트 아메리

칸스'라는 펑크 밴드를 하고 있어서, 맬컴을 불러 같이 콘서트에 간다. 윌럼에게는 본 것들과 읽은 책들, 해럴드와 줄리아와의 대화, 리처드의 최신 프로젝트, 비영리단체에서 만난 고객들, 앤디의 딸 생일파티와 페드라의 새 직장, 그가 이야기한 사람들과 그 사람들이 한 이야기에 대해 이야기한다.

"이제 다섯 달 반이네." 어느 날 대화를 끝낼 즈음에 윌럼이 말한다.

"다섯 달 반 더." 그가 되풀이한다.

그 목요일 그는 맬컴의 부모님 집과 가까운 새 아파트에서 로즈가 연 디너에 간다. 12월에 함께 술을 마시면서 로즈가 자기의 모든 악몽의 근원이라고 말했던 집이다. 로즈는 자신의 인생 자료들—학비, 융자, 유지비용, 세금—이 경악스러울 정도로 어마어마한 숫자로 환원된 은행 장부가 마음속에 좌르르 펼쳐지는 악몽 때문에 잠에서 깬다고 했다. "그런데 이건 우리 부모님 도움을 받은 거거든. 게다가 알렉스는 애를 하나 더 갖고 싶어 해, 주드. 이미 기진맥진인데. 셋째를 가지면 난 여든까지 일해야 할 거야."

오늘 밤은 로즈가 좀 더 편해 보여서, 목과 뺨이 분홍색이라 다행이다 싶다. "세상에." 로즈가 말한다. "넌 어떻게 해가 가도 그렇게 계속 날씬하냐?" 15년 전 그들이 미연방지검에서 만났을 때, 로즈는 라크로스 선수처럼 온통 근육에 체력 그 자체였지만, 은행에 들어간 이후로는 몸이 불고 갑자기 나이가 들어 보였다.

"아무래도 네가 찾는 단어는 '앙상한'인 것 같은데." 그는 로즈에게 말한다.

로즈는 웃는다. "아니야. 하지만 이 시점에서는 앙상한이라고 해두지."

손님이 열한 명이라 로즈는 서재의 책상의자와 알렉스 옷방의 벤치까지 가져온다. 로즈의 디너파티는 항상 이런 식이다. 음식은 늘 완벽하고, 테이블에는 늘 꽃이 있지만, 손님 목록과 자리 배치에 늘 뭔가 문제가 생긴다. 알렉스가 방금 만난 사람을 초대해놓고는 잊어버리고 로즈에게 말을 하지 않는다거나 로즈가 숫자를 착각하는 바람에, 우아한 정식 모임으로 계획했던 행사가 무질서한 약식 모임이 되는 것이다. "젠장!" 늘 그러듯이 로즈는 속상해하지만, 신경 쓰는 사람도 늘 로즈뿐이다.

알렉스가 그의 왼쪽에 앉아 있어서, 그는 그녀와 직장 이야기를 한다. 그녀는 로스코라는 패션브랜드에서 홍보 디렉터로 일하고 있었는데 얼마 전에 그만둬서 로즈를 대경실색하게 만들었다. "직장이 그립지 않아요?" 그는 묻는다.

"아직은요." 그녀는 말한다. "로즈가 싫어하는 건 알아요." 그녀는 미소 짓는다. "하지만 극복할 거예요. 아이들이 어릴 때는 집에 있어야겠다고 생각했거든요."

그는 두 사람이 코네티컷에 산 (로즈 악몽의 또 다른 출처인) 컨트리하우스에 대해 묻고, 그녀는 세 번째 여름으로 접어들고 있는 수리 상황에 대해 이야기하고 그는 쯧쯧 하며 공감한다. "로즈 말이 컬럼비아카운티 어디를 봤다면서요?" 그녀가 말한다. "사셨어요?"

"아직은요." 그가 말한다. 선택 문제였다. 집을 사든지, 아니면 리처드와 함께 1층을 수리해서 차고를 사용할 수 있게 만들고 체육관과—계속 파도가 쳐서 제자리에서 수영할 수 있는—조그만 수영장을 만들 생각이었는데, 그는 수리 쪽을 택했다. 이제 그는 아침마다 완전히 혼자서 수영을 한다. 그가 수영장에 있을 때는 리처드조차 체육관에 들어오지 않는다.

"우린 사실 집은 좀 두고 보고 싶었는데," 알렉스가 터놓는다. "하지만 정말이지 선택권이 없었거든요. 애들이 어릴 때 마당을 주고 싶어서."

그는 고개를 끄덕인다. 이 이야기는 로즈에게서 이미 들었다. 종종 그와 로즈는 (그리고 그와 거의 모든 동년배 회사 동료들은) 성인기의 두 평행 버전을 살아가는 것 같다. 그들의 세계는 아이들, 자기가 필요한 것들—학교와 캠프와 과외선생님들—로 모든 결정을 좌지우지하게 만드는 조그만 독재자들에게 지배당하고, 다음 10년, 15년, 18년 동안도 그럴 것이다. 아이가 있다는 건 그들에게 즉각적이고 협상 불가능한 목적의식과 방향을 줬다. 아이들이 그해 휴가의 날짜와 장소를 정한다. 여윳돈이 있을지 결정한다. 그렇다면, 그걸 어떻게 쓸지도 정한다. 하루를, 한 주를, 한 해를, 평생을 모양 짓는다. 아이들은 일종의 지도여서, 그저 그들이 태어나는 날 제시하는 지도를 따르는 수밖에 없다.

하지만 그와 그의 친구들은 아이가 없고, 그 부재 속에서 세상은 그들 앞에 마구잡이로 펼쳐진다. 그 수많은 가능성에 숨이 막힐 정도다. 아이들이 없으면, 성인으로서의 지위는 절대 튼튼하지 않다. 아이 없는 어른은 혼자서 성인기를 창조하고, 그건 종종 유쾌하기도 하지만 한편으로는 영원히 불안정한 상태, 영원한 회의의 상태이기도 하다. 어떤 사람들에게는 그렇다—맬컴은 분명 그렇다. 그는 최근 소피와 아이를 가질 때의 장점과 단점을 목록으로 만들어 그와 함께 검토했다. 4년 전 소피와 결혼할지 말지 결정할 때처럼.

"모르겠어, 맬컴." 그는 맬컴의 목록을 듣고 말한다. "아이를 갖고 싶은 이유가 네가 정말로 원해서가 아니라 아이를 가져야 할 것 같아서인 것 같은 느낌이 들어."

"물론 난 가져야 할 것 같아." 맬컴이 말한다. "우리 모두가 기본적으로 여전히 애들처럼 살고 있다는 생각 안 들어, 주드?"

"아니." 그는 말했다. 한 번도 그런 느낌이 든 적 없었다. 그의 생활은 상상할 수 있는 최대치로 어린 시절에서 멀어졌다. "그건 네 아버지 말씀이고. 아이가 없다고 해서 네 인생이 덜 타당하다거나, 덜 적법해지진 않을 거야."

맬컴은 한숨을 쉬었다. "어쩌면." 그는 말했다. "어쩌면 네 말이 맞을지 몰라." 그는 미소 지었다. "그러니까, 정말로 원하지는 않는다고."

그도 미소 지었다. "음, 기다리는 건 언제든 가능해. 어쩌면 언젠가 슬픈 서른 살짜리를 입양할 수 있을지도 모르지."

"어쩌면." 맬컴이 다시 말했다. "결국 그게 어디선가는 진짜 유행이래."

알렉스는 부엌에서 점점 더 다급하게 그녀의 이름—"알렉스! 알렉스! 알렉스!"—을 부르고 있는 로즈를 도와줘야겠다고 양해를 구했고, 그는 오른쪽 사람을 돌아본다. 로즈의 다른 파티에서는 본 적 없는 검은 머리 남자인데, 단호하게 한 방향으로 내려오다가 콧마루 바로 아래서 그에 못지않게 단호하게 방향을 바꾸어, 마치 부러진 것처럼 보이는 코를 가진 남자다.

"케일럽 포터입니다."

"주드 세인트 프랜시스입니다."

"제가 추측해볼까요? 가톨릭이시죠."

"제가 추측해보죠. 아닙니다."

케일럽이 웃는다. "정답입니다."

그들은 이야기를 나눈다. 케일럽은 런던에서 한 패션브랜드의 사장으로 지난 10년 동안 일하다가 로스코의 새 CEO 자리를 맡아 방금 뉴욕에 왔다고 말한다. "알렉스가 매우 친절하고도 자발적으로 어제 저를 초대했어요. 전 생각했죠"—그는 어깨를 으쓱한다—"안 될 거 뭐 있어? 좋은 사람들이랑 맛있는 음식을 먹느냐, 아니면 호텔 방에서 두서없이 부동산 목록이나 보며 앉아 있느냐 중 선택하는 건데." 부엌에서 와장창하고 쇠가 떨어지는 소리와 로즈가 욕하는 소리가 들린다. 케일럽이 눈썹을 치켜 올리며 그를 쳐다보고, 그는 미소 짓는다. "걱정 말아요." 그는 안심시킨다. "늘 있는 일이니까."

남은 저녁 시간 동안 로즈는 손님들을 여러 무리로 나눠 대화하게 하려고 애써보지만 잘되지 않는다. 테이블은 너무 넓고, 현명치 못하게도 친구들끼리 가까이 앉혀놓았기 때문이다. 그래서 그는 결국 케일럽과 계속 이야기한다. 그는 마흔아홉이고, 마린카운티에서 자랐고, 30대 이후로는 뉴욕에서 살아본 적이 없다. 그도 로스쿨을 다녔지만, 거기서 배운 건 단 하루도 직장에서 써본 적 없다.

"단 한 번도요?" 그는 묻는다. 사람들이 그런 말을 하면 그는 늘 믿지 못한다. 그는 로스쿨이 거대한 낭비, 3년의 실수라고 주장하는 사람들을 믿지 않는다. 하지만 한편으로는 자기가 특히 로스쿨에 대해, 생계뿐만 아니라 여러 면에서 인생을 준 로스쿨에 대해 감상적이라는 걸 알고 있다.

케일럽은 생각한다. "음, 단 한 번도는 아닐지 모르지만, 기대하던 방식으로는 아니죠." 그가 마침내 말한다. 그의 목소리는 굵고 신중하고 느릿해서, 마음을 달래주는 것 같으면서도 어쩐지 살짝 위협적이기도 하다. "사실 모든 것 중 결국 쓸모 있었던 건 민사소송이에요. 아는 디자이너 있어요?"

"아뇨." 그는 말한다. "하지만 예술하는 친구들은 많아요."

"음, 그럼. 그 친구들 사고방식이 얼마나 다른지 알겠군요. 더 뛰어난 예술가일수록, 사업에는 완전히 부적격일 가능성이 높아요. 실제로 그렇고. 지난 이십몇 년 동안 다섯 군데서 일했는데, 그들의 행동 패턴을 지켜보는 건 정말 흥미진진합니다. 마감 준수를 거부하고, 예산 내에서 일하는 능력이라곤 없고, 인력 관리에 이르면 거의 무능하죠. 어찌나 한결같은지 이런 자질들이 부족한 게 그 일을 하는 데 필수 선행조건 같은 건지, 아니면 그 일 자체가 이런 식의 개념적 결함을 부추기는 건지 궁금해진다니까요. 그래서 제 자리에서 해야 할 일은 회사 내 관리 체제를 만들고 그게 확실히 강제력과 처벌성을 가지도록 하는 겁니다. 이걸 어떻게 설명해야 좋을지 모르겠군요. 그 사람들한테는 이런저런 걸 하는 게 좋은 사업이다라고 말할 수가 없어요. 말로는 아무리 알겠다고 해도 그건 그 사람들, 아니면 적어도 몇몇한테는 아무 의미가 없거든요. 대신 그들만의 조그만 우주의 규칙으로 제시한 다음, 이 규칙들을 따르지 않으면 그 우주가 붕괴될 거라고 설득시켜야만 해요. 그걸 설득할 수 있으면, 필요한 일을 하게 만들 수 있죠. 완전 미치는 일입니다."

"그러면 왜 그 사람들과 계속 일하는 거죠?"

"왜냐하면—그 사람들은 정말로 생각하는 게 너무 다르거든요. 보고 있으면 정말 흥미로워요. 그중 몇몇은 읽기 쓰기 같은 기본조차 안 되어 있어요. 메모를 받아보면, 정말로 문장 하나 제대로 못 만들죠. 하지만 스케치를 하거나 입체 재단을 하거나 색 조합을 하는 걸 보고 있으면, 그건…… 모르겠어요. 경이롭죠. 도저히 그 이상으로는 설명을 못 하겠군요."

“아뇨, 무슨 말씀인지 정확히 알겠어요.” 그는 리처드와 제이비와 맬컴과 윌럼을 생각하며 말한다. “마치 말하는 건 고사하고 상상할 언어조차 없는 사고방식 속으로의 진입을 허락받는 기분이죠.”

“바로 그거예요.” 케일럽은 처음으로 그에게 미소 짓는다.

저녁식사가 마무리되고, 다른 사람들이 커피를 마시고 있을 때, 케일럽이 테이블 밑에서 꼬고 있던 다리를 풀며 말한다. “전 가봐야 되겠습니다. 아직 런던 시간에서 못 벗어나서요. 하지만 만나서 반가웠습니다.”

“저도요.” 그가 말한다. “정말 즐거웠습니다. 로스코 민사소송 체계 설립에 행운이 있길 바라요.”

“고맙습니다. 그거 정말 필요해요.” 케일럽은 이렇게 말하고 일어서려다가 멈추더니 말한다. “언제 같이 저녁 하시겠어요?”

그는 잠시 마비된다. 하지만 다음 순간 자신을 책망한다. 두려워할 것 없다. 케일럽은 방금 뉴욕에 돌아왔다. 그는 이야기할 사람을 찾는 게 얼마나 어려운지, 자기가 없는 사이 친구들이 다 가정을 꾸리고 소원해졌을 때 친구들을 찾는 게 얼마나 어려운지 안다. 그냥 이야기하는 것뿐이다, 그 이상은 아니다. “그거 좋죠.” 그는 말하고, 그와 케일럽은 명함을 나눈다.

“일어나지 마요.” 케일럽이 일어나며 말한다. “연락드리죠.” 그는 생각보다, 적어도 그보다 5센티미터는 더 크고, 강인해 보이는 등을 가진 케일럽이 알렉스와 로즈에게 작별인사하고는 돌아보지도 않고 나가는 모습을 바라본다.

다음 날 그는 케일럽에게서 메시지를 받았고, 그들은 목요일에 저녁 약속을 잡는다. 오후 늦게 그는 저녁 초대에 대한 감사 인사를 하러 로즈에게 전화했다가 케일럽에 대해 묻는다.

"부끄럽지만 난 그 사람이랑 이야기조차 못 했어." 로즈가 말한다. "알렉스가 마지막 순간에 초대했거든. 이런 디너파티 때 내가 늘 이야기하는 바로 그거 말이야. 도대체 자기가 그만두려는 회사를 맡을 사람을 왜 초대하는 거야?"

"그래서 그 사람에 대해 아무것도 모른다고?"

"전혀. 알렉스 말로는, 평판이 좋대. 그 사람을 런던에서 데려오려고 로스코가 무진장 애썼다는군. 하지만 아는 건 그게 다야. 왜?" 로즈가 미소 짓는 소리가 거의 들리는 것 같다. "보안과 제약 말고도 고객층을 더 넓히려고, 라고는 말하지 마."

"바로 그러려는 거야, 로즈." 그는 말한다. "다시 한 번 고마워. 알렉스에게도 감사인사 좀 전해줘."

목요일이 오고, 그는 첼시 서쪽의 한 이자카야에서 케일럽을 만난다. 주문을 한 후 케일럽이 말한다. "있잖아요, 그날 저녁 내내 당신을 보면서 어디서 봤는지 생각해내려고 애썼는데, 그러다 깨달았어요. 장-밥티스트 마리온의 그림. 지난번 회사 크리에이티브 디렉터가 그 그림을 가지고 있었거든요. 사실 그 사람은 회사에 그림 값을 지불하게 하려고 했는데, 하여간 그건 딴 이야기고. 당신 얼굴을 커다랗게 그린 그림이고, 당신은 거리에 서 있어요. 뒤로는 가로등이 보이고."

"맞아요." 그는 말한다. 이런 일은 전에도 몇 번 있었고, 그때마다 그는 불편하다. "무슨 그림 말하는지 알아요. 세 번째 연작 '초들, 분들, 시간들, 날들' 중 하나죠."

"맞습니다." 케일럽이 말하고 다시 그에게 미소 짓는다. "마리온과 친해요?"

"지금은 별로요." 그는 대답한다. 늘 그렇듯이 그걸 인정하는 게 가슴이 아프다. "하지만 대학 때 룸메이트였어요. 오랫동안 알았죠."
"훌륭한 연작이에요." 케일럽이 말하고, 그들은 제이비의 다른 작품과 케일럽도 작품을 본 적 있는 리처드와 아시안 헨리 영에 대한 이야기, 런던에는 괜찮은 일본 식당이 없다는 이야기, 모나코에서 두 번째 남편과 살고 있는 케일럽의 여동생과 그들의 수많은 아이들, 케일럽이 30대 때 오랜 투병 끝에 돌아가신 부모님 이야기, 케일럽의 로스쿨 동기가 이번 여름 로스앤젤레스에 가 있는 동안 쓰게 해줬다는 브리지햄턴의 집 이야기를 한다. 그리고 로젠 프리처드 이야기와 이전 CEO가 남기고 간 로스코의 재정난에 대해서도 많은 이야기를 나눠서, 이제 그는 케일럽이 그냥 친구뿐만 아니라 잠재적 법적대리도 찾고 있다고 확신했고 회사에서 누가 그쪽 일을 맡으면 좋을지 생각하기 시작한다. 이 건은 이블린에게 줘야겠다. 작년에 한 패션회사의 사내변호사로 들어가 회사를 거의 떠날 뻔했던 젊은 파트너변호사다. 이블린이 적임자다. 똑똑하고 이쪽 일에 관심도 있으니 잘 맞을 것이다.
그가 이런 생각에 빠져 있을 때, 케일럽이 갑자기 묻는다. "혼자예요?" 그러고는 웃으며 묻는다. "왜 그런 얼굴로 봐요?"
"미안해요." 그는 깜짝 놀랐지만 다시 웃으며 말한다. "그래요, 맞아요. 하지만 얼마 전에 친구랑 딱 이런 이야기를 했었거든요."
"친구는 뭐라 그랬는데요?"
"친구 말이—" 그는 입을 열다, 갑작스러운 화제의 전환과 어조의 변화에 당황하고 혼란스러워 멈춘다. "아무것도 아니에요." 케일럽은 마치 그가 실제로 그 대화를 다 들려주기라도 한 것처럼 미소 지으며 그를 다그치지 않는다. 그는 오늘 밤 이야기, 특히 방금 전 대화를 윌럼에게 어떻게 이야기해줄 건지 생각한다. '네가 이겼어, 윌럼.' 그는 속으로 말하고, 윌럼이 이 화제를 다시 끄집어내려 하면, 내버려두겠다고, 그때는 피하지 않겠다고 결심한다.

그가 돈을 지불하고 그들은 밖으로 나온다. 밖에는 심하지 않지만 비가 줄기차게 내리고 있어서 택시라곤 보이지 않고, 거리는 감초처럼 번들거린다. "내 차가 대기 중이에요." 케일럽이 말한다. "가다 내려드릴까요?"

"괜찮겠어요?"

"물론이죠."

차는 그들을 다운타운으로 데려가고, 그린 스트리트에 도착했을 무렵에는 비가 너무 세차게 퍼부어서 창밖의 형체조차 구분되지 않을 지경이다. 바깥에는 그저 빨갛고 노란 동그란 빛들만 보이고, 도시에는 경적 소리와 차 지붕에 후두두둑 떨어지는 빗소리밖에 남지 않았다. 빗소리가 너무 시끄러워 그 소음에 서로의 말소리도 거의 들리지 않는다. 차가 멈추고 그가 내리려 하자, 케일럽이 기다리라며 자기가 우산을 가지고 건물 안까지 바래다주겠다고 한다. 그가 뭐라고 하기도 전에 케일럽이 차에서 내려 우산을 폈고, 두 사람은 우산 아래 함께 웅크리고 로비로 들어온다. 뒤에서 문이 쾅 닫히고 어두운 입구에 두 사람만 남는다.

"이거 참 굉장한 로비군요." 케일럽이 알전구를 올려다보며 건조하게 말한다. "제국 말기 같은 멋은 분명 있지만." 그 말에 그가 웃자, 케일럽도 미소 짓는다. "로젠 프리처드에서는 당신이 이런 곳에서 사는 거 알아요?" 그의 물음에 그가 대답도 하기 전에, 케일럽이 다가와 그에게 키스한다. 그 키스가 너무 강렬해서 그의 등이 문에 닿고 케일럽의 팔이 그를 우리처럼 둘러싼다.

그 순간 머릿속이 하얗게 변한다. 세상이, 그 자신이 사라진다. 누군가 그에게 키스한 건 아주 오랜만, 정말 오랜만의 일이고, 그런 일이 있을 때마다 느꼈던 무력감이, 그냥 입을 벌리고 몸에 힘을 뺀 채 아무것도 하지 말라고 했던 루크 수사의 말이 떠오른다. 지금 그는—습관과 기억, 그리고 다른 아무것도 할 수 없는 무력감에서—바로 그런 태도로 초를 세고 코로 호흡하려 애쓰면서 이 순간이 끝나길 기다린다.

마침내 케일럽은 뒤로 물러나 그를 쳐다보고, 잠시 후 그도 마주 본다. 그러자 케일럽은 이번에는 그의 얼굴을 양손으로 감싸고 다시 키스하고, 그는 어린 시절 키스당할 때마다 느꼈던 그 감각, 자기 몸이 자기 것이 아닌 감각, 자신의 모든 동작이 일련의 반사동작으로 미리 결정되어 있다는 감각, 다음에 무슨 일이 벌어지든 거기 굴복하는 것 외엔 아무것도 할 수 없다는 감각을 느낀다.

케일럽은 두 번째로 멈추고 다시 뒤로 물러서서 로즈의 디너파티 때 그랬던 것처럼 눈썹을 치켜 올린 채 그를 쳐다보며 그가 뭐라고 하길 기다린다.

"전 당신이 법적대리를 찾는 줄 알았는데요." 마침내 그는 말하고, 그 말이 너무 바보 같아서 얼굴이 달아오른다.

하지만 케일럽은 웃지 않는다. "아뇨." 그는 말한다. 긴 침묵이 다시 이어지더니, 이번에는 케일럽이 먼저 말한다. "집에 초대해주지 않을 겁니까?"

"모르겠어요." 갑자기 윌럼이 있었으면 좋겠다. 물론 이건 윌럼이 도와준 적 있는 그런 문제가 아니고, 사실 문제로 생각하지도 않을 일이다. 그는 자기가 얼마나 둔하고 조심스러운 사람인지 잘 알고 있고, 그 둔감함과 경계심 덕분에 어떤 공간에서도, 어떤 모임에서도 가장 흥미롭거나 도발적이거나 반짝거리는 사람이 될 일은 절대 없겠지만, 그래도 그 덕에 지금까지 안전하게, 불결함과 더러움으로부터 자유로운 성인기를 보냈다. 하지만 때로는 자신을 너무 격리시킨 나머지 인간으로서 가장 핵심적인 부분을 무시하고 있는 게 아닌가 하는 생각이 든다. 어쩌면 그는 누구와 함께 있을 준비가 되어 있는지도 모른다. 어쩌면 시간이 충분히 지나서 이제는 다를지도 모른다. 어쩌면 그가 틀리고 윌럼이 맞을지도 모른다. 어쩌면 이게 그에게 영원히 금지된 경험이 아닐지도 모른다. 어쩌면 그는 자기 생각보다 덜 역겨울지도 모른다. 어쩌면 정말로 할 수 있을지도 모른다. 어쩌면 결국 상처를 안 받을 수도 있다. 지금 이 순간 케일럽은 그의 최악의 공포와 최고의 희망이 만들어낸 산물로 이슬람 신화의 신령처럼 소환되어 그의 삶 속에 던져진 시험문제 같다. 한쪽에는 그가 아는 모든 것들이 있다. 수도꼭지에서 계속해서 똑똑 새는 물처럼 규칙적이고 평범한 그의 존재 패턴. 그 속에서 그는 혼자이지만 안전하고 그를 해칠 수 있는 모든 것들로부터 보호받고 있다. 반대쪽에는 파도와 격랑, 폭풍우, 흥분이 있다. 그가 통제할 수 없는 모든 것, 끔찍하면서도 황홀할 가능성을 가진 모든 것, 어른이 되고 나서 피하려고 애쓰며 살아온 모든 것들, 그의 삶에서 색채를 다 앗아가버리는, 부재하는 모든 것들. 마음속 그 짐승이 뒷다리로 앉아 해답을 찾아 더듬듯이 앞발로 공중을 헤집으며 주저한다.

'그러지 마, 널 바보로 만들지 마, 네가 뭐라 말해도 넌 네가 어떤 사람인지 알잖아.' 한 목소리는 말한다.

'기회를 잡아.' 다른 목소리는 말한다. '넌 외롭잖아. 노력해 봐야 해.' 그건 그가 늘 무시한 목소리다.

'이런 일은 다시는 없을지 몰라.' 목소리가 덧붙이고, 그는 멈칫한다.

'끝이 좋지 않을 거야.' 첫 번째 목소리가 말하고, 두 목소리 다 입을 다물고 그가 뭘 할지 지켜본다.

어째야 할지 알 수가 없다. 무슨 일이 벌어질지도 모른다. 그가 알아보는 수밖에 없다. 그가 배운 모든 것들은 그냥 가버리라고 한다. 그가 바라는 모든 것들은 그냥 있으라고 말한다. 용기를 내, 그는 스스로에게 말한다. 한 번만 용기를 내.

그래서 그는 케일럽을 돌아본다. "가요." 그는 말한다. 그는 이미 겁에 질렸지만 아닌 척하며 시멘트 바닥에 오른발이 끌리는 소리를 들으며 좁은 복도를 따라 엘리베이터 쪽으로 걸어가기 시작한다. 케일럽의 발소리가, 비상구에 와서 부딪치는 폭발적인 빗소리가, 불안에 떠는 자신의 심장고동 소리가 들린다.

—

1년 전 그는 배임행위와 무능력, 신탁의무 방기로 주주들이 이사회를 고소한, '맬그레이브 앤드 배스킷'이라는 거대 제약회사의 변호를 맡았다. "이런." 루시엔은 냉소적으로 말했다. "왜 이런 생각들을 했는지 모르겠네."

그는 한숨 쉬었다. "그러게요." 맬그레이브 앤드 배스킷은 대참사였고, 모두들 알고 있었다. 로젠 프리처드에 오기 전 지난 몇 년 동안 그 회사는 두 내부 고발자와 소송을 했고(하나는 제조설비가 위험할 정도로 낙후되었다고 주장했고, 다른 하나는 다른 설비에서 오염된 제품을 생산하고 있다고 주장했다), 일련의 요양원과 연루된 교묘한 리베이트 획책 수사와 관련해서 소환장을 발부받았고, 조현병 치료에만 승인받은 베스트셀러 약품 중 하나를 알츠하이머 환자들에게 불법적으로 마케팅했다는 혐의를 받았다.

그래서 그는 지난 11개월 동안 맬그레이브 앤드 배스킷의 현직, 전직 디렉터들과 직원들 50명을 조사하고 소송의 주장에 대답할 보고서들을 작성했다. 그의 팀에는 변호사 열다섯 명 있었는데, 어느 날 밤 그는 그중 몇 명이 그 회사를 '맬프랙티스 앤드 배스터드'*라고 부르는 걸 들었다.

"어디 고객 귀에 그런 말이 들어가게만 해봐." 그는 그들을 야단쳤다. 늦은 밤, 새벽 2시였다. 그들이 피곤하다는 건 알고 있었다. 루시엔이었다면 고함을 질렀겠지만, 그 역시 피곤했다. 지난주에는 그 사건을 맡고 있던 젊은 여자 동료 하나가 새벽 3시에 책상에서 일어나 주위를 둘러보더니 그대로 기절했다. 그는 구급차를 부르고 모두를 집에 돌려보내며 아침 9시에 다시 오라고 했다. 그는 한 시간 더 있다가 집에 갔다.

"다른 사람들은 집에 보내고 자넨 여기 더 있었다고?" 루시엔이 다음 날 말했다. "자넨 물러지고 있어, 세인트 프랜시스. 재판 중 이런 행동을 하지 않아 다행이지. 아니면 우린 아무것도 못 한다고. 상대 변호사가 자기들이 사실은 얼마나 물러빠진 놈이랑 붙고 있는지 알기라도 해봐."

"그래서, 회사에서는 가엾은 엠마 거쉬한테 꽃도 안 보내줄 건가요?"

---

* '배임행위와 개자식들(malpractice and bastard)'이라는 뜻.

"아, 그건 벌써 보냈지." 루시엔은 사무실 밖으로 나가면서 말했다. "엠마. 얼른 나아서 돌아와. 그러지 않으면…… 로젠 프리처드 가족들이 사랑을 담아."

그는 재판에 가는 걸 좋아했고, 법정에서 논쟁하고 이야기하는 걸 좋아했지만—그런 건 아무리 해도 질리지 않았다—맬그레이브 앤드 배스킷 건에서 그의 목표는 수사하고 발견하는 힘들고 지루하고 단조로운 시간들로 넘어가기 전에 판사가 소송을 기각하게 만드는 것이었다. 그는 기각 제안을 썼고, 9월 초 지방법원 판사는 소송을 기각했다.

"자네가 자랑스러워." 루시엔이 그날 밤 말한다. "맬프랙티스 앤드 배스터드는 자기들이 얼마나 빌어먹은 행운아들인지 모를 거야. 정말 빡빡한 소송이었어."

"뭐, 맬프랙티스 앤드 배스터드에서 모르는 것 같은 일들은 수두룩하죠." 그는 말한다.

"맞아. 하지만 제대로 된 변호사를 고용할 정도의 정신만 있으면 바보천치라도 상관없지." 그는 일어선다. "이번 주말 어디 가나?"

"아니요."

"즐겨. 밖에 나가. 식사도 하고. 안색이 안 좋아."

"안녕히 가세요, 루시엔!"

"알았어, 알았다고. 잘 가. 그리고 축하하네, 정말로. 이건 큰 거라고."

그는 서류를 정리하고 분류하고, 끝없는 파편들을 내리누르려 하며 사무실에서 두 시간을 더 보낸다. 이런 결과들이 나온 후에도 어떤 안도감도, 승리감도 느끼지 않는다. 그냥 하루치의 육체노동을 마친 것 같은 피로감, 단순하고 당연한 피로감뿐이다. 11개월이었다. 인터뷰, 리서치, 더 많은 인터뷰, 사실 확인, 작성, 재작성. 그러고는 모든 일이 순식간에 끝나버리고, 다른 사건이 그 자리를 차지한다.

마침내 그는 집에 오고, 갑자기 피로가 물밀 듯이 몰려와 침실로 가던 중 소파에 앉았다가 한 시간 후 입이 바짝 말라 어리둥절한 채 깨어난다. 지난 몇 개월 동안 대부분의 친구들을 만나지도, 이야기하지도 못했다. 윌럼과의 대화도 평소보다 더 짧았다. 일부는 맬프랙티스 앤드 배스터드와 그들이 요구한 미칠 듯한 준비 탓이다. 하지만 일부는 윌럼에게 아직 이야기도 안 한 케일럽에 대한 계속된 혼란 탓이다. 하지만 이번 주말 케일럽은 브리지햄턴에 있고, 그는 혼자만의 시간이 기쁘다.

3개월이 지났는데도 케일럽에 대한 감정을 잘 모르겠다. 케일럽이 자기를 좋아하는지에 대해서도 완전한 확신이 없다. 아니 그보다 뭐랄까. 케일럽이 자기와 이야기하는 걸 좋아한다는 건 안다. 하지만 때로 그는 혐오에 가까운 표정으로 자신을 쳐다본다. "넌 정말 잘생겼어." 한번은 케일럽이 곤혹스러운 목소리로 손가락으로 그의 턱을 잡고 자기 쪽으로 당기며 말했다. "하지만—" 비록 말을 마치지는 않았지만, 케일럽이 무슨 말을 하려고 하는지 그는 알 수 있었다. 하지만 뭔가 잘못됐어. 하지만 넌 여전히 날 불쾌하게 만들어. 하지만 왜 내가 널 안 좋아하는지 이해가 안 돼, 정말로.

예를 들어, 케일럽이 자기의 걸음걸이를 싫어한다는 건 안다. 서로 만나기 시작한 지 몇 주 됐을 때 케일럽은 소파에 앉아 있고 그가 와인 병을 가져오고 있었는데, 그는 케일럽이 자기를 뚫어져라 쳐다보는 걸 눈치채고 불안해졌다. 와인을 따라 같이 마시고 있을 때 케일럽이 말했다. "있잖아, 널 처음 만났을 때는 앉아 있어서 네가 다리를 저는지 몰랐어."

"그랬지." 그는 이게 자기가 사과해야 할 일이 아니라는 걸 상기하면서 말했다. 그가 케일럽을 함정에 빠뜨린 게 아니다. 그는 속이려 하지 않았다. 그는 숨을 들이마신 다음, 그냥 궁금한 것처럼 가벼운 어조로 말하려 애쓰면서 물었다. "알았으면 나랑 데이트할 생각 없었을 것 같아?"

"모르겠어." 케일럽은 잠시 말이 없다 대답했다. "모르겠어." 그 순간 그는 사라지고 싶었다. 눈을 감고 시간을 거슬러 케일럽을 만나기 전으로 돌아가고 싶었다. 로즈의 초대를 거절할 수도 있었는데. 보잘것없는 인생little life이지만 그대로 살 수도 있었는데. 그 차이를 전혀 몰랐을 수도 있었는데.

하지만 케일럽은 그의 걸음걸이는 싫어하지만 휠체어는 혐오한다. 케일럽이 처음 낮에 집에 왔던 날, 그는 아파트를 구경시켜줬다. 그는 그 아파트가 자랑스러웠고, 매일 거기서 사는 게 감사했고, 그게 자기 것이라는 게 계속 믿기지가 않았다. 맬컴은 윌럼 방—그들은 그렇게 불렀다—은 그 자리에 그대로 뒀지만 더 확장해서 엘리베이터 가까운 북쪽 구석에 서재를 덧붙였다. 그러고는 피아노가 놓인 길고 개방된 공간과 남향 거실, 창문들이 없는 북쪽에 맬컴이 디자인해서 놓은 테이블이 있고, 그 뒤로는 부엌까지 벽 전체를 책장이 덮고 있었는데, 거기에는 친구들, 그리고 친구들의 친구들의 작품들과 여러 해에 걸쳐 사들인 물건들이 놓여 있었다. 아파트 동쪽은 모두 그의 공간이었다. 침실에서 북쪽 방향으로 옷방을 가로지르면 동향과 남향 창문이 있는 욕실이 나온다. 아파트의 블라인드는 대부분 내려놓지만 한꺼번에 열릴 수 있게 되어 있고, 그러면 공간 전체가 환한 빛의 사각형 같고 자신과 바깥세상 사이의 베일이 훌릴 듯이 얇게 느껴진다. 종종 이 아파트 자체가 거짓 같은 기분이 든다. 아파트를 보면 그 주인이 열려 있고 활기 넘치고 뭐든 대답해주는 사람일 것 같지만, 그는 절대 그런 사람이 아니다. 반쯤 가려진 골방들과 어두침침한 미로들과 너무 여러 번 칠해서 나방과 벌레가 페인트 층들 사이에 매장되어 생긴 울퉁불퉁한 이랑과 기포가 만져지는 벽들이 있는 리스페너드 스트리트가 그를 훨씬 더 정확하게 반영하는 공간이다.

케일럽이 오기 전 그는 아파트에 햇빛이 희미하게 반짝이도록 해뒀고, 케일럽은 그걸 보고 경탄했다. 그들은 천천히 아파트 안을 돌아봤고, 케일럽은 미술작품들을 구경하며 어디서 샀는지, 누가 만든 건지 물었고, 자기가 알아볼 수 있는 작품들에 대해 이야기를 나눴다.

그리고 그들은 침실로 들어왔고, 케일럽에게 맞은편에 걸린 작품—"초들, 분들, 시간들, 날들" 연작 중에서 산, 메이크업 의자에 앉아 있는 윌럼의 그림—을 보여주고 있는데, 그가 물었다. "저 휠체어는 누구 거야?"

그는 케일럽이 보는 쪽을 바라봤다. "내 거." 그는 잠시 침묵하다 말했다.

"하지만 왜?" 케일럽이 혼란스러운 표정으로 물었다. "걸을 수 있잖아."

그는 무슨 말을 해야 할지 몰랐다. "가끔은 필요해서." 그는 한참 만에 말했다. "아주 드물게 그래. 자주 사용하지는 않아."

"다행이네." 케일럽은 말했다. "안 쓰도록 주의해."

그는 깜짝 놀랐다. 이건 걱정의 표현일까, 아니면 협박일까? 하지만 어떤 감정을 느껴야 할지, 뭐라고 대답해야 할지 알기도 전에, 케일럽은 돌아서서 그의 옷방으로 들어갔고, 그는 투어를 계속하며 그 뒤를 따라갔다.

한 달 뒤 어느 날 밤늦은 시각, 그는 미트패킹 디스트릭트 서쪽 끝에 있는 그의 사무실 밖에서 케일럽을 만났다. 케일럽도 늦게까지 일했다. 7월 초였고, 로스코는 8주 후 봄 라인을 내놓을 참이었다. 그는 그날 차를 몰고 출근했지만, 건조한 밤이어서 차에서 내려 케일럽이 누구와 이야기하면서 걸어올 때까지 가로등 아래 휠체어에 앉아 있었다. 그는 케일럽이 자기를 본 걸 알아보고는—그는 그쪽을 향해 손을 들었고 케일럽은 눈에 띌까 말까 하게 고개를 까딱했으니까. 두 사람 다 티내는 스타일이 아니었다—케일럽이 대화를 마치고 상대방이 동쪽으로 갈 때까지 지켜봤다.

"안녕." 그는 케일럽이 다가오자 말했다.

"왜 휠체어에 앉아 있는 거지?" 그가 요구했다.

잠시 그는 아무 말도 할 수 없었고, 말이 나왔을 때는 더듬거리고 있었다. "오늘은 써야 했어." 그는 마침내 말했다.

케일럽은 한숨을 쉬며 눈을 문질렀다. "휠체어는 안 쓰는 줄 알았는데."

"안 써." 그는 말했다. 너무 부끄러워서 식은땀이 나기 시작했다. "정말은 안 써. 절대 써야 하는 상황일 때만 써."

케일럽은 고개를 끄덕였지만, 계속해서 콧마루를 손가락으로 눌렀다. 그는 케일럽을 쳐다볼 수가 없었다. "이봐." 케일럽이 마침내 말했다. "저녁은 안 먹는 게 좋겠어. 당신은 기분이 안 좋고, 난 피곤해. 가서 자야겠어."

"아." 그는 실망하며 말했다. "괜찮아. 이해해."

"좋아." 케일럽이 말했다. "나중에 전화할게." 그는 케일럽이 성큼성큼 길모퉁이를 돌아 사라질 때까지 지켜보다가 차에 타

집에 돌아왔고, 면도날을 제대로 잡을 수도 없을 정도로 피를 흘릴 때까지 팔을 그었다.

다음 날은 금요일이었고, 케일럽에게서는 아무런 연락도 없었다. 그래, 그는 생각했다. 그런 거야. 괜찮아. 케일럽은 그가 휠체어를 쓰는 걸 좋아하지 않았다. 그도 싫었다. 자기도 못 받아들이는 걸 받아들이지 못한다고 해서 케일럽에게 화를 낼 수는 없었다.

하지만 토요일 아침, 수영을 마치고 올라가는데 케일럽에게 전화가 왔다. "목요일 밤엔 미안해." 케일럽이 말했다. "네가 보기엔 무정하고 기괴해 보였을 거라는 거 알아. 네 휠체어에 대한 이 반감이."

그는 식탁 의자에 앉았다. "전혀 기괴하지 않아."

"어른이 된 후 거의 내내 우리 부모님이 아팠다는 이야기 했지." 케일럽이 말했다. "우리 아버지는 다발성경화증이었고, 어머니는 병명이 뭔지도 아무도 몰랐어. 대학 때 아프기 시작해서 그냥 계속이었어. 안면통증과 두통이 있었지. 어머니는 늘 어딘가 불편했는데, 그게 가짜였다고는 생각하지 않지만, 내가 속상했던 건 어머니에게 더 나아지고 싶다는 마음이 없어 보였다는 거야. 어머니는 그냥 포기해버렸어. 아버지도 그랬고. 어딜 봐도 사방에는 부모님이 병에 항복한 증거투성이였어. 처음에는 지팡이, 다음에는 보조기, 다음에는 휠체어. 그러고는 전동휠체어, 약병들, 휴지들, 진통 연고와 젤, 그 외 온갖 것들의 냄새가 늘 떠돌았지."

그는 말을 멈췄다. "난 너랑 계속 보고 싶어." 그는 마침내 말했다. "하지만—하지만 난 이런 의지박약과 병의 부속물 주위에는 있을 수가 없어. 그냥 못 하겠어. 싫어. 그런 걸 보면 당황스러워. 기분이—우울한 게 아니라 분노가 치밀어. 싸워야 할 것 같은 기분이야." 그는 다시 말을 멈췄다. "널 만났을 때는 네가 그런 사람인 줄 몰랐어." 그가 마침내 말했다. "괜찮을 줄 알았는데. 하지만 자신이 없어. 이해해줄 수 있어?"

그는 침을 삼켰다. 울고 싶었다. 하지만 이해할 수 있었다. 케일럽과 완전히 똑같은 심정이었다. "이해해." 그는 말했다.

하지만 이상하게도 그들은 결국 계속 만났다. 그의 삶을 교묘히 헤집고 들어오는 케일럽의 속도와 철저함에 그는 계속 놀란다. 마치 동화 같다. 어두운 숲가에 사는 여자가 노크 소리를 듣고 오두막집 문을 연다. 짧은 순간에 불과하고 아무도 안 보이지만, 그 몇 초 사이, 수많은 악마들과 망령들이 그녀를 지나쳐 집 안으로 들어오고, 결국 여자는 그것들을 다시는 쫓아내지 못한다. 가끔은 딱 그런 기분이었다. 다른 사람들도 이런 식이었을까? 알 수가 없다. 두려워서 물을 수가 없다. 그는 사람들이 연애에 대해 이야기할 때 듣고 엿들었던 예전의 대화들을 되새겨보며 그걸 기준으로 자신이 정상인지 재보고 자기가 어떻게 행동해야 할지 힌트를 찾아본다.

그리고 섹스. 그건 상상했던 것보다 더 안 좋다. 그게 얼마나 아팠는지, 얼마나 굴욕적인지, 얼마나 불쾌한지, 얼마나 싫었는지 그는 잊어버리고 있었다. 섹스가 요구하는, 하나같이 그를 무력하고 약하게 만드는 그 저열한 자세들과 체위들이 혐오스럽다. 그 맛과 냄새가 증오스럽다. 하지만 그 소리들이 가장 싫다. 살과 살이 고기처럼 퍽퍽 부딪치는 소리, 상처 입은 동물 같은 신음 소리와 끙끙대는 소리, 흥분시키기 위해서겠지만 자신을 작게 만드는 것으로밖에 느껴지지 않는 그의 말들이 싫다. 마음 한구석에서는 어른이 되어 하는 섹스는 더 나을 거라고 늘 생각하고 있었다는 걸, 그는 깨닫는다. 마치 나이라는 단순한 사실이 어찌어찌 해서 그 경험을 멋지고 즐거운 것으로 바꿔놓기라도 할 것처럼. 대학 시절, 20대 때, 30대 때, 사람들이 너무나 기쁘게, 너무나 즐거워하며 그런 이야기를 하는 걸 들을 때마다 그는 생각했다. 그게 그렇게 흥분되는 일이야? 정말로? 내 기억엔 전혀 그렇지 않은데. 하지만 그가 맞고, 다른 모든 사람들—수백만 명의 사람들—이 틀렸을 리가 없다. 그러니 분명 섹스에 대해 그가 이해하지 못하는 것이 있을 것이다. 분명 그가 뭔가 잘못하고 있는 것이다.

그들이 함께 위층으로 올라간 그 첫날밤 그는 케일럽이 무엇을 기대하고 있는지 알고 있었다. "천천히 가요." 그는 말했다. "오랜만이거든요."

케일럽은 어둠 속에서 그를 쳐다봤다. 그는 불을 켜지 않았다. "얼마나 오래요?" 그가 물었다.

"오래요." 그는 그렇게밖에 대답하지 못했다.

케일럽은 얼마 동안은 인내심을 발휘했다. 하지만 곧 그러지 않았다. 어느 날 밤, 케일럽은 그의 옷을 벗기려 했고, 그는 몸을 비틀어 빠져나왔다. "안 돼." 그는 말했다. "케일럽—안 돼. 내 모습을 당신한테 보여주고 싶지 않아." 이 말을 해야만 한다는 게 너무 힘이 들었고, 너무 겁이 나서 온몸에 오한이 느껴졌다.

"왜?" 케일럽이 물었다.

"상처들이 있어." 그는 말했다. "등과 다리에, 그리고 팔에도. 심해. 나도 안 보고 싶어."

그는 케일럽이 뭐라고 할지 정말로 몰랐다. 분명 그렇게 심하지 않을 거야, 라고 할까? 그럼 결국 옷을 벗어야만 할까? 아니면 보여줘, 라고 할까? 옷을 벗으면 케일럽이 일어나서 나가버릴까? 케일럽은 주저하고 있었다.

“당신은 안 좋아할 거야.” 그는 덧붙였다. “역겨워.”

그 말에 케일럽은 뭔가 결심한 것 같았다. “음.” 그는 말했다. “온몸을 다 볼 필요는 없잖아, 안 그래? 필요한 부분만 보면 되지.” 그날 밤 그는 옷을 반은 벗고 반은 입은 채 누워 모든 게 끝나길 기다렸고, 결국 케일럽이 옷을 다 벗으라고 요구했을 때보다 더 굴욕감을 느꼈다.

하지만 이런 실망스러운 일에도 불구하고, 끔찍하지 않은 일들도 있었다. 같이 일하는 디자이너들, 색채에 대한 이해, 미술에 대한 감상을 이야기할 때 느리고 생각에 잠긴 듯한 케일럽의 말투가 좋다. 자기 일—맬프랙티스 앤드 배스터드 건—이야기를 같이 할 수 있는 것, 케일럽이 그 사건들의 도전적 측면을 이해할 뿐만 아니라 흥미로워하는 것도 좋다. 그의 이야기들을 너무나 귀담아들어주는 것, 그가 얼마나 집중해서 듣고 있었는지 보여주는 질문들이 좋다. 윌럼과 리처드와 맬컴의 작업을 좋아하는 것, 하고 싶은 대로 이야기하게 두는 것도 좋다. 헤어질 때면 양손으로 그의 얼굴을 감싸고 무언의 축복이라도 주는 것처럼 잠시 그대로 있는 것도 좋아한다. 케일럽의 견고함, 그의 육체적 힘도 좋아한다. 그가 움직이는 모습, 윌럼처럼 자기 몸을 너무나 편안하게 여기는 모습을 보는 것도 좋다. 때로 잠결에 그의 가슴 위로 자기 것이라고 표시하듯 팔을 척 올리곤 하는 것도 좋아한다. 함께 잠에서 깨는 것도 좋다. 그에게서 풍기는 약간 이상하고, 슬쩍 위협적인 분위기도 좋아한다. 어른이 된 후 그가 내내 추구해온 사람들, 그에게 절대 상처를 주지 않을 게 확실한 사람들, 친절에 의해 정의되는 사람들과 케일럽은 다르다. 케일럽과 함께 있으면, 살짝 더 인간다워진 느낌도 들지만 동시에 인간 이하가 된 기분도 든다.

처음 케일럽이 그를 때렸을 때, 그는 놀라면서도 놀라지 않았다. 7월 말이었고, 그는 퇴근 후 자정에 케일럽의 집에 갔다. 그날은 휠체어를 썼다. 최근 발에 뭔가가 잘못됐다. 뭔지는 몰랐지만, 감각이 느껴지지 않았고 걸으려 하면 꼬꾸라질 것처럼 삐걱대는 느낌이 들었다. 하지만 케일럽의 집에 도착해서는 차에 휠체어를 두고, 발을 헛디디지 않으려고 한 걸음 걸을 때마다 부자연스럽게 발을 높이 들어 올리면서 매우 천천히 정문으로 걸어갔다.

아파트에 들어가자마자 오지 말았어야 했다는 걸 알았다. 케일럽은 기분이 극도로 안 좋았고, 공기마저 그의 분노로 뜨겁게 달아올라 정체되어 있는 것 같았다. 그는 드디어 플라워 디스트릭트의 한 건물로 이사했지만, 아직 짐을 별로 풀지 않아 신경이 곤두서 잔뜩 긴장해 있었다. 턱에 힘을 주고 있어서 이가 끽끽 갈리는 소리가 났다. 하지만 그는 음식을 가져왔고, 자기의 걸음걸이에서 케일럽의 주의를 떼놓으려는, 분위기를 좋게 하려는 필사적 노력에서 밝은 목소리로 이야기하면서 음식을 놓아두러 천천히 조리대로 걸어갔다.

"왜 그렇게 걷지?" 케일럽이 그의 말을 잘랐다.

그는 뭔가 또 잘못됐다는 걸 케일럽에게 인정하기 싫었다. 그런 일을 또다시 겪을 수는 없었다. "내가 이상하게 걷고 있어?" 그가 물었다.

"그래. 프랑켄슈타인에 나오는 괴물 같아."

"미안해." 그는 말했다. 나가, 마음속 목소리가 말했다. 지금 나가. "난 몰랐는데."

"그럼, 그만둬. 우스꽝스러워 보여."

"좋아." 그는 조용히 대답하고, 케일럽에게 줄 커리를 몇 스푼 그릇에 퍼 담았다. "여기." 그는 말했지만, 정상적으로 걸으려고 애쓰면서 케일럽 쪽으로 걸어가다 오른발이 왼쪽 위로 꼬이면서 발을 헛디뎌 그릇을 떨어뜨리는 바람에 그린커리가 온통 카펫 위에 튀었다.

나중에야 그는 케일럽이 아무 말 없이 휙 몸을 돌려 손등으로 그를 쳤고, 자기가 카펫 깔린 바닥에 머리를 부딪치며 뒤로 나동그라졌다는 걸 기억할 것이다. "여기서 나가, 주드." 케일럽은 그의 시야가 다시 밝아지기도 전에 소리도 지르지 않고 말했다. "나가. 지금은 널 못 보겠다." 그래서 그는 일어나서 자기가 어질러놓은 것을 케일럽이 치우도록 내버려둔 채 우스꽝스러운 괴물 걸음걸이로 아파트에서 나갔다.

다음 날 그의 얼굴은 멍이 들기 시작했다. 왼쪽 눈 주위가 이상하게 예쁜 색조, 보라색과 호박색, 암녹색으로 물들었다. 그 주말경, 앤디에게 진찰받으러 업타운에 갔을 때, 그의 뺨은 이끼 색깔이었고, 눈은 부어올라 거의 감겨 있었고, 윗입술은 부풀어 올라 연약하고 윤나는 붉은색이 되어 있었다.

"세상에, 주드." 앤디는 그를 보자 말했다. "도대체 무슨 일이야?"

"휠체어 테니스요." 그는 말하고 심지어 씩 웃었다. 전날 밤 거울 앞에서 고통으로 실룩대는 뺨을 하고 연습한 미소다. 그는 온갖 걸 다 찾아봤다. 경기가 어디서 열렸고, 얼마나 자주 열리며, 클럽에 얼마나 많은 사람들이 있는지. 이야기도 꾸며냈고, 혼자서, 사무실 사람들한테 하도 이야기해서 자연스러울 뿐만 아니라 심지어 코믹하기까지 했다. 대학 시절부터 테니스를 쳤던 상대 선수의 포핸드를 그가 재빨리 받아치지 못했고, 공이

철썩하고 얼굴을 강타했다고.

그는 이 이야기를 다 했고, 앤디는 고개를 저으며 들었다. "음, 새로운 걸 한다니 좋긴 한데. 그런데, 주드, 이게 좋은 생각일까?"

"나한테 늘 휴식을 취하라고 했잖아요." 그는 앤디의 말을 상기시켰다.

"알아, 안다고." 앤디는 말했다. "하지만 수영장이 있잖아. 그걸로 충분하지 않아? 그리고 어쨌거나 그런 일이 있었으면 나한테 왔어야지."

"그냥 멍인걸요, 앤디."

"이건 빌어먹게 심한 멍이야, 주드. 진짜야, 세상에."

"뭐, 어쨌거나." 그는 무심히, 심지어 약간 반항적으로 들리게 하려고 애쓰며 말했다. "발 문제로 이야기할 게 있어요."

"말해."

"느낌이 너무 이상해요. 마치 시멘트 관에 갇혀 있는 것 같아요. 발이 어디 있는지 느낌이 없어요. 통제도 안 돼요. 다리를 들어 올렸다가 다시 내려놓으면, 종아리에서는 발을 내려놓았다는 느낌이 들지만, 발 자체는 아무 느낌이 없어요."

"주드." 앤디가 말했다. "그건 신경손상 증상이야." 그는 한숨을 쉬었다. "지금까지 이런 증상이 없었다는 것 말고도 좋은 소식은 그게 영원하지는 않을 거라는 사실이야. 나쁜 소식은, 그게 언제 끝날지, 언제 다시 시작될지는 말 못 해준다는 거다. 그리고 또 나쁜 소식은, 기다리는 것 외에 우리가 할 수 있는 거라곤 진통제 치료뿐이라는 거야. 네가 안 먹으려 하는 그 진통제 말이야." 그는 말을 멈췄다. "주드, 진통제를 먹었을 때 느낌을 싫어하는 거 알아. 하지만 지금 시장에는 네가 스무 살 아니

서른 살 때보다 더 나은 약들이 있어. 해보지 않을래? 적어도 그 얼굴용으론 약한 진통제 하나 먹자. 미치게 아프지 않아?"

"그렇게 심하지는 않아요." 그는 거짓말을 했다. 하지만 결국에는 앤디에게서 처방전을 받아 들었다.

"그리고 쉬어." 앤디는 얼굴을 진찰한 후 말했다. "법정에도 가지 말고, 제발." 그리고 나가려는 순간 말했다. "자해 이야기를 안 할 거라고는 생각 마!" 왜냐하면 케일럽을 만나기 시작한 이후로 그는 전보다 더 많이 자해를 하고 있었기 때문이다.

그린 스트리트에 돌아와 건물 주차장 앞에 있는 짧은 차도에 차를 대고 정문에 열쇠를 꽂고 있는데, 누군가 그의 이름을 불렀다. 케일럽이 차에서 내리고 있었다. 그는 휠체어에 타고 있었고, 그래서 재빨리 안으로 들어가려 했다. 하지만 케일럽이 그보다 더 빨라서 닫히고 있는 문을 붙잡았고, 그래서 두 사람은 다시 둘이서만 로비에 남았다.

"여기 오면 안 돼." 그는 쳐다보지도 못하고 케일럽에게 말했다.

"주드, 들어줘." 케일럽이 말했다. "정말 미안해. 정말이야. 그냥, 직장에서 모든 게 다 너무 엿 같아서 정말 끔찍했는데, 그걸 완전히 너한테 화풀이했어. 이번 주 초에 왔어야 했는데, 상황이 너무 안 좋아서 빠져나올 수조차 없었어. 정말 미안해." 그는 옆에 쭈그리고 앉았다. "주드, 나 좀 봐." 그는 한숨 쉬었다. "정말 미안해." 그는 양손으로 그의 얼굴을 감싸고 자기 쪽으로 당겼다. "가엾은 얼굴." 그는 고요히 말했다.

그날 밤 왜 케일럽을 데리고 올라갔는지 그는 여전히 이해하지 못한다. 자신에게만 솔직히 말하자면, 케일럽에게 맞았을 때 그는 뭔가 필연적인 느낌, 심지어 어떤 면에서는 안도감을 느꼈다. 그는 내내 자신의 오만, 다른 사람들이 가진 걸 자기도 가질 수 있다고 생각한 것에 대해 일종의 벌을 기다리고 있었고, 여기—마침내—그게 온 것이다. '이게 네가 받을 대가야.' 머릿속 목소리는 말했다. '네가 아닌 다른 사람인 척한, 다른 사람들과 마찬가지라고 생각한 대가야.' 제이비가 잭슨을 얼마나 두려워했었는지 생각난다. 그는 제이비의 공포를, 다른 인간에게 꼼짝없이 잡힐 수 있다는 그 공포를 너무나 잘 이해했다. 너무 쉬워 보이는 것—그냥 떠나버리는 것—이 얼마나 어려울 수 있는지 그는 안다. 예전에 루크 수사에게 느꼈던 감정을 케일럽에게 느낀다. 경솔하게 자신을 맡긴 사람, 너무 큰 희망을 걸었던 사람, 자기를 구해주길 바랐던 사람. 하지만 그게 아니라는 게 분명해졌을 때도, 희망이 썩어 들어갔을 때도, 그는 빠져나올 수가 없었다, 떠날 수가 없었다. 그와 케일럽은 잘 맞아떨어지는 짝이다. 망가진 사람과 망가뜨리는 사람, 쓰레기 더미와 그 주위를 킁킁대는 자칼이다. 그들은 서로에게만 존재한다. 그는 케일럽 인생의 어떤 사람도 만나지 않았고, 자기 사람들에게도 케일럽을 소개시키지 않았다. 두 사람 다 자기들이 하고 있는 게 뭔가 창피한 짓이라는 걸 알고 있다. 그들은 혐오와 불쾌감으로 서로 묶여 있다. 케일럽은 그의 육체를 참아주고, 그는 케일럽의 혐오를 인내한다.

누군가와 함께 있고 싶다면, 교환을 해야만 한다. 늘 알고 있다. 앞으로도 케일럽 이상의 사람은 절대 찾을 수 없을 것이다. 적어도 케일럽은 기형도 아니고 사디스트도 아니다. 지금 그가 당하는 일들 중 이전에 당해보지 않은 일들은 없다. 그는 이 생각을 되새기고, 또 되새긴다.

9월 말의 어느 주말, 그는 브리지햄턴의 케일럽 친구 집으로 차를 몰고 간다. 10월 초까지 케일럽은 거기서 산다. 로스코의 발표가 잘돼서, 케일럽은 더 느긋하고 심지어 상냥하기까지 했다. 폭력은 딱 한 번밖에 더 일어나지 않았다. 그가 흉골을 주먹으로 치는 바람에 바닥에서 죽 미끄러지며 나가떨어졌지만, 그는 그 직후 곧 사과했다. 하지만 그것만 제외하면 별다른 일이 없었다. 케일럽은 수요일과 목요일 밤을 그린 스트리트에서 보내고 금요일에는 해변으로 떠난다. 그는 일찍 출근해 늦게까지 일한다. 맬프랙티스 앤드 배스터드 건을 성공시킨 후 짧아도 좋으니 휴식을 가질 수 있을 거라 생각했지만, 그러지 못했다. 새 고객, 투자사기로 조사받고 있는 투자회사가 왔고, 심지어 지금도 그는 토요일 근무를 빠뜨린다는 데 죄책감을 느낀다.

죄책감만 제외하면, 그 토요일은 완벽하고 그들은 하루 대부분 시간을 바깥에서 일하며 보낸다. 저녁에는 케일럽이 그에게 스테이크를 구워준다. 스테이크를 구우며 그는 노래를 하고, 그는 일을 멈추고 귀를 기울인다. 두 사람 다 행복하다. 그 순간만큼은 서로에 대한 양가적 감정 모두 영원하지 않고 무게 없는 먼지에 불과하다. 그날 밤 그들은 일찍 잠자리에 들고, 케일럽은 그에게 섹스를 요구하지 않는다. 그는 최근 몇 주 동안 누려보지 못한, 최고의 단잠에 빠져든다.

하지만 다음 날 아침, 잠에서 다 깨기도 전에 발의 통증이 돌아왔다는 걸 감지한다. 통증은 두 주 전 전혀 예상치 않게 사라졌지만 이제 다시 돌아왔고, 일어서보니 더 심해져 있다. 마치 다리가 발목에서 끝나는 것처럼, 발에는 무감각과 생생한 고통이 공존한다. 걸을 때는 발을 내려다봐야 한다. 한 발을 들어 올리고 있다는 걸 눈으로 확인하고, 발을 다시 내려놓는 것도 눈으로 확인해야 한다.

열 걸음을 걷는데, 한 걸음 내디딜 때마다 점점 더 커다란 노력이 필요하다. 걷는 게 너무 힘들고 너무 많은 정신적 에너지가 요구돼서 그는 현기증을 느끼고 다시 침대 모서리에 주저앉는다. 이런 모습을 케일럽에게 보여선 안 돼, 자신에게 경고하다가 퍼뜩 생각이 난다. 케일럽은 여느 때처럼 아침 조깅을 하러 나가고 없다. 집에는 그 혼자다.

그렇다면 시간이 좀 있다. 그는 팔로 기어 욕실에 가서 샤워실로 들어간다. 차 안에 여분의 휠체어가 있다는 게 생각난다. 기본적으로 건강한 모습만 보인다면 휠체어를 가져와도 케일럽은 분명 반대하지 않을 것이다. 이건 단지 조그만 좌절, 하루치의 불편일 뿐이다. 원래는 다음 날 아침 일찍 뉴욕으로 돌아갈 계획이었지만, 그러고 싶지는 않지만 필요하다면 좀 더 일찍 갈 수 있다. 어제는 정말 좋았다. 어쩌면 오늘도 좋을 수 있다.

그가 옷을 입고 거실 소파에 앉아 서류를 읽는 척하며 기다리고 있을 때, 케일럽이 돌아온다. 기분이 어떤지는 알 수 없지만, 조깅 이후에는 보통 상냥하고 심지어 관대하기까지 하다.

"남은 스테이크를 썰어뒀어." 그는 말한다. "달걀 좀 해줄까?"

"아니, 내가 할 수 있어." 케일럽이 말한다.

"조깅 어땠어?"

"좋아. 아주 좋았어."

"케일럽." 그는 가벼운 어조를 유지하려고 애쓰며 말한다. "있잖아—발에 문제가 좀 있어. 왔다 갔다 하는 신경손상 때문에 생긴 약간의 부작용 같은 거지만, 정말 걷기가 힘들어. 차에서 휠체어 좀 가져와도 될까?"

케일럽은 잠시 아무 말도 하지 않고 물병의 물을 다 마신다.

"그래도 여전히 걸을 수는 있잖아, 안 그래?"

그는 억지로 케일럽을 다시 바라본다. "음—기본적으로는, 그래. 하지만—"

"주드." 케일럽이 말한다. "네 주치의는 아마 동의하지 않을지 모르겠지만, 이 말은 해야겠다. 네가 언제나 가장 쉬운 해결책을 택하는 게, 내가 보기에는 약간, 약해서 그런 것 같아. 어떤 일들은 그냥 견뎌야 한다고 생각해, 알겠어? 부모님 이야기했을 때 내가 말한 게 바로 이거야. 부모님은 아프기만 하면, 통증이 있기만 하면 늘 순식간에 항복했거든.

그래서 난 네가 굳게 견뎌야 한다고 생각해. 걷는 게 가능하다면, 걸어야 해. 더 잘할 수 있는데 자신을 아기처럼 달래는 이런 습관에 빠져서는 안 된다고 봐."

"아." 그는 말한다. "맞아. 알겠어." 마치 방금 자기가 뭔가 더럽고 부정한 걸 부탁하기라도 한 것처럼 한없이 부끄럽다.

"난 샤워할게." 케일럽은 잠시 말이 없다가 나간다.

그날 내내 그는 될 수 있으면 움직이지 않으려고 애쓰고, 케일럽은 그에게 화낼 이유를 찾고 싶지 않은 것처럼 뭘 하라는 말을 하지 않는다. 케일럽이 점심을 차리고, 그들은 둘 다 소파에서 컴퓨터로 일을 하며 식사를 한다. 부엌과 거실은 잔디밭과 해변을 내려다보는 통창이 나 있는 햇살 가득한 하나의 커다란 공간 안에 있어서, 케일럽이 부엌에서 저녁을 차리느라 등을 돌리고 있는 틈을 타 그는 벌레처럼 복도 화장실로 기어간다. 침실에 가 가방에서 아스피린을 더 가져오고 싶지만, 침실은 너무 멀다. 대신 그는 문간에서 무릎을 꿇은 채 기다리다가 케일럽이 다시 스토브로 등을 돌리자 하루 종일 앉아 있던 소파로 다시 기어온다.

"저녁 먹어." 케일럽이 말하자, 그는 심호흡을 한 후 일어선다. 발이 무겁고 투박한 숯 덩어리 같다. 그러고는 발을 내려다보며 식탁으로 걸어가기 시작한다. 의자까지 걸어가는 데 몇 분, 몇 시간이 걸리는 것 같다. 어느 순간 고개를 들고 케일럽을 보자 그는 증오심 같은 게 어린 표정을 하고 그를 보며 턱을 움직이고 있다 .

"서둘러." 케일럽이 말한다.

그들은 말없이 식사한다. 그는 거의 일어서지도 못한다. 접시에 부딪치는 나이프 소리, 참을 수가 없다. 케일럽이 완두콩을 필요 이상으로 세게, 우두둑 씹어 삼키는 소리, 견딜 수가 없다. 입 안의 음식, 결국은 그 이름 없는 짐승이 될 음식의 느낌. 견딜 수가 없다.

"케일럽." 그는 매우 조용하게 말을 꺼내지만, 케일럽은 대답하지 않고 의자를 뒤로 밀고 일어나서 싱크대로 간다.

"접시 가져와." 케일럽은 말하고 그를 지켜본다. 그는 천천히 일어나 새로 한 걸음을 디딜 때마다 발걸음 하나하나를 주시하며 싱크대로 고난의 행군을 시작한다.

나중에 그는 생각할 것이다. 그 순간 무리했다면 해낼 수도 있지 않았을까, 더 집중했더라면 사실 그 스무 걸음을 넘어지지 않고 갈 수도 있지 않았을까 하고. 하지만 그런 일은 일어나지 않는다. 왼쪽 발이 바닥에 닿기 전 오른발을 딱 0.5초 정도 더 일찍 움직이는 바람에 그는 넘어지고, 접시가 앞에 떨어지면서 바닥에서 산산조각 난다. 그 순간 예상했던 대로 순식간에 케일럽이 눈앞에 와 그의 머리채를 휘어잡고 일으켜 주먹으로 얼굴을 후려친다. 주먹이 어찌나 세던지 그는 휙 날아가고 뒤통수를 식탁 모서리에 부딪치며 땅에 떨어진다. 그 바람에 와인 병이 위에서 떨어지고, 와인이 꿀럭꿀럭 바닥에 쏟아진다. 케일럽은 울부짖으며 병 주둥이를 잡고 그의 뒷목을 내리친다.

"케일럽." 그는 헐떡거리며 말한다. "제발, 제발." 그는 자비를 애걸하는 타입이 아니다, 어릴 때도 그래 본 적이 없다. 하지만 어찌 된 일인지 그는 그런 사람이 되어 있다. 어릴 때는 인생이 아무 의미가 없었다. 지금도 여전히 그렇다면 얼마나 좋을까. "제발." 그는 말한다. "케일럽, 용서해줘—미안해, 미안해."

하지만 케일럽은 더 이상 인간이 아니다. 그는 늑대다, 코요테다. 근육과 분노다. 그리고 그는 케일럽에게 아무것도 아니다, 먹이다, 쓰고 버리는 물건이다. 그는 소파 가장자리로 질질 끌려가고 있다. 다음에 무슨 일이 벌어질지 안다. 하지만 어쨌거나 계속 애원한다. "제발, 케일럽. 제발 그러지 마. 케일럽, 제발."

다시 의식을 되찾았을 때, 그는 소파 뒤쪽 바닥에 누워 있고, 집 안은 고요하다. "누구 있어요?" 떨리는 목소리를 혐오하며 불러보지만, 아무 대답이 없다. 그럴 필요도 없다—안 봐도 알 수 있다. 그는 가버린 것이다.

그는 일어나 앉는다. 속옷과 바지를 끌어올리고 손가락을, 손을 구부려본다. 무릎을 가슴까지 당겼다가 다시 내려본다. 어깨를 앞뒤로 움직이고, 목을 왼쪽 오른쪽으로 돌려본다. 목 뒤가 뭔가 끈끈하지만, 살펴보니 다행히도 피가 아니라 와인이다. 온몸이 아프지만, 부러진 곳은 없다.

그는 침실로 기어간다. 욕실에서 재빨리 씻은 다음 자기 물건을 챙겨 가방에 넣는다. 그리고 허둥지둥 문으로 간다. 순간적으로 차가 없어졌을 거라고, 그럼 오도 가도 못하게 될 거라는 두려움이 샘솟지만, 차는 거기, 케일럽의 차 옆에서 그를 기다리고 있다. 그는 시계를 본다. 자정이다.

그는 손과 무릎으로 잔디밭을 기어간다. 한쪽 어깨에 걸친 가방 때문에 아프다. 문에서 차까지 50미터가 몇 킬로미터로 변한다. 그만두고 싶다. 너무 피곤하지만 그래서는 안 된다는 걸 안다.

차에 탄 후 그는 거울에 비친 자기 모습을 보지 않는다. 그는 시동을 걸고 떠난다. 하지만 30분 달린 후, 이제 집에서 충분히 멀리 떨어져 안전하다는 생각이 들자, 몸이 떨리기 시작한다. 어찌나 사정없이 떨리는지 차가 길에서 벗어난다. 그는 길가에 차를 대고 운전대에 이마를 기댄다.

10분, 20분을 기다린다. 그러고는 몸을 틀어 가방 안에서 전화기를 찾는다. 그 동작 자체가 형벌이다. 그는 윌럼의 번호를 누르고 기다린다.

"주드!" 윌럼이 놀란 목소리로 말한다. "나도 딱 너한테 전화하려던 참이었는데."

"안녕, 윌럼." 말하면서, 그는 자기 목소리가 정상이길 바란다. "내가 네 생각을 읽었나보지."

잠시 이야기를 나누다가 윌럼이 묻는다. "너 괜찮아?"

"물론이지." 그는 말한다.

"목소리가 좀 이상해."

윌럼, 그는 말하고 싶다. 윌럼, 네가 여기 있었으면 좋겠어. 하지만 대신 그는 말한다. "미안해. 두통이 있어서."

그들은 좀 더 이야기를 나누고, 막 전화를 끊으려는 순간 윌럼이 말한다. "정말 괜찮은 거지?"

"그럼." 그는 말한다. "괜찮아."

"좋아." 윌럼이 말한다. "좋아." 그리고 말한다. "이제 5주 더."

"5주 더." 윌럼이 너무 간절하게 보고 싶어서 숨조차 쉴 수 없다. 전화를 끊은 후 그는 10분을 더 기다리고, 드디어 떨림이 멈춘다. 그는 다시 시동을 걸고 운전해서 집에 돌아온다.

다음 날, 의지력을 발휘해 욕실 거울에 비친 자기 모습을 본 순간, 그는 치욕과 충격, 비참함으로 거의 울 뻔한다. 너무나 기형이다, 너무나 놀라울 정도로 추하다. 심지어 그의 눈에조차 이건 터무니없다. 그는 최대한 볼만하게 치장한다. 제일 좋아하는 양복을 입는다. 케일럽이 옆구리를 찬 바람에 움직일 때마다, 숨을 쉴 때마다 아프다. 집에서 나오기 전 치과 의사와 약속을 잡는다. 윗니 하나가 흔들린다. 그리고 저녁에는 앤디와 약속을 잡는다.

그는 출근한다. "보기 좋지는 않은데, 세인트 프랜시스." 그가 좋아하는 수석 파트너변호사 하나가 아침 운영위원회 회의에서 말하고, 모두가 웃는다.

그는 억지로 미소 짓는다. "그런 것 같네요. 분명 다들 실망하시겠지만, 장애인올림픽 테니스 챔피언 유망주 생활은 안타깝게도 끝났다고 선언해야 되겠습니다."

"뭐, 난 안 슬퍼." 루시엔이 말하고, 테이블에 둘러앉은 사람들 모두 실망한 척하며 쯧쯧거린다. "법정에 가면 어차피 엄청 공격받잖나. 앞으로 전투는 거기서만 치르는 걸로 해."

그날 밤 진찰을 하며 앤디는 그에게 욕을 퍼붓는다. "내가 테니스 뭐랬어, 주드?"

"알아요." 그는 말한다. "하지만 이제는 절대 안 해요, 앤디. 약속해요."

"이건 뭐야?" 앤디가 그의 뒷목에 손을 갖다 대며 묻는다.

그는 연극적으로 한숨 쉰다. “돌아서다가, 격한 백핸드랑 부딪쳐서요.” 그는 앤디가 뭐라고 하기를 기다리지만, 앤디는 입을 꾹 다물고 그냥 목에 항생제 연고를 바르고 붕대를 감는다.

다음 날 앤디가 그의 사무실로 전화한다. “만나서 이야기 좀 하자. 중요한 일이야. 어디서 좀 볼 수 있어?”

그는 놀란다. “무슨 일 있어요?” 그가 묻는다. “괜찮아요, 앤디?”

“난 괜찮아.” 앤디가 말한다. “하지만 널 좀 봐야겠어.”

그는 이른 저녁 휴식시간을 받아 사무실 근처 바에서 앤디를 만난다. 로젠 프리처드 옆 건물에서 일하는 일본인 은행가들이 주로 찾는 장소다. 그가 도착했을 때 앤디는 벌써 와 있다. 그가 상처 없는 쪽 뺨에 손바닥을 살짝 갖다 댄다.

“네 맥주 주문했어.” 앤디가 말한다.

말없이 맥주를 마시다가 앤디가 말한다. “주드, 얼굴을 보면서 이 질문을 하고 싶었어. 너—너 혹시 자해를 하는 거야?”

“뭐라고요?” 그는 놀라서 묻는다.

“이 테니스 사고들 말이야.” 앤디가 말한다. “그거 사실은, 다른 거 아냐? 계단에서 구른다거나 벽에 박는다거나, 그런 거 아니야?” 그는 숨을 들이마신다. “어릴 때 그랬다는 거 알아. 그걸 다시 하는 거야?”

“아니에요, 앤디.” 그는 말한다. “아니에요. 그런 짓 안 해요. 맹세해요. 맹세해요, 해럴드와 줄리아를 걸고. 윌럼을 걸고 맹세해요.”

“좋아.” 앤디는 숨을 내쉬며 말한다. “안심이 되네. 네가 그냥 바보짓 한 거고 의사 명령을 안 들었을 뿐이라는 걸 확인하니까 정말 안심이 된다. 그거야 뭐 물론 새로운 일도 아니고. 그런데 정말이지 네 테니스 실력 끔찍하구나." 그는 미소 짓고, 그도 억지로 마주 보고 미소 짓는다.

앤디는 맥주를 더 주문하고, 잠시 대화가 끊긴다. "이거 알아, 주드?" 앤디가 천천히 말한다. "몇 년 동안 널 어떻게 해야 할지 수없이 고민했다는 거? 아니, 아무 말 하지 마. 끝까지 들어. 밤이면 잠을 못 이루면서 내가 너한테 옳은 결정을 내리고 있는 건지 묻곤 했어. 지금도 그렇고. 몇 번이고 널 거의 병원에 처넣을 뻔했고, 해럴드나 윌럼에게 전화해서 다 같이 널 병원에 데리고 가야 한다고 말할 뻔도 했어. 정신과 의사 친구들한테 네 이야기도 했어. 나랑 굉장히 가까운 사이인 어떤 환자 이야기라고, 내 입장이면 이럴 때 어떻게 하겠느냐고 물어봤지. 그 친구들의 충고도 다 들었고. 내 정신과 의사 충고도 들었어. 하지만 정답이 뭔지는 누구도 확실히 몰라.

이 문제로 머리가 터지게 고민했어. 하지만 늘 그런 생각이 들어. 넌 여러 면에서 너무 탁월하게 잘해나가고 있고, 기괴하지만 부정할 수 없이 성공적인 평형상태를 이루어내서, 모르겠어, 내가 그걸 뒤집어엎어서는 안 될 것 같은 기분이 들었어. 알겠어? 그래서 한 해, 또 한 해 네가 계속 팔을 그어대게 내버려뒀고, 해마다, 널 볼 때마다, 그렇게 내버려두는 게 과연 잘하는 짓일까 생각하지. 네가 도움을 받도록, 너 자신한테 더 이상 그런 짓을 못 하도록 밀어붙어야 하는 건지, 그러자면 어떻게 해야 하는지 생각해."

"미안해요, 앤디." 그는 속삭인다.

"아냐, 주드." 앤디가 말한다. "네 잘못이 아니야. 넌 환자잖아. 너한테 뭐가 가장 좋은지는 내가 알아내야지. 그런데—내가 알아낸 건지 잘 모르겠어. 네가 타박상투성이가 돼서 들어왔을 때, 제일 먼저 든 생각이 뭔지 알아? 결국 내 결정들이 잘못됐구나였어." 앤디가 그를 쳐다보고, 그는 자기 눈을 재빨리 슥 훑어보는 앤디의 시선에 다시 한 번 놀란다. "그동안 내내." 앤디가 잠시 후 말하고, 둘 다 다시 입을 다문다.

"앤디." 그는 울고 싶은 심정으로 말한다. "맹세코 다른 짓은 절대로 안 해요. 팔 긋는 것뿐이에요."

"긋는 것뿐이라고!" 앤디가 그 말을 반복하더니, 이상하게 끅끅거리며 웃는다. "음, 내 생각에는—문맥을 고려하면—그걸 감사해야 하는 거겠지. '긋는 것뿐'이라. 그 말에 그렇게 큰 안도감을 느낀다는 게 얼마나 말도 안 되는 일인지 알아?"

"알아요." 그는 말한다.

화요일이 가고, 수요일이 오고, 그러고는 목요일이 된다. 그의 얼굴은 더 아팠다가 나아졌다가 다시 더 나빠진다. 케일럽이 전화를 할까봐, 혹은 더 끔찍하게도 아파트에 나타날까봐 걱정하지만, 날이 가도 그에게선 연락이 없다. 어쩌면 브리지햄턴에 계속 있는지도 모른다. 어쩌면 차에 치였을지도 모른다. 이상하게도 아무런 느낌이 없다. 공포도, 증오도, 아무것도 느껴지지 않는다. 최악의 상황이 벌어졌고, 이제 그는 자유다. 그는 연애를 했고, 그건 끔찍했고, 이제 다시는 사람을 사귈 필요가 없을 것이다. 관계를 지속할 수 없는 사람이라는 걸 증명했으니까. 케일럽과의 시간을 통해 사람들이 그를, 그의 몸을 어떻게 생각할지 두려워하던 모든 것들을 다 확인했으니, 다음 과제는 그걸 받아들이는 법을 배우는 것, 슬퍼하지 않고 받아들이는 법을 배우는 것이다. 아마 앞으로도 여전히 외로울지는 모르겠지만, 이제는 그 외로움에 대답할 말이 있다. 케일럽과 함께 있으면서 느낀 감정—공포, 수치, 역겨움, 실망, 현기증, 흥분, 갈망, 혐오—이 무엇이었든 간에, 그것보다는 외로움이 더 낫다는 걸 이제는 확실히 안다.

그 주 금요일 컬럼비아 대학에서 열린 학회에 온 해럴드를 만난다. 이미 편지로 상처에 대해 경고해놓긴 했지만, 그래도 해럴드의 격렬한 반응을 막을 수는 없다. 그는 소리 지르고 난리를 치면서, 열 번도 넘게 정말로 괜찮은 거냐고 묻는다.

그들은 해럴드가 가장 좋아하는 레스토랑 한 군데에서 만났다. 셰프가 뉴욕 북부 지방 농장에서 이름을 붙여 직접 기른 소들과 건물 옥상에서 기른 채소를 쓰는 곳이다. 이야기를 나누며 앙트레—그는 오른쪽으로만 음식을 씹고, 새 치아에 음식이 닿지 않게 하려고 신경 쓴다—를 먹고 있는데, 테이블 옆에 누가 서 있는 느낌이 들어 고개를 들었더니 케일럽이 서 있다. 아무것도 느끼지 않는다고 확신했는데도, 즉각, 미칠 것 같은 공포심이 엄습한다.

같이 있을 때 케일럽이 취한 모습을 본 적은 한 번도 없지만, 그는 지금 그가 취해 있다는 걸, 위험한 상태라는 걸 즉시 알아본다. "비서가 어디 있는지 말해주더군." 케일럽이 그에게 말한다. "해럴드 맞죠?" 그가 해럴드에게 손을 내밀고, 그는 당황스러운 표정으로 그 손을 잡고 흔든다.

"주드?" 해럴드가 묻지만 그는 대답할 수 없다.

"케일럽 포터입니다." 케일럽이 말하며, 반원형 좌석 안으로 쓱 들어와 그의 옆에 딱 붙어 앉는다. "아드님과 데이트 중이죠."

해럴드는 케일럽을 쳐다보고, 그러고는 그를 쳐다보고, 입을 딱 벌린다. 해럴드를 만난 이래 말문이 막힌 모습은 처음이다.

"뭐 좀 물어보죠." 케일럽이 비밀 이야기라도 하는 듯이 몸을 앞으로 내밀며 해럴드에게 말한다. 그는 케일럽의 얼굴을, 여우 같이 교활하게 잘생긴 외모를, 번들거리는 짙은 눈을 쳐다본다. "솔직히 말해보세요. 정상적인 아들을 원한 적은 없으세요, 다리병신 말고?"

잠시 침묵이 흐른다. 공중에 뭔가 기류 같은 게 들끓고 있는 게 느껴진다. "당신 도대체 누구야?" 해럴드가 위협적으로 말한다. 해럴드의 표정이 변한다. 얼굴이 순식간에 격하게 일그러지며 충격에서 혐오로, 분노로 변해서, 순간 그는 사람이 아니라 해럴드의 옷을 입은 귀신처럼 보인다. 그러더니 표정이 다시 바뀌면서 해럴드의 얼굴에서 뭔가가 딱딱해진다. 눈앞에서 그의 근육들이 경화되는 걸 목격하고 있는 것 같다.

"당신이 그랬군." 그가 케일럽에게 매우 천천히 말한다. 그러고는 그를 향해, 당황하며 말한다. "테니스가 아니었어, 주드. 이 남자가 그랬던 거야."

"해럴드, 그러지 마요." 그가 말하려 하지만, 케일럽이 그의 손목을 붙든다. 아귀힘이 어찌나 센지 손목이 부러질 것만 같다. "이 거짓말쟁이." 케일럽은 그에게 말한다. "이 병신에 거짓말쟁이에 섹스도 젬병인 놈. 네 말이 맞아. 넌 역겨워. 널 쳐다볼 수조차 없었다고, 단 한 번도."

"여기서 당장 나가." 해럴드가 단어 하나하나를 씹듯이 내뱉는다. 그들은 모두 속삭이며 말하고 있었지만, 그 말소리가 어찌나 우렁차고 레스토랑 안은 어찌나 조용하게 느껴지는지, 모두가 그들의 대화를 들을 수 있을 것 같다.

"해럴드, 그러지 마요." 그는 애원한다. "그만해요, 제발."

하지만 해럴드는 그의 말을 듣지 않는다. "경찰을 부를 거야." 그가 말하자, 케일럽이 좌석에서 빠져나가 일어선다. 해럴드도 일어선다. "당장 여기서 나가." 해럴드가 다시 말하고, 이제 정말로 다들 그들 쪽을 보고 있다. 너무 굴욕적이어서 속이 울렁거린다.

"해럴드." 그가 애원한다.

휘청대는 동작으로 봐서 케일럽은 정말 심하게 취한 게 분명하다. 그가 해럴드의 어깨를 치고 해럴드도 마주 치려는 순간, 드디어 목소리가 터져 나와 그가 해럴드의 이름을 부르고, 해럴드가 그를 향해 돌아서며 팔을 내린다. 케일럽은 그에게 슬쩍 미소 짓더니, 뒤로 돌아 주위에 조용히 몰려든 웨이터 몇 명을 밀치고 나간다.

해럴드는 잠시 문 쪽을 바라보며 서 있다가 케일럽을 따라가기 시작하고, 그가 다시 절박하게 해럴드의 이름을 부르자 돌아온다.

"주드—" 해럴드가 입을 열다 고개를 젓는다. 그가 너무 격분해 있어서, 그 자신의 굴욕감은 그 분노에 거의 묻혀버렸다. 주위에서는 사람들이 다시 대화를 재개하는 소리가 들린다. 그는 웨이터를 불러 카드를 주고, 몇 초도 안 지난 것 같은데 카드가 벌써 되돌아온다. 오늘은 휠체어가 없다. 그게 어마어마하게, 통렬히 감사하다. 레스토랑에서 나오는데, 이렇게 민첩하고 이렇게 재빠르게, 혹은 결연하게 움직여본 적이 있었나 싶다.

바깥에는 비가 내리고 있다. 차는 한 블록 떨어진 곳에 주차되어 있어서 그는 다리를 끌며 보도를 걸어간다. 해럴드는 옆에서 말이 없다. 너무 창백해서 해럴드를 태워줄 수 없을 것 같지만, 그들이 있는 곳은 애비뉴 A 근처 동쪽 지역이라 해럴드가 빗속에서 택시를 잡기란 불가능할 것이다.

"주드—" 차에 타자 해럴드가 입을 열지만, 그는 앞의 길에 시선을 고정한 채 그 말을 막는다. "제가 아무 말도 하지 말라고 빌었잖아요, 해럴드." 그는 말한다. "그런데도 아랑곳하지 않았죠. 왜 그랬어요? 제 인생이 농담 같아요? 제 문제들로 사람들 주목을 받고 싶었어요?" 그는 그게 무슨 뜻인지, 자기가 무슨 말을 하려는 것인지조차 모른다.

"아니야, 주드, 물론 아니야." 해럴드는 상냥한 목소리로 말한다. "미안하다. 내가 이성을 잃었어."

그 말에 그도 어느 정도 마음을 가라앉혔고, 몇 블록 동안 그들은 휙휙 도는 와이퍼 소리만 들으며 아무 말도 하지 않는다.

"정말 그 사람이랑 데이트를 한 거냐?" 해럴드가 묻는다.

그는 딱 한 번 쌀쌀맞게 고개를 까닥한다. "하지만 이젠 아니고?" 해럴드가 묻고, 그는 또 고개를 까닥한다. "좋아." 해럴드가 중얼거린다. 그러고는 매우 상냥하게 묻는다. "그 사람이 널 때린 거냐?"

그는 잠시 자신을 다잡고서야 대답한다. "몇 번 안 돼요."

"아, 주드." 해럴드가 한 번도 들어본 적 없는 목소리로 말한다.

"그래도 뭐 좀 물어보자." 6번가를 지나 15번 스트리트로 접어들고 있을 때 해럴드가 말한다. "주드, 왜 널 그렇게 취급하는 사람과 사귄 거야?"

그는 무슨 말을 해야 할지, 어떻게 해럴드가 이해할 수 있는 방식으로 이유를 설명할 수 있을지 생각하려 애쓰며, 한 블록을 다 가도록 대답하지 않는다. "외로웠어요." 마침내 말한다.

"주드." 해럴드가 말하고 멈춘다. "이해한다." 그는 말한다. "하지만 왜 그 사람이야?"

"해럴드." 그는 말한다. "저처럼 이렇게 생기면 말이죠, 그냥 주어지는 걸 받을 수밖에 없어요." 자기가 들어도 모질게 끔찍하고 비참한 대답이다.

다시 대화가 끊긴다. 해럴드가 말한다. "차 세워."

"네?" 그가 말한다. "안 돼요. 뒤에 사람들이 있다고요."

"이놈의 차 당장 세워, 주드." 해럴드가 다시 말하고 그가 차를 세우지 않자, 손을 뻗어 운전대를 잡고는 오른쪽 소방전 앞 빈 공간으로 휙 차를 튼다. 뒤의 차들이 경적을 길게 울리며 그들을 지나쳐 간다.

"세상에, 해럴드!" 그가 소리 지른다. "도대체 무슨 짓이에요? 사고 날 뻔했잖아요!"

"내 말 들어, 주드." 해럴드는 천천히 말하며 그에게 손을 내밀지만, 그는 창문 쪽으로 몸을 기대 해럴드의 손을 피한다. "넌 내가 이제껏—평생—본 사람들 중 가장 아름다운 사람이야."

"해럴드." 그는 말한다. "그만해요, 그만. 제발 그만해요."

"나 좀 봐라, 주드." 해럴드는 말하지만 그는 그러지 못한다. "넌 그래. 그걸 네가 보지 못하다니 가슴이 찢어지는 것 같다."

"해럴드." 그는 말한다. 거의 신음한다. "제발, 제발요. 제가 걱정된다면, 제발 그만해요."

"주드." 해럴드는 다시 그에게 손을 내밀지만, 그는 움찔 피하며 방어하듯 손을 들어 올린다. 곁눈질로 해럴드가 천천히 손을 내리는 게 보인다.

마침내 다시 운전대에 손을 내려놓지만, 너무 떨려서 시동을 걸 수가 없다. 그는 허벅지 아래 손을 집어넣고 기다린다. "맙소사." 그는 되풀이해서 말한다. "아, 맙소사."

"주드." 해럴드가 다시 말한다.

"나 좀 내버려둬요, 해럴드." 그는 말한다. 이제 이까지 달그락달그락 부딪쳐서 말하기조차 힘들다. "제발요."

그들은 몇 분 동안 말없이 앉아 있다. 그는 빗소리에, 빨간색, 초록색, 오렌지색으로 변하는 신호등에, 호흡수에 집중한다. 마침내 떨림이 멈추고, 그는 다시 차를 몰아 서쪽으로, 북쪽으로, 해럴드의 집까지 온다.

"오늘 밤에는 우리 집에 와 있어라." 해럴드가 돌아서며 말하지만, 그는 고개를 저으며 앞만 바라본다. "적어도 올라와서 차 한 잔 하면서 좀 괜찮아질 때까지 있어." 하지만 그는 또 고개만 젓는다. "주드." 해럴드가 말한다. "정말 미안하다. 모든 게, 전부 다." 그는 고개를 끄덕이지만, 여전히 아무 말도 하지 않는다. "필요한 게 있으면 전화해줄래?" 해럴드는 끈덕지고, 그는 다시 고개를 끄덕인다. 그리고 해럴드는 마치 야생동물을 다루듯이 손을 천천히 들어 그의 뒤통수를 두 번 쓰다듬고는 차에서 내려 문을 살짝 닫는다.

그는 웨스트사이드하이웨이를 타고 집으로 온다. 마음이 너무 아프고 기운이라곤 하나도 없지만, 이제 모든 굴욕은 다 끝났다. 충분히 벌 받았다. 그의 기준에서도 이 정도면 충분하다는 생각이 든다. 집에 가서 팔을 그어야겠다. 그리고 잊기 시작해야지. 특히 오늘 밤, 그리고 지난 4개월을.

그린 스트리트에 온 그는 차고에 차를 댄 후, 창살문에 매달린 채 엘리베이터를 타고 조용한 층들을 지나 올라간다. 너무 피곤해서 안 그러면 바닥으로 고꾸라질 것만 같다. 리처드는 교육차 가을 내내 로마에 가 있고, 건물은 무덤처럼 괴괴하다.

캄캄한 아파트에 들어가 스위치를 더듬거리고 있는데, 갑자기 뭔가가 부어 있는 쪽 얼굴에 세게 와서 부딪친다. 어둠 속에서도 새로 한 치아가 공중으로 날아가는 게 보인다.

물론 케일럽이다. 어둠 속에서도 그의 숨소리를 듣고 냄새를 맡을 수 있다. 케일럽이 찰칵하고 마스터 스위치를 켜자, 온 아파트가 눈이 부시게, 대낮보다 더 밝게 환해진다. 그는 고개를 들고 자신을 내려다보고 있는 케일럽을 쳐다본다. 취했지만 그는 침착했고, 이제 그 취기의 일부가 분노로 명료해져 시선이 안정되고 초점이 잡혀 있다. 케일럽이 그의 머리채를 잡고 오른쪽, 멀쩡한 쪽 얼굴을 치자, 머리가 휙 뒤로 꺾인다.

케일럽은 지금까지 아무 말도 하지 않았고, 이제는 그를 소파로 끌고 간다. 들리는 소리라고는 케일럽의 안정된 숨소리와 그가 다급하게 꿀꺽대는 소리뿐이다. 케일럽은 그의 얼굴을 쿠션에 처박고, 한 손으로 머리를 내리누르고 다른 손으로는 옷을 벗기기 시작한다. 그는 공황에 빠지기 시작하고, 다음 순간 저항하지만 케일럽이 한 팔로 그의 뒷목을 누르고 있어서 마비라도 된 듯 꼼짝할 수가 없다. 몸이 조금씩 조금씩 공기 중에 노출되는 게 느껴진다. 등, 팔, 다리 뒤쪽. 모든 것이 다 벗겨지고 나자, 케일럽이 그를 휙 잡아당겨 다시 세운 후 밀친다. 그는 넘어져 나자빠진다.

"일어나." 케일럽이 말한다. "당장."

그는 일어난다. 코에서 피인지 콧물인지 모를 뭔가가 흘러나와 숨쉬기가 힘들다. 그는 일어선다. 평생 이렇게 발가벗기고, 이렇게 노출된 기분은 처음이다. 어릴 때, 이런저런 일들이 있었을 때, 그때는 자기 몸을 떠나버릴 수 있었다. 어디론가 딴 곳으로 갈 수 있었다. 아래에서 벌어지고 있는 장면을 지켜보는 생명 없고 감정 없고 감각 없는 목격자—커튼 봉, 천장 선풍기—인 척하곤 했다. 자신을 바라보며 아무것도 느끼지 않았다. 연민도, 분노도, 어떤 것도. 하지만 지금은 아무리 노력해도 자신에게서 벗어날 수가 없다. 그는 이 아파트, 자기 아파트 안에서 그를 혐오하는 사람 앞에 서 있고, 이게 긴 밤의 끝이 아니라 시작이라는 걸, 끝까지 기다리고 참는 것 외엔 어떤 선택도 없는 밤이 될 거라는 걸 안다. 이 밤은 통제할 수 없을 것이다, 멈출 수도 없을 것이다.

"세상에." 케일럽이 한참 동안 그를 쳐다보더니 말한다. 그가 완전히 발가벗은 모습을 보는 건 처음이다. "세상에, 너 진짜 기형이구나. 정말 기형이야."

어떤 이유에서인지 이 말을 기점으로 두 사람 다 정신이 들고, 그는 몇십 년 만에 처음으로 울고 있다. "제발." 그는 말한다. "제발, 케일럽, 미안해." 하지만 케일럽은 이미 그의 뒷목을 잡고 반쯤 질질 끌다시피 하며 정문으로 가고 있다. 그들은 엘리베이터 안으로 들어가 내려가고, 그는 엘리베이터 밖으로 질질 끌려나와 로비를 향해 복도로 내몰린다. 이제 그는 제정신이 아니다. 케일럽에게 애원하며 뭘 하는 거냐고, 뭘 할 거냐고 묻고 또 묻는다. 정문에서 케일럽이 그를 들어 올리자, 잠시 동안 그의 얼굴이 그린 스트리트를 내다보는 조그맣고 지저분한 유리창과 만난다. 다음 순간 케일럽이 문을 열고, 그는 거리로 쫓겨난다.

"안 돼!" 그는 반은 안에서, 반은 밖에서 외친다. "케일럽, 제발!" 그는 누군가 지나갈지도 모른다는 미친 희망과 절박한 공포 사이에서 갈등한다. 하지만 비가 너무 심하게 와서 거리에는 아무도 없다. 빗줄기가 얼굴에 미친 듯이 세차게 부딪친다.

"빌어." 케일럽이 빗소리를 뚫고 그보다 더 큰 소리로 말하고, 그는 애원하며 따른다. "있어달라고 빌어." 케일럽이 요구한다. "사과해." 그래서 그는 입 안에 피와 눈물을 가득 머금은 채 몇 번이고 사과한다.

마침내 그는 안으로 다시 들어가 엘리베이터로 끌려가고, 케일럽이 뭐라고 하면 지시하는 대로 그의 말들을 반복하며 사과하고 또 사과한다. 난 역겨워. 난 혐오스러워. 난 쓸모없어. 미안해, 미안해.

아파트에 들어오자 케일럽은 그의 목덜미를 놓고, 그는 다리가 풀리면서 쓰러진다. 케일럽이 배를 너무 세게 걷어차 그는 구토를 한다. 그가 등을 걷어차자, 맬컴이 만든 아름답고 깨끗한 바닥을 굴러 자기 토사물 위를 뒹군다. 늘 안전했던 이 아름다운 아파트, 그는 생각한다. 이 아름다운 아파트에서, 친구들이 우정으로 준, 그가 번 돈으로 산 아름다운 물건들에 둘러싸인 채 이런 일을 당하다니, 고장 난 엘리베이터와 팔로 계단을 기어 올라가야 하는 굴욕에서 보호받기로 되어 있는, 항상 인간 같고 완전한 느낌을 받도록 되어 있는, 잠글 수 있는 문이 있는 그의 아름다운 아파트에서.

그 순간 그는 다시 들어 올려져 끌려가지만, 어디로 가는지 알 수가 없다. 한쪽 눈은 이미 부어올라 보이지도 않고, 한쪽 눈은 흐릿하다. 눈앞이 계속 깜박거린다.

하지만 다음 순간 케일럽이 비상계단으로 통하는 문으로 그를 끌고 가고 있다는 걸 깨닫는다. 그건 예전 로프트에서 맬컴이 건드리지 않은 유일한 부분이다. 그랬어야 하기 때문이기도 하고, 그 무뚝뚝한 실용성을, 그 변명하지 않는 추함을 좋아했기 때문이기도 하다. 이제 케일럽은 빗장을 풀고, 그는 캄캄하고 가파른 계단 꼭대기에 서 있다. "지옥행 내리막길처럼 생기지 않았냐." 리처드의 말이 생각난다. 그의 몸 한쪽은 토사물로 끈적끈적하다. 다른 부분, 얼굴, 목, 허벅지에도 다른 액체들—그게 뭔지는 생각할 수 없다—이 흘러내리는 게 느껴진다.

고통과 공포로 문틀 가장자리를 붙들고 애처롭게 호소하고 있는데, 케일럽이 뒤로 물러났다가 달려오는 게, 보이는 게 아니라 들린다. 그의 발이 그의 등을 차고, 그는 캄캄한 계단 안으로 날아간다.

솟구쳐 오르는 순간 갑자기 카센 박사가 생각난다. 딱히 카센 박사 생각이라기보다는 그의 지도를 받으려고 신청할 때 그가 했던 질문이 생각난다. 가장 좋아하는 공리가 뭔가? (얼간이 골라내기 질문이라고, 시엠은 한때 말했었다.)

"등식等式의 공리입니다." 그가 말하자 카센은 만족스럽게 고개를 끄덕였다. "좋은 공리지." 그는 말했다.

등식의 공리란 x는 항상 x와 같다는 것이다. 이 공리는 x라는 개념이 있다면, 그것은 항상 자신과 등치해야 한다고, 자신만의 독특성을 가진다고, 도저히 환원할 수 없는 어떤 성질을 지니고 있어서 그것은 항상 절대적으로, 불변으로 그 자신과 등치한다고 가정할 수밖에 없다고, 그 기본성이 절대 바뀔 수 없다고 가정한다. 하지만 그것을 증명하기는 불가능하다. 항상, 절대, 결코, 이것들은 숫자들만큼이나 수학의 세계를 구성하는 단어들이다. 모두가 등식의 공리—리 박사는 한번은 그걸 수줍고 새침한 공리, 공리계의 나체부채춤이라고 불렀다—를 좋아하는 것은 아니었지만, 그는 늘 그 공리의 알 듯 말 듯한 측면이, 그 방정식 자체의 아름다움이 그걸 증명하려는 시도에 의해 좌절된다는 게 늘 마음에 들었다. 그건 사람을 미치게 만들 수 있는, 사람을 완전히 사로잡을 수 있는, 쉽게 인생 전체가 될 수 있는 그런 공리였다.

하지만 이제 그는 그 공리가 얼마나 진실한지 확실히 이해한다. 그 자신, 그의 삶 자체가 그걸 증명했기 때문이다. 과거의 나는 늘 현재의 나다, 그는 깨닫는다. 문맥은 바뀔 수 있다. 이 아파트에서 살 수도 있고, 즐겁고 보수도 좋은 일을 할 수도 있고, 사랑하는 부모와 친구들도 있을 수 있다. 존경받을 수도 있다. 법정에서는 심지어 두려움의 대상이 될 수도 있다. 하지만 근본적으로 그는 똑같은 사람, 혐오를 불러일으키는 사람, 미움 받을 수밖에 없는 사람이다. 공중에 떠 있는 그 찰나의 순간, 높이 떠 있는 황홀함과 끔찍할 게 분명한 착륙 사이에서, 그는 x는 항상 x와 같을 거라는 걸 이해한다. 그가 뭘 하든, 수도원에서, 루크 수사로부터 아무리 많은 세월이 흘러도, 돈을 얼마나 많이 벌든 얼마나 잊으려고 노력하든, x는 항상 x와 같다. 그 생각을 마지막으로 그의 어깨는 우지직하며 콘크리트 바닥에 부딪치고, 순간 고맙게도 세상이 그의 아래에서 휙 멀어져간다. $x=x$, 그는 생각한다. $x=x$, $x=x$.

2

제이컵이 아주 어렸을 때, 아마 여섯 달 정도 됐을 때, 리즐이 폐렴에 걸렸어. 다른 건강한 사람들과 마찬가지로 그녀는 끔찍한 환자였지. 부루퉁하고 성마르고, 대부분은 자신이 처한 그 낯선 상황에 놀라 어리벙벙했어. "난 병에 안 걸려." 리즐은 계속 마치 무슨 실수가 있었던 것처럼, 다른 사람에게 가야 할 병이 자기에게 온 것처럼 말했어.

제이컵은 몸이 약했어. 극적인 건 아니었지만, 그 짧은 인생 동안 벌써 감기에 두 번이나 걸려서 우린 애가 어떤 미소를 짓는지 알기도 전에 어떤 기침 소리를 내는지부터 알게 됐지. 놀랄 만큼 어른 같은 밭은기침이었어. 그래서 우린 리즐이 며칠 동안 샐리네 집에서 쉬면서 회복하는 게 좋겠다고 결정했고, 나는 제이컵과 집에 남았어.

나는 내가 기본적으로 아들을 잘 돌본다고 생각했는데, 계속해서 온갖 조그만 수수께끼들이 나타나는 통에, 알고 있다고 생각했지만 당황해서 잊어버린 것들을 확인하느라 주말 동안 아버지께 아마 스무 번은 전화를 했을 거야. 딸꾹질 같기도 한데 딸꾹질이라기엔 너무 불규칙한 이상한 소리를 내고 있어요. 뭐죠? 변이 약간 묽어요. 무슨 문제가 있는 거 아닐까요? 제이컵은 엎드려 자는 걸 좋아하는데, 리즐은 똑바로 자야 한대요. 하지만 다들 엎드려 자도 전혀 지장 없다고 하던데, 그런 거겠죠? 물론 이런 것들을 다 찾아볼 수도 있었겠지만, 난 명확한 답을 원했고, 정답을 알 뿐 아니라 제대로 전달해줄 줄 아는 아버지께 그 답들을 듣고 싶었어. 아버지 목소리를 들으면 마음이 안정이 됐거든. "걱정 마." 전화를 끊을 때마다 아버지는 말했지. "잘하고 있어. 어떻게 하는지 넌 잘 알고 있어." 아버지는 내가 정말 잘하고 있다고 믿게 해줬어.

제이컵이 병이 난 다음부터는 아버지께 전화를 덜 하게 됐어. 아버지께 이야기할 수가 없었어. 이제 아버지한테 하고 싶은 질문들—어떻게 버텨나가야 하죠? 난 어떻게 될까요, 나중에? 자식이 죽는 걸 어떻게 볼 수 있죠?—은 입 밖에 낼 수조차 없는 질문들이자, 대답하려 하면 아버지를 울게 만들 질문들이었으니까.

제이컵이 막 네 살이 되었을 때, 우리는 뭔가 잘못됐다는 걸 눈치챘어. 아침에는 리즐이 아이를 유치원에 데리고 갔고, 오후에는 마지막 수업을 마치고 나서 내가 데려왔어. 아이는 표정이 진지해서, 사람들은 실제보다 우울한 아이라고 생각했어. 하지만 집에서는 사방을 뛰어다니고 계단을 오르락내리락해서 내가 쫓아다녔고, 소파에 누워 책을 읽고 있으면 내 위에 털썩 주저앉곤 했지. 리즐도 아이와 있을 때는 장난꾸러기가 돼서 둘이 깍깍대며 온 집 안을 뛰어다니기도 했어. 그건 내가 가장 좋아하는 소음, 가장 좋아하는 소란스러움이었어.

10월이 되자 제이컵은 기운이 없어지기 시작했어. 하루는 아이를 데리러 갔더니, 다른 애들, 다른 친구들은 다들 뒤죽박죽으로 섞여 이야기하고 뛰어놀고 있는데, 우리 아들을 찾아 둘러봤더니 제이컵은 방 한구석 매트 위에 몸을 웅크리고 자고 있더라고. 선생님 하나가 그 옆에 앉아 있다가 나를 보더니 손을 흔들더군. "어디가 좀 안 좋은 것 같아요. 하루이틀 약간 좀 기운 없이 늘어져 있더니, 오늘 점심 이후에는 너무 피곤해해서 그냥 재웠어요." 우린 그 학교가 마음에 들었어. 다른 학교에선 애들에게 책을 읽히거나 공부를 하게 했지만, 대학 교수들이 좋아했던 그 학교는 네 살짜리 애들이 다니는 학교라면 마땅히 이래야 한다고 생각하는 그런 곳이었어. 애들은 그저 사람들이 읽어주는 이야기를 듣거나, 온갖 공예품을 만들거나, 동물원으로 현장 학습을 가기만 했거든.

차까지 애를 안고 가야 했지만, 집에 오니 아이는 잠이 깨서 괜찮아졌고 내가 만들어준 간식을 먹고 내가 읽어주는 책을 듣고, 그날의 식탁 장식물을 같이 만들었어. 생일날 샐리가 온갖 재미있는 모양을 만들 수 있는 아름다운 나무 블록 세트를 줬거든. 우린 매일 식탁 중앙에 놓을 구조물을 새로 만들었고, 리즐이 집에 오면 제이컵이 우리가 만든 것들—공룡, 우주인 타워—을 설명했고, 리즐은 그걸 사진으로 찍어놓곤 했어.

그날 밤 제이컵 선생님이 해준 말을 리즐에게 했더니, 다음 날 리즐이 아이를 병원에 데리고 갔고, 의사는 아주 정상인 것 같다고, 이상한 곳은 전혀 없는 것 같다고 했어. 그래도 우린 며칠 더 지켜봤지. 더 활기가 있는지 없는지, 평소보다 더 많이 자는지, 평소보다 덜 먹는지. 우리는 아무것도 몰랐어. 하지만 겁에 질렸지. 기운 없는 아이보다 더 무서운 건 없거든. 그건 이제 끔찍한 운명을 완곡하게 표현하는 말처럼 들렸어.

그리고 갑자기 상황이 급박해지기 시작했지. 추수감사절을 보내러 부모님 댁에 가서 저녁을 먹고 있는데, 제이컵이 발작을 시작한 거야. 멀쩡하던 애가 갑자기 몸이 판자처럼 굳더니 의자에서 미끄러져 식탁 밑으로 스르르 떨어졌고, 눈알이 뒤집어지고 목에서는 짤가닥거리는 이상하고 텅 빈 소리가 났어. 발작은 겨우 10초 정도 계속됐지만, 끔찍했지. 너무 끔찍해서 아직도 그 무시무시한 짤가닥 소리가 들리고, 무시무시하도록 미동조차 없던 아이의 머리와 허공에서 버둥대던 발이 보여.

아버지가 허둥지둥 뉴욕 장로회 병원 친구에게 전화를 했고, 우리는 거기로 달려갔고, 제이컵은 입원했고, 우리 넷은 병실에서 밤을 새웠어. 아버지와 아델은 바닥에 코트를 깔고 누웠고, 리즐과 나는 서로 쳐다보지도 못한 채 침대 양옆에 앉아서.

아이가 안정되자 우리는 집에 돌아갔고, 리즐은 의대 동기인 제이컵의 소아과 의사에게 전화해서 최고의 신경과 전문의, 최고의 유전학자, 최고의 면역학자와 약속을 잡았어. 그게 뭔지는 몰랐지만, 그게 무엇이든 간에 리즐은 제이컵에게 최고의 치료를 받게 해줄 작정이었어. 그리고 이 의사에게서 저 의사에게 가고, 피를 뽑고 뇌를 스캔하고 반사신경을 시험하고 눈을 들여다보고 청력을 검사하는 날들이 시작됐지. 모든 과정이 너무나 침습적*이고 너무나 좌절감이 들었어. 그 의사들을 만날 때까지 "모르겠습니다"라는 말을 그렇게 다양하게 할 수 있으리라곤 생각도 못 했어. 때로는 우리처럼 연고가 없는, 리즐처럼 과학적 문해 능력과 지식이 없는 부모들에게는 이게 얼마나 더 어렵고 얼마나 더 참을 수 없는 일일까 하는 생각도 했어. 하지만 문해 능력이 있다고 해서, 바늘이 들어갈 때 제이컵이 우는 걸 보는 게 더 쉬워지지는 않았어. 바늘을 너무 많이 찔러 왼쪽 팔

*간단한 주사에서부터 외과적 수술에 이르기까지 환자의 몸을 침범하는 모든 치료를 일컫는 의학용어.

혈관이 차례차례 허탈되기 시작했고, 아무리 연고가 많아도 그게 아이의 상태가 악화되는 걸, 점점 더 잦아지는 발작을 막아주지는 못했지. 아이는 머리를 양쪽으로 처박고 손을 비틀며 몸을 떨고 거품을 물었고, 네 살짜리 아이 입에서 나온다고 생각할 수 없는 너무도 낮고 무시무시하고 원초적인 신음 소리를 내뱉었어.

진단—니시하라 증후군이라는 극도로 희귀한 신경퇴행성 질환, 너무 희귀해서 일련의 유전학 시험에도 포함되어 있지 않은 질환이었어—이 나왔을 무렵, 아이는 거의 시력을 잃었어. 2월의 일이야. 6월, 다섯 살이 되었을 즈음에는 말도 거의 못 했어. 8월에는 이제 더 이상 귀가 들리지 않는 것 같았지.

발작은 점점 더 자주 일어났어. 이런저런 약들을 다 써보고, 합쳐서도 써봤어. 리즐의 친구인 신경과 전문의 하나는 미국에서는 승인되지 않았지만 캐나다에서는 구할 수 있는 신약을 알려줬어. 리즐과 샐리는 열두 시간 만에 몬트리올까지 왕복했어. 잠시 동안은 그 약이 효과가 있었지만, 끔찍한 발진이 생겨서 피부를 건드릴 때마다 아이는 입을 벌리고 비명을 질렀어. 하지만 어떤 소리도 나오지 않았고, 아이 눈에서 눈물만 흘렀지. "미안해, 애야." 듣지 못한다는 걸 알면서도 난 아이에게 애원했어. "미안해. 미안해."

일에 거의 집중할 수가 없어서, 그해에는 시간제 수업만 했어. 대학에서 2년째, 세 번째 학기였지. 캠퍼스를 걸으며 학생들 대화—남자친구와 헤어진 이야기, 시험에서 안 좋은 성적을 받은 이야기, 발을 삔 이야기—를 듣고 있으면 분노가 치밀어 오르곤 했어. 이 멍청하고 시시하고 이기적이고 자기 생각만 하는 놈들아, 그렇게 말해주고 싶었어. 이 밉살스러운 놈들, 너희들이 싫다. 너희들 문제는 문제도 아냐. 내 아들이 죽어간다고. 때로 혐오감이 너무 커서 몸이 아프기까지 했어. 그때는 로런스도 대학에서 강의를 하고 있어서, 내가 제이컵을 병원에 데려가야 할 때면 내 수업을 대신 해주곤 했지. 집에 간병인을 두긴 했지만, 아이가 얼마나 빨리 우리를 떠날 건지 늘 알고 있으려고 진찰 때마다 우리가 데리고 갔거든. 9월에 의사가 진찰을 마치고 우리를 쳐다보고 말하더군. "이제 얼마 남지 않았습니다." 굉장히 상냥한 말투였어. 그게 최악이었지.

로런스는 매주 수요일과 토요일 밤, 질리언은 매주 화요일과 목요일, 샐리는 매주 월요일과 일요일에 왔고, 리즐의 친구 네이선은 금요일마다 왔어. 친구들은 와서 집을 청소해주거나 요리를 했고, 리즐과 나는 제이컵과 앉아 이야기를 했어. 그 전해 언제쯤부터 아이는 성장을 멈췄고, 팔과 다리는 사용하지 않아 말랑말랑해졌지. 팔다리는 덜렁거리고 심지어 뼈조차 없어 보여서, 아이를 안을 때면 팔다리를 꼭 감싸야 했어. 그러지 않으면 그냥 덜렁거려서 죽은 것처럼 보였거든. 9월 초가 되자 아이는 더 이상 눈도 뜨지 않았어. 가끔 거기서 액체, 눈물 아니면 덩어리진 누런 점액만 새어 나왔지. 얼굴만은 여전히 포동포동했는데, 그건 엄청난 양의 스테로이드 때문이었어. 이런저런 약 때문에 뺨에는 습진성 발진이 생겼고, 만져보면 늘 뜨겁고 거칠거칠한 게, 빨간색 사포 같았어.

9월 중순에는 아버지와 아델이 우리 집으로 들어왔어. 난 아버지를 쳐다볼 수가 없었어. 아이들이 죽는 걸 보는 게 어떤 건지 아버지가 알고 있다는 걸 나도 알고 있었거든. 그게 내 아이여서 얼마나 마음이 아플지도 알았어. 마치 실패한 것 같은 기분이었어. 제이컵이 우리에게 주어졌을 때 더 열렬하게 원하지 않아서 벌을 받고 있는 것 같았어. 아이를 갖는 문제에 대해 덜 양가적이었다면 이런 일은 일어나지 않았을 것만 같았지. 얼마나 큰 선물을 받았는지 깨닫지 못했다니 얼마나 바보 같고 멍청했는지 누가 일깨워주고 있는 것 같았어. 수많은 사람들이 간절히 원하는 선물을 기꺼이 되돌려 보내려고 했다니. 나는 부끄러웠어. 난 아버지 같은 아버지가 절대 되지 못할 테고, 아버지가 여기서 내 실패를 지켜보고 있다는 게 싫었어.

제이컵이 태어나기 전 어느 날 밤, 아버지께 나한테 해주고 싶은 지혜의 말씀 같은 게 있냐고 물은 적 있어. 난 농담이었는데, 아버지는 내 모든 질문에 대해 늘 그랬듯이 진지하게 받아들이셨지. "음, 부모가 되는 일에서 가장 어려운 점은 재조정이야. 그걸 잘할수록, 더 좋은 부모가 될 거다."

그때는 그 충고를 거의 무시했지만, 제이컵의 병이 점점 심해질수록, 그 말이 점점 더 자주 생각났고, 그게 얼마나 옳은 말인지 깨달았지. 우린 다들 아이들이 행복하기만 하면 된다고, 오로지 행복하고 건강하기만 하면 된다고 말하지만, 우리가 바라는 건 그게 아니야. 우리는 아이들이 우리 같기를, 우리보다 더 낫기를 바라. 그런 점에서 우리 인간은 매우 상상력이 부족하지. 아이들이 우리보다 못할 수 있다는 가능성에 대해서는 대비되어 있지 않아. 하지만 그건 너무 많은 걸 바라는 거겠지. 아마 그건 분명 진화론적 미봉책일 거야. 끔찍하게 잘못될 가능성을 모두가 구체적으로, 생생하게 인지하고 있다면, 누가 아이를 가지려고 하겠어.

제이컵이 아프다는 걸, 뭔가 잘못됐다는 걸 처음 깨달았을 때, 우리는 재조정을 하려고, 그것도 빨리 하려고 굉장히 노력했어. 예를 들어, 그전에 우린 아이가 대학에 갔으면 좋겠다는 말을 한 번도 하지 않았지. 대학에 가는 것, 대학원에도 가는 건 그냥 당연한 일이었거든. 우리 둘 다 그랬으니까. 하지만 첫 번째 발작이 있고 병원에서 밤을 새운 그 첫날, 늘 계획적 인간인 리즐, 다섯 단계, 열 단계 앞을 보는 탁월한 능력을 가진 리즐은 말했지. "이게 뭐든, 애는 오래오래 건강하게 살 수 있어. 애를 보낼 수 있는 좋은 학교들도 있어. 독립하는 법을 배울 수 있는 곳들이 있어." 나는 리즐을 책망했어. 아이를 너무 빨리, 너무 쉽게 단념한다고 비난했지. 나중엔 그게 부끄러웠어. 나중에는 리즐에게 감탄했지. 실제 자신의 아기가, 자신이 가질 거라 기대했던 아이가 아니라는 사실에 그렇게 신속하게, 그렇게 유려하게 맞춰나가는 능력에. 리즐은 나보다 훨씬 먼저 깨닫고 있었어. 아이에게 중요한 건 아이가 부모의 이름으로 성취했으면 하는 것들이 아니라, 그게 어떤 형태이든 아이가 가져다주는 기쁨이라는 걸. 심지어 그게 전혀 기쁨처럼 보이는 게 아니라고 하더라도 말이야. 그리고 그보다 더 중요한 건 아이에게 기쁨을 줄 수 있는 특권을 가지게 된다는 걸. 리즐은 정말 대단했어. 제이컵의 남은 인생 동안 나는 리즐보다 늘 한발 뒤처졌어. 난 계속 아이가 더 나아질 거라고, 전처럼 돌아갈 거라고 꿈꿨거든. 하지만 리즐은 지금 상황에서 아이가 가질 수 있는 인생에 대해서만 생각했어. 어쩌면 특수학교는 갈 수 있을 거야. 그래, 특수학교는 갈 수 없겠구나, 그래도 어쩌면 놀이 그룹에는 들어갈 수 있겠지. 그래, 놀이 그룹에 들어갈 수 없겠구나, 그래도 어쩌면 오래 살 수는 있겠지. 그래, 오래 살 수도 없구나, 그래도 짧고 행복한 인생은 살 수 있겠지. 그래, 짧고 행복한 인생도 못 살겠구나, 그래도 짧더라도 존엄은 지키며 살 수는 있겠지. 우린 아이에게 그건 줄 수 있었고, 리즐은 그 외에는 아무것도 바라지 않았어.

제이컵이 태어났을 때 난 서른둘이었고, 진단받았을 때는 서른여섯, 아이가 죽었을 때는 서른일곱이었어. 10월 10일, 첫 번째 발작이 있은 지 1년이 채 안 되어서였지. 장례식은 대학에서 있었고, 무감각한 상태에서도 난 와서 울고 있는 사람들—우리 부모님, 친구들, 동료들, 이제 1학년이 된 제이컵의 친구들과 그 부모들—을 다 봤어.

부모님은 뉴욕 집으로 돌아갔고, 리즐과 나는 마침내 직장으로 복귀했어. 몇 달 동안 우린 거의 말도 안 했어. 심지어 서로에게 손도 거의 대지 않았지. 어느 정도는 탈진했기 때문이지만, 한편으로 너무 부끄러워서였어. 우리 둘의 실패가, 둘 다 더 잘할 수도 있었을 텐데 상대방이 그 상황에 제대로 대처하지 못했다는, 부당하지만 떨칠 수 없는 감정이 너무 부끄러웠어. 제이컵이 죽은 지 1년이 되었을 때, 아이를 다시 가져야 할지 우린 처음으로 대화를 나눴고, 처음에 예의 바르게 시작된 대화는 결국 서로에 대한 끔찍한 비난으로 끝났어. 내가 애초에 제이컵을 원하지 않아서다, 리즐이 아이를 원한 적이 없어서다, 내가 뭘 잘못했는지, 그녀가 어떻게 잘못했는지. 우리는 이야기를 멈췄어. 사과하고, 다시 시작했지. 하지만 이야기를 할 때마다 끝은 늘 똑같았어. 그건 회복할 수 있는 대화들이 아니었지. 결국 우리는 헤어졌어.

우리가 얼마나 철저하게 대화를 멈췄는지 지금 생각하면 놀라워. 이혼은 굉장히 깔끔하고 굉장히 쉬웠어. 어쩌면 지나칠 정도로 깔끔하고 쉬웠어. 제이컵 이전에 무엇 때문에 우리가 하나가 됐는지 궁금해질 정도였어. 제이컵이 없었다면, 우리가 어떻게, 무엇을 위해서 함께 있었을까? 나중에야 내가 왜 리즐을 사랑했는지, 그녀에게서 무엇을 봤고 어떤 점에 경탄했는지 기억이 났어. 하지만 그 당시 우리는 어렵고 진 빠지는 단 하나의 임무만 가진 두 사람 같았고, 이제 그 임무가 끝나자 헤어져서 평상시 생활로 돌아갈 때였지.

여러 해 동안 우리는 아무 연락도 하지 않았어. 악감정 때문이 아니라 다른 이유 때문이었어. 리즐이 포틀랜드로 이사 갔거든. 줄리아를 만난 직후, 부모님을 만나러 온 샐리—그녀도 로스앤젤레스로 이사 갔어—와 마주쳤고, 리즐의 재혼 소식을 들었어. 난 샐리에게 안부 전해달라고 했고, 샐리는 그러겠다고 했지.

가끔 난 리즐의 근황을 찾아봐. 지금은 오리건 대학 의대에서 가르치고 있더라. 한번은 제이컵이 크면 이렇게 될 것 같다고 우리가 늘 상상했던 모습과 너무 비슷하게 생긴 학생을 보고 리즐한테 거의 전화를 할 뻔했어. 하지만 하지는 않았지.

그러던 어느 날 리즐한테서 전화가 왔어. 16년 만의 일이었지. 학회 때문에 뉴욕에 와 있다며 점심 같이하겠냐고 묻더군. 중요하고 일상적인 문제들에 대해 수천 번 대화를 나눴던 그 목소리를 다시 들으니, 낯설면서도 즉각 익숙한, 이상한 느낌이 들었어. 품에 안겨 버둥거리며 발작하던 제이컵에게 노래를 불러주던 그 목소리, 그날의 블록타워 사진을 찍으며 "이제까지 중 최고인걸!" 하고 말하던 그 목소리를.

우리는 소위 "고급 후무스*"를 전문으로 했던 의대 캠퍼스 근처 레스토랑에서 만났어. 리즐이 여기 살던 시절 우리가 특별식으로 생각했던 곳이었지. 이제 그곳은 장인의 미트볼을 전문으

*병아리콩을 으깨어 만든 중동지방 요리.

로 하는 곳이 됐는데, 웃기게도 여전히 후무스 냄새가 났어.

우리는 서로를 쳐다봤어. 기억 속 모습 그대로더라고. 우리는 가볍게 포옹하고 앉아서, 잠시 동안 일 이야기, 샐리와 그녀의 새 여자친구 이야기, 로런스와 질리언 이야기를 했어. 리즐은 전염병학자인 남편 이야기를 하고, 나는 줄리아 이야기를 했지. 그녀는 마흔셋에 다시 아이를 가졌어. 딸이라고. 내게 사진도 보여줬어. 아이는 예뻤고, 리즐을 꼭 닮았더군. 그렇게 말하니까 그녀는 미소를 지었어. "당신은?" 그녀가 물었어. "당신은 다시 애 가졌어?"

그렇다고, 난 대답했어. 예전 제자 하나를 얼마 전 입양했다고. 그녀는 놀란 것 같았지만, 미소 지으며 축하해줬고, 어떻게 된 거냐고, 어떤 사람이냐고 물었고 나는 대답해줬어.

"대단해, 해럴드." 내가 이야기를 마치자 리즐은 말했어. "정말 사랑하는구나."

"그래." 나는 말했지.

그게 우리의 제2단계 우정 비슷한 것의 시작이었다고, 서로 연락하고 매년 제이컵에 대해, 제이컵이 될 수도 있었을 현재에 대해 서로 이야기를 나눴다고 말하고 싶어. 하지만 나쁜 건 아니지만, 그렇게 되지는 않았어. 그날 만났을 때, 난 날 그렇게 허둥대게 만든 그 학생 이야기를 했고, 리즐은 무슨 말인지 너무 잘 안다고, 자기 역시 그런 학생들—아니면 그냥 길거리에서 지나친 젊은이들—이 있었다고 말했어. 어디선가 봤다고 생각했는데, 나중에야 그 젊은이들을 우리 아들로 상상하고 있었다는 걸 깨달았다고. 건강하게 살아서 집에서 떠나 있는, 더 이상 우리 자식은 아니지만 우리가 지금까지 내내 찾고 있었을지도 모른다는 걸 전혀 모른 채 자유롭게 세상을 떠돌고 있는 우리 아들이라고.

나는 포옹으로 작별인사를 하고, 잘 지내라고 인사했어. 마음 쓰고 있다고 말했어. 그녀도 같은 말을 했고. 하지만 둘 다 계속 연락하자는 말은 하지 않았어. 그러기에는 둘 다 상대방을 지나치게 존중한 게 아닐까.

하지만 세월이 흐르면서 간혹 가다 리즐한테서 소식을 받았어. "또 봤음"이라고만 쓰인 이메일이 오곤 했고, 그러면 난 무슨 소리인지 알았어. 나도 그런 이메일들을 보냈으니까. "하버드 스퀘어, 약 25세, 187센티미터, 마름, 마리화나 냄새." 딸이 대학을 졸업했을 때 리즐은 내게 소식을 알렸고, 딸 결혼식 때 또 한 번, 첫 손자가 태어났을 때 세 번째로 소식을 전했어.

나는 줄리아를 사랑해. 그녀도 과학자이지만, 리즐과는 너무 달랐지. 리즐이 차분하다면 줄리아는 쾌활했고, 리즐이 내적이라면 줄리아는 표현이 풍부했고 순수한 즐거움과 열정이 있었어. 하지만 아무리 줄리아를 사랑해도, 마음 한구석에서는 리즐과 더 깊고, 더 심오한 무언가를 나눴다는 느낌을 여러 해 동안 떨치지 못했어. 우리는 함께 누군가를 만들었고, 그 애가 죽는 걸 함께 지켜봤으니까. 때로는 우리를 육체적으로 연결하는 뭔가가, 보스턴에서 포틀랜드까지 긴 밧줄이 뻗어 있는 것 같아. 리즐이 그쪽 밧줄 끝을 당기면, 내 쪽에서도 느껴지는 거지. 그녀가 어디에 가든, 내가 어디를 가든, 그 밧줄은 절대 끊어지지 않고 길고 팽팽하게 뻗은 채 반짝이고 있을 테고, 우리의 움직임 하나하나는 우리가 다시는 가질 수 없는 걸 상기시킬 거야.

—

줄리아와 주드를 입양하기로 결정하고 나서 실제로 본인에게 물어보기 6개월쯤 전, 난 로런스에게 우리 결심을 말했어. 로런스가 주드를 굉장히 좋아하고 존중한다는 걸, 우리가 잘 맞는다고 생각하고 있다는 건 알고 있었지만, 로런스의 성격상 걱정할 거라는 것도 알고 있었거든.

걱정하더군. 우리는 오랫동안 이야기를 나눴어. "난 정말 주드가 좋아. 하지만 정말이지, 해럴드, 그 아이에 대해 '실제로' 얼마나 알고 있어?"

"별로." 그래도 주드가 로런스의 최악의 시나리오가 아니라는 것 정도는 알고 있었어. 그는 도둑도 아니고, 밤에 우리 침대에 와서 나와 줄리아를 죽이지도 않을 테니까. 물론 로런스도 그건 알고 있고.

확실한 증거도 없고 확실하지도 않지만, 어떤 시점에 주드에게 뭔가 굉장히 나쁜 일이 있었다는 것은 알고 있었어. 너희들이 처음 다 함께 트루로에 왔을 때, 어느 날 밤늦게 부엌에 내려갔다가 제이비가 식탁에 앉아 스케치하고 있는 걸 봤지. 난 제이비가 혼자 있을 때는, 다른 사람들을 위해 연기해야 할 필요가 없는 게 확실할 때는, 다른 사람이 된다고 늘 생각했어. 자리에 앉아서 뭘 그리고 있는지 봤지. 너희들을 그리고 있더군. 대학원에서 뭘 공부하느냐고 물으니까 좋아하는 작가들 이야기를 하는데, 4분의 3은 내가 모르는 사람들이었어.

2층으로 올라가려는데, 제이비가 날 불러세웠어. "저기요." 난처한 기색의 목소리였어. "무례하게 굴거나 뭐 그러고 싶은 건 아닌데요, 주드한테 그런 질문 하는 거 좀 그만두셨으면 좋겠어요."

나는 다시 앉았어. "왜?"

제이비는 불편해 보였지만 결연했어. "주드는 부모님이 없어요. 상황은 저도 모르고, 주드는 우리랑 그런 이야기 하려고도 안 해요. 어쨌거나 저랑은요." 그는 말을 멈췄지. "어렸을 때 뭔가 끔찍한 일이 있었던 것 같아요."

"어떤 끔찍한 일?" 내가 물었어.

고개를 젓더군. "우리도 확실히 몰라요. 하지만 굉장히 고약한 학대를 당한 게 분명해요. 주드가 절대 옷 안 벗는 거 눈치채셨어요? 다른 사람들과 접촉을 피하는 것도요? 누군가 주드를 때렸을 거예요. 아니면—" 그는 말을 멈췄어. 제이비는 사랑받고 보호받으며 자랐지. 그는 그 '아니면'이라는 단어 뒤에 도대체 어떤 것이 따라올지 그려볼 용기가 없었고, 나도 그랬어. 하지만 나도 눈치는 챘어. 물론 주드를 불편하게 하려고 질문을 한 건 아니었지만, 그 질문들 때문에 그가 불편해한다는 걸 알았을 때도 멈출 수가 없었어.

"해럴드." 줄리아는 밤에 주드가 가고 나면 말했어. "당신 때문에 불편해하잖아."

"알아, 안다고." 나도 주드의 침묵 뒤에 좋은 일이 있을 리가 없다는 건 알고 있었지만, 그 사정이 뭔지 듣고 싶지 않은 만큼 그 이야기를 듣고 싶었어.

입양이 진행되기 한 달 전쯤 어느 주말, 주드가 예고 없이 불쑥 찾아왔어. 테니스를 치고 왔더니, 소파에서 자고 있더라고. 이야기를 하러, 뭔가를 고백하려고 마음먹고 찾아온 거였어. 하지만 결국엔 그러지 못했지.

그날 밤, 앤디가 다급하게 그를 찾는 전화를 했고, 어쨌거나 왜 자정에 주드에게 전화를 하냐고 묻자 금세 얼버무리더군. "요새 좀 많이 힘들어해서요."

"입양 문제 때문에?"

"말 못 합니다." 그는 딱딱하게 말했어. 알다시피, 앤디가 의사와 환자의 비밀유지 규정을 백 퍼센트 지키는 사람은 아니지만, 작정할 때는 철석같이 지키잖아. 그러고는 네 전화가 왔고, 너도 애매모호한 이야기를 지어냈지.

다음 날, 나는 로런스에게 주드 이름으로 청소년 범죄 기록이 있는지 찾아봐달라고 부탁했어. 뭘 발견할 가능성도 없고, 만약 기록이 있다고 해도 봉인되어 있을 거라는 건 알고 있었지만.

그 주말에 주드에게 한 말은 진심이었어. 무슨 짓을 했든 그건 내겐 상관없었어. 난 주드를 알았어. 과거에 어떤 사람이었건 결국 그걸 지나온 현재의 그가 내겐 중요했어. 과거에 어떤 사람이었든 아무 상관 없다고 난 말했어. 하지만 물론 그건 순진한 생각이었지. 난 그 시점의 주드를 입양했지만, 그와 함께 과거의 주드도 입양되는 거고, 그 사람이 누군지 난 몰랐으니까. 나중에 난 과거의 그 사람이 누구건 그 사람도 원한다는 걸 더 분명히 말해주지 못한 게 후회됐어. 나중에 끊임없이 생각했어. 20년 전 주드가 어렸을 때 발견했다면 어땠을까. 20년 전까지는 아니더라도, 10년 전, 아니면 적어도 5년 전이라도. 그럼 주드는 어떤 사람이 됐을까, 그리고 나는 또 어떤 사람이 됐을까?

로런스는 아무것도 발견하지 못했고, 나는 안도하면서도 실망했어. 입양 절차가 끝났고, 그날은 최고로 멋진 날이었지. 난 절대 후회하지 않았어. 하지만 주드의 부모 역할을 한다는 건 절대 쉽지는 않더군. 주드에게는 수십 년 동안 스스로 만든, 분명 누군가가 가르쳐줬을 교훈에 바탕해 만든 온갖 규칙들—자기가 뭘 가질 자격이 없는지, 어떤 걸 즐겨서는 안 되는지, 어떤 걸 희망하거나 바라서는 안 되는지, 어떤 걸 욕심내서는 안 되는지—이 있었고, 그 규칙들이 뭔지 파악하는 데 몇 년이 걸렸고, 그게 잘못이라는 걸 어떻게 설득해야 하는지 파악하는 데는 더 많은 시간이 걸렸어. 하지만 그건 정말 힘들었어. 그건 그를 생존하게 해준 규칙들, 그에게 세상을 납득시켜주는 규칙들이었으니까. 그는 무시무시하게 규율을 지키는 사람이었고—모든 면에서 그랬지—그 규율들은 경계심처럼 도저히 버리게 만들 수 없는 것들이었어.

그만큼이나 어려웠던 건 본인에 대한 주드의 생각들을 버리게 만들려는 나(와 너)의 시도였지. 자기가 어떻게 생겼는지, 자기에게 마땅한 게 뭔지, 자기의 가치는 무엇인지, 그리고 자신이 누구인지. 난 아직도 주드처럼 깔끔하게, 아니 심하게 양갈래로 갈라진 사람을, 어떤 영역에서는 그렇게 철저하게 자신만만하면서도 다른 영역에서는 그렇게 철저하게 의기소침한 사람을 본 적이 없어. 한번은 법정에서 그를 본 적이 있는데, 대단하다 싶으면서도 한기가 느껴지더군. 그는 한 제약회사를 변호하고 있었어. 연방 내부 고발 소송에서 이름을 남긴 사건이었지. 크고 중요한 소송—지금도 수십 개의 수업계획서에 올라가 있지—이었지만 그는 정말, 정말로 차분했어. 그렇게 차분한 변호사는 거의 본 적이 없어. 증인석에는 문제의 내부 고발자인 중년 여자가 있었고, 주드는 너무나 가차 없고 너무나 집요하고 너무나 정확해서 법정은 숨죽이고 그를 지켜보고 있었어. 목소리를 높이는 법도 없었고 냉소적이지도 않았지만, 그가 즐기고 있다는 걸 알 수 있었어. 증언의 모순—사소하고, 굉장히 사소하고, 너무나 사소해서 다른 변호사라면 놓쳤을 수도 있는 모순—을 잡아내는 바로 그 행위에서 힘을 얻고 있고 그걸 즐기고 있는 게 보였어. 그는 (자기 자신에게는 아니지만) 부드럽고 매너도 목소리도 상냥한 사람이었지만, 법정에서는 그 상냥함은 온데간데없고 잔인하고 차가운 모습만 남아 있더군. 케일럽과의 일이 있은 지 겨우 7개월 정도 지난 후, 그리고 그다음 일이 있기 5개월 전의 일이었어. 그는 앞에 놓인 노트를 한번 슬쩍 보는 일조차 없이 증인의 증언을 그대로 그녀에게 다시 읽어주더군. 난 여전히 그 끔찍한 밤, 차 안에서의 그의 모습을 떨칠 수가 없었어. 내가 얼굴을 만지려고 손을 뻗자 마치 내가 자기를 해치려 하는 것처럼 몸을 돌리고 손으로 머리를 가리던 그 모습을. 주드는 존재 자체가 분리되어 있었어. 직장에서의 그와 직장 밖의 그. 그때의 그와 그 이전의 그. 법정에서의 그와 그날 차 안의 그, 너무나 철저하게 혼자여서 날 두렵게 했던 그날의 그가 분리되어 있었어.

그날 업타운에서 나는 방 안을 빙빙 돌며 내가 알게 된 사실에 대해, 내가 본 것에 대해 생각했고, 그의 말을 듣고 소리 지르지 않으려고 얼마나 애썼는지 생각했어. 케일럽보다, 케일럽이 한 말들보다 더 끔찍했던 건 주드가 그 말들을 믿고 있다는 것, 자기를 너무 잘못 알고 있다는 거였어. 주드가 그런 생각을 하고 있다는 건 늘 알고 있었던 것 같아. 하지만 본인의 입으로 그런 심한 말을 듣는 건 상상을 넘어설 정도로 끔찍한 일이었어. 주드가 "저처럼 이렇게 생기면 말이죠, 그냥 주어지는 걸 받을 수밖에 없어요"라고 말했던 건 절대 잊어버릴 수 없을 거야. 그 말을 들었을 때 느꼈던 절망과 분노, 아득함은 절대 못 잊을 것 같다. 케일럽을 봤을 때, 케일럽이 옆에 앉았을 때 주드의 표정도. 난 너무 늦게야 무슨 일이 벌어지고 있는지 이해하게 됐어. 자식이 본인을 그런 식으로 생각하고 있는데 어떻게 자기를 부모라고 할 수 있나? 그건 내가 절대 재조정할 수 없을 문제였어. 난—어른의 부모가 되어본 적이 없어서—그게 실제로 얼마나 많은 일을 수반하는지 몰랐던 것 같아. 그 의무를 원망하진 않았어. 그저 그걸 일찍 깨닫지 못했다는 게 멍청하고 미숙하게 느껴졌지. 결국 난 부모가 있던 어른이었으니까, 끊임없이 아버지를 돌아봤어.

난 신종질병 관련 학회차 산타페에 가 있는 줄리아에게 전화해서 무슨 일이 있었는지 말했고, 줄리아는 길고 슬픈 한숨을 내쉬었어. "해럴드." 줄리아는 입을 열었지만 말을 잇지 못했지. 우린 우리와 만나기 전 주드의 삶이 어땠을지 이야기했고, 둘 다 틀리긴 했지만 결국 줄리아의 추측이 나보다 더 정확했어. 그때는 말도 안 되는, 터무니없는 추측이라고 생각했는데.

"알아." 난 말했어.

"주드한테 전화해야 해."

하지만 전화는 이미 했어. 걸고 또 걸었고, 울리고 또 울렸지.

그날 밤 나는 걱정과 망상으로 잠을 이루지 못했어. 남자가 할 법한 망상 말이야. 총, 청부살인, 복수, 그런 거. 비몽사몽 와중에 꿈을 꿨는데, 뉴욕에서 형사로 일하는 질리언의 사촌에게 전화해서 케일럽을 체포하는 꿈이었어. 너한테 전화해서 너와 앤디와 내가 그의 아파트 밖에서 잠복하다 살해하는 꿈도 꿨어.

다음 날 나는 8시도 되기 전에 집을 나섰고, 베이글과 오렌지 주스를 사서 그린 스트리트로 갔어. 흐리고 찌무룩하고 축축한 날씨였지. 벨을 세 번, 한 번 눌릴 때마다 몇 초씩 누르고는 뒤로 물러나 눈을 가늘게 뜨고 6층을 올려봤어.

다시 벨을 누르려는데, 스피커에서 주드의 목소리가 나왔어. "누구세요?"

"나다." 난 말했어. "올라가도 돼?" 아무 대답이 없더군. "사과하고 싶어. 얼굴 좀 봐야겠다. 베이글 사 왔어."

아무 말도 없었어. "거기 있어?" 내가 물었어.

"해럴드." 그는 말했고, 그 순간 목소리가 이상하다는 생각이 들었어. 입 속에 새 이가 가득 돋아나서 그걸 피해서 말하고 있는 것 같은 둔탁한 목소리였어. "올라오면, 화내지도, 소리 지르지도 않겠다고 약속할래요?"

이번에는 내가 입을 다물었어. 무슨 소리인지 알 수가 없었지. "그래." 난 일이 초쯤 있다가 말했고, 문이 찰칵 열렸어.

엘리베이터에서 내려서 잠시 동안은 아무것도 안 보였어. 그냥 사방에서 빛이 환하게 쏟아져 들어오는 아름다운 아파트만 있었지. 그때 내 이름을 부르는 소리가 들려서 내려다보니 주드가 있더군.

베이글을 거의 떨어뜨릴 뻔했어. 팔다리가 돌로 변하는 것 같았지. 주드는 바닥에 앉아 있었지만, 오른팔로 몸을 지탱한 채 비스듬하게 앉아 있었고, 내가 그 옆에 무릎을 꿇고 앉자 고개를 돌리고 얼굴을 보호하려는 듯이 왼손을 얼굴 앞으로 들어 올렸어.

"그 사람이 여분의 열쇠를 가지고 갔어요." 얼굴이 너무 부어서 입술이 움직여지지도 않았어. "어젯밤 집에 왔더니 여기 있었어요." 그리고 얼굴을 내 쪽으로 돌렸어. 그 얼굴은 가죽을 벗기고 안팎을 뒤집은 채로 더위 속에 내버려둬서 내장들이 다 녹아내려 살 웅덩이가 되어버린, 그런 짐승의 잔해 같았어. 보이는 거라곤 눈과 뺨 위로 검은 그림자를 드리우고 있는 기다란 속눈썹뿐이었고, 뺨은 무시무시하게 시퍼런 색, 썩고 곰팡이가 핀 것 같은 퍼런색이었어. 울고 있었을지도 모른다고 생각했지만, 그는 울지 않았어. "미안해요, 해럴드. 정말 미안해요."

주드에게가 아니라 말로 할 수 없는 심정 때문에 고래고래 소리를 지르고 싶었지만, 난 겨우 마음을 가라앉히고 말했어. "우리가 다 해결해줄게. 경찰을 부르고 다음에는—"

"안 돼요. 경찰은 안 돼요."

"불러야 해, 주드. 그래야 해."

"안 돼요. 신고 안 할 거예요. 못 해요." 그는 숨을 들이쉬었어. "그런 굴욕은 참을 수 없어요. 못 해요."

"좋아." 나는 이 문제는 나중에 의논하자고 생각하며 말했어. "하지만 그놈이 다시 돌아오면 어쩔래?"

주드는 아주 살짝 고개를 흔들고 웅얼웅얼하는 낯선 목소리로 말했어. "그런 일은 없을 거예요."

달려 나가 케일럽을 찾아 죽이고 싶은 마음을 억누르느라, 누군가 이런 짓을 주드에게 했다는 걸 받아들이는 게 너무 힘들어서, 늘 침착하고 단정한 모습만 보여주던 그렇게 품위 있는 사람이 그렇게 엉망진창으로 두들겨 맞은, 그렇게 무력한 모습을 보는 게 너무 힘들어서 현기증이 날 지경이었어. "휠체어 어디에 있니?" 나는 물었어.

염소 울음소리 같은 대답이 잘 들리지도 않아서 말을 하는 게 얼마나 고통스러울지 알면서도 한 번 더 말해달라고 했어. "계단 아래요." 주드가 겨우 말했지. 눈물이 나올 정도로 눈이 떠지지도 않지만 이번에는 분명 울고 있었어. 몸이 들썩거리기 시작했으니까.

그때쯤엔 내 몸도 떨리고 있었어. 난 바닥에 앉아 있는 주드를 그대로 두고 휠체어를 찾으러 갔어. 휠체어는 계단 아래로 내동댕이쳐져 반대쪽 벽에 부딪쳤다 튕겨 나와 4층에 떨어져 있더군. 올라오는 길에 바닥이 끈적거려서 보니, 식탁 근처에 밝은색 거대한 토사물 흔적이 굳어서 곤죽이 되어 있었어.

"내 목에 팔 좀 둘러봐." 그는 내 말에 따랐고, 들어 올리자 비명을 질렀어. 나는 사과를 하며 휠체어에 앉혔고. 그러면서 보니 셔츠—잘 때 주로 입는 회색 보온 스웨트셔츠—등판이 오래되어 굳은 피와 새로 흘러나온 피로 피투성이였고, 바지 뒤쪽도 피투성이더군.

나는 주드에게서 물러나 앤디에게 전화해 위급 상황임을 알렸어. 운이 좋았지. 앤디가 그 주말에는 뉴욕에 있었거든. 우린 20분 뒤 병원에서 만나기로 했어.

차를 몰고 그곳으로 달렸어. 주드를 차에서 내렸어. 주드는 왼쪽 팔을 쓰지 않으려 했고, 일으켜 세울 때 보니 오른발이 바닥에 닿지 않도록 높이 들어 올리더군. 휠체어에 앉히려고 가슴에 팔을 두르자 새 소리 같은 괴상한 소리를 냈어. 앤디가 문을 열고 나와 그를 봤을 때, 난 앤디가 토라도 할 줄 알았어.

"주드." 말문이 다시 트인 앤디가 옆에 쭈그리고 앉으며 불렀지만, 그는 대답하지 않았어.

주드를 진찰실에 데려다놓고 로비에서 이야기부터 했어. 케일럽에 대해서, 그리고 무슨 일이 있었는지 내가 짐작한 바를 이야기했고, 잘못된 것 같은 부위들에 대해 말해줬어. 왼쪽 팔이 부러진 것 같고, 오른발에 문제가 있다고, 출혈 상태와 부위들, 그리고 집 바닥이 피투성이라는 것도 다 말했어. 경찰에 신고하고 싶어 하지 않는다는 말도.

"알았어요." 앤디는 말했지. 그는 쇼크 상태였어. 계속 침을 삼키면서 "알았어요, 알았어요" 하다가, 말을 멈추고 눈을 문질렀어. "잠깐만 여기서 기다리실래요?"

앤디는 40분 후 진찰실에서 나왔어. "병원에 데려가서 엑스레이를 찍을 거예요. 왼쪽 팔목이 부러졌고, 갈비뼈도 몇 대 나간 게 확실해요. 그리고 다리는—" 그는 말을 멈췄어. "만약 그렇다면, 그건 정말 큰일인데." 마치 내가 방에 있다는 걸 잊어버린 것 같더라. 그러다 다시 정신을 차리고 말했어. "가세요. 거의 끝나가면 전화드릴게요."

"있을게." 난 말했어.

"그러지 마세요, 해럴드." 그러더니 조금 더 상냥하게 말했어. "회사에 전화부터 해야 해요. 이번 주에는 절대 출근 못 해요." 그러곤 잠시 말을 멈췄어. "주드 말이—교통사고가 났다고 말해달래요."

나가려는데 앤디가 조용히 말했어. "저한테는 테니스를 친다고 했어요."

"알아." 나도 말했지. 그렇게나 멍청했다니 기분이 안 좋았어. "나한테도 그렇게 말했거든."

나는 주드의 열쇠를 가지고 그린 스트리트로 돌아갔어. 오랫동안, 몇 분 동안 난 그냥 문간에 서서 아파트를 쳐다봤어. 구름은 일부 걷혔지만—심지어 블라인드를 내려놓아도—그 아파트를 밝히는 데는 많은 햇살이 필요하지 않았어. 난 천장이 높고, 깨끗하고, 시야가 탁 트이고, 투명한 이곳이 항상 희망찬 곳이라고 생각했었지.

이곳은 주드의 아파트였고, 그러니 당연히 온갖 세제가 다 있었어. 나는 청소를 시작했어. 바닥을 걸레질했지. 끈적끈적한 부분들은 말라빠진 피였어. 바닥재가 너무 짙은 색이라 구분하기 힘들었지만, 냄새로 알 수 있었어. 코가 즉시 알아보는 짙은 야생의 냄새 말이야. 욕실을 치우려고 애쓴 흔적이 분명했지만,

여기에도 대리석에 피가 흩뿌려져 황혼녘 빛바랜 분홍색으로 말라붙어 있었어. 없애기 힘들었지만, 난 최선을 다했어. 증거를 찾아 쓰레기통 안을 봤지만, 그 안엔 아무것도 없더군. 몽땅 비우고 청소해둔 상태였어. 어젯밤 입은 옷들은 거실 소파 근처에 흩어져 있었어. 셔츠는 갈기갈기, 거의 찢어발겨져 있다시피 해서 버리고, 양복은 드라이클리닝을 맡기러 챙겨뒀어. 그것만 빼면 다 굉장히 깨끗했어. 깨진 램프, 흩어진 옷가지들 같은 걸로 난장판일까봐 두려워하며 침실에 들어갔지만, 구겨진 흔적 하나 없었어. 아무도 살지 않는 집, 모델하우스, 부러운 생활을 전시하는 광고 속 공간이라고 생각해도 될 정도였어. 여기 사는 사람은 파티를 하고 근심걱정 없이 자신만만하고 밤이면 블라인드를 걷고 친구들과 함께 춤을 추고, 그린 스트리트나 머서 스트리트를 지나가는 사람들은 하늘에 떠 있는 빛의 상자를 바라보며 저기 사는 사람들은 불행이나 두려움이나 어떤 걱정거리도 모를 거라고 상상할 것 같은 집이었어.

한 번 만나본 적도 있고, 사실 로런스의 친구의 친구이기도 한 루시엔에게 심한 교통사고로 주드가 입원했다는 이메일을 보냈어. 그러고는 식료품 가게에 가서 주드가 먹기 편할 것 같은 음식들, 수프나 푸딩, 주스 같은 것들을 사고, 케일럽 포터의 주소—29번 스트리트 웨스트 50, 아파트 17J호—를 찾아내 외울 때까지 반복했고, 열쇠공을 불러 긴급 상황이라며 정문, 엘리베이터, 아파트 문의 모든 자물쇠를 바꾸게 했어. 창문을 열어 눅눅한 공기를 타고 피 냄새와 살균제 냄새가 빠지도록 환기시켰고. 로스쿨 비서에게 집안에 급한 일이 생겨서 그 주에는 수업을 할 수 없다는 메시지를 남겼어. 몇몇 동료들에게도 메시지를 보내 수업을 좀 대신 해달라고 부탁했고. 지방검사로 일하고 있는 로스쿨 동창에게 전화를 걸어볼까 하는 생각도 했어. 무슨 일이 있었는지 설명하고, 그의 이름은 안 말한 채로 케일럽 포터를 체포할 방법이 있을지 물어볼까.

"하지만 피해자가 신고하지 않으려 한다며?" 에이비는 말하겠지.

"어, 그래." 인정할 수밖에 없을 거야.

"설득시킬 수 없어?"

"안 될 것 같아." 인정할 수밖에 없겠지.

"어, 해럴드." 에이비는 당황하고 짜증 내면서 말하겠지. "그럼 해줄 말이 없다. 피해자가 입을 다물면 아무것도 할 수 없다는 거 너도 잘 알잖아." 그런 생각을 하는 일은 거의 없지만, 그때 난 법이란 게 얼마나 취약한지, 얼마나 우연에 의지하는지, 얼마나 위안이 되지 않는 시스템인지, 법의 보호가 가장 절실한 사람들에게 얼마나 쓸모가 없는지 생각했던 기억이 나.

그리고 욕실에 가서 세면대 아래를 더듬었고 면도날과 솜이 든 가방을 소각로에 던져 넣었어. 그 가방이 지긋지긋했어, 그게 있다는 걸 알고 있다는 게 지긋지긋했어.

7년 전 5월 초, 그가 트루로에 온 적 있어. 계획 없는 방문이었지. 나는 글을 쓰려고 거기 갔고, 싼 티켓이 있어서 주드에게 오라고 했고, 놀랍게도—심지어 그때도 그는 로젠 프리처드 사무실을 떠나는 법이 없었는데—주드가 왔어. 그날 주드는 행복했고, 나도 그랬어. 난 부엌에서 적양배추를 썰고 있는 주드를 두고 배관공을 2층으로 데리고 갔어. 우리 침실에 새 화장실을 만들고 있었거든. 그리고 배관공에게 가는 길에 아래층 욕실, 주드 방 욕실의 물 새는 세면대도 좀 봐줄 수 있느냐고 물었지.

배관공은 세면대에서 뭔가를 조이고 다른 부품을 교체해 수리를 마치고 나오면서 내게 뭔가를 내밀었어. "세면대 아래에 이게 테이프로 붙여져 있던데요."

"이게 뭐죠?" 나는 그에게서 가방을 받으며 물었어.

그는 어깨를 으쓱하더군. "모르죠. 하지만 단단히 붙어 있었어요. 이사용 테이프로요." 내가 가방을 바라보며 멍하니 서 있는 사이 그는 장비를 챙기더니 손을 흔들어 인사하고 나갔어. 휘파람을 불며 나가면서 주드에게 인사하는 소리가 들리더군.

난 가방을 쳐다봤어. 그건 평범한, 파인트 사이즈의 투명한 비닐가방이었고, 안에는 면도날 10개와 낱개 포장된 일회용 알코올솜, 사각형으로 접은 폭신한 거즈 조각들과 반창고가 들어 있었지. 난 가방을 든 채 거기 서 있었어. 한 번도 증거를 본 적 없었지만, 정말이지 그런 걸 본 적도 없었지만, 그게 뭐에 쓰는 건지 알 수 있었어. 그냥 알았어.

부엌에 가니, 주드는 여전히 행복하게 그릇에 가득 든 조그만 생선들을 씻고 있더군. 심지어 조그맣게 콧노래까지 부르면서. 혼자 햇볕을 쬐고 있는 고양이가 가르랑거리듯 굉장히 만족스러울 때만 부르는 콧노래를. "화장실 설치하는 데 도움이 필요하면 말을 하지 그러셨어요." 그는 고개도 안 든 채 말했어. "제가 해서 돈을 아껴드릴 수도 있었는데." 주드는 그런 걸 다 알았어. 배관, 전기설비, 목공, 정원일. 한번은 로런스네 집에 가서 어린 야생사과나무를 마당 한구석에서 안전하게 파서 햇볕을 더 잘 받을 수 있는 다른 곳으로 옮길 수 있는 방법을 로런스에게 설명해준 적도 있어.

잠시 동안 난 거기 서서 그를 지켜봤어. 한꺼번에 너무 많은 감정이 북받쳐 올라와 마비된 것처럼 아무것도 느껴지지 않았어. 감정 과잉으로 인한 감정 부재 상태랄까. 마침내 이름을 부르니 주드는 고개를 들었어. "이게 뭐지?" 난 가방을 들이밀며 물었어.

주드는 한 손을 그릇 위에 든 채 조용해졌어. 그 손가락 끝에 조그만 물방울들이 맺히다가 똑똑 떨어지던 게 아직도 선명하게 기억나. 마치 칼에 손을 베어 피 대신 물을 흘리고 있는 것처럼. 그는 입을 열었다가 다시 다물었어.

"미안해요, 해럴드." 그는 매우 작은 소리로 말하고, 손을 내려 행주에 천천히 닦았어.

그러자 화가 치밀어 올랐어. "사과하라는 게 아니야, 주드. 이게 뭐냐고 묻고 있잖아. '면도날이 든 가방이잖아요' 따위 소리는 할 생각도 마. 이게 뭐야? 왜 세면대 밑에 테이프로 붙여놨어?"

주드는 오랫동안 나를 쳐다봤어. 그 표정 알지? 널 보고 있는데도 멀어지고 있는 게 느껴지는 그 표정 말이야. 주드 안의 문들이 닫히고 잠기고 해자 위로 다리가 끽끽거리며 올라가고 있는 그 표정. "뭐에 쓰는 건지 아시잖아요." 그는 한참 만에 여전히 굉장히 작은 소리로 말했어.

"네 입으로 듣고 싶어."

"그냥 그게 필요해요."

"이걸로 뭘 하는지 말해봐." 나는 말하고 그를 쳐다봤어.

그는 감자를 담은 그릇만 내려다봤어. "때로는 자해를 하고 싶어요." 드디어 말하더군. "미안해요, 해럴드."

갑자기 공포가 밀려왔고, 공포 때문에 난 이성을 잃었어. "무슨 빌어먹을 소리야?" 나는 물었어. 아마 소리를 질렀는지도 몰라.

주드는 마치 내가 자기한테 달려들 것 같아서 거리를 두고 싶어 하는 것처럼 이제 싱크대를 향해 뒷걸음치고 있었어. "모르겠어요. 미안해요, 해럴드."

"'때로는'이라는 게 얼마나 자주야?" 내가 물었지.

이제는 그도 공황 상태가 되고 있었어. "모르겠어요. 때에 따라 달라요."

"어림잡아봐. 근사치를 줘."

"모르겠어요." 그는 절박하게 말했어. "모르겠어요. 일주일에 몇 번 정도."

"'일주일'에 몇 번!" 나는 말하다 뚝 멈췄어. 갑자기 거기서 나갈 수밖에 없었어. 의자에서 코트를 들고 가방을 안주머니에 쑤셔 넣었어. "돌아올 때 여기 있는 게 좋을 거야." 그렇게 말하고 난 나가버렸어. (주드는 도망자였거든. 줄리아와 내가 자기 때문에 기분이 안 좋다고 생각할 때마다, 최대한 빨리 우리 눈앞에서 사라지려고 애썼어. 마치 자기가 얼른 치워야 하는 불쾌한 물건인 것처럼.)

나는 아래층으로 내려가 해변으로 갔고, 자신의 한없는 무능함을, 명백한 잘못을 깨달았을 때 느끼는 그런 분노를 느끼며 모래사장을 헤맸어. 그때 처음으로 주드가 우리 옆에서 두 사람처럼 사는 한, 우리도 그냥 주드 옆에 있는 두 사람일 수밖에 없다는 걸 깨달았지. 우린 우리가 보고 싶은 것만 봤고 다른 건 그냥 안 봤어. 너무 준비가 안 되어 있었어. 대부분의 사람들은 쉬워. 그 사람들 불행은 우리 불행이고, 그 슬픔은 이해할 수 있고, 한 번씩 자기혐오에 빠져도 그건 빨리 지나가고 타협할 만하지. 하지만 주드는 그렇지 않았어. 그의 문제들을 진단하는 데 필요한 상상력이 없어서 도와줄 방법조차 알 수가 없었어. 하지만 이건 그냥 변명에 불과해.

집에 돌아올 무렵에는 거의 날이 어두워져 있었고, 창문 너머로 부엌에서 일하고 있는 주드가 보였어. 현관 입구 의자에 앉아 생각했지, 줄리아가 있으면 얼마나 좋을까, 아버님이랑 영국에 있는 게 아니면 얼마나 좋을까.

뒷문이 열리고 그가 조용히 "저녁 드세요" 하고 말하더군. 나는 일어나 안으로 들어갔어.

내가 제일 좋아하는 음식들이 차려져 있었어. 내가 전날 사 온 농어를 데쳤고, 내가 좋아하는 방식으로 타임과 당근을 듬뿍 넣어 구운 감자와 내가 좋아하는 머스터드 씨 드레싱을 곁들인 양배추 샐러드였지. 하지만 입맛이 하나도 없었어. 그는 내 접시에, 다음에는 자기 접시에 음식을 덜고 자리에 앉았어.

"굉장하구나." 나는 말했어. "차려줘서 고맙다." 그는 고개를 끄덕였지. 우리는 각자 자기 접시만, 아무도 먹으려 들지 않는 이 맛있는 식사를 물끄러미 바라보기만 했어.

"주드." 내가 시작했어. "먼저 사과해야겠다. 정말 미안해. 그런 식으로 널 두고 나가버려서는 안 됐는데."

"괜찮아요. 이해해요."

"아니야. 내가 잘못한 거야. 너무 속이 상해서."

그는 고개를 떨궜어. "왜 속상한지 알아?" 내가 물었어.

"왜냐하면," 그가 입을 열었어. "왜냐하면 그런 걸 이 집에 들였으니까요."

"아니야. 그런 게 아니야. 주드, 이 집은 내 집이나 줄리아의 집만이 아니야. 네 집이기도 해. 뭐든 편안히 여기 가져왔으면 좋겠어. 내가 속상한 건 네가 이런 끔찍한 짓을 너한테 저지르고 있기 때문이야." 그는 그대로 고개를 숙이고 있었지. "친구들은 아니? 앤디는?"

살짝 고개를 끄덕이더군. "윌럼은 알아요." 나지막한 목소리가 대답했어. "그리고 앤디도요."

"앤디는 뭐라 그래?" 이런 젠장할, 앤디.

"앤디는—앤디는 정신과 치료를 받으라고 했어요."

"그렇게 했고?" 그는 고개를 저었고, 다시 분노가 들끓어 올랐어. "왜 안 했는데?" 물어도 대답이 없었어. "케임브리지에도 이런 가방이 있어?" 잠시 후 묻자, 그는 나를 쳐다보더니 다시 고개를 끄덕였지.

"주드, 왜 이런 짓을 해?"

오랫동안 주드는 말이 없었고, 나도 아무 말도 하지 않았어. 파도 소리만 들렸지. 한참 만에 그가 말했어. "몇 가지 이유 때문에요."

"예를 들면?"

"너무 끔찍하고 수치스러워서 그 기분을 몸으로 느껴야 할 때가 있어요." 그는 말을 시작하며 나를 슬쩍 봤다가 다시 고개를 숙였어. "그리고 때로는 온갖 감정이 다 북받쳐서 아무것도 안 느끼고 싶어서요. 그러면 그런 걸 몰아내는 데 도움이 돼요. 때로는 행복해서, 그래서 내가 행복해선 안 된다는 걸 일깨워주고 싶어서요."

"왜?" 간신히 다시 입을 떼고 물었지만, 그는 고개만 저으며 아무 대답도 하지 않았고, 대화는 다시 끊겼어.

주드가 심호흡을 하고는 "저기요" 하고 부르더니, 갑자기 날 똑바로 바라보며 결연하게 말했어. "입양을 취소하고 싶으시면 이해할게요."

난 너무 기함해서 화가 났어. 그런 건 생각조차 해본 적 없었거든. 뭐라고 소리 지르려다가 쳐다봤더니, 그가 얼마나 용기를 쥐어짜고 있는지, 얼마나 겁에 질려 있는지가 보였어. 정말로 내가 그런 걸 원할 거라고 생각했던 거야. 그렇다고 하면 정말로 이해할 자세였어. 그런 걸 예상하고 있었던 거야. 입양 직후 몇 년 동안 주드는 늘 이게 얼마나 갈까, 결국 어떤 짓을 해서 내가 파양을 하게 될까 생각하고 있었다는 걸 나중에야 깨달았지.

"그런 일은 절대 없어." 나는 최대한 단호하게 말했어.

그날 밤 난 주드와 대화를 나눠보려 했어. 그는 자기가 한 짓을 부끄러워했고 그건 나도 알 수 있었지만, 내가 왜 그렇게 신경 쓰는지, 너랑 나랑 앤디가 왜 그렇게 속상해하는지는 진심으로 이해하지 못했어. "안 죽어요." 그는 마치 그게 문제인 것처럼 거듭해서 말했지. "어떻게 하는지 잘 알고 있어요." 정신과 의사도 만나지 않으려 했지만, 내게도 이유를 말하지 못했어. 자해하는 걸 싫어한다는 건 알 수 있었지만, 그것 없이 사는 것 또한 상상하지 못했어. "그게 필요해요." 그는 계속 말했어. "필요해요. 그게 상황을 바로잡아주니까요." 하지만 그런 짓을 하지 않았던 때도 분명 있지 않았느냐고 물으면, 고개만 저었어. "그게 필요해요." 그는 똑같은 말만 되풀이했어. "도움이 돼요, 해럴드. 제 말 믿어주셔야 해요."

"왜 그게 필요해?" 나는 물었지.

주드는 고개를 저었어. "삶을 통제하는 데 도움이 돼요." 그는 마침내 말했어.

결국 난 더 이상 할 말이 없었어. "이건 내가 보관해두마." 내가 가방을 들며 말하자, 움찔하며 고개를 끄덕였어. "주드." 내가 부르자 그는 다시 고개를 들고 날 쳐다봤어. "이걸 버리면 넌 또 만들 거지?"

그는 접시만 바라보며 숨죽이고 있더니 "네" 하고 대답했어.

물론 그래도 난 버렸어. 쓰레기봉지 깊숙이 집어넣고 길 끝에 있는 쓰레기 수납장까지 가져갔지. 우린 말없이 부엌을 치웠고—둘 다 지쳤고 둘 다 아무것도 먹지 않았어—각자 침실로 갔어. 그 시절 난 여전히 그의 개인 영역을 존중하려고 노력하고 있었어. 그게 아니었다면 붙들고 안아줬을 테지만, 그러지 않았어.

하지만 잠을 못 이루고 누워 있자니, 그 긴 손가락으로 간절히 면도날을 쥐고 있는 모습이 떠올라 다시 부엌으로 내려갔어. 오븐 아래 서랍에서 커다란 그릇을 꺼내 눈에 띄는 날카로운 것들은 다 담기 시작했어. 칼이랑 가위랑 타래송곳이랑 랍스터포크까지. 그리고 거실로 가져와 단단히 끌어안은 채 바다를 바라보는 의자에 앉았어.

삐걱거리는 소리에 잠에서 깼지. 부엌 마룻바닥이 시끄러웠거든. 난 어둠 속에서 일어나 앉아 숨죽인 채 주드의 발소리를 들었어. 왼발을 살짝 내려놓는 또렷한 소리에 뒤이은 슥 끌리는 오른발 소리, 그리고 서랍 여는 소리, 몇 초 후 닫는 소리. 그러고는 또 다른 서랍, 또 하나, 모든 서랍, 모든 찬장을 다 열고 닫을 때까지 소리는 계속됐어. 그는 불을 켜지 않았고—달빛이 충분했거든—그래도 나는 모든 게 뭉툭해진 새로운 부엌에 서 있는 주드의 모습을, 내가 그에게서 모든 걸 다 가져갔다는 걸 깨달은 그의 모습을 그려볼 수 있었어. 심지어 포크도 가져왔거든. 나는 숨죽인 채 부엌의 침묵 소리를 들었어. 잠시 동안 마치 거의 대화라도 하는 것 같았지. 말도 없고, 상대를 보지도 않는 대화를. 그리고 마침내 돌아서서 자기 방으로 되돌아가는 발소리가 들렸어.

다음 날 케임브리지에 돌아온 나는 그의 욕실로 갔고, 거기서 트루로와 똑같은 가방을 또 하나 발견해서 버렸어. 하지만 그 이후에는 케임브리지에서건 트루로에서건 그런 가방을 찾은 적이 없어. 가방을 숨길 다른 장소, 분명 내가 절대 발견하지 못한 장소를 찾았던 거야. 그런 면도날들을 들고 비행기를 탄다는 건 있을 수 없는 일이거든. 하지만 그린 스트리트에 갈 때마다 난 기회를 틈타 그의 침실에 몰래 들어갔어. 여기서 그는 같은 은닉 장소에 가방을 뒀고, 난 매번 그 가방을 훔쳐 주머니에 쑤셔 넣고 나와서 버리곤 했지. 물론 내가 그러는 걸 주드도 몰랐을 리가 없지만, 우린 그 이야기는 절대 안 했어. 매번 그 가방은 새걸로 교체되었겠지. 그것도 숨길 수밖에 없다는 걸 그가 깨달을 때까지는 찾으려 할 때마다 가방을 못 찾은 적이 한 번도 없었어. 그래도 난 절대 그만두지 않았어. 그 아파트에 갈 때마다, 그리고 나중에는 업스테이트의 집에, 런던의 플랫에 갈 때마다 가방을 찾아 욕실을 뒤졌어. 가방은 다시는 찾지 못했지. 맬컴의 욕실들은 너무 단순하고 깔끔했지만, 심지어 그 속에서도 그는 가방을 숨길 자리를, 내가 다시는 찾지 못할 자리를 찾아냈던 거야.

몇 년 동안 나는 그 문제에 대해 함께 이야기하려고 노력했어. 첫 번째 가방을 찾은 다음 날 나는 앤디에게 전화해서 고래고래 소리 지르기 시작했고, 앤디는 그답지 않게 날 내버려뒀어. "알아요." 그는 말했어. "알아요. 해럴드, 이거 정말이지 비아냥거린다거나 수사적으로 하는 말 아니에요. 말 좀 해줘요. 제가 뭘 해야 하죠?" 물론 나도 뭐라고 해야 할지 몰랐어.

넌 주드와 가장 멀리까지 간 사람이야. 하지만 네가 자책하는 거 알아. 나도 그랬으니까. 그걸 받아들이는 것보다 더 나쁜 짓을 했으니까. 난 그걸 묵인했어. 그가 그런 짓을 한다는 걸 잊어버리기로 한 거야. 그래선 안 된다는 걸 알면서도, 해결책을 찾는 게 너무 힘들어서, 나 편한 대로 그를 보고 싶어서 말이야. 그가 수천 번의 밤 동안 자기 존엄성을 희생하고 있다는 걸 잊어버리려 하면서도, 내가 그의 존엄을 지켜주고 있다고 변명했어. 그런 게 소용없다는 걸 알면서도 그에게 반박하고 설득하려고 했고, 그걸 알면서도 다른 방법, 더 과격한 방법, 나와 주드를 멀어지게 만들 수도 있는 방법을 취해보려 하지 않았어. 내가 겁쟁이라는 걸 알고 있었지. 그 가방에 대해서, 그날 밤 트루로에서 알게 된 사실에 대해 줄리아에게 절대 말하지 않았거든. 하지만 결국에는 줄리아도 알게 됐고, 줄리아가 그렇게 화내는 모습은 정말 거의 보지 못했어. "이런 걸 어떻게 계속 내버려둘 수가 있어? 어떻게 이렇게 오랫동안 내버려둘 수 있었어?" 내게 직접적으로 책임을 묻지는 않았지만, 난 알았어. 어떻게 안 그럴 수 있겠어? 나도 그랬는걸.

이제 난 여기 주드의 아파트로, 몇 시간 전 내가 아직 잠에서 깨서 누워 있을 때 그가 두들겨 맞고 있던 곳으로 돌아왔어. 나는 손에 전화를 들고 소파에 앉아서 앤디가 주드가 집에 돌아갈 준비가 다 됐다고, 병원에서 나와 내 간호를 받을 준비가 됐다고 전화해주길 기다렸지. 블라인드를 걷고 앉아 강철 같은 하늘을 바라봤어. 구름이 다음 구름과 합쳐지면서 흐릿해졌고, 마침내 낮이 서서히 밤으로 빨려 들어가면서 회색 안개 외에는 아무것도 보이지 않았지.

—

앤디는 내가 주드를 내려준 지 아홉 시간 만인 저녁 6시에 전화를 했고, 문 앞에서 나를 맞았어. "주드는 진찰실에서 잠들어 있어요. 왼쪽 손목이 부러졌고, 갈빗대 네 개가 나갔어요. 다리뼈가 다 성한 건 정말 신의 가호예요. 다행히 뇌진탕은 없고, 미저골이 골절됐어요. 어깨 탈구는 제가 맞췄어요. 등과 상반신에 온통 타박상이 있는데, 걷어차인 게 분명해요. 하지만 내출혈은 없고요. 얼굴은 보기보다는 괜찮아요. 눈과 코도 부러진 데 없이 멀쩡합니다. 타박상에는 얼음찜질을 했어요. 교수님도 그렇게 하셔야 해요, 규칙적으로.

다리에 열상이 있어요. 이게 걱정되는 부분이에요. 항생제 처방전을 써드릴게요. 예방책으로 약은 처음에는 조금만 쓰겠지만, 주드가 열이 난다거나 오한이 든다고 하면 즉시 저한테 알려주세요. 감염이 가장 위험하니까. 등이 벗어졌어요—"

"그게 무슨 소리야, 벗어지다니?" 내가 물었지.

그는 초조해 보였어. "피부가 벗어졌다고요." 그는 말했어. "아마 벨트로 맞은 것 같은데, 말을 안 해요. 붕대를 감았지만, 이 항생제 연고를 드릴 테니 내일부터는 교수님이 상처를 소독하고 드레싱을 갈아줘야 해요. 주드는 싫어하겠지만, 상태가 영 같아요. 지시 사항은 여기 안에 다 써뒀습니다."

그가 내게 비닐봉투를 내밀었어. 안을 보니 약병들, 붕대, 연고들이 들어 있더군. "이건," 앤디가 뭔가를 끄집어내며 말했어. "진통제인데 주드는 싫어해요. 하지만 먹어야 해요. 열두 시간마다 한 알씩 먹이세요. 아침에 한 번, 저녁에 한 번. 약을 먹으면 멍해질 테니까, 밖에 혼자 내보내서도, 뭘 들게 해서도 안 돼요. 속이 울렁거리겠지만, 그래도 뭘 먹어야 해요. 간단한 거, 쌀이나 수프 같은 거요. 되도록 휠체어에 앉아 있게 해요.

어차피 많이 돌아다니고 싶어 하지도 않겠지만.

치과에 전화해서 월요일 9시에 약속을 잡아뒀어요. 이가 몇 개 나갔거든요. 가장 중요한 건 최대한 많이 자는 거예요. 내일 오후에 들르고, 이번 주에는 밤마다 갈게요. 출근하게 해서는 안 돼요—그러고 싶지도 않겠지만."

그는 말을 시작했을 때처럼 불쑥 멈췄고, 우리는 말없이 거기 서 있었지. "도대체 믿을 수가 없어요." 앤디가 마침내 입을 열었어. "빌어먹을 개자식 같으니. 그 새끼 찾아내서 죽여버리고 싶어요."

"알아, 나도 그래."

그는 고개를 흔들었어. "신고 못 하게 하더라고요. 제가 빌었는데도."

"알아, 나도 그랬으니까."

주드를 보자 다시 충격이 밀려왔고, 부축해서 휠체어에 태우려 하자 고개를 흔들어대서 우린 그가 내려와 휠체어에 앉는 걸 그냥 지켜만 봤어. 그는 녹 빛깔 대륙들처럼 말라붙은 피투성이 옷을 그대로 입고 있었어. "고마워요, 앤디." 그는 매우 조그맣게 말했어. "미안해요."

앤디는 그의 뒤통수에 손을 댄 채 아무 말도 하지 않았지.

그린 스트리트로 다시 돌아왔을 때는 날이 완전히 캄캄해져 있었어. 알다시피 주드의 휠체어는 초경량에다 사용자의 자족성을 적극적으로 추구하는 세련된 모델이라 손잡이가 없잖아. 그 휠체어의 사용자는 다른 사람이 밀어주는 모욕을 절대 허락하지 않으리라는 가정을 하고 있기 때문이지. 그래서 나지막한 의자 등 윗부분을 잡고 밀어야 했어. 불을 켜려고 입구에서 잠시 멈췄고, 우리는 둘 다 눈을 껌벅거리고 있었어.

"청소를 했네요." 주드가 말했어.

"어, 그래. 너만큼 잘하지는 못했겠지만."

"고맙습니다."

"물론이지." 내가 말했어. 우린 둘 다 침묵을 지켰어. "옷 갈아입는 거 도와줄까? 그리고 뭐 좀 먹는 게 어때?"

그는 고개를 흔들었다. "아뇨, 괜찮아요. 배도 안 고파요. 그것도 혼자 할 수 있고요." 이제 그는 차분하고 침착해져 있었어. 아까 봤던 사람은 열려 있는 조그만 감방 속 미로 안에 다시 갇혀 사라지고 없었어. 주드는 늘 예의가 바르지만, 자기를 보호하려 할 때나 자기 능력을 주장하려 할 때면 더욱 예의를 차리잖아. 정중하고 약간 거리감이 느껴지고. 마치 위험한 부족 사이에 온 탐험가여서 그 사람들 일에 너무 말려들지 않으려고 조심하고 있는 것 같지.

난 속으로 한숨을 쉬며 그를 방으로 데려갔어. 필요하면 여기 있겠다고 말하자 고개를 끄덕이더군. 닫힌 문 밖 바닥에 앉아서 기다렸어. 수도꼭지를 틀고 잠그는 소리, 발소리, 긴 침묵, 그리고 침대에 앉는 소리가 들리더군.

내가 들어가자 주드는 이불을 덮고 있었고, 난 그 옆, 침대 가장자리에 앉았어. "정말 아무것도 안 먹어도 되겠어?"

"네." 그는 한참 말이 없다가 날 쳐다봤어. 이젠 눈을 뜰 수 있었지만, 하얀 시트 위에 누운 그는 위장이라도 한 것처럼 알록달록했어. 눈은 정글 같은 녹색, 머리카락은 갈색 섞인 금발, 얼굴은 아침보다는 덜 푸르죽죽했지만 이제는 어렴풋하게 진한 청동색이었어. "해럴드, 정말 미안해요. 어젯밤 소리 질러서 미안해요. 온갖 문제를 일으켜서 미안해요. 또—"

"주드." 내가 말을 막았어. "미안해할 필요 없어. 내가 미안해. 이 상황을 잘 해결할 수 있었으면 좋겠다."

주드는 눈을 감았다가 다시 뜨더니 내 시선을 외면했어. "너무 치욕스러워요." 그가 나지막이 말했어.

나는 그의 머리를 쓰다듬었고, 그는 내버려뒀어. "그럴 필요 없어. 넌 잘못 없다." 울고 싶은 심정이었지만 주드가 울고 싶을 것 같았고, 만약 그렇다면 난 울지 않으려 애써야 할 것 같았어. "알지, 어? 이건 네 잘못이 아니야. 넌 이런 일을 당할 이유가 없다는 거 알지?" 그는 아무 말도 하지 않았고, 그래도 난 계속 묻고 또 물었고, 마침내 그는 겨우 살짝 고개를 끄덕였어. "그놈은 개자식이야, 알지?" 그는 고개를 돌렸어. "네가 비난받을 일은 없다는 거 알지? 이 일이 너랑, 네 가치랑은 아무 상관없다는 것도 알지?"

"해럴드, 제발요." 그가 말했어. 나는 말을 멈췄지만, 정말 계속 더 했어야 했어.

잠시 동안 우린 아무 말도 하지 않았어. "뭐 하나 물어봐도 돼?" 내가 묻자, 일이 초쯤 후 고개를 끄덕이더군. 입을 열기 전까지는 무슨 말을 할지조차 모르고 있었지만, 난 무작정 말을 꺼냈고, 말을 하면서도 도대체 어디서 그 말이 나온 건지 알 수가 없었어. 다만 늘 알고 있었지만 그의 대답이 두려워서 절대 물어보고 싶지 않았던 것이라는 것 외에는. 무슨 대답이 나올지 알고 있었고, 듣고 싶지 않았거든. "어릴 때 성적 학대를 당했어?"

주드의 몸이 굳는 게, 내 손 아래서 떨고 있는 게 느껴졌어. 그는 여전히 나를 쳐다보지 않았고, 이제는 붕대 감은 팔을 옆 베개로 옮기면서 왼쪽으로 돌아누웠지. "맙소사, 해럴드." 그가 간신히 말했어.

난 손을 거뒀어. "몇 살 때 일이냐?"

침묵이 계속 이어지다 그는 베개에 얼굴을 묻었어. "해럴드, 전 너무 피곤해요. 자야겠어요."

어깨에 손을 올려놓자 움찔했지만, 난 그대로 있었어. 손바닥 아래로 근육이 경직되는 게, 떨림이 번져나가는 게 느껴졌어. "괜찮아. 부끄러워할 일 하나도 없어. 그건 네 잘못이 아니야, 주드. 내 말 알아들어?" 하지만 주드는 자는 척했고, 그래도 여전히 떨림이, 온몸이 바짝 긴장하고 경계하고 있는 게 느껴졌어.

나는 그가 온몸을 굳힌 채 있는 걸 지켜보며 조금 더 앉아 있다, 결국 문을 닫고 나왔어.

그 주 내내 난 주드 집에 있었어. 그날 밤 네가 전화했고, 내가 주드의 전화를 받아 거짓말을 했지. 사고에 대해 뭔가 쓸데없는 소리를 했고, 네 목소리에 담긴 걱정을 느끼며 너무나 진실을 털어놓고 싶었어. 다음 날 넌 또 전화했고, 문밖에서 들으니 주드도 거짓말을 하고 있더군. "교통사고야. 아니. 아냐, 심각한 건. 뭐라고? 주말 동안 리처드 집에 갔거든. 잠깐 졸았다가 나무에 박았어. 모르겠어. 피곤하고—일이 많았거든. 아니, 렌터카. 내 차는 수리 들어갔어. 별일 아니야. 아냐, 괜찮을 거야. 아니, 해럴드 알잖아. 오버하는 거야. 약속해. 진짜. 아니, 다음 달 말까지는 로마에 있대. 윌럼. 약속해. 정말 괜찮다고! 좋아. 알지. 알았어. 약속할게. 그럼. 너도. 잘 있어."

주드는 대체로 온순하고 고분고분했어. 아침마다 수프를 먹었고, 약도 먹었지. 약을 먹으면 멍해졌어. 아침이면 서재에서 일했지만, 11시에는 소파에 누워 잠을 잤어. 점심시간을 지나 오후 내내 잤고, 난 저녁때에야 그를 깨웠어. 넌 매일 밤 전화했어. 줄리아도 전화했고. 난 늘 엿들으려고 했지만 대부분 잘 들리지 않았어. 그냥 주드는 말을 많이 안 한다는 것, 그러니까 분명 줄리아 혼자 엄청 떠들고 있다는 것뿐. 맬컴이 몇 번 왔고, 헨리 영 둘 다, 일라이저와 로즈도 왔어. 제이비는 아이리스 그림을 보냈지. 전에 꽃그림 그리는 건 한 번도 본 적이 없었는데. 앤디의 예상대로 주드는 다리와 등에 내가 드레싱하는 걸 극구 거부했어. 아무리 애원하고 좀 보자고 고함을 질러도 말을 들어야 말이지. 그는 앤디에게 해달라고 했고, 앤디는 말했어. "이틀에 한 번 업타운에 와서 이거 갈아야 해. 정말이야."

"좋아요." 그는 딱딱거리며 대답했어.

루시엔도 왔지만, 그가 서재에서 잠들어 있을 때였어. "깨우지 마세요." 그는 살짝 들여다보더니 말하더군. "세상에." 우린 잠깐 대화를 나눴고, 그는 주드가 회사에서 얼마나 칭송받고 있는지 이야기해줬어. 자식 칭찬 이야기는 아무리 들어도 질리지 않는 법이야. 자식이 유치원에 다니는 네 살짜리여서 찰흙 놀이를 잘하건, 아이비리거들 회사에 다니는 마흔 살짜리로 법인범죄자들을 보호하는 데 탁월하건 말이지. "정말 자랑스러우시겠다고 말씀드리고 싶지만, 그러기엔 교수님 정치적 견해를 제가 너무 잘 아네요." 그는 씩 웃었지. 주드를 많이 좋아하고 있다는 게 보였어. 약간 질투심이 들었고, 질투심을 느낀다는 게 찔리더군.

"아닙니다, 정말로 자랑스러워요." 그 순간 몇 년 동안 로젠 프리처드 일로 야단친 게 속상해지더라고. 주드가 안전함을 느끼는 곳, 진정으로 무중력을 느끼는 곳, 두려움과 불안감이 사라지는 곳인데.

내가 떠나기 전날인 다음 월요일에는 훨씬 나아 보였어. 뺨은 머스터드 색이었지만, 부은 건 가라앉았고, 얼굴뼈가 다시 보였지. 숨 쉬고 말할 때도 조금 덜 아파 보였고, 목소리에도 쌕쌕거리는 소리가 덜하고 원래 목소리 비슷해졌어. 앤디는 아침 진통제 투약량을 반으로 줄였고, 그는 활기찬 건 아니지만 정신은 좀 더 또렷해졌어. 우린 체스 게임을 했고, 그가 이겼지.

"목요일 저녁에 다시 올게." 저녁 먹으면서 내가 말했어. 그 학기에는 수업이 화, 수, 목밖에 없었거든.

"아니에요, 그럴 필요 없어요. 고마워요, 해럴드, 하지만 정말이지—전 괜찮을 거예요."

"이미 비행기표 사뒀어. 그리고 어쨌거나, 주드, 늘 아니라고 대답할 필요 없어. 기억해? 받아들이기?" 그는 더 이상 아무 말 하지 않았지.

그럼 이제 무슨 이야기가 남았나? 주말까지는 집에 있으라는 앤디의 충고에도 불구하고 주드는 그 주 수요일에 다시 출근했어. 그리고 주드의 협박에도 불구하고, 앤디는 매일 저녁 와서 드레싱을 갈아주고 다리를 확인했지. 줄리아가 돌아왔고, 10월엔 주말마다 줄리아 아니면 내가 그린 스트리트에 가서 그와 함께 있었어. 주중에는 맬컴이 같이 있어줬지. 주드가 좋아하지 않는 건 알 수 있었지만, 우린 이 문제에 있어서만큼은 그가 좋아하건 말건 신경 쓰지 않기로 했어.

그는 점점 회복되어갔어. 다리는 감염되지 않았어. 등도. 운이 좋다고 앤디는 거듭 말했지. 빠졌던 몸무게도 다시 돌아왔어. 11월 초 네가 돌아올 무렵에는 거의 다 회복이 됐어. 그해 추수감사절은 그가 먼 길 올 필요 없도록 뉴욕 아파트에서 보냈는데, 그때는 깁스도 제거했고 다시 걸어 다니고 있었지. 저녁을 먹으며 난 주드를 유심히 관찰했어. 로런스와 이야기하고, 로런스의 딸이랑 웃는 걸 지켜봤지만, 그날 밤 모습, 케일럽이 그의 손목을 잡았을 때의 얼굴, 고통과 수치심과 두려움이 가득한 그 표정을 떨칠 수가 없었어. 주드가 휠체어를 쓰고 있다는 걸 알게 된 날이 생각나더군. 트루로에서 그 가방을 발견한 직후 학회차 뉴욕에 왔을 때였는데, 휠체어를 타고 레스토랑으로 들어오길래 깜짝 놀랐어. "왜 한 번도 이야기 안 했어?" 내가 묻자, 마치 이야기한 줄 알았다는 듯이 행동하면서 오히려 놀란 척하더라고. "아니, 말한 적 없어." 그러자 마침내 그런 모습을, 약하고 무력한 모습을 보여주고 싶지 않았다고 실토하더군. "난 절대 널 그렇게 생각하지 않아." 그런 생각을 했다고는 생각하지 않지만, 그날 일은 주드에 대한 내 생각을 바꿔놓았어. 그에 대해 내가 아는 게 그의 진짜 모습의 극히 일부일 뿐이라는 걸 기억하게 됐지.

때로는 그 주 전체가 앤디와 나만 목격한 유령 같았어. 그 후 몇 달 동안 사람들은 가끔 그 일을 가지고 농담을 하곤 했어. 운전 실력이 형편없다는 둥, 윔블던 야심은 어떻게 됐냐는 둥. 그러면 그는 웃으며 자조적 농담을 했어. 그럴 때면 절대 날 쳐다보지 않았지. 난 진짜 무슨 일이 있었는지 상기시키는 사람, 굴욕이라고 생각하는 일을 상기시키는 사람이었으니까.

하지만 나중에야 깨달았어. 그 사고가 주드에게서 뭔가 커다란 걸 앗아갔다는 걸, 그게 그를 다른 사람으로, 아니면 과거의 그로 바꾸어놓았다는 걸. 돌이켜보면 케일럽을 만나기 전 몇 달 동안 그는 제일 건강했어. 만나면 포옹하는 것도 허락해줬고, 몸에 닿아도—부엌에서 지나치면서 팔을 두른다거나 해도—개의치 않고 앞에 놓인 당근을 변함없는 속도로 썰었지. 그렇게 되는 데 20년이 걸렸어. 하지만 케일럽 이후 주드는 퇴행했어. 추수감사절 날, 내가 포옹하러 다가갔더니 그는 재빨리 왼쪽으로 피했어. 아주 살짝, 내 팔이 그냥 허공에 안착할 정도로만. 1초쯤 우린 서로를 쳐다봤고, 나는 겨우 몇 달 전 허락되었던 일들이 이제는 더 이상 안 된다는 걸 깨닫게 됐어. 처음부터 다시 시작해야만 한다는 걸 알았지. 주드는 케일럽이 옳았다고 결정한 거야. 자기는 역겨운 인간이라 그런 일을 당해서 싸다고. 그게 최악, 제일 괘씸한 일이었어. 케일럽을, 우리가 아니라 그를 믿기로 결정한 거야. 케일럽이 그가 늘 하고 있던 생각을, 늘 배워왔던 바를 확인시켜줬으니까, 이미 생각하고 있던 바를 믿는 게 생각을 바꾸는 것보다 늘 더 쉬우니까.

나중에 상황이 안 좋아졌을 때, 난 내가 무슨 말을 하고 어떤 행동을 할 수 있었을까 생각하곤 했어. 때로는 내가 할 수 있었던 말은 하나도 없는 것 같았어. 도움이 될 수 있었을 말들도 있지만, 우리 중 누가 말했어도 그를 설득할 순 없었을 거야. 난 여전히 그런 환상들에 시달려. 총, 무장군단, 29번 스트리트 웨스트 50, 아파트 17J호. 하지만 이번에는 총은 안 쏴. 우린 케일럽의 팔을 하나씩 잡고 차로 끌고 내려와 그린 스트리트로 가서 위층으로 끌고 올라가지. 무슨 말을 해야 하는지 알려주고, 우리가 바로 문밖, 엘리베이터 안에서 총을 장전하고 등을 겨눈 채 기다리고 있을 거라고 경고할 거야. 그리고 우린 문 뒤에서 케일럽이 하는 말을 들을 거야. '그건 모두 진심이 아니었어. 내가 다 틀렸어. 내가 너한테 한 짓, 아니 그보다 내가 한 말들, 그건 다른 사람에게 한 말이야. 믿어줘, 전에도 날 믿었잖아. 넌 아름답고 완벽해. 내 말은 전혀 진심이 아니었어. 내가 틀렸어. 내 착각이야. 나보다 더 틀린 인간은 없어.'

3

매일 오후 4시, 마지막 수업이 끝나고 잡일을 시작하기 전 한 시간의 자유시간이 있지만, 수요일에는 두 시간을 받았다. 예전엔 그 오후 시간들을 책을 읽거나 마당을 탐구하며 보냈으나, 최근 루크 수사의 허락을 받은 이후로는 내내 온실에서만 보냈다. 루크가 온실에 있으면 그를 도와 식물에 물을 주었고, 그에게 칭찬받기 위해 식물들의 이름—밀토니아 스펙타빌리스, 알로카시아 아마조니카, 아시스타시아 강게티카—을 외웠다. "헬리코니아 벨러리게라가 자란 것 같아요." 그가 솜털 보송보송한 포엽을 만지며 말하면, 루크 수사는 그를 바라보며 고개를 절레절레 흔들곤 했다. "굉장하구나. 세상에, 넌 정말 기억력이 대단해." 그러면 그는 수사를 감탄시킨 게 자랑스러워서 혼자 미소 짓곤 했다.

루크 수사가 없을 때면, 대신 자기 물건을 가지고 놀며 시간을 보냈다. 루크는 그에게 온실 저쪽 구석의 플라스틱 파종기를 치우면 나오는 조그만 쇠창살을 보여주면서, 쇠창살을 걷으면 그 아래 그의 재산을 담아둔 비닐 쓰레기봉지를 넣을 정도의 구멍이 있다고 알려줬다. 그래서 그는 나무 아래 묻어뒀던 나뭇가지와 돌멩이들을 파서 그 밀수품들을 온실로 옮겨 왔다. 그곳은 따뜻하고 습기가 있어서 손이 얼얼하게 곱는 일 없이 물건들을 만져볼 수 있었다. 몇 달이 지나는 사이, 루크는 그의 물건들에 몇 가지를 더 보태줬다. 그의 눈 색깔과 똑같다며 얇은 바다 유리를 줬고, 흔들면 종처럼 딸랑딸랑 소리를 내는 조그만 공이 든 금속 호루라기 하나와 자주색 울 상의를 입고 조그만 청록색 비즈로 장식된 벨트를 찬 조그만 남자 천 인형도 하나 줬다. 나바호 인디언이 만든 인형인데 수사가 어릴 때 가지고 놀던 거라고 했다. 두 달 전, 가방을 열어보니 루크가 캔디케인*을 넣어뒀다. 2월이긴 했지만, 그는 뛸 듯이 기뻤다. 늘 캔디케인 맛이 궁금했던 그는 사탕을 조그맣게 잘라 납작해질 때까지 빨아먹고서야 어금니로 부수어 먹었다.

수사는 놀랄 일이 있다며 다음 날엔 수업이 끝나자마자 즉시 오라고 했다. 그는 하루 종일 좀이 쑤셔하고 집중을 못 해서, 수사 둘에게 맞았지만—마이클은 얼굴, 피터는 옆구리—거의 아픔을 느끼지도 못했다. 당장 집중하지 않으면 자유시간 대신 일을 더 시키겠다는 데이비드 수사의 경고에 겨우 정신을 집중하고 어찌어찌 하루를 마칠 수 있었다.

바깥으로, 수도원 건물이 보이지 않는 곳으로 나가자마자 그는 달리기 시작했다. 봄이었고, 행복감을 억누를 수가 없었다. 거품 같은 분홍색 꽃들이 피어나는 벚꽃나무도 좋았고, 반짝반짝 윤기 나는 경이로운 색의 튤립도 좋았고, 발아래 폭신폭신하고 부드러운 새 풀들도 좋았다. 때로 혼자 있을 때면 그는 나바호 인형과 그가 발견한, 사람처럼 생긴 나뭇가지를 가지고 풀 위에 앉아 인형놀이를 했다. 그는 속삭대며 둘의 목소리를 다

*크리스마스 때 먹는 흰색과 빨간색이 섞인 지팡이 모양 사탕.

냈는데, 마이클 수사가 남자아이들은 인형을 가지고 놀지 않고, 어쨌거나 그는 인형놀이를 하기에는 너무 나이가 들었다고 말했기 때문이다.

루크 수사가 자기가 달려오는 걸 봤는지 궁금했다. 어느 수요일 루크 수사가 "오늘 네가 여기로 달려오는 거 봤어" 하고 말해서 사과하려고 입을 열려는데, 수사는 계속해서 "와, 너 굉장히 잘 달리더라! 너무너무 빠르더라고!" 하고 말했다. 그가 문자 그대로 입을 딱 벌린 채 말문이 막혀버리자, 마침내 수사는 웃으면서 입 좀 다물라고 했다.

온실 안으로 들어갔지만, 아무도 없었다. "저기요?" 그는 외쳤다. "루크 수사님?"

"이 안에." 그 소리에 그는 벽 선반들에는 비료와 비정제수 병들, 전지가위, 전단기, 정원용 가위들이, 바닥에는 짚이 가득 든 자루들이 놓여 있는 온실 옆 조그만 방 쪽으로 걸어갔다. 그는 숲과 이끼 냄새가 가득한 이 방을 좋아했고, 기쁜 마음으로 그쪽으로 가서 문을 두드렸다.

방에 들어가자 처음에는 방향 감각이 없어졌다. 방은 루크 수사가 엎드려 있는 곳의 조그만 불빛을 제외하곤 어둡고 조용했다. "이리 가까이 와봐." 수사가 말했고, 그는 그렇게 했다.

"더 가까이." 수사가 말하며 웃었다. "주드, 괜찮아."

그래서 그는 더 가까이 다가갔고, 수사는 뭔가를 들고 "놀랐지!" 하고 말했다. 그것은 머핀, 가운데 꽂힌 나무성냥에 불이 밝혀져 있는 머핀이었다.

"이게 뭐예요?" 그는 물었다.

"네 생일이잖아, 아니야?" 수사가 말했다. "이건 네 생일 케이크야. 자, 소원 빌어. 촛불 끄고."

"제 거라고요?" 그는 물었고, 불빛이 약해졌다.

"그래, 네 거라니까." 수사가 말했다. "빨리, 소원 빌어."

그는 한 번도 생일 케이크를 받아본 적이 없었지만, 책에서 읽어서 뭘 하는지는 알고 있었다. 그는 눈을 감고 소원을 빈 다음 눈을 뜨고 성냥불을 껐다. 방 안이 완전히 깜깜해졌다.

"축하해." 루크가 말하고 불을 켰다. 그러고는 그에게 머핀을 건넸고, 그가 수사에게 약간 주려고 해도 루크는 고개를 흔들었다. "그건 네 거야." 그는 머핀을 먹었다. 조그만 블루베리들이 박혀 있는 머핀이었는데, 어찌나 달고 케이크 같은지 이제까지 먹어본 음식들 중 최고였다. 수사는 그를 바라보며 미소 지었다.

"줄 게 더 있어." 루크는 말하면서 뒤에 숨기고 있던 상자 하나를 내밀었다. 신문지로 싸고 끈으로 묶은 커다랗고 납작한 상자였다. "자, 열어봐." 그는 신문지를 다시 쓸 수 있도록 조심스레 풀었다. 상자는 평범한 낡은 마분지 상자였고, 뚜껑을 열자 여러 가지 동그란 나뭇조각들이 들어 있었다. 그 하나하나에는 양쪽에 눈금이 새겨져 있었는데, 루크 수사는 어떻게 그것들을 서로 끼워 상자들을 만들 수 있는지, 그리고 그 꼭대기에 나뭇가지들을 올려 일종의 지붕을 만들 수 있는지 보여줬다. 여러 해가 지난 후 대학에 다니고 있었을 때, 장난감 가게 진열창에서 이런 나무토막 상자를 본 그는 그 선물에 없어진 조각들이 있다는 걸 깨달았다. 지붕을 만드는 빨갛고 뾰족한 삼각형 모양과 그 위에 놓을 납작한 녹색 판들이 없었던 것이다. 하지만 그 순간 그는 기쁨으로 말문이 막혔고, 한참 후에야 예의를 차려 거듭, 또 거듭 수사에게 감사인사를 했다.

"괜찮아." 루크는 말했다. "어쨌든 날마다 여덟 살이 되는 건 아니잖아, 안 그래?"

"아니죠." 그는 입이 찢어져라 미소 지으며 인정했다. 남은 자유시간 동안 그는 그 조각들로 집과 상자들을 만들었고 루크 수사는 그를 지켜보고 있다 때로는 손을 뻗어 귀 뒤로 머리카락을 넘겨줬다.

그는 짬만 나면 온실에 와서 수사와 함께 있었다. 루크와 함께 있을 때면 그는 딴사람이 됐다. 다른 수사들에게 그는 짐 덩어리, 문제와 부족한 것투성이 아이였고, 매일 뭐가 잘못된 건지 새로운 항목들이 추가됐다. 그는 너무 몽상적이고, 너무 감정적이고, 너무 기운이 넘치고, 너무 종잡을 수가 없고, 너무 호기심이 많고, 너무 참을성이 없고, 너무 말랐고, 너무 장난을 많이 쳤다. 더 감사할 줄 알아야 하고, 더 품위 있어야 하고, 더 절제해야 하고, 더 공손해야 하고, 더 참아야 하고, 더 능란해야 하고, 더 규율이 잡혀 있어야 하고, 더 경건해야 했다. 하지만 루크 수사에게 그는 똑똑하고 재빠르고 현명하고 활기찬 아이였다. 루크 수사는 그에게 한 번도 질문이 너무 많다거나, 어른이 될 때까지 기다려야 알 수 있는 일들이 있다고 말하지 않았다. 루크 수사가 처음 그를 간질였을 때 그는 놀라서 숨이 막혔다가 다음 순간 미친 듯이 웃었고, 두 사람은 난초 아래 바닥에서 엎치락뒤치락하며 함께 웃었다. "너 웃음소리가 정말 예쁘구나." 루크 수사는 말했다. "네 미소는 정말 예뻐, 주드." 또, "넌 정말 명랑한 아이야." 그런 이야기들을 듣고 있으면 마치 온실이 마법에 걸려 있어서 그를 루크 수사의 눈에 비친 아이, 재미있고 환한 아이, 사람들이 옆에 두고 싶어 하는 아이, 실제의 그보다 더 나은 다른 아이로 변모시켜주는 것 같았다.

다른 수사들과 언짢은 일이 있으면, 그는 온실에서 자기 물건들을 가지고 놀거나 루크 수사와 이야기하고 있다고 상상하면서 수사가 해준 말들을 속으로 되풀이했다. 때로는 상황이 너무 안 좋아 저녁을 먹으러 갈 수 없어도, 다음 날이면 언제나 루크 수사가 두고 간 뭔가가 방에 있었다. 꽃 한 송이나 빨간 나뭇잎 사귀, 아니면 특별히 큼직한 도토리. 그는 그것들을 모아 쇠창살 아래 간직하기 시작했다.

다른 수사들도 그가 루크 수사와 내내 시간을 보내는 걸 눈치챘고, 그걸 탐탁지 않게 여기는 게 느껴졌다. "루크 조심해." 다른 사람도 아닌 파벨 수사, 그를 때리고 그에게 고함을 지르는 파벨 수사가 경고했다. "그 친구는 네가 생각하는 그런 사람이 아니야." 하지만 그는 그 말을 무시했다. 그들 중 자기가 하는 말과 일치하는 사람은 아무도 없었다.

하루는 늦게 온실에 갔다. 그 주는 굉장히 힘들었다. 엄청나게 심하게 두드려 맞아서 걷기만 해도 아팠다. 전날 밤에는 가브리엘 신부와 매튜 수사가 다 그의 방에 찾아왔고, 그래서 근육이란 근육이 다 아팠다. 그날은 금요일이었고, 마이클 수사가 뜻밖에 일찍 풀어줘서 그는 나무토막들을 가지고 놀기로 했다. 그런 일이 있고 나면 늘 혼자 있고 싶었다. 장난감들을 들고 그 따뜻한 곳에 앉아서 어디 먼 곳에 있는 척하고 싶었다.

온실에 도착했을 때는 아무도 없었다. 그는 쇠창살을 열고 인디언 인형과 나무토막 상자를 꺼냈지만, 장난감을 가지고 놀고 있는데도 어느새 자기도 모르게 울고 있었다. 덜 울려고 노력했지만—울고 나면 늘 기분이 더 안 좋았고, 수사들은 우는 걸 싫어해서 벌을 줬다—도저히 어찌할 수가 없었다. 적어도 그는 소리 내지 않고 우는 법을 알았고, 그래서 그렇게 울었지만 소리 내지 않고 울 때의 문제는 아프고 굉장한 집중력이 요구된다는 점이었다. 결국 그는 장난감을 내려놓았다. 그는 첫 번째 종이 울릴 때까지 거기 있었고, 그제야 물건들을 집어넣고 언덕을 달려 내려가, 부엌으로 가서 당근과 감자 껍질을 까고 셀러리를 썰어 저녁 준비를 했다.

그즈음, 그가 절대 알 수 없는 이유로, 어른이 되어서도 알 수 없는 이유로 상황이 갑자기 굉장히 안 좋아졌다. 매질은 더 심해졌고, 방문도 더 잦아졌고, 수업도 더 힘들어졌다. 그는 자기가 무슨 짓을 했는지 알 수가 없었다. 자기가 보기엔 달라진 것이라곤 없어 보였다. 하지만 마치 그에 대한 수사들의 집단적 인내심이 어떤 한계에 달한 것만 같았다. 그가 원하는 대로 책을 빌려주던 데이비드와 피터 수사마저도 그와 별로 이야기하고 싶어 하지 않아 보였다. "저리 가, 주드." 수사가 준 그리스 신화 책에 대해 이야기하려고 가면 데이비드 수사는 말했다. "지금은 널 안 보고 싶다."

그는 점점 더 그들이 자기를 쫓아내려고 한다는 확신을 가지게 됐고, 겁에 질렸다. 수도원은 그가 가져본 유일한 집이었다. 바깥세상, 수사들 말에 의하면 위험과 유혹이 득실댄다는 바깥세상에서 그가 어떻게 살아남을 수 있을까, 뭘 할 수 있을까? 일을 하면 된다, 그건 알고 있었다. 그는 정원일, 요리, 청소를 할 줄 알았다. 어쩌면 그런 일 중 하나를 구할 수 있을 것이다. 어쩌면 다른 누군가가 그를 데려갈지도 모른다. 그런 일이 생기면 더 잘하겠다고 다짐했다. 수사들과 저지른 실수들은 저지르지 않을 것이다.

"널 돌보는 데 얼마나 돈이 드는지 알아?" 마이클 수사가 어느 날 그에게 말했다. "널 이렇게 오래 데리고 있으리라고는 우린 생각도 못 했다." 그는 이 말에 뭐라고 대답해야 할지 알 수가 없었고, 그래서 멍하게 책상만 쳐다보며 앉아 있었다. "사과를 해야지." 마이클 수사가 말했다.

"죄송해요." 그는 속삭였다.

이제 그는 너무 피곤해서 온실에 갈 기력조차 없었다. 수업이 끝나면 파벨 수사는 쥐가 있다고 했고 매튜 수사는 아니라고 했던 지하실 구석으로 내려가 기름 상자들과 파스타, 밀가루 포대들이 놓인 철망 선반 위에 올라가 쉬다가, 종이 울리면 다시 계단 위로 올라왔다. 저녁식사 때는 루크 수사를 피했고, 수사가 그에게 미소를 지으면 그는 고개를 돌렸다. 이제 그는 자기가 루크 수사가 생각하는 그런—명랑한? 재미있는?—아이가 아니라고 확신했고, 어쨌건 루크를 속였다는 게, 자기 자신이 수치스러웠다.

일주일이 넘도록 루크를 피해 다니던 어느 날, 자신의 비밀 장소에 내려갔더니 수사가 거기서 그를 기다리고 있었다. 숨을 곳을 찾았지만 아무 데도 없어서, 그는 대신 벽 쪽으로 얼굴을 돌린 채 사과하며 울기 시작했다.

"주드, 괜찮아." 루크 수사는 그의 앞에 서서 등을 어루만져줬다. "괜찮아, 괜찮아." 수사는 지하실 계단에 앉았다. "이리 와, 여기 내 옆에 앉아." 하지만 그는 너무 당황해서 고개만 저었다. "그럼 앉기라도 해." 루크는 말했고, 그는 벽에 기대고 앉았다. 그러자 루크가 일어나 높은 선반 위 상자들을 뒤지기 시작하더니 한 상자에서 뭔가를 꺼내 그에게 내밀었다. 유리병에 담긴 사과주스였다.

"안 돼요." 그는 즉시 말했다. 그는 지하실에 있으면 안 됐다. 그는 옆에 있는 조그만 창문으로 들어와서 철망 선반을 타고 내려왔다. 창고 관리는 파벨 수사가 하는데, 매주 모든 걸 다 세고 있었다. 뭐가 없어지면 그가 야단맞을 것이다. 항상 그렇다.

"걱정하지 마, 주드." 수사는 말했다. "내가 채워놓을 거니까. 자, 받아." 그는 몇 번의 회유 끝에 결국 주스를 받았다. 주스는 시럽처럼 달았고, 그는 주스가 오래가도록 홀짝홀짝 마시고 싶은 마음과 수사가 마음을 바꿔서 주스를 가져가버릴까봐 꿀꺽꿀꺽 마셔버리고 싶은 마음 사이에서 갈팡질팡했다.

주스를 다 마신 후, 그들은 말없이 앉아 있다가 수사가 나지막한 목소리로 말했다. "주드, 저 사람들이 너한테 하는 짓 말이야, 그건 옳지 않아. 그런 짓을 해서는 안 되는 거야. 너한테 상처를 주면 안 되는 거야." 그래서 그는 다시 울기 시작했다. "난 절대 너한테 상처 안 줘, 주드. 알지?" 그 말에 그는 루크의 얼굴을, 길고 친절하고 수심에 찬 얼굴을, 눈을 더 크게 보이게 하는 안경과 짧은 회색 수염을 기른 그 얼굴을 바라볼 수 있었고, 고개를 끄덕였다.

"알아요, 루크 수사님." 그는 말했다.

루크 수사는 한참 동안 아무 말이 없다가 다시 말했다. "그거 알아, 주드? 여기 수도원에 오기 전에 난 아들이 있었거든? 널 보면 너무 아들이 생각나. 정말 사랑했거든. 하지만 죽었어. 그래서 난 여기로 왔고."

그는 무슨 말을 해야 할지 몰랐지만, 아무 말도 할 필요 없는 것 같았다. 루크 수사가 계속 이야기했기 때문이다.

"때로는 널 보면서 생각했지. 넌 이런 일들을 당할 이유가 없다고. 넌 다른 누군가와 있어야 하는데. 누군가—" 그러더니 루크 수사는 다시 말을 멈췄다. 그가 다시 울기 시작했기 때문이다. "주드." 그는 깜짝 놀라 말했다.

"그러지 마세요." 그는 흐느끼며 말했다. "제발요, 루크 수사님, 절 못 보내게 해주세요. 제가 더 잘할게요. 약속해요. 약속해요. 절 못 보내게 해주세요."

"주드." 수사는 그의 옆에 앉아 그를 품안으로 당기며 말했다. "아무도 널 안 보내. 내가 약속해. 아무도 널 안 보낼 거야." 마침내 그는 다시 진정할 수 있었고, 두 사람은 오랫동안 아무 말 없이 앉아 있었다. "그냥 내가 하고 싶었던 말은, 넌 널 사랑하는 사람과 있을 자격이 있다는 거야. 나처럼. 나랑 같이 있으면, 난 절대 너한테 상처 주지 않을 거야. 우린 정말 행복하게 지낼 수 있어."

"우린 뭘 할 건데요?" 그가 마침내 물었다.

"음." 루크는 천천히 말했다. "캠핑을 가면 되지. 캠핑 가본 적 있어?"

물론 가본 적 없었다. 루크가 그게 뭔지 이야기해줬다. 텐트, 모닥불, 소나무가 탁탁거리며 타는 냄새, 꼬치에 끼운 마시멜로, 부엉부엉 올빼미 소리.

다음 날 그는 온실로 돌아갔고, 이후 몇 주, 몇 달 동안 루크는 그에게 자기들끼리 할 수 있는 온갖 일들에 대해 이야기해줬다. 그들은 함께 해변으로, 도시로, 장터로 갈 것이다. 그는 피자와 햄버거, 구운 옥수수, 아이스크림을 먹을 것이다. 그는 야구와 낚시하는 법을 배우고, 그들은 아버지와 아들처럼 둘이서 조그만 오두막집에서 살 거고, 아침 내내 책을 읽고 오후 내내 놀 것이다. 정원에서 온갖 야채와 꽃도 기르고, 그렇다, 어쩌면 언젠가는 온실도 가질 수 있을지 모른다. 뭐든 함께 하고, 어디든 같이 가고, 최고의 친구처럼, 아니 그보다 더 사이좋게 지낼 것이다.

그는 루크의 이야기에 흠뻑 취했고, 상황이 끔찍하게 힘들 때면 그 생각을 했다. 호박과 애호박을 기를 정원을, 집 뒤로 흐르는 샛강과 거기서 잡을 농어를, 진짜 침대를 둘 거라고 루크가 약속한—나무토막들로 지은 집들의 커다란 버전인—오두막을 생각했다. 거기서는 엄동설한의 밤에도 항상 따뜻할 테고, 매주 머핀을 구울 것이다.

어느 날 오후 그들은 말없이 일하고 있었다. 1월 초였고, 날씨가 너무 추워서 온실 안에 난로가 있는데도 식물들을 다 마대자루로 싸줘야 했다. 그는 루크가 언제 집 이야기를 하고 싶어 하는지, 언제 하고 싶어 하지 않는지 늘 알 수 있었다. 오늘은 조용한 날, 마음이 어딘가 딴 곳에 있는 날이었다. 기분이 그런 날에도 루크 수사는 절대 그에게 거칠게 구는 법이 없었고, 그저 조용하기만 했다. 그래도 그건 피해야 할 종류의 조용함이라는 걸 그는 알았다. 하지만 그는 루크 이야기가 너무 듣고 싶었다. 그게 필요했다. 그날은 너무 끔찍한, 죽고 싶은 기분이 드는 그런 날이어서 루크가 해주는 오두막 이야기를, 자기들끼리 살게 될 때 할 온갖 것들에 대한 이야기를 듣고 싶었다. 그 오두막에는 매튜 수사나 가브리엘 신부나 피터 수사도 없을 것이다. 그에게 소리 지르거나 상처 주는 사람도 없을 것이다. 그건 늘 온실 속에서 사는 것, 끝이 없는 마법 같을 것이다.

루크 수사가 그에게 말을 걸었을 때 그는 이야기하면 안 된다고 상기하고 있었다. "주드." 그는 말했다. "난 오늘 되게 슬프다."

"왜요, 루크 수사님?"

"글쎄." 루크 수사는 입을 열었다가 잠시 멈췄다. "내가 널 얼마나 좋아하는지 알지? 그런데 요즘 난, 너는 나를 안 좋아한다는 느낌이 들어."

그건 너무 무서운 말이어서 그는 잠시 동안 말을 할 수가 없었다. "그건 사실이 아니에요!" 그는 수사에게 말했다.

하지만 루크 수사는 고개를 저었다. "난 너한테 숲 속 우리 집 이야기를 계속 하는데, 넌 별로 거기 가고 싶어 하는 것 같지가 않아. 너한테는 그건 그냥 이야기인 거지, 동화처럼."

그는 고개를 흔들었다. "아니에요, 루크 수사님. 그건 저한테도 진짜예요." 그는 루크 수사에게 그게 얼마나 진짜인지, 자기한테 얼마나 필요한지, 그 이야기들에 얼마나 큰 도움을 받았는지 말하고 싶었다. 루크 수사는 너무 속상해 보였지만, 마침내 그는 자기도 그런 생활을 원한다는 걸, 자기도 다른 사람 말고 루크 수사와 살고 싶다는 걸, 그렇게 하기 위해서 뭐든 할 거라는 걸 확실히 설득시킬 수 있었다. 수사는 비로소 미소를 지으며 쪼그리고 앉아 그를 안고 등을 아래위로 쓸었다. "고맙다, 주드, 고마워." 그는 말했고, 그도 루크 수사를 행복하게 만든 게 너무 행복해서 고맙다고 대답했다.

그러더니 루크 수사가 갑자기 심각한 표정으로 그를 쳐다봤다. 그는 생각을 아주 많이 해봤다며 이제는 자기들의 오두막을 지을 때라고, 같이 떠날 때라고 말했다. 하지만 혼자서는 그렇게 할 수 없을 것이다. 주드도 같이 갈 거지? 그렇게 약속하지 않았나? 루크 수사가 그와 같이 살고 싶은 것처럼 그도 루크 수사와 같이, 자기들만의 조그맣고 완벽한 세상에서 둘이서만 살고 싶지 않나? 물론 그는 그러고 싶었다, 물론 그러고 싶었다.

그래서 계획을 짰다. 그들은 두 달 뒤, 부활절 전에 떠날 것이다. 아홉 번째 생일은 그들만의 오두막에서 축하할 것이다. 루크 수사가 모든 걸 알아서 할 것이다. 그는 그저 착하게 굴고, 공부를 열심히 하고, 아무 문제만 일으키지 않으면 됐다. 그리고 가장 중요한 건 아무 말도 하지 않는 것이다. 그들이 뭘 하고 있는지 사람들이 알게 되면, 그는 수도원에서 쫓겨나 혼자 살아야 하고 그러면 루크 수사는 그를 돕지 못한다고 말했다. 그는 약속했다.

다음 두 달은 끔찍하면서도 황홀했다. 시간이 너무 천천히 가서 끔찍했다. 그의 삶을 더 낫게 만들 비밀이 있었기 때문에, 수도원에서의 생활이 곧 끝나기 때문에 황홀했다. 그는 매일 기쁜 마음으로 잠에서 깼다. 루크 수사와 같이할 날이 하루 더 가까워졌기 때문이다. 다른 수사와 같이 있을 때마다 그는 곧 자기는 그들로부터 멀리 떠날 거라는 생각을 했고, 그러면 좀 덜 괴로웠다. 맞거나 폭언을 들을 때마다, 그는 오두막집에 있는 자신을 상상했고, 그러면 참을 수 있는 불굴의 의지—루크 수사가 가르쳐준 말이다—가 샘솟았다.

그는 루크 수사에게 자기도 준비를 돕겠다고 애원했고, 루크 수사는 수도원 땅에서 자라는 온갖 식물들의 꽃과 잎 견본을 모으라고 말했다. 그래서 그는 오후에는 성경을 들고 경내를 헤매며 책갈피 사이에 잎과 꽃잎을 끼워놓았다. 온실에서 보내는 시간은 줄었지만, 마주칠 때마다 수사는 우울한 표정으로 눈을 찡긋했고, 그러면 그는 그 따스하고 감미로운 비밀에 혼자 미소 짓곤 했다.

마침내 그날 밤이 왔고, 그는 긴장했다. 매튜 수사가 저녁식사 직후 초저녁부터 왔다가 마침내 떠났고, 그는 혼자 남았다. 그리고 루크 수사가 왔다. 그가 입술에 손가락을 갖다 댔고, 그는 고개를 끄덕였다. 그는 루크가 그의 책과 속옷을 종이가방에 챙겨 넣는 걸 도왔고, 두 사람은 까치발로 복도를 걷고 계단을 내려가 어두컴컴한 건물을 지나 밤공기 속으로 나왔다.

"차까지 조금만 걸으면 돼." 루크가 그에게 속삭였고, 그 순간 그가 걸음을 멈췄다. “주드, 무슨 일이야?”

“내 가방.” 그가 말했다. “온실에 있는 제 가방요.”

그러자 루크는 친절한 미소를 띠며 그의 머리에 손을 올렸다. “그건 벌써 차에 넣어놨지.” 그의 말에 그는 루크가 기억해준 게 너무 고마워서 싱긋 웃었다.

공기는 차가웠지만, 한기가 느껴지지도 않았다. 그들은 자갈 깔린 긴 수도원 도로를 내려와 나무문을 지나고 대로로 이어지는 언덕을 올라 다시 대로로 내려올 때까지 걷고 또 걸었다. 밤이 너무 고요해 윙윙 울리는 것 같았다. 걸어가면서 루크 수사가 여러 별자리들을 가리키면, 그가 이름을 말했다. 그가 다 맞히자 루크는 웅얼웅얼 감탄하면서 그의 머리를 쓰다듬었다. “넌 정말 똑똑해. 널 택해서 정말 기쁘다, 주드.”

이제 그들은 도로 위에 있었다. 그는 이 길에 와본 적이 평생 몇 번—병원이나 치과에 갈 때—밖에 없지만, 지금 길은 텅 비어 있었고, 사향뒤쥐나 주머니쥐 같은 조그만 동물들만 눈앞에서 뛰어다니고 있었다. 그리고 그들은 차까지 왔다. 차는 여기저기 녹이 슨 기다란 밤색 스테이션왜건으로, 뒷좌석에는 상자들과 검은 쓰레기봉지들, 진녹색 플라스틱 화분에 심긴 루크가 가장 좋아하는 식물들—반점이 얼룩덜룩한 못생긴 꽃잎이 달린 카틀레야 실레리아나와 졸린 듯이 머리를 축 늘어뜨린 꽃이 핀 히로세레우스 운다투스—이 꽉 차 있었다.

차에 탄 루크 수사의 모습은 낯설었다. 차에 타고 있다는 사실보다 더 낯설었다. 하지만 그것보다 더 낯선 것은 그의 기분, 여기 모든 것을 걸 가치가 있었다는 것, 이제 불행은 다 끝날 거라는 것, 이제 책에서 읽은 것들만큼 행복한, 아니 어쩌면 더 나은 삶을 살게 될 거라는 기분이었다.

"갈 준비 됐어?" 루크 수사가 그에게 속삭이며 싱긋 웃었다.

"됐어요." 그도 속삭이며 대답했다. 루크 수사는 열쇠를 돌려 시동을 걸었다.

—

잊는 데는 두 가지 방법이 있다. 여러 해 동안 그는 (상상력 없게도) 아치형 천장을 상상했고, 하루가 끝나고 나면 다시 생각하고 싶지 않은 이미지들과 장면들, 말들을 모아 무거운 쇠문을 빼꼼 열고 서둘러 그것들을 몰아넣은 다음 재빨리 단단히 닫았다. 하지만 이 방법은 별로 효과적이지 않아서, 그래도 기억들은 서서히 새어 나왔다. 중요한 건 그저 저장하는 게 아니라 없애는 거라는 걸, 그는 깨닫게 됐다.

그래서 그는 해결책을 발명했다. 어떤 기억들—사소한 무시, 모욕—은 무효가 될 때까지, 너무 많이 반복해서 거의 의미가 없어질 때까지, 아니면 다른 사람에게 일어난 일이고 자기는 방금 들었을 뿐인 일이라고 믿게 될 때까지 되새기고 또 되새긴다. 더 큰 기억들은 필름 조각들처럼 머릿속에 담고 있다가 한 커트, 한 커트 지워나가기 시작한다. 둘 다 쉽지 않았다. 예를 들어, 삭제 작업 중간에 멈추고 자기가 뭘 보고 있는지 확인할 수 없다. 기억의 일부를 펼쳐보기 시작하면서 과거 일들의 덫에 걸리지 않기를 바랄 수는 없다. 당연히 그렇게 될 수밖에 없다. 그리고 기억이 완전히 사라질 때까지 밤마다 그 작업을 해야 한다.

물론 기억은 완전히 사라지지 않았다. 하지만 적어도 더 멀어졌다. 좀 봐달라고 잡아당기고, 무시하면 눈앞에 뛰어들고, 너무 많은 시간과 노력을 요구해서 다른 생각을 하는 게 불가능해질 지경으로 유령처럼 따라다니지는 않게 된다. 휴한기—잠들기 전, 밤새 비행기를 타고 와서 내리기 직전, 일을 할 수 있을 정도로 완전히 깨지는 않았지만 잘 수 있을 정도로 피곤하지는 않을 때—면 그들은 다시 모습을 드러내고, 그럴 때면 커다랗고 하얗고 환하고 조용한 스크린을 떠올려 방패처럼 마음속에 들고 있는 게 최선이다.

폭행당한 후 몇 주 동안 그는 케일럽을 잊으려고 노력했다. 잠자러 가기 전 바보 같다고 생각하면서도 문에 가서 옛날 열쇠가 안 맞는다는 걸, 정말로 다시 안전해졌다는 걸 확인하기 위해 열쇠를 열쇠구멍에 억지로 넣어보곤 했다. 설치한 경보 시스템을 세팅하고 또 세팅했다. 너무 민감해서 지나가는 그림자에도 찢어질 듯이 삑삑 소리가 나는 시스템이었다. 그러고는 어두운 방에서 눈을 뜬 채 누워 잊는 데 집중했다. 하지만 너무 힘들었다. 그 몇 달 동안 아픈 기억들이 너무 많아 그 기억들이 그를 온통 뒤덮었다. 케일럽의 목소리가 들렸고, 자신의 발가벗은 몸을 봤을 때 케일럽 얼굴에 떠오른 표정이 보였고, 계단에서 떨어질 때 그 무시무시하고 텅 빈 무중력 상태가 생각났고, 그러면 그는 온몸을 매듭처럼 꼬깃꼬깃 구겨 말고 손으로 귀를 막고 눈을 감았다. 그러다 결국에는 일어나 아파트 반대쪽 서재에 가서 일을 하곤 했다. 그는 큰 사건을 맡고 있었고 그게 고마웠다. 매일매일 눈코 뜰 새 없이 바빠서 다른 걸 생각할 여유라곤 거의 없었다. 잠시 동안 그는 아예 거의 집에 가지 않다시피 했다. 그저 두 시간 자고 한 시간 동안 샤워하고 옷만 갈아입는 정도였다. 그러다 마침내 어느 날 밤 직장에서 심한 삽화를 겪었다. 직장에서 그런 적은 처음이었다. 야간근무 관리인이 바닥에 쓰러진 그를 발견해서 건물 보안팀에 연락했고, 보안팀은 회사의 회장 피터슨 트레메인에게 연락했고, 회장은 루시엔에게 연락했다. 루시엔은 이런 일이 있을 경우 어떻게 해야 하는지 말해준 유일한 사람이었다. 루시엔은 앤디에게 연락했고, 그러고 나서 그와 회장 둘 다 사무실에 와서 앤디가 도착할 때까지 기다렸다. 그는 그들을, 그들의 발을 봤고, 바닥에 쓰러져 헐떡거리고 몸을 비틀고 있는 와중에도 제발 가달라고, 자기는 괜찮다고, 그냥 혼자 있게 해달라고 애원하려 기운을 짜냈다. 하지만 그들은 떠나지 않았고, 루시엔은 자상하게 그의 입에서 토사물을 닦아주고 그의 머리 근처 바닥에 앉아 그의 손을 잡았고, 그는 너무 당황해서 울고 싶은 심정이었다. 나중에 그들에게 별일 아니라고, 늘 있는 일이라고 거듭 말했지만, 그들은 그 주 나머지를 쉬게 했고, 다음 월요일 루시엔은 그에게 적당한 시간에 집에 가라고 말했다. 주중에는 자정, 주말에는 밤 9시.

"루시엔." 그는 불만을 토로했다. "이건 말도 안 돼요. 전 어린애가 아니라고요."

"내 말 믿게, 주드." 루시엔은 말했다. "난 운영위원회 다른 사람들에게 자네를 프리크니스*의 아라비아종마처럼 몰아야 한다고 말했지만, 그 사람들은 알 수 없는 이유로 자네 건강을 걱정하더군. 그리고 사건도. 무슨 이유에서인지 그 사람들은 자네가 아프면 우리가 그 건에서 못 이길 거라고 생각하고 있어." 그는 루시엔과 싸우고 또 싸웠지만, 아무 소용 없었다. 자정이면 그의 사무실 불이 갑자기 딸깍 꺼져버렸고, 결국 시키는 대로 집에 갈 수밖에 없었다.

케일럽 사건 이후 해럴드와는 거의 이야기할 수가 없었다.

---

*메릴랜드 주 볼티모어에서 5월에 열리는 경마대회.

그를 보는 것조차 일종의 고문이었다. 그래서—점점 잦아지는—해럴드와 줄리아의 방문이 힘들었다. 해럴드가 자신의 그런 모습을 봤다는 게 굴욕적이었다. 그 생각을 하면, 해럴드가 피 묻은 바지를 보고, 어린 시절에 대해 물었던 생각을 하면(그렇게 티가 났나? 그와 이야기하다보면 그렇게 오래전에 있었던 일을 정말 알아볼 수 있단 말인가? 만약 그렇다면 어떻게 해야 더 잘 숨길 수 있을까?), 갑자기 구역질이 올라와 하던 일을 멈추고 그 순간이 지나가길 기다려야 했다. 해럴드가 전과 다름없이 그를 대하려 한다는 건 알 수 있었지만, 그래도 뭔가가 변했다. 해럴드는 더 이상 로젠 프리처드 문제로 그를 괴롭히지 않았다. 법인 배임행위를 부추기는 건 어떤 기분이냐고 묻지도 않았다. 그리고 누군가와 정착할 가능성에 대해서는 절대 언급하지 않았다. 이제는 그에 대해서만 질문했다. 오늘 어떠냐? 기분은 괜찮으냐? 다리는 괜찮으냐? 너무 무리하고 있는 거 아니냐? 휠체어를 많이 쓰고 있나? 도와줄 일 없나? 그의 대답은 늘 똑같았다. 좋아요, 좋아요, 좋아요, 아니요, 아니요, 아니요.

그리고 앤디. 그는 돌연 야간 전화를 다시 시작했다. 이제 그는 매일 밤 1시에 전화를 걸었고, 진찰—2주에 한 번으로 늘렸다—때도 앤디답지 않게 조용하고 정중해서 그를 불안하게 만들었다. 그는 다리를 진찰하고, 상처를 세고, 늘 하던 온갖 질문들을 하고, 반사신경을 체크했다. 집에 와서 주머니에 든 잔돈을 내놓을 때면 늘 앤디가 슬쩍 넣어둔 의사 명함이 있었다. 샘 로이만이라는 정신과 의사 명함으로, 거기엔 "첫 번째 방문은 내가 쏠게"라고 적혀 있었다. 늘 이런 명함들이 들어 있었고, 매번 다른 문구가 적혀 있었다. "날 위해 해줘, 주드." 아니면 "한 번만." "그거야." 그 문구들은 성가신 포춘쿠키 같았고,

그는 늘 명함들을 버렸다. 그 노력에는 감동했지만, 한편으로는 그 헛됨이 피곤했다. 해럴드가 다녀간 후 세면대 밑 가방을 새로 갖다 놓을 때마다 느끼는 것과 같은 감정이었다. 그냥 벽장 구석에 가서 수백 장의 알코올솜과 붕대, 수북이 쌓인 거즈, 수십 개의 면도날 세트가 든 상자를 꺼내 새 가방을 만들어 제자리에 테이프로 다시 갖다 붙여놓기만 하면 됐다. 사람들은 그의 몸을 어떻게 사용해야 하는지 늘 결정했다. 해럴드와 앤디는 도와주려는 거라는 걸 알고 있음에도, 마음 한구석에 자리한 유치하고 고집 센 그는 그걸 거부했다. '그'가 결정할 것이다. 어차피 자기 몸에서 마음대로 할 수 있는 것도 거의 없지 않은가? 이걸 어떻게 하지 말라고 할 수 있나?

그는 자기는 괜찮다고, 회복했다고, 평정을 되찾았다고 되뇌었지만 사실은 뭔가가 잘못됐다는 걸, 자기가 변했다는 걸, 스르르 미끄러지고 있다는 걸 알고 있었다. 윌럼은 뉴욕에 돌아와 있었다. 그는 그때 거기서 무슨 일이 있었는지 목격하지 않았고, 케일럽과 그가 겪은 굴욕에 대해서도 모르지만—그는 해럴드와 줄리아와 앤디에게 누구에게든 무슨 말이라도 한다면 다시는 보지 않겠다고 말했다—그는 여전히 윌럼에게 들킬까봐 수치스러웠다. "주드, 미안해." 윌럼은 돌아와서 그의 깁스를 보고 말했다. "정말 괜찮은 거야?" 하지만 깁스는 아무것도 아니었다. 깁스는 가장 부끄럽지 않은 부분이었고, 잠시 동안 그는 윌럼에게 진실을 말하고 싶은, 이제껏 한 번도 안 해본 방식으로 그의 앞에서 무너져서 울고 싶은, 모든 걸 고백한 후 자기 기분을 풀어달라고, 자기가 어떤 사람이라도 여전히 사랑한다고 말해달라고 부탁하고 싶은 유혹을 느꼈다. 하지만 물론 그러지 않았다. 이미 윌럼에게 교통사고에 대해 상세하게 적은 정교한 거짓말로 가득한 긴 이메일을 보냈고, 다시 만난 첫째 날 밤 그들은 늦게까지 자지 않고 그 이메일만 제외한 온갖 이야기들을 했다. 윌럼은 자기 집에 돌아가지 않았고, 두 사람은 거실 소파에서 잠들었다.

하지만 삶은 계속해서 굴러갔다. 그는 일어나서 출근했다. 케일럽 생각을 하지 않도록 누군가 옆에 있어주길 간절히 바랐지만, 동시에 그게 두려웠다. 케일럽이 그가 얼마나 인간 이하인지, 얼마나 모자란지, 얼마나 역겨운지를 일깨워줬고, 그는 다른 사람들, 정상적인 사람들 옆에 있는 게 너무 부끄러웠다. 하루하루가 다리가 아프고 감각 없을 때 걸음을 걷는 것 같았다. 한 걸음 걷고, 다음 걸음을 무사히 걸은 다음, 다음 걸음, 그리고 또 다음 걸음을 걸으면 된다. 그러면 결국 상황이 괜찮아질 것이다. 결국에는 그 몇 달을 삶 속에 접어 넣고 받아들이고 계속해서 나아갈 방법을 배우게 될 것이다. 늘 그래왔으니까.

재판을 했고, 그가 이겼다. 압승이라고 루시엔은 몇 번이고 말했고, 그도 알고 있었지만 무엇보다 공포가 밀려왔다. 이제 뭘 해야 하지? 새 고객인 은행 건이 있었지만, 그 일은 길고 지루하고 사실들을 수집하는 종류의 것이지, 하루에 스무 시간을 미친 듯이 일해야 하는 그런 일이 아니었다. 그는 집에서 혼자 있게 될 테고, 케일럽 사건이 온통 머릿속을 채우게 될 것이다. 트레메인은 그에게 축하인사를 했고, 그는 자기가 행복해야 한다는 걸 알았지만, 일을 더 달라고 하자 트레메인은 웃음을 터뜨렸다. "그건 아니지, 세인트 프랜시스." 그는 말했다. "자넨 휴가를 갈 거야. 이건 명령이야."

그는 휴가를 가지 않았다. 처음에는 루시엔에게, 그러고는 트레메인에게 가겠다고 약속했지만, 지금은 갈 수 없었다. 하지만 상황은 그가 두려워했던 대로였다. 집에서 저녁을 차리거나, 윌럼과 영화관에 가 있는데, 갑자기 케일럽과 보냈던 몇 달 중 어떤 장면이 불쑥 떠오르곤 했다. 그러고 나면 고아원에서의 한 장면이, 그리고 루크 수사와 지냈던 몇 년 중 한 장면이, 그러고는 트레일러 박사와의 몇 달 중 한 장면이, 그러고는 부상, 눈부신 헤드라이트 불빛과 옆으로 홱 머리를 피하던 장면이 떠오르곤 했다. 그러면 그의 머릿속은 온통 이미지들, 그의 관심을 요구하며 기다랗고 바늘 같은 손가락으로 그를 움켜잡고 찢어발기는 밴시들*로 가득 찼다. 케일럽이 그의 마음속 뭔가를 해방시켜버렸고, 그는 그 야수를 구슬려 다시 지하감옥에 집어넣을 수가 없었다. 자기가 실제로 기억들을 통제하는 데 얼마나 많은 시간을 쓰고 있는지, 그 일에 얼마나 많은 집중력이 요구되는지, 자신의 지배력이 내내 얼마나 약했는지를 깨닫게 됐다.

"괜찮아?" 어느 날 밤 윌럼이 물었다. 그들은 연극을 봤지만 뭘 봤는지 거의 생각도 나지 않았고, 저녁을 먹으러 가 접시의 음식을 휘적거리며 정상적으로 행동하려고 노력했지만 윌럼의 말을 반은 놓쳤고, 그저 자기가 제대로 된 반응을 보이고 있기만 바랐다.

"어." 그는 말했다.

상황은 점점 더 나빠지고 있었다. 그도 알고 있었지만 개선할 방법을 몰랐다. 그 일이 있은 지 8개월이 지났지만, 매일매일 덜해지기는커녕 더 생각났다. 때로는 케일럽과 보낸 그 몇 달이 하이에나 떼 같았다. 그것들은 매일 그를 쫓아왔고 매일 그는 그 딱딱거리는, 거품 부글거리는 주둥이에 잡아먹힐까봐 도망

*아일랜드 민화에 나오는 유령으로, 밴시 울음소리가 들리면 가족 중 누군가가 죽는다고 한다.

치느라 온 기운을 다 썼다. 예전에는 도움 됐던 모든 것들—집중, 칼로 긋기—이 이제는 소용없었다. 점점 더 많이 팔을 그었지만, 기억은 사라지지 않았다. 아침마다 수영을 했고, 밤에도 샤워하고 침대로 기어 올라갈 힘만 남을 때까지 몇 킬로미터씩 수영했다. 수영을 하면서 주문을 외웠다. 라틴어 동사변형을 외웠고, 수학 공리들을 암송했고, 로스쿨에서 공부했던 판결들을 혼자 인용했다. 자기의 정신은 자기 것이라고 되뇌었다. 그가 통제할 것이다, 휘둘리지 않을 것이다.

"좋은 생각이 있어." 어느 날 같이 식사를 마쳐갈 때 윌럼이 말했다. 그때도 그는 별로 말을 하지 못하고 있었다. 그는 윌럼이 하는 모든 말에 일이 초쯤 늦게 반응했고, 잠시 후에는 둘 다 말이 없어졌다. "우리 같이 여행 가자. 2년 전에 가려고 했던 모로코 여행을 가는 거야. 내가 돌아오자마자 가면 돼. 어떻게 생각해, 주드? 그때는 가을일 테고, 굉장히 아름다울 거야." 6월 하순, 사고 후 9개월이 지났을 때였다. 윌럼은 8월 초 스리랑카에 촬영하러 떠날 예정이었고, 10월 초까지는 돌아오지 않는다.

윌럼이 말하고 있는 동안 그는 케일럽이 기형이라고 불렀던 일을 생각하고 있었고, 윌럼이 아무 말도 하지 않고 있어서 자기가 대답할 차례라는 걸 깨달았다. "그럼, 윌럼." 그는 말했다. "좋은 생각이야."

그 레스토랑은 플랫아이언 디스트릭트에 있었고, 그들은 돈을 낸 후 아무 말 없이 잠시 산책을 했다. 그때 갑자기 케일럽이 그들 쪽으로 걸어오는 게 보였고, 그는 공포에 질린 나머지 윌럼을 붙들어 건물 입구로 획 잡아당겼다. 그 힘과 신속함에 두 사람 다 깜짝 놀랐다.

"주드." 윌럼이 깜짝 놀라 물었다. "뭘 하는 거야?"

"아무 말 하지 마." 그는 윌럼에게 속삭였다. "그냥 가만히 있어, 돌아보지 말고." 윌럼은 그와 함께 문을 바라보며 그대로 있었다.

그는 케일럽이 지나갔을 거라고 확신할 때까지 초를 센 다음 조심스럽게 보도 쪽을 바라봤고, 그제야 그 사람이 케일럽이 아니라 그냥 검은 머리의 키 큰 남자일 뿐이라는 걸 알았다. 그는 안도감과 패배감, 그리고 자기가 바보 같다는 생각을 동시에 하며 깊은 숨을 내뱉었다. 그 순간 그는 자기가 아직도 윌럼의 셔츠를 꽉 움켜쥐고 있다는 걸 깨닫고 그제야 셔츠자락을 놓았다. "미안해." 그는 말했다. "미안해, 윌럼."

"주드, 무슨 일이야?" 윌럼은 그의 눈을 쳐다보려고 애쓰며 물었다. "뭐야, 그건?"

"아무것도 아니야. 그냥 보고 싶지 않은 사람을 본 것 같아서."

"누구?"

"아무도 아니야. 내가 맡고 있는 사건의 담당 변호사. 짜증 나는 녀석이거든. 같이 일하기 싫은 사람이야."

윌럼은 그를 쳐다봤다. "아니야." 마침내 그가 말했다. "다른 변호사 아니었어. 다른 사람이야, 네가 무서워하고 있는 사람." 잠시 침묵이 흘렀다. 윌럼은 거리를 내려다보다 다시 그를 쳐다봤다. "겁에 질려 있잖아." 그는 의아한 목소리로 물었다. "누군데 그래, 주드?"

그는 윌럼에게 할 거짓말을 생각해내려고 애쓰며 고개를 흔들었다. 그는 늘 윌럼에게 거짓말을 했다. 큰 거짓말, 작은 거짓말. 그들의 관계 전체가 거짓말이었다. 윌럼은 그를 이런이런 사람이라고 생각하겠지만, 사실 그는 아니었다. 케일럽만이 진실을 알았다. 케일럽만이 그가 어떤 사람인지 알았다.

"말했잖아." 그는 마침내 말했다. "다른 변호사라고."

"아니야."

"맞아." 여자 둘이 옆을 지나가다가 그중 한 명이 흥분해서 상대방에게 속삭이는 소리가 들렸다. "저 사람 윌럼 라그나르손이야!" 그는 눈을 감았다.

"이봐." 윌럼이 조용히 말했다. "무슨 일이 벌어지고 있는 거야?"

"아무것도 아니야. 피곤해. 집에 가야겠어."

"좋아." 윌럼이 말했다. 윌럼은 택시를 잡아 그를 태우고 자기도 탔다. "그린과 브룸 교차점이요." 그가 택시 운전사에게 말했다.

택시 안에서 손이 떨리기 시작했다. 이런 일은 점점 더 자주 일어나고 있었고, 그는 어떻게 멈춰야 할지 알 수가 없었다. 증상은 어릴 때 시작됐지만, 그때는 정말 극단적인 상황—울지 않으려고 기를 쓸 때나, 참을 수 없이 아프지만 소리를 내서는 안 된다는 걸 알 때—에서만 나타났다. 하지만 이제는 이상한 때에 그런 증상이 나타났다. 그럴 때 도움 되는 건 자해뿐이었지만, 때로는 손이 너무 심하게 떨려서 면도날을 제대로 통제할 수가 없었다. 그는 팔짱을 끼고 윌럼이 눈치채지 못하기를 바랐다.

정문 앞에서 윌럼을 보내려 했지만, 윌럼은 갈 생각이 없었다. "혼자 있고 싶어." 그는 말했다.

"알겠어." 윌럼이 말했다. "같이 혼자 있으면 되지." 그들은 서로를 바라보며 거기 서 있었고, 결국 그는 문 쪽으로 돌아섰지만 너무 떨려서 열쇠를 제대로 집어넣을 수가 없었다. 윌럼이 열쇠를 받아 문을 열었다.

"도대체 무슨 일이야?" 윌럼은 아파트에 들어오자마자 물었다.

"아무것도 아니야, 아무것도." 이젠 이까지 딱딱거리며 부딪쳤다. 어릴 때는 몸이 떨려도 이런 일은 없었는데, 이제는 거의 매번 그랬다.

윌럼이 다가왔지만, 그는 얼굴을 돌렸다. "내가 없는 동안 무슨 일이 있었던 거야." 윌럼이 주저하며 말했다. "무슨 일인지는 모르겠지만, 뭔가가 있었어. 뭔가 잘못됐어. 〈오디세이〉를 마치고 돌아온 이후로 넌 내내 이상하게 행동했어. 이유를 모르겠어." 그는 말을 멈추고 그의 어깨에 손을 올렸다. "말해줘, 주드. 무슨 일인지 말해줘. 같이 해결책을 생각해보자."

"아니." 그는 속삭였다. "난 못 해, 윌럼. 그럴 순 없어." 긴 침묵이 뒤따랐다. "자고 싶어." 그가 말하자, 윌럼은 그를 놓아줬고 그는 욕실로 들어갔다.

욕실에서 나와보니, 윌럼은 그의 티셔츠를 입고 손님 침실 이불을 그의 방으로 들고 와 소파에 펼치고 있었다. "뭘 하는 거야?" 그가 물었다.

"오늘 밤 여기서 잘 거야." 윌럼이 말했다.

그는 한숨을 쉬었지만, 윌럼이 그보다 먼저 말을 시작했다. "세 가지 중 하나를 선택해, 주드." 그는 말했다. "하나, 내가 앤디에게 전화를 해서 네게 뭔가 정말 잘못된 일이 벌어지고 있는 것 같다고 말하고 널 병원으로 데려가는 것. 둘, 해럴드에게 전화를 하고, 그러면 해럴드가 대경실색해서 앤디에게 전화하는 것. 셋, 내가 여기 있으면서 널 감시하게 내버려두는 것. 왜냐하면 넌 아무 말도 안 할 거니까, 한 마디도 안 해줄 거니까, 그리고 친구들에게 도우려고 '애쓸' 기회 정도는 적어도 줄 의무가 있다는 걸 네가 전혀 이해하지 못하고 있는 것 같으니까. 넌 '적어도' 나한테 그 정도는 해줘야 해." 그의 목소리가 갈라졌다. "그래서, 뭘로 할래?"

아, 윌럼, 그는 생각했다. 내가 얼마나 너한테 이야기하고 싶은지 넌 모를 거야. "미안해, 윌럼." 대신 그는 이렇게 말했다.

"좋아, 미안해해." 윌럼이 말했다. "가서 자. 여분 칫솔 같은 자리에 있지?"

"어." 그는 말했다.

다음 날 밤늦게 퇴근했더니, 윌럼이 또 그의 방 소파에 누워 책을 읽고 있었다. "오늘 어땠어?" 그는 책에서 눈을 떼지도 않고 물었다.

"좋아." 그는 말했다. 그는 윌럼이 자기가 왜 여기 있는지 설명할까봐 기다렸지만 아무 설명이 없었고, 결국 그는 욕실에 들어갔다. 옷장을 지나가며 보니 윌럼의 배낭이 놓여 있었다. 배낭은 열려 있었고 옷이 가득 들어 있었다. 분명 얼마 동안 여기 있을 작정인 것이다.

스스로 인정하기에도 애처롭지만, 윌럼이 거기—단지 자기 아파트가 아니라 자기 방에—있는 게 도움이 됐다. 서로 별다른 이야기도 하지 않았지만, 그의 존재 자체가 안정감을 주고 정신을 맑게 해줬다. 그는 케일럽 생각을 덜했다. 모든 생각이 덜해졌다. 윌럼에게 정상이라는 걸 증명할 필요가 정말로 그를 더 정상으로 만드는 것 같았다. 절대로, 언제까지나 자기에게 상처 주지 않을 사람 옆에 있는 것만으로도 마음이 편안해졌고, 그는 마음을 진정하고 잠들 수 있었다. 하지만 감사하는 마음이 들수록 스스로가, 자신의 의존성이, 자신의 약함이 혐오스럽게 느껴졌다. 그의 요구에는 끝이 없단 말인가? 얼마나 많은 사람들이 지난 세월 동안 그를 도와줬으며, 왜 도와줬나? 왜 그는 그걸 허락했나? 더 좋은 친구라면 윌럼에게 집에 가라고, 혼자 있어도 괜찮을 거라고 말했을 것이다. 하지만 그는 그러지 않았다. 윌럼이 뉴욕에서 보내는 남은 몇 주를 그의 소파에서 개처럼 자면서 지내도록 내버려뒀다.

적어도 로빈이 언짢아할 거라는 걱정은 안 해도 됐다. 윌럼이 의상보조와 바람을 피운 걸 로빈이 알게 되면서 두 사람은 〈오디세이〉 촬영 끝 무렵 헤어졌기 때문이다. "그런데 사실 그 여자가 대단히 좋았던 것도 아니야." 윌럼은 전화로 그에게 이야기했다. "최악의 이유로 그런 짓을 한 거지, 지루해서."

그는 잠시 생각했다. "아니야. 네가 작정하고 잔인하게 굴기 위해 그랬다면, 그게 최악의 이유야. 네 이유는 그냥 제일 멍청한 이유야."

잠시 아무 말이 없더니, 윌럼이 웃기 시작했다. "고마워, 주드." 그는 말했다. "고마워, 기분을 좋으면서도 동시에 더 나쁘게 만들어줘서."

윌럼은 콜롬보로 떠나는 당일까지도 그와 함께 있었다. 그는 1940년대 초반 스리랑카의 한 몰락한 네덜란드 상인 가문의 장남 역할을 맡아서 끝이 살짝 말린 콧수염을 짙게 길렀다. 윌럼이 포옹을 하자 콧수염이 그의 귀를 쓸었다. 잠시 동안 그는 무너져서 윌럼에게 떠나지 말라고 애원하고 싶었다. 가지 마, 말하고 싶었다. 나랑 여기 있어줘. 혼자 있기 무서워. 이런 말을 하면 윌럼이 정말로 그럴 거라는 걸, 아니면 적어도 노력이라도 할 거라는 걸 알고 있었다. 하지만 그런 말은 절대 안 할 것이다. 윌럼이 촬영을 늦출 수 없다는 걸 잘 알고 있었고, 그러지 못하는 자신의 무능력에 대해 죄책감을 느낄 거라는 것도 알고 있었다. 대신 그는 윌럼을 꼭 안았다. 그가 좀처럼 하지 않는 일이었다. 윌럼에게 몸으로 애정을 표시하는 일은 거의 없었다. 윌럼은 놀라더니 더 꽉 마주 안았다. 두 사람은 오랫동안 서로를 안은 채 거기 서 있었다. 옷을 많이 껴입지 않아서 윌럼이 꽉 안게 하면 안 된다고, 그러면 윌럼이 셔츠를 통해 등의 흉터를 느낄 수 있을 거라고 생각했던 게 떠올랐지만, 그 순간에는 그저 그의 옆에 있는 게 더 중요했다. 이런 일도 이게 마지막일 거라는, 윌럼을 마지막으로 보는 것이라는 느낌이 들었다. 윌럼이 떠날 때마다 이런 두려움이 들었지만, 이번에는 더 강렬했고 덜 이론적이었다. 진짜 떠나버리는 것 같았다.

윌럼이 떠난 후 며칠 동안은 괜찮았다. 하지만 곧 다시 나빠졌다. 하이에나들이 다시 돌아왔다. 이번에는 더 많았고, 더 굶주려 있었고, 더 지독하게 사냥했다. 그러자 다른 모든 것들도 같이 돌아왔다. 그가 통제하고 없애버렸다고 생각했던 수많은 세월의 기억이 한꺼번에 다시 몰려와 그의 눈앞에서 캥캥거리며 펄쩍펄쩍 뛰어다녔다. 도저히 무시할 수 없는 소리를 내고 지칠 줄도 모르고 끈질기게 소란을 피우며 그의 관심을 끌었다. 그는 숨을 쉴 수 없어 헐떡거리며 잠에서 깼다. 다시는 입에 담을 수조차 없다고 맹세한 이름들을 부르며 깼다. 케일럽과의 밤을 강박적으로 다시, 또다시 복기했다. 기억은 점점 느리게 재생돼 비 오는 그린 스트리트에서 서 있었던 몇 초는 몇 시간으로 늘어났고, 계단에서 떨어졌던 순간은 며칠이 되고, 샤워실에서, 그리고 엘리베이터에서 케일럽이 그를 강간했던 시간들은 몇 주가 되었다. 그 기억을 멈추기 위해 얼음송곳을 들고 자기 귀를, 자기 뇌를 쑤시는 환상이 보였다. 머리를 벽에 대고 박아 머리가 쪼개지고 터져 축축한 피투성이 회질이 쏟아져 나와 철퍽하고 떨어지는 꿈도 꿨다. 한 통 가득 든 기름을 온몸에 퍼붓고 성냥을 그어, 불이 그의 정신을 몽땅 다 삼켜버리는 환상도 봤다. 커터 칼날 한 세트를 사서 세 개를 손바닥 위에 올려놓고 꼭 쥐어 손에서 싱크대로 피가 흘러나오는 걸 보며 조용한 아파트에 대고 비명을 지르기도 했다.

루시엔에게 일을 더 달라고 했고 받았지만, 그걸로는 충분하지 않았다. 예술가들을 위한 비영리단체 자원봉사를 더 하려고 했지만, 시간표에 남는 자리가 없었다. 로즈가 예전에 무료법률상담을 해주던 이민자권리조직에서 자원봉사를 하려고 했지만, 그들은 사실 지금 중국어와 아랍어 구사자를 찾고 있는 중이라 그에게 시간을 낭비하게 할 수는 없다고 했다. 자해가 점점 잦아졌다. 그는 흉터 주위를 긋기 시작했고, 그래서 사실 쐐기모양으로 튀어나온 살들, 은빛으로 빛나는 흉터 조직이 볼록 솟아난 살을 제거할 수 있었지만 별로 도움은 되지 않았다. 밤이면 믿지도 않고 몇 년 동안 불러본 적도 없는 신들에게 기도했다. '도와줘요, 도와줘요, 도와줘요.' 그는 애원했다. 그는 점점 제정신을 놓쳐가고 있었다. 이건 멈춰야 했다. 영원히 도망 다닐 순 없었다.

8월, 도시는 텅 비었다. 맬컴은 소피와 스웨덴으로 휴가 갔고, 리처드는 카프리에, 로즈는 메인에, 앤디는 셸터아일랜드에 갔다("잊지 마." 앤디는 긴 휴가를 떠날 때면 늘 그러듯이 가기 전에 말했다. "겨우 두 시간 거리에 있어. 필요하면 다음 배를 탈게"). 해럴드 옆에 있는 건 참을 수가 없었다. 해럴드를 보기만 해도 그 굴욕이 떠올랐다. 그는 해럴드에게 전화해서 일이 너무 많아 트루로에 갈 수 없다고 말했다. 대신 우발적으로 파리행 티켓을 사서 길고 외로운 노동절 주말을 혼자 거리를 쏘다니며 보냈다. 파리에 있는 지인들—프랑스 은행에서 일하는 시티즌이나 헤어포드 스트리트의 위층 이웃이자 지금은 거기서 교사 일을 하는 이지도르나 어느 뉴욕 갤러리의 파리지사 디렉터를 맡고 있는 페드라—누구에게도 연락하지 않았다. 어차피 그들은 파리에 있지도 않을 것이다.

그는 피곤했다, 너무 피곤했다. 그 야수들을 막는 데 너무 많은 에너지가 필요했다. 때로는 녀석들에게 항복해버리는 자기 모습이 보였다. 그러면 놈들은 발톱과 부리와 갈고리발톱으로 그를 뒤덮고 아무것도 남지 않을 때까지 쪼고 꼬집고 잡아 뜯을 테고, 그는 그냥 내버려둘 것이다.

파리에서 돌아온 후 그는 땅이 쩍쩍 갈라진 불그스름한 평원을 달리고 있는 꿈을 꿨다. 뒤에서는 검은 구름이 쫓아오고 있었고, 그가 빨리 달리는데도 구름은 더 빨랐다. 구름이 가까이 다가오자 윙윙거리는 소리가 들려서 돌아보니, 눈 밑에 집게발 같은 게 툭 튀어나와 있는 끔찍하고 미끄덩하고 시끄러운 벌레 떼였다. 달리기를 멈추면 죽는다는 걸 알고 있었지만, 심지어 꿈속에서도 오래 버티지는 못할 거라는 걸 알고 있었다. 어느 순간 그는 달릴 수 있는 사람이 아니었고, 대신 절뚝거리며 걷기 시작했다. 심지어 꿈속에서마저 현실이 자기주장을 했다. 그때 익숙하지만 차분하고 권위 있는 목소리가 그에게 말했다. '멈춰, 다 끝낼 수 있어. 이럴 필요 없잖아.' 그 말을 들으니 너무 마음이 놓여서, 그는 갑자기 걸음을 멈추고 구름 쪽으로 돌아섰다. 구름 덩이는 겨우 몇 초, 몇 미터 떨어져 있었다. 그는 탈진한 채 모든 게 끝나길 기다렸다.

그는 겁에 질린 채 잠에서 깼다. 그 말이 무슨 뜻인지 알고 있었고, 무서우면서도 마음이 놓였다. 이제 매일매일 일상생활 속에서 머릿속에 그 목소리가 들렸고, 그는 사실 멈출 수 있다는 걸 생각했다. 사실 계속해나갈 필요가 없었다.

물론 전에 자살 생각을 해보지 않은 건 아니었다. 고아원에 있을 때도, 필라델피아에 있을 때도, 애너가 죽은 후에도 했다. 하지만 뭔가가 늘 그를 멈추게 했다. 하지만 지금은 그게 무엇이었는지 기억나지 않았다. 이제 하이에나들로부터 도망치면서 그는 자신과 논쟁했다. 왜 이러고 있는 거지? 그는 너무 피곤했다. 너무나 멈추고 싶었다. 계속할 필요가 없다는 걸 알자, 어쩐지 위안이 됐다. 그 목소리는 그에게 선택권이 있다는 걸 일깨워줬다. 비록 그의 무의식이 의식에 복종하지 않는다 해도, 그게 통제력을 잃었다는 건 아니라는 걸 일깨워줬다.

거의 실험 차원에서 그는 자기가 떠난다면 어떨까 생각하기 시작했다. 이제껏 회사에서 가장 큰 연간 수입을 올린 후인 1월, 그는 유언장을 갱신해서 그 문제는 정리했다. 윌럼에게 편지 한 통, 해럴드에게도 한 통, 줄리아에게도 한 통 써야 할 것이다. 루시엔에게도, 리처드에게도, 맬컴에게도 뭐라고 써야 할 것이다. 앤디에게도. 제이비에게도, 용서한다고. 그리고 떠나는 거다. 그는 매일 이 생각을 했고, 그 생각을 하고 있으면 마음이 좀 가벼워졌다. 그 생각을 하면 불굴의 의지가 샘솟았다.

그리고 어느 순간이 되자 그건 더 이상 실험이 아니었다. 어쩌다 결심하게 되었는지는 기억나지 않지만, 결심을 하고 나자 마음이 더 가볍고 자유로워졌고, 덜 괴로웠다. 하이에나들은 여전히 그를 쫓아오고 있었지만, 이제 아득한 저 멀리 문이 열린 집 하나가 보였다. 그 집에 도착하기만 하면 안전할 수 있다, 그를 쫓아오던 모든 것들은 가버릴 것이다. 물론 그것들은 그 집을 좋아하지 않았다. 놈들도 그 문을 볼 수 있었고, 그가 곧 그들의 추적에서 빠져나가리라는 걸 알고 있었다. 매일 추격은 더 심해졌고, 놈들은 더 강하게, 더 시끄럽게, 더 끈질기게 쫓아왔다. 그의 뇌는 기억들을 토해내고 있었고, 그 홍수에 다른 모든 것들이 잠기고 있었다. 오랫동안 생각도 하지 않았던 사람들과 감각과 사건들이 생각났다. 연금술처럼 혀에 그 맛들이 떠올랐다. 수십 년 동안 맡아본 적도 없던 향기가 났다. 그의 기관들은 망가져버렸다. 그는 기억에 빠져 익사할 것이다. 뭔가 해야 했다. 그는 노력했다, 평생 동안 노력했다. 다른 사람이 되려고 노력했고, 더 나은 사람이 되려고 노력했고, 깨끗해지려고 노력했다. 하지만 소용없었다. 결정을 내리고 나자 놀랄 정도로 희망이 솟구쳤다. 그냥 끝내버리기만 하면 그 오랫동안의 슬픔에서 자기를 구할 수 있다는 게 놀라웠다. 자신이 스스로의 구원자가 될 수도 있었던 것이다. 어떤 법도 그에게 계속 살아야 한다고 말하지 않았다. 그의 삶은 여전히 자기 것이었고, 자기 마음대로 할 수 있었다. 그 긴 세월 동안 어떻게 이걸 깨닫지 못했을까? 선택은 이제 명백해 보였다. 유일한 질문은 왜 이렇게 오래 걸렸냐는 것뿐이었다.

그는 해럴드와 이야기했다. 해럴드의 목소리에 담긴 안도감에서 분명 자기 목소리가 더 정상적으로 들린다는 걸 알 수 있었다. 윌럼과도 이야기했다. "잘 지내는 것 같네." 윌럼이 말했고, 윌럼의 목소리에서도 안도감이 느껴졌다.

"맞아." 그는 말했다. 두 사람과 이야기하고 나자 후회가 밀려왔지만, 그는 결심했다. 어차피 그는 그들에게 득 될 게 없었다. 그저 터무니없는 문제모음일 뿐, 아무것도 아니었다. 스스로 멈추지 않으면 자기의 요구 때문에 그들까지 망쳐놓게 될 것이다. 그들에게서 받고 받고 또 받아서 마침내 한 조각도 남김 없이 그들을 씹어 먹게 될 것이다. 그가 내민 어려운 문제들에 그들이 대답을 해준다 해도, 여전히 그들을 망가뜨릴 새로운 방법을 찾을 것이다. 그들은 좋은 사람들, 최고의 사람들이니까 잠시 동안은 슬퍼할 테지. 그걸 생각하면 마음이 아팠다. 하지만 결국은 그가 없는 게 자기들 인생에도 더 좋다는 걸 알게 될 것이다. 그가 얼마나 많은 시간을 그들에게서 훔쳤는지 알게 될 것이다. 그가 얼마나 도둑놈이었는지, 얼마나 그들의 에너지와 관심을 다 빨아먹었는지, 어떻게 그들의 피를 다 쥐어짰는지 이해하게 될 것이다. 그들이 자기를 용서해주기를 바랐다. 이게 그들에게 보내는 자기의 사과라는 걸 알아주길 바랐다. 이건 그들을 해방시켜주는 일이다. 그는 누구보다 그들을 사랑했고, 이게 사랑하는 사람들을 위해 해줄 수 있는 일이었다. 그들에게 자유를 주는 것이다.

그날이 왔다. 9월 말 월요일이었다. 그 전날 밤 일부러 그렇게 계획을 세운 것도 아니었는데, 그날이 폭행 사건이 있은 지 거의 정확히 1년 후라는 걸 깨달았다. 그날 밤 그는 일찍 퇴근했다. 주말 동안 그는 하던 프로젝트들을 다 정리했고, 루시엔에게 자기가 하고 있던 모든 일들의 진척 상황을 자세히 적은 메모를 써뒀다. 집에 돌아온 그는 식탁 위에 편지들을 일렬로 늘어놓고 유언장도 옆에 뒀다. 리처드의 스튜디오 관리인에게 침실 욕실의 변기가 샌다고 메시지를 남겨뒀고, 리처드에게는 자기는 출장 가 있을 거니까 다음 날 9시에 배관공이 오면 문을 좀 열어주라고 부탁했다. 리처드와 윌렘 모두 그의 아파트 열쇠를 가지고 있었다.

그는 양복과 넥타이와 신발, 시계를 벗고 욕실로 들어갔다.

소매를 걷고 샤워실에 앉았다. 마음을 안정시키기 위해 스카치 한 잔을 들고 와 조금씩 마셨다. 그리고 면도날보다는 잡기에 더 수월한 커터 칼을 가져왔다. 자기가 뭘 해야 하는지 잘 알고 있었다. 양쪽 팔 혈관을 따라 위로, 될 수 있으면 길고 깊게 세 개의 수직선을 평행으로 긋는 것이다. 그리고 앉아서 기다리면 된다.

그는 오랫동안 기다렸고, 조금 울었다. 피곤하고 겁에 질렸기 때문에, 갈 준비가, 떠날 준비가 되었기 때문이었다. 마침내 그는 눈을 비비고 시작했다. 왼팔부터 시작했다. 먼저 한 줄을 그었고, 예상했던 것보다 더 아파서 울음이 터져 나왔다. 그리고 두 번째를 그었다. 스카치를 한 모금 더 마셨다. 피는 끈적끈적했다. 액체라기보다는 젤라틴 같았고, 환하게 어른어른 빛나는 오일 같은 검은색이었다. 바지는 벌써 피에 흠뻑 젖었고, 칼을 잡는 손에 이미 힘이 빠지고 있었다. 그는 세 번째 선을 그었다.

양쪽 팔을 다 끝내고 나자, 그는 샤워실 벽에 털썩 기댔다. 난데없이 베개가 있었으면 좋겠다는 생각이 들었다. 스카치와 자기가 흘린 피 때문에 몸이 더웠고, 다리를 돌며 웅덩이를 이룬 피가 몸에 부딪혀 출렁거렸다. 몸 안쪽과 바깥쪽의 만남, 안쪽이 바깥쪽을 씻어주고 있다. 그는 눈을 감았다. 뒤에서 하이에나들이 그를 향해 사납게 울부짖었다. 앞에는 문 열린 집이 있었다. 아직은 가깝지 않았지만, 전보다는 가까웠다. 안이 보일 정도로 가까웠다. 쉴 수 있는, 오랜 달리기 후에 누워서 잠들 수 있는, 그리고 평생 처음으로 안전할 수 있는 침대가 보였다.

—

네브래스카로 넘어오자, 루크 수사는 밀밭 가장자리에 차를 멈추고 손짓으로 차에서 내리라고 했다. 날은 아직 어두웠지만, 아직 보이지 않는 해를 향해 지저귀는 새소리가 들렸다. 그는 수사의 손을 잡고 커다란 나무를 향해 살금살금 걸어갔다. 루크 수사는 다른 수사들이 그들을 찾고 있을 테니까 외모를 바꿔야 한다고 설명했다. 그는 지긋지긋한 튜닉을 벗고 루크 수사가 내민 후드 달린 스웨트셔츠와 청바지를 입었다. 하지만 옷을 갈아입기 전 루크는 전기면도기로 그의 머리카락을 잘랐고, 그는 가만히 서 있었다. 수사들은 머리를 거의 잘라주지 않아서 머리가 귀 아래까지 길었다. 루크 수사는 머리를 자르면서 슬픈 목소리로 말했다. "이 아름다운 머리카락을." 그는 머리카락을 그의 튜닉에 곱게 싸서 쓰레기봉지에 넣었다. "이제 다른 애들처럼 보인다, 주드. 하지만 나중에 우리가 안전해지면, 다시 길러도 돼, 알겠지?" 그는 고개를 끄덕였지만, 사실은 다른 애들처럼 보인다는 게 마음에 들었다. 그리고 루크 수사는 자기도 옷을 갈아입었고, 그는 수사가 혼자 옷을 갈아입을 수 있도록 뒤로 돌아섰다. "봐도 돼, 주드." 루크는 웃으며 말했지만, 그는 고개를 저었다. 돌아서자, 체크무늬 셔츠와 청바지를 입은 수사는 몰라보게 다른 사람이 되어 있었고, 그에게 웃어 보인 다음 수염을 면도했다. 뻣뻣한 은색 털들이 쇳조각들처럼 떨어져 내렸다. 두 사람을 위한 야구모자도 있었다. 루크 수사의 모자 안에는 노르스름한 가발도 붙어 있어서 벗어져가는 머리를 완벽하게 덮어주었다. 두 사람을 위한 안경도 있었다. 그의 안경은 검고 동그랗고 진짜 렌즈가 아니라 그냥 유리알이 들어 있었지만, 루크 수사의 안경은 커다란 사각형 갈색 테였고, 그의 진짜 안경과 똑같은 두꺼운 렌즈가 끼워져 있었다. 그는 진짜 안경은 가방에 넣었다. 안전해지면 안경은 벗어도 된다고 루크 수사는 말했다.

그들은 오두막을 지을 장소인 텍사스를 향해 갔다. 그는 늘 텍사스를 평평한 땅, 흙과 하늘과 길만 있는 평원으로 상상했고, 루크 수사는 그게 대체로 사실이긴 하지만 그 주의 일부—그의 고향인 텍사스 동부—에는 전나무와 삼목 숲도 있다고 말했다.

텍사스까지 가는 데는 열아홉 시간이 걸렸다. 그보다 더 빨리 갈 수도 있었지만, 도중에 루크 수사가 고속도로 갓길에 차를 대고 잠시 낮잠을 자야겠다고 말했고, 두 사람은 몇 시간 동안 잠을 잤다. 루크 수사가 음식—땅콩버터 샌드위치—도 챙겨 와서, 그들은 오클라호마의 한 휴게소 주차장에 다시 차를 세우고 샌드위치를 먹었다.

그가 마음속으로 생각하던 텍사스에 루크 수사가 말해준 묘사가 더해지자 그곳은 회전초와 풀만 있던 풍경에서 키 크고 향기로운 소나무들이 다른 모든 소리와 다른 모든 생물을 포근히 감싸 안는 곳으로 변모했다. 그래서 루크 수사가 이제 공식적으로 텍사스에 들어왔다고 선언했을 때, 그는 실망하며 창밖을 내다봤다.

"숲은 어디 있어요?" 그는 물었다.

루크 수사는 웃었다. "인내심을 가져, 주드."

며칠 동안은 모텔에 있어야 한다고 했다. 다른 수사들이 쫓아오지 않는지 확실히 확인하고, 그러고 나면 오두막을 지을 완벽한 장소를 찾기 시작할 수 있다고 했다. 모텔은 골든핸드라는 곳이었고, 방에는 침대—진짜 침대—가 두 개 있었다. 루크 수사는 그에게 원하는 쪽을 선택하라고 했다. 그는 화장실 쪽 침대를 선택했고, 루크 수사는 차가 보이는, 창문 쪽 침대를 하기로 했다. "샤워하지그래? 난 가게에 가서 뭘 좀 사 올게." 수사의 말에 그는 갑자기 겁에 질렸다. "왜 그래, 주드?"

"돌아오실 거죠?" 그는 겁에 질린 자기 목소리가 싫었지만 물었다.

"물론 돌아오지, 주드." 수사는 그를 안아주며 말했다. "물론 돌아올 거야."

그는 잘린 빵 한 덩어리와 땅콩버터 한 병, 바나나 한 다발, 우유 1리터, 아몬드 한 봉지, 양파와 고추와 닭가슴살을 조금 사 왔다. 그날 밤, 루크 수사는 가져온 조그만 숯불화로를 주차장에 피우고 양파와 고추와 닭고기를 구웠고, 그에게 우유도 줬다.

루크 수사가 하루 일과를 짰다. 그들은 해뜨기 전 일찍 일어났고, 루크 수사는 가져온 커피메이커로 커피를 끓인 다음, 시내 고등학교 운동장으로 차를 몰고 가서 한 시간 동안 그에게 달리기를 시켜놓고 자신은 외야석에 앉아 커피를 마시며 지켜봤다. 그러고 나서는 모텔 방에 돌아와 수업을 했다. 루크 수사는 수도원에 오기 전 수학 교수였지만, 아이들과 일하고 싶어서 나중에는 6학년을 가르쳤다. 하지만 역사나 책, 음악, 언어 같은 다른 과목들도 잘 알았다. 다른 수사들보다 훨씬 많은 걸 알아서, 수도원에 살았을 때 왜 루크가 한 번도 그를 가르치지 않았는지 의아했다. 점심—또 땅콩버터 샌드위치—을 먹고 나서는 3시까지 수업을 더 했고, 그러고 나면 허락을 받고 바깥에 나가 주차장에서 뛰어놀거나 수사와 함께 고속도로까지 산책했다. 모텔은 주간 고속도로를 마주 보고 있어서 쌩쌩 지나치는 차들 소리가 배경음악처럼 깔렸다. "난 바닷가에서 살고 싶어." 루크 수사는 늘 말했다.

그러고 나면 루크 수사는 세 번째 커피를 끓인 다음 오두막을 지을 장소를 찾아 차를 몰고 나갔고, 그는 모텔 방에 남아 있었다. 수사는 안전을 위해 늘 그를 가둬놓고 나갔다. "누가 와도 문 열어주면 안 돼, 내 말 알지?" 수사는 물었다. "누구한테도. 난 열쇠가 있으니 알아서 들어올 거야. 커튼도 열지 마. 여기 네가 혼자 있는 걸 누가 보면 안 돼. 바깥세상에는 위험한 사람들이 있어. 네가 상처 입는 건 싫거든." 같은 이유로 그는 루크 수사의 컴퓨터도 쓸 수 없었다. 어차피 그는 방에서 나갈 때마다 컴퓨터를 가지고 갔다. "바깥에 어떤 사람이 있을지 몰라." 루크 수사는 말하곤 했다. "난 네가 안전하길 바란단다, 주드. 약속해." 그는 약속했다.

그는 침대에 누워 책을 읽었다. 텔레비전을 보는 건 금지였다. 루크는 방에 돌아와서 텔레비전이 따뜻한지 만져보곤 했고, 그는 수사의 말을 거스르고 싶지 않았다. 문제를 일으키고 싶지 않았다. 루크 수사는 차에 피아노 키보드를 싣고 왔고, 그는 그걸로 연습했다. 수사가 못되게 구는 일은 전혀 없었지만, 그래도 그는 진지하게 수업했다. 그래도 하늘이 어둑어둑해지면, 그는 루크 수사의 침대 끄트머리에 앉아 커튼을 살짝 들쳐서 수사의 차가 주차장에 있는지 둘러보곤 했다. 마음 한구석에서는 늘 루크 수사가 돌아오지 않을까봐, 그가 자기에게 싫증 날까봐, 혼자 남겨질까봐 걱정이 됐다. 세상에는 그가 모르는 것들이 너무 많았고, 세상은 무서운 곳이었다. 그는 자기가 할 수 있는 일들이 있다고, 일하는 법을 안다고, 모텔 청소일을 얻을 수 있을지도 모른다고 생각하려 했지만, 스테이션왜건이 들어오는 걸 볼 때까지는 늘 마음이 불안했고, 그제야 안도하며 다음 날엔 더 잘할 거라고, 루크 수사가 돌아오지 않을 이유를 절대 주지 않을 거라고 다짐하곤 했다.

어느 날 저녁, 수사는 피곤한 얼굴로 방에 돌아왔다. 며칠 전에는 흥분해서 돌아왔었다. 완벽한 땅을 찾았다는 것이다. 그는 삼목과 소나무로 둘러싸인 개간지와 물고기가 가득한 근처의 조그만 개울을 묘사했고, 거긴 공기가 너무 상쾌하고 조용해서 솔방울이 부드러운 땅바닥에 떨어지는 소리까지 다 들린다고 했다. 온통 짙푸른 녹음과 그림자만 있는 사진까지 보여주면서 오두막은 어디에 지을 건지, 그가 뭘 도울 수 있는지, 그만을 위한 비밀 요새, 다락방은 어디에 만들 건지 설명했다.

"무슨 일이에요, 루크 수사님?" 그는 수사가 너무 오랫동안 아무 말도 하지 않자 더 이상 참지 못하고 물었다.

"아, 주드." 수사는 말했다. "난 망했어." 그는 그 땅을 사려고 노력하고 또 노력했지만, 돈이 없다고 말했다. "미안해, 주드. 미안해." 그는 말했고, 다음 순간 놀랍게도 울기 시작했다.

그는 어른이 우는 걸 한 번도 본 적이 없었다. "어쩌면 다시 선생님을 할 수도 있잖아요, 루크 수사님." 그는 위로하려고 애쓰며 말했다. "전 수사님이 좋아요. 제가 아이라면 수사님에게 배우는 걸 좋아할 거예요." 그러자 수사는 살짝 미소 지으며 그의 머리를 쓰다듬으면서 그런 식으로는 안 된다고, 주에서 면허를 받아야 하는데 그 절차가 길고 복잡하다고 말했다.

그는 생각하고 또 생각했다. 그러다 좋은 생각이 났다. "루크 수사님, 제가 도울 수 있어요. 제가 일자리를 얻을게요. 제가 도와서 돈을 벌게요."

"안 돼, 주드." 수사는 말했다. "너한테 그런 걸 하게 할 순

없어."

"하지만 그러고 싶어요." 그는 말했다. 마이클 수사가 그를 부양하는 데 수도원 돈이 얼마나 들어가는지 말했던 기억을 떠올렸고, 죄책감과 공포를 동시에 느꼈다. 루크 수사는 그에게 정말 많은 걸 해줬는데, 그는 그 보답으로 아무것도 하지 않았다. 돈을 버는 걸 도와주고 싶은 것만이 아니었다. 그는 그렇게 해야 했다.

마침내 그는 수사를 설득할 수 있었고, 수사는 그를 꼭 껴안았다. "넌 정말 백만 명에 하나 있을까 한 아이야, 그거 아니?" 루크가 그에게 물었다. "넌 정말 특별해." 그리고 그는 수사의 스웨터에 얼굴을 묻은 채 미소 지었다.

다음 날 그들은 평소처럼 수업을 했고, 수사는 또 나갔다. 이번에는 좋은 일자리를 찾아오겠다고 말했다. 그가 할 수 있고, 땅도 사고 오두막도 짓는 데 도움이 될 수 있는 그런 일자리를. 이번에 루크는 싱글거리며, 심지어 흥분해서 돌아왔고, 그걸 보자 그도 흥분했다.

"주드." 수사는 말했다. "너한테 일을 주고 싶어 하는 사람을 만났어. 바깥에서 기다리고 있는데 지금 당장 시작할 수 있어."

그도 수사를 바라보며 미소 지었다. "제가 뭘 하면 되는데요?" 그는 물었다. 수도원에서 그는 쓸고 털고 닦는 법을 배웠다. 바닥 왁스칠도 너무 잘해서 심지어 매튜 수사마저 감탄했다. 은 제품과 청동 제품, 나무 제품에 윤을 낼 줄도 알았다. 타일 사이 때를 닦고 화장실도 박박 닦아 청소했다. 하수구에서 나뭇잎들을 치우고 쥐덫을 치우고 다시 놓는 법도 알았다. 창문을 닦고 손세탁도 할 줄 알았다. 다림질도 하고 단추도 달 줄 알았고, 바느질이 어찌나 곱고 고른지 재봉틀로 한 것처럼 보일 정도였다.

요리도 할 줄도 알았다. 처음부터 끝까지 할 줄 아는 요리는 열두어 개 정도밖에 안 되지만, 감자와 당근, 순무를 씻고 껍질 벗길 줄도 알았다. 산더미처럼 쌓인 양파를 썰면서도 절대 울지 않았다. 생선뼈를 바르고 닭털을 뽑고 씻는 법도 알았다. 반죽 만드는 법, 빵 만드는 법도 알았다. 달걀 흰자가 액체에서 고체로, 고체보다 더 나은 뭔가로, 공기가 만들어준 형태처럼 변할 때까지 휘저을 줄도 알았다.

정원일도 할 수 있었다. 어떤 식물들이 볕을 좋아하고, 어떤 식물들이 볕을 피하는지 알았다. 식물이 목이 마른 건지, 물을 너무 많이 줘서 죽어가고 있는 건지 구분할 수도 있었다. 나무와 덤불을 언제 분갈이해줘야 하는지, 언제 땅에 옮겨 심어도 되는지 알았다. 어떤 식물들을 추위에서 보호해줘야 되며, 어떻게 보호해줘야 하는지도 알았다. 전지하는 법, 잘라낸 가지를 기르는 법도 알았다. 비료 섞는 법, 달걀껍질을 땅에 묻어 영양분을 더해주는 법, 진딧물이 앉은 잎사귀를 망치지 않고도 뭉개 죽이는 법도 알았다. 이 모든 걸 다 할 줄 알았지만, 그래도 정원일을 하고 싶었다. 야외에서 일하고 싶었다. 아침달리기를 하고 있으면 여름이 오고 있는 게 느껴졌고, 운동장으로 가는 길에 야생화가 피어나고 있는 들판을 봤다. 자기도 그 속에 있고 싶었다.

루크 수사가 그의 옆에 무릎을 꿇고 앉았다. "넌 가브리엘 신부와 수사들이랑 하던 걸 할 거야." 그는 말했다. 서서히 그는 루크가 무슨 말을 하고 있는지 이해했고, 침대를 향해 뒷걸음질 쳤다. 마음속 모든 것이 공포에 사로잡혔다. "주드, 이번에는 다를 거야." 루크는 그가 뭐라고 하기 전에 말했다. "순식간에 끝날 거야. 내가 약속할게. 그리고 넌 정말 잘하잖아. 잘못되는 일이 없도록 내가 욕실에서 기다리고 있을 거야, 알겠지?" 그는 그의 머리카락을 쓰다듬었다. "이리 오렴." 수사는 그를 꼭 안았다. "넌 멋진 애야. 너 때문에, 그리고 네가 할 일 때문에 우린 우리 오두막을 가지게 될 거야, 알겠지?" 루크 수사는 말하고 또 말했고, 마침내 그는 고개를 끄덕였다.

그 남자가 들어왔고(여러 해가 지난 후에도, 그 사람 얼굴은 그가 기억하는 얼마 안 되는 얼굴들 중 하나였다. 때로 거리에서 낯익은 얼굴의 남자들을 보면 그는 생각했다. 저 사람을 어떻게 알지? 법정에서 본 사람인가? 작년 그 사건 때 상대편 변호사였나? 그러다가 그는 기억했다. 그 첫 번째 남자, 첫 번째 고객이랑 닮았다고) 루크는 그의 침대 바로 뒤에 있는 욕실로 갔고, 그와 남자는 섹스를 했고, 남자는 떠났다.

그날 밤 그는 매우 조용했고, 루크는 상냥하고 부드럽게 그를 대했다. 심지어 그에게 쿠키—생강과자—를 가져다주었고, 그는 루크에게 웃어주려고, 먹으려고 애썼지만 먹을 수가 없었다. 루크가 딴 곳을 보고 있을 때 그는 종이에 쿠키를 싸서 던져버렸다. 다음 날 그는 아침달리기를 하고 싶지 않았지만, 루크가 운동을 하면 기분이 나아질 거라고 해서 그들은 나갔고, 그는 뛰려고 애썼지만 너무 아파서 결국 주저앉아 루크가 가도 된다고 할 때까지 기다렸다.

이제 그들의 일과는 달라졌다. 오전과 오후에는 여전히 수업을 했지만, 이제 어떤 밤에는 루크 수사가 남자들, 고객들을 데려왔다. 때로는 한 명이었고, 때로는 몇 명이었다. 이 남자들은 자기 타월과 자기 시트를 가져와서 시작하기 전 침대 위에 깔았고, 떠날 때는 벗겨서 가지고 갔다.

그는 밤에 울지 않으려 갖은 애를 썼지만, 어쩔 수 없이 울음이 터지면 루크 수사가 옆에 와 앉아 등을 어루만지며 위로해줬다. "오두막집을 얻을 때까지 얼마나 더 많이 해야 해요?" 그는 물었지만, 루크는 슬픈 표정으로 고개만 저었다. "당분간은 모르겠어. 하지만 넌 너무 잘하고 있어, 주드. 넌 정말 잘해. 그건 부끄러워할 일이 아니야." 하지만 그 일이 뭔가 부끄러운 일이라는 걸 그는 알고 있었다. 누구도 그런 이야기를 해준 적 없지만, 그래도 알았다. 자기가 하고 있는 일이 잘못이라는 걸 알았다.

그리고 몇 달이 지났고, 또 많은 모텔들을 거쳤다. 그들은 열흘에 한 번 정도 장소를 옮겨 가며 동부 텍사스를 다 돌아다녔고, 옮길 때마다 루크는 정말 아름다운 숲과 오두막집을 지을 개간지로 그를 데려갔다. 상황은 다시 변했다. 어느 날 밤(일주일에 하룻밤은 고객이 없었다. "짧은 휴가"라고 루크는 웃으며 말했다. "누구나 휴식은 필요하거든, 특히 너처럼 열심히 일하는 사람은") 침대에 누워 있는데, 루크가 말했다. "주드, 넌 날 사랑하니?"

그는 주저했다. 4개월 전이라면 즉시, 자랑스럽게, 생각조차 하지 않고, 그럼요 하고 대답했을 것이다. 하지만 지금은. 그가 루크 수사를 사랑했었나? 그는 종종 이 질문에 대해 생각해봤다. 그러고 싶었다. 수사는 절대 그에게 상처 주지 않았고, 때리지도 않았고, 험한 말도 하지 않았다. 그를 보살펴줬다. 어떤 나쁜 일도 생기지 않도록 늘 바로 벽 뒤에서 기다리고 있었다. 일주일 전 한 고객이 루크 수사가 원하지 않으면 절대 할 필요 없다고 말한 걸 그에게 시키려 했고, 그는 버둥대며 고함을 지르려 했지만 얼굴에 베개가 눌려 있어서 소리가 묻혔다. 그는 필사적이었고, 거의 흐느껴 울고 있었다. 그때 갑자기 얼굴에서 베개가, 몸에서 남자의 무게가 사라지더니, 루크 수사가 한 번도 들어보지 못한 무섭고 인상적인 어조로 그 남자에게 당장 이 방에서 나가라고 말하고 있었다.

하지만 뭔가 다른 것이 루크 수사를 사랑해선 안 된다고, 수사는 그에게 잘못된 짓을 했다고 말했다. 하지만 그렇지 않았다. 결국 이건 그가 자원해서 한 일이었다. 이 일을 하고 있는 건 숲 속 오두막을 위해, 그만의 다락방이 있는 오두막을 위해서였다. 그래서 그는 수사에게 사랑한다고 말했다.

수사의 얼굴에 미소가 번져가는 걸 보면서 그는 잠시 마치 자기가 오두막이라도 준 것처럼 행복했다. "아, 주드." 그는 말했다. "이건 내가 받아본 최고의 선물이야. 내가 널 얼마나 사랑하는 줄 아니? 나 자신보다 널 더 사랑해. 널 내 아들처럼 생각한단다." 그래서 그도 미소 지었다. 왜냐하면 때때로 그도 마음 속으로 몰래 루크를 자기 아빠로, 자기를 루크의 아들로 생각했기 때문이다. "아버지 말은 네가 아홉 살이라는데, 넌 더 커 보이는구나." 한 고객은 시작하기 전 그에게 수상쩍다는 듯이 말했고, 그는 그 고객이 루크를 자기 아빠로 생각했다는 게 기쁘면서도 이상하게 기쁘지 않은 기분으로 루크가 시킨 대로 대답했다. "제가 나이에 비해 키가 커서요."

루크 수사는 두 사람이 자기들처럼 서로 많이 사랑하면 같은 침대에서 서로 발가벗고 잔다고 설명했다. 그는 뭐라고 대답해야 할지 몰랐지만, 그게 어떤 건지 생각도 하기 전, 루크 수사가 그의 침대로 넘어와서 옷을 벗고 키스하기 시작했다. 그는 한 번도 키스해본 적이 없었고—루크 수사는 고객들이 그에게 키스하는 걸 허락하지 않았다—그게 싫었다, 그 축축하고 밀어붙이는 느낌이 싫었다. "힘 빼." 수사가 그에게 말했다. "그냥 힘

빼, 주드." 그는 가능한 한 힘을 빼려고 노력했다.

처음 수사와 섹스했을 때, 그는 고객들과 하는 것과는 다를 거라고 말했다. "왜냐하면 우리는 사랑하는 사이니까." 루크는 말했고, 그도 그 말을 믿었다. 하지만 결국 다르지 않자—똑같이 아프고 어렵고 불편하고 수치스러웠다—그는 자기가 뭔가 잘못했다고 생각했다. 그러고 나서 수사가 너무 행복해했기 때문에 더욱 그런 생각이 들었다. "좋지 않았어?" 수사가 물었다. "느낌이 다르지 않았어?" 그는 전혀 다르지 않았다고, 그 전날 고객과 했던 것과 똑같이 끔찍했다고 인정하기가 너무 당황스러워서 그 말에 동의했다.

루크 수사는 보통 초저녁에 고객이 있는 날이면 그와 섹스하지 않았지만, 잠은 늘 같은 침대에서 잤고 늘 키스했다. 이제 침대 하나는 고객용, 다른 하나는 그들의 침대였다. 그는 루크의 입에서 나는 맛, 그 오래된 커피 냄새, 그의 입 속을 파고드는, 껍질이 벗겨진 것처럼 미끄덩한 혀를 싫어하게 됐다. 늦은 밤, 수사가 옆에 누워 자기 몸으로 벽처럼 그를 압박하며 잠들어 있을 때면, 그는 가끔 소리 없이 울며 어디로든, 다른 곳 어디로든 데려가달라고 기도했다. 이제 그는 더 이상 오두막 생각을 하지 않았다. 이제 그는 수도원 꿈을 꿨고 거기서 떠나다니 너무나 멍청했다고 생각했다. 결국 거기가 더 나았다. 아침에 밖에 나가 사람들을 지나칠 때면, 루크 수사는 그에게 눈을 내리깔라고 했다. 그의 눈이 너무 눈에 띄기 때문에, 수사들이 그를 찾고 있다면 그 눈 때문에 들킬 거라는 것이다. 하지만 때로 그는 눈을 똑바로 뜨고 다니고 싶었다. 마치 눈이 그 색깔과 모양 그 자체로 수 킬로미터와 주들을 넘어 수사들에게 메시지라도 전송할 수 있을 것처럼. '나 여기 있어요. 도와줘요. 나 좀 데려가줘요.' 이젠 그의 것이라곤 하나도 없었다. 그의 눈도, 입도, 심지어 이름도 자기 것이 아니었다. 루크 수사는 둘이 있을 때만 그 이름을 불렀다. 다른 사람들 앞에서 그는 조이였다. "여긴 조이예요." 루크 수사는 말했고, 그는 침대에서 일어나 고객들이 그를 살펴보는 동안 고개를 숙인 채 기다렸다.

그는 수업 시간이 좋았다. 왜냐하면 그때만 루크 수사가 그를 건드리지 않았기 때문이다. 그리고 수업 시간의 수사는 그가 기억하는 사람, 그가 믿고 따랐던 사람이었다. 하지만 하루치 수업이 끝나고 나면, 매일 밤은 전날 저녁과 마찬가지로 끝나곤 했다.

그는 점점 더 말이 없어졌다. "우리 방글이 어디 갔나?" 수사는 묻곤 했고, 그러면 그는 애써 미소 지었다. "즐겨도 돼." 수사는 가끔 그렇게 말했고, 그가 고개를 끄덕이면, 수사는 미소 지으며 그의 등을 어루만졌다. "너도 좋아하잖아, 안 그래?" 그는 이렇게 묻고 눈을 찡긋했고, 그러면 그는 말없이 고개만 끄덕였다. "난 알 수 있어." 루크는 여전히 미소 지으며, 그를 자랑스러워하며 말했다. "넌 타고났어, 주드." 몇몇 고객들도 그렇게 말했다. '넌 타고났구나.' 그 말이 정말 지긋지긋했지만, 그 또한 그들 말이 맞다는 걸 알고 있었다. 그는 이렇게 타고났다. 태어나서 버려지고 발견되고, 원래 의도된 바에 따라 쓰이고 있는 것이다.

세월이 흐르고 나서, 그는 정확히 언제 그 오두막이 절대 지어지지 않으리라는 것을, 그가 꿈꿨던 삶이 절대 자기 것이 될 수 없다는 것을 깨달았는지 기억해내려고 애썼다. 처음 그 일을 시작했을 때, 그는 자기가 만난 고객들의 숫자를 계속 기록했다. 어느 정도에 도달하면—40명? 50명?—분명 끝날 거라고,

그만해도 좋다는 말을 분명히 들을 거라고 생각했기 때문이다. 하지만 숫자는 점점 더 커져만 갔고, 그러던 어느 날 그 숫자의 크기에 놀란 그는 울기 시작했다. 자기가 한 짓이 너무 무섭고 역겨워서 그는 세는 걸 그만뒀다. 그래서 그 숫자에 도달했을 때 포기했었나? 아니면 루크가 워싱턴 주 숲이 더 낫다고 약속하면서 텍사스를 완전히 떠났을 때였나? 그들은 뉴멕시코와 애리조나를 지나 서쪽으로 달렸고, 방향을 북쪽으로 틀어 조그만 마을에서 몇 주씩 멈추고 처음에 묵었던 모텔과 똑같은 조그만 모텔들에서 묵으면서 위로 올라갔다. 어디에 가도 남자들은 늘 있었고, 남자들이 없는 밤이면 그 자신은 한 번도 느껴보지 못한 갈망을 가지고 그를 갈망하는 것처럼 보이는 루크 수사가 있었다. 아니면 휴가가 전혀 없었을 때보다 평상시 생활로 돌아가는 게 훨씬 더 끔찍했기 때문에 쉬는 주들이 정상적인 주들보다 더 싫다는 걸 깨달았을 때였나? 루크 수사가 하는 이야기의 모순을 눈치채기 시작했을 때였나? 그는 어떤 때는 아들이 아니라 조카인데 죽은 게 아니라 사실 멀리 떠나서 다시 보지 못했다고 했다가, 어떤 때는 수도원에 귀의하는 소명을 받아서 선생을 그만뒀다고 했다가, 또 어떤 때는 자기처럼 아이들을 아끼지 않는 학교 교장과 끊임없이 협상해야 하는 게 지쳐서 그만뒀다고 했다. 어떤 이야기에서는 텍사스 동부에서 자랐다고 해놓고, 또 어떤 이야기에서는 어린 시절을 카멜에서, 라라미에서, 유진에서 보냈다고 했다.

아니면 워싱턴으로 가는 도중 유타를 지나 아이다호로 갈 때였나? 그들이 진짜 마을로 들어가는 일은 거의 없었다. 그들의 미국은 나무도 꽃도 없이 그저 길게 펼쳐진 도로뿐이었고, 녹색이라고는 너무 오래 살아서 꽃은 안 피워도 잎은 나는 루크 수사의 양란뿐이었다. 하지만 이번에는 진짜 마을로 갔다. 어느 마을에 루크 수사의 의사 친구가 있었고, 루크 수사가 고객들에게 사용하게 한 예방책에도 불구하고 그가 어느 고객에게서 모종의 병을 옮은 게 분명했기 때문에 그 의사에게 진찰을 받으러 가는 거였다. 그 마을 이름도 몰랐지만, 그는 정상의 표시들에, 주변 삶의 모습에 깜짝 놀라서, 늘 상상했지만 본 적은 거의 없는 창밖 풍경을 말없이 바라봤다. 유모차를 손에 쥐고 거리에 서서 웃으며 이야기하는 여자들, 숨을 몰아쉬며 조깅하는 사람, 개를 끌고 나온 가족들, 남자들만 아니라 아이들과 여자들도 있는 세상을. 보통 이렇게 차를 타고 달리고 있을 때면 그는 눈을 감았지만—이제 그는 하루가 끝나기를 기다리며 내내 자기만 했다—그날은 평소답지 않게 바짝 정신을 차리고 있었다. 마치 세상이 그에게 뭔가 말하려 하는 것 같아서 그 메시지를 들어야 할 것 같았다.

루크 수사는 지도를 보며 동시에 운전을 하려고 애쓰다가, 결국 길가에 차를 대고 지도를 들여다보며 중얼거렸다. 루크는 야구장 건너편에 차를 세웠고, 그래서 그는 어느 순간 순식간에 야구장이 사람들로 차기 시작하는 모습을 지켜봤다. 대부분은 여자들이었고, 다음에는 소년들이 고함을 지르며 달려왔다. 소년들은 흰색에 빨간 줄이 그인 유니폼을 입고 있었지만, 그럼에도 다 다르게 보였다. 다른 머리, 다른 눈, 다른 피부. 어떤 아이들은 그처럼 말랐고, 어떤 아이들은 뚱뚱했다. 자기 또래의 아이들이 그렇게 한꺼번에 많이 모여 있는 걸 한 번도 본 적이 없어서, 그는 그들을 쳐다보고, 또 쳐다봤다. 그리고 그는 비록 그 아이들이 서로 다르기는 하지만 사실은 똑같다는 걸 눈치챘다. 환히 해가 빛나고 있는 건조하고 뜨거운 공기 속에서 그들은 모두 밖에 나와 흥분해서 미소 짓고 웃고 있었고, 엄마들은 플라스틱 박스에서 소다 캔과 물병, 주스 병들을 꺼내고 있었다.

"아하! 이제 찾았다!" 루크가 말하더니 지도 접는 소리가 들렸다. 하지만 다시 시동을 켜기 전, 그는 루크가 자기 시선을 따라 바라보는 것을 느꼈고, 두 사람은 잠시 동안 말없이 앉아 소년들을 쳐다봤다. 마침내 루크가 그의 머리를 쓰다듬으며 말했다. "사랑한다, 주드." 그리고 잠시 후, 그도 늘 하던 대답—"저도 사랑해요, 루크 수사님"—을 했고, 그들은 차를 몰고 떠났다.

그도 그 소년들과 같았지만, 사실은 그렇지 않았다. 그는 달랐다. 그는 절대 그 소년들 중 하나가 될 수 없을 것이다. 경기장으로 달려가고 있으면 뒤에서 엄마가 지치지 않도록 경기 시작 전에 간식 좀 먹으라고 불러주는, 그런 소년은 절대 될 수 없을 것이다. 오두막에 침대를 갖는 일도 절대 없을 것이다. 다시는 깨끗해지지 못할 것이다. 그 소년들은 경기장에서 놀고 있고, 그는 루크 수사와 함께 의사에게, 다른 의사들을 방문한 경험으로 이미 알고 있듯이 뭔가 잘못된 종류의 의사, 어쨌거나 좋은 사람은 아닌 그런 의사에게 달려가고 있었다. 소년들과 그와의 거리는 그와 수도원 사이의 거리만큼이나 멀었다. 자신으로부터, 자기가 되고 싶었던 사람으로부터 너무 멀리 와버려서 이제 그는 더 이상 소년이 아니라 완전히 다른 무엇 같았다. 이제 이게 그의 인생이었고, 그가 손쓸 수 있는 건 아무것도 없었다.

병원에 도착하자, 루크는 그에게로 몸을 기울이고 안아줬다. "오늘 밤 재미있게 놀자, 너랑 나랑만." 루크가 말했고, 그는 고개를 끄덕였다. 그가 할 수 있는 다른 일은 없었다. "가자." 루크는 포옹을 풀며 말했고, 그는 차에서 내려 루크 수사의 뒤를 따라 주차장을 가로질러 벌써 그들을 맞아 열리고 있는 갈색 문을 향해 걸어갔다.

—

첫 번째 기억. 입원실. 눈을 뜨기도 전에 그는 병원에 있다는 걸 알았다. 냄새가 났고, 그 특유의 고요함—정말 고요한 건 아닌 고요함—이 익숙했기 때문이다. 그의 옆에는 윌럼이 의자에 앉아 잠들어 있었다. 그러자 혼란스러워졌다. 왜 윌럼이 여기 있지? 어디 다른 데 있어야 하는데. 기억났다. 스리랑카. 하지만 윌럼은 그곳에 있지 않았다. 여기 있었다. 정말 이상하네, 그는 생각했다. 왜 여기 있는 거지? 그게 첫 번째 기억이었다.

두 번째 기억. 똑같은 입원실. 고개를 돌리자 앤디가 침대 옆에 앉아 있었다. 면도도 안 하고 꼴이 엉망인 앤디가 이상하고 어색한 미소를 지었다. 앤디가 그의 손을 꼭 쥐는 게 느껴졌고—앤디가 꼭 쥐기 전에는 손이 있다는 것도 깨닫지 못했다—그도 마주 쥐려 했지만, 그럴 수가 없었다. 앤디가 고개를 들고 누군가를 쳐다봤다. "신경 손상인가요?" 앤디 목소리가 들렸다. "어쩌면요." 다른 사람, 보이지 않는 사람이 말했다. "하지만 운이 좋으면, 아마도 그건—" 그리고 그는 눈을 감았고 잠에 빠져들었다. 그게 두 번째 기억이다.

세 번째와 네 번째, 다섯 번째, 여섯 번째 기억들은 사실 기억도 아니었다. 그냥 그의 얼굴 앞으로 다가오는 사람들의 얼굴, 그의 손을 잡는 손들, 그에게 이야기하는 목소리뿐이다. 해럴드와 줄리아와 리처드와 루시엔이었다, 일곱 번째와 여덟 번째 기억도 마찬가지. 이번엔 맬컴과 제이비였다.

아홉 번째 기억은 다시 그의 옆에 앉아서 너무 미안하지만 가야 한다고 말하는 윌럼이었다. 조금만 있다가 다시 돌아올 거라고 했다. 윌럼은 울고 있었다. 이유를 알 수 없었지만, 별로 유별난 일 같지는 않았다. 다들 울었다. 울면서 그에게 미안하다고 했고, 그는 그게 이상했다. 아무도 그에게 잘못한 적이 없었기 때문이다. 적어도 그 정도는 알았다. 그는 윌럼에게 울지 말라고, 자기는 괜찮다고 말하려 했지만, 혀가 쓸모없는 거대한 돌판처럼 뻣뻣해져 움직일 수가 없었다. 윌럼이 이미 그의 한 손을 잡고 있었지만, 그는 다른 손을 들어 윌럼의 팔에 올리고 안심시켜줄 기운이 없었고, 결국 포기했다.

열 번째 기억은 여전히 병원이지만 방이 달랐고, 여전히 피곤했다. 팔이 아팠다. 양 손바닥에 하나씩 스티로폼 공 두 개가 놓여 있었고, 그는 5초 동안 공을 쥐었다가 5초 동안 놓아야 했다. 그러고는 다시 5초 동안 쥐었다가, 5초 동안 놓았다가. 누가 그에게 이렇게 하라고 했는지, 누가 공을 줬는지 기억할 수 없었지만, 어쨌거나 그렇게 했다. 그럴 때마다 팔이 불타는 듯이 아파서, 서너 번 반복하고 나면 탈진해서 멈출 수밖에 없었다.

그러던 어느 날 밤 잠에서 깨어 기억할 수 없는 수많은 꿈의 층들을 헤엄치다 자기가 어디 있는지, 왜 여기 있는지 깨달았다. 다시 잠 속으로 빠져들었지만, 다음 날 고개를 돌리니 침대 옆 의자에 어떤 남자가 앉아 있었다. 그 남자가 누구인지는 몰랐지만, 전에 본 적은 있었다. 그는 앉아서 그를 쳐다봤고, 때로는 이야기도 했지만, 남자가 하는 말에 전혀 집중할 수가 없었고 결국엔 눈을 감곤 했다.

"제가 정신병원에 있군요." 그는 이제 그 남자에게 말했다. 목소리가 약하고 쉬어서 이상하게 들렸다.

남자가 미소 지었다. "정신병동에 계신 겁니다, 맞아요." 그가 말했다. "저 기억나요?"

"아니요." 그는 말했다. "하지만 안면은 있네요."

"전 솔로몬 박사입니다. 여기 병원의 정신과 의사죠." 침묵이 흘렀다. "왜 여기 와 계신지 아세요?"

그는 눈을 감고 고개를 끄덕였다. "윌럼은 어디 있죠?" 그가 물었다. "해럴드는요?"

"윌럼은 촬영을 마무리하러 스리랑카에 돌아가야 했어요." 의사가 말했다. "돌아올 겁니다." 서류 넘기는 소리가 들렸다. "10월 9일에요. 열흘 남았네요. 해럴드는 정오에 올 겁니다. 늘 그 시간에 오죠, 기억나세요?" 그는 고개를 흔들었다. "주드." 의사가 말했다. "왜 여기 와 있는지 말해주겠어요?"

"왜냐하면," 그는 침을 삼키며 말을 시작했다. "샤워실에서 한 짓 때문이죠."

다시 침묵이 흘렀다. "맞습니다." 의사는 부드럽게 말했다. "주드, 왜 여기 와—" 하지만 그는 거기까지밖에 듣지 못했다. 다시 잠들어버렸기 때문이다.

다음번 깼을 때 그 남자는 없었지만, 해럴드가 그 자리에 있었다. "해럴드." 그가 이상한 새 목소리로 말하자, 팔꿈치를 허벅지에 대고 손으로 얼굴을 감싸고 있던 해럴드가 그가 소리라도 지른 듯이 갑자기 고개를 들었다.

"주드." 그는 침대 옆에 와서 앉았다. 그는 오른손에서 공을 빼고 그 손을 잡았다.

해럴드 얼굴이 엉망이라는 생각이 들었다. "미안해요, 해럴드." 그는 말했고, 해럴드는 울기 시작했다. "울지 마세요." 그는 말했다. "제발 울지 마세요." 해럴드는 일어나서 화장실에 들어갔고, 코 푸는 소리가 들렸다.

그날 밤 혼자 남게 되자 그도 울었다. 자기가 한 일 때문이 아니라 성공하지 못해서, 결국 살아남았기 때문에 울었다.

매일 정신이 조금씩 맑아졌다. 매일 깨어 있는 시간도 조금씩 늘었다. 대개는 아무것도 느껴지지 않았다. 사람들이 그를 보러 와서 울었고, 그는 그들을 쳐다보며 오직 얼굴이 이상하다는 생각만 했다. 코는 뚱뚱하고, 별로 쓰지 않던 근육들이 입을 부자연스러운 방향으로, 부자연스러운 모양으로 잡아당겨, 울 때는 다들 똑같아 보였다.

그는 아무 생각도 하지 않았다. 그의 마음은 백짓장이었다. 무슨 일이 있었는지 조금씩 알게 됐다. 리처드의 스튜디오 관리인이 배관공이 다음 날 아침 9시가 아니라 그날 밤 9시에 온다고 생각했다는 것(몽롱한 와중에도 도대체 어떻게 배관공이 밤 9시에 올 거라고 생각할 수 있는지 이해가 안 됐다), 리처드가 그를 발견해서 구급차를 부르고 병원으로 데려갔다는 것, 리처드가 앤디와 해럴드와 윌럼에게 전화를 했다는 것, 윌럼이 그와 있기 위해 콜롬보에서 돌아왔다는 것. 자기를 발견해야 했던 게 리처드여서 그는 정말 미안했고 리처드에게 사과했다. 그게 계획에서 늘 가장 마음 불편했던 부분이었지만, 그때는 리처드는 피로 작품도 만들어본 적이 있으니 피에 강한 내성이 있을 거라고, 그래서 친구들 중 가장 트라우마에 덜 시달릴 거라고 생각했었다. 리처드는 그의 손등을 어루만지며 괜찮다고, 됐다고 했다.

솔로몬 박사는 매일 와서 그와 대화를 시도했지만, 그는 할 말이 별로 없었다. 대부분 사람들은 그에게 전혀 말을 하지 않았다. 사람들은 와서 앉아 자기 일을 하거나 대답을 바라지 않는 것처럼 말을 했고, 그는 그게 좋았다. 루시엔은 주로 선물을 가지고 찾아왔다. 한번은 사무실 사람들이 전부 서명을 한 커다란 카드를 가져왔다. "이게 기운 내는 데는 아주 딱일 거야." 그는 무심하게 말했다. "하여간 여기 있네." 맬컴은 그에게 바삭바삭한 고급 피지로 창문을 만든 상상의 집을 만들어줬고, 그는 그걸 협탁 위에 올려뒀다. 윌럼은 매일 아침저녁으로 전화했다. 해럴드는 그에게 《호빗》을 읽어줬다. 그는 그 책을 읽은 적이 없었고, 해럴드가 올 수 없을 때는 줄리아가 와서 해럴드가 읽은 다음부터 읽어줘서, 그들이 오는 게 제일 좋았다. 앤디는 매일 저녁 면회시간이 끝난 다음에 와서 그와 함께 저녁을 먹었다. 앤디는 그가 충분히 먹고 있지 않다고 걱정을 하며 자기가 뭘 먹든 1인분을 더 가져왔다. 소고기 보리 수프를 한 통 가져왔지만, 그는 손에 아직 너무 힘이 없어 숟가락을 들지 못해서 앤디가 직접 한 숟갈씩 천천히 먹여줘야 했다. 예전이라면 이런 일에 당황했겠지만, 지금은 그냥 상관하지 않았다. 그는 입을 벌리고 아무 맛이 없는 음식을 받아 씹고 삼켰다.

"집에 가고 싶어요." 어느 날 밤 그는 앤디가 터키클럽 샌드위치를 먹고 있는 걸 보다 말했다.

앤디는 씹던 걸 삼키고 그를 쳐다봤다. "아, 그래?"

"네." 그는 말했다. 더 이상 할 말을 생각할 수가 없었다. "여기서 나가고 싶어요." 앤디가 뭔가 냉소적인 말을 할 거라 생각했지만, 그는 천천히 고개만 끄덕였다. "좋아." 그는 말했다. "좋아, 솔로몬이랑 이야기해볼게." 그는 인상을 찌푸렸다. "샌드위치 먹어."

다음 날 솔로몬 박사가 말했다. "집에 가고 싶다고 했다면서요."

"여기 오래 있은 것 같아서요." 그는 말했다.

솔로몬 박사는 말이 없었다. "좀 있기는 했죠." 그는 말했다. "하지만 자해 병력과 시도의 심각함을 고려할 때, 환자분 주치의 — 앤디 — 와 부모님께서는 이게 최선이라고 생각했습니다."

그는 잠깐 생각했다. "그러니까 제 시도가 덜 심각했다면, 집에 더 빨리 갈 수도 있었겠군요?" 그건 효과적인 원칙이라기엔 너무 논리뿐이었다.

의사는 미소 지었다. "아마도요. 하지만 퇴원에 완전히 반대하는 건 아니에요, 주드. 약간의 보호책들을 마련해둬야 한다고는 생각하지만." 그는 말을 멈췄다. "하지만 환자분께서 애초에 왜 그런 시도를 했는지 너무 이야기를 안 하려는 게 마음에 걸리네요. 컨트랙터 박사 — 미안해요, 앤디 — 는 당신이 늘 정신과 치료에 저항했다고 말하더군요. 왜 그런지 말해줄 수 있어요?" 그는 아무 말도 하지 않았고, 의사도 아무 말도 하지 않았다. "아버님께서 작년 당신이 학대적 관계를 지속했었다고 말씀하시더군요. 그게 장기적 반향을 일으킨 거라고." 의사가 말하자, 그는 온몸이 싸늘해졌다. 하지만 그는 대답하지 않겠다고 의지력을 발휘하며 눈을 감았고, 마침내 솔로몬 박사가 일어나서 나가는 소리가 들렸다. "내일 오죠, 주드." 그는 나가면서 말했다.

결국 그가 아무와도 말하지 않겠다는 게, 그리고 다시 자해할 만한 상태가 아니라는 게 분명해지자, 그들은 조건을 걸고 그를 퇴원시켰다. 그는 줄리아와 해럴드의 집으로 퇴원해야 했다. 그들은 그가 병원에서 받은 약을 늘 약하게 투약한 상태로 지내야 한다고 강력하게 권고했다. 일주일에 두 번은 정신과 의사를 만나야 한다고 매우 강력하게 권고했다. 앤디에게는 일주일에 한 번 가야 했다. 일에서 휴식을 취해야 했고, 그건 이미 조치가 다 취해져 있었다. 그는 모든 것에 동의했다. 그는 퇴원 서류에 서명된 앤디와 솔로몬 박사와 해럴드의 이름 아래에—불안하게 흔들리는 펜으로—서명했다.

해럴드와 줄리아는 그를 트루로로 데려왔고, 거기서는 벌써 윌럼이 그를 기다리고 있었다. 그는 밤마다 엄청나게 잤고, 낮에는 윌럼과 천천히 언덕을 걸어 내려가 바다 쪽으로 갔다. 10월 초라 바다에 들어가기엔 너무 추웠지만 모래사장에 앉아 수평선을 바라봤다. 때로 윌럼은 그에게 이야기를 했고, 때로는 하지 않았다. 그는 바다가 단단한 얼음덩어리로 변하는 꿈을 꿨다. 파도가 들이치는 도중 그대로 얼어붙었고, 윌럼은 바닷가 저 멀리서 그에게 손짓하고 있었고, 그는 바람에 손과 얼굴이 얼얼하게 마비된 채로 광대한 모래사장을 가로질러 그를 향해 천천히 걸어가고 있었다.

그가 너무 일찍 자러 가기 때문에 그들은 일찍 저녁을 먹었다. 식사는 늘 간단하고 소화하기 쉬운 음식들이었고, 고기가 나올 때면, 셋 중 하나가 미리 잘라줘서 나이프를 휘두르려 애쓸 필요가 없었다. 해럴드는 저녁식사 때마다 그가 아이인 것처럼 우유 한 잔을 따라줬고, 그는 그걸 마셨다. 접시의 음식을 적어도 반을 먹을 때까지는 식탁에서 떠날 수 없었고, 음식을 스스로 더는 것도 허락되지 않았다. 싸우기에는 너무 피곤했다. 그저 최선을 다했다.

그는 늘 추웠고, 때로는 이불을 몇 개나 덮고 있는데도 한밤중에 떨면서 잠이 깨기도 했다. 그러면 그는 다시 잠들 수 있을 때까지 그대로 누운 채 같은 방 맞은편 소파에서 숨 쉬고 있는 윌럼을 쳐다보고 창틀 가장자리 사이로 보이는 달 위로 흘러가는 구름들을 구경했다.

때로는 자기가 한 짓에 대해 생각했고 병원에서 느꼈던 슬픔을 똑같이 느꼈다. 실패했다는, 자기가 아직도 살아 있다는 슬픔을 느꼈다. 가끔은 그 생각을 하면서 두려움을 느꼈다. 이제 모두가 정말로 그를 다르게 대할 것이다. 이제 그는 정말로 괴물, 전보다 더 큰 괴물이 됐다. 이제 그는 자기가 정상이라는 걸 사람들에게 설득시키려는 시도를 새로 시작해야만 할 것이다. 그는 회사, 과거의 그가 문제가 되지 않았던 유일한 장소를 생각했다. 하지만 이제 그곳에는 기존 이야기와 경쟁하는 또 다른 이야기가 있을 것이다. 이제 그는 (트레메인이 때로 그를 소개할 때 그러듯이) 회사 역사상 최연소 형평법 파트너변호사만이 아닐 것이다. 이제 그는 자살하려 했던 파트너변호사가 될 것이다. 그들은 분명 화가 나 있을 것이다. 회사에서 자기가 하던 일에 대해 생각했고, 누가 그걸 처리하고 있을지 생각했다. 어쩌면 그가 돌아갈 필요조차 없을지 모른다. 누가 다시 그와 일하고 싶어 하겠는가? 누가 다시 그를 신뢰하겠는가?

그를 달리 볼 사람들이 로젠 프리처드뿐만은 아니었다. 모두 다였다. 자기는 자격이 있다고 증명하려고 애쓰며 긴 세월에 걸쳐 쌓아온 자율성, 이제 그건 사라져버렸다. 이제는 자기 음식조차 자를 수 없다. 그 전날에는 윌럼이 신발끈 매는 걸 도와줘야만 했다. "나아질 거야, 주디." 그는 말했다. "나아질 거야. 의사 선생님이 그냥 시간이 좀 걸릴 거라 했어." 아직 손이 너무 떨려서 아침이면 해럴드나 윌럼이 면도를 해줘야 했다. 그들이 면도날을 그의 뺨 아래로, 턱 아래로 끌어당기는 동안 그는 거울에 비친 낯선 얼굴을 쳐다봤다. 더글러스 가족과 살던 시절 필라델피아에서 면도하는 법을 독학했지만, 1학년 때 윌럼은 그가 낫으로 덤불을 베듯이 주저하며 수염을 난도질하는 모습—나중에 그는 그렇게 묘사했다—을 보고 깜짝 놀라며 그에게 다시 가르쳐줬다. "미적분은 잘하면서 면도는 못하는구나." 그때 윌럼은 그가 너무 자의식을 느끼지 않도록 그렇게 말하며 미소 지었다.

그때 그는 속으로 말하곤 했다. '언제든 다시 하면 돼.' 그렇게 생각하는 것만으로도 기운이 났다. 하지만 뻥뚱맞게도 어쩐지 다시 하고 싶은 생각은 별로 들지 않았다. 그는 너무 기진맥진했다. 다시 시도한다는 건 준비를 의미했다. 그러자면 뭔가 날카로운 걸 찾고, 혼자 있을 시간을 찾아야 하는데, 혼자 있는 시간은 전혀 없었다. 물론 다른 방법도 있다는 건 알지만, 그는 실패에도 불구하고 자기가 선택한 도구에 고집스레 집착했다.

하지만 대부분은 아무것도 느끼지 않았다. 해럴드와 줄리아와 윌럼이 아침으로 뭘 먹고 싶으냐고 물어도 그 선택—팬케이크? 와플? 시리얼? 달걀? 어떤 달걀? 반숙? 완숙? 스크램블? 노른자 안 익혀서? 프라이로? 양쪽 다 익혀서? 수란으로?—도 어렵고 버거웠고, 그가 고개를 흔들면 결국 그들은 질문을 멈췄다. 그들은 모든 것에 그의 의견을 물어보기를 그만뒀고, 그는 편안했다. (마찬가지로 터무니없이 이른 시간에) 점심을 먹은 후, 그는 벽난로 앞 거실 소파에서 그들이 중얼대는 소리, 설거지하면서 물 튀기는 소리를 들으며 낮잠을 잤다. 오후에는 해럴드가 책을 읽어줬다. 때로는 윌럼과 줄리아도 같이 들었다.

열흘 정도 지난 후, 그는 윌럼과 그린 스트리트의 집으로 갔다. 돌아가기가 두려웠지만, 욕실에 들어가자 대리석은 얼룩 하나 없이 깨끗했다. "맬컴이." 그가 묻기도 전에 윌럼이 말했다. "지난주에 마쳤어. 완전 새거야." 윌럼이 그가 침대에 눕는 걸 도와준 후 그의 이름이 적힌 갈색 봉투를 줬고, 그는 윌럼이 나간 후 그걸 열어봤다. 그 안에는 그가 모두에게 쓴 편지들이 여전히 봉인된 채 들어 있었고, 봉인된 그의 유서와 리처드의 메모가 있었다. "이걸 원할 것 같아서. 사랑을 담아, R." 그는 떨리는 손으로 그것들을 다시 봉투에 넣었고, 다음 날 금고에 넣었다.

다음 날 아침 그는 굉장히 일찍 잠에서 깨어, 침실 저쪽 끝 소파에서 자고 있는 윌럼 옆을 살금살금 지나 아파트를 한 바퀴 돌았다. 누군가 방방마다 꽃이나 단풍나무 가지, 호박들을 갖다 놓았다. 곳곳에서 사과와 삼목 같은 감미로운 향기가 났다. 서재에 가니, 누군가 책상 위에 편지들을 쌓아놓았고, 책 더미 위에는 맬컴이 만들어준 조그만 종이집이 놓여 있었다. 제이비, 아시안 헨리 영, 인디아, 알리에게서 온 뜯어보지 않은 봉투들이 보였다. 그들이 그를 위해 그려준 스케치들이었다. 그는 손가락으로 선반 위에 놓인 책들의 등을 훑으면서 식탁을 재빨리 지나쳤다. 부엌으로 들어가 냉장고를 열자 그가 좋아하는 것들이 가득 들어 있었다. 리처드는 도자기를 더 많이 쓰기 시작해서, 식탁 중앙에는 하얀 실 같은 혈관들이 그려진 커다란 무정형 작품이 놓여 있었다. 손바닥 아래 느껴지는 거친 유약 느낌이 좋았다. 그 옆에는 그와 윌럼의 성 주드 조상이 서 있었다. 윌럼이 페리 스트리트로 이사 갈 때 가져갔었는데 이번에 다시 그에게 돌아온 것이다.

하루하루가 무심히 흘러갔다. 아침에는 수영을 하고, 윌럼과 함께 아침을 먹었다. 물리치료사가 와서 고무공과 짧은 밧줄, 이쑤시개, 연필들을 쥐는 연습을 시켰다. 가끔은 한 손으로 여러 가지 물건을 들어야 했는데, 손가락 사이에 물건들을 끼워드는 건 어려웠다. 손이 사정없이 떨렸고, 날카롭게 찌르는 듯한 통증이 손가락을 타고 번져갔지만, 치료사는 걱정 말라고, 근육이 회복되고 신경이 다시 자리를 잡고 있는 거라고 말했다. 점심을 먹고는 낮잠을 잤다. 낮잠을 자는 동안에는 리처드가 그를 봐주러 오고, 윌럼은 나가서 볼일도 보고 아래층 체육관에도 가고, 그와 그의 문제와 상관없는, 재미있고 마음 내키는 일을 했다. 그러기를 그는 바랐다. 오후에는 사람들이 그를 보러 왔다. 다 똑같은 사람들이지만, 새로운 사람들도 있었다. 한 시간 정도 있으면 윌럼이 그들을 내보냈다. 맬컴이 제이비와 함께 왔고, 네 사람은 대학 시절 했던 일들에 대해 어색하고 예의 바른 대화를 했다. 그는 제이비를 봐서 기뻤고, 그에게 사과하고 용서한다고 말할 수 있도록 머리가 좀 더 맑을 때 다시 보고 싶다고 생각했다. 제이비는 떠나면서 그에게 조용히 말했다. "괜찮아질 거야, 주디. 내 말 믿어, 난 알아." 그리고 덧붙였다. "적어도 넌 그 과정에서 누구한테 상처 주진 않았잖아." 그는 죄책감을 느꼈다. 상처 줬다는 걸 알고 있었기 때문이다. 하루 일과를 마치고 나면 앤디가 와서 그를 진찰했다. 그는 붕대를 풀고 봉합 부위를 소독했다. 그는 여전히 봉합 자국을 보지 않았고—볼 수가 없었다—앤디가 소독하고 있으면 다른 곳을 보거나 눈을 감고 있었다. 앤디가 가고 나면 저녁을 먹었고, 식사 후, 부티크와 얼마 안 남은 갤러리들이 문을 닫고 동네가 조용해지면, 소호 주위를 깔끔한 사각형—라파이에트를 향해 동쪽으로 갔다가 북쪽으로 꺾어 휴스턴까지 올라갔다가 서쪽 방향으로 6번가까지 가서 그랜드를 향해 남쪽으로 내려와 동쪽 그린 스트리트까지—노선으로 산책한 후 집으로 돌아왔다. 짧은 산책이었지만 산책을 하고 나면 그는 탈진했고, 한번은 침실로 가던 중 그냥 다리가 풀리면서 넘어진 적도 있었다. 줄리아와 해럴드는 목요일마다 기차를 타고 내려와 금요일과 토요일 내내, 그리고 일요일 일부도 그와 함께 보냈다.

매일 아침 윌럼은 물었다. "오늘은 로이만 박사랑 이야기하고 싶어?" 그리고 매일 아침 그는 대답했다. "아직은 아냐, 윌럼. 곧 할게. 약속해."

10월 말 무렵이 되자 덜 떨렸고 기운이 더 났다. 한번에 더 오랫동안 자지 않고 깨어 있었다. 책이 너무 심하게 흔들려서 베개에 받칠 수 있도록 엎드리지 않고도 똑바로 누워서 책을 들 수 있었다. 빵에 버터를 바를 수도 있고, 단추를 단춧구멍에 넣을 수도 있어서 단추 달린 셔츠를 다시 입을 수 있게 됐다.

"뭐 읽고 있어?" 어느 날 오후 그는 거실 소파에 앉은 윌럼 옆에 앉으며 물었다.

"할까 생각 중인 희곡." 윌럼이 종이 묶음을 놓으며 말했다.

그는 윌럼의 머리 너머 어딘가를 바라봤다. "또 어디 가는 거야?" 그런 질문을 하는 게 소름 끼치게 이기적이지만, 어쩔 수가 없었다.

"아니." 윌럼은 잠시 침묵하다 대답했다. "잠시 뉴욕에 있을까 생각 중이야. 너만 괜찮다면."

그는 소파 쿠션들을 바라보며 미소 지었다. "난 좋아." 고개를 들자 윌럼이 그를 보며 미소 짓고 있었다. "다시 웃는 걸 보니 좋네." 그는 그렇게만 말하고 다시 읽기 시작했다.

11월에 그는 8월 말 윌럼의 마흔세 살 생일에 아무 축하도 해주지 않았다는 걸 깨닫고 그에 대해 말했다. "뭐, 엄밀하게 따지자면 그건 사면이야. 내가 여기 없었으니까." 윌럼은 대답했다. "하지만 좋아, 보상하게 해줄게. 어디 보자." 그는 생각했다. "세상에 나갈 준비 됐어? 저녁 먹을래? 이른 저녁?"

"물론이지." 그는 말했고, 다음 주 그들은 오시스시*를 하는, 이스트빌리지의 한 조그만 일본 음식점에 갔다. 몇 년 동안 갔던 집이다. 그는 뭘 잘못 고를까봐 걱정돼서 불안해하면서도 자기 음식을 주문했고, 윌럼은 그가 고민하는 동안 참을성 있게 기다려줬다. 그가 결정을 내리자 윌럼은 고개를 끄덕이며 말했다. "잘 골랐어." 저녁을 먹으며 그들은 친구들, 윌럼이 하기로 한 연극, 읽고 있는 소설 이야기를 나눴다. 그의 이야기만 빼고 뭐든 했다.

"우리 모로코에 가자." 천천히 걸어 집으로 돌아오면서 그가 말하자, 윌럼이 그를 쳐다봤다.

"내가 알아볼게." 윌럼은 이렇게 말하며 그의 팔을 잡아 거리를 내려 달려오고 있는 자전거를 피하게 했다.

"생일 선물로 뭘 주고 싶어." 그는 몇 블록 더 가서 말했다. 정말로 그는 윌럼에게 감사의 뜻으로, 말로는 할 수 없는 걸 표현하기 위해 뭔가 주고 싶었다. 오랜 세월 동안의 감사와 사랑을 제대로 전달할 수 있는 선물을 주고 싶었다. 좀 전에 희곡 이야기를 하고 나서, 사실 윌럼이 작년에 1월 초 러시아에서 촬영하는 영화에 계약했었다는 게 생각났다. 하지만 그 이야기를 하자 윌럼은 어깨를 으쓱했다. "아, 그거? 잘 안 됐어. 괜찮아. 사실 별로 하고 싶지도 않았어." 하지만 그는 의심스러웠고, 인터넷을 찾아보자 윌럼이 개인 사정으로 그 영화를 접었고 다른 배우가 대신 캐스팅됐다는 기사들이 있었다. 그는 화면을 물끄러미 응시했고, 기사가 눈앞에서 흐려졌다. 하지만 윌럼에게 묻자

*틀에 넣고 눌러 만든 관서지방 스시.

그는 또 어깨만 으쓱했다. "그건 감독이랑 의견이 안 맞는데 둘 다 체면을 구기고 싶지 않을 때 그냥 하는 소리야." 윌럼은 말했다. 하지만 그는 윌럼이 거짓말을 하고 있다는 걸 알았다.

"아무것도 안 줘도 돼." 예상대로 윌럼은 그렇게 말했고, 그는 (늘 그랬듯이) 말했다. "그럴 필요 없다는 거 알지만, 그러고 싶어." 그리고 또 늘 그랬듯이 덧붙였다. "더 좋은 친구라면 뭘 줘야 할지도 알 테고, 제안해달라고 할 필요도 없겠지."

"더 좋은 친구라면 그러겠지." 윌럼은 그가 늘 그랬듯이 동의했고, 그는 미소 지었다. 평소 그들이 하던 대화 같았기 때문이다.

더 많은 날들이 지났다. 윌럼은 아파트 반대쪽 끝에 있는 방으로 이사 왔다. 루시엔이 몇 번 전화로 이런저런 일들을 물으며 일 질문을 해서 미안하다고 사과했지만, 그는 전화해줘서 기뻤고 루시엔이 이제 그의 건강에 대해 묻는 대신 고객이나 동료에 대한 불평을 늘어놓기 시작해서 기분이 좋았다. 트레메인과 루시엔, 그 외 한두 명 정도의 사람들을 제외한 회사 사람들은 그가 왜 안 나오고 있는지 진짜 이유를 몰랐다. 고객들처럼 그들은 그가 응급했던 척수수술에서 회복 중이라고 알고 있었다. 로젠 프리처드로 돌아가면 루시엔은 즉시 그에게 정상적인 업무를 재개하게 할 것이다. 편한 과도기를 준다는 이야기도, 스트레스를 감당할 수 있는 능력에 대한 숙고도 없을 것이다. 그는 감사했다. 그는 약 때문에 늘 멍하다는 걸 깨닫고 약을 끊었고, 약 기운이 신체에서 빠져나가자 기분이 얼마나 또렷한지 감탄했다. 심지어 시력까지 달라졌다. 마치 판유리 창문에 묻은 온갖 기름때와 얼룩을 닦아내고 마침내 그 너머 찬란한 녹색 잔디밭과 노란 과일들이 달린 배나무를 보게 된 것 같았다.

하지만 그 약이 그를 보호해주고 있었다는 것 또한 깨달았다.

약을 끊자 하이에나들도 되돌아왔다. 수도 줄었고 동작도 굼떴지만 그들은 여전히 그를 둘러싸고 선회하고 있었고, 여전히 그를 쫓아오고 있었다. 예전보다는 추격의 열성은 덜했지만, 원치 않는 집요한 동반자들은 여전히 거기 있었다. 다른 기억들도 돌아왔다. 오랜 기억들은 여전했지만, 새 기억들도 있었고, 그는 자기가 모두에게 얼마나 심한 불편을 끼쳤는지, 사람들에게 얼마나 많은 걸 요구했는지, 절대, 도저히 갚을 수 없는 것들을 받았는지 훨씬 더 뼈저리게 느끼게 됐다. 그리고 그 목소리, 불쑥불쑥 그에게 '다시 할 수 있어, 다시 하면 돼' 하고 속삭이던 그 목소리도 돌아왔다. 그는 무시하려 애썼다. 어느 순간—애초에 자살하기로 결심했을 때처럼 설명할 수 없는 방식으로—그는 나아지는 데 매진하기로 결정했고, 다시 하면 된다는 소리를, 종종 굴욕적이고 부조리하기는 해도 사는 게 유일한 선택은 아니라는 소리를 다시 듣고 싶지 않았다.

추수감사절이 왔고, 그들은 다시 한 번 해럴드와 줄리아의 웨스트엔드 애비뉴 아파트에 모였다. 이번에도 조촐한 모임이었다. 로런스와 질리언(딸들은 휴일 동안 시댁에 갔다), 그, 윌럼, 리처드와 인디아, 맬컴과 소피. 식사 도중 모두가 그에게 지나치게 신경 쓰지 않으려고 노력하는 게 느껴졌다. 윌럼이 12월 중순 모로코로 여행 간다는 말을 꺼내자, 해럴드의 반응이 어찌나 느긋하고 별로 호기심도 없는지 이미 그가 윌럼(그리고 아마도 앤디)과 함께 미리 철저하게 이야기를 나눴고 허락했다는 걸 알 수 있었다.

"로젠 프리처드에는 언제 복귀하나?" 로런스는 그가 휴가라도 다녀온 것처럼 물었다.

"1월 3일에요." 그가 말했다.

"그렇게 빨리!" 질리언이 말했다.

그는 그녀를 보며 미소 지었다. "전혀 빠르지 않아요." 그는 말했다. 진심이었다. 그는 다시 정상이 되려고 노력할 준비가, 다시 한 번 더 살아볼 시도를 할 준비가 되어 있었다.

그와 윌럼은 일찍 나왔고, 그날 밤 병원에서 퇴원한 이래 두 번째 자해를 했다. 그건 약이 꺾어놓았던 두 번째 욕구였다. 약에 취해 있던 때는 칼로 긋고 싶은, 그 환하고 소스라치는 고통의 타격을 느낄 필요가 없었다. 처음 다시 자해했을 때, 그는 너무 아파서 충격 받았고, 왜 그렇게 오랫동안 자신에게 이런 짓을 해온 건지 정말로 놀랐다. 도대체 무슨 생각이었던 걸까? 하지만 곧 그의 안의 모든 것들이 느려지고 편안해졌고 기억이 흐려졌고, 그게 어떤 도움을 줬는지 기억났다, 왜 그러기 시작했는지 기억났다. 자살 시도의 상흔은 손바닥 끝에서부터 팔꿈치 안 바로 아래까지 양팔에 세 개의 수직선으로 남아 있었고, 상처는 잘 낫지 않아서 마치 피부 바로 밑에 연필들을 쑤셔 넣은 것처럼 보였다. 거의 화상이라도 입은 것처럼 이상한 진주빛으로 번들거렸다. 이제 그는 주먹을 쥔 채 그 흉터들이 이에 반응해 단단하게 죄이는 걸 지켜봤다.

그날 그는 비명을 지르며 잠에서 깼다. 삶에, 악몽과 함께하는 생활에 다시 적응하면서 벌어지고 있는 일이었다. 약을 먹고 있을 땐, 별로 꿈을 꾸지 않았다. 꾼다 해도 너무 이상하고 무의미하고 두서없어서 곧 잊어버렸다. 하지만 이 꿈속에서 그는 예전의 어느 모텔 방에 있었고, 남자들이 있었다. 그들이 그를 움켜잡았고 그는 절박하게 저항했다. 하지만 그 수는 계속 불어났고, 그는 자기가 질 거라는 걸, 자기가 부서질 거라는 걸 알았다.

그중 한 남자가 계속 그의 이름을 불렀고, 다음에는 그의 뺨에 손을 댔다. 무슨 이유에서인지 그는 더 겁이 나서 그 손을 뿌리쳤다. 그러자 남자가 그에게 물을 들이부었고, 그가 숨을 헐떡이며 잠에서 깨자 옆에 윌럼이 있었다. 그는 창백한 얼굴로 유리잔을 들고 있었다. "미안. 미안해." 윌럼이 말했다. "널 거기서 꺼낼 수가 없었어, 주드. 미안해. 타월 갖다줄게." 그러고는 타월과 물잔을 들고 왔지만, 그는 손이 너무 심하게 떨려서 잔을 쥘 수가 없었다. 그는 윌럼에게 사과하고 또 사과했고, 윌럼은 고개를 흔들며 걱정하지 말라고, 다 괜찮다고, 그냥 꿈일 뿐이라고 말했다. 윌럼은 새 셔츠를 갖다주고, 그가 옷을 갈아입는 동안 돌아서 있다가 젖은 옷을 욕실로 가져갔다.

"루크 수사가 누구야?" 윌럼이 물었다. 두 사람이 말없이 앉아서 그의 호흡이 정상으로 돌아오길 기다리고 있을 때였다. 그는 대답하지 않았다. "넌 계속 '도와줘요, 루크 수사님, 도와줘요' 하고 비명을 질렀어." 그는 말이 없었다. "그 사람이 누구야, 주드? 수도원에 있던 사람이야?"

"말 못 해, 윌럼." 그는 말했다. 애너 생각이 간절했다. '한 번만 더 물어봐줘요, 애너.' 그는 그녀에게 말했다. '그럼 말할게요. 어떻게 하는지 가르쳐줘요. 이번에는 말 들을게요. 이번에는 말할게요.'

그 주말 그들은 업스테이트에 있는 리처드의 집에 가서 부지 뒤편을 에워싸고 있는 숲을 오랫동안 산책했다. 나중에 그는 퇴원 후 처음으로 성공적으로 요리를 해냈다. 그는 윌럼이 가장 좋아하는 양갈비를 만들었고, 고기를 자르는 건 윌럼의 도움—혼자서 하기에는 여전히 기민하지 않았다—을 받아야 했지만, 다른 부분은 다 혼자서 했다. 그날 밤 그는 다시 비명을 지르며 잠에서 깼고, 옆에는 또 윌럼이 있었고(이번에는 물잔은 듣고 있지 않았다), 그는 루크 수사에 대해, 왜 계속 그 사람에게 도움을 요청하느냐고 물었고, 그는 또 대답할 수 없었다.

다음 날에는 피곤하고 팔이 아프고 몸도 아팠다. 산책을 하며 그는 거의 말을 하지 않았고, 윌럼도 별로 말이 없었다. 오후에 그들은 모로코 여행 계획을 검토했다. 페즈에서 시작해서 사막을 가로질러 가 와르자자트 근처에서 머물다가 마라케시에서 끝낼 것이다. 돌아오는 길에는 파리에 들러 시티즌과 윌럼의 친구를 며칠 만나고, 새해 직전 집에 돌아올 것이다.

저녁을 먹으며 윌럼이 말했다. "있잖아, 내 생일선물로 네가 뭘 줄 수 있을지 생각했어."

"그래?" 그는 윌럼에게서 그 수많은 시간을 빼앗아놓고도 더 도와달라고 해야 하는 게 아니라, 이번에는 자기가 줄 수 있는 것에 집중할 수 있다는 데 안도하며 말했다. "들어보자."

"음, 좀 큰데."

"뭐든 괜찮아." 그는 말했다. "정말이야." 윌럼은 알 수 없는 표정으로 그를 쳐다봤다. "정말이야." 그는 장담했다. "뭐든 말해."

윌럼은 양고기 샌드위치를 놓고 심호흡을 했다. "좋아." 그가 말했다. "내 생일선물로 정말 원하는 건 루크 수사가 누군지 말해주는 거야. 그냥 그 사람이 누군지뿐만이 아니라 너와—너와 그 사람의 관계, 그리고 밤에 왜 그 사람 이름을 계속 부르는지 다 듣고 싶어." 그는 그를 쳐다봤다. "정직하고 철저하게, 다 이야기해줘. 그게 내가 원하는 거야."

오랫동안 침묵이 이어졌다. 그는 입 안에 아직 음식이 들어 있다는 걸 깨달았고, 어찌어찌 삼킨 다음 여전히 높이 들고 있던 샌드위치를 내려놓았다. "윌럼." 그는 마침내 말했다. 윌럼이 심각하다는 걸, 그만두라고, 다른 걸 말하라고 설득할 수 없으리라는 걸 알았기 때문이다. "정말 너한테 말하고 싶은 마음이 있어. 하지만 만약 그러면—" 그는 말을 멈췄다. "하지만 만약 이야기를 하면, 네가 날 혐오하게 될까봐 걱정돼. 잠깐만," 그는 윌럼이 뭐라고 하기 전에 말했다. 그는 윌럼의 얼굴을 쳐다봤다. "말하겠다고 약속할게. 약속해. 하지만—하지만 시간을 좀 줘야겠어. 난 전에 한 번도 이 이야기를 제대로 해본 적이 없어. 어떻게 말해야 하는지 생각이 좀 필요해."

"좋아." 윌럼이 마침내 말했다. "음." 그는 잠시 말을 멈췄다. "우리가 같이하면 어때? 내가 뭔가 쉬운 걸 묻고, 넌 대답을 하고, 그럼 그 이야기를 하는 게 생각보다 나쁘지 않다는 걸 알게 되는 거야. 만약 그렇다면, 그 이야기도 하고."

그는 숨을 들이쉬고, 내쉬었다. 이건 윌럼이야, 그는 되뇌었다. 윌럼은 절대 널 해치지 않을 거야, 절대. 때가 됐어. 때가. "좋아." 그는 마침내 말했다. "좋아. 물어봐."

그는 윌럼이 의자에 기대앉아 그를 쳐다보며, 한 친구가 다른 친구에게 물을 수 있어야 하는, 하지만 절대 질문을 허락받지 못했던 수백 가지 질문들 중 무엇을 고를 건지 고심하는 모습을 봤다. 그러자 눈물이 고였다. 자기가 이 우정을 이렇게 치우치게 만들어서, 그가 달아날 때도, 근원을 밝힐 수 없는 문제들로 도움을 요청할 때도 한 해 또 한 해 윌럼이 너무나 오랫동안 그의 옆을 지켜줘서 눈물이 났다. 새 인생에서는 친구들에게 덜 요구하겠다고, 더 베풀겠다고 그는 다짐했다. 친구들이 무엇을 원하든 줄 것이다. 윌럼이 정보를 원하면 받게 될 거고, 그 정보를 어떻게 줄지 궁리하는 건 그에게 달린 일이다. 그는 상처 받고 또 상처 받겠지만—모두가 그렇다—노력하려면, 살아 있으려면, 더 강해져야 했다, 준비해야 했다, 이게 삶이라는 거래의 일부라는 걸 받아들어야만 했다.

"좋아, 하나 생각했어." 윌럼이 말하더니, 똑바로 앉아 준비했다. "손등에 상처는 어떻게 하다 생긴 거야?"

그는 놀라서 눈을 깜박거렸다. 질문이 뭐가 될지 몰랐지만, 막상 주어지자 마음이 놓였다. 요즘에는 그 흉터는 거의 생각도 하지 않고 있었다. 이제 그는 호박단처럼 반질반질 윤나는 상처를 바라보며 손가락 끝으로 쓸었고, 그 흉터가 얼마나 많은 다른 문제들로, 그리고 루크 수사에게로, 그리고 고아원으로, 그리고 필라델피아로, 그 모든 것들로 이어지는지 생각했다.

하지만 인생에서 더 크고 더 슬픈 다른 이야기와 연결되지 않은 게 뭐가 있단 말인가? 윌럼이 묻는 건 그저 이 이야기 하나였다. 다른 모든 것들, 으르렁대는 거대하고 추한 문제점들을 그 뒤로 끌고 들어올 필요 없었다.

그는 입을 열기 전 머릿속에서 어떻게 시작하면 좋을지, 어떻게 이야기를 엮어나갈지 생각했다. 마침내 그는 준비가 됐다. "난 항상 욕심 많은 아이였어." 그는 이야기를 시작했고, 식탁 너머에서 윌럼이 팔꿈치를 기대며 몸을 앞으로 기울였다. 친구가 된 이래 처음으로 윌럼이 청자, 이야기를 듣는 사람이 됐다.

—

그는 열 살이 됐고, 열한 살이 됐다. 머리는 다시 길어서, 수도원에 있을 때보다 더 길었다. 키가 더 컸고, 루크 수사는 그를 중고 가게에 데려갔다. 옷을 한 자루씩 사서 무게로 계산할 수 있는 곳이었다. "천천히 좀 해!" 루크 수사는 그를 꾹꾹 눌러 다시 조그맣게 만들려는 것처럼 그의 정수리를 누르며 농담하곤 했다. "넌 내가 감당하기엔 너무 빨리 크는구나!"

이제 그는 내내 잤다. 수업 시간에는 깨어 있었지만, 늦은 오후 시간이 되면 뭔가가 내려앉는 것 같았고 눈을 제대로 뜨지도 못하고 하품을 시작했다. 처음에 루크 수사는 여기 대해서도 농담을 했다. "우리 잠꾸러기." 그는 말했다. "우리 꿈보." 어느 날 밤, 고객이 가고 나서 루크가 그와 마주하고 앉았다. 몇 달, 몇 년 동안 그는 고객들에게 저항했었다. 그 사람들을 멈추게 할 수 있다고 생각해서라기보다 거의 반사작용이었지만, 최근에는 그냥 축 늘어진 채 누워서 뭘 하든 빨리 끝나기만 기다렸다. "피곤한 거 알아." 루크 수사는 말했다. "그건 정상이야. 넌 성장기거든. 자란다는 건 피곤한 일이지. 네가 열심히 하고 있다는 것도 알아. 하지만 주드, 고객들과 있을 때는 약간의 활기a little life를 보여줘야 해. 그 사람들은 너랑 있으려고 돈을 낸단 말이야, 알잖아, 너도 즐기고 있다는 걸 보여줘야 한다고." 그가 아무 말도 하지 않자, 수사는 덧붙였다. "물론, 너한테 즐거운 일은 아니라는 걸 알아, 우리 둘이 있을 때랑은 다르지. 하지만 약간 활력을 보여줘야 해, 알겠지?" 그는 몸을 기울여 머리카락을 귀 뒤로 넘겨줬다. "알겠지?" 그는 고개를 끄덕였다.

또한 그 무렵, 그는 벽에 몸을 부딪치기 시작했다. 그들이 묵고 있던 모텔—그곳은 워싱턴이었다—에는 2층이 있었다. 한 번은 비 오고 미끄러운 날 얼음통을 다시 채우려고 2층에 올라갔다가 돌아오는 길에 발이 미끄러지는 바람에 아래층까지 쿠당탕거리며 튕겨 내려왔다. 루크 수사가 그가 떨어지는 소리를 듣고 달려 나왔다. 부러진 데는 없었지만, 그는 찰과상을 입었고 피를 흘렸고, 루크 수사는 그날 저녁 잡혀 있던 약속을 취소했다. 그날 밤, 수사는 그에게 자상하게 대해줬고 차를 가져다 줬지만, 그는 지난 몇 주 동안 그렇게 살아 있는 기분이 든 게 처음이었다. 추락 속의 어떤 것, 그 새로운 고통에는 치유적인 데가 있었다. 그건 정직한 고통, 깨끗한 고통, 수치나 더러움이 없는 고통이었고, 몇 년 동안 느낀 것과는 다른 감각이었다. 다음 주 그는 얼음을 가지러 갔지만, 이번에는 방으로 오는 길에 계단 아래 조그만 삼각형 공간에서 발을 멈췄고, 자기가 뭘 하고 있는지 깨닫기도 전에 벽돌담에 몸을 던졌다. 그러면서 자기 안의 모든 더러운 조각, 모든 액체의 흔적, 지난 몇 년 동안의 모든 기억을 두드려 꺼내고 있다고 상상했다. 그는 자기를 다시 세팅하고 있었다. 순수한 뭔가로 되돌리고 있었다. 자신이 한 짓에 대해 스스로 벌을 내리고 있었다. 그러고 나면, 장거리 질주를 하고 구토를 한 것처럼 기분이 나아지고 힘이 났고, 방으로 돌아갈 수 있었다.

하지만 결국 루크 수사가 그가 무슨 짓을 하고 있는지 알았고, 또 대화가 있었다. "네 좌절감을 이해해." 루크 수사는 말했다. "하지만 주드, 네가 하고 있는 짓은 좋지 않아. 난 걱정이 된다. 그리고 고객들은 네가 멍투성이인 걸 보고 싶어 하지 않아." 그들은 말이 없었다. 한 달 전, 정말 고약한 밤을 보낸 적 있었다. 한 무리의 남자들이 왔고, 그들이 떠난 후 그는 몇 년 만에 분노발작 비슷한 걸 일으키며 흐느끼고 울부짖었고, 루크는 그의 옆에 앉아 아픈 배를 문질러주며 소리를 죽이려고 그의 입을 베개로 눌렀다. 그는 루크에게 제발 그만하게 해달라고 빌었다. 그러자 수사는 울면서 자기도 그러고 싶다고, 자기도 단둘이 있는 것보다 더 바라는 게 없다고, 하지만 그를 돌보느라 오래전에 돈을 다 써버렸다고 말했다. "난 한 순간도 후회 안

해, 주드.” 수사는 말했다. “하지만 우린 이제 돈이 하나도 없어. 내가 가진 건 너뿐이야. 미안해. 하지만 이젠 정말 돈을 모으고 있어. 결국엔 넌 그만둘 수 있을 거야, 약속해.”

“언제요?” 그는 흐느꼈다.

“곧.” 루크는 말했다. “곧. 1년. 약속할게.” 그래서 그는 고개를 끄덕였지만, 이미 오래전부터 수사의 약속들은 다 아무 의미 없다는 걸 알고 있었다.

하지만 그때 수사는 그에게 비밀을 가르쳐주겠다고, 좌절감을 덜 수 있는 뭔가를 가르쳐주겠다고 했다. 다음 날 그는 칼로 긋는 법을 가르쳐주고, 면도날과 알코올솜과 붕대가 든 가방을 줬다. “어떻게 하면 기분이 제일 좋은지 알려면 실험을 해봐야 할 거야.” 수사는 말했고, 끝나고 나서 어떻게 소독하고 붕대를 매면 되는지 보여줬다. “자, 이게 네 거야.” 그는 그에게 가방을 주며 말했다. “더 필요하면 알려줘, 내가 갖다줄게.” 처음에는 계단에서 떨어지고 벽에 박을 때의 힘과 무게감, 연극성이 그리웠지만, 그는 곧 면도날의 통제력과 비밀스러움을 좋아하게 됐다. 루크 수사가 옳았다. 칼이 더 나았다. 그걸 하면, 몸 안의 독, 더러움, 분노가 흘러 나가는 것 같았다. 옛날 거머리 꿈이 되살아나 같은 효과를, 그가 늘 꿈꾸던 효과를 내는 것 같았다. 그는 자기가 호스로 물을 뿌리고 벅벅 문질러서 깨끗하게 만들 수 있는 쇠나 플라스틱이었으면 싶었다. 물과 세제와 표백제를 잔뜩 퍼부어 넣은 다음, 분사건조를 시키면 그 안의 모든 것이 다시 깨끗해지는 상상을 했다. 이제 그 밤의 마지막 고객이 떠나고 나면 그는 루크 수사가 있던 욕실을 차지했고, 수사가 잘 시간이라고 말하는 소리를 들을 때까지 자기 몸에 자기가 선택한 짓을 했다.

그는 루크에게 너무 많은 걸 의존했다. 음식을, 보호를, 이제는 면도날까지. 아파서 병원에 가야 하면—루크 수사가 아무리 노력해도 그는 고객들에게서 병을 얻었고, 때로는 벤 상처를 제대로 소독하지 않아서 감염될 때도 있었다—루크 수사가 그를 데려갔고, 필요한 항생제를 갖다줬다. 그는 루크 수사의 몸, 그의 입, 그의 손에 익숙해졌다. 좋아하지는 않았지만, 루크가 키스하기 시작해도 이제는 움찔하지 않았고, 수사가 껴안으면 그도 고분고분 마주 안았다. 루크처럼 그에게 잘해줄 사람은 아무도 없다는 걸 알고 있었다. 잘못을 저질렀을 때도 루크는 절대 그에게 고함을 지르지 않았고, 이렇게 여러 해가 지났는데도 여전히 한 번도 때린 적이 없었다. 전에는 언젠가는 더 나은 고객이, 그를 데려가고 싶어 할 사람이 올지도 모른다고 생각했지만, 이제는 그런 일은 절대 일어나지 않을 거라는 걸 알았다. 한번은 고객이 준비하기도 전에 그가 옷을 벗기 시작하자, 그 남자는 그의 뺨을 때리며 소리 질렀다. "세상에." 남자는 말했다. "천천히 좀 해, 이 잡것아. 도대체 이 짓을 얼마나 한 거야?" 고객들이 그를 때릴 때면 늘 그랬듯이, 루크가 욕실에서 나와 고함을 지르며 그 남자에게 있고 싶으면 얌전하게 행동하겠다고 약속하게 했다. 고객들은 그를 여러 가지 이름으로 불렀다. 그는 잡것, 창녀, 더러운 것, 구역질 나는 놈, 색광증 환자(그 뜻을 찾아봐야 했다), 노예, 쓰레기, 찌꺼기, 오물, 쓸모없는 것, 하찮은 것이었다. 하지만 루크는 절대 그런 말들을 하지 않았다. 그는 완벽하다고 루크는 말했다. 그는 똑똑하고, 자기 일을 잘하고, 잘못된 일을 하는 게 아니라고 말했다.

수사는 여전히 둘만의 생활에 대해 이야기했지만, 이제는 캘리포니아 중부 바닷가 어딘가에 있는 집이었고, 자갈 깔린 해변과 시끄러운 새들, 폭풍 색깔의 바닷물에 대해 묘사하곤 했다. 그들은 결혼한 부부처럼 둘이서 지낼 것이다. 더 이상 아버지와 아들이 아니라, 그때는 동등한 관계일 것이다. 그들은 프랑스와 독일로 신혼여행을 가고, 거기서 그는 드디어 진짜 프랑스인들과 독일인들 사이에서 그 언어들을 쓸 테고, 또 루크 수사가 한 번은 학생 때, 한 번은 대학 졸업 후 총 2년 동안 살았던 이탈리아와 스페인에도 갈 것이다. 그들은 피아노를 사고, 그는 연주하고 노래할 것이다. "네가 얼마나 많은 고객들을 받았는지 알면 다른 사람들은 널 원하지 않을 거야." 수사는 말했다. "하지만 널 원하지 않는 그 사람들이 바본 거지. 난 늘 널 원할 거야, 네가 만 명의 고객을 받았다 해도." 루크 수사는 그가 열여섯에 은퇴할 거라고 말했고, 그때 그는 소리 없이 울었다. 루크 수사가 그만두게 해주겠다고 약속했던 열두 살 때까지 날짜를 세고 있었기 때문이다.

때로 고객이 잔인하게 굴고, 아프고, 피가 나거나 멍이 들었을 때면 루크는 그가 해야 하는 일에 대해 사과했다. 때로는 마치 즐기는 것처럼 굴기도 했다. "음, 그거 멋졌어." 그는 고객이 나가고 나면 말했다. "저 사람 마음에 들었지, 맞지? 부정하지 마, 주드! 네가 즐기는 거 다 들었어. 좋은 일이야. 자기 일을 즐기는 건 좋은 일이야."

그는 열두 살이 됐다. 그들은 이제 오리건에 있었고, 캘리포니아를 향해 가는 중이라고 루크는 말했다. 그는 또 키가 컸다. 루크 수사는 그가 다 자라면 185나 187 정도 될 거라고 예상했다. 여전히 루크 수사보다는 작았지만 많이 차이 나는 건 아니었다. 목소리도 변하고 있었다. 그는 더 이상 아이가 아니었고, 그것 때문에 고객을 찾기가 더 어려워졌다. 이제 개인 고객들은 줄어들고 단체가 더 많아졌다. 그는 단체가 싫었지만, 루크는 최선을 다한 거라 말했다. 그는 나이에 비해 더 성숙해 보였다. 고객들은 그를 열세 살이나 열네 살로 생각했고, 그 나이에는 한 해, 한 해가 중요하다고 루크는 말했다.

가을, 9월 21일이었다. 그들은 몬태나에 있었다. 루크가 별들이 전깃불처럼 환한 그곳 밤하늘을 보고 싶어 했기 때문이다. 그날 별다른 일은 하나도 없었다. 이틀 전 큰 단체 손님을 받았는데 너무 끔찍한 경험을 해서, 루크는 다음 날 손님들을 취소했을 뿐만 아니라 이틀 동안 침대를 완전히 혼자 쓰면서 혼자 자게 해줬다. 하지만 그날 밤, 삶은 정상으로 돌아갔다. 루크는 그의 침대에 들어와 키스하기 시작했다. 그리고 섹스를 하고 있는데, 문을 두드리는 소리가 들렸다. 그 소리가 너무 크고 끈질기고 갑작스러워서 그는 거의 루크 수사의 혀를 깨물 뻔했다. "경찰이다." 그 소리는 말했다. "문 열어라. 당장 열어."

루크 수사는 손으로 그의 입을 틀어막았다. "한 마디도 하지 마." 그가 쉿 소리를 냈다.

"경찰이다." 다시 고함 소리가 들렸다. "에드거 윌못, 체포영장을 가져왔다. 당장 문 열어."

그는 어리둥절했다. 에드거 윌못이 누구지? 고객인가? 루크 수사에게 저 사람들 실수했다고 말하려는 순간, 고개를 들어 그의 얼굴을 보고는 그들이 루크 수사를 찾고 있다는 걸 깨달았다.

루크 수사는 그에게서 빠져나와 손짓으로 침대에 그대로 있으라고 했다. "움직이지 마." 그는 속삭였다. "곧 돌아올게." 그러고는 욕실로 달려 들어갔다. 문이 찰칵하고 잠기는 소리가 들렸다.

"안 돼요." 그는 루크가 그를 떠나는 순간 미친 듯이 속삭였다. "날 두고 가지 마요, 루크 수사님. 나 혼자 두고 가지 마요." 하지만 수사는 개의치 않고 가버렸다.

그러고는 모든 것이 동시에 굉장히 느리면서 또 굉장히 빠르게 움직이는 것 같았다. 그는 움직이지 않았다. 너무 놀라 돌처럼 딱딱하게 굳어버렸다. 하지만 그 순간 나무 쪼개지는 소리가 들리더니, 방 안에 남자들이 가득 찼다. 그들은 얼굴이 보이지 않도록 머리 높이로 손전등을 들고 있었다. 그중 한 사람이 그에게 와서 뭐라고 말하며—소음과 공포로 아무 소리도 들리지 않았다—속옷을 끌어올리고 일으켜 세웠다. "넌 이제 안전해." 누군가 그에게 말했다.

누군가 욕하는 소리, 그리고 화장실에서 고함 소리가 들렸다. "당장 구급차 불러." 그는 자기를 붙들고 있는 사람에게서 빠져나와 다른 사람의 팔 아래로 휙 머리를 숙이고 세 걸음 만에 재빨리 화장실까지 갔다. 거기에는 루크 수사가 전기 배선줄로 목을 감고 욕실 천장 한가운데 후크에 매달려 있었다. 입이 벌어지고 눈은 감겨 있고 얼굴은 수염 같은 회색이었다. 그는 비명을 지르고, 지르고, 또 질렀고, 다음 순간 루크 수사의 이름을 계속 불러대며 방에서 끌려 나갔다.

다음 일은 별로 기억나지 않는다. 그는 몇 번이고 질문을 받았다. 병원에 가서 의사에게 진찰받았고, 의사는 그에게 몇 번이나 강간당했느냐고 물었지만, 그는 대답을 할 수가 없었다. 강간을 '당했던' 거였나? 그는 거기에, 그 모든 것에 동의했었다. 그건 그의 결정이었고, 그가 한 일이었다. "몇 번이나 섹스를 했니?" 의사는 대신 물었고, 그는 대답했다. "루크 수사님과요, 아니면 다른 사람들과요?" 의사는 말했다. "다른 사람들 누구?" 그가 이야기를 마치자, 의사는 돌아서서 손으로 얼굴을 감싸고 있다가 다시 그를 보며 입을 열어 뭐라고 말했지만, 아무 소리도 나오지 않았다. 그 순간 그는 자기가 하고 있던 일이 잘못이라는 걸 확실히 알았고, 너무 수치스럽고 더러워서 죽고 싶었다.

그들은 그를 고아원으로 데리고 갔다. 그의 물건들을 가져다줬다. 그가 수도원에서부터 가지고 다녔던 책들과 나바호 인형, 돌멩이, 나뭇가지, 도토리, 말린 꽃들이 끼워진 성경책, 그리고 다른 아이들이 놀려댄 옷들을. 고아원 사람들은 그가 뭔지, 무슨 일을 했는지 알았고, 그가 이미 망가졌다는 것을 알고 있었다. 그래서 몇몇 카운슬러들이 몇 년 동안 사람들이 그에게 했던 짓을 하기 시작했을 때, 그는 놀라지도 않았다. 웬일인지 다른 아이들도 그가 뭔지 알고 있었다. 아이들은 고객들이 그에게 하던 욕을 똑같이 했고, 그와 어울리지 않았다. 그가 아이들 무리에 다가가면, 그들은 일어나서 달려가버렸다.

그들은 면도날 가방은 가져다주지 않았고, 그래서 그는 임시변통법을 배웠다. 쓰레기통에서 알루미늄 캔 뚜껑을 훔쳐, 부엌 당번이던 어느 날 오후 가스불에 살균해서 매트리스 밑에 쑤셔 넣어뒀다가 그걸 사용했다. 그는 매주 새 뚜껑을 훔쳤다.

그는 매일 루크 수사 생각을 했다. 학교에서는 4학년을 월반했고, 커뮤니티칼리지*에서 수학, 피아노, 영문학, 프랑스어, 독일어 수업을 듣게 해줬다. 선생님들은 그가 아는 것들을 누가 가르쳐줬느냐고 물었고, 그는 아버지라고 대답했다. "참 잘 가르치셨구나." 영어 선생님은 말했다. "분명 굉장한 선생님이셨겠어." 그는 대답을 할 수가 없었고, 그녀는 결국 다음 학생에

*일반인에게 단기대학 정도의 교육을 제공하는 미국의 교육제도.

게로 갔다. 카운슬러들과 함께 있는 밤이면, 루크 수사가 벽 바로 뒤에 있다고, 상황이 너무 심해지면 뛰어나오려고 기다리고 있다고, 그러니까 지금 벌어지고 있는 일들은 다 루크 수사가 그가 참을 수 있다고 판단한 것들인 척했다.

애너를 믿게 되고 나서, 그는 루크 수사에 대해 몇 가지 이야기를 해줬다. 하지만 다 이야기하고 싶지는 않았다. 아무에게도 이야기하지 않았다. 자기가 바보여서 루크를 따라갔다는 걸 그는 알고 있었다. 루크는 그에게 거짓말을 했다, 끔찍한 짓들을 했다. 하지만 그 모든 것들을 겪으면서도, 그 모든 것들에도 불구하고, 루크가 정말로 그를 사랑했다고, 그 부분만은 정말이라고, 곡해나 합리화가 아니라 진짜라고 믿고 싶었다. 그는 애너가 다른 사람들에 대해 말하듯이 하는 말을 받아들일 수가 없었다. "그 사람은 괴물이었어, 주드. 사람들이 널 사랑한다고 말하지만, 그건 널 조종하기 위해서야. 모르겠어? 그게 소아성애자들이 하는 짓이야. 그런 식으로 아이들을 먹이로 삼는 거라고." 어른이 되어서도 그는 여전히 루크에 대한 자신의 생각을 정리할 수가 없었다. 그렇다, 그는 나쁜 사람이었다. 하지만 다른 수사들보다 더 나빴나? 그가 '정말로' 잘못된 결정을 했나? 수도원에 있었더라면 '정말로' 더 나았을까? 거기 있었다면 더 망가졌을까, 덜 망가졌을까? 루크의 유산은 그가 하는 모든 것, 그의 존재 자체에 남아 있었다. 책과 음악, 수학, 정원일, 언어에 대한 사랑—그건 루크였다. 자해, 증오심, 수치심, 두려움, 병, 정상적인 성생활을 할 수 없는, 정상적인 사람이 될 수 없는 것—그것도 루크였다. 루크는 인생의 즐거움을 찾는 법을 가르쳐줬고, 한편으로는 즐거움을 완전히 제거해버렸다.

그는 그의 이름을 입 밖에 내지 않으려고 조심했지만, 때때로 그 생각을 했고, 아무리 나이가 들어도, 아무리 많은 세월이 지나도, 루크의 미소 짓는 얼굴이 순식간에 마법처럼 떠오르곤 했다. 그는 두 사람이 사랑에 빠지고 있던 시절, 그가 너무 순진하고 너무 외롭고 너무 애정이 그리운 어린아이여서 아무것도 모른 채 유혹당하던 시절의 루크를 생각했다. 그는 온실로 달려가고 있었다, 문을 열고 있었다, 꽃들의 온기와 향기가 그를 망토처럼 둘러쌌다. 그건 그가 그토록 소박하게 행복했던, 복잡할 것 전혀 없는 기쁨을 알았던 마지막 순간이었다. "우리 꼬마 미남이 왔구나!" 루크는 외쳤다. "아, 주드—널 보니 너무 행복하다."

〈2권에 계속〉

옮긴이 **권진아**

서울대학교에서 영문학을 전공하고 동 대학원에서 〈근대 유토피아 픽션 연구〉로 박사 학위를 받았다. 현재 서울대학교 기초교육원 강의 교수로 재직하고 있다. 옮긴 책으로는 조지 오웰의 《1984년》《동물농장》, 어니스트 헤밍웨이의 《태양은 다시 떠오른다》, 로버트 루이스 스티븐슨의 《지킬 박사와 하이드 씨》, 더글러스 애덤스의 《은하수를 여행하는 히치하이커를 위한 안내서》(공역) 등이 있다.

리틀 라이프 1

초판 1쇄 발행일 2016년 6월 16일
초판 22쇄 발행일 2024년 10월 31일

지은이 한야 야나기하라
옮긴이 권진아

발행인 조윤성

편집 황경하 **디자인** 박지은 **마케팅** 이지희
발행처 ㈜SIGONGSA **주소** 서울시 성동구 광나루로 172 린하우스 4층(우편번호 04791)
대표전화 02-3486-6877 **팩스(주문)** 02-585-1755
홈페이지 www.sigongsa.com / www.sigongjunior.com

ISBN 978-89-527-7637-2 04840
ISBN 978-89-527-7636-5 (세트)